DAS COMPUTER TASCHENBUCH

Corel Draw 6, 7, 8

Stefan Schiffermüller

Corel Draw 6, 7, 8

DATA BECKER

Wichtiger Hinweis

Die in diesem Buch wiedergegebenen Verfahren und Programme werden ohne Rücksicht auf die Patentlage mitgeteilt. Sie sind für Amateur- und Lehrzwecke bestimmt.

Alle technischen Angaben und Programme in diesem Buch wurden von den Autoren mit größter Sorgfalt erarbeitet bzw. zusammengestellt und unter Einschaltung wirksamer Kontrollmaßnahmen reproduziert. Trotzdem sind Fehler nicht ganz auszuschließen. DATA BECKER sieht sich deshalb gezwungen, darauf hinzuweisen, daß weder eine Garantie noch die juristische Verantwortung oder irgendeine Haftung für Folgen, die auf fehlerhafte Angaben zurückgehen, übernommen werden kann. Für die Mitteilung eventueller Fehler sind die Autoren jederzeit dankbar.

Wir weisen darauf hin, daß die im Buch verwendeten Soft- und Hardwarebezeichnungen und Markennamen der jeweiligen Firmen im allgemeinen warenzeichen-, marken- oder patentrechtlichem Schutz unterliegen.

1. Auflage 1998 cb

Reihenkonzept Peter Meisner

Lektorat Peter Meisner

Umschlaggestaltung Grafikteam DATA BECKER

Schlußredaktion Astrid Schnieders

Textbearbeitung und Gestaltung Georg Michels

ISBN 3-8158-1605-X

Gezielt informieren und produktiv anwenden...

Ohne dafür viel Geld investieren zu müssen - so lautet das Prinzip der Computertaschenbücher von DATA BECKER. Hier findet man alles zum produktiven Umgang mit Software: nämlich Know-how, hinter dem die langjährige Fachkompetenz eines der erfolgreichsten Computerbuchverlage steht. Und zwar leichtverständlich und engagiert geschrieben, fachkundig und dabei äußerst preiswert.

Die Computertaschenbücher sind also direkt auf die Bedürfnisse der PC-Anwender ausgelegt: handliche und mobile Bücher, die man in nahezu jeder Lebenslage lesen kann.

... ohne dabei tief in die eigene Tasche greifen zu müssen

Vorwort

Die Taschenbuchreihe von DATA BECKER bietet dem Leser einen grundlegenden und kompetenten Überblick über das jeweilig behandelte Thema.

Wesentliche Strukturelemente werden Sie in allen Taschenbüchern wiederfinden:

- Aufzählungen und alternative Möglichkeiten

① Schritt-für-Schritt-Anweisungen

Hinweis: Wichtige Sachverhalte und Hinweise

Tip: Tips & Tricks aus der Praxis
Interessante Tips aus der Praxis für Ihre Praxis

Verweis:	Thema	→ Kapitel

Der schnelle Zugriff wird durch ein übersichtliches Inhaltsverzeichnis, ein detailliertes Verzeichnis vor jedem Kapitel und ein umfangreiches Praxisregister gewährleistet.

Der **Visual QuickGuide** zu Beginn des Taschenbuchs bietet einen schnellen und erfolgreichen Einstieg in die Materie, und das **Praxis-Tip-Verzeichnis** bietet Ihnen einen raschen Zugriff auf die zahlreichen Profitips in diesem Taschenbuch.

Viel Spaß!

Ihr DATA BECKER Lektorat

Inhaltsverzeichnis

1. Visual QuickGuide – Mein eigenes Logo in 10 Minuten

Der Visual QuickGuide soll Ihnen einen einfachen und schnellen Einstieg in das komplexe und funktionsreiche Grafikprogramm CorelDRAW ermöglichen. Ein guter Einstieg ist eine wichtige Voraussetzung für anhaltende Freude beim Zeichnen und Gestalten am Computer. Nicht nur die große Funktionsvielfalt ist erschlagend, auch die vielen unterschiedlichen Lösungswege, die manchmal exakt zum selben Ziel führen, sind verwirrend. Wann wähle ich welchen Weg, um was am besten zu erreichen? Die praktischen Übungsbeispiele zeigen Ihnen in aufeinander abgestimmten Arbeitsschritten, wie sinnvoll und effizient bei der Erstellung unterschiedlicher Projekte vorgegangen werden kann. Dabei handelt es sich um mögliche Lösungswege, die sich bei der praktischen Anwendung in der Designpraxis bewährt haben. Dieses Übungsbeispiel befaßt sich mit der Gestaltung Ihres eigenen Logos, das anschließend in andere Dokumente, zum Beispiel ein Word-Dokument als Briefkopf, eingefügt werden kann.

1.1 Simsalabim: Eine neue Datei erstellen

Der erste Arbeitsschritt besteht in der Erstellung einer Datei.

① Starten Sie CorelDRAW, indem Sie im Windows-*Start*-Menü die Programmgruppe *CorelDRAW 8* aufrufen.

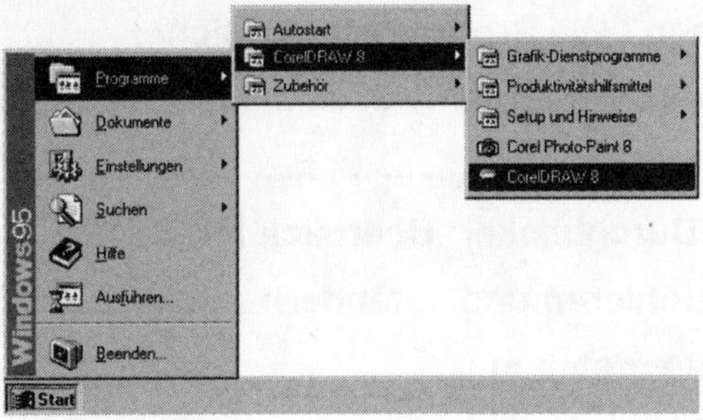

Abb. 1: Mit dem CorelDRAW-Startsymbol im Windows 95-Start-Menü starten Sie CorelDRAW

② Dort befindet sich das Startsymbol *CorelDRAW 8*. Ein Mausklick mit der linken Maustaste auf das Startsymbol genügt, und schon geht es los.

③ Zu Beginn werden Sie durch das Dialogfenster *Willkommen in CorelDRAW* begrüßt. In diesem Dialogfenster haben Sie mehrere Auswahlmöglichkeiten mit Standardfunktionen, wie beispielsweise das Erstellen neuer Grafiken mittels Vorlage oder unter Anleitung des Tutors und das Öffnen zuletzt bearbeiteter Dateien.

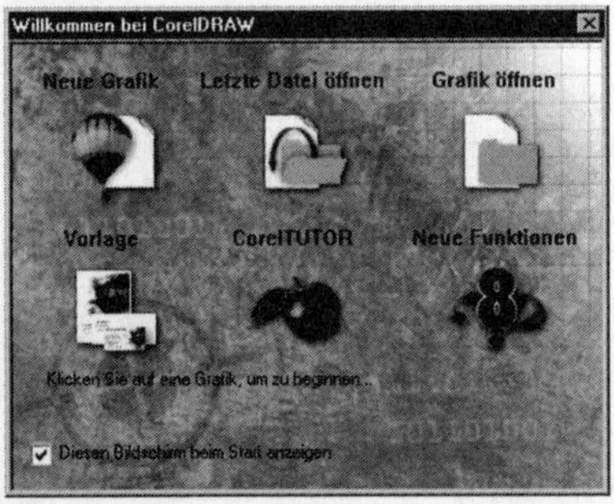

Abb. 2: Der Willkommensbildschirm von CorelDRAW mit einigen Standard-Dateifunktionen

④ Sie wählen die Option *Neue Grafik*. Ein linker Mausklick auf das bunte Symbole, und schon befinden Sie sich mittendrin!

1.2 Wo geht es lang? Die Programmoberfläche

Erschrecken Sie nicht vor der Vielfalt neuer Symbole und Programmelemente. Als erstes verschaffen wir Ihnen einen kurzen Überblick über die wichtigsten Bildschirmelemente.

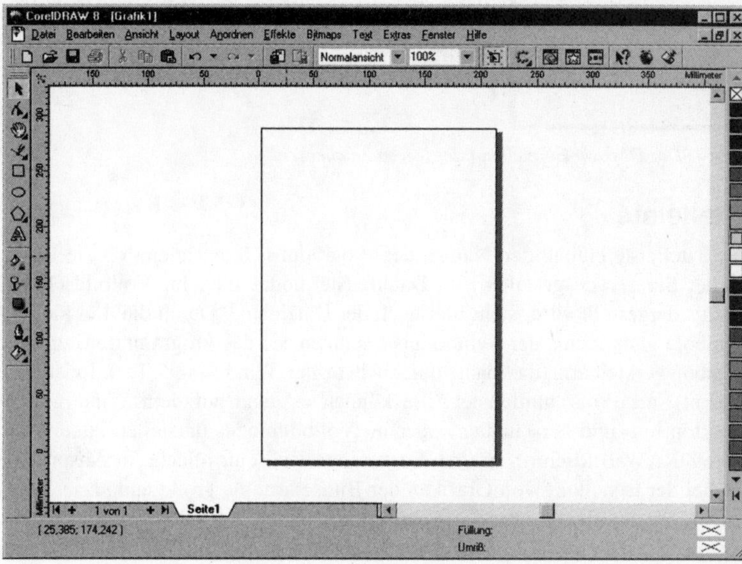

Abb. 3: Der Arbeitsbildschirm von CorelDRAW in der Standardkonfiguration

Desktop und Zeichenseite

In der Mitte Ihres Monitors sehen Sie eine große weiße Fläche - dies ist der Desktop. Darauf befindet sich die Darstellung einer Zeichenseite, deren Begrenzung durch einen Seitenrahmen angezeigt wird. Das ist die eigentliche Druckseite, auf der die Objekte positioniert werden. Es wird nur das ausgedruckt, was sich auf dieser Fläche befindet. Aber wozu gibt es denn noch den Desktop? Der Desktop-Bereich eignet sich wunderbar als Abstellkammer bzw. Ablagefläche oder zur Erstellung und Gestaltung von Objekten, die dann auf der eigentlichen Zeichenseite positioniert werden.

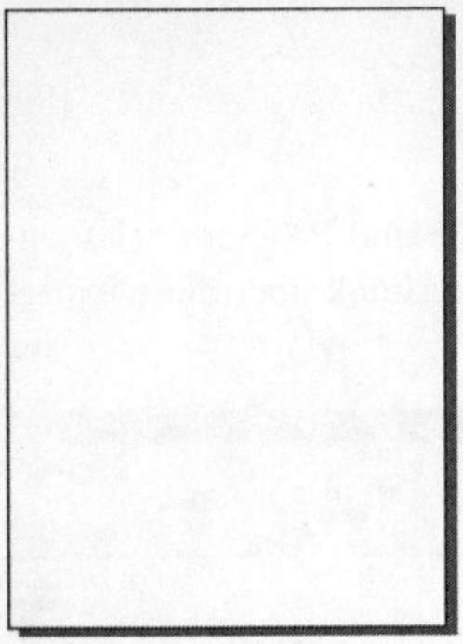

Abb. 4: Der Desktop-Bereich mit der leeren Zeichenseite

Titelleiste

Die Titelleiste enthält den Namen des Programms. Je nachdem, ob die Datei, an der Sie gerade gestalten, im Dateifenstermodus oder im Vollbildschirmmodus dargestellt wird, steht hier auch der Dateiname. Durch die drei kleinen Symbole ganz rechts der Symbolleiste können Sie das Programmfenster zum Symbol verkleinern (das dann nur noch in der Windows 95-Task-Leiste erscheint), als Programmfenster (Sie können es dann auf dem Windows 95-Desktop hin- und herschieben) oder im Vollbildmodus darstellen lassen (der CorelDRAW-Bildschirm nimmt die gesamte Bildschirmfläche in Anspruch). Da bei der Erstellung von Grafiken der Bildschirm nie groß genug sein kann, sollten Sie möglichst immer im zuletzt genannten Vollbildschirmmodus arbeiten. Wenn CorelDRAW nicht sowieso schon in diesem Darstellungsmodus ausgeführt wird, können Sie durch einen Doppelklick mit der linken Maustaste auf die Titelleiste vom Programmfenstermodus in den Vollbildschirmmodus wechseln.

Abb. 5: Die Titelleiste von CorelDRAW zeigt im Vollbildschirmmodus den Programm- und Dateinamen

Menüleiste

Am oberen Rand des Bildschirms finden Sie die Menüleiste mit einer Fülle unterschiedlichster Funktionen, die in Kategorien, den sogenannten Menüs, zusammengefaßt sind. Jedes Menü besitzt eine Reihe von Menüpunkten, die manchmal wiederum Untermenüs beinhalten. Viele Funktionen sind nur über diesen Weg aufrufbar.

Abb. 6: Die Menüleiste

Hilfsmittelpalette

Am linken Bildschirmrand befindet sich eine vertikal angeordnete Hilfsmittelpalette. Man könnte auch sagen Werkzeugleiste, denn hier befinden sich die Hilfsmittel bzw. Werkzeuge, mit denen Objekte erstellt und bearbeitet werden können.

Abb. 7: Die Hilfsmittelleiste in CorelDRAW 8 - diesmal in horizontaler Anordnung

Eigenschaftsleiste

„Freischwebend“ finden Sie eine Eigenschaftsleiste, die Sie frei verschieben können, indem Sie mit der linken Maustaste auf die Titelleiste klicken und die Maustaste gedrückt halten. Ziehen Sie den Mauscursor an eine andere Position, verschiebt sich auch die Eigenschaftsleiste. Die Eigenschaftsleiste ermöglicht eine Bearbeitung bzw. eine Änderung der Objekteigenschaften. Je nach Objekttyp, der gerade markiert ist, zeigt die Eigenschaftsleiste andere Bearbeitungsfunktionen an, die auf diesen speziellen Objekttyp anwendbar sind. Haben Sie beispielsweise eine Linie markiert, werden in der Eigenschaftsleiste Funktionen zur Liniengestaltung angezeigt.

Abb. 8: Eine von vielen CorelDRAW-Symbolleisten: die Eigenschaftsleiste

Farbpalette

Direkt gegenüber, auf der rechten Seite des Programmfensters, befindet sich die Farbpalette, ebenfalls in vertikaler Anordnung. Über diese Farbpalette können Objekte per Mausklick schnell eingefärbt werden. Ein linker Mausklick definiert die Füllbereichsfarbe, ein rechter Mausklick die Umriß- bzw. Linienfarbe. Das Kästchen mit dem X löscht Füllung oder Umriß.

Abb. 9: Die Standard-Farbpalette - normalerweise vertikal am linken Bildschirmrand angeordnet

Bildlaufleiste

In bestimmten Zoom-Modi, beispielsweise bei Vergrößerungen, kann der Desktop nicht mehr als Ganzes auf dem Bildschirm bzw. Monitor angezeigt werden. In diesem Fall gibt es die Möglichkeit, den Bildausschnitt zu verschieben, um andere Bereiche des Bildschirms sichtbar zu machen unter Beibehaltung des eingestellten Vergrößerungsfaktors bzw. Zoom-Modus. Durch einen linken Mausklick auf die Pfeile oder das kleine graue Rechteck in der vertikalen oder horizontalen Bildlaufleiste können Sie den Bildschirmausschnitt schrittweise verschieben. Alternativ können Sie auch das Hilfsmittel *Schwenken* benutzen, das sich im Flyout des Hilfsmittels *Zoom* in der Hilfsmittelpalette befindet.

Abb. 10: Mit den Bildlaufleisten lassen sich Bildschirmausschnitte verschieben

Statuszeile

Als eins der wichtigsten Bildschirmelemente finden Sie am unteren Rand des Programmfensters die Statuszeile. Sie gibt Auskunft über die Eigenschaften bzw. die Formatierung eines markierten Objekts. Dies sind beispielsweise Position, Größe und Füllbereichs- und Umrißfarbe.

Abb. 11: Die Statuszeile liefert wertvolle Informationen über markierte Objekte und Objektgruppen

1.3 Die Zeichenseite einrichten

Durch die Wahl der Startoption *Neue Grafik* hat CorelDRAW für Sie bereits eine weiße Zeichenseite in den Standardmaßen von 210 mm Breite und 297 mm Höhe erstellt, also genau eine DIN-A4-Seite im Hochformat. In vielen Fällen ist das auch eine brauchbare Voreinstellung. Möchte man jedoch eine individuelle Seitengestaltung vornehmen, so wie in unserem Übungsbeispiel, kommt man um die Einrichtung der Zeichenseite nicht herum. Zu diesem Arbeitsschritt gehören Veränderungen wie die Definition von Seitengröße, Ausrichtung, Seitenlayout, Hintergrundfarbe etc.

Ein eigenes Seitenlayout einstellen

Für die Erstellung unseres Logos richten wir als erstes die Zeichenseite ein. Später kann das fertig gestaltete Logo auch unabhängig von der in CorelDRAW verwendeten Seiteneinstellung in andere Dokumente, zum Beispiel in ein Word-Dokument als Briefkopf, ganz einfach eingefügt werden.

Tip: Immer erst das richtige Seitenlayout einstellen

Dieser Arbeitsschritt, die Einrichtung bzw. die Überprüfung der Seiteneinstellung, sollte immer zu Beginn Ihrer Arbeit erfolgen. Es wäre sehr unangenehm, würden Sie am Ende nach gemachter Arbeit feststellen, daß die Seitengröße falsch eingestellt ist. Die Arbeitsseite ist im Handumdrehen verändert, aber was ist mit Ihren Grafiken? Alle gezeichneten oder eingefügten Objekte werden nämlich nicht automatisch mit skaliert. Es ist dann recht mühsam, alles wieder ins rechte Lot zu bringen. Eine gute Vorarbeit ist die halbe Miete!

① Um die Arbeitsseite einzurichten, klicken Sie auf den Menüpunkt *Layout* und wählen anschließend den Menüpunkt *Seite einrichten*.

Corel 6 + Corel 7 Das Dialogfenster *Seite einrichten* öffnen

Hier befinden sich alle Einstellmöglichkeiten. Sie brauchen also nicht zwischen den Registerkarten wie bei CorelDRAW 8 zu wechseln und können die Eingaben alle direkt im angezeigten Dialogfenster vornehmen.

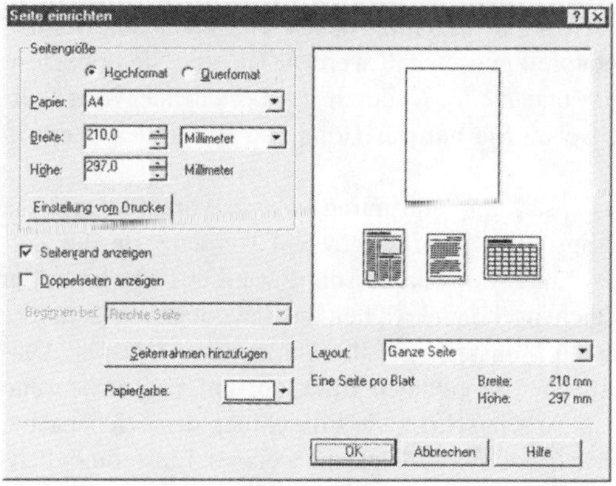

Abb. 12: In CorelDRAW 6 und 7 können alle Seiteneinstellungen über ein einziges Dialogfenster vorgenommen werden

Corel 8 **Das Dialogfenster *Seite einrichten* öffnen**

In CorelDRAW 8 öffnet sich das Dialogfenster *Optionen* mit der Registerkarte *Größe* (Seitengröße). Die Einstellmöglichkeiten sind in der Programmversion 8 etwas umfangreicher und auf verschiedene Registerkarten verteilt.

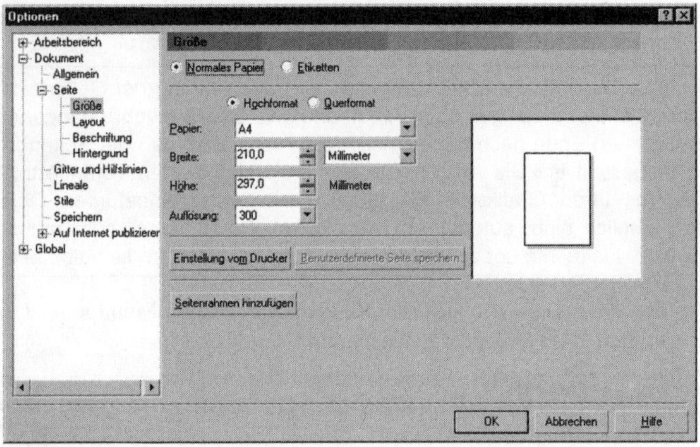

Abb. 13: Seitenlayout-Einstellung in CorelDRAW 8: Über die verschiedenen Registerkarten können die vielen Einstellungen vorgenommen werden

② In der Registerkarte *Größe* stellen Sie zunächst die Größe der Zeichenseite ein. Die Maßeinheit sollte auf mm stehen und kann durch einen Mausklick auf den Listenpfeil ausgewählt werden. Klicken Sie doppelt in die Eingabefelder *Breite* und *Höhe*, wodurch der bestehende Wert vollständig markiert wird. Geben Sie nun für Höhe und Breite den Wert 50 ein.

③ Klicken Sie im rechten Fenster auf den Eintrag *Layout*, woraufhin sich die Registerkarte *Layout* zeigt. Hier kann ausgewählt werden, wie die Zeichenseite dargestellt bzw. unterteilt werden soll. Für unser Logo brauchen wir nur eine einfache Zeichenseite und wählen das Layout *Ganze Seite*.

④ Klicken Sie mit der linken Maustaste auf die Schaltfläche *OK*. Das Dialogfenster wird geschlossen und gibt den Blick auf unsere Zeichenseite frei. Damit wäre der erste Arbeitsschritt, die Einrichtung der Zeichenseite, vollendet. Es gibt natürlich noch eine Vielzahl weiterer Einstellmöglichkeiten, auf die wir im Laufe der Übungsbeispiele noch eingehen werden.

Tip: Schnellformatierung des Seitenlayouts durch Doppelklick

Wer die Einrichtung der Zeichenseite nicht über die Menüpunkte vornehmen will, kann es auch anders machen: Klicken Sie mit der linken Maustaste doppelt auf den Seitenrahmen - schon öffnet sich das Dialogfenster *Seite einrichten.* Eine andere Möglichkeit: Klicken Sie mit der rechten Maustaste auf den Seitenrahmen, in diesem Fall öffnet sich ein Kontextmenü. Wählen Sie den letzten Menüpunkt *Seite einrichten*, und Sie befinden sich ebenfalls im Dialogfenster *Optionen* bzw. *Seite einrichten.* Und es gibt noch eine vierte Möglichkeit, die Zeichenseite einzurichten! Sofern kein Objekt markiert ist, können Sie über die Eigenschaftsleiste einige Einstellmöglichkeiten, wie Größe und Ausrichtung, vornehmen. Alle aufgezählten Möglichkeiten führen zum selben Ziel. Welche der Möglichkeiten Sie wählen, richtet sich natürlich nach Ihren persönlichen Vorlieben. Beschränken Sie sich jedoch am besten auf eine Vorgehensweise. Sie werden auf Dauer schneller und effizienter arbeiten können, da so die von Ihnen gewählte Arbeitsweise rasch zur Gewohnheit wird.

Tip: Arbeiten mit dem Kontextmenü

Übrigens läßt sich jedes Objekt mit der rechten Maustaste anklicken, woraufhin sich immer ein Kontextmenü mit „objektspezifischen" Bearbeitungsfunktionen öffnet, also Funktionen, die nur auf das angeklickte Objekt anwendbar sind.

1.4 Cliparts importieren

Der einfachste Weg, eine Grafik zu erstellen, ist die Verwendung von bereits vorhandenen Grafiken, die importiert und nach Belieben verändert und mit anderen Objekten kombiniert werden können. Es gibt eine unüberschaubare Menge an CDs mit Cliparts und Bildern für jeden Einsatzzweck. Auch CorelDRAW liefert im Programmpaket eine reiche Auswahl dieser fertigen Grafiken. Als Privatanwender können Sie die meisten Grafiken im Privatbereich verwenden, ohne Copyrechte zu verletzen.

Hinweis: Einige der Cliparts sind von Drittanbietern und dürfen nicht uneingeschränkt eingesetzt werden. In bestimmter Hinsicht gilt dies leider auch für die Cliparts, die direkt von Corel stammen. Eine kurze Information erhalten Sie auf der ersten Seite des Clipart-Handbuchs. Detailliertere Informationen können Sie auf den entsprechenden Internet-Seiten abrufen (zum Beispiel *www.corel.com*).

Scotty, beam mich hoch!

① Legen Sie die CorelDRAW-CD ein, auf der sich die Cliparts befinden. Auf der ersten CorelDRAW-CD finden Sie auf der Rückseite der Hülle einen Überblick über die Inhalte der drei CDs abgedruckt. Die Cliparts sind normalerweise auf der CD-Nr. 2 im Verzeichnis *Clipart* gespeichert. Um nun eine Grafik von der CD auf unsere Seite zu zaubern, ob Clipart oder Bild, klicken Sie einfach auf das Menü *Datei* und wählen den Menüpunkt *Importieren.*

② Es öffnet sich das Dialogfenster *Importieren*. Nun müssen Sie nur noch die richtige Datei finden: Klicken Sie auf den Listenpfeil links neben dem Eingabefeld *Suchen in.*

③ Sie sehen eine Auflistung aller Ihrer Laufwerke. Wählen Sie das CD-ROM-Symbol. Auf der CD befinden sich mehrere Verzeichnisse, die nun im Fenster angezeigt werden. Durch einen Doppelklick auf den Verzeichnisnamen *Clipart* gelangen Sie zu den Unterverzeichnissen.

④ Hier befinden sich wiederum eine ganze Menge weiterer Unterverzeichnisse. Und in jedem Verzeichnis befinden sich unzählige Dateien! Am besten, Sie nehmen das mitgelieferte Handbuch zur Hand und stöbern ein bißchen darin herum, bis Sie ein Clipart gefunden haben, das zur Gestaltung Ihres persönlichen Logos passen könnte. In unserem Übungsbeispiel wählen wir das Verzeichnis *Horoscpe* (ohne o!) und anschließend das Verzeichnis *Set04*.

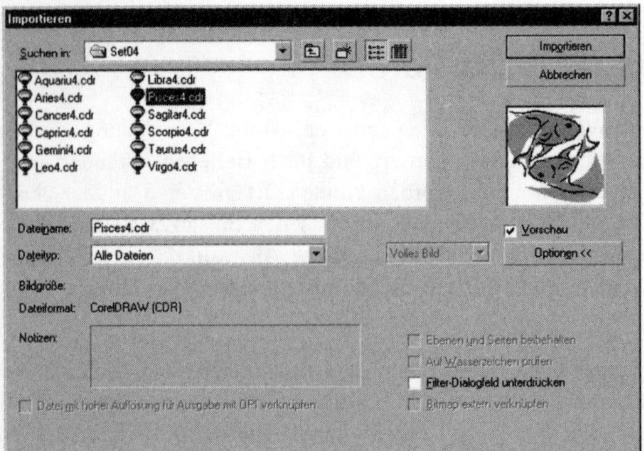

Abb. 14: Die Import-Dialogfenster mit einer angewählten Datei, die im Vorschaubereich angezeigt wird

⑤ Durch einen Mausklick auf den Dateinamen wird eine Vorschau im Vorschaufenster des Dialogfensters angezeigt. Wählen Sie aus der Liste der Dateien Ihr persönliches Horoskopzeichen. Wenn Sie die richtige Datei gefunden haben, wird der Dateiname im Eingabefeld *Dateiname* angezeigt.

⑥ Klicken Sie einfach mit der linken Maustaste auf die Schaltfläche *Importieren.*

Corel 6 + Corel 7 Clipart einfügen

In CorelDRAW 6 und 7 wird das Clipart sofort auf die Mitte der Zeichenseite eingefügt.

Corel 8 Clipart einfügen

In der Version 8 verwandelt sich der Mauscursor in einen Winkel. Mit der gedrückten linken Maustaste können Sie nun Position und Größe des Cliparts bestimmen. Sobald Sie die Maustaste loslassen, wird das Clipart endgültig importiert.

Hinweis: Es kann nur dann eine Dateivorschau angezeigt werden, wenn es sich um Grafikdateien (Cliparts, Fotos etc.) handelt, die einen sogenannten Header besitzen. In CorelDRAW wird dieser Header Skizze genannt und beim Speichervorgang normalerweise automatisch erstellt. Zudem muß natürlich das Kontrollkästchen *Vorschau* im Dialogfenster *Importieren* bzw. *Öffnen* aktiviert sein. Bedenken Sie, daß beim Import von Grafikdateien, insbesondere wenn es sich um CorelDRAW-Dateien handelt, unter Umständen auch die verschiedenen Ebenen mit importiert werden, was zu einiger Verwirrung führen kann.

1.5 Nicht nur für Durchblicker: Überblick mit Zoom

Grundsätzlich sollten Sie immer so groß wie möglich arbeiten, um Feinheiten besser erkennen und genauer gestalten zu können. Das heißt: Sie zeichnen und bearbeiten die Objekte entweder in einem großen Maßstab und verkleinern anschließend alles, oder Sie zeichnen in Originalgröße, aber dann bei starker Vergrößerung bzw. mit einem hohen Zoom-Modus. Da die einzelnen Zoomeinstellungen nicht in jedem Arbeitsschritt immer wieder erläutert werden, setzen Sie das Hilfsmittel Zoom *selbständig* möglichst immer so ein, daß Sie mit einer optimalen Darstellungsqualität gestalten.

Wie gehen wir es an?

In diesem Übungsbeispiel wählen wir meistens die zweite Möglichkeit: Wir zeichnen in Originalgröße und verändern lediglich die Darstellungsgröße mittels Zoomfunktion. Die Zeichenseite wird zunächst so dargestellt, daß sie den gesamten Desktop ausfüllt. Mit dieser Zoomeinstellung läßt sich erst einmal gut arbeiten.

Zoom, Zoom, Zoom und noch mal Zoom

Es gibt insgesamt vier Möglichkeiten, den Zoom-Modus zu verändern: Hilfsmittel *Zoom*, Listenfeld *Zoomebenen*, Kontextmenü *Zoom* und den Ansicht-Manager. In diesem Abschnitt wollen wir uns näher mit dem Hilfsmittel *Zoom*, dem Listenfeld *Zoomebenen* aus der Symbolleiste und dem Kontextmenü *Zoom* beschäftigen. Die für diese Übungsaufgabe relevanten Zoomhilfsmittel werden im folgenden ausführlich erläutert.

Das Hilfsmittel Zoom

Abb. 15: In Form eines Lupensymbols: das Hilfsmittel Zoom

Sie finden das Hilfsmittel *Zoom* in der Hilfsmittelpalette. Es besteht nur aus einem einzigen Hilfsmittelsymbol, hat also keine untergeordneten Hilfsmittelarten, wie es bei manch anderen Hilfsmitteln der Fall ist. Das Hilfsmittel *Schwenken*, das Sie aus dem Flyout auswählen können, wenn Sie mit der linken Maustaste für etwa zwei Sekunden auf das Hilfsmittel *Zoom* klicken, stellt ein eigenständiges Hilfsmittel dar.

Hilfsmittel *Zoom*
Einfacher linker Mausklick: Vergrößerung des aktuellen Zoom-Modus um den Faktor 2
Gedrückte linke Maustaste: Auswahl eines Bildschirmausschnitts möglich, der bildschirmfüllend dargestellt wird, sobald Sie die Maustaste loslassen
Einfacher linker Mausklick mit zusätzlicher Umschalt**-Taste:** Verkleinerung des aktuellen Zoom-Modus um die Hälfte
Rechter Mausklick: Öffnet ein Kontextmenü mit verschiedenen Zoom-Voreinstellungen, die den Einstellungen des Symbols Zoomebenen entsprechen und dort erläutert werden

Listenfeld Zoomebenen

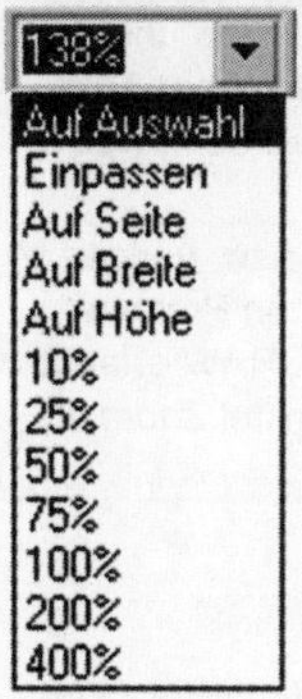

Abb. 16:
Das Listenfeld Zoomebenen mit einer Reihe vordefinierter Zoomeinstellungen

Das Listenfeld *Zoomebenen* befindet sich in der Symbolleiste, die standardmäßig in zweiter Reihe am oberen Rand des Programmfensters angezeigt wird. Es besteht aus einem Eingabefeld und einer Liste von Zoom-Voreinstellungen, die sich über den kleinen Listenpfeil öffnen läßt.

Listenfeld Zoomebenen
Auf Auswahl: Dieser Listenpunkt erscheint nur dann, wenn Sie mindestens ein Objekt auf Ihrer Zeichenseite markiert haben. Durch Anwahl dieser Zoomeinstellung wird der Bildschirmausschnitt so verändert, daß das markierte Objekt bzw. die markierten Objekte bildschirmfüllend dargestellt werden. Diese Funktion ist sehr hilfreich und sollte von Ihnen häufiger benutzt werden, um bestimmte Objekte größer bzw. kleiner darstellen zu lassen.
Einpassen: Bei dieser Voreinstellung wird der Bildschirmbereich so gewählt, daß alle Objekte auf dem Monitor angezeigt werden können. Je nach Anzahl und Verteilung der Objekte auf Ihrer Zeichenseite und dem Desktop werden die Objekte entsprechend klein dargestellt. Um einen Überblick über das Gesamtwerk zu erhalten und eventuell "vergessene" Objekte wiederzufinden, die sich irgendwo auf dem Desktop versteckt halten, ist diese Zoomeinstellung sehr hilfreich.
Auf Seite: Der Zoom-Modus *Auf Seite* vergrößert die aktuell eingestellte Zeichenseite in der Weise, daß sie möglichst den gesamten Bildschirmbereich ausfüllt. Da sehr häufig mit hochformatigen Zeichenseiten gearbeitet wird, orientiert sich die Zoomgröße an der Höhe der Zeichenseite.
Auf Breite: Die Bildschirmdarstellung wird so gewählt, daß die gesamte Breite der Zeichenseite auf dem Bildschirm Platz findet. Da die meisten Zeichenseiten im Hochformat angelegt sind, gibt es Bereiche der Zeichenseite, die nicht mit angezeigt werden können und nur über ein Verschieben des Bildschirmausschnitts zugänglich sind.

Listenfeld Zoomebenen
Auf Höhe: Diese Zoomeinstellung ist das Gegenteil der Zoomeinstellung *Auf Breite*. Die Höhe der Zeichenseite gibt den Zoom-Modus vor. Bei einer hochformatigen Zeichenseite entspricht diese Zoomeinstellung genau dem, was Sie auch durch einen Zoom auf die Seite sehen.
10% bis 400%: Die prozentualen Voreinstellungen vergrößern bzw. verkleinern die Bildschirmdarstellung auf (nicht um!) einen vordefinierten Prozentwert. Natürlich ist bei 400 % Vergrößerung nicht Schluß. CorelDRAW erlaubt eine 400000 %ige (!) Vergößerung, die aber nur mit dem Hilfsmittel *Zoom* erreicht werden kann.

Hilfsmittel Schwenken

Abb. 17: Mit dem Hilfsmittel Schwenken lassen sich Bildschirmausschnitte bequem verschieben

Bei großen Zoom-Modi werden bestimmte Bildschirmbereiche nicht mehr angezeigt. Es kann aber hin und wieder erforderlich sein, den Bildschirmausschnitt mal kurz ein Stückchen zu verschieben, um beispielsweise ein Objekt zu bearbeiten, das vielleicht nur teilweise angezeigt wird. Dieses Verschieben des Bildsschirmausschnitts wird in CorelDRAW schwenken genannt und kann mit dem Hilfsmittel *Schwenken* oder durch die Bildlaufleisten durchgeführt werden.

So setzen Sie das Hilfsmittel Schwenken ein

Der Umgang mit dem Hilfsmittel *Schwenken* ist denkbar einfach:

① Wählen Sie das Hilfsmittel *Schwenken* aus der Hilfsmittelpalette. Der Mauscursor verwandelt sich in eine Hand.

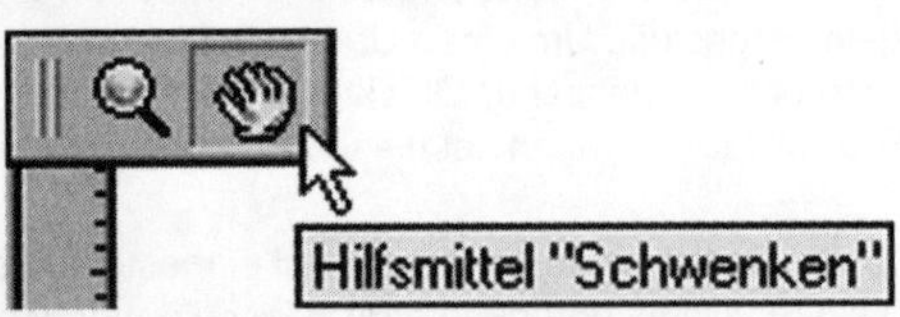

Abb. 18: Wenn Sie für zwei Sekunden mit der linken Maustaste auf das Hilfsmittel Zoom klicken, öffnet sich das Flyout-Menü, aus dem Sie das Hilfsmittel Schwenken wählen können

② Klicken Sie mit der linken Maustaste auf die Zeichenseite, halten die Maustaste gedrückt und ziehen Sie den Mauscursor zur Seite. Schon haben Sie den Bildschirmausschnitt verschoben.

1.6 Cliparts positionieren und verändern

Das importierte Clipart wurde nun zunächst in die Mitte unserer Zeichenseite eingefügt und ist automatisch markiert. Im nächsten Arbeitsschritt soll es bearbeitet und nach eigenen Vorstellungen umgestaltet werden.

Objekte markieren

Immer wenn Sie etwas mit einem Objekt anstellen wollen, müssen Sie es zuerst anwählen. Im Fachjargon nennt man das "markieren". Die Markierung wird in der Regel durch acht schwarze Anfasser signalisiert. Die Anfasser sind diese schwarzen Kästchen, die ein Objekt, gleich welche Form es hat, in rechteckiger Weise umranden.

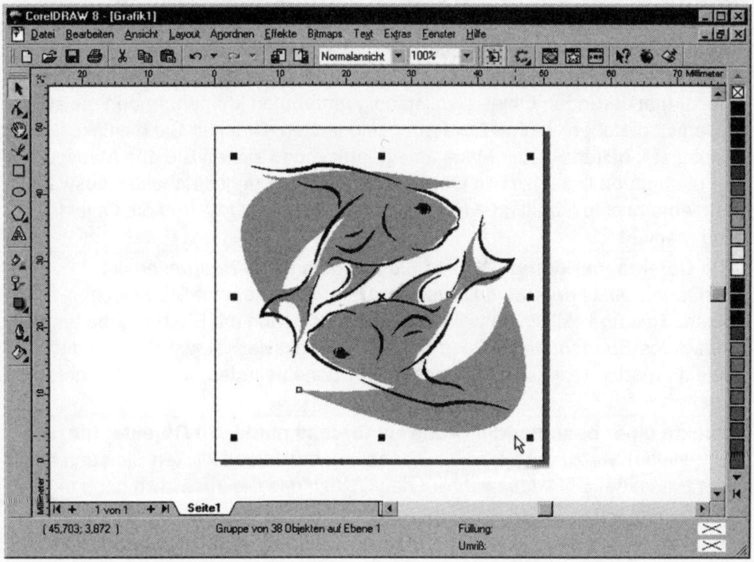

Abb. 19: Das markierte Clipart wird von acht Markierungspunkten, den sogenannten Anfassern, umrandet

Achten Sie auch auf die Statuszeile! Dort erhalten Sie detaillierte Informationen zum markierten Objekt. In unserem Übungsbeispiel besteht das Fische-Horoskopzeichen aus vielen, durch Gruppierung zusammengesetzten Einzelteilen. Das Ganze heißt dann *„Eine Gruppe von 38 Objekten ...“*.

Markierung muß sein

Da das Markieren von Objekten zu den elementarsten und gleichzeitig wichtigsten Funktionen gehört, erhalten Sie hier eine komplette Übersicht über alle Markierungsfunktionen.

Markierung von Objekten im Überblick
Ein einzelnes Objekt markieren: Wählen Sie das Hilfsmittel *Objektauswahl* und klicken Sie auf ein Objekt. Es erhält acht Markierungspunkte in Form von schwarzen Quadraten, die sich um das markierte Objekt in rechteckiger Form anordnen.
Mehrere Objekte markieren: Wählen Sie das Hilfsmittel *Objektauswahl*, halten Sie die [Umschalt]-Taste gedrückt und klicken Sie mit der linken Maustaste auf die zu markierenden Objekte. Durch die gedrückte [Umschalt]-Taste bleibt die Markierung bereits markierter Objekte erhalten.
Mehrere Objekte mit dem Auswahlrahmen markieren: Wählen Sie das Hilfsmittel *Objektauswahl* und positionieren Sie den Mauscursor so, daß Sie alle zu markierenden Objekte vollständig umrahmen können. In den meisten Fällen ist die obere rechte Ecke am geeignetsten. Drücken Sie die linke Maustaste, halten Sie die Maustaste gedrückt und ziehen Sie den Mauscursor nach unten links, bis alle Objekte vollständig vom gestrichelten Auswahlrahmen umschlossen sind. Lassen Sie die Maustaste los, und die Objekte sind markiert.
Alle Objekte markieren: Wählen Sie aus dem Menü *Bearbeiten* den Menüpunkt *Alles auswählen*. Aus dem Untermenü können Sie zwischen Objekten, Text und Hilfslinien wählen. Sofern Sie schon mit Ebenen arbeiten und der Modus *Ebenenübergreifend bearbeiten* deaktiviert ist, werden nur die Objekte markiert, die sich auf der selben Ebene befinden, auf der Sie gerade arbeiten.
Objekte einer bestehenden Auswahl (bereits markierte Objekte) hinzufügen: Halten Sie zuerst die [Umschalt]-Taste gedrückt und klicken Sie dann mit dem Hilfsmittel *Objektauswahl* auf das Objekt, das Sie zusätzlich noch markieren möchten.
Ein einzelnes Objekt auswählen, das bereits mit anderen gruppiert ist, ohne die Gruppe aufheben zu müssen: Halten Sie zuerst die [Strg]-Taste gedrückt und klicken Sie dann mit dem Hilfsmittel *Objektauswahl* auf das Objekt der Gruppe, das Sie markieren möchten. Die Markierungspunkte werden nun als acht runde Anfasser dargestellt (normalerweise sind die Anfasser quadratisch).
Ein Objekt markieren, das von einem anderen Objekt überdeckt wird bzw. hinter einem anderen Objekt liegt: Wählen Sie das Hilfsmittel *Objektauswahl*, halten Sie die [Alt]-Taste gedrückt und klicken Sie auf das zu markierende Objekt.

Markierung von Objekten im Überblick
Ein Objekt markieren, das von mehreren Objekten überdeckt wird bzw. hinter mehreren Objekten liegt: Wählen Sie das Hilfsmittel *Objektauswahl*, halten Sie die [Alt]-Taste gedrückt und klicken Sie so oft mit der linken Maustaste auf das zu markierende Objekt, bis Sie anhand der Anfasser oder/und den Informationen in der Statuszeile erkennen können, daß es sich um das gewünschte Objekt handelt.
Ein Objekt markieren, das Teil einer Gruppe ist und von anderen Objekten überdeckt wird: Wählen Sie das Hilfsmittel *Objektauswahl*, halten Sie die [Strg]-Taste und die [Alt]-Taste gedrückt und klicken Sie mit der linken Maustaste so oft auf die Stelle, an der sich das zu markierende Objekt befindet, bis Sie anhand der Anfasser und/oder den Informationen in der Statuszeile entnehmen können, daß es sich um das richtige Objekt handelt.
Markierung aller Objekte aufheben: Drücken Sie die [Esc]-Taste.
Ein einzelnes Objekt aus einer Auswahl (mehrere markierte Objekte) herausnehmen: Wählen Sie das Hilfsmittel *Objektauswahl*, halten Sie die [Umschalt]-Taste gedrückt und klicken Sie auf das Objekt, das nicht mehr markiert sein soll. Die Markierung aller anderen Objekte bleibt erhalten.

Die Gruppierung aufheben

Beginnen wir damit, die Farben einzelner Elemente zu ändern. Um die Eigenschaften eines Einzelobjekts zu ändern, das Teil einer Gruppe ist bzw. mit anderen Elementen gruppiert ist, heben wir der Einfachheit halber zuerst die Gruppierung auf.

① Wählen Sie dazu das Menü *Anordnen* und klicken Sie anschließend auf den Menüpunkt *Gruppierung aller Objekte aufheben*.

② Die Markierung des Cliparts ändert sich! Die Objekte sind nun nicht mehr miteinander verbunden bzw. gruppiert, wohl aber noch markiert. Die Statuszeile verrät es uns: „38 Objekte markiert“. Heben Sie die Markierung aller Objekte auf, indem Sie einmal auf die [Esc]-Taste drücken.

③ Nun markieren Sie eine der beiden großen blauen Flächen durch einen linken Mausklick bei gleichzeitig gedrückter [Umschalt]-Taste. Achten Sie aber darauf, daß Sie das richtige Hilfsmittel einsetzen. Es sollte das Hilfsmittel *Objektauswahl* sein.

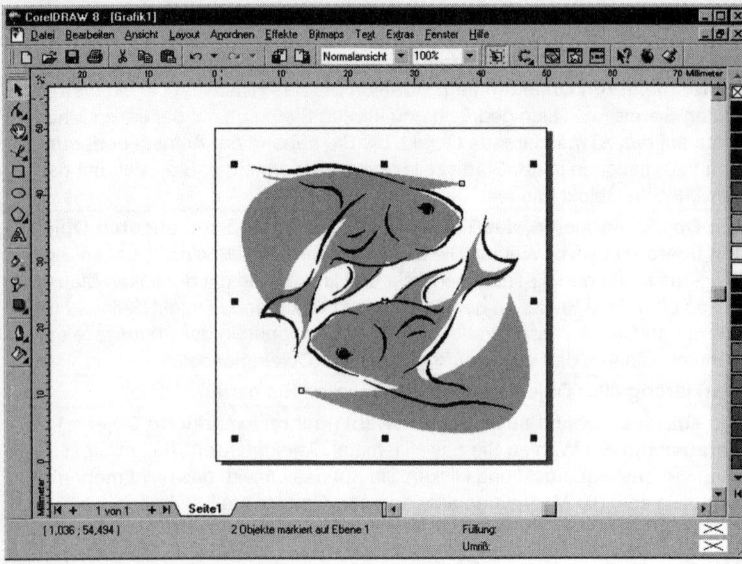

Abb. 20: Die einzeln markierte Fläche nach der Aufhebung der Gruppierung

Tip: Element einer Gruppe markieren, ohne die Gruppierung aufzuheben

Sie können einzelne Objekte, die Teil einer Gruppe sind, auch bearbeiten, ohne die Gruppierung aufheben zu müssen. Klicken Sie dazu mit gedrückter [Strg]-Taste auf das zu bearbeitende Objekt. Es erhält nun acht runde Markierungspunkte, und in der Statuszeile steht der Hinweis „Untergeordnete Kurve". Sobald die Markierung durch das Drücken der [Esc]-Taste aufgehoben ist, können Sie das Clipart wieder als Ganzes weiterbearbeiten, ohne neu gruppieren zu müssen.

Füllung und Umrißeigenschaften von Objekten ändern

Das Zuweisen von Farben ist ganz einfach und kann auf vielerlei Weise geschehen. Die wohl schnellste Möglichkeit ist der Weg über die Farbpalette am rechten Bildschirmrand.

Der schnelle Weg: die Farbpalette

① Klicken Sie mit der linken Maustaste auf ein Farbfeld, verändern Sie die Füllung bzw. Füllfarbe.
② Ein rechter Mausklick auf ein Farbfeld ändert die Farbe des Umrisses.
③ Klicken Sie auf das Farbkästchensymbol mit dem *X*, werden Umriß bzw. Füllung gelöscht.

Tip: Farbpalette komplett anzeigen lassen

Die Farben der Farbpalette können Sie auch vollständig anzeigen lassen, indem Sie auf das Pfeilsymbol mit dem Strich klicken. Nach jeder Farbzuweisung klappt die Farbpalette wieder ein, und das Spiel beginnt von neuem. Um die Farbpalette immer vollständig anzeigen zu lassen, klicken Sie mit der linken Maustaste auf den (ziemlich) schmalen Randbereich der Farbpalette und halten die Maustaste gedrückt. Wenn Sie den Mauscursor über die Zeichenseite ziehen, sehen Sie schon, wie sich die Palette in Form eines frei verschiebbaren Fensters darstellt. Sie können das Farbpalettenfenster in seiner Größe verändern, indem Sie den Mauscursor über dem Rand positionieren. Wenn sich der Mauscursor in einen Doppelpfeil verwandelt, klicken Sie mit der linken Maustaste, halten sie gedrückt und ziehen das Fenster etwas größer auf. Übrigens: Das kleine weiße Kästchen mit dem großen X bedeutet *keine Füllung* bzw. *kein Umriß*.

Füllung mit dem Rollup Füllung ändern und zuweisen

Die Farbzuweisung über die Farbpalette hat jedoch den Nachteil, daß Sie nur eine begrenzte Anzahl Farben zur Auswahl haben. Eine andere Möglichkeit zum Einfärben von Objekten ohne Einschränkung bieten die Hilfsmittel *Umriß* und *Füllung* aus der Hilfsmittelpalette.

So gestalten Sie mit dem Rollup Füllung

Um die Füllungs- und Umrißfarbe zu ändern, brauchen Sie das Hilfsmittel *Füllung*.

① Klicken Sie mit der linken Maustaste auf das Hilfsmittel *Füllung*. Es öffnet sich ein Flyout-Menü, aus dem Sie das vorletzte Symbol wählen.

② Nun sehen Sie das Rollup *Farbe*, das Ihnen die Möglichkeit gibt, eigene Farbwerte zu mischen und zuzuweisen. In unserem Übungsbeispiel wählen wir einen pastellartigen, hellen Blauton. Um den Farbton exakt nachzumischen, wählen Sie über das Listenfeld das RGB-Farbsystem und stellen die folgenden Werte ein: Rot 224, Grün 255 und Blau 255.

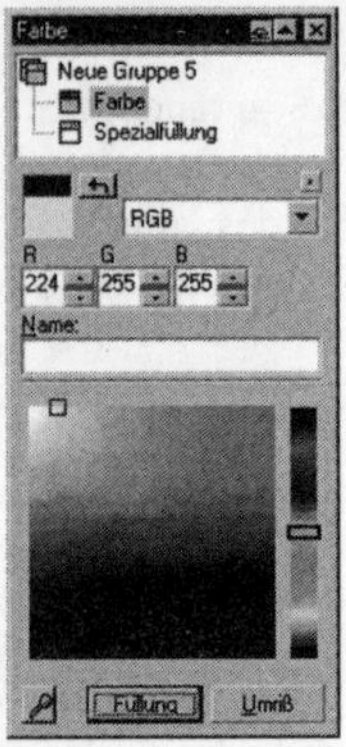

Abb. 21: Das Rollup Farbe ermöglicht schnelle Farbzuweisungen selbstdefinierter Farben

③ Stellen Sie sicher, daß zumindest eine der beiden Hintergrundflächen noch markiert ist. Durch einen Mausklick auf die Schaltflächen *Füllung* und *Umriß* wird die eingestellte Farbe zugewiesen. Der Vorteil von Rollups ist, daß sie geöffnet bleiben, während Sie an der Zeichnung weiterarbeiten.

④ Um jetzt auch noch die zweite große blaue Fläche einzufärben, klicken Sie sie einfach mit dem Hilfsmittel *Auswahl* einmal an, woraufhin sie markiert wird. Die vorher eingestellte Farbe im Rollup bleibt erhalten und kann direkt zugewiesen werden.

⑤ Färben wir nun noch die Fische ein: Der Originalfarbton der Fische kann erhalten bleiben, nur heller soll er werden. Aber wie ermittelt man den augenblicklichen Farbton eines Objekts? Markieren Sie den oberen Fisch mit dem Hilfsmittel *Auswahl* und werfen Sie einen Blick auf die Statuszeile am unteren Bildschirmrand. Hier erhalten Sie detaillierte Informationen über die derzeit zugewiesene Füllfarbe: Rot 245, Grün 213 und Blau 243.

⑥ Mit diesen Informationen hätten Sie jetzt natürlich die Möglichkeit, diesen Farbton im Rollup *Farbe* durch Eingabe der Werte in die Eingabefelder exakt nachzumischen, geringfügig zu verändern und schließlich dem Objekt neu zuzuweisen. Aber es gibt einen einfacheren Weg! Klicken Sie im Rollup *Farbe* auf das Pipetten-Symbol.

Abb. 22: Mit dem Pipetten-Symbol können Sie Farbwerte von Objekten in das Rollup aufnehmen

⑦ Der Mauscursor verwandelt sich daraufhin in einen dicken schwarzen Pfeil. Nun klicken Sie auf den oberen Fisch, und schon wird im Rollup *Farbe* der Farbwert des angeklickten Objekts angezeigt.
⑧ Erhöhen Sie den Wert im Eingabefeld *Grün* auf 225. Das reicht vollkommen aus, um den Farbton deutlich heller werden zu lassen.
⑨ Anschließend klicken Sie auf die Schaltflächen *Füllung* und *Umriß*, um den Farbton dem markierten Objekt zuzuweisen.

Übung macht den Meister!

In derselben Weise gehen Sie nun auch bei dem nächsten Objekt vor. In unserem Übungsbeispiel ist dies der zweite Fisch. Haben Sie Ihr eigenes Horoskopzeichen ausgesucht, wählen Sie ein anderes Element der Grafik, das Sie umfärben können. Die Vorgehensweise ist identisch. Der zweite Fisch wird ebenfalls etwas heller eingefärbt.

① Klicken Sie im Rollup *Farbe* auf das Pipetten-Symbol.
② Verändern Sie den Wert im Listenfeld *Grün* auf 170.
③ Markieren Sie das Objekt und weisen Sie die eingestellte Farbe über einen Mausklick auf die Schaltflächen *Füllung* und *Umriß* dem markierten Fisch zu. Fertig ist die Umfärbung!

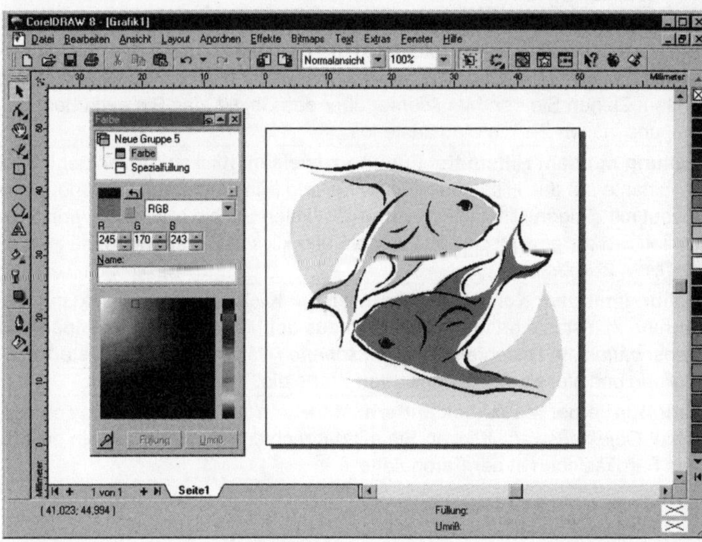

Abb. 23: Die Grafik nach erfolgreicher Umfärbung

Tip: Fenster aktualisieren
Grafikprogramme stellen extrem hohe Anforderungen an die Hardware Ihres PCs. Vor allen Dingen die Grafikkarte ist gefordert, die die Grafik immer möglichst "real" darstellen soll. Mitunter gelingt ihr das aber nicht so recht: Es bleiben merkwürdige Linien und Formen zurück, die es gar nicht mehr gibt, insbesondere Farbverläufe werden fehlerhaft dargestellt, oder der Bildschirmaufbau bleibt ganz einfach hängen. In den meisten Fällen können diese Darstellungsfehler durch einen Neuaufbau des Bildschirmfensters wieder in Ordnung gebracht werden. Wählen Sie in solch einem Fall aus dem Menü *Fenster* den Menüpunkt *Fenster akualisieren*.

Farbzuweisungen im Überblick

Die Möglichkeiten in CorelDRAW, Objekten ein anderes Aussehen zu verpassen, sind vielfältig. Einen Überblick über die verschiedenen Wege, Füll- und Umrißlinienfarben zuzuweisen, liefert Ihnen die folgende Tabelle.

Füllung und Umriß von Objekten ändern
Füllung per Mausklick ändern: Markieren Sie mit dem Hilfsmittel *Objektauswahl* das Objekt und klicken Sie anschließend mit der linken Maustaste auf ein Farbkästchen aus der Farbpalette.
Füllung mit der Maustaste zuweisen, ohne vorher zu markieren: Klicken Sie in ein beliebiges Farbkästchen in der Farbpalette und halten Sie die linke Maustaste gedrückt. Dabei ist es egal, mit welchem Hilfsmittel Sie gerade arbeiten. Ziehen Sie den Mauscursor über das Objekt, das Sie einfärben wollen, und lassen Sie die Maustaste los.
Füllung mit dem Hilfsmittel Füllung zuweisen: Klicken Sie mit der linken Maustaste auf das Hilfsmittelsymbol *Füllung* (Eimersymbol). Es öffnet sich ein Flyout mit einigen Hilfsmittelsymbolen. Wählen Sie ein Hilfsmittelsymbol aus, stellen Sie die gewünschte Füllung ein und klicken Sie auf die Schaltfläche *OK* bzw. *Zuweisen*.
Füllung mit dem Kontextmenü zuweisen: Klicken Sie das Objekt mit der rechten Maustaste an und wählen Sie aus der Menüliste den Menüpunkt *Eigenschaften*. Im Dialogfenster *Eigenschaften* wählen Sie die Registerkarte *Füllung* und stellen die gewünschten Werte ein.
Umrißfarbe per Mausklick ändern: Markieren Sie das Objekt mit dem Hilfsmittel *Objektauswahl*. Klicken Sie mit der rechten Maustaste auf ein beliebiges Farbkästchen in der Farbpalette.

Füllung und Umriß von Objekten ändern
Umrißeigenschaften mit dem Hilfsmittel Umriß ändern: Klicken Sie mit der linken Maustaste auf das Hilfsmittelsymbol *Umriß* (Füllfederspitzensymbol). Es öffnet sich ein Flyout mit einigen Hilfsmittelsymbolen. Wählen Sie ein Hilfsmittelsymbol aus, stellen Sie die gewünschten Eigenschaften ein und klicken Sie auf die Schaltfläche *OK* bzw. *Zuweisen*.
Umrißeigenschaften mit dem Kontextmenü ändern: Klicken Sie das Objekt mit der rechten Maustaste an und wählen Sie aus der Menüliste den Menüpunkt *Eigenschaften*. Im Dialogfenster *Eigenschaften* wählen Sie die Registerkarte *Umriß* und stellen die gewünschten Werte ein.

Objekte gruppieren

Nachdem Sie die Einzelteile des Cliparts bearbeitet haben, sollten Sie nun wieder alles zu einer einzigen Gruppe zusammenführen. Das Gruppieren von mehreren Einzelteilen zu einer einzigen Objektgruppe hat viele Vorteile: Die Objektgruppe läßt sich als Einheit neu positionieren, skalieren und weiterbearbeiten. Wären alles nur lose Einzelteile, müßten Sie ständig darauf achten, daß keines verlorengeht oder schlimmer noch, die gesamte Grafik nicht zerbröckelt. Viele kleine Einzelelemente werden gruppiert, die daraus resultierenden kleinen Objektgruppen werden wiederum zu größeren Objektgruppen zusammengeführt usw.

① Um alle Objekte zu markieren, wählen Sie das Hilfsmittel *Objektauswahl* und positionieren den Mauscursor oben rechts, mit 2 cm Abstand zur Grafik.

② Klicken Sie nun mit der linken Maustaste und halten Sie die Maustaste gedrückt. Ziehen Sie mit gedrückter Maustaste den Mauscursor nach rechts unten, bis die gesamte Grafik von dem gestrichelten Auswahlrahmen umschlossen wird. Es sieht ein bißchen aus, als wenn Sie ein Rechteck zeichnen würden. Dem ist jedoch nicht so! Dieser Auswahlrahmen ermöglicht das Auswählen mehrerer Objekte. Alles, was der Rahmen vollständig umschließt, wird markiert.

Tip: Objekte der Auswahl hinzufügen
Sollten Sie das eine oder andere Teil nicht erwischt haben, können Sie es der Auswahl, so nennt man die Menge der markierten Objekte, hinzufügen, indem Sie mit gedrückter [Umschalt]-Taste und linker Maustaste auf das betreffende Objekt klicken. Mit dem Hilfsmittel *Auswahl* können Sie jederzeit mit gedrückter [Umschalt]-Taste Objekte der Auswahl hinzufügen oder auch aus der Auswahl entfernen.

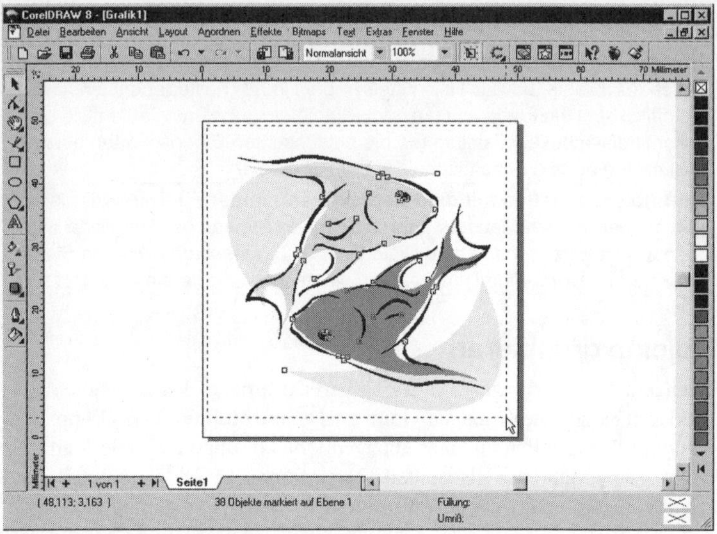

Abb. 24: Alles, was der Auswahlrahmen vollständig umrahmt, wird markiert

③ Jetzt können Sie alle markierten Objekte zu einer Gruppe zusammenführen bzw. gruppieren. Klicken Sie dazu auf das Menü *Anordnen* und wählen Sie den Menüpunkt *Gruppieren*. Die Grafik ist wieder wie ein einziges Objekt zu handhaben.

④ Klicken Sie auf einen der Eckanfasser und ziehen Sie bei gedrückter linker Maustaste den Cursor zum Mittelpunkt der Grafik. Damit verkleinern Sie das Objekt, um genügend Platz für die Erstellung anderer Objekte zu haben.

⑤ Klicken Sie mit der linken Maustaste auf die Grafik, halten Sie die Maustaste gedrückt und positionieren Sie die Grafik ein bißchen nach oben.

Gruppierungen herstellen und aufheben

Das Gruppieren und das Auflösen von Gruppierungen ist eine der häufiger vorkommenden Funktionen. Aus diesem Grund ist ein kleiner Überblick an dieser Stelle hilfreich.

Gruppieren und Gruppierung wieder aufheben
Gruppieren: Markieren Sie mit dem Hilfsmittel *Objektauswahl* die Objekte, die Sie zu einer Gruppe zusammenfassen wollen. Wählen Sie anschließend aus dem Menü *Anordnen* den Menüpunkt *Gruppieren.* Die markierten Objekte werden zu einer Gruppe zusammengefaßt. Die Statuszeile liefert Informationen über die Anzahl der gruppierten Objekte.
Gruppierung aufheben: Markieren Sie die Objektgruppe und wählen Sie aus dem Menü *Anordnen* den Menüpunkt *Gruppierung aufheben.* Die Gruppierung der markierten Gruppe wird aufgehoben. Nach der Aufhebung der Gruppierung sind zunächst alle Objekte markiert. Die Markierung der Objekte hebt die [Esc]-Taste auf.
Gruppierung aller Objekte aufheben: Es kommt häufiger vor, daß nicht nur Objekte miteinander gruppiert werden, sondern auch ganze Objektgruppen mit anderen Objekten bzw. Gruppen gruppiert sind. Durch den Befehl *Gruppierung aller Objekte aufheben* werden alle Verbindungen aufgehoben, auch die der Untergruppen.

1.7 Eigene Objekte erstellen

In CorelDRAW werden Objekte mit Zeichen-Hilfsmitteln erstellt. Die Zeichenhilfsmittel sind in der Hilfsmittelpalette zusammengefaßt. Es gibt unterschiedliche Objektarten, zum Beispiel Freihandlinien, Polygone, Grafiktext. Für jede Objektart wird ein eigenes Hilfsmittel verwendet. Durch zusätzliche Tastenkombinationen kann bereits bei der Erstellung von Objekten Einfluß auf die Formgebung genommen werden.

Was mit CorelDRAW möglich ist ...

... sehen Sie in der folgenden Tabelle! Zusätzlich gibt es noch die interaktiven Hilfsmittel, mit denen Sie zum Beispiel einen Schatten erzeugen können. Da diese Hilfsmittel in erster Linie jedoch zur weiteren Bearbeitung von bestehenden Objekten dienen, sind sie in dieser Tabelle nicht enthalten und kommen erst im Verlauf der weiteren Übungsbeispiele zur Sprache.

Objekttypen und Hilfsmittel im Überblick	
Hilfsmittel *Freihand*	
gedrückte Maustaste	Freihandlinie
einfache Mausklicks	einzelne Geraden
einfache Mausklicks und [Strg]-Taste	einzelne Geraden in bestimmten Winkeln (gemäß Grundeinstellung Winkelschrittweite)
Hilfsmittel *Bézier*	
gedrückte Maustaste	Kurven
einfache Mausklicks	verbundene Geraden
gedrückte Maustaste und [Strg]-Taste	Kurven, bei denen die Kontrollpunktausrichtung bestimmten Winkelschrittweiten folgt (gemäß Grundeinstellung *Winkelschrittweite*)
gedrückte Maustaste und [Alt]-Taste	Kurve, bei der der Knoten verschoben werden kann
Hilfsmittel *Natürlicher Stift*	
gedrückte Maustaste	freie Kalligraphielinien
einfache Mausklicks	gerade Kalligraphielinien
Hilfsmittel *Dimensionen*	
einfache Mausklicks	Bemaßungslinien
Hilfsmittel *Verbindungslinien*	
einfache Mausklicks	gerade Verbindungslinien
Hilfsmittel *Rechteck*	
gedrückte Maustaste	Rechteck
zusätzlich [Strg]-Taste	Quadrat
zusätzlich [Umschalt]-Taste	aus dem Mittelpunkt heraus zeichnen
[Strg]-Taste und [Umschalt]-Taste	Quadrat aus dem Mittelpunkt heraus zeichnen
Doppelklick mit der rechten Maustaste auf das Hilfsmittelsymbol	Seitenrahmen hinzufügen

Hilfsmittel *Ellipse*

gedrückte Maustaste	Ellipse
zusätzliche Strg-Taste	Kreis
zusätzliche Umschalt-Taste	Ellipse aus dem Mittelpunkt heraus zeichnen
Strg-Taste und Umschalt-Taste	Kreis aus dem Mittelpunkt heraus zeichnen

Hilfsmittel *Polygon*

gedrückte Maustaste	Stern bzw. Vieleck
zusätzlich Strg-Taste	Stern bzw. Vieleck mit gleichmäßigen Seitenverhältnissen
zusätzlich Umschalt-Taste	Stern bzw. Vieleck aus dem Mittelpunkt heraus zeichnen
Strg-Taste und Umschalt-Taste	Stern bzw. Vieleck mit gleichmäßigen Seitenverhältnissen aus dem Mittelpunkt heraus zeichnen

Hilfsmittel *Spirale*

gedrückte Maustaste	logarithmische bzw. symmetrische Spirale
zusätzlich Strg-Taste	logarithmische bzw. symmetrische Spirale mit gleichmäßigen Seitenverhältnissen
zusätzlich Umschalt-Taste	logarithmische bzw. symmetrische Spirale aus dem Mittelpunkt heraus zeichnen
Strg-Taste und Umschalt-Taste	logarithmische bzw. symmetrische Spirale mit gleichmäßigen Seitenverhältnissen aus dem Mittelpunkt heraus zeichnen

Hilfsmittel *Millimeterpapier*

gedrückte Maustaste	Millimeterpapier
zusätzlich Strg-Taste	quadratische Proportion
zusätzlich Umschalt-Taste	aus dem Mittelpunkt heraus zeichnen
Strg-Taste und Umschalt-Taste	quadratische Proportionen aus dem Mittelpunkt heraus zeichnen

Hilfsmittel *Text*

gedrückte Maustaste	Mengentextrahmen
zusätzlich Strg-Taste	quadratischer Mengentextrahmen
einfacher Mausklick	grafischer Text

Einen Kreis zeichnen, formatieren und anordnen

Im folgenden Arbeitsschritt bereichern wir unsere Grafik durch einen Kreisring. Der Kreisring wird zuerst gezeichnet, dann formatiert und schließlich angeordnet. Bei Bedarf kann das neu hinzugefügte Grafikelement noch gruppiert werden. Diese Reihenfolge der Vorgehensweise ist wichtig: Viele Anwender probieren direkt schon bei der Erstellung eines Elements, die richtige Größe und Position hinzubekommen. Gehen Sie lieber Schritt für Schritt vor. Das ist einfacher und ermöglicht präziseres Gestalten.

Den Kreisring erstellen

① Dazu wählen Sie das Hilfsmittel *Ellipse* und setzen Ihren Mauscursor ungefähr auf die Mitte der Arbeitsseite.

② Wenn Sie nun die linke Maustaste gedrückt halten und diagonal nach unten rechts ziehen, sehen Sie schon eine schöne Ellipse, die eventuell sogar einer Keisform sehr nahe kommt (lassen Sie die Maustaste noch nicht los!).

③ Um aber einen wirklich gleichmäßigen Kreis zu zeichnen, halten Sie zusätzlich zur gedrückten linken Maustaste auch noch die [Strg]-Taste gedrückt.

④ Jetzt wird es akrobatisch: Nehmen Sie zudem noch die [Umschalt]-Taste hinzu. Das Objekt wird aus dem Mittelpunkt heraus gezeichnet. Lassen Sie erst die Maustaste los, dann die [Strg]-Taste und die [Umschalt]-Taste.

Hinweis: Diese Reihenfolge ist sehr wichtig. Werden erst die Tasten losgelassen, geht die gleichmäßige Kreisform verloren. Wenn es auf Anhieb nicht klappen sollte, macht nichts! Löschen Sie das mißlungene Objekt durch Drücken der [Entf]-Taste und beginnen Sie noch mal von neuem. Es ist einfacher, ganz neu anzufangen, als ein vermurkstes Objekt reparieren zu wollen!

⑤ Sollte der Kreisring noch nicht die gewünschte Größe besitzen, klicken Sie ihn einfach mit dem Hilfsmittel *Objektauswahl* an und verkleinern ihn über einen der vier Eckanfasser. Wenn Sie gleichzeitig die [Umschalt]-Taste gedrückt halten, bleibt der Mittelpunkt erhalten.

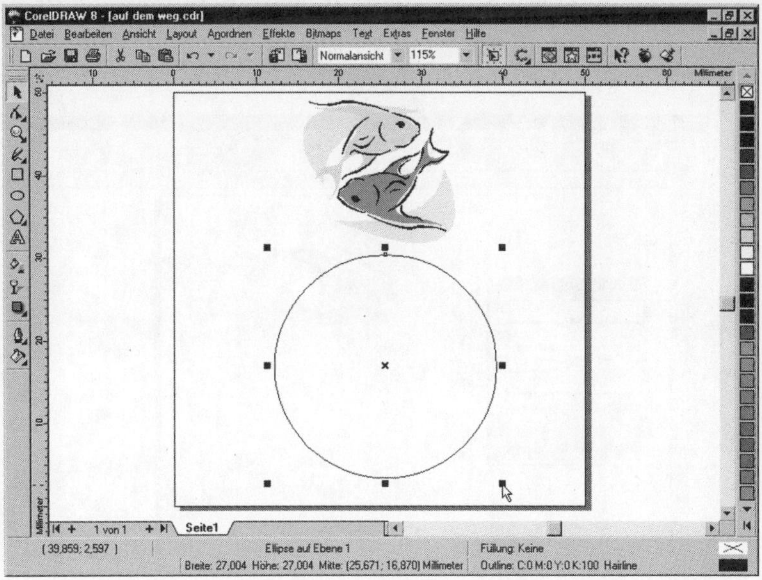

Abb. 25: Mit dem Hilfsmittel Ellipse und der gedrückten [Strg]*-Taste erhalten Sie einen gleichmäßigen Kreis*

Den Kreisring formatieren: Umriß- und Füllattribute zuweisen

Der gerade erstellte Kreis erhält automatisch die Standardformatierung. Er besteht aus einer einfachen schwarzen Umrißlinie ohne Füllung. Jetzt wird formatiert!

① Klicken Sie mit der linken Maustaste auf das Hilfsmittel *Umriß*. Alle Hilfsmittel der Hilfsmittelpalette, die eine kleine schwarze Markierung in der unteren rechten Ecke besitzen, sind mit einem Flyout ausgestattet, in dem zwischen verschiedenen Hilfsmitteln gewählt werden kann. Wählen Sie durch einen linken Mausklick das dritte Symbol aus dem Flyout-Menü.

② Es öffnet sich das Rollup *Stift*, das eine einfache Zuweisung von Gestaltungsvorgaben ermöglicht. Über die Schaltfläche *Bearbeiten* gelangen Sie in das Dialogfenster *Umrißstift*, in dem Sie eine Linienstärke von 1,00 mm einstellen können.

③ Die Farbpalette läßt sich durch einen Klick mit der linken Maustaste auf das Listenfeld *Farbe* öffnen. Wählen Sie hier eine passende Farbe für den

Kreisbogen. Es sollte sich hierbei um einen helleren Farbton handeln, da das Ganze später noch mit Text versehen wird, der noch zu lesen sein sollte, wenn er über der Grafik liegt.

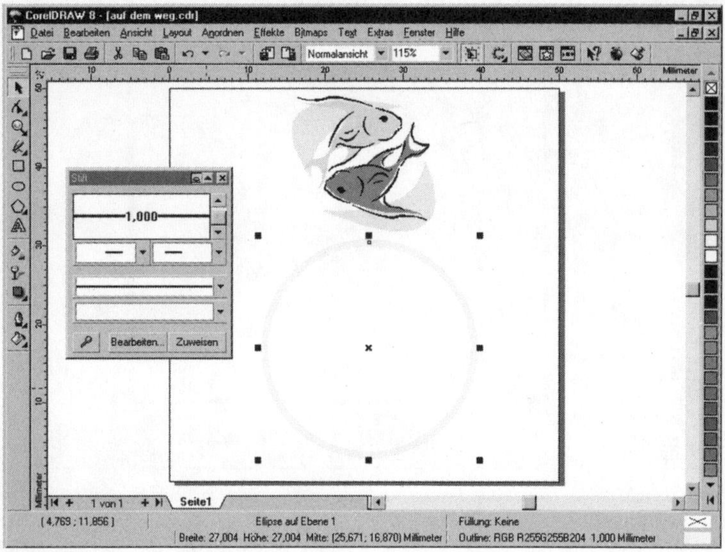

Abb. 26: Das Rollup Stift ermöglicht eine schnelle und einfache Zuweisung von Umrißeigenschaften

④ Klicken Sie auf die Schaltfläche *Zuweisen*, und schon ist der Kreis formatiert. Nicht vergessen: Eine schnelle Farbzuweisung erlaubt die Farbpalette am rechten Bildschirmrand. Ein Klick mit der rechten Maustaste auf ein Farbfeld, und schon hat der Umriß eine neue Farbe.

Die richtige Ausrichtung und Anordnung

Die Grafik soll im oberen Bereich des Kreises positioniert werden und den Kreis überdecken. Derzeit befindet sich der Kreis aber noch unterhalb der Grafik und liegt im Vordergrund (überdeckt die Grafik, sobald Sie die beiden übereinander positionieren). Was nun? Ganz einfach:

① Ordnen Sie die beiden Objekte (Grafik und Kreis) ähnlich der folgenden Abbildung auf der Zeichenseite nach Augenmaß grob an.

② Um den Kreis in den Hintergrund zu bekommen, wählen Sie aus dem Menü *Anordnen* den Menüpunkt *Anordnung*.

③ Durch einen Mausklick auf den Menüpunkt *Anordnung* öffnet sich ein weiteres Untermenü. Alle diese Befehle beziehen sich auf die räumliche Anordnung von Objekten bzw. Objektgruppen. Wäre Ihr Monitor dreidimensional, könnten Sie es besser erkennen. Zum einen gibt es die beiden Flächenachsen x und y, zum anderen gibt es aber auch die Raumachse z, die die Reihenfolge und Überschneidungen von Objekten definiert.

④ Wählen Sie aus dem Untermenü den Menüpunkt *Nach hinten*, und schon befindet sich das markierte Objekt hinter allen anderen Objekten.

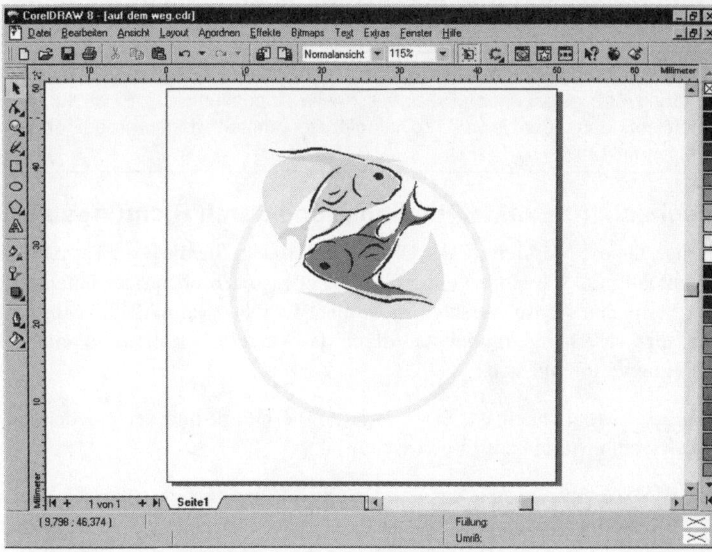

Abb. 27: Nach der richtigen Raumanordnung liegt die Grafik über dem Kreis

⑤ Die korrekte Ausrichtung der beiden Objekte (Horoskopgrafik und Kreis) hinsichtlich der Flächen wird über den Menüpunkt *Ausrichten und verteilen* vorgenommen, der sich ebenfalls im Menü *Anordnen* befindet. Bevor die beiden Objekte zueinander ausgerichtet werden können, müssen beide markiert werden. Wählen Sie dazu aus dem Menü *Bearbeiten* den Menüpunkt *Alles auswählen*.

⑥ Aus dem Untermenü wählen Sie den Menüpunkt *Objekte*. Beide Objekte sollten markiert sein, was auch die Statuszeile anzeigt.

⑦ Wählen Sie nun aus dem Menü *Anordnen* den Menüpunkt *Anordnen und verteilen*. Das gleichnamige Dialogfenster, das sich daraufhin öffnet, besteht aus zwei Registerkarten: eine für die Anordnung, die andere für das Verteilen.

⑧ Bleiben Sie auf der Registerkarte *Anordnen* und klicken Sie mit der linken Maustaste in das Kontrollkästchen *Zentriert.*

⑨ Wenn Sie mit der linken Maustaste auf die Schaltfläche *Vorschau* klicken, können Sie die Einstellungen überprüfen und gegebenenfalls korrigieren. Klicken Sie mit der linken Maustaste auf die Schaltfläche *OK*, um die Formatierung endgültig zuzuweisen und das Dialogfenster zu schließen.

Tip: Einstellungen durch Vorschau überprüfen

In vielen Dialogfenstern finden Sie die Schaltfläche *Vorschau*, die eine Überprüfung und gegebenenfalls eine schnelle Anpassung der Einstellungen ermöglicht, ohne das jeweilige Dialogfenster immer wieder erneut öffnen zu müssen.

Nachschliff: Exakte Positionierung durch Richtungstasten

Heben Sie die Markierung der Objekte auf, indem Sie die [Esc]-Taste drücken. Eventuell muß die Horoskopgrafik noch etwas nach oben oder unten, also in der vertikalen Achse, verschoben werden. Es gibt zwei einfache Möglichkeiten, dies zu erledigen, ohne daß durch das Verschieben die horizontale Ausrichtung verlorengeht:

Die erste Möglichkeit ist, Sie markieren die Grafik und verschieben sie mit den Richtungstasten auf Ihrer Tastatur.

① Die Schrittweite, mit der Sie das Objekt verschieben, läßt sich über den Menüpunkt *Optionen* im Menü *Extras* einstellen.

② Wählen Sie im Dialogfenster *Optionen* die Registerkarte *Bearbeiten.*

③ Auf der rechten Seite des Dialogfensters befindet sich der Bereich *Schrittweise verschieben*, in dem Sie eigene Werte für die Schrittweite eingeben können. Wählen Sie zuerst die Maßeinheit *Millimeter* im Eingabefeld *Einheiten* und geben Sie dann im oberen Eingabefeld *Schrittweite* den Wert 0,2 ein.

④ Das Eingabefeld *Größere Schrittweite* ermöglicht die Eingabe eines Faktors, mit dem Objekte verschoben werden können, wenn Sie beim Verschieben des Objekts mittels Richtungstasten gleichzeitig auch die [Umschalt]-Taste gedrückt halten. Geben Sie hier den Wert 50 ein.

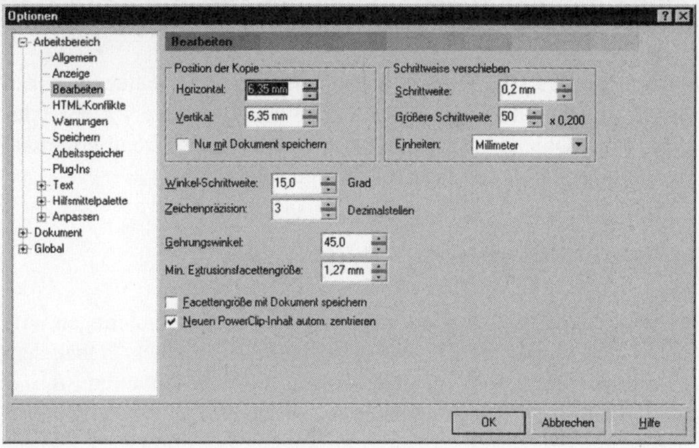

Abb. 28: Die Schrittweite für das Verschieben von Objekten mittels Richtungstasten wird über die Grundeinstellungen geregelt

Tip: Einen Bearbeitungsschritt rückgängig machen

Sollte es schon passiert sein, daß Sie zuerst die [Strg]-Taste losgelassen haben, kann es sein, daß die Zentrierung der beiden Objekte verlorengeht. Kein Grund zur Panik! In diesem Fall klicken Sie einfach auf das Menü *Bearbeiten* und wählen den Menüpunkt *Rückgängig (Verschieben)*. Sie können natürlich auch das entsprechende Symbol in der Symbolleiste benutzen. Übrigens: Sie können bis zu 99 Schritte rückgängig machen, einstellbar über das Menü *Extras* und den Menüpunkt *Optionen*. Dort befindet sich die Registerkarte *Allgemein* mit den Eingabefeldern *Allgemein* und *Bitmap*. Wichtig ist das Eingabefeld *Allgemein*, in dem Sie allerdings einen Wert nicht über 10 eingeben sollten. Warum? Weil jeder Arbeitsschritt gespeichert werden muß, um ihn rückgängig machen zu können. Gerade bei komplexeren Grafiken kann das zu Lasten der Systemleistung gehen. Und eine vermurkste Grafik, bei der 50 Schritte oder mehr rückgängig gemacht werden müssen, sollte besser von neuem begonnen werden.

Die Alternative: Verschieben mit der Maus

Eine andere Möglichkeit bietet das Verschieben mit dem Hilfsmittel *Objektauswahl*.

① Sie klicken auf die Grafik, halten die Maustaste gedrückt und drücken dann die [Strg]-Taste. Normalerweise bewirkt ja die [Strg]-Taste, daß Sie ein Einzelobjekt anwählen können, das Teil einer Gruppe ist. Aber hier kommt es auf die Reihenfolge an, wann welche Tasten gedrückt werden.

Erst die Maustaste drücken und gedrückt halten, dann die [Strg]-Taste hinzunehmen.

② Nun können Sie das Objekt bzw. die Objektgruppe verschieben, wobei dies nur genau horizontal oder vertikal möglich ist. Sie verschieben das Objekt, bis beide Objekte nach optischen Gesichtspunkten zentriert aussehen. Lassen Sie erst die Maustaste los, dann die [Strg]-Taste!

1.8 Mal was Flächiges: Polygone

Nun wollen wir unsere Grafik noch mit farbigen Flächen hinterlegen. Als Form soll dabei ein Polygon dienen, was soviel heißt wie Vieleck. Neben dem Hilfsmittel *Polygon* gibt es auch die Möglichkeit, mit dem Hilfsmittel *Bézier* ein Polygon zu zeichnen. Wir werden beides ausprobieren.

Ein Polygon mit dem Hilfsmittel Polygon zeichnen

In CorelDRAW gibt es zwei Polygonarten: das klassische Vieleck und die Sternform.

Die Polygonart einstellen

① Durch einen Doppelklick auf das Hilfsmittel *Polygon* öffnet sich das Dialogfenster *Hilfsmittel Polygon*, in dem Sie zwischen den verschiedenen Polygonarten wählen können.

② Hier können Sie die gewünschte Polygonform auswählen, die das Hilfsmittel *Polygon* erstellen soll. Da in unserem Übungsbeispiel die Sternform verwendet werden soll, aktivieren Sie die Option *Stern*.

Hinweis: Der Darstellung des Hilfsmittelsymbols ist die gerade eingestellte Polygonform leider nicht zu entnehmen. Es sieht immer gleich aus!

③ Die Anzahl der Ecken kann auf 6 stehenbleiben. Die Schärfe stellen Sie über den Schieberegler auf 20 oder geben den Wert in das Eingabefeld ein. Klicken Sie auf die Schaltfläche *OK*.

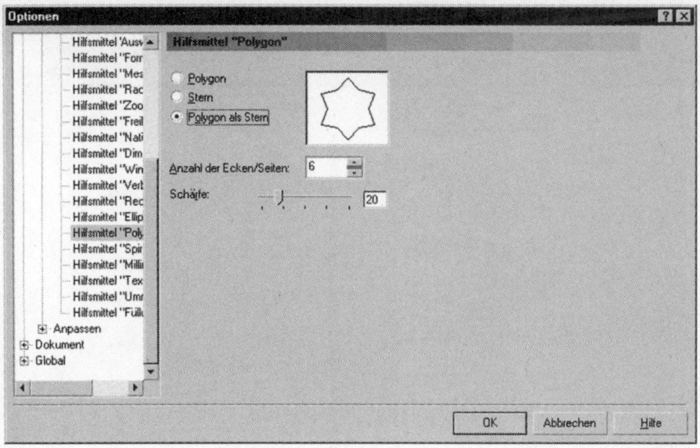

Abb. 29: Durch einen Doppelklick auf das Hilfsmittelsymbol können bei den meisten Hilfsmitteln die Einstellungen verändert werden

Das Polygon erstellen und bearbeiten

Mit einem Objekt läßt sich allerlei anstellen: skalieren, drehen, neigen, einfärben usw. Einiges wollen wir im nächsten Arbeitsschritt ausprobieren ...

① Verschieben Sie über die Bildlaufleisten den Bildschirmausschnitt ein bißchen nach links. Positionieren Sie Ihren Mauscursor über dem Desktop, klicken Sie mit der linken Maustaste, halten Sie die Maustaste gedrückt und Sie ziehen ein Polygon auf.

② Wählen Sie das Hilfsmittel *Objektauswahl* und verändern Sie über die acht Anfasser die Größe des Polygons.

③ Durch einen weiteren Mausklick mit dem Hilfsmittel *Objektauswahl* auf das noch markierte Objekt werden anstatt der acht schwarzen Kästchen kleine Pfeile angezeigt.

④ Klicken Sie auf einen der vier Eckpfeile, halten Sie die Maustaste gedrückt und drehen Sie das Polygon ein bißchen um seine eigene Achse. Wenn Sie zusätzlich die [Strg]-Taste gedrückt halten, begrenzt sich die Winkelschrittweite auf das in den Grundeinstellungen definierte Drehinkrement (normalerweise 15°).

⑤ Wählen Sie als nächstes einen der vier mittleren Pfeile. Diese Pfeile ermöglichen eine Verzerrung bzw. Neigung des Objekts. Klicken Sie dazu auf einen mittleren Pfeil, halten Sie die Maustaste gedrückt und ziehen Sie den Mauscursor etwas zur Seite. Auch hier läßt sich die Schrittweite durch die gedrückte [Strg]-Taste begrenzen.

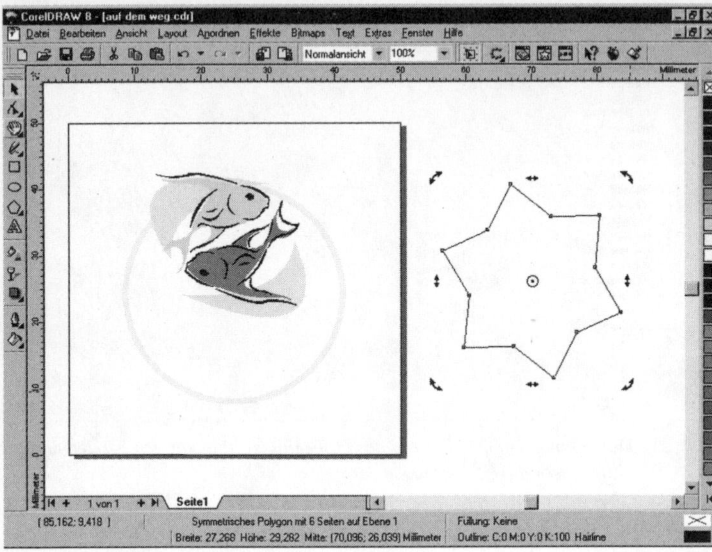

Abb. 30: *Durch einen Doppelklick mit der linken Maustaste auf das Objekt werden Dreh- und Neigungsanfasser angezeigt, über die das Objekt gedreht und geneigt werden kann*

Ein Polygon in Kurven umwandeln und mit dem Hilfsmittel Form verändern

Das Polygon hat schon einige Umformungen erfahren. Es kann aber noch effektiver verformt werden. Dazu muß es einem kleinen Umwandlungsprozeß unterworfen werden und kann anschließend mit dem Hilfsmittel *Form* tiefgreifend verändert werden. Dieser Umwandlungsprozeß heißt *In Kurven umwandeln* (CorelDRAW 6 und 7) bzw. *In Kurven konvertieren* (CorelDRAW 8). Dabei wird die Aufbauvorschrift der Objektform so weit aufgehoben, daß sie in jeder Hinsicht verändert werden kann.

① Markieren Sie das Polygon mit dem Hilfsmittel *Objektauswahl* und wählen Sie aus dem Menü *Anordnen* den Menüpunkt *In Kurven umwandeln* bzw. *konvertieren*.

② Wählen Sie mit der linken Maustaste das Hilfsmittel *Form* aus der Hilfsmittelpalette. Anstatt der acht schwarzen Anfasser sehen Sie jetzt kleine Kästchen an den Ecken des Polygons.

③ Wenn Sie den Mauscursor über einem der Eckpunkte des Polygons plazieren (ohne zu klicken, nur plazieren!), vergrößert sich die Darstellung des Eckpunkts. Dieser Eckpunkt ist ein Knoten, den Sie verschieben können, womit Sie auch gleichzeitig die Form des Polygons verändern.

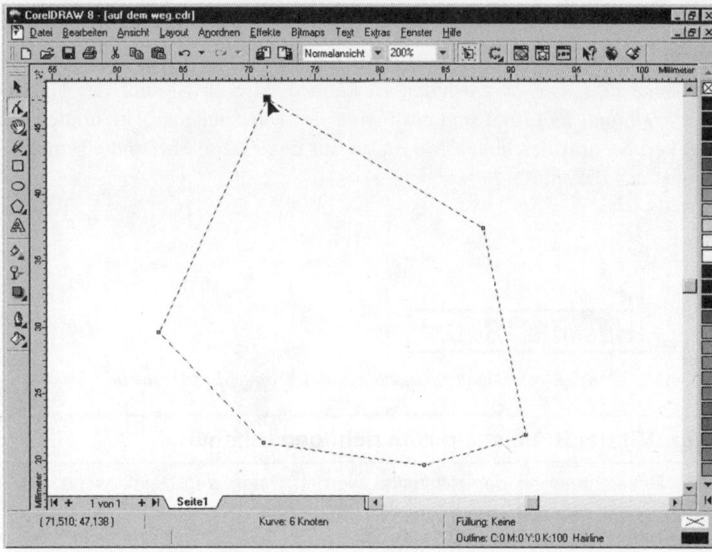

Abb. 31: Das Polygon nach seiner Umwandlung in Kurven und anschließenden Bearbeitung mit dem Hilfsmittel Form

④ Klicken Sie mit der linken Maustaste auf einen Eckpunkt, halten Sie die Maustaste gedrückt und ziehen Sie den Mauscursor in eine beliebige Richtung. Sofort verformt sich auch das Objekt. Wiederholen Sie diesen Arbeitsschritt auch mit den anderen Knoten, bis die Form richtig schön "unförmig" geworden ist.

⑤ Durch Drücken der [Entf]-Taste können Sie überzählige Knoten löschen.

⑥ Dem soeben erstellten Polygon können Sie durch einen Klick mit der linken Maustaste in die Farbpalette einen dezenten Farbton zuweisen. Da die Fläche später als Hintergrundfläche fungiert, sollte der Farbton nicht zu aufdringlich sein.

⑦ Den Umriß können Sie durch einen rechten Mausklick auf das X in der Farbpalette löschen.

Ein Polygon mit dem Hilfsmittel Bézier zeichnen

Das zweite Polygon erstellen wir mit dem Hilfsmittel *Bézier*. Eigentlich ist dies auch mit dem Hilfsmittel *Freihand* möglich. Das Hilfsmittel *Bézier* ist jedoch zweckdienlicher, da die gezeichneten Linien automatisch verbunden werden.

① Das Hilfsmittel *Bézier* wird nicht standardmäßig in der Hilfsmittelpalette angezeigt. Um es anwählen zu können, klicken Sie auf das Hilfsmittel *Freihand*. Es öffnet sich ein Flyout mit verschiedenen Hilfsmitteln. Klicken Sie mit der linken Maustaste auf das zweite Hilfsmittelsymbol. Das ist das Hilfsmittel *Bézier*.

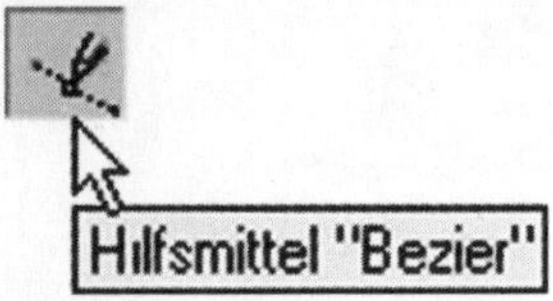

Abb. 32: Im Flyout-Menü können Sie das Hilfsmittel Bézier finden

Tip: Mit der Bubblehelp zum richtigen Hilfsmittel
Die Bezeichnungen der Hilfsmittel werden Ihnen angezeigt, wenn Sie den Mauscursor für etwa zwei Sekunden ohne Aktion über einem Hilfsmittelsymbol verweilen lassen. Das gelbe Fensterchen, das sich daraufhin öffnet, wird *Bubblehelp* genannt und erscheint auch bei vielen anderen Schalt- und Symbolflächen. Wenn Ihnen die Information nicht ausreicht, klicken Sie mit der linken Maustaste auf das Hilfesymbol in der Symbolleiste. Der Mauscursor verwandelt sich in ein Fragezeichen mit Mauscursor. Klicken Sie auf ein beliebiges Bildschirmelement. Sofern für dieses Element ein Hilfetext vorhanden ist, erscheint daraufhin eine detailliertere Erklärung zum angeklickten Element.

② Führen Sie nun Ihren Mauscursor auf einen freien Bereich Ihrer Zeichenseite. Durch einen einfachen linken Mausklick zeichnen Sie den Anfangspunkt der Linie.

③ Führen Sie nun den Mauscursor nach rechts oben und klicken Sie ein zweites Mal mit der linken Maustaste - und schon haben Sie eine gerade Linie gezeichnet.

④ Bewegen Sie den Mauscursor ein Stückchen nach rechts. Sofort erscheint in der Vorschau eine zweite Linie. Durch einen Mausklick mit der linken Maustaste wird ein weiterer Punkt gesetzt, und die Linie wird endgültig gezeichnet.

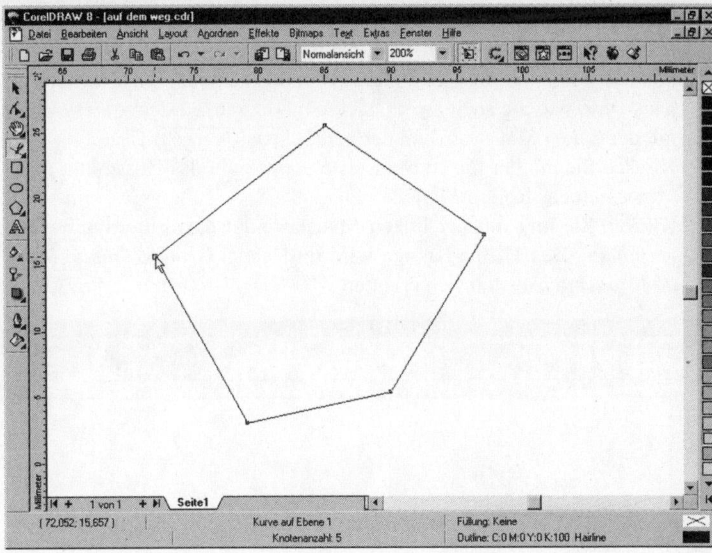

Abb. 33: Das Hilfsmittel Bézier erzeugt Linien, die direkt miteinander verbunden sind

⑤ Wiederholen Sie diesen Arbeitsschritt einige Male, bis Sie genügend Ecken und Linien gezeichnet haben. Mit dem letzten Mausklick verbinden Sie den Endpunkt der letzten Linie mit dem Anfangspunkt der ersten Linie. Sie müssen genau zielen, damit die beiden Punkte miteinander verbunden werden. Auf diese Weise ist aus einem offenen Linienverlauf eine geschlossene Objektform erzeugt worden, der eine Füllung zugewiesen werden kann.

Was machen, wenn nicht alle Knoten miteinander verknotet sind?

Nur geschlossene Linienverläufe können Füllungen erhalten. Die Punkte, die durch Linien verbunden werden sollen, heißen Knoten. Falls es bei der Erstellung des Polygons mit der Verbindung von End- und Anfangskonten nicht geklappt hat, können Sie auch nachträglich noch eine "Verknotung" vornehmen.

① Wählen Sie das Hilfsmittel *Form*, um die Knoten des Polygons sichtbar zu machen. Die Knoten werden als kleine Kästchen dargestellt.

② Markieren Sie die beiden Knoten, die noch nicht verbunden sind. Bei dem Polygon (das ja noch keines ist, wenn nicht alle Knoten miteinander verbunden sind) sind dies der Anfangs- und Endknoten. Gehen Sie dazu genauso vor, wie Sie auch zwei Objekte markieren würden: durch Anklicken mit der linken Maustaste und der gedrückten [Umschalt]-Taste.

③ Klicken Sie mit der linken Maustaste doppelt auf das Hilfsmittel *Form*. Es öffnet sich das Rollup *Knoten*.

④ Klicken Sie hier mit der linken Maustaste auf das dritte Symbol *Knoten verbinden*. Das Thema Knoten wird im Kapitel *Grande Finale: Mein Urlaubstagebuch* ausführlich erläutert.

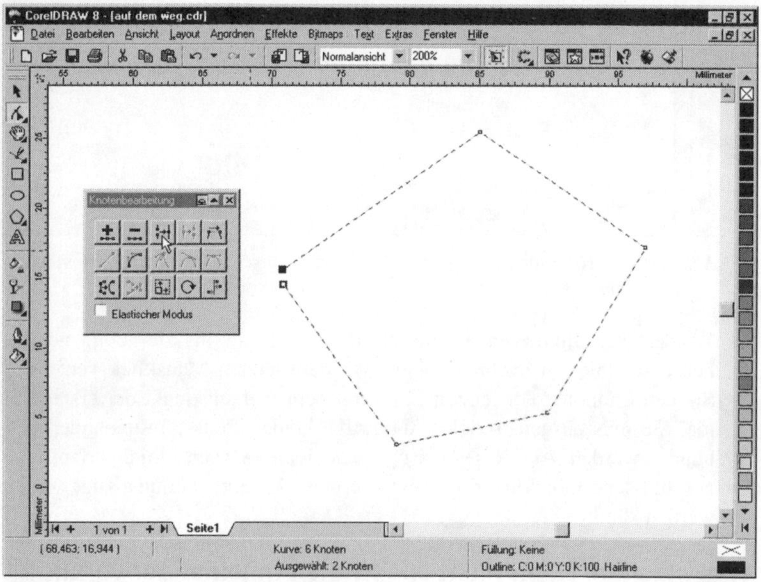

Abb. 34: Knoten können über das Rollup Knotenbearbeitung verbunden und getrennt werden

Das zweite Polygon einfärben

Haben Sie Ihr Polygon erfolgreich gezeichnet, kann es formatiert werden.

① Das zweite Polygon soll in derselben Farbe eingefärbt werden wie das vorherige Polygon, nur etwas dunkler. Am geeignetsten für diesen Arbeitsschritt ist das Rollup *Füllung*, das Sie ja bereits kennen und über die Hilfsmittelpalette öffnen (falls es nicht mehr angezeigt wird).

② Wählen Sie das Hilfsmittel *Objektauswahl* und markieren Sie das neu erstellte Polygon.

③ Nehmen Sie mit der Pipette (Pipetten-Symbol im Rollup) die Farbe des vorher eingefärbten Polygons auf. Die Farbwerte werden sofort im Rollup angezeigt.

④ Im Listenfeld *Farbmodell* wählen Sie den Eintrag *HSB*. Der Wert *H* steht für den Farbton, *S* für die Sättigung und *B* für Helligkeit.

⑤ Um die Farbe ein bißchen dunkler werden zu lassen, vermindern Sie den Wert *B* geringfügig.

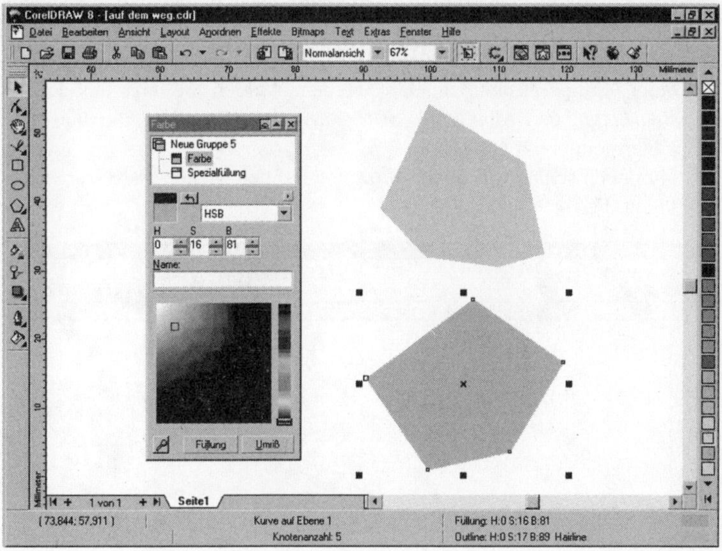

Abb. 35: Mit dem Rollup Farbe lassen sich Farben aufnehmen, verändern und neu zuweisen

⑥ Ein Klick auf die Schaltfläche *Füllung*, und schon ist auch das zweite Polygon entsprechend eingefärbt.

⑦ Da der Umriß des Polygons gelöscht werden soll, klicken Sie mit der linken Maustaste auf das *X* in der Farbpalette.

Richtig anordnen und gruppieren

Nun werden die Polygone nach Augenmaß auf unsere Grafik gesetzt. Die zuletzt gezeichneten Objekte liegen jedoch immer über allem anderen, so daß zuerst die richtige Anordnung hergestellt werden muß.

① Positionieren Sie die beiden Polygone so, daß sie so über der Grafik liegen, wie Sie es der Abbildung entnehmen können. Gegebenenfalls vergrößern oder verkleinern Sie die Objekte.

② Haben die Polygone die richtige Position eingenommen, gruppieren Sie beide Objekte. Markieren Sie dazu beide Polygone und wählen Sie anschließend aus dem Menü *Anordnen* den Menüpunkt *Gruppieren*.

③ Im nächsten Schritt wählen Sie im Menü *Anordnen* den Menüpunkt *Anordnung*.

④ Klicken Sie im angezeigten Untermenü auf den Menüpunkt *Nach hinten*. Die markierte Objektgruppe wird ganz nach hinten hinter alle anderen Objekte verschoben.

⑤ Jetzt, wo alles so schön zueinander angeordnet ist, sollten alle Objekte zu einer Gruppe zusammengefaßt werden. Wählen Sie dazu aus dem Menü *Bearbeiten* den Menüpunkt *Alles auswählen*. Klicken Sie hier auf den Untermenüpunkt *Objekte*.

⑥ Nun noch schnell im Menü *Anordnen* auf den Menüpunkt *Gruppieren* geklickt. Fertig!

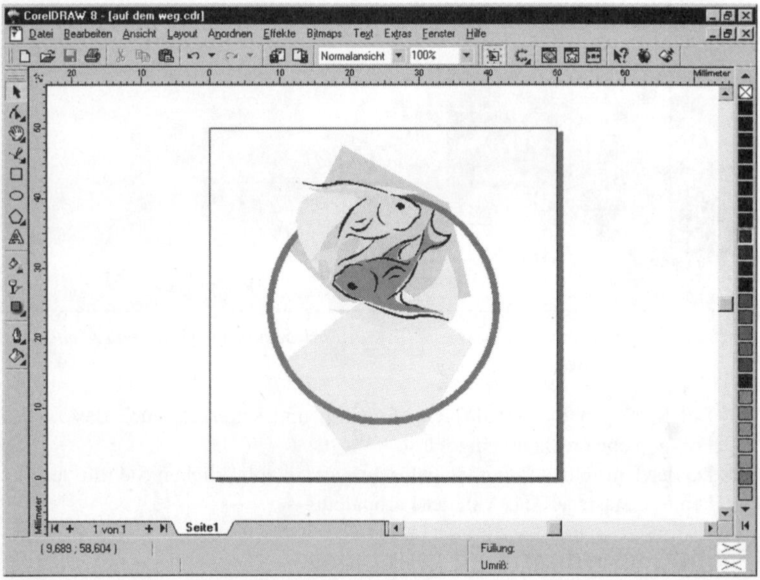

Abb. 36: Die Grafik bis hierhin!

1.9 Wer - Wie - Was ...

Kommen wir nun zum textlichen Teil. In diesem Abschnitt wollen wir die Adresse hinzufügen.

Der feine Unterschied: Grafiktext vs. Mengentext

CorelDRAW unterscheidet zwischen zwei Textarten: Mengentext und grafischem Text, häufig auch als Grafiktext bezeichnet. Beide Textsorten werden mit demselben Hilfsmittel erzeugt, sind aber in ihren Eigenschaften und ihrer Anwendung unterschiedlich.

Grafiktext erzeugen

Wenn Sie mit dem Hilfsmittel *Text* einfach nur auf die Zeichenseite klicken, sehen Sie eine Einfügemarke und können sofort mit der Eingabe des grafischen Textes beginnen. In diesem Fall haben Sie einen Grafiktext erstellt. Grafiktext kann mit allen Hilfsmitteln weiterbearbeitet und effektvoll gestaltet werden. Er eignet sich jedoch nur für kleinere Textmengen, da es hier keine klassischen Mengentextfunktionen gibt, wie beispielsweise Absatzformate, Tabulatoren, Einzüge.

Mengentext erzeugen

Mengentext erzeugen Sie, indem Sie die linke Maustaste gedrückt halten und einen Mengentextrahmen aufziehen. Es ist fast so, als ob Sie ein Rechteck zeichnen würden. Mengentext läßt sich nicht so vielfältig umgestalten wie Grafiktext, stellt dafür aber die erforderlichen Funktionen bereit, auch größere Textmengen effizient formatieren zu können.

Grafiktext hinzufügen

Für das Logo ist Grafiktext die geeignetere Textsorte, da er sich freier gestalten laßt.

① Klicken Sie mit der linken Maustaste auf das Hilfsmittel *Text* und führen Sie den Mauscursor über die Zeichenseite. Er verwandelt sich in eine Kreuz mit einem *A*.

② Klicken Sie mit der linken Maustaste auf die Zeichenseite, verwandelt sich der Mauscursor in eine Einfügemarke. Sie können sofort mit der Texteingabe beginnen.

③ Geben Sie nun Ihren Namen ein. Beenden Sie aber die Texteingabe NICHT mit der [Enter]-Taste! Dies erzeugt lediglich eine neue Zeile und beendet keinesfalls die Texteingabe. Klicken Sie mit der linken Maustaste auf das Hilfsmittel *Auswahl* oder drücken Sie die [Esc]-Taste, woraufhin Ihr Mauscursor wieder seine gewohnte Gestalt in Form eines Pfeils annimmt.

④ Der eingegebene Text ist automatisch markiert und kann sofort formatiert werden. Wahrscheinlich ist die Standardeinstellung für die Textgröße so groß eingestellt, daß bei der Eingabe der Bildschirm verschoben wurde. Klicken Sie auf den Listenpfeil des Steuerelements *Zoom* in der Symbolleiste. Aus der Liste der verschiedenen Zoomeinstellungen wählen Sie 75 %. Nun sollten Sie alles sehen können.

1.10 Grafiktext formatieren

Als erstes verändern wir Schriftart und Textgröße. Die Textgröße läßt sich leicht über die Eckanfasser ändern.

① Klicken Sie dazu mit der linken Maustaste auf einen der Eckanfasser und halten Sie die Maustaste gedrückt. Ziehen Sie nun den Mauscursor vorsichtig diagonal zum Mittelpunkt des Textes. Der Text wird dadurch verkleinert.

② Eine exakte Größenbestimmung von Text ermöglicht das Dialogfenster *Text formatieren*. Sie können dort alle Textformatierungen vornehmen, die auf Grafiktext anwendbar sind. Wählen Sie aus dem Menü *Text* den Menüpunkt *Text formatieren*.

Abb. 37: Alle Möglichkeiten der Textformatierung erlaubt das Dialogfenster Text formatieren

③ Im Dialogfenster *Text formatieren* wählen Sie die Registerkarte *Schrift*.

④ Die Auswahl einer Schriftart erfolgt durch einen Mausklick auf den Listenpfeil des Eingabefelds *Schrift*. Hier werden Ihnen alle derzeit installierten Schriftarten angezeigt. Über die Richtungstasten auf Ihrer Tastatur können Sie bequem zwischen den Schriften hin- und herwechseln, wobei durch eine Vorschau ein Eindruck vom Erscheinungsbild der gewählten Schrift vermittelt wird.

⑤ Nachdem Sie sich für eine geeignete Schriftart entschieden haben, wählen Sie nun noch eine passende Schriftgröße aus. Die dürfte so ungefähr bei 16 pt liegen. Je nach gewählter Schriftart kann dieser Wert auch wesentlich größer oder kleiner ausfallen. Jede Schrift hat ihre eigene Laufweite (Abstand und Breite der Buchstaben), die bestimmt, wie breit die Buchstaben sind und welchen Abstand die Buchstaben zueinander haben. Klikken Sie zuerst auf die Schaltfläche *Übernehmen*. Dadurch werden die Formatierungen auf den markierten Text angewendet, und Sie können in Ruhe das Ergebnis betrachten.

⑥ Soll noch etwas geändert werden, nehmen Sie die entsprechenden Änderungen im noch geöffneten Dialogfenster vor und weisen die Einstellung erneut zu. Wenn Sie Ihre Entscheidung getroffen haben, klicken Sie mit der linken Maustaste auf die Schaltfläche *OK*. In unserem Übungsbeispiel wird die Schriftart *Bard* mit 16 pt verwendet.

Tip: Schnellformatierung mit der Eigenschaftsleiste

Eine weitere Möglichkeit, den Text schnell zu formatieren, ist der Weg über die Eigenschaftsleiste. Durch Eingabe der entsprechenden Werte übernimmt der markierte Text unmittelbar die neuen Eigenschaften.

Hinweis: Die Maßeinheit zur Textgrößendefinition lautet pt und steht für Point, genauer Pica Point. Diese Maßeinheit stammt aus dem englisch-amerikanischen Pointsystem, das auf dem englischen Zoll bzw. Inch basiert und eine Länge von 2,54 cm mißt. 12 Points ergeben 1 Pica, 6 Pica ergeben 1 Zoll. Somit passen in 1 Zoll 72 Points (abgerundet). Obwohl sich rechnerisch ein Wert von 0,353 mm ergibt, wird ein Point mit 0,351 mm angegeben. Diese Maßeinheit ist das Standardmaß für Schriftgrößenbestimmungen im DTP-Bereich und wird international verwendet. Nicht zu verwechseln ist der Point (pt) mit dem selteneren Didot-Punkt (p), der im deutschsprachigen Raum hin und wieder verwendet wird. Ein Didot-Punkt entspricht nämlich einer Länge von 0,357 mm. Der Unterschied mag gering erscheinen, aber gerade bei größeren Schriften oder längeren Texten kommt da schon einiges zusammen.

1.11 Grafiktext an Objekt ausrichten

Grafischer Text läßt sich in vielfältiger Weise verformen und umgestalten. Spezielle Füllungen wie Farbverläufe oder Musterfüllungen, Perspektive und andere Umformungen sind gar kein Problem und sehr einfach herzustellen. Im nächsten Arbeitsschritt soll der Text auf einer Wellenlinie entlanglaufen. Die Funktion, mit der wir so etwas erreichen, heißt *Text an Objekt ausrichten*.

Eine Bézierkurve zeichnen

Als erstes benötigen Sie eine Form, ob Linie oder Fläche, an der der Text ausgerichtet werden kann.

① Die Linie zeichnen wir mit dem Hilfsmittel *Bézier*. Falls es Ihnen in der Hilfsmittelpalette nicht mehr angezeigt wird, hier noch einmal schnell die Wegbeschreibung: Sie gelangen an dieses Hilfsmittel, indem Sie auf das vierte Hilfsmittelsymbol von oben in der Hilfsmittelpalette klicken und die Maustaste für zwei Sekunden gedrückt halten. Es öffnet sich ein Flyout-Menü mit insgesamt fünf Hilfsmittelsymbolen. Wählen Sie das zweite Symbol aus und schon haben Sie das Hilfsmittel *Bézier*. Mit diesem Hilfsmittel lassen sich wunderschöne Kurven zeichnen, an denen wir später den Text ausrichten.

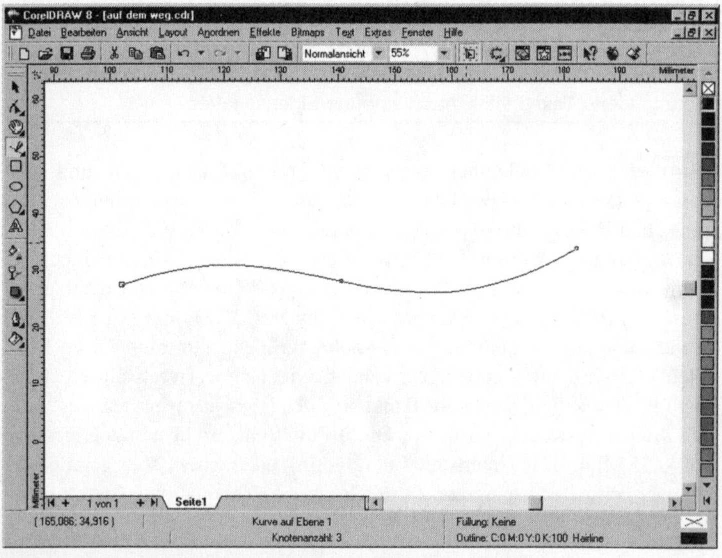

Abb. 38: Eine Bézierkurve mit drei Knotenpunkten

② Klicken Sie nun einmal mit der linken Maustaste auf die Zeichenseite. Durch den Mausklick ist ein Knoten gezeichnet worden, von dem man allerdings noch nicht allzuviel sehen kann. Lassen Sie die Maustaste los und führen Sie den Mauscursor nach rechts. Nun klicken Sie ein zweites Mal, halten aber die linke Maustaste gedrückt und ziehen den Mauscursor nach oben!

③ Mit der gedrückten linken Maustaste können Sie nun aus dem soeben gezeichneten zweiten Punkt Kontrollpunkte herausziehen. Mit ein bißchen Fingerspitzengefühl läßt sich so aus der noch geraden Linie eine Kurve machen. Wenn die Kurve Ihren Vorstellungen entspricht, lassen Sie die Maustaste los und bewegen den Mauscursor wieder ein Stück weiter nach rechts.

④ Wieder klicken Sie mit der linken Maustaste, halten diese gedrückt und bewegen den Mauscursor etwas nach unten. Auch dieser Teilabschnitt der Linie wird zu einer wunderschönen Kurve geformt.

Die Bézierkurve modifizieren

Wenn der Kurvenverlauf auf Anhieb nicht ganz gelungen sein sollte, verzagen Sie nicht! Alle Objekte, ob Linien oder geschlossene Objekte, lassen sich nachträglich in jeder Hinsicht bearbeiten und in Form bringen. Das Hilfsmittel *Bézier* gehört übrigens zu den schwersten Zeichenhilfsmitteln.

① Um diese Nachbesserungen an einer gezeichneten Kurve vorzunehmen, klicken Sie mit der linken Maustaste auf das Hilfsmittel *Form*. Der Mauscursor verwandelt sich in einen schwarzen Pfeil, und die Markierung Ihrer Linie erhält eine etwas andere Darstellung. Sie sehen nun die Knoten, also die Punkte, die Sie durch Klicken mit der linken Maustaste erstellt haben. Die Kontrollpunkte der Knoten können Sie nur dann sehen, wenn Sie mit der linken Maustaste einen Knoten anklicken.

② Klicken Sie auf den zuletzt gezeichneten Knoten der Kurve. Mit der gedrückten linken Maustaste lassen sich die Knoten verschieben und damit Linienverläufe noch leicht nachbessern.

③ Auch die Kontrollpunkte können Sie mit der linken Maustaste verschieben. Nicht ganz einfach zu treffen sind die kleinen Quadrate, aber Übung macht den Meister!

④ Ist die Nachbesserung geglückt, klicken Sie wieder auf das Hilfsmittel *Auswahl*. Gegebenenfalls können Sie die Größe der Linie noch ein bißchen an die Textlänge anpassen. Sie sollte etwa genauso lang sein wie der Text.

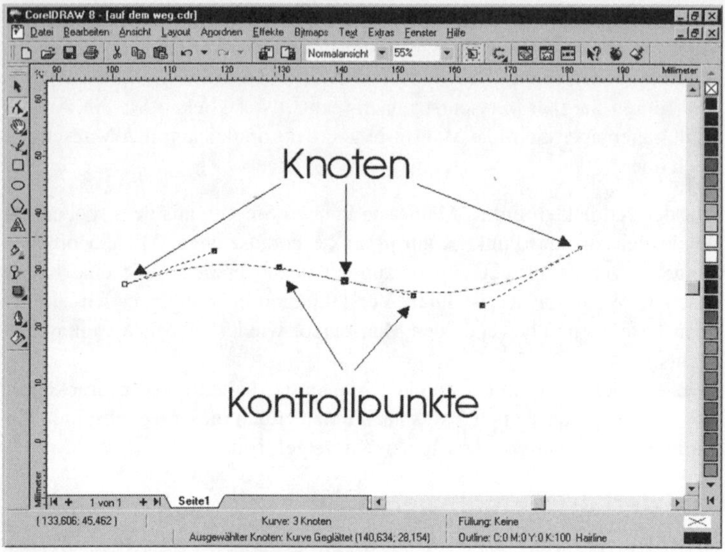

Abb. 39: Mit dem Hilfsmittel Form können Sie Knoten und Kontrollpunkte einer Linie nachträglich verändern

Text an Objekt ausrichten

Nun folgt die Ausrichtung des Textes am Objekt. Um den Text am Kurvenverlauf auszurichten, müssen zunächst beide Objekte - Text und Kurve - markiert sein.

① Klicken Sie mit der linken Maustaste nacheinander auf beide Objekte und halten Sie gleichzeitig die [Umschalt]-Taste gedrückt. Wenn Text und Kurve markiert sind, lassen Sie Maus- und Umschalttaste los.

② Wählen Sie aus dem Menü *Ansicht* den Menüpunkt *Rollups*. Es öffnet sich eine ganze Palette an Menüpunkten, über die die verschiedenen Rollups aufgerufen werden können. Wählen Sie das Rollup *Text an Objekt ausrichten*.

③ In dem angezeigten Rollup können Sie alle Einstellungen soweit stehenlassen. Nur im dritten Listenfeld wählen Sie die Einstellung *Text zentrieren*.

④ Klicken Sie anschließend auf die Schaltfläche *Zuweisen*, wodurch der Text an der Kurve ausgerichtet wird. Das Rollup können Sie durch einen Mausklick auf das Symbol *Schließen* in der Titelleiste des Rollups schließen.

⑤ Da die Bézierkurve ihre Schuldigkeit getan hat, kann sie markiert und durch Drücken der [Entf]-Taste gelöscht werden.

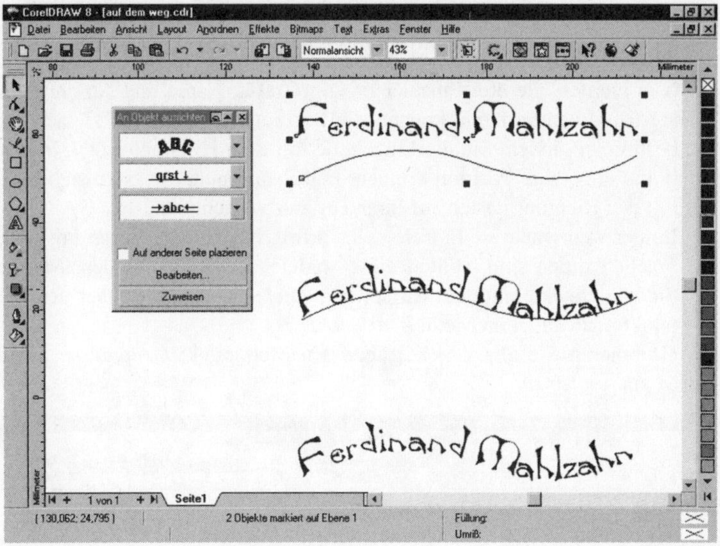

Abb. 40: Die einzelnen Schritte im Überblick

Weiteren Text hinzufügen

Fehlt nur noch die Adresse!

① Wieder wählen wir dazu das Hilfsmittel *Text*. Klicken Sie einmal mit der linken Maustaste auf die Zeichenseite und geben Sie ohne Rücksicht auf Formatierung und Position Ihre Anschrift ein.

② Anschließend wählen Sie aus dem Menü *Text* den Menüpunkt *Text formatieren*. Stellen Sie hier eine passende Schriftart und -größe ein. In unserem Übungsbeispiel wird für den Adressentext dieselbe Schriftart verwendet, die auch für den Namen zum Einsatz kam.

③ Auf der Registerkarte *Ausrichten* finden Sie die unterschiedlichen Ausrichtmöglichkeiten. Wählen Sie hier die Option *Zentriert* und weisen Sie dem markierten Text durch einen Mausklick auf die Schaltfläche *OK* die eingestellte Formatierung zu.

Objekte positionieren, gruppieren und ausrichten

Sie sehen schon: Manche Prozeduren wiederholen sich. Dies liegt aber nicht am gewählten Übungsbeispiel. Gleich an welcher Grafik Sie gestalten, in der Praxis sind manche Abläufe unvermeidlich, um effizient gestalten zu können.

① Nun werden alle drei Einzelelemente (Grafik, Name und Anschrift) markiert und zentriert. Sie können die Position der Elemente zunächst grob bestimmen, indem Sie die Einzelteile mit dem Hilfsmittel *Objektauswahl* in die ungefähre Position bringen. Feinabstimmungen lassen sich bequem mit den Richtungstasten auf Ihrer Tastatur vornehmen.

② Immer wenn mehrere Einzelobjekte erfolgreich zueinander in Position gebracht worden sind, sollten diese sogleich gruppiert werden. Markieren Sie alle Objekte mit dem Hilfsmittel *Objektauswahl* oder über den Menüpunkt *Auswählen* im Menü *Bearbeiten*.

③ Gruppieren Sie alle Objekte über den Menüpunkt *Gruppieren* aus dem Menü *Anordnen*.

Abb. 41: Die Grafik ist fertig! Nun nur noch speichern und einen Probeausdruck erstellen

④ Als letzten Arbeitsschritt vor dem Speichern soll die Grafik an der Seite ausgerichtet werden. Bisher haben Sie die Objekte immer nur zueinander ausgerichtet, also die relative Position definiert. Jetzt wird die absolute

Position bestimmt, was nichts anderes heißen soll, als die Objekte an der Zeichenseite auszurichten. Markieren Sie das Logo und wählen Sie aus dem Menü *Anordnen* den Menüpunkt *Anordnen und verteilen.*

⑤ Durch einen Mausklick in das Kontrollkästchen *Seitenmitte* werden automatisch die beiden Kontrollkästchen *Mitte* und *Zentriert* aktiviert.

⑥ Sie brauchen nur noch auf die Schaltfläche *OK* zu klicken, und die gesamte Objektgruppe wird auf die Seitenmitte zentriert.

1.12 Datei speichern

Das darf nicht fehlen: die Datei speichern! Je nach weiterem Verwendungszweck der Grafik sollten Sie die Grafik zusätzlich in weiteren Dateiformaten abspeichern.

Die Grafik als CorelDRAW-Datei abspeichern

In diesem Arbeitsschritt wird die Grafik als CDR-Datei gespeichert. Dies ist das Standard-Dateiformat für CorelDRAW-Dateien.

① Das Speichern erfolgt über dem Menüpunkt *Datei*. Im Menü *Datei* befinden sich die Menüpunkte *Speichern* und *Speichern unter*. Wenn eine neu erstellte Datei das erste Mal gespeichert wird, ist es gleich, auf welchen der beiden Menüpunkte Sie klicken. In beiden Fällen wird das Dialogfenster *Speichern unter* geöffnet.

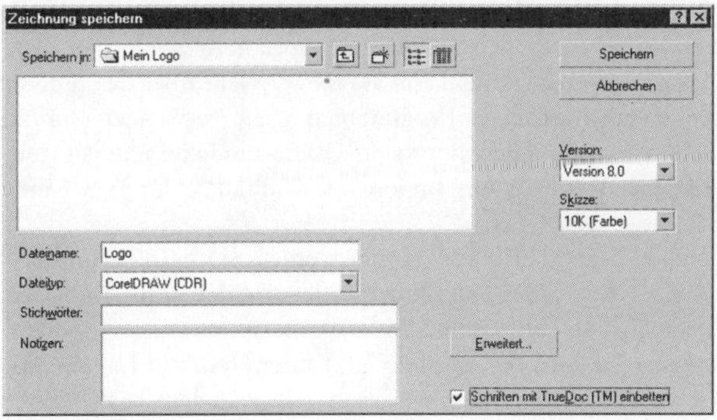

Abb. 42: Hier geben Sie den Dateinamen ein und wählen das gewünschte Dateiformat

② Wählen Sie hier zunächst das Verzeichnis, in das Ihre Datei gespeichert werden soll.

③ Im nächsten Schritt vergeben Sie einen aussagekräftigen Dateinamen. Klicken Sie doppelt in das Eingabefeld *Dateiname* und geben Sie direkt den Namen ein (ohne Dateiendung, darum kümmert sich CorelDRAW). In unserem Übungsbeispiel ist dies der Dateiname *Logo*.

④ Im Listenfeld *Dateityp* ist *CorelDRAW (CDR)* voreingestellt. Dadurch wird die Datei automatisch im CorelDRAW-Dateiformat gespeichert und erhält die Endung *cdr*.

⑤ Es gibt in CorelDRAW beim Speichern die Option *Schriften mit TrueDoc (TM) einbetten*. Zur Sicherheit sollten Sie diese Option immer aktivieren. Alle verwendeten Schriften werden mit in die Datei gespeichert und verhindern so, daß fehlende Schriftarten (solche, die auf dem Computer nicht installiert sind, auf dem Sie Ihre Grafik öffnen) durch andere Schriftarten ersetzt werden.

⑥ Klicken Sie auf die Schaltfläche *OK*. Damit haben Sie Ihre Grafik erfolgreich auf die (Fest-) Platte gebrannt!

Welches Dateiformat ist das richtige?!

Da das Logo in anderen Programmen eingesetzt werden soll, sind einige Überlegungen zum Dateiformat erforderlich. Viele Programme haben nämlich Schwierigkeiten beim Importieren von Grafikdateien vom Dateityp CDR, zumal es viele unterschiedliche CorelDRAW-Versionen gibt und nicht jedes Programm über den passenden (aktuellen) Importfilter verfügt. Jede Version kocht hier ihr eigenes Süppchen. Es gibt aber Abhilfe!

① Wählen Sie, nachdem Sie Ihre Datei zur Sicherheit auch als CDR-Datei gespeichert haben, über den Menüpunkt *Speichern unter* den Dateityp *WMF*. Dieses Dateiformat steht für **W**indows **M**eta **F**ile, das problemlos von vielen unterschiedlichen Programmen weiterverwendet (sprich importiert) werden kann. Alle Micorosoft-Office-Produkte unterstützen dieses Dateiformat, wodurch ein Import der Grafikdatei in Word möglich wird.

② Beim Speichervorgang als WMF-Datei werden Sie gefragt, ob der Text Ihrer Grafik als Text oder Kurven exportiert werden soll. Da die Grafik relativ wenig Text enthält, können Sie hier die Option *Kurven* wählen. Bei der Option *Kurven* wird der gesamte Text Ihrer Grafik in Linien und Flächen umgewandelt. Er ist dann kein Text mehr, sondern besteht aus geometrischen Formen, die nur noch so aussehen wie Text!

③ Sie haben nun eine WMF-Datei erstellt, die Sie in dem jeweiligen Programm (zum Beispiel Word) über den Menüpunkt *Einfügen* in ein geöffnetes Dokument einfügen können.

Text oder Kurven: Vor- und Nachteile der Umwandlung von Text

Die Umwandlung von Text in Kurven hat ihre Vor- und Nachteile. Der Vorteil einer Umwandlung in Kurven besteht darin, daß Ihre Grafik unabhängig von den derzeit installierten Schriften immer dasselbe Schriftbild aufweist. Der gesamte Text wird durch Linien, Kurven und Flächen nachgebildet und ersetzt den eigentlichen Text. In der Grafik verwendete Schriften werden nämlich mehr oder weniger gut ersetzt durch ähnliche Schriften, wenn diese nicht auf dem System installiert sind, auf dem Sie die Grafikdatei öffnen. Dies führt natürlich zu massiven Veränderungen in der Gestaltung der Grafik. Der Nachteil der Umwandlung von Text in Kurven ist, daß die Datei mehr Speicherplatz verbraucht. Eine Umwandlung von Text in Kurven sollten Sie also nur dann vornehmen, wenn Sie höchstmögliche Unabhängigkeit von installierten Schriften erlangen wollen und Ihre Grafik nur geringe Textmengen beinhaltet. Probieren Sie beide Möglichkeiten aus und fügen Sie Dateien als Test in ein Word-Dokument ein. Probieren geht über studieren!

1.13 Der richtige Ausdruck: Drucken

① Wählen Sie im Menü *Datei* den Menüpunkt *Druckvorschau*. Die Bildschirmdarstellung wandelt sich gravierend! Sie sehen nun, wie Ihre Grafik in gedruckter Form ausschauen würde. Die Darstellungsform paßt sich automatisch den Möglichkeiten Ihres derzeit installierten Standarddrukkers an. Haben Sie einen s/w-Laserdrucker als Standarddrucker definiert, erhalten Sie auch eine s/w-Darstellung.

Hinweis: Gerade wenn man vorher mit Farben gearbeitet hat, kann es bei der Umsetzung in Graustufen zu einigen Überraschungen kommen. Was vorher aufgrund unterschiedlicher Farben gut zu unterscheiden war, ist bei der Darstellung von Graustufen kaum noch zu unterscheiden: Zum Beispiel Rot wird Schwarz.

② Mit einem Mausklick auf die Schaltfläche *Zurück* in der Symbolleiste gelangen Sie zurück zum CorelDRAW-Arbeitsbildschirm und können noch schnell einige Veränderungen vornehmen.

③ Um nun die Grafik endgültig auszudrucken, wählen Sie im Menü *Datei* den Menüpunkt *Drucken*. Dabei ist es egal, ob Sie sich gerade in der Druckvorschau-Ansicht befinden oder zwecks Änderungen zum CorelDRAW-Arbeitsbildschirm zurückgekehrt sind.

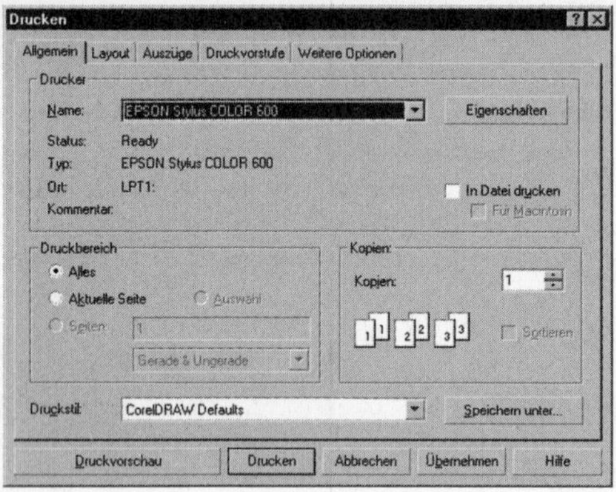

Abb. 43: Das Dialogfenster Drucken ermöglicht über verschiedene Registerkarten die genaue Drucksteuerung

④ Im Dialogfenster *Drucken* können Sie im Listenfeld *Name* den Drucker auswählen, auf dem gedruckt werden soll. Normalerweise wird hier der Standarddrucker angezeigt, dessen Einstellmöglichkeiten über die Schaltfläche *Eigenschaften* verändert werden können.

⑤ Klicken Sie auf die Schaltfläche *Drucken* - Sie erhalten einen Ausdruck Ihres selbst gestalteten Logos.

2. What's new: CorelDRAW 8 für Ein- und Umsteiger

Die Version 8 bringt einige neue Funktionselemente mit sich. Die gravierendsten Veränderungen und Neuerungen werden hier kurz vorgestellt. Eine Zusammenfassung aller Neuigkeiten finden Sie am Ende dieses Kapitels.

2.1 Im Trend: intuitiver, interaktiver, innovativer

Auch die Symbole wurden überarbeitet und an den Gestaltungstrend angepaßt. Insgesamt wird damit das Ziel verfolgt, CorelDRAW für den Anwender noch leichter bedienbar zu machen und einen Einstieg zu erleichtern.

Heute schon gedockt?

Zu den größten Neuerungen hinsichtlich der Funktionselemente gehören die Andock-Fenster. Viele Funktionen, die in den Versionen 6 und 7 in Form von Rollups realisiert waren, sind nun zu Andock-Fenstern geworden, die sich, wie es der Name schon verrät, an den seitlichen Bildschirmbereich andocken lassen. Mehrere Andock-Fenster lassen sich ineinander verschachteln und teilen sich so dieselbe Bildschirmfläche. Obwohl vom Ansatz eine gute Idee (alles hat einen festen Platz), nehmen die Andock-Fenster eine Menge Bildschirmplatz in Anspruch und sind erst bei Bildschirmgrößen ab 17 Zoll sinnvoll einsetzbar.

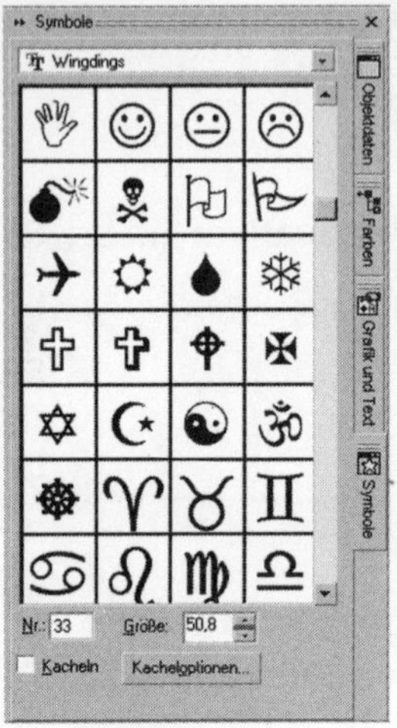

Abb. 44:
Ein neues Funktionselement in CorelDRAW 8: das Andock-Fenster

Flat-Design

Der neue Trend in der Gestaltung von Symbolflächen ist das "Flat-Design". Die Symbolflächen stellen sich als ebene Flächen dar. Erst wenn sich der Mauscursor über einem Symbol befindet, erscheint das Symbol erhaben (dreidimensional). Dies soll dem Anwender helfen, das richtige Symbol anzuklicken. Über den effektiven Nutzen läßt sich allerdings streiten.

Abb. 45: Flache Symbolflächen helfen bei der Auswahl des richtigen Hilfsmittels

Vom Ebenen-Manager zum Objekt-Manager

Den Ebenen-Manager gibt es in der Version 8 nicht mehr. Seine Aufgaben übernimmt ab jetzt einzig und allein der Objekt-Manager. Mit seinen erweiterten Managementfunktionen ermöglicht er die Organisation von Ebenen und die Verwaltung aller Objekte. Als Andock-Fenster läßt sich der Objekt-Manager fest in den Arbeitsbildschirm integrieren, verbraucht allerdings auch eine Menge Platz.

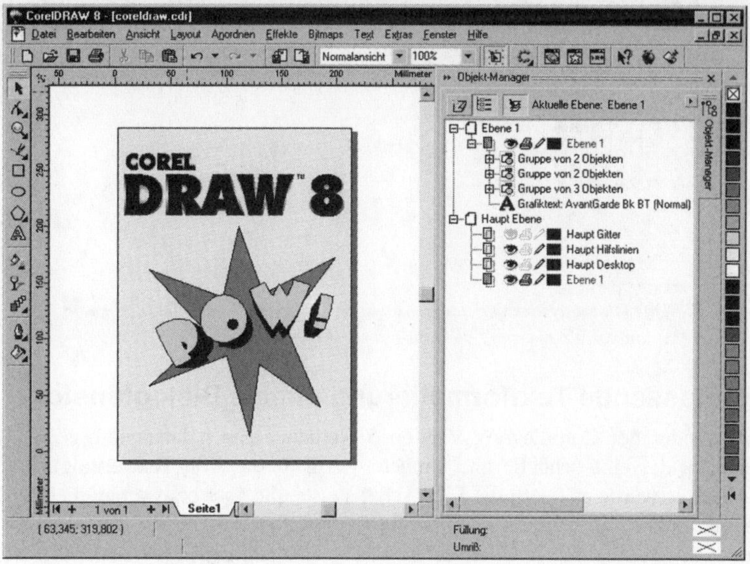

Abb. 46: Auf der rechten Bildschirmseite ist der Objekt-Manager in Form eines Andock-Fensters zu sehen

2.2 Ohne Umwege: Direkte Zuweisung

Auch die Anwendungsmöglichkeiten der Hilfsmittel haben sich zum Teil verändert. Manche Dialogfenster können nun ähnlich wie Rollups die ganze Zeit über während der Bearbeitung geöffnet bleiben.

Das Dialogfenster Objekteigenschaften

Die Funktion des Dialogfensters *Objekteigenschaften* ist vergleichbar mit der Funktion der Eigenschaftsleiste. Der Vorteil des Dialogfensters *Objekteigenschaften* ist seine bessere Übersichtlichkeit und Funktionsvielfalt. Hier können Sie über Registerkarten spezifische, auf den jeweiligen Objekttyp anwendbare Einstellungen vornehmen. Während in den vorherigen Versionen nach jeder vorgenommenen Einstellung das Dialogfenster geschlossen werden mußte, kann in der Version 8 dieses Dialogfenster nun die ganze Zeit über geöffnet bleiben. Sie können neue Objekte erstellen und deren Eigenschaften über das Dialogfenster *Objekteigenschaften* schnell und umfassend ändern.

Abb. 47: Das Dialogfenster Objekteigenschaften kann immer geöffnet bleiben und erlaubt die Zuweisung aller möglichen Eigenschaften

Umfassende Textformatierung mittels Dialogfenster

Anwender der CorelDRAW-Version 5 werden es noch kennen: Das Text-Rollup, das eine schnelle und einfache Formatierung von Text ermöglichte. Abgelöst wurde es durch die Eigenschaftsleiste, die aber bei weitem nicht die Funktionsvielfalt bietet, wie es das Rollup bot. In CorelDRAW 8 können Sie über den Menüpunkt *Text formatieren* das gleichnamige Dialogfenster öffnen. Und: Auch dieses Dialogfenster kann während der ganzen Bearbeitungszeit geöffnet bleiben und muß nicht immer wieder geöffnet werden. Es verbraucht zwar etwas mehr Platz als Rollups und Eigenschaftsleiste, bietet dafür aber alle erdenklichen Formatierungsbefehle.

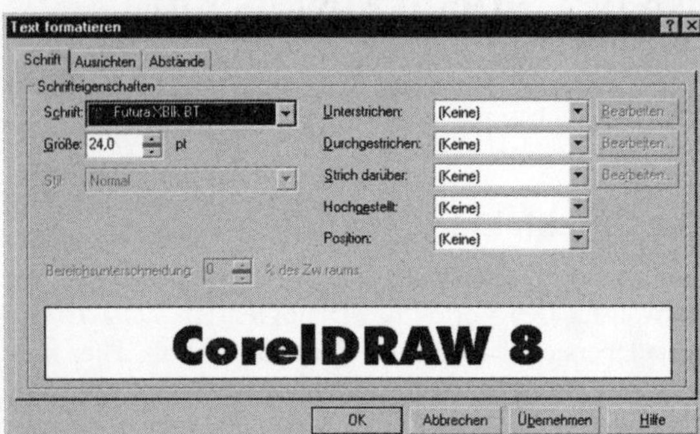

Abb. 48: Mit dem Dialogfenster Text formatieren lassen sich alle erdenklichen Textformatierungen zuweisen

2.3 Neue Funktionen

Einige neue Funktionen sind hinzugekommen, die zum einen neue Effekte ermöglichen, zum anderen die Gestaltung vereinfachen.

Druckbarer Seitenhintergrund

Bisher mußten Sie einen farbigen oder strukturierten Hintergrund immer über den Seitenrahmen realisieren. Mit der Version 8 können Sie nun über das Dialogfenster *Optionen/Hintergrund* einen einfarbigen oder Bitmap-Hintergrund auch ohne Seitenrahmen verwirklichen. Auf Wunsch kann die Quelldatei komplett in die CorelDRAW-Grafik eingefügt oder auch nur verknüpft werden. Gerade bei hochaufgelösten Bitmap-Hintergründen, die sehr viel Speicherplatz benötigen, kann so die CorelDRAW-Datei auf eine vernünftige Größe begrenzt werden. Sie brauchen die Quelldatei nur in dasselbe Verzeichnis wie die CorelDRAW-Datei zu kopieren und von dort aus zu verknüpfen.

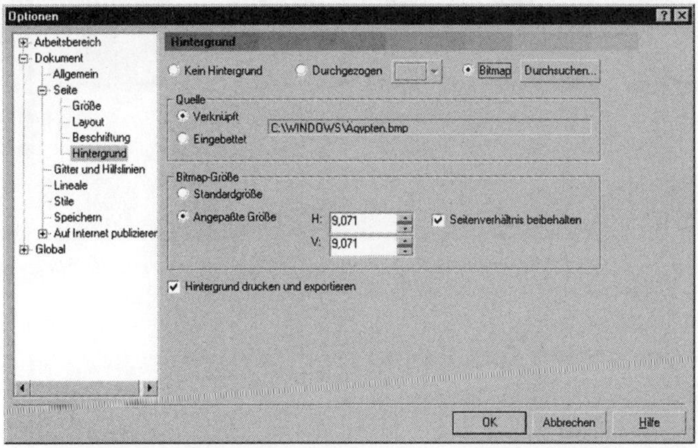

Abb. 49: Druckbare oder exportierbare Hintergründe vereinfachen die Gestaltung eines Seitenhintergundes

Nicht nur für Schloßgeister: Interaktiver hinterlegter Schatten

Wer hat sich nicht schon immer gewünscht, Objekte und Texte mit einem schönen Schatteneffekt versehen zu können. Mit der neuen Funktion *Interaktiver Schatten* eine Kinderspiel. Objekt markieren, Hilfsmittel anwählen, einmal klicken. Den Rest erledigt CorelDRAW. Mit Hilfe der Eigenschaftsleiste können Sie den so erstellten Schatten in Form und Farbe beliebig weitergestalten. Oder Sie heben die Gruppierung von Text und Schatten auf und bearbeiten beide Objekte eigenständig. Die Einsatz- und Effektmöglichkeiten sind vielfältig und ersparen den umständlichen Weg über Bildbearbeitungsprogramme.

Abb. 50: Mit der neuen Funktion Interaktiver Schatten lassen sich interessante Effekte erzielen

Text in der dritten Dimension

Die Funktion *Extrudieren* ist Ihnen bestimmt schon aus den vorhergehenden Versionen bekannt. Nun können Sie einen zusätzlichen, leicht modifizierten Extrusionseffekt auf Grafiktext anwenden. Über den Menüpunkt *Text extrudieren* wird eine neue Hilfsmittelleiste eingeblendet, und Sie können praktisch "online" den Grafiktext räumlich gestalten. Dadurch, daß der Grafiktext in einem Textrahmen verankert bleibt, sind neue Gestaltungseffekte möglich. Mittels Beleuchtungs- und Abschrägefunktionen sind realistisch wirkende 3-D-Effekte möglich.

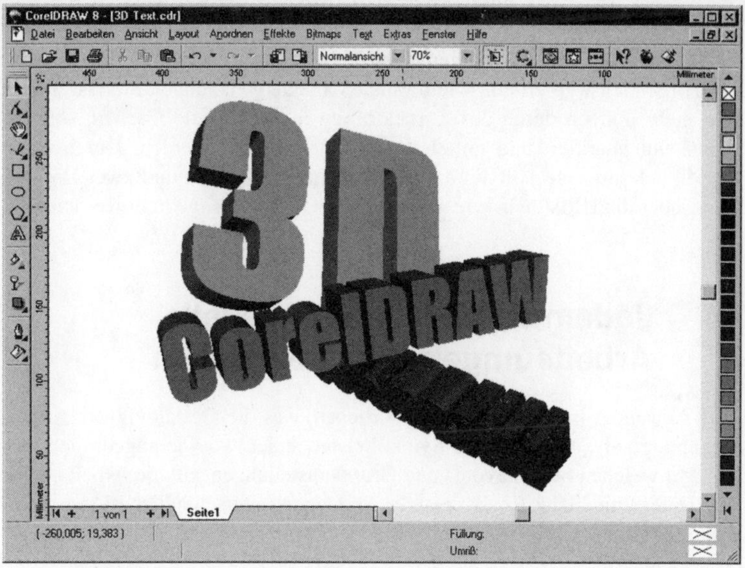

Abb. 51: Der 3-D-Texteffekt eröffnet neue Gestaltungsmöglichkeiten bei Grafiktexten

Aus der Zwischenablage in den Textrahmen

Grafikelemente wie zum Beispiel Cliparts können direkt in Grafiktext oder einen Mengentextrahmen eingefügt werden. Auf diese Weise wird der Text sofort fest mit dem eingefügten Objekt verknüpft, und neue Gestaltungsmöglichkeiten offenbaren sich. Gerade bei Mengentext lassen sich so eine Menge neuer Effekte erzielen, wie beispielsweise ausgefallene Blickfangpunkte.

Ab in den Knast: Objekte sperren

Wenn es darum ging, fertig gestaltete Objekte bzw. Elemente während der weiteren Grafikerstellung vor versehentlicher Bearbeitung zu schützen, konnten Sie bisher nur die ganze Ebene sperren und eine neue Arbeitsebene anlegen. Nun haben Sie die Möglichkeit, Objekte oder Objektgruppen einzeln zu sperren. Ein Schloßsymbol zeigt an, daß die Objekte nicht mehr bearbeitet werden können. Heben Sie die Sperrung auf, können die Objekte sofort weiterbearbeitet werden.

Hilfslinien total

Die Handhabung und Anwendung von Hilfslinien hat sich gravierend geändert. Hilfslinien werden nun wie normale Objekte gehandhabt. Sie lassen sich nicht mehr einfach durch das Zurückführen in die Lineale löschen, sondern können nun markiert und mittels [Entf]-Taste gelöscht werden. Durch einen Doppelklick auf eine Hilfslinie erscheinen ein Drehpunkt und zwei Drehanfasser, über die Hilfslinien wie gewöhnliche Objekte frei gedreht werden können.

2.4 Jedem das Seine: Individuelle Arbeitsumgebungen einstellen

Jeder Anwender hat seine eigenen Vorlieben, was die Gestaltung der Arbeitsumgebung anbelangt. Welche Symbolleisten sollen wo wie angeordnet werden? Mit welchen Seitenlayout- und Grundeinstellungen soll die Arbeit beginnen? Unterschiedliche Einsatzzwecke verlangen unterschiedliche Programmkonfigurationen.

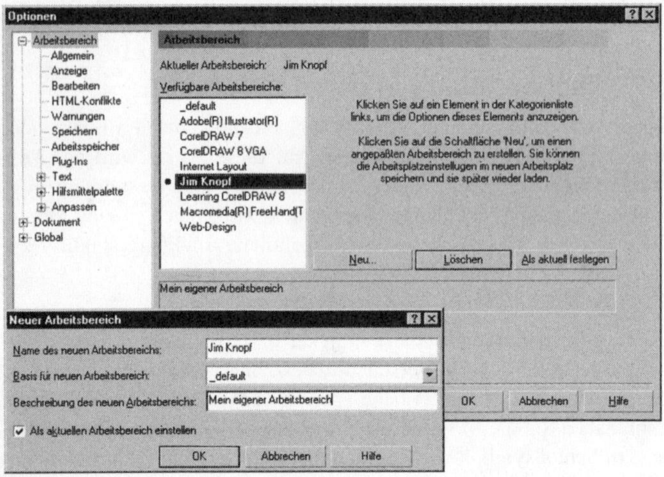

Abb. 52: Im Dialogfenster Arbeitsbereich können Sie beliebig viele Arbeitsplatzeinstellungen speichern

Arbeitsbereiche erstellen und speichern

In CorelDRAW 6 und 7 hatten Sie die Möglichkeit, die augenblickliche Arbeitsumgebung und einige Einstellungen so abzuspeichern, daß sie bei der Erstellung neuer Dokumente automatisch wieder zur Verfügung standen. In der neuen Version 8 können Sie aber nun beliebig viele Arbeitsbereiche speichern, die Sie (auch während der Erstellung einer Grafik) aufrufen können. Dadurch ist für jeden Anwender und jeden Einsatzzweck ein passender Arbeitsbereich einstellbar.

2.5 Was das Herz begehrt: Erweiterte Grundeinstellungen

Auch die Grundeinstellungen hat es erwischt: Das Design und die Anordnung des Dialogfensters *Optionen* haben sich mächtig verändert.

Alles auf einen Blick

Was früher an Programmeinstellungen verteilt über verschiedene Dialogfenster und Menüs vorgenommen werden mußte, ist nun in einem einzigen Dialogfenster zusammengefaßt. Das Dialogfenster *Optionen* wird über den Menüpunkt *Optionen* aus dem Menü *Extras* aufgerufen und bietet über eine neue "verzeichnisstrukturartige" Gestaltung Zugriff auf alle Einstellmöglichkeiten.

Mehr Speicher braucht das Land

Auch neue Einstellmöglichkeiten sind hinzugekommen. Eine sehr interessante Einstellmöglichkeit ist dabei die Konfiguration der Speicherressourcen. Sie können nun individuell einstellen, wieviel Prozent des Arbeitsspeichers (RAM) CorelDRAW verwenden darf. Durch eine Erhöhung des Werts können Sie die sonst häufig vorkommenden (und verlangsamenden) Auslagerungsvorgänge auf die Festplatte reduzieren. Durch eine spezielle Komprimierungsfunktion können die Speicherressourcen geschont werden. Eine interessante Funktion für all diejenigen, die auf Computern mit nur wenig Arbeits- und Festplattenspeicher arbeiten (zum Beispiel Notebooks).

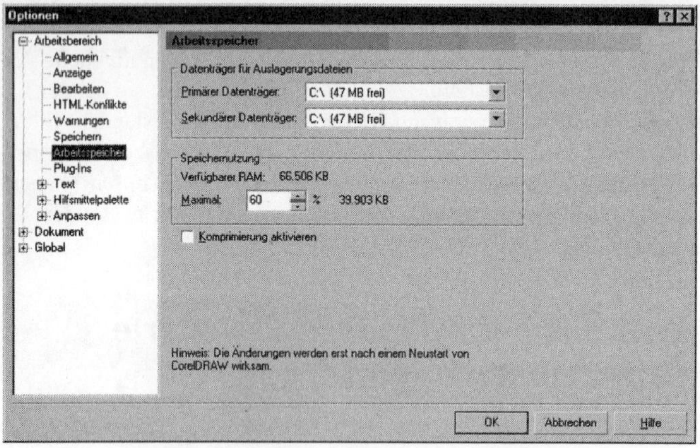

Abb. 53: Ein bißchen Hardwaretuning kann nicht schaden: Speicherzugriffe in CorelDRAW einstellen

2.6 Internet & Co.: Fortschrittliche Web-Funktionen

Die rasante Entwicklung des Internet und ständig wachsende Bedeutung dieses Mediums gehen natürlich auch an CorelDRAW nicht spurlos vorüber. Viele neue Web-Design-Funktionen machen CorelDRAW zu einem interessanten Web-Seiten-Editor.

HTML-WYSIWYG-Publishing

In CorelDRAW können Sie Ihre HTML-Seiten nach visuellen Gesichtspunkten gestalten, ohne auch nur eine einzige HTML-Zeile programmieren zu müssen. Die so gestalteten Web-Seiten können wahlweise als normaler HTML-Code, mit HTML-Tabellen oder HTML-Ebenen konvertiert werden. Ein HTML-Assistent leitet den noch ungeübten Web-Designer schrittweise durch die Konvertierung zur fertigen Web-Seite. Internet-Objekte wie beispielsweise Java-Applets, Optionsfelder und Schaltflächen aller Art können direkt in die Web-Seite eingefügt werden.

Internet-Kompatibilität

Die Web-Seiten können automatisch auf Kompatibilität mit dem HTML-Standard geprüft werden. Befehle oder Funktionen, die nicht dem aktuellen

Standard entsprechen, können so entdeckt und entfernt werden. Auf diese Weise wird gewährleistet, daß die Web-Seiten von jedem Browser angezeigt werden können.

Überblick mit dem Lesezeichen-Manager

Um den Überblick über die definierten Hyperlinks nicht zu verlieren, gibt es nun den Lesezeichen-Manager. Die Erstellung und Zuweisung von Hyperlinks wird dadurch vereinfacht.

2.7 Neuigkeiten im Überblick

Dieser Abschnitt verschafft Ihnen nochmals einen Überblick über alle wesentlichen Neuerungen und Veränderungen in der aktuellen Version 8.

- Individuelle Arbeitsbereiche können separat gespeichert und jederzeit wieder aufgerufen werden.
- Erweiterte Importfunktionen ermöglichen den Import mehrerer Dateien gleichzeitig.
- Positionierung der importierten Objekte während des Importes möglich.
- Importierte Objekte (Bitmaps) können in Originalgröße importiert, proportional skaliert oder auch verzerrt werden.
- Eine verbesserte Darstellung importierter Objekte (vor allem in bezug auf Bitmaps) soll die Kontrolle über das Layout verbessern.
- Durch das neue Flat-Design wirken alle Symbolflächen flach und zeigen sich nur erhaben, wenn der Mauscursor über ihnen schwebt.
- Andock-Fenster ermöglichen die Integration von Rollup-Funktionen in die Bildschirmoberfläche.
- Das interaktive Hilfsmittel *Verzerrung* bewirkt Verformungen direkt am Objekt. Wirbel- oder Zackendesign sind nun leicht zu verwirklichen.
- Das interaktive Hilfsmittel *Extrusion* ermöglicht neue 3-D-Effekte.
- Mit der Funktion *Text an Rahmen ausrichten*, die sich in die Symbol- oder Menüleiste integrieren läßt, ist ein Mengentextrahmen per Mausklick an eine neue Rahmenform angepaßt.
- Objekte lassen sich direkt in Grafiktext oder einen Mengentextrahmen einfügen.
- Objekte lassen sich einzeln sperren, um sie vor versehentlicher weiterer Bearbeitung zu schützen.
- Mit der erweiterten Funktion *Rückgängig machen* können Sie nun auch dann eine vorhergehende Version Ihrer Grafik wiederherstellen, wenn die aktuelle Datei zwischenzeitlich gespeichert wurde.

- Hilfslinien werden nun wie gewöhnliche Objekte gehandhabt. Durch einen Doppelklick lassen sie sich über Drehanfasser frei drehen.
- Mit neuen 3-D-Texteffekten sind die Gestaltungsmöglichkeiten von Text noch umfassender.
- Durch eine spezielle Ansichtsfunktion können Objekte, die andere Objekte überdrucken, besonders kenntlich gemacht werden.
- Mittels überarbeitetem Paletten-Editor ist die Erstellung von eigenen Farbpaletten vereinfacht worden.
- Neue Web-Funktionen unterstützen bewegte Gifs.
- Ein Lesezeichen-Manager verschafft Überblick über Hyperlinks.
- WYSIWYG-HTML-Funktionen durch HTML-Tabellen, Layoutvorlagen und Netscape-Ebenen vereinfachen die Web-Seiten-Gestaltung.
- CorelDRAW 8 unterstützt nun auch das Adobe PostScript 3-Format.

3. Eine bunte Sache: die persönliche Glückwunschkarte

Im diesem Übungsbeispiel wollen wir tiefer in die Funktionalität von CorelDRAW einsteigen. Zwei Schwerpunkte in diesem Kapitel werden die wichtigen Themen Ebenen und Hilfslinien sein. Der Begriff Seitenlayout ist Ihnen schon aus dem ersten Übungsbeispiel bekannt. Hier werden wir einen Schritt weitergehen und ein mehrseitiges Dokument erstellen. Eine interessante Effektfunktion werden Sie kennenlernen: Überblendungen und deren Ausrichtung an Objekten werden in diesem Kapitel Thema sein. Im ersten Kapitel haben wir schon etwas ähnliches mit Text gemacht. Nun wird diese Funktion vertieft. Die Erstellung von eigenen Hintergrundmustern, die Definition anspruchsvoller Füllungen und die Gestaltung komplexer Formen mit neuen Funktionen runden dieses Kapitel ab.

3.1 Eine neue Datei anlegen und die Seite einrichten

Manche Arbeitsschritte wiederholen sich stetig. Dazu gehört das Anlegen einer neuen Datei und das Einrichten der Zeichenseite. Während Sie im ersten Übungsbeispiel lediglich mit einer einzigen Dokumentseite gearbeitet haben, werden Sie in diesem Übungsbeispiel ein mehrseitiges Dokument anlegen.

Als erstes legen Sie eine neue Datei an.

① Wenn Sie dazu CorelDRAW neu starten müssen, wählen Sie im Willkommen-Dialogfenster die Option *Neue Datei*. Wenn CorelDRAW schon gestartet ist, wählen Sie im Menü *Datei* den Menüpunkt *Neu*. Sie können auch mit der linken Maustaste auf das Symbol *Neue Datei* in der Symbolleiste klicken. Wie Sie es auch machen, Sie sollten nun eine leere Zeichenseite auf dem Bildschirm sehen, die als erstes an das zukünftige Layout angepaßt werden muß.

② Um das Seitenlayout einzurichten, wählen Sie im Menü *Layout* den Menüpunkt *Seite einrichten*.

Corel 6 + Corel 7 Seite einrichten

Anwender der Versionen 6 und 7 bekommen das etwas sparsamer ausgestattete Dialogfenster *Seite einrichten* angezeigt. Alle erforderlichen Einstellungen können hier vorgenommen werden.

Corel 8 Seite einrichten

In CorelDRAW 8 hat dieses Dialogfenster eine gründliche Überarbeitung erfahren und ist wesentlich komplexer geworden. Im Dialogfenster *Optionen* können über die verschitedenen Registerkarten eine Vielzahl unterschiedlicher Einstellungen vorgenommen werden.

③ Die Ausrichtung der Zeichenseite wird auf Querformat eingestellt. Überprüfen Sie zunächst, ob die Maßeinheit mm voreingestellt ist. Passen Sie die Maßeinheit gegebenenfalls an, indem Sie auf den Listenpfeil rechts neben dem Eingabefeld *Breite* klicken und aus der Liste die Maßeinheit *Millimeter* auswählen.

Tip: Schnellformatierung der Zeichenseite durch Doppelklick

Sie können das Dialogfenster *Seite einrichten* bzw. *Optionen* durch einen Doppelklick auf den Rahmen der Zeichenseite öffnen. Dies verlangt zwar eine zielsichere Hand, ist dafür aber etwas schneller als der Weg über die Menüpunkte. Eine weitere Möglichkeit zur Einrichtung der Zeichenseite besteht in der Verwendung der Eigenschaftsleiste, die Sie im Menü *Anischt* über den Menüpunkt *Eigenschaftsleiste* öffnen können. Geben Sie hier die gewünschten Werte in die entsprechenden Eingabefelder ein und bestätigen Sie jeweils mit der [Enter]-Taste.

④ In das Eingabefeld *Breite* geben Sie den Wert 280 und im Eingabefeld *Höhe* 190 ein. Die Eingabe der Werte ist am einfachsten, wenn Sie doppelt in die Eingabefelder klicken und direkt den Wert über die Tastatur eingeben.

⑤ Der Wert im Eingabefeld *Papier* springt dadurch automatisch auf *Freies Format*.

⑥ In der Programmversion 8 können Sie die eingestellte Seitengröße durch einen Klick mit der linken Maustaste auf die Schaltfläche *Benutzerdefinierte Seite* speichern. Geben Sie Ihrer Seiteneinstellung einen Namen und klicken Sie mit der linken Maustaste auf die Schaltfläche *OK*, schon wird das Seitenlayout in die Liste der Papierformate aufgenommen.

Hinweis: Allerdings werden nur die Einstellungen der angezeigten Registerkarte *Größe* gespeichert. Alles andere muß weiterhin von Hand eingestellt werden, wenn Sie nicht gerade mit Vorlagen arbeiten. Haben Sie eine benutzerdefinierte Seite im Listenfeld *Papier* ausgewählt, verwandelt sich die Schaltfläche in *Benutzerdefinierte Seite löschen*. Löschen lassen sich nur die selbstdefinierten Papierformate. Alle Standardlayouts sind nicht zu löschen.

⑦ Bevor Sie die Registerkarte *Größe* verlassen, klicken Sie noch mit der linken Maustaste auf die Schaltfläche *Seitenrahmen hinzufügen*. Ohne daß Sie es vielleicht bemerkt haben, hat CorelDRAW ein Rechteck erstellt, das exakt dieselbe Größe hat, wie die Zeichenseite. Dieser Seitenrahmen wird uns später sehr von Nutzen sein, wenn es um die Gestaltung des Hintergrunds geht.

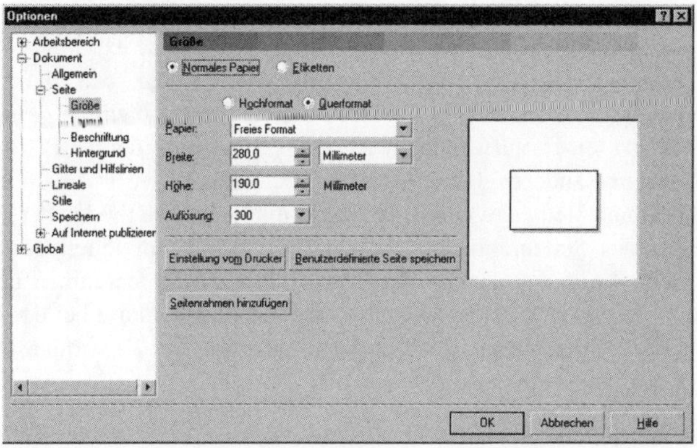

Abb. 54: Die richtigen Seiteneinstellungen sind entscheidend für das spätere Layout

⑧ Wechseln Sie nun zur nächsten Registerkarte *Layout* bzw. zum Eingabefeld *Layout*.

⑨ Klicken Sie hier mit der linken Maustaste auf den Listenpfeil des Listenfelds *Layout*. In der Liste finden Sie einige vordefinierte Layouts, die die Darstellung der Seite auf dem Arbeitsbildschirm und die Druckausgabe steuern. Die korrekte Bildschirmdarstellung des richtigen Seitenlayouts ist eine wesentliche Voraussetzung, um mehrseitige Dokumente erstellen zu können. Wählen Sie aus der Liste das Layout *Heft*.

⑩ Im Vorschaubereich sehen Sie eine Darstellung des gewählten Seitenlayouts. Unsere Zeichenseite wird gleich in zwei Hälften geteilt. Die rechte Hälfte wird die erste Seite sein und die linke Hälfte der Zeichenseite die letzte Seite. Somit werden auf einer Zeichenseite bzw. einer Druckseite die erste und letzte Seite gedruckt. Sie brauchen die Zeichenseite in der Mitte nur noch vertikal zu falten, und schon ist die Außenseite fertig. Sie sehen, wie wichtig es ist, hier das richtige Layout einzustellen. Wir wollen zwar kein Heft erstellen, aber auch unsere Grußkarte soll in der Mitte gefaltet werden und so ein insgesamt vierseitiges "Miniheftchen" ergeben.

⑪ Aktivieren Sie nun noch das Kontrollkästchen *Doppelseiten anzeigen*. Dies ist wichtig, damit wir die beiden Innenseiten gleichzeitig sehen und dementsprechend richtig gestalten können.

Hinweis: In CorelDRAW 8 sind neue Seitenlayout-Einstellungen hinzugekommen: Die Registerkarte *Hintergrund* ist neu. Während in den vorhergehenden Programmversionen durch die Einstellung *Papierfarbe* die Farbe des im Drucker eingelegten Papierbogens lediglich imitiert, aber nicht mit ausgedruckt wurde, kann nun ein Hintergrund definiert werden, der optional durch Aktivierung des Kontrollkästchens *Hintergrund drukken und exportieren* auch wirklich mit ausgedruckt bzw. exportiert wird. Diese Funktion definiert den Hintergrund aller Seiten, was dann ein Nachteil sein kann, wenn man die Hintergründe unterschiedlich gestalten möchte. Wozu einen aufwendigen Bitmap-Hintergrund definieren, wenn er sowieso mit anderen Hintergründen überzeichnet wird? In unserem Übungsbeispiel bleiben wir bei der herkömmlichen Methode: der Verwendung eines Seitenrahmens, der auf jeder Seite individuell gestaltet werden kann. Auf den Innenseiten werden wir die Seitenrahmen unterschiedlich gestalten. Lassen Sie es also auf der Registerkarte bei der Einstellung *Kein Hintergrund*. Zusätzlich können Sie das Kontrollkästchen *Hintergrund drucken und exportieren* deaktivieren.

⑫ Klicken Sie auf die Schaltfläche *OK*. Die Zeichenseite ist damit eingerichtet, und Sie können zum nächsten Arbeitsschritt übergehen.

3.2 Zum Bildschirm – was ist passiert?

Sie sehen jetzt das Ergebnis der veränderten Layouteinstellungen. Etwas nach rechts verschoben ist die rechte Hälfte unserer Zeichenseite sichtbar. Das horizontale Lineal ist entsprechend eingeteilt. Der Nullpunkt verläuft nämlich genau durch die Mitte der Zeichenseite. Dies ermöglicht ein gleichmäßiges Positionieren von Objekten auf linken und rechten Seiten mittels Lineal bzw. Gitterursprung. Wenn Sie mit der linken Maustaste auf die Zeichenseite klikken, wird der Seitenrahmen markiert. Der Seitenrahmen ist nichts weiter als ein einfaches Rechteck in derselben Größe wie unsere Zeichenseite. Er ist nahezu unsichtbar, da Objekte in der Grundeinstellung von CorelDRAW keine Füllung und nur einen Umriß in Haarlinien-Stärke besitzen. Dieser Umriß liegt exakt über der Zeichenseitenbegrenzung, die nur aus optischen Gründen da ist und selbst nicht ausgedruckt werden kann.

Statuszeile erweitern

Wenn Ihr Seitenrahmen bzw. Rechteck markiert ist, können Sie aus der Statuszeile Informationen über Objekttyp, Ebene (dazu kommen wir gleich!) und Füllung entnehmen. Ganz links in der Statuszeile sehen Sie die Koordinaten Ihrer Mauscursor-Position, die sich aus der Maßeinteilung der Lineale ergeben. Aber was ist mit den Umriß-Informationen?

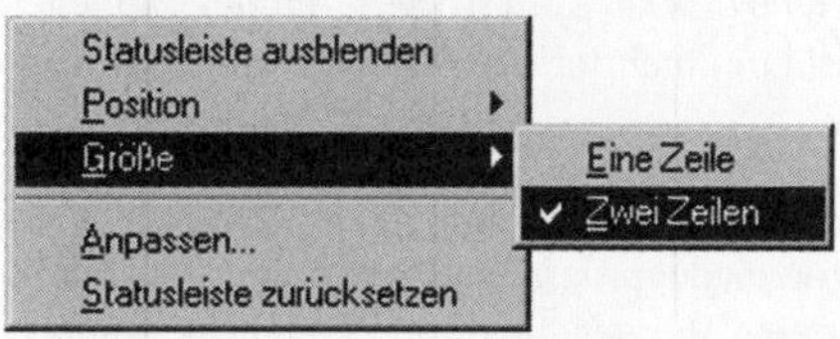

Abb. 55: Durch einen rechten Mausklick auf die Statuszeile öffnet sich ein Kontextmenü, über das sich die Darstellung verändern läßt

① Sie können die Statuszeile vergrößern, indem Sie mit der rechten Maustaste auf die Statuszeile klicken und aus dem Kontextmenü den Menüpunkt *Größe* wählen.

② Im Untermenü Größe wählen Sie den Menüpunkt *Zwei Zeilen.* Sobald Sie die Maustaste loslassen, stellt sich die Statuszeile zweizeilig dar und vermittelt mehr Informationen zu markierten Objekten und Objektgrupppen.

③ Über den Menüpunkt *Anpassen* aus dem Kontextmenü gelangen Sie in das gleichnamige Dialogfenster, in dem Sie durch die Wahl des Eintrags *Statuszeile* die Informationsfelder der Statuszeile beliebig zuweisen können.

Den Seitenrahmen als Hintergrund gestalten

Der Seitenrahmen, der unser Hintergrund werden soll, macht in seiner augenblicklichen Form noch nicht viel her. Er soll eine Füllung erhalten, die eine Papierstruktur imitiert.

① Markieren Sie das Rechteck durch einen Mausklick mit dem Hilfsmittel *Auswahl.*

Hinweis: CorelDRAW 8-Anwender haben es übrigens bei der Markierung von Objekten etwas leichter: Sie können auch mit dem Hilfsmittel *Rechteck* oder *Ellipse* auf den Seitenrahmen klicken und brauchen nicht erst zum Hilfsmittel *Objektauswahl* zu wechseln. Es wird kein neues Objekt erzeugt, sondern das bestehende markiert. Erst mit gedrückter Maustaste würden Sie ein neues Objekt zeichnen.

② Jetzt wird gestaltet! Am besten läßt sich mit Rollups arbeiten, die die ganze Zeit über geöffnet bleiben können und alle Möglichkeiten zur Gestaltung von Objekten liefern. Sie gelangen an die Rollups zur Gestaltung der Füllung, indem Sie mit der linken Maustaste kurz auf das Hilfsmittel *Füllung* klicken.

③ Über die letzten beiden Symbole des Flyout-Menüs rufen Sie zwei Rollups auf. Das Rollup *Farbe* dient zur Zuweisung einer gleichmäßigen Farbgebung für *Füllung* UND *Umriß*. Das Rollup *Spezialfüllung* hingegen bietet die Möglichkeit, Farbverläufe, mehrfarbige Füllmuster und Bitmap-Füllmuster zuzuweisen.

Hinweis: Bitmap-Füllmuster sind ein Spezialfall, denn eigentlich arbeiten Sie hier mit einem Vektorzeichenprogramm. Aber durch spezielle Funktionen in CorelDRAW ist eine Verwendung von Pixelgrafiken innerhalb des Programms möglich. Jede Kategorie der Füllmusterarten hat nochmals eine weitere Unterteilung. So gibt es beispielsweise bei den Verläufen einen linearen, radialen, konischen und eckigen Verlaufstyp. Die Farbverlaufsrichtung kann direkt im Vorschaubereich eingestellt werden. Klicken Sie mit der linken Maustaste in das Vorschaukästchen und halten Sie die Maustaste gedrückt. Wenn Sie den Mauscursor bewegen, verändert sich sofort die Verlaufsrichtung. Halten Sie gleichzeitig die Strg-Taste gedrückt, beträgt die Winkelschrittweite 15°. Bei den beiden anderen Füllmusterarten kann durch einen Mausklick auf den Vorschaubereich zwischen verschiedenen Füllmustern gewählt werden. Ein Mausklick auf die Schaltfläche *Bearbeiten* öffnet ein Dialogfenster mit erweiterten Einstellmöglichkeiten der gerade gewählten Füllmusterart. Bei der exakten Bestimmung eines Füllmusters sollten Sie immer diesen Weg gehen, denn hier kann auch durch Eingabe von Zahlenwerten gestaltet werden.

④ Wir wählen zur Gestaltung unseres Seitenrahmenrechtecks das letzte Symbol, da diese Füllmusterfunktion das Laden von Füllmustern von CDs ermöglicht. Wählen Sie im Listenfeld, in dem jetzt noch *Vollfarben* steht, den Eintrag *Bitmap*. Dies ist erforderlich, da wir gleich ein Bitmap von einer der CorelDRAW-CDs laden werden. Nur wenn Sie im passenden Modus sind, kann das gewählte Bitmap in die Liste der bereits vorhandenen Muster aufgenommen werden. Das importierte Muster steht zukünftig immer zur Verfügung, ohne daß es immer wieder von der CD geladen werden muß.

Abb. 56:
Das Rollup Spezialfüllung ermöglicht eine bequeme Zuweisung von Füllungen

⑤ Klicken Sie auf die Schaltfläche *Bearbeiten*. Im Dialogfenster *Füllmuster*, das sich daraufhin öffnet, klicken Sie auf die Schaltfläche *Laden*.

⑥ Es öffnet sich ein weiteres Dialogfenster *Importieren*. Legen Sie nun die CorelDRAW-CD ein, auf der die Füllmusterdateien gespeichert sind. So können Sie alle Garfiktypen, Vektor- oder Pixelgrafik, als Füllmuster zuweisen. Bei CorelDRAW 8 ist dies die CD Nr. 3.

⑦ Über den Listenpfeil des Eingabefelds *Suchen in* gelangen Sie zu Ihrem CD-ROM-Laufwerk. Sie brauchen einfach nur das entsprechende Symbol aus der Liste anzuklicken.

⑧ Im unteren Fensterbereich sehen Sie alle Verzeichnisse, die sich auf dieser CD befinden. Gar nicht so einfach, sich dort zurechtzufinden. Öffnen Sie jetzt erst einmal durch einen Doppelklick das Verzeichnis *Tiles* und anschließend auf dieselbe Weise das Unterverzeichnis *Paper*.

⑨ Wählen Sie nun durch einen einfachen linken Mausklick eine Datei aus. Die gewählte Datei wird farbig markiert, und der Dateiname erscheint im Eingabefeld *Dateiname*. Durch einen Mausklick auf die Schaltfläche *Optionen* erhalten Sie erweiterte Informationen zur ausgewählten Datei. In unserem Übungsbeispiel wählen wir die Datei *Paper12m.cpt*. Klicken Sie nun auf die Schaltfläche *Öffnen*.

Tip: Dateierweiterungen anzeigen lassen
Falls Sie die Dateierweiterung *cpt* nicht sehen, macht nichts! Dateierweiterungen können durch eine spezielle Einstellung im Windows 95-Explorer sichtbar gemacht werden. Starten Sie dazu den Windows 95-Explorer und wählen Sie aus dem Menü *Ansicht* den Menüpunkt *Optionen*. Aktivieren Sie durch einen linken Mausklick das Kontrollkästchen *Vollständiger MS-DOS-Pfad in Titelleiste* und deaktivieren Sie das Kontrollkästchen *Keine MS-DOS-Erweiterung für registrierte Dateien*.

⑩ Sie gelangen zurück zum vorherigen Dialogfenster *Musterfüllung*, in dem Sie noch eine ganze Menge an Feineinstellungen vornehmen können. Da das Füllmuster kleiner als die zu füllende Fläche ist, muß es gekachelt werden. Wir belassen es zunächst bei den Grundeinstellungen und klicken auf die Schaltfläche *OK*.

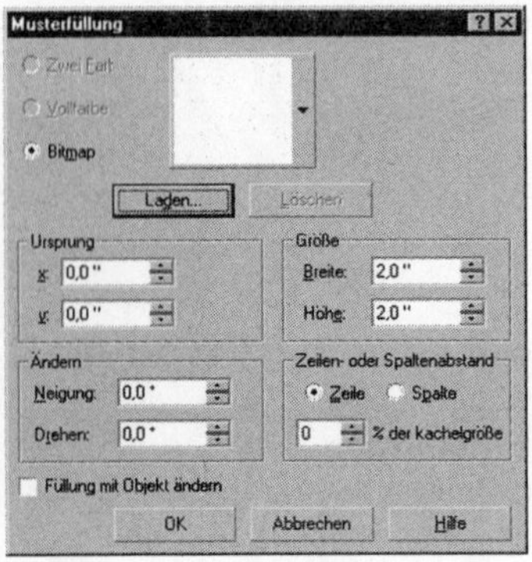

Abb. 57:
Im Dialogfenster Musterfüllung sehen Sie eine Vorschau der gewählten Datei und können die Kachelung über diverse Eingabefelder beliebig gestalten

⑪ Das gewählte Muster sehen Sie im Vorschaubereich. Durch einen Mausklick auf die Schaltfläche *Zuweisen* wird die Füllung dem Seitenrahmen zugewiesen.

⑫ Wie eingangs erwähnt, steht die geladene Bitmap-Füllung zukünftig auch in der Liste der Musterfüllungen. Klicken Sie einmal auf den Vorschaubereich und Sie sehen die Liste der vorhandenen Muster. Das neu eingefügte Muster wird immer am Ende der Liste hinzugefügt.

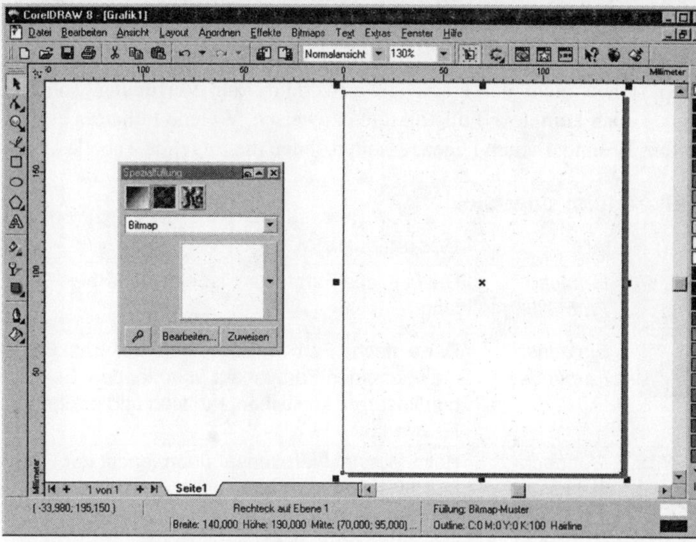

Abb. 58: Die Musterfüllung wird dem Seitenrahmen zugewiesen, der zukünftig als Seitenhintergrund dient

⑬ Das Rollup kann nun aufgerollt werden, um mehr Platz zum Zeichnen und Gestalten zu gewinnen. Deswegen heißen Rollups ja auch Rollups, sie lassen sich aufrollen! Klicken Sie mit der linken Maustaste einmal auf den kleinen mittleren schwarzen Pfeil. Das Rollup verkleinert sich zu einem schmalen Balken. Durch einen weiteren Mausklick auf den Pfeil wird das Rollup wieder aufgerollt.

Tip: Rollups per Doppelklick auf die Titelleiste auf- und abrollen

Wenn Ihnen das Klicken auf den kleinen Pfeil zu umständlich ist, klicken Sie doppelt auf die Titelleiste des Rollups. Dadurch läßt es sich einfacher auf- und zurollen. Wenn Sie mit der linken Maustaste nur einmal auf die Titelleiste klicken und die Maustaste anschließend gedrückt halten, können Sie das Rollup frei auf der Bildschirmoberfläche bewegen. Ordnen Sie die Rollups am besten am oberen Rand des Arbeitsbereichs an, wie es auf der Abbildung zu sehen ist.

⑭ Den schwarzen Umriß löschen Sie am schnellsten, indem Sie mit der rechten Maustaste auf das *X* in der Farbpalette klicken. Das wäre geschafft - der Hintergrund der ersten Seite ist fertig.

Welche Füllarten gibt es?

In CorelDRAW können Sie Objekten verschiedenartige Füllungen zuweisen. Ihnen stehen nicht nur einfache Farbverläufe zur Verfügung, sondern Sie können auch komplexe Füllstrukturen zuweisen. Welche Füllarten es gibt und wo ihre Besonderheiten liegen, erläutert Ihnen die folgende Tabelle.

Füllarten im Überblick		
Füllart		Beschreibung
	*Einfache Farbfüllung*	Die einfache Farbfüllung ist eine einfarbige Farbfüllung.
	*Einfacher Farbverlauf*	Der einfache Farbverlauf besteht aus zwei Farben, die über einen Farbverlauf überblenden. Es gibt einen linearen, konischen, radialen und eckigen Farbverlauf.
	*Mehrfachfarbverlauf*	Beim Mehrfachfarbverlauf überblendet der Farbverlauf zwischen mehreren, beliebig definierbaren Farben. Auch hier kann der Farbverlauf linear, konisch, radial und eckig verlaufen.
	*Musterfüllung 2 Farben*	Die Musterfüllung basiert auf einem Bitmap-Raster und gehört damit also zu den pixelorientierten Füllarten. Anhand eines vorgegebenen Rasters lassen sich eigene Musterfüllungen erstellen. Die Musterfüllung wird im Objekt gekachelt.
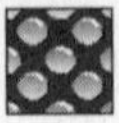	*Musterfüllung Vollfarben*	Die Musterfüllung *Vollfarben* basiert auf einem Vektorformat. Selbst bei extremer Vergrößerung dieser Musterfüllung bleibt die Qualität der Füllung immer erhalten, während die pixelorientierten Füllarten ihre pixelige Struktur preisgeben (Treppcheneffekt).
	*Musterfüllung Bitmap*	Mit der Musterfüllung Bitmap haben Sie die Möglichkeit, einem Objekt ein beliebiges Bitmap als Füllung zuzuweisen. Dies kann beispielsweise ein Foto von einer CD oder auch eine Bitmap-Kachel sein.

	*Füllmuster Bitmap*	Während die Musterfüllung Bitmap eine bereits vorhandene Datei ist, wird ein Bitmap-Füllmuster bei seiner Zuweisung immer wieder neu berechnet und als Füllung dargestellt. Es gibt eine Anzahl von vordefinierten Algorithmen mit unterschiedlichen Parametern, über die Sie die Gestaltung beeinflussen können. Da die ständige Neuberechnung dieser Füllmuster sehr rechenintensiv ist, verbrauchen Füllmuster viel Rechnerressourcen.
	*PostScript-Füllmuster*	PostScript ist ein spezielles Speicherformat, das seinen Einsatz vor allem im professionellen DTP-Bereich findet. Füllmuster dieser Art basieren auf dem Vektorformat und sind sehr komplex. Durch individuelle Parameter lassen sich die Füllmuster beliebig gestalten. PostScript-Muster können nur auf Druckern ausgedruckt werden, die das PostScript-Format unterstützen. In CorelDRAW werden PostScript-Füllungen nur angezeigt, wenn die *Erweiterte Ansicht* (Menü *Ansicht*) aktiviert ist und das entsprechende Kontrollkästchen *PostScript-Füllungen in erweiterter Ansicht zeigen* in den *Grundeinstellungen* aktiviert ist.

3.3 Hilfe: Hilfslinien!

Die exakte Positionierung von Objekten auf der Zeichenseite und der Objekte zueinander sind das A und O bei der Gestaltung am Computer. CorelDRAW bietet eine Reihe von Funktionen und Hilfsmitteln, Objekte richtig in Position zu bringen. Neben den Menüfunktionen, die die Anordnung bestehender Objekte hinsichtlich der Flächenachsen (ausrichten und verteilen) und der Raumachse (Anordnung) ermöglichen, gibt es die Hilfsmittel Gitter und Hilfslinien, die eine genaue Ausrichtung von Objekten bereits bei deren Erstellung ermöglichen.

Wozu Hilfslinien?

Hilfslinien sind wichtige Helfer zur Ausrichtung von Objekten auf der Zeichenseite. Sie werden als gestrichelte Linien auf dem Bildschirm angezeigt und liegen auf einer eigenen Ebene (siehe Abschnitt *Mit Ebenen arbeiten*). Sie können als optische Orientierung dienen, was aber ihren eigentlichen Zweck etwas verfehlt. Viel wichtiger ist ihre Eigenschaft, magnetisch zu wirken und Objekte, die in ihre Nähe geraten, anzuziehen und damit automatisch auszurichten. Auf diese Weise lassen sich Objekte gleichmäßig zueinander oder an der Seite ausrichten. Es lassen sich beliebig viele Hilfslinien erzeugen, die entweder nach Augenmaß gesetzt oder aber numerisch höchst präzise positioniert werden können. Seit der CorelDRAW Version 6 sind neben den gewöhnlichen horizontalen und vertikalen Hilfslinien auch diagonale Hilfslinien möglich. Ein Feature, das in manch anderen Vektorzeichenprogrammen noch nicht existiert. In diesem Abschnitt werden wir einen Einstieg in das Thema Hilfslinien wagen. Das Arbeiten mit Hilfslinien ist so elementar, daß es auch in den anderen Übungsbeispielen immer wieder aufgegriffen wird.

Hilfslinien einrichten

Sie können Hilfslinien auf zweierlei Weise einrichten: Sie können Hilfslinien aus den Linealen "zaubern" oder in einem speziellen Dialogfenster exakt bestimmen.

Hilfslinien aus den Linealen ziehen

Dies ist die schnellste Methoden, Hilfslinien zu erzeugen und zu verändern.

① Klicken Sie mit der linken Maustaste in eines der beiden Lineale am linken oder oberen Rand des Arbeitsbereichs.

② Halten Sie die Maustaste gedrückt und ziehen Sie den Mauscursor auf den Arbeitsbildschirm. Sobald Sie die Maustaste loslassen, wird eine Hilfslinie erzeugt.

Hilfslinien per Eingabe einrichten

Eine wesentlich exaktere Möglichkeit, Hilfslinien einzurichten, ist der Weg über das Dialogfenster *Hilfsmittel einrichten*. Auf diese Weise werden wir auch in diesem Übungsbeispiel die Hilfslinien einrichten. Beginnen wir damit, die Begrenzung der Zeichenseite durch Hilfslinien deutlich zu machen und Objekte an ihnen auszurichten.

① Wählen Sie aus dem Menü *Layout* den Menüpunkt *Hilfslinien einrichten*.

② Es öffnet sich das Dialogfenster *Hilfslinien einrichten*, das aus drei Registerkarten besteht, für jede Art eine. Stellen Sie als erstes die Maßeinheit *Millimeter* ein.

③ Auf der Registerkarte *Horizontal* geben Sie in das Eingabefeld *Position* eine 0 ein und klicken anschließend mit der linken Maustaste auf die Schaltfläche *Hinzufügen*. Die neu hinzugefügte Hilfslinie erscheint sofort auf dem Bildschirm. Die Position der Hilfslinien orientiert sich an den Linealen.

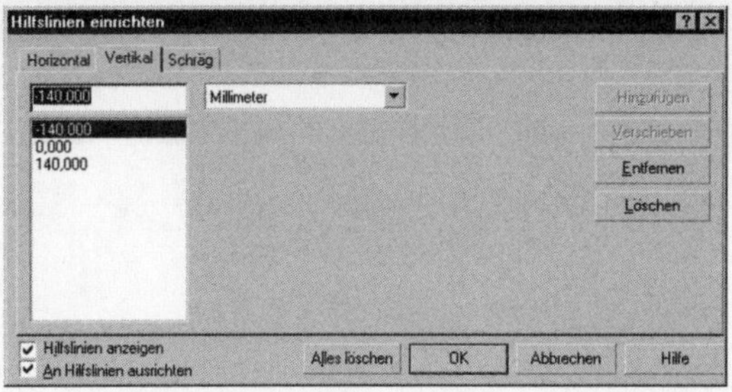

Abb. 59: Das Dialogfenster ermöglicht eine exakte Bestimmung der Hilfslinienpositionen

④ Geben Sie als nächstes den Wert 190 ein und klicken Sie wiederum mit der linken Maustaste auf die Schaltfläche *Hinzufügen*. Auch die zweite Hilfslinie erscheint auf dem Bildschirm. Und zwar diesmal an der oberen Kante der Zeichenseite.

⑤ Wählen Sie nun durch einen linken Mausklick auf den entsprechenden Reiter (so heißen die kleinen Laschen) die Registerkarte *Vertikal*.

⑥ Geben Sie in das Eingabefeld *Position* eine 0 ein und klicken Sie auf die Schaltfläche *Hinzufügen*.

⑦ Im nächsten Schritt geben Sie den Wert 140 ein und klicken wieder auf die Schaltfläche *Hinzufügen*. Diese Hilfslinie erscheint als rechte Begrenzung der Zeichenseite. Wie kommen wir auf den Wert 140? Ganz einfach: Insgesamt hat die Zeichenseite eine Breite von 280 mm. Da wir aber das Layout Heft gewählt haben, wird die Darstellung der Zeichenseite auf dem Bildschirm dem Layout entsprechend angezeigt: Die Zeichenseite wird in der Mitte geteilt, beginnend mit der linken Seite, auf dem Bildschirm dargestellt. Diese linke Seite mißt dann nur noch 140 mm.

⑧ Da gleich die beiden Innenseiten und die Rückseite der Grußkarte hinzugefügt werden, können wir an dieser Stelle die linke Begrenzung durch eine Hilfslinie anzeigen lassen. Geben Sie dazu den Wert -140 ein. Das Minuszeichen ist ein einfacher Trennstrich. Klicken Sie auf die Schaltfläche *Hinzufügen*, und schon wird die äußerste rechte Begrenzung angezeigt.

⑨ Das Kontrollkästchen *Hilfslinien anzeigen* ist aktiviert. Das ist auch gut so, damit Sie auf dem Bildschirm die mühsam definierten Hilfslinien auch sehen können.

⑩ Um den Magneteffekt zu aktivieren, klicken Sie in das Kontrollkästchen *An Hilfslinien ausrichten*. Wenn in beiden Kontrollkästchen Kreuze zu sehen sind, haben Sie die richtige Einstellung.

⑪ Klicken Sie auf die Schaltfläche *OK*, und alle Hilfslinien werden endgültig gesetzt.

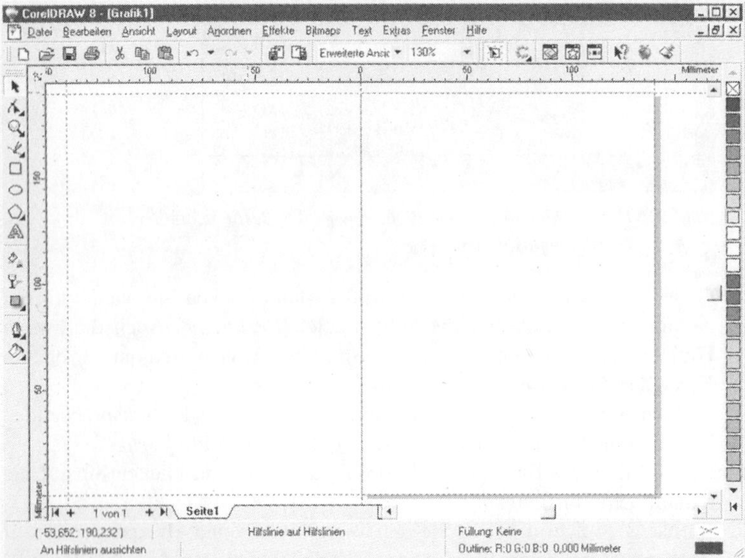

Abb. 60: Wichtige Helfer: Hilfslinien werden auf dem Bildschirm als gestrichelte Linien angezeigt

Hilfslinien löschen

Es kann immer mal vorkommen, daß eine Hilfslinie nicht mehr gebraucht wird.

Corel 6 + Corel 7 Hilfslinie löschen

Wollen Sie eine Hilfslinie löschen, klicken Sie sie an, halten die Maustaste gedrückt und ziehen den Mauscursor mit der Hilfslinie zurück in das Lineal, aus der Sie vorher die Hilfslinie herausgezogen haben.

Corel 8 Hilfslinie löschen

In der Version 8 werden Hilfslinien wie gewöhnliche Objekte gehandhabt. Sie löschen eine Hilfslinie, indem Sie sie mit der rechten Maustaste einmal anklikken. Es öffnet sich daraufhin ein Kontextmenü. Klicken Sie mit der linken Maustaste auf den Menüpunkt *Löschen*.

Tip: Bei der Bearbeitung von Hilfslinien auf den Mauscursor achten

Da es gar nicht so einfach ist, eine einzelne Hilfslinie zu erwischen, die gelöscht oder verschoben werden soll, sollten Sie genau auf Ihren Mauscursor achten. Allzuschnell hat man versehentlich ein anderes Objekt markiert und verschoben. Sobald sich der Mauscursor über einer Hilfslinie befindet, verwandelt er sich in einen Doppelpfeil. Wenn Sie jetzt die linke Maustaste drükken und gedrückt halten, wird die Hilfslinie markiert. Zudem können Sie auch mit Ebenen arbeiten. Deaktivieren Sie den Modus *Ebenenübergreifend bearbeiten* im Ebenen- bzw. Objekt-Manager und wechseln Sie auf die Hilfslinien-Ebene. Auf diese Weise können ebenfalls keine Objekte versehentlich markiert und verändert werden. Wie Sie mit Ebenen arbeiten, erfahren Sie im Abschnitt *Mit Ebenen arbeiten* in diesem Kapitel.

Hilfslinien sperren

Die mühsam eingerichteten Hilfslinien sollten vor versehentlichem Verschieben geschützt werden. Sie können dazu die gesamte Hilfslinienebene sperren oder einzelne Hilfslinien selektiv sperren. In unserem Übungsbeispiel werden die neu eingerichteten Hilfslinien selektiv gesperrt, damit bei Bedarf schnell eine weitere Hilfslinie hinzugefügt und wieder gelöscht werden kann.

Corel 6 + **Corel 7**

① Klicken Sie in dem noch geöffneten Dialogfenster *Hilfslinien einrichten* in dem Listenfeld, in dem alle Maßpositionen existierender Hilfslinien angezeigt werden, einen Wert an.

② Eine farbige Hinterlegung des Werts zeigt an, welche Hilfslinie Sie gewählt haben. Klicken Sie dann auf das Schloß-Symbol. Damit ist diese Hilfslinie gesperrt und kann nicht mehr verschoben werden.

③ Wiederholen Sie diesen Schritt mit allen weiteren Hilfslinien (auch denen, die auf den anderen Registerkarten definiert wurden).

Hinweis: Sie können überprüfen, welche Hilfslinien gesperrt sind, indem Sie einen Wert in dem Listenfeld anklicken. Je nachdem, ob die Hilfslinie gesperrt ist oder nicht, erscheint das Schloß-Symbol aktiviert bzw. deaktiviert. Durch einen Mausklick auf ein aktiviertes Schloß-Symbol kann die Sperrung von Hilfslinien wieder aufgehoben werden.

Corel 8

① Hilfslinien werden in der Version 8 genauso gehandhabt wie gewöhnliche Objekte. Zudem ist eine neue Funktion hinzugekommen, die eine Sperrung einzelner Objekte ermöglicht. Um nun Hilfslinien selektiv zu sperren, schließen Sie (falls noch geöffnet) das Dialogfenster *Hilfslinien einrichten*.

② Klicken Sie mit der linken Maustaste auf eine Hilfslinie, wird die angeklickte Hilfslinie rot dargestellt. Damit haben Sie die Hilfslinie markiert.

③ Wählen Sie jetzt aus dem Menü *Anordnen* den Menüpunkt *Objekt sperren*. Damit ist die markierte Hilfslinie gesperrt.

④ Wiederholen Sie diesen Arbeitsschritt mit allen anderen Hilfslinien.

⑤ Da eine gesperrte Hilfslinie nicht besonders gekennzeichnet wird, ist es schwierig herauszufinden, ob eine Hilfslinie gesperrt ist oder ob Sie nur daneben geklickt haben. Um eine Sperrung rückgängig zu machen, klikken Sie die Hilfslinie am besten mit der rechten Maustaste an. Aus dem Kontextmenü wählen Sie dann den Menüpunkt *Objekt freigeben*. Alternativ können Sie auch aus dem Menü *Anordnen* den Menüpunkt *Alles freigeben* anwählen.

Tip: Hilfslinien und Gitter nicht gleichzeitig einsetzen

Eine globale Sperrung aller Hilfslinien ist durch eine Sperrung der Ebene *Hilfslinien* möglich. Die Aktivierung des Fangeffekts der Hilfslinien ist über den Menüpunkt *An Hilfslinien ausrichten* im Menü *Layout* möglich. Arbeiten Sie entweder mit Hilfslinien ODER mit der Gitterfunktion. Selbst wenn das Gitter bzw. die Hilfslinien nicht sichtbar sind, der Fangeffekt kann unabhängig davon aktiviert sein. Eine gleichzeitige Aktivierung von Gitter- und Hilfslinien kann sich sehr hinderlich auswirken, da sich die Fangeffekte "ins Gehege kommen" können.

Die Datei speichern

An dieser Stelle sollten wir die Datei speichern. Es gibt zwar eine Auto-Speicherfunktion, die je nach Einstellung in einem bestimmten Intervall zwischenspeichert. Um einen wichtigen Arbeitsschritt zwischenzuspeichern, sollten Sie aber immer manuell speichern.

① Wählen Sie dazu aus dem Menü *Datei* den Menüpunkt *Speichern*. Alternativ können Sie auch auf das Symbol *Speichern* in der Symbolleiste klikken oder die Tastenkombination [Strg]+[S] drücken.

② Da die Datei bisher noch nicht gespeichert worden ist, wird das Dialogfenster *Speichern unter* geöffnet. Wählen Sie hier ein Verzeichnis und vergeben Sie einen Dateinamen. Der Dateiname erscheint jetzt auch in der Titelleiste.

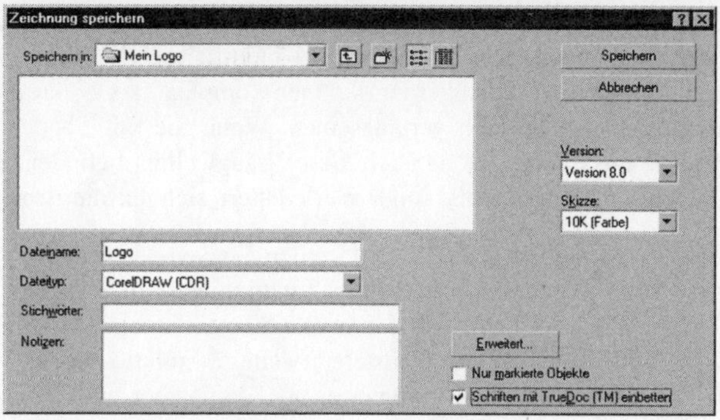

Abb. 61: Beim ersten Speichern geben Sie den Dateinamen an und wählen ein Verzeichnis, in das die Datei gespeichert werden soll

③ Durch die Aktivierung des Kontrollkästchens *Schriften mit TrueDoc (TM) einbetten* werden alle verwendeten Schriften mit in dieselbe Datei gespeichert. Dadurch werden keine Schriften ersetzt, wenn die verwendeten Schriftarten auf dem Computer, auf dem Sie die Datei öffnen, nicht installiert sind.

④ Klicken Sie auf die Schaltfläche *OK*. Zukünftig wird beim Zwischenspeichern die vorhandene Datei nur noch aktualisiert und kein weiteres Dialogfenster geöffnet.

Hinweis: Es kann immer mal vorkommen, daß das Betriebssystem oder Programm unerwartet seinen Geist aufgibt. Alles, was Sie seit der letzten Speicherung gestaltet haben, ist dann futsch! In schlimmen Fällen kann sogar die gesamte Datei gelöscht werden. Die Datei ist dann zwar noch vorhanden, beinhaltet aber keine Daten mehr. Erstellen Sie aus diesem Grunde immer eine Sicherheitskopie Ihrer Datei

3.4 Mit Ebenen arbeiten

Bevor es weitergeht, kommt eine neue Funktion auf Sie zu. Vielleicht werden Sie sich bei der Betrachtung der Statuszeile schon gefragt haben, was das mit den Ebenen bedeutet? Ebenen sind sehr wichtige Helfer bei der Erstellung komplexer Grafiken. Eine Ebene können Sie sich vorstellen wie die Etage eines Hochhauses. Auf jeder Etage können beliebig viele Objekte liegen, die innerhalb dieser Ebene auch wiederum über- und untereinander angeordnet sein können. Durch einen speziellen Arbeitsmodus kann das Programm so eingestellt werden, daß Sie nur die Objekte der Ebene bearbeiten können, auf der Sie sich auch gerade befinden. Das hat den entscheidenden Vorteil, daß Sie Objekte nicht versehentlich verschieben oder modifizieren können, wenn sie auf anderen Ebenen liegen. Außerdem können komplexere Objekte auch den Bildschirmaufbau beträchtlich verlangsamen. Wenn Sie mit Ebenen arbeiten, blenden Sie die Ebene, auf der sich diese "Langweiler" befinden, einfach aus. Sie löschen dadurch nichts, sondern erleichtern sich nur die Arbeit.

Hinweis: In den Versionen 6 und 7 gibt es den Ebenen-Manger und den Objekt-Manager, die wie gewöhnliche Rollups funktionieren. In CorelDRAW 8 wurde auf den Ebenen-Manager verzichtet. Es gibt nur noch den Objekt-Manager, der in Form eines Andock-Fensters erweiterte Funktionen zur Verfügung stellt. Das Ganze ist etwas umfangreicher, dafür aber auch komplizierter.

Eine vorhandene Ebene verändern

In diesem Arbeitsschritt werden Sie mit dem Ebenen-Manger bzw. Objekt-Manager eine bestehende Ebene verändern. Es gibt standardmäßig vier vorgegebene Ebenen, die am Ende dieses Abschnitts in der Tabelle detailliert erklärt werden.

① Als erstes öffnen Sie den Ebenen- bzw. Objekt-Manager, der standardmäßig nicht angezeigt wird, obwohl er bei komplexeren Grafiken zum "Pflichtinventar" gehört und immer auf dem Bildschirm angezeigt werden sollte.

Corel 6 + Corel 7 Vorhandene Ebene verändern

① Wählen Sie aus dem Menü *Layout* den Menüpunkt *Ebenen-Manager*.
② Der Ebenen-Manager zeigt Ihnen die vier standardmäßig vorgegebenen Ebenen an. Klicken Sie mit der rechten Maustaste auf die Bezeichnung *Ebene 1*. Dies ist die eigentliche Arbeitsebene, auf der Sie Objekte erstellen und gestalten.
③ Aus dem Kontextmenü wählen Sie nun mit der linken Maustaste den Menüpunkt *Umbenennen*. Sie können eine Ebene auch umbenennen, indem Sie doppelt mit der linken Maustaste auf den Eintrag klicken.
④ Geben Sie die Bezeichnung "Hintergrund" ein und drücken Sie einmal die Esc-Taste. Damit haben Sie die Arbeitsebene neu benannt.

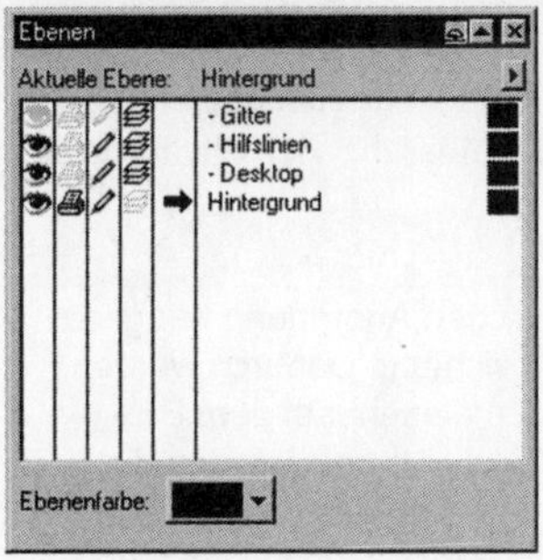

Abb. 62:
Der Ebenen-Manager in CorelDRAW 6 und 7

Corel 8 Vorhandene Ebene verändern

① Wählen Sie aus dem Menü *Ansicht* den Menüpunkt *Andock-Fenster*.

② Aus dem Untermenü, das sich daraufhin öffnet, wählen Sie den Menüpunkt *Objekt-Manager*. Alternativ dazu können Sie den Objekt-Manager auch über das Menü *Layout* öffnen, wo Sie ebenfalls den Menüpunkt *Objekt-Manager* finden.

③ Der Objekt-Manager "dockt" sich sofort im rechten Bildschirmrand an. Hier wird jede Dokumentseite als Ebene bezeichnet, was schnell zur Verwirrung führen kann. Da es zur Zeit nur eine Dokumentseite gibt, wird im oberen Bereich der Eintrag *Ebene 1* angezeigt. Die eigentliche Arbeitsebene ist jedoch der Eintrag, der der Dokumentseiten-Bezeichnung *Ebene 1* untergeordnet ist. Klicken Sie deshalb mit der rechten Maustaste auf den untergeordneten Eintrag *Ebene 1*.

④ Aus dem Kontextmenü wählen Sie den Menüpunkt *Umbenennen*, geben die Bezeichnung "Hintergrund" ein und drücken die [Esc]-Taste.

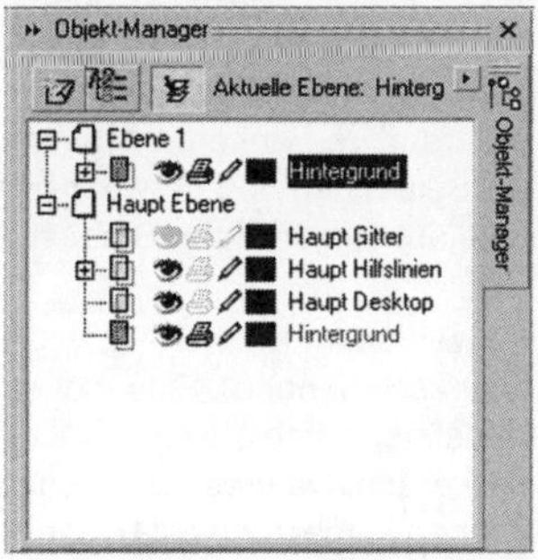

Abb. 63;
Der Objekt-Manager in CorelDRAW 8 mit erweiterten Funktionen

Die vier Ebenenarten

Jede Ebenenart hat ihre speziellen Funktionen und Aufgabenbereiche. Die folgende Tabelle verschafft Ihnen einen Überblick über die vier Ebenenarten.

Ebenenarten im Überblick
Ebene Gitter: Die Ebene *Gitter* ist von der räumlichen Anordnung her gesehen die oberste Ebene. Standardmäßig ist sie unsichtbar. Dadurch werden die Gitterpunkte, die der Ausrichtung von Objekten dienen, auf dem Bildschirm nicht angezeigt. Durch Aktivierung des Auge-Symbols werden die Gitterpunkte sichtbar. Unabhängig davon kann das Gitter aktiviert sein oder nicht. Dies wird separat über den Menüpunkt *An Gitter ausrichten* im Menü *Layout* gesteuert. Die Ebene *Gitter* ist standardmäßig nicht bearbeitbar, da der Abstand der Gitterpunkte über ein eigenes Dialogfenster eingestellt wird. **Corel 6** + **Corel 7** Anwender wählen dazu das Menü *Layout* und anschließend den Menüpunkt *Gitter und Lineal einrichten.* **Corel 8** In der Programmversion 8 erfolgt die Einrichtung des Gitters über das Menü *Extras*. Hier muß der Menüpunkt *Optionen* gewählt werden. In dem Dialogfenster *Optionen* klicken Sie mit der linken Maustaste auf das kleine Kreuz vor dem Eintrag *Dokument*. In dem Untermenü befindet sich der Menüeintrag *Gitter und Hilfslinien*, der eine Registerkarte mit Einstellmöglichkeiten öffnet.
Ebene Hilfslinie: Auf dieser Ebene liegen alle Hilfslinien. Sie können Hilfslinien einmal zu Beginn einrichten und sperren dann für den weiteren Verlauf diese Ebene. Das hat den Vorteil, daß die mühsam eingerichteten Hilfslinien nicht versehentlich verschoben werden. Die Farbe der Hilfslinien ist standardmäßig Blau, kann aber durch eine Änderung der Ebenenfarbe an jede gewünschte Farbgebung angepaßt werden.
Ebene Desktop: Die Ebene Desktop ist für die Erstellung und Ablage von Objekten geeignet, denn alle Objekte, die sich auf dieser Ebene befinden, werden automatisch auf allen Seiten angezeigt. Die Objekte werden immer außerhalb der Zeichenseite auf dem Desktop positioniert. Selbst wenn Sie ein Objekt auf die Zeichenseite ziehen, wird es während des weiteren Arbeitsverlaufs, wenn Sie zum Beispiel zwischen den Seiten hin- und herwechseln, automatisch wieder außerhalb der Zeichenseite auf den Desktop-Bereich verschoben.
Arbeitsebenen: Die regulären Arbeitsebenen werden im Ebenen- bzw. Objekt-Manager zunächst von CorelDRAW automatisch benannt. Eine gibt es immer, das ist die *Ebene 1*. Auf dieser Ebene befinden sich die Objekte, die auf der Zeichenseite positioniert und gedruckt werden. Da diese Bezeichnung wenig aussagekräftig ist, sollten die Arbeitsebenen immer sinnvoll benannt werden.

Eine neue Ebene erstellen

Wie eingangs erläutert, ist es sinnvoll, bei komplexeren Grafiken mit verschiedenen Ebenen zu arbeiten. Aus diesem Grund erstellen wir eine neue Ebene, auf der Sie einige Cliparts importieren werden.

① Klicken Sie dazu auf den kleinen, unscheinbaren Pfeil *Ebenen-* bzw. *Objekt-Manager-Funktionen* in der Titelleiste des Rollups bzw. Andock-Fensters.

② Wählen Sie aus dem Menü, das sich daraufhin öffnet, den Menüpunkt *Neue Ebene*. Die neu erstellte Ebene wird sofort angezeigt.

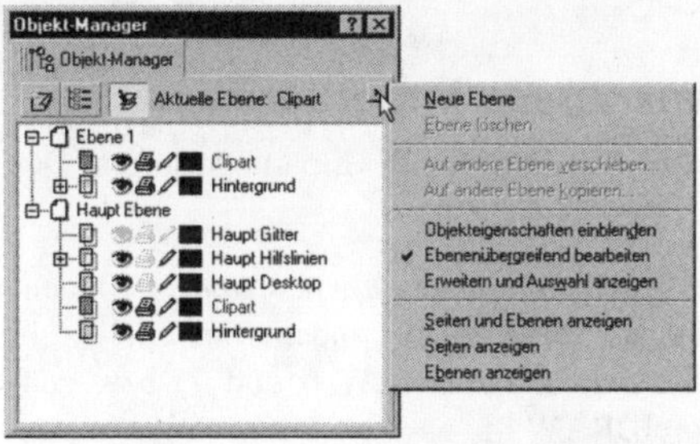

Abb. 64: Das Kontextmenü im Ebenen- bzw. Objekt-Manager ermöglicht die Erstellung neuer Ebenen und die Bestimmung ihrer Eigenschaften

③ Benennen Sie die neue Ebene direkt um, indem Sie den Ebenennamen mit der rechten Maustaste anklicken und aus dem Kontextmenü den Menüpunkt *Umbenennen* wählen.

④ Als Ebenenbezeichnung können Sie "Clipart" eingeben, damit Sie immer direkt wissen, auf welcher Ebene sich die Cliparts befinden.

Die richtige Ebenen-Einstellung

Bevor Sie weitergestalten, sollten Sie eine äußerst wichtige Einstellung vornehmen: Deaktivieren Sie den Ebenen-Modus *Ebenenübergreifend bearbeiten*. Ist dieser Modus aktiviert, können Sie auf jede Ebene zugreifen, gleich auf welcher Ebene Sie sich gerade befinden - für ein geordnetes Gestalten nicht die günstigste Arbeitsbedingung. Wozu Ebenen erstellen, wenn doch alles anwählbar ist und versehentlich verändert werden kann?!

① Klicken Sie mit der linken Maustaste auf den kleinen, unscheinbaren Pfeil im Ebenen- bzw. Objekt-Manager.

② Das Flyout-Menü zeigt Ihnen den Menüpunkt *Ebenenübergreifend bearbeiten* mit einem kleinen Häkchen davor an. Das bedeutet, daß dieser Modus gerade aktiviert ist. Klicken Sie mit der linken Maustaste auf den Menüpunkt *Ebenenübergreifend bearbeiten*. Dadurch haben Sie den Modus deaktiviert und können fortfahren.

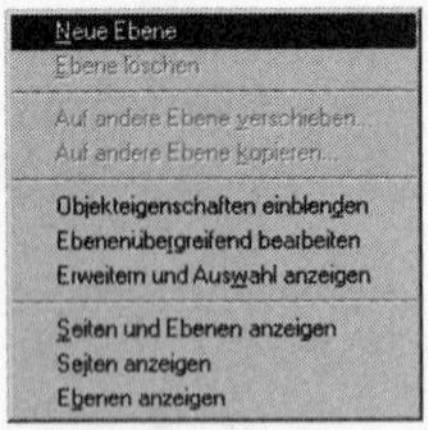

Abb. 65:
Die richtige Einstellung macht's:
Die Funktion Ebenenübergreifend bearbeiten sollte nur in Notfällen aktiviert werden

Ein Clipart auf die neue Ebene importieren

Nun sind die Vorbereitungen für den Import von Cliparts getroffen. Der Import kann starten!

① Stellen Sie sicher, daß Sie sich auf der neuen Ebene *Clipart* befinden. Gegebenenfalls wechseln Sie auf diese Ebene, indem Sie mit der linken Maustaste den Pfeil verschieben (CorelDRAW 6 und 7) bzw. auf den Ebenennamen klicken (CorelDRAW 8).

② Wie Sie eine Grafikdatei importieren, wissen Sie bestimmt noch aus dem vorhergehenden Übungsbeispiel: Wählen Sie aus dem Menü *Datei* den Menüpunkt *Importieren.*

③ Legen Sie nun die CD 2 ein, auf der sich die Cliparts befinden. Im Dialogfenster *Importieren* können Sie nun auf das Verzeichnis *Cliparts* zugreifen. Wechseln Sie in das Unterverzeichnis *Spec_occ* und von dort aus in das Unterverzeichnis *Birthday.*

④ Als erstes soll der Geburtstagskuchen eingefügt werden. Wählen Sie die Datei *BRTHDAY2.cdr* und klicken Sie anschließend auf die Schaltfläche *Importieren.*

Abb. 66: Dateien jeden Formats lassen sich über die Import-Funktion in die Grafik einfügen

⑤ In den Versionen 6 und 7 wird das Clipart sofort eingefügt. In der Version 8 verwandelt sich der Mauscursor in einen Winkel. Halten Sie die Maustaste gedrückt und bestimmen Sie einen rechteckigen Bereich. Sobald Sie die Maustaste loslassen, wird das Clipart dort eingefügt.

⑥ Klicken Sie auf das Menü *Anordnen* und anschließend auf den Menüpunkt *Ausrichten und verteilen.*

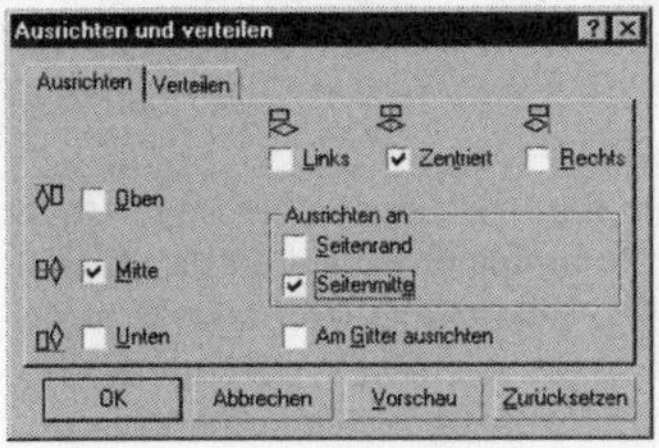

Abb. 67: Eine exakte Ausrichtung auf die Seitenmitte ist über das Dialogfenster möglich

⑦ Durch einen Mausklick in das Kontrollkästchen *Seitenmitte* werden automatisch die Kontrollkästchen *Mitte* und *Zentriert* aktiviert. Klicken Sie jetzt auf die Schaltfläche *OK*, und das Clipart befindet sich genau auf der Seitenmitte. Geschafft!

Ebenen-Funktionen im Überblick

Das Arbeiten mit Ebenen ist ein sehr wichtiger Punkt. Sie sollten bei der Erstellung von Anfang an richtig mit Ebenen arbeiten. Um so leichter haben Sie es später, wenn Ihre Grafik komplexer und vielschichtiger (im wahrsten Sinne des Wortes!) wird. Die folgende Tabelle verschafft Ihnen eine Komplettübersicht über alle Funktionen des Ebenen- bzw. Objekt-Managers. Wenn Sie mal etwas nachschauen möchten - hier finden Sie die Antwort!

Funktionen des Ebenen- und Objekt-Managers im Überblick
Sichtbar und Unsichtbar: Das Auge-Symbol blendet eine Ebene vollständig aus. Alle auf ihr befindlichen Objekte werden unsichtbar. Dies beschleunigt bei komplexeren Grafiken entscheidend den Bildschirmaufbau, so daß sich wieder flüssig arbeiten läßt. Dies ist besonders zu empfehlen, wenn Sie Pixelgrafiken importiert haben, die zwischenzeitlich nicht angezeigt werden müssen.

Druckbar und Nicht druckbar: Das Drucker-Symbol ermöglicht die Drucksteuerung von Ebenen. Normalerweise wird alles ausgedruckt, was Sie auf dem Bildschirm sehen und was auf das Papierformat Ihres Druckers paßt. Manchmal kann es aber sinnvoll sein, einen Probeausdruck von bestimmten Teilen einer Grafik zu machen. Durch eine Deaktivierung des Drucker-Symbols lassen sich einzelne Ebenen vom Druck ausschließen.

Bearbeitbar und Nicht bearbeitbar: Diese sehr wichtige Ebeneneigenschaft wird über das Stift-Symbol ein- bzw. ausgeschaltet. Ist das Stift-Symbol hellgrau, kann auf diese Ebene nicht mehr zugegriffen werden. Alle Objekte sind vor versehentlichen Veränderungen geschützt.

Hauptebene: Diese Funktion ist vor allem dann wichtig, wenn Sie mit mehrseitigen Dokumenten arbeiten. Objekte, die auf einer Ebene mit der Eigenschaft Hauptebene liegen, werden auf allen Dokumentseiten angezeigt, obwohl sie nur auf einer Seite des Dokuments erstellt bzw. importiert wurden. Ein Beispiel: Ein Firmenlogo wird auf die erste Seite des Dokuments in der Ebene1 positioniert. Damit Sie dieses Logo nicht auf allen anderen Seiten erneut einfügen müssen, weisen Sie der Ebene1 einfach die Eigenschaft Hauptebene zu, und schon erscheint das Logo auf allen Seiten, auch auf den Seiten, die Sie erst noch hinzufügen werden.

Corel 6 + Corel 7 Die Eigenschaft Hauptebene wird in dem Ebenen-Manager durch das Symbol mit den drei übereinanderliegenden Seiten dargestellt. Durch einen Mausklick auf das Seiten-Symbol kann die Eigenschaft sofort ein- bzw. ausgestellt werden.

Corel 8 In CorelDRAW 8 ist das Ganze ein bißchen komplizierter geworden. Es gibt im Objekt-Manager die Kategorie *Haupt Ebene*, der einige Ebenen untergeordnet sind. Aber nur wenn vor dem Ebenennamen zusätzlich die Bezeichnung *Haupt* steht, besitzt die Ebene auch diese Eigenschaft. Die Zuweisung dieser Eigenschaft erfolgt am einfachsten über das Kontextmenü, das Sie durch einen rechten Mausklick auf die entsprechende Ebene öffnen. Aus dem Kontextmenü der Ebene wählen Sie den Menüpunkt *Original.* Im Kontextmenü finden Sie auch den Menüpunkt *Eigenschaften*, über den Sie ebenfalls diese Eigenschaft zuweisen können. Hier heißt zu aller Verwirrung der entsprechende Befehl allerdings wieder *Hauptebene.* Zu den erweiterten Funktionen des Objekt-Managers zählt der obere Bereich des Fensters. Dort wird jede Seite (!) Ihres Dokuments mit der Bezeichnung *Ebene 1* angezeigt. Eigentlich sollte dort die Bezeichnung *Seite* und nicht *Ebene 1* stehen! Sie können zwischen den Seiten Ihres Dokuments wechseln, indem Sie mit der linken Maustaste auf das Seitensymbol der Ebene klicken. Befinden sich bereits Objekte auf den Seiten, wird dies durch ein Plus-Zeichen angezeigt. Ein Mausklick auf dieses Zeichen zeigt alle Objekte an. Durch einen Doppelklick auf ein Objekt im Objekt-Manager wechseln Sie zu diesem Objekt und können es bearbeiten.

Ebenenübergreifend bearbeiten: Sie können diese Eigenschaft zuweisen, indem Sie mit der linken Maustaste auf den kleinen nach rechts weisenden Pfeil in der Titelleiste des Fensters klicken. Dort finden Sie den gleichnamigen Menüpunkt, der durch einfaches Anklicken aktiviert bzw. deaktiviert wird. Die Aktivierung wird durch einen Haken vor dem Menüpunkt angezeigt. Bei aktiviertem Menüpunkt können Sie auf alle Ebenen gleichzeitig zugreifen. Somit lassen sich alle Objekte anwählen und bearbeiten, gleich auf welcher Ebene Sie sich gerade befinden bzw. das markierte Objekt liegt. Es sei denn, eine Ebene ist gesperrt, dann lassen sich die Objekte der betreffenden Ebene nicht markieren und bearbeiten.

Sie sollten diese Eigenschaft immer deaktivieren, damit Sie nicht versehentlich Objekte markieren und verändern, die auf anderen Ebenen liegen.

Ebenenfarbe/Vollfarbansicht: In einigen Fällen kann es sinnvoll sein, die Objekte einer bestimmten Ebene nicht mit allen Füll- und Umrißattributen anzeigen zu lassen. Statt die Ebene unsichtbar zu machen und damit alle auf ihr liegenden Objekte vollkommen auszublenden, gibt es die Möglichkeit, die Objekte nur durch einen Umrißmodus anzeigen zu lassen. Die Farbe des Umrisses kann durch die Symbolfläche *Ebenenfarbe* ausgewählt werden. Zudem muß die Eigenschaft *Statt Vollfarbansicht* bzw. *Vollfarbansicht deaktivieren* aktiviert sein. Dieser Darstellungsmodus entspricht dem Menüpunkt *Umriß* im Menü *Datei*. Während sich der Menüpunkt aber auf das gesamte Dokument bezieht, können hier selektiv einzelne Ebenen im Umrißmodus dargestellt werden. Auf den Ausdruck hat diese Eigenschaft keinen Einfluß.

Corel 6 + **Corel 7** CorelDRAW 6 und 7-Anwender markieren dazu die Ebene durch einen Mausklick, was durch eine farbige Markierung des Ebenennamens angezeigt wird. Anschließend klicken Sie mit der linken Maustaste auf den kleinen Pfeil und wählen den Menüpunkt *Einstellungen*. Durch einen Klick in das Kontrollkästchen *Statt Vollfarbansicht* wird die gewählte Ebenenfarbe aktiviert. Alle Objekte der markierten Ebene werden nun in der entsprechenden Ebenenfarbe angezeigt.

Corel 8 Anwender klicken mit der rechten Maustaste auf das Seitensymbol der zu bearbeitenden Ebene und wählen aus der Menüliste den Menüpunkt *Eigenschaften* aus. Durch einen Mausklick in das Kontrollkästchen *Vollfarbansicht deaktivieren* läßt sich diese Eigenschaft aktivieren bzw. deaktivieren.

Ebenen erstellen, umbenennen und löschen: In der Menüliste, die sich durch einen Mausklick auf den kleinen Pfeil öffnet, können Sie durch einen Mausklick auf den Menüpunkt *Neue Ebene* neue Ebenen erstellen. Die Ebene kann direkt benannt werden.

Um eine bestehende Ebene umzubenennen, klicken Sie mit der rechten Maustaste auf den Namen der Ebene. Aus dem Kontextmenü wählen Sie mit der linken Maustaste den Menüpunkt *Umbenennen* und geben den neuen Namen ein. Drücken Sie die [Esc]-Taste, und fertig ist die Umbenennung.

Eine Ebene wird gelöscht, indem Sie mit der rechten Maustaste auf den Ebenennamen der Ebene klicken und aus dem Kontextmenü den Menüpunkt *Löschen* wählen. Aber seien Sie vorsichtig: Die Löschung wird sofort und ohne Aufforderung zur Bestätigung durchgeführt. Das Ergebnis ist gewaltig: Es werden mit der Ebene auch alle auf ihr befindlichen Objekte gelöscht. Dieser Arbeitsschritt läßt sich dann nur noch durch die Funktion *Rückgängig* aus dem Menü *Bearbeiten* rückgängig machen.

Zwischen Ebenen wechseln

Corel 6 + Corel 7 Der dicke schwarze Pfeil im Ebenen-Manager zeigt Ihnen die gerade aktive Ebene an. Ein Mausklick vor einen Ebenennamen, in derselben Spalte, in der sich der Pfeil befindet, bewirkt einen Wechsel zwischen den Ebenen. Verwechseln Sie den Pfeil aber nicht mit der farbigen Markierung eines Ebenennamens, die durch einen Mausklick auf den Ebenennamen erreicht wird. Diese Markierung bedeutet lediglich, daß Sie nun die Eigenschaften der markierten Ebene verändern können. Ihre momentane Arbeitsebene kann eine ganz andere Ebene sein.

Corel 8 In CorelDRAW 8 können Sie zwischen Ebenen wechseln, indem Sie mit der linken Maustaste auf das kleine Seitensymbol oder den Ebenennamen klicken. Der Ebenenname und das Seitensymbol werden daraufhin rot eingefärbt.

Objekte zwischen Ebenen kopieren und verschieben: Wollen Sie ein Objekt von einer Ebene auf eine andere kopieren oder verschieben, markieren Sie zuerst das betreffende Objekt. Klicken Sie anschließend auf den kleinen Pfeil. Aus der Menüliste wählen Sie mit der linken Maustaste den Menüpunkt *Auf andere Ebene kopieren* bzw. *Auf andere Ebene verschieben*, woraufhin sich der Mauscursor in einen dicken schwarzen Pfeil verwandelt. Klicken Sie jetzt auf den Namen der Ebene, auf die das Objekt kopiert bzw. verschoben werden soll.

Hinweis: Beachten Sie, daß Objekte, die auf unterschiedlichen Ebenen liegen, bei einer Gruppierung oder Kombinierung auf eine Ebene zusammengeführt werden.

Reihenfolge der Ebenen verändern: Wenn Sie sich die Ebenen wie Etagen eines Hochhauses vorstellen, dann gucken Sie praktisch direkt von oben auf dieses Hochhaus. Da die Decken und Fußböden des Hochhauses aus Glas sind, können Sie alle Objekte sehen, gleich auf welcher Etage sich die Objekte befinden (es sei denn, eine Ebene hat die Eigenschaft unsichtbar). Die Objekte besitzen Füllungen und Umrisse. Dadurch verdecken Objekte, die auf den höheren Etagen liegen, die Objekte auf den unteren Etagen. Sie können die Reihenfolge der Objekte innerhalb einer Etage bzw. Ebene ändern, wodurch die Objekte der unteren Ebene aber noch nicht sichtbar werden, wenn sie von Objekten auf höheren Ebenen überdeckt werden. Durch eine Änderung der Ebenenreihenfolge können verdeckte Objekte sichtbar gemacht werden. Die Reihenfolge der Ebenen ist im Objekt- bzw. Ebenen-Manager von oben nach unten angegeben.

Corel 6 + **Corel 7** In den Versionen 6 und 7 ist das Ändern der Ebenenreihenfolge relativ einfach: Klicken Sie mit der linken Maustaste auf den Namen der Ebene und halten Sie die Maustaste gedrückt. Nun ziehen Sie mit der gedrückten Maustaste den Mauscursor nach oben oder unten, je nachdem, wo die Ebene hinsoll, und lassen die Maustaste wieder los. Die Position wird während des Verschiebens durch eine gestrichelte Linie angezeigt.

Corel 8 In CorelDRAW 8 nehmen Sie das Verschieben von Ebenen am besten in der Kategorie *Haupt Ebene* vor. Jede Ebene, gleich auf welcher Seite sie sich befindet, wird hier unten nochmals angezeigt. Klicken Sie auf den Namen der Ebene und ziehen Sie den Mauscursor an eine neue Position.

3.5 Herzlichen Glückwunsch!

Natürlich darf der Glückwunschtext nicht fehlen. CorelDRAW liefert zum Programmpaket eine unüberschaubare Menge an Schriften. Sie können aber nur die Schriften benutzen, die tatsächlich auf Ihrem Computer installiert sind. Fangen wir damit an, eine passende Schrift auszuwählen und zu installieren. Eine Installation von Schriften ist über die Systemsteuerung von Windows 95 möglich.

Eine Schrift auswählen und installieren

Die Auswahl ist riesig. Allein im neuen CorelDRAW-Programmpaket 8 sind über 1000 (!) Schriften enthalten. Hier sollte für jeden Einsatzzweck etwas dabei sein. Nehmen Sie mal das CorelDRAW-Begleitbuch zur Hand und suchen Sie sich eine schöne Schriftart aus. Auf den ersten Seiten des Handbuchs finden Sie eine Übersicht aller mitgelieferten Schriften.

① In unserem Übungsbeispiel entscheiden wir uns für die Schriftart *Kids*. Diese Schriftart wirkt freundlich und vermittelt einen handschriftlichen Eindruck, das wirkt persönlicher.

② Legen Sie anschließend die Corel-CD 1 ein, auf der sich alle Schriften befinden. Um die Schrift über die Systemsteuerung von Windows 95 zu installieren, klicken Sie auf die Schaltfläche *Start* in der Windows 95-*Task*-Leiste. Sie befindet sich in den meisten Fällen am unteren linken Bildschirmrand.

③ Führen Sie Ihren Mauscursor über den Menüpunkt *Einstellungen*, der daraufhin automatisch ein Untermenü anzeigt.

④ Hieraus wählen Sie durch einen linken Mausklick den Menüpunkt *Systemsteuerung*. In dem Dialogfenster *Systemsteuerung* befindet sich das Symbol *Schriften*, das der Darstellung eines Verzeichnissymbols gleicht.
⑤ Klicken Sie doppelt mit der linken Maustaste auf das Verzeichnissymbol. Im Verzeichnis *C:\Windows\Fonts* befinden sich alle Schrift- bzw. Fontdateien, die Ihnen nun angezeigt werden.
⑥ Klicken Sie auf den Menüpunkt *Datei* und wählen Sie den Menüpunkt *Neue Schriftart installieren*. Im Listenfeld *Laufwerke* klicken Sie auf den Listenpfeil und wählen Ihr CD-ROM-Laufwerk. Im linken Fensterbereich werden Ihnen alle Verzeichnisse der CD angezeigt. Wählen Sie durch einen Doppelklick das Verzeichnis *Fonts*.
⑦ Hier befinden sich wiederum einige Unterverzeichnisse. Für uns von Bedeutung ist das Verzeichnis *TTF*, das die sogenannten TrueTypeFonts enthält, ein weit verbreitetes Schriftenformat.
⑧ Sie sind schon fast am Ziel! Klicken Sie jetzt noch doppelt auf das Verzeichnis *k*. Sofort beginnt Windows mit dem Einlesen der Fontnamen, die Ihnen dann in der Schriftartenliste angezeigt werden.
⑨ Wählen Sie hier die Schriftart *Kids* durch einen einfachen Mausklick. Aktivieren Sie noch das Kontrollkästchen *Schriftarten in den Schriftarten-Ordner kopieren* und klicken Sie dann auf die Schaltfläche *OK*. Die Schrift ist jetzt auf Ihrem Rechner installiert und kann sofort eingesetzt werden. Es ist kein Neustart des Rechners erforderlich. Schließen Sie alle Dialogfenster und kehren Sie zum CorelDRAW-Bildschirm zurück.

Tip: Mehrere Schriften gleichzeitig installieren

Sie können bei der Installation mehrere Schriften gleichzeitig markieren, indem Sie während der Auswahl die [Strg]-Taste gedrückt halten. Installieren Sie nicht zu viele Schriften, Ihr Rechner würde unweigerlich in die Knie gehen, und im schlimmsten Fall wäre sogar eine Neuinstallation von Windows erforderlich! Beschränken Sie sich daher bei der Installation von Schriften auf die wichtigsten Schriftarten. Gegebenenfalls entfernen Sie unnötige Schriften, indem Sie die Schrift im Dialogfenster *C:\Windows\Fonts* markieren und die [Entf]-Taste drücken. Beachten Sie, daß in Dokumenten, die mit Schriftarten erstellt worden sind, die auf dem Rechner, auf dem Sie die Datei gerade öffnen, nicht installiert sind, diese häufig durch andere Schriften ersetzt werden.

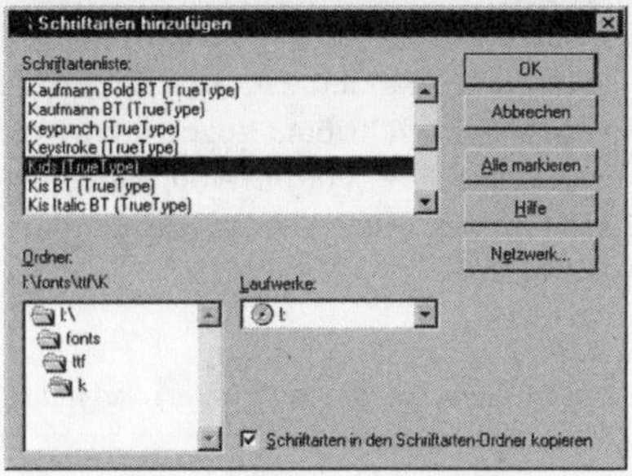

Abb. 68: Die Installation von neuen Schriftarten kann über die Windows 95-Systemsteuerung durchgeführt werden

Hilfsmittel Text einstellen und Text eingeben

Bisher haben Sie in CorelDRAW zuerst immer den Text eingegeben und dann die gewünschte Schriftart zugewiesen. Das Hilfsmittel *Text* verwendet dabei eine Standardschrift. Günstiger wäre es, das Standardformat so einzustellen, daß Sie immer schon bei der Erstellung die passende Schriftart benutzen.

① Um das Standardformat des Hilfsmittels *Text* neu einzustellen, achten Sie zunächst darauf, daß kein Text markiert ist bzw. keine Einfügemarke auf der Zeichenseite zu sehen ist. Drücken Sie zur Sicherheit einmal die [Esc]-Taste, um alle Markierungen aufzuheben.

② Wählen Sie nun aus dem Menü *Text* den Menüpunkt *Text formatieren.*

③ Im Dialogfenster *Text formatieren* wählen Sie aus der Schriftenliste die gerade installierte Schriftart, in unserem Übungsbeispiel ist dies die Schriftart *Kids*. Auch die Schriftgröße läßt sich direkt anpassen. Klicken Sie doppelt in das Eingabefeld *Größe* und geben Sie hier den Wert 40 ein.

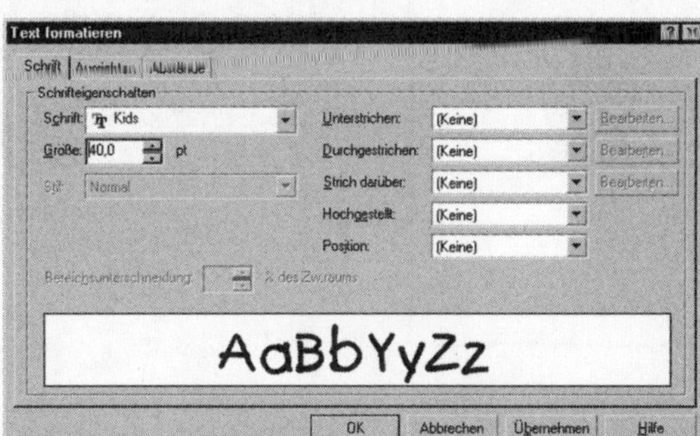

Abb. 69: Läßt keine Wünsche offen: Textformatierung via Dialogfenster

④ Durch einen Mausklick auf die Schaltfläche *OK* wird ein weiteres Dialogfenster geöffnet: Da kein Textobjekt markiert ist, will CorelDRAW von Ihnen wissen, wem diese neuen Schriftattribute zugewiesen werden sollen. Es gibt zwei Textarten in CorelDRAW. Für uns von Bedeutung ist zunächst nur die Textart *Grafiktext*, deren Kontrollkästchen als einziges aktiviert werden sollte.

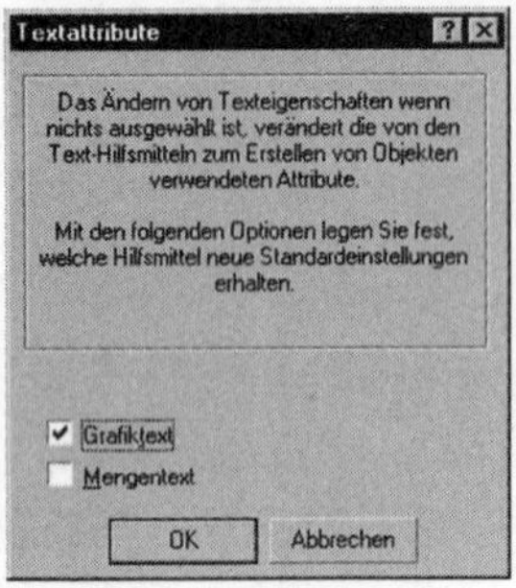

Abb. 70:
Nur wenn kein Text markiert ist, erscheint das Dialogfenster Textattribute, über das Sie ein neues Standard-Textformat zuweisen können

⑤ Klicken Sie jetzt mit der linken Maustaste auf die Schaltfläche *OK*. Zukünftig wird das Hilfsmittel *Text* grafischen Text im veränderten Standardformat erstellen.

Abb. 71: Stand der Dinge: Der Geburtstagskuchen mit dem Glückwunschtext

⑥ Wählen Sie das Hilfsmittel *Text*, klicken Sie einmal auf die Zeichenseite und geben Sie den Text "Herzlichen" ein. Durch einen einfachen Mausklick erzeugen Sie automatisch Grafiktext. Würden Sie die Maustaste gedrückt halten, könnten Sie einen Textrahmen aufziehen, der dann Mengentext aufnehmen kann.

⑦ Da der nächste Begriff "Glückwunsch" als ein eigenständiger Textblock erzeugt werden soll, klicken Sie einfach mit der linken Maustaste eine andere Stelle an und geben dann erst den Text "Glückwunsch" ein. Sie haben nun zwei separate Textobjekte.

Zeichenabstand mit dem Hilfsmittel Form verändern

Die Schriftart *Kids* ist eine sehr lustige Schriftart; die Buchstaben tanzen auf der Schriftlinie. Leider sind einige Buchstaben etwas zu nah an anderen, so daß hier ein kleiner Nachschliff erforderlich ist.

① Markieren Sie Ihr oberes Textobjekt und wählen Sie anschließend das Hilfsmittel *Form* aus der Hilfsmittelpalette.

② Wenn Sie das Hilfsmittel *Form* angewählt haben, ändert sich die Darstellung der Markierung des Textobjekts. Sie sehen nicht mehr die acht schwarzen Anfasser, sondern eine Reihe kleiner weißer Kästchen, für jeden Buchstaben eines. Viele halten die Darstellung auf dem Hilfsmittelsymbol für ein tanzendes Püppchen. Dem ist aber nicht so! Es stellt auf seiner Symbolfläche eine Linie mit einem sogenannten Knoten dar. Der schwarze Pfeil soll den Mauscursor symbolisieren. Zudem befindet sich unter dem ersten Buchstaben eine Markierung, mit der Sie bei mehrzeiligen grafischen Text den Zeilenabstand verändern können. Die gleiche Markierung befindet sich auch am Ende des Textes, nur weist der Pfeil diesmal nach rechts. Über diese Markierung können Sie den Abstand der Buchstaben gleichmäßig verändern. Sie brauchen dazu nur auf die Markierungen zu klicken, die Maustaste gedrückt zu halten und in eine Richtung zu ziehen. Allerdings helfen uns diese beiden Markierungen nicht bei der Lösung unseres Problems. Wir wollen nämlich nur das *l* ein bißchen vom *i* abrücken.

③ Klicken Sie dazu in das kleine weiße Kästchen vor dem entsprechenden Buchstaben *l*, das sich daraufhin schwarz färbt. Sie können jetzt den Buchstaben mit der gedrückten linken Maustaste in alle Richtungen verschieben. Wenn Sie zusätzlich die [Strg]-Taste gedrückt halten, bleibt der Buchstabe während des Verschiebens auf der Schriftlinie haften. Arbeiten Sie mit einem hohen Zoomfaktor, um exakt ausrichten zu können.

Abb. 72: Mit dem Hilfsmittel Form läßt sich die Position einzelner Buchstaben verändern

④ Alternativ zur Maus können Sie auch die Richtungstasten auf Ihrer Tastatur benutzen. Sofern der Buchstabe noch markiert ist (das Kästchen vor dem Buchstaben muß schwarz sein), wird es sich bei jedem Drücken der Richtungstasten in die entsprechende Richtung bewegen. Halten Sie zudem noch die [Strg]-Taste (CorelDRAW 6 und 7) bzw. die [Umschalt]-Taste (CorelDRAW 8) gedrückt, verschiebt sich der Buchstabe um eine größere Schrittweite.

Tip: Schrittweite für die Richtungstasten einstellen

Wenn Sie ein Objekt mit den Richungstasten verschieben, folgt das Objekt immer bestimmten Schrittweiten, die Sie in der Grundeinstellung von CorelDRAW definieren können. Achten Sie jedoch darauf, daß die Schrittweite fein genug eingestellt ist. Bei unserem ersten Übungsbeispiel hatten wir über das Menü *Extras*, den Menüpunkt *Optionen* und die Registerkarte *Bearbeiten* im Eingabefeld die Schrittweite auf 0,1 mm eingestellt. Mit dieser feinen Schrittweite lassen sich exakte Positionen anpassen. Der Faktor für größere Schrittweiten kann auf 50 gestellt werden.

Dem Grafiktext einen Farbverlauf zuweisen

Nachdem der Grafiktext eingegeben und die Buchstaben zurechtgerückt worden sind, kann mit der Formatierung begonnen werden.

① Ordnen Sie die beiden Textobjekte ähnlich der Abbildung schräg versetzt untereinander an. Die genaue Ausrichtung ist erst einmal noch nicht so wichtig.

② Als nächsten Arbeitsschritt wollen wir den Text farblich etwas freundlicher gestalten. Er soll einen Mehrfach-Farbverlauf bekommen. Öffnen Sie dazu das Rollup *Spezialfüllung,* indem Sie auf das Hilfsmittel *Füllung* in der Hilfsmittelpalette klicken und anschließend aus dem Flyout das letzte Symbol wählen.

③ Dies öffnet das Rollup *Spezialfüllung*, das Sie ja jetzt bereits schon kennen. Im Rollup wählen Sie das Symbol für Farbverläufe und klicken dann auf die Schaltfläche *Bearbeiten*, woraufhin sich das Dialogfenster *Farbverlauf* öffnet.

④ Der Verlaufstyp kann auf *Linear* stehenbleiben. Tun Sie sich jedoch keinen Zwang an und probieren Sie auch einmal die anderen Verlaufstypen aus. Alles, was schön ist, ist erlaubt!

⑤ Jetzt zum wichtigsten Punkt. Im Bereich Farbüberblendungen sehen Sie die beiden Optionen *Zwei Farben* und die Option *Anpassen*. Aktivieren Sie die Option *Anpassen.*

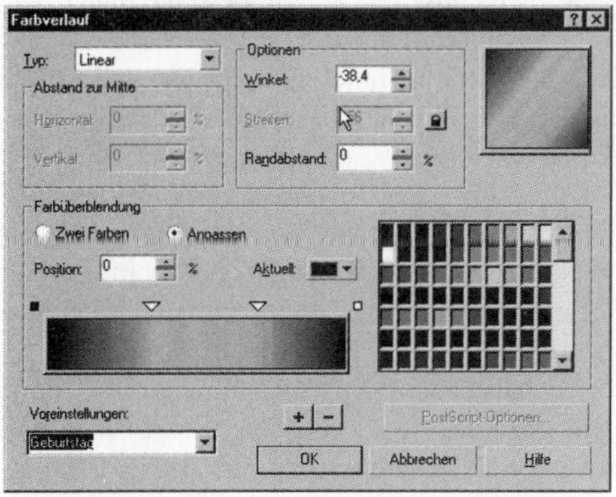

Abb. 73: Ein Mehrfachfarbverlauf kann im Dialogfenster Farbverlauf durch die Aktivierung der Option Anpassen erstellt werden

⑥ Das Bild wandelt sich: Der vertikale Farbbalken zeigt einen Farbverlauf mit zwei kleinen Kästchen an den Endpunkten der Balkens. Durch einen Mausklick auf das Kästchen läßt es sich anwählen, was durch eine schwarze Färbung angezeigt wird. Sie können dem Kästchen jetzt über die rechts im Dialogfenster angezeigte Farbpalette einen neuen Farbton zuweisen.

⑦ Oder Sie klicken auf das Farbkästchen *Aktuell*. Dort sehen Sie nochmals die Palette und die Schaltfläche *Andere*. Über diese Schaltfläche gelangen Sie zum Farbmischfeld, das Ihnen die Definition einer eigenen Farbe ermöglicht. Weisen Sie erst einmal den beiden Kästchen einen bunten Farbton zu. Er sollte nicht zu hell sein, da sonst der Text, dem dieser Verlauf zugewiesen wird, nur schlecht lesbar ist. In unserem Übungsbeispiel wählen wir die Farben *Violett* und *Rosa*.

⑧ Richtig bunt ist der Verlauf immer noch nicht. Fügen Sie zusätzliche Farben ein, indem Sie mit der linken Maustaste doppelt in den schmalen vertikalen Streifen oberhalb des dicken Farbbalkens klicken. Es wird eine Markierung in Form eines Dreiecks hinzugefügt, die sofort auch angewählt ist, was Sie an der schwarzen Färbung erkennen können. Verschieben können Sie die Markierung, indem Sie das Dreieck mit der gedrückten linken Maustaste nach rechts oder links ziehen. Eine exaktere Bestimmung der Position ist über die Eingabe eines Werts im Eingabefeld *Position* möglich. Möchten Sie eine Marke löschen, markieren Sie diese und drücken die [Entf]-Taste. In unserem Übungsbeispiel fügen wir auf diese Weise die Farben *Gelb* und *Grün* hinzu.

⑨ Im oberen Teil des Dialogfensters befindet sich der Bereich *Optionen*. Stellen Sie hier einen Winkel für den Farbverlauf ein. In unserem Übungsbeispiel wird der lineare Verlauf auf einen Winkel von 135° gesetzt.

⑩ Möchten Sie Ihren Verlauf speichern, geben Sie einen Namen im Eingabefeld *Voreinstellungen* ein und klicken auf das Plus-Symbol. Ihr eigener Farbverlauf ist zukünftig über die Liste der vordefinierten Verläufe jederzeit wieder abrufbar.

⑪ Über einen Klick auf die Schaltfläche *OK* gelangen Sie zurück zum Rollup. Dort klicken Sie auf die Schaltfläche *Zuweisen*, und schon hat der markierte Text den Farbverlauf übernommen.

⑫ Dasselbe machen Sie nun noch mit dem zweiten Textobjekt "Glückwunsch", dem Sie eine etwas andere Verlaufsfüllung zuweisen können. Gruppieren Sie die beiden Texte, und fertig ist der erste Teil des Glückwunschtextes.

Abb. 74: Der Grafiktext, nachdem ihm ein Mehrfachfarbverlauf zugewiesen worden ist

Tip: Gleichmäßiger Farbverlauf über getrennte Objekte

Möchten Sie, daß der Farbverlauf über beide Textobjekte gleichmäßig verläuft, als ob dies ein einziges Textobjekt wäre, müssen Sie die Texte über den Menüpunkt *In Kurven konvertieren* aus dem Menü *Anordnen* umwandeln. Dabei wird der Text zu einem grafischen Objekt umgewandelt. Dieser Text ist dann kein Text mehr, den Sie mit dem Hilfsmittel *Text* oder über das Dialogfenster *Text formatieren* verändern können. Der Text sieht nur noch aus wie Text, besteht in Wirklichkeit aber aus Flächen und Linien, die wie jede andere Form bearbeitet werden können. Wenn Sie die beiden Textobjekte auf diese Weise umgewandelt haben, lassen sie sich beide über den Menüpunkt *Kombinieren* aus dem Menü *Anordnen* zu einem einzigen Objekt zusammenführen. Der Verlauf zieht sich gleichmäßig über den gesamten Text. Die Umwandlung von Text in Kurven ist nicht umkehrbar und sollte nur bei kürzeren grafischen Texten angewendet werden.

Wie verhext: Den Eingabe-Assistenten einstellen

Fehlt nur noch der restliche Textteil zum Glückwunschtext. Während die beiden ersten Wörter mit Großbuchstaben beginnen, soll es mit dem folgenden Text klein weitergehen. Hier gibt es aber ein Problem ...

① Geben Sie nun den Text "zum Geburtstag" ein. Der erste Buchstabe wird automatisch groß geschrieben, was aber nicht in unserem Sinne ist. Selbst wenn Sie den ersten Buchstaben nachträglich kleiner machen wollen, es ist wie verhext, er wird immer wie von Geisterhand in einen Großbuchstaben umgewandelt. CorelDRAW besitzt eine automatische Rechtscheibprüfung. Genauer gesagt ist dies ein Eingabe-Assistent.

② Damit der erste Buchstabe von Sätzen nicht automatisch immer wieder groß geschrieben wird, muß im Eingabe-Assistent eine Einstellung verändert werden. Sie finden ihn, wenn Sie im Menü *Text* den Menüpunkt *Schreibhilfsmittel* anwählen.

③ Im Untermenü finden Sie den Menüpunkt *Eingabe-Assistent*, den Sie einmal mit der linken Maustaste anklicken.

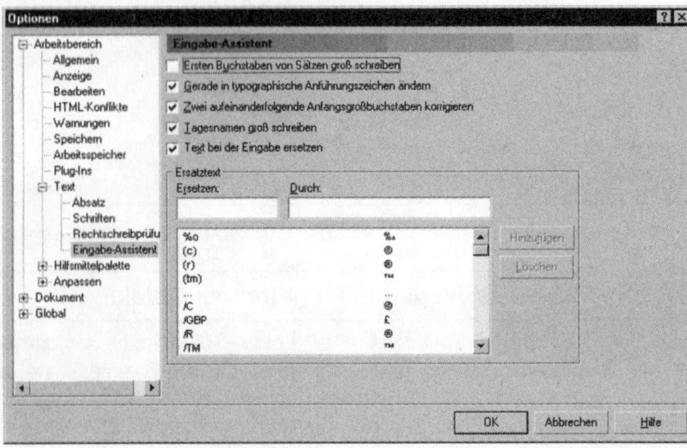

Abb. 75: Der Eingabe-Assistent: Er nimmt schon während der Texteingabe bestimmte Formatierungen vor

④ Es gibt im Dialogfenster des Eingabe-Assistenten ein Kontrollkästchen mit der Bezeichnung *Ersten Buchstaben von Sätzen groß schreiben*. Dieses Kontrollkästchen sollten Sie deaktivieren. Korrigieren Sie anschließend den ersten Buchstaben des Textes und machen Sie aus dem Großbuchstaben einen Kleinbuchstaben.

⑤ Zum krönenden Abschluß weisen Sie dem Textobjekt ebenfalls einen schön bunten Farbverlauf zu.

Abb. 76: Der Glückwunschtext ist komplett!

Eine Ellipse zeichnen

Nun wollen wir den unteren Text kreisförmig um den Kuchen herumlaufen lassen. Etwas Ähnliches haben Sie schon einmal im ersten Übungsbeispiel gemacht. Als Ausrichtform für den Text soll diesmal eine Ellipse dienen.

① Klicken Sie auf das Hilfsmittel *Ellipse*. Führen Sie anschließend den Mauscursor über die Zeichenseite, klicken Sie direkt auf den Mittelpunkt des Kuchens und halten Sie die linke Maustaste gedrückt. Wenn Sie jetzt den Mauscursor nach unten rechts ziehen, sehen Sie schon die zu zeichnende Ellipse.

② Halten Sie jetzt noch die [Umschalt]-Taste gedrückt, und das Objekt wird aus dem Mittelpunkt heraus gezeichnet. Da der Mittelpunkt der Punkt ist, den Sie zuerst angeklickt haben und der mit dem Mittelpunkt des Kuchens übereinstimmt, wird die Ellipse schon ziemlich genau die richtige Position einnehmen, um den Kuchen zu umschließen. Wenn die Ellipse den Kuchen vollkommen umrundet, lassen Sie zuerst die linke Maustaste los, dann die [Umschalt]-Taste.

Hinweis: Es ist wichtig, die Tasten in der richtigen Reihenfolge loszulassen, da die [Umschalt]-Taste nur so lange ihre Wirkung hat, wie Sie sie gedrückt halten. Lassen Sie die [Umschalt]-Taste auch nur einen Augenblick zu früh los, ist die Formatierung dahin, und Sie müssen von neuem beginnen.

③ Um die Ellipsenform nachträglich zu ändern, klicken Sie auf einen der schwarzen Eckanfasser, halten die linke Maustaste gedrückt und ziehen den Mauscursor in die gewünschte Richtung. Auch hier kann zusätzlich die [Umschalt]-Taste gedrückt werden. Dies bewirkt, daß die Form zu beiden Seiten gleichmäßig verändert wird. Das ist praktisch, wenn der Mittelpunkt nicht verschoben werden soll.

④ Sie können die Position der Ellipse verändern, indem Sie auf das Objekt klicken, die Maustaste gedrückt halten und mit gedrückter Maustaste eine neue Position wählen. Ganz exakt ist diese Vorgehensweise aber nicht, was aber eine Prämisse beim Zeichnen am Computer sein sollte. Also nehmen wir jetzt die Feinarbeit vor.

Objekte exakt zueinander ausrichten

Wollen Sie mehrere Objekte präzise zueinander ausrichten, ist dies nur über die Ausrichtfunktion möglich.

① Zuerst müssen Sie die Objekte, die Sie zueinander ausrichten wollen, markieren. Halten Sie die [Umschalt]-Taste gedrückt und klicken Sie mit dem Hilfsmittel *Objektauswahl* zuerst auf die Ellipse, dann auf den Kuchen. Die Reihenfolge ist sehr entscheidend, wie Sie gleich sehen werden. Eventuell können Sie anhand der Anfasser gar nicht genau erkennen, ob nun beide Objekte markiert sind. Werfen Sie daher mal einen Blick auf die Statuszeile. Wenn dort *2 Objekte markiert auf Clipart* steht, hat es mit dem Markieren geklappt.

② Wählen Sie aus dem Menü *Anordnen* den Menüpunkt *Anordnen und verteilen*. Im gleichnamigen Dialogfenster aktivieren Sie die Kontrollkästchen *Mitte* und *Zentriert* und klicken anschließend auf die Schaltfläche *OK*.

③ Die beiden Objekte sind nun exakt zueinander ausgerichtet. Da Sie zuerst die Ellipse markiert haben und dann erst den Kuchen, wird die Ellipse bewegt. Das zuletzt markierte Objekt bleibt in seiner Position immer erhalten. Alle vorhergehenden Objekte, gleich wie viele es sind, werden umbewegt.

Abb. 77: Die Ellipse um den Geburtstagskuchen dient als Ausrichtform für den unteren Grafiktext

④ Sollten die beiden Objekte optisch nicht zentriert sein, können Sie gegebenenfalls den allerletzten Schliff mittels Tastatur vornehmen, indem Sie die Ellipse markieren und die entsprechenden Richtungstasten drücken. Als nächstes folgt die Ausrichtung des Textobjekts an der Ellipse.

Den Text am Objekt ausrichten

Die Voraussetzungen sind erfüllt: Sie haben einen Grafiktext (mit Mengentext funktioniert es nicht) und Sie haben eine Form, an der der Grafiktext ausgerichtet werden kann.

① Heben Sie zuerst die Markierung aller Objekte auf, indem Sie die [Esc]-Taste drücken.

② Markieren Sie den Text und die Ellipse, indem Sie die [Umschalt]-Taste gedrückt halten, während Sie mit dem Hilfsmittel *Objektauswahl* auf Grafiktext und Ellipse klicken. In der Statuszeile sollte der Hinweis *2 Objekte markiert auf Clipart* stehen.

③ Die Wege zur gewünschten Funktion sind in den Versionen etwas verschieden ...

Corel 6 + Corel 7 **Text an Objekt ausrichten**
Wählen Sie aus dem Menü *Text* den Menüpunkt *An Objekt ausrichten.*

Corel 8 **Text an Objekt ausrichten**
CorelDRAW 8-Anwender wählen im Menü *Ansicht* den Menüpunkt *Rollups.* Durch einen Klick mit der linken Maustaste auf den Menüpunkt *Text an Objekt ausrichten* rufen Sie das erforderliche Rollup auf, das Sie aus dem ersten Übungsbeispiel bereits kennen.

④ Bevor es an die Ausrichtung des Grafiktextes geht, müssen diesmal einige Einstellungen vorgenommen werden, damit der Text an der richtigen Stelle ausgerichtet wird. Im ersten Listenfeld kann die Ausrichtung der Buchstaben auf der Strecke definiert werden. Wir belassen es bei der voreingestellten Ausrichtung.

⑤ Im zweiten Listenfeld *Vertikale Position* kann die vertikale Position bestimmt werden. Wir brauchen zwar die Position *Text von unten*, werden dies aber über die Schaltfläche *Bearbeiten* einstellen, da dort auch gleichzeitig der Abstand des Textes zum Objekt definiert werden kann.

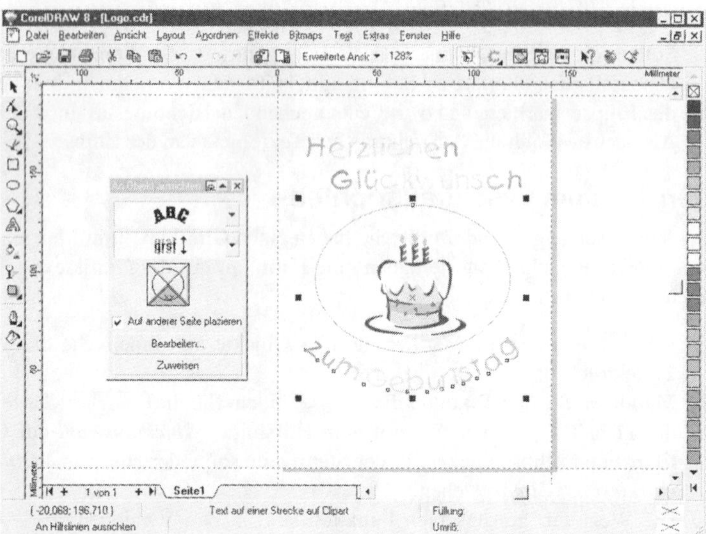

Abb. 78: Der Grafiktext richtet sich gemäß den Rollup-Einstellungen an der Ellipse aus

⑥ Klicken Sie mit der linken Maustaste auf die Schaltfläche *Bearbeiten*. In dem Dialogfenster, das sich daraufhin öffnet, geben Sie im Eingabefeld *Abstand vom Objekt* den Wert „-20“ ein und klicken auf die Schaltfläche *OK*.

⑦ Um den Text an der unteren Seite der Ellipse auszurichten, klicken Sie mit der linken Maustaste im Quadrantenfeld auf das untere mittlere Feld. Zusätzlich aktivieren Sie noch das Kontrollkästchen *Auf andere Seite plazieren*.

⑧ Klicken Sie nun auf die Schaltfläche *Zuweisen* - der Text nimmt die gewünschte Ausrichtung an. Heben Sie die Markierung der Objekte auf und schließen Sie das Rollup.

3.6 Überblendung: Einen Sternenkranz gestalten

Die Kuchengrafik bekommt als nächstes einen Kranz aus Sternen. Mehrere Arbeitsschritte und einige neue Funktionen wird die Erstellung mit sich bringen. Vergößern wir zuerst den Bildschirmausschnitt.

Ein Stern-Polygon zeichnen und gestalten

① Klicken Sie auf den Listenpfeil der Zoomebenen-Funktion in der Symbolleiste. Aus der Liste wählen Sie die Einstellung *Einpassen*, woraufhin die gesamte Zeichenseite bildschirmzentriert dargestellt wird - optimal für den folgenden Arbeitsschritt.

② Wählen Sie aus der Hilfsmittelpalette das Hilfsmittel *Polygon*. Falls dieses Werkzeug nicht angezeigt wird, kein Problem: Klicken Sie mit gedrückter Maustaste für etwa zwei Sekunden auf das Hilfsmittel *Spirale* bzw. *Millimeterpapier*, die nämlich an derselben Position in der Hilfsmittelpalette angezeigt werden. Aus dem Flyout wählen Sie dann das Hilfsmittel *Polygon*.

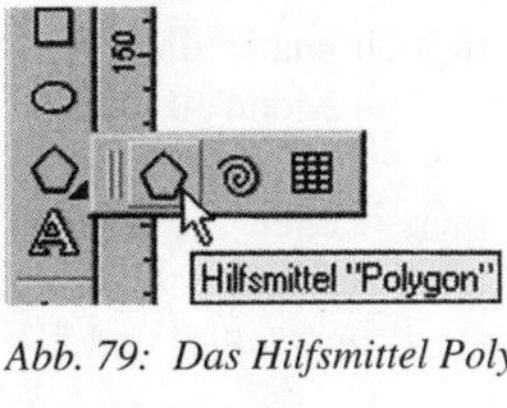

Abb. 79: Das Hilfsmittel Polygon befindet sich im Flyout-Menü

③ Wenn Sie das Hilfsmittel *Polygon* gefunden haben, klicken Sie direkt noch mal auf das Hilfsmittelsymbol, aber diesmal doppelt. Es öffnet sich ein Dialogfenster, das verschiedene Einstellungen erlaubt. Aktivieren Sie die Option *Polygon als Stern* und stellen Sie die Anzahl der Ecken auf sechs ein. Die Schärfe kann über den Schieberegler auf einen Wert von 60 gestellt werden. Klicken Sie auf die Schaltfläche *OK*.

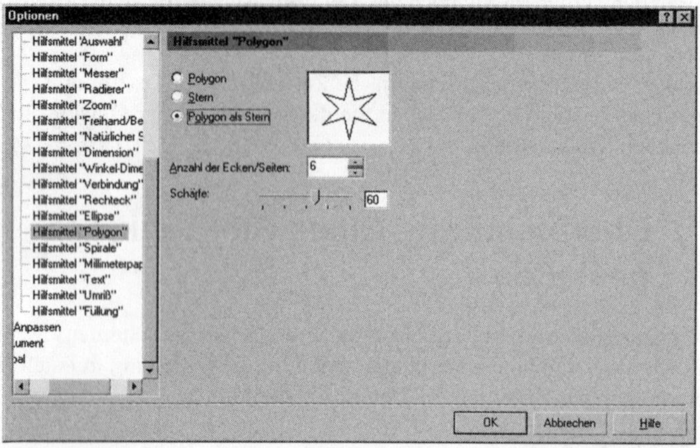

Abb. 80: Durch einen Doppelklick auf ein Hilfsmittelsymbol können Sie die entsprechende Hilfsmittelfunktion einstellen

④ Mit der gedrückten linken Maustaste können Sie nun beliebig viele Sterne zeichnen, die alle den vorher vorgenommenen Einstellungen entsprechen. In unserem Übungsbeispiel zeichnen wir mit der gedrückten Strg-Taste einen Stern mit gleichmäßigen Seitenverhältnissen. Die exakte Größe und Position sind erst einmal nicht von Bedeutung, das kommt später.

⑤ Nachdem der Stern geglückt ist, muß er noch formatiert werden. Wählen Sie dazu mit der linken Maustaste aus der Farbpalette einen schön bunten Farbton und löschen Sie mit der rechten Maustaste durch einen Klick auf das *X* in der Farbpalette den Umriß.

⑥ Der Stern muß nun verkleinert werden, damit sich später die Überblendobjekte nicht überschneiden. Wählen Sie aus dem Menü *Anordnen* den Menüpunkt *Ändern*.

⑦ Aus dem Untermenü, das sich daraufhin öffnet, wählen Sie den Menüpunkt *Größe*. Geben Sie im Rollup *Größe* im Eingabefeld *H* den Wert 5 (mm) ein, aktivieren Sie das Kontrollkästchen *Proportional* und klicken Sie auf die Schaltfläche *Zuweisen*.

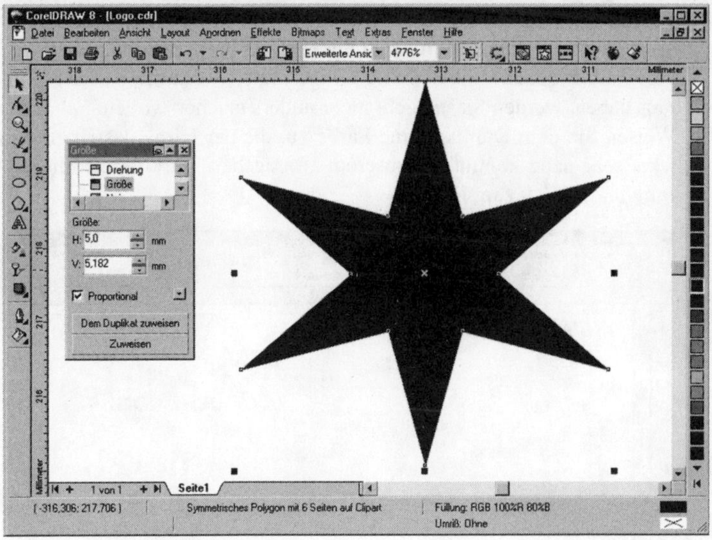

Abb. 81: ***Abbildunsunterschrift***

⑧ Positionieren Sie den Stern links neben die Zeichenseite auf die leere Desktop-Fläche. Sie werden sich fragen, was soll der da? Warten Sie es ab!

Ein Objekt duplizieren

Wir brauchen noch einen zweiten Stern in derselben Größe wie der erste Stern. Sie könnten natürlich einen neuen Stern zeichnen und formatieren. Viel zu mühsam! Duplizieren Sie einfach den vorhandenen und nehmen Sie die erforderlichen Änderungen nachträglich vor. Für das Duplizieren stehen mehrere Möglichkeiten zur Verfügung:

① Sie können das Objekt in die Zwischenablage kopieren und wieder einfügen. Oder Sie duplizieren das Objekt über den Menüpunkt *Duplizieren* im Menü *Bearbeiten.*

② Es geht aber auch anders: Klicken Sie auf den Stern, halten Sie die Maustaste gedrückt und ziehen Sie den Mauscursor nach rechts, so als ob Sie den Stern verschieben wollten. Klicken Sie einmal zwischenzeitlich kurz die rechte Maustaste, während Sie die linke Maustaste die ganze Zeit über gedrückt halten.

③ Lassen Sie anschließend die linke Maustaste wieder los. Auf diese Weise haben Sie rasch ein Duplikat erzeugt, das zudem direkt schon an der richtigen Stelle liegt. Wenn Sie während des Verschiebens noch die [Strg]-Taste gedrückt halten, wird das Objekt exakt horizontal oder vertikal ausgerichtet. Probieren Sie es ruhig einige Male. Wenn Sie den Dreh einmal raus haben, werden Sie es nicht mehr anders machen wollen.

④ Weisen Sie dem Duplikat eine Farbe zu, die der Farbe des Ursprungsobjekts sehr nahe kommt. In unserem Übungsbeispiel kommen die Farben *Blau* und *Violett* zum Einsatz.

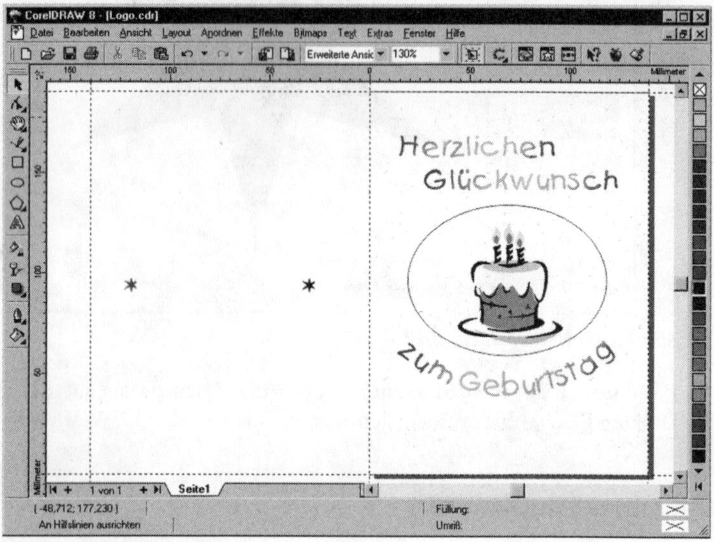

Abb. 82: Klein aber fein: Aus den beiden Sternchen wird gleich eine Überblendung gezaubert

Den Effekt Überblendung einsetzen

Eine Überblendung ist eine schrittweise Überführung über Zwischenformen von einer Objektform zu einer anderen. Anzahl, Ausrichtung und Gestalt der Überblendobjekte können Sie frei definieren. Aber sehen Sie selbst ...

Eine Überblendung erstellen

Fangen wir damit an, eine Überblendung zu erstellen.

① Wählen Sie das Hilfsmittel *Auswahl* und markieren Sie beide Sterne, indem Sie beide Sterne mit der gedrückten [Umschalt]-Taste anklicken oder mit der gedrückten linken Maustaste einen Auswahlrahmen um beide

Objekte ziehen. Beide Sterne sollten markiert sein, was durch die Markierungspunkte angezeigt wird.

② Um eine Überblendung zu erstellen, werden wir den Effekt *Überblendung* einsetzen. Klicken Sie auf das Menü *Effekte* und wählen Sie anschließend den Menüpunkt *Überblendung*.

③ Das Rollup *Überblendung* besteht aus vier Registerkarten. Klicken Sie auf das erste Symbol, wodurch die erste Registerkarte *Schritte* angezeigt wird. In dieser Registerkarte können Sie die Anzahl der Schritte eingeben, mit der eine Überblendung durchgeführt werden soll, das heißt, wie viele Objekte automatisch erstellt werden. Hier geben Sie die Zahl 30 ein.

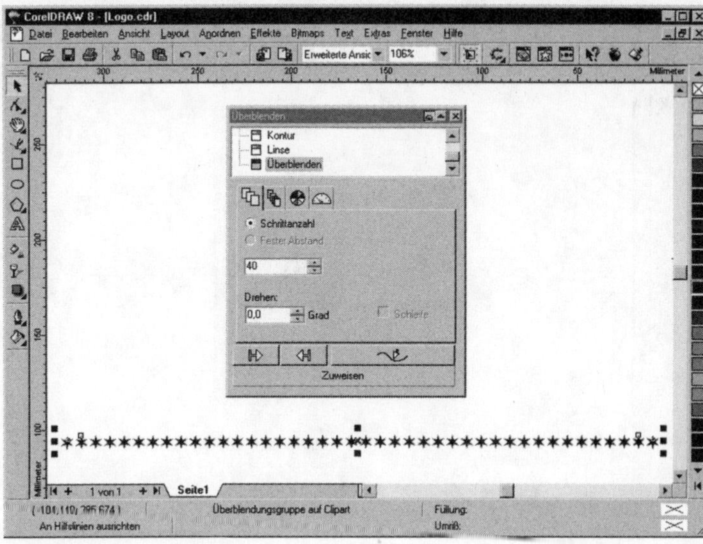

Abb. 83: Mit wenigen Mausklicks ist schnell eine Überblendung erstellt

④ Durch einen Mausklick auf die Schaltfläche *Zuweisen* werden automatisch 30 Objekte erstellt, die von dem einen Stern zum anderen Stern überblenden.

Die Überblendung bearbeiten

Das ist schon nicht schlecht, aber irgend etwas fehlt noch! Richtig, mehr Farbe muß ins Spiel.

① Wählen Sie jetzt die dritte Registerkarte *Farbkreis* zur Einstellung der Farben, die für die Objekte verwendet werden sollen. Standardmäßig ist hier ein linearer Verlauf voreingestellt.
② Wesentlich bunter wird es, wenn Sie durch einen Mausklick eine der beiden Kreisoptionen wählen. Der Farbbereich wird Ihnen im Vorschaubereich angezeigt. Probieren Sie einfach aus, mit welchem der beiden Farbenkreise Sie ein bunteres Ergebnis erzielen. In unserem Übungsbeispiel wählen wir den unteren Farbenkreis.
③ Jetzt wird es spannend! Klicken Sie auf die Schaltfläche *Zuweisen*. Schon hat die Überblendung eine regenbogenartige Farbgebung erhalten.

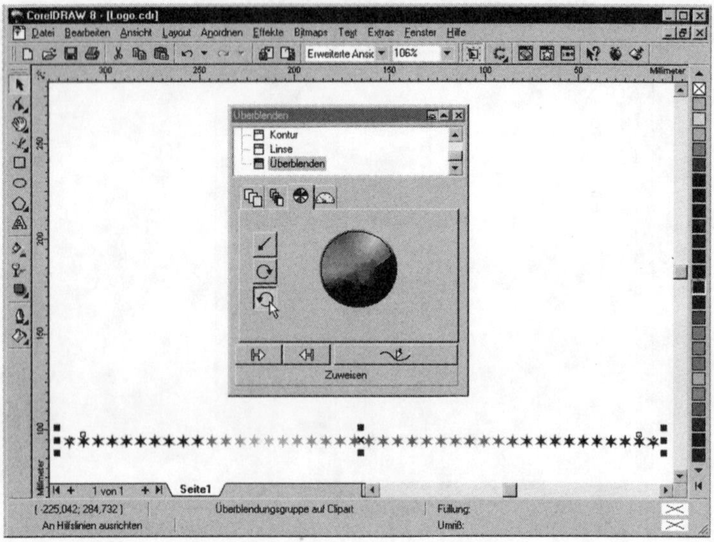

Abb. 84: Mit dem Farbkreis läßt sich die Farbgebung der Überblendung bunter gestalten - die Überblendungsfarben folgen der Linie

Tip: Farben einer Überblendung ändern
Sie können die Farbgebung der Überblendung sehr leicht ändern, indem Sie eines der beiden Urspungsobjekte anklicken und diesem eine andere Füllfarbe zuweisen. Der Farbverlauf paßt sich sofort automatisch an.

Eine neue Strecke zuweisen

Das wäre geschafft. Aber wie bekommt man die Überlendung kreisförmig um den Geburtstagskuchen?

① Markieren Sie die Überblendgruppe (so heißen die insgesamt 32 Sterne). Im noch geöffneten Rollup *Überblendung* klicken Sie mit der linken Maustaste auf die Schaltfläche *Neue Strecke* (die Symbolfläche mit der geschwungenen Linie).

Abb. 85: Schaltfläche Neue Strecke: Mit ihr läßt sich die Überblendgruppe an einer neuen Strecke ausrichten

② Es öffnet sich eine Menüliste, aus der Sie den ersten Menüpunkt *Neue Strecke* wählen.

③ Ihr Mauscursor verwandelt sich in einen eigenartig geschwungenen Pfeil. Mit diesem neuen Mauscursor klicken Sie auf die Ellipse. Noch passiert nichts, Sie haben lediglich die Strecke vorgewählt, an der sich gleich die Sterne ausrichten werden.

④ Aktivieren Sie das Kontrollkästchen *Entlang gesamter Strecke überblenden*. Mit einem Mausklick auf die Schaltfläche *Zuweisen* werden die Sterne entlang der neuen Strecke gemäß den Voreinstellungen ausgerichtet.

Abb. 86: Die Überblendgruppe richtet sich an der neu zugewiesenen Strecke aus

Das Ausrichungsobjekt löschen

Die Ellipse kann nun gelöscht werden. Dazu sind einige Vorbereitungen erforderlich. Die Ellipse ist nämlich mit den Sternen, die an ihr ausgerichtet wurden, verbunden und muß vor dem Löschen erst getrennt werden.

① Klicken Sie dazu auf einen der 30 automatisch erzeugten Sterne. Es darf sich hierbei nicht um einen der beiden Ursprungssterne handeln, die Sie zu Beginn erstellt haben. Wenn in der Statuszeile *Objektüberblendungsgruppe* steht, haben Sie das richtige Objekt markiert.

② Wählen Sie den Zoom-Modus *Auf Auswahl*, woraufhin die Darstellung für unser Vorhaben optimiert wird. Jetzt wird es ernst! Achten Sie darauf, daß nicht die Ellipse markiert ist. In der Statuszeile würde in diesem Fall *Kontrollellipse* stehen.

③ Wenn Sie die Sterngruppe markiert haben, wählen Sie das Menü *Anordnen*. An vorletzter Position der Menüliste ist der Menüpunkt *Trennen* anwählbar, den Sie mit der linken Maustaste anklicken. Die Kontrollellipse ist von der Objektüberblendungsgruppe getrennt worden und kann gelöscht werden.

④ Heben Sie die Markierung aller Objekte mit der Esc-Taste auf, markieren Sie anschließend die Kontrollellipse und drücken Sie die Entf-Taste.

Abb. 87: Die Titelseitengrafik, nachdem die Kontrollellipse erfolgreich gelöscht worden ist

⑤ Führen Sie einen Zoom auf die gesamte Seite aus, indem Sie aus der Liste der Zoomeinstellungen den Eintrag *Auf Seite* wählen. Immer wenn zwei oder mehrere Objekte erfolgreich zueinander ausgerichtet wurden, sollten sie sofort gruppiert werden, damit sie nicht mehr versehentlich verschoben werden. Markieren Sie also alle Sterne und den Kuchen und wählen Sie im Menü *Anordnen* den Menüpunkt *Gruppieren.*

3.7 Cliparts und Schlagschatten hinzufügen

Damit es auf der Titelseite etwas lustiger zugeht, importieren wir noch einige Grafiken von der CorelDRAW-CD. Diesmal wollen wir beim Einfügen einen neuen Weg gehen.

Das Skizzenbuch verwenden

Das Skizzenbuch ist so etwas wie ein integrierter Datei-Manager mit Vorschaufunktion. Es ermöglicht den Import unterschiedlicher Dateitypen auf einfache Weise.

① Legen Sie die CorelDRAW-CD ein, die die Cliparts enthält, und öffnen Sie das Skizzenbuch.

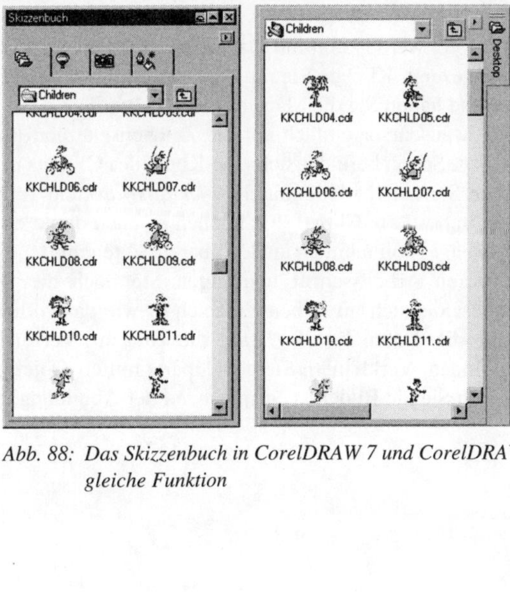

Abb. 88: Das Skizzenbuch in CorelDRAW 7 und CorelDRAW 8: anderes Layout - gleiche Funktion

Corel 6 + Corel 7 Skizzenbuch verwenden

In den Programmversionen 6 und 7 finden Sie das Skizzenbuch im Menü *Extras* unter den Menüpunkten *Durchsuchen*, *Cliparts*, *Fotos* und *Bevorzugte Füllungen und Umrisse*. Alle vier Menüpunkte führen zum Skizzenbuch. Öffnen Sie am besten das Skizzenbuch zuerst über den Menüpunkt *Durchsuchen*. In den Versionen 6 und 7 besitzt das Skizzenbuch vier Registerkartenreiter mit Symbolen für Verzeichnisse, CorelDRAW-Dateien, Pixel-Garfiken und Füllungen bzw. Muster. Das einfachste ist, Sie wählen den Reiter mit den Ordnern!

Corel 8 Skizzenbuch verwenden

In CorelDRAW 8 wählen Sie aus dem Menü *Datei* den Menüpunkt *Skizzenbuch*. Es öffnet sich automatisch eine Menüliste mit verschiedenen Menüpunkten, die wiederum unterschiedlichen Arten von Grafik- und Dateitypen entsprechen. Alle Menüpunkte öffnen das Skizzenbuch. Öffnen Sie das Skizzenbuch zuerst über den Menüpunkt *Durchsuchen*. CorelDRAW 8-Anwender befinden sich sofort in dieser Ansicht, wenn Sie den Untermenüpunkt *Durchsuchen* des Menüpunkts *Skizzenbuch* angewählt haben. Wählen Sie über den kleinen Listenpfeil des Listenfelds Ihr CD-ROM-Laufwerk und öffnen Sie den Ordner *Cliparts*. Dort machen Sie sich auf die Suche nach dem Ordner *People\Children*.

② Alle Dateien des Ordners werden nun mit Dateinamen und einem kleinen Vorschaubildchen angezeigt. Klicken Sie mit der linken Maustaste auf die Datei *Kkchld07.cdr* und halten Sie die Maustaste gedrückt.

③ Nun ziehen Sie den Mauscursor einfach auf die Zeichenseite und lassen die linke Maustaste los. Schon befindet sich eine Kopie des Cliparts in unserer Grafik. Klicken Sie auf Ihr Hilfsmittel *Objektauswahl* und verkleinern Sie das soeben importierte Clipart. Sie können es auch direkt an die richtige Position ziehen, es soll nämlich an den oberen Seitenrand.

④ Wiederholen Sie diesen Arbeitsschritt und fügen Sie noch die Datei *Kkchld09.cdr* ein (befindet sich im selben Verzeichnis wie das vorhergehende Clipart) und die Datei *Brthday1.cdr*, die Sie im Verzeichnis *Spec_occ\Birthday* finden. Verkleinern Sie die Cliparts mittels Objektauswahl und positionieren Sie die Bildchen entsprechend der Abbildung.

Abb. 89: Die Titelseite mit den importierten Cliparts

Eine Datei im Skizzenbuch suchen

Was machen Sie aber, wenn Sie nur den Dateinamen des Cliparts wissen, aber nicht, in welchem Ordner sich die Datei befindet? In diesem Fall können Sie die Datei im Skizzenbuch suchen lassen.

① Klicken Sie dazu auf den kleinen, unscheinbaren Pfeil in der Titelleiste des Skizzenbuchs.

② Aus der Menüliste wählen Sie den Menüpunkt *Suchen*, woraufhin sich ein Dialogfenster mit einigen Suchoptionen öffnet. Das einzige, worauf Sie achten müssen, ist die Auswahl des richtigen Laufwerks im Listenfeld *Suchen in*.

③ Gegebenenfalls klicken Sie mit der linken Maustaste auf die Schaltfläche *Durchsuchen* und wählen das richtige Laufwerk. Wenn Sie dort das Symbol *Arbeitsplatz* wählen, werden alle Laufwerke nach der gewünschten Datei durchsucht. Dauert zwar etwas länger, aber in der Zeit, in der Sie sich Gedanken machen, wo denn die Datei liegen könnte, sind die Laufwerke schon mehrmals durchsucht!

④ Geben Sie im Eingabefeld *Name* den Dateinamen der gesuchten Datei ein. Sie brauchen nur die ersten Buchstaben einzugeben oder die Dateiendung, zum Beispiel **.cdr*. Im unteren Bereich werden alle Dateien angezeigt, die den eingestellten Suchkriterien entsprechen.

⑤ Haben Sie die gesuchte Datei auf diese Weise gefunden, können Sie sie mit gedrückter linker Maustaste einfach auf Ihre Zeichenseite ziehen, und schon haben Sie die Datei importiert.

Hilfsmittel Interaktiver hinterlegter Schlagschatten einsetzen

In diesem Arbeitsschritt wollen wir einen Schlagschatten erzeugen, den die Objekte auf den Hintergrund werfen. Das gibt dem Ganzen ein bißchen Räumlichkeit. Leider gibt es das Hilfsmittel *Interaktiver hinterlegter Schatten* erst seit CorelDRAW 8. Anwender früherer Versionen können diesen Arbeitsschritt überspringen oder eine etwas einfachere Variante eines Schattens erstellen.

Vorbereitungen treffen: Alles gruppieren

Bevor es richtig losgeht, sollten alle Elemente auf der Titelgrafik gruppiert werden. Das vereinfacht die Erstellung:

① Führen Sie erst einmal einen Zoom auf die ganze Seite aus, indem Sie aus der Liste der vordefinierten Zoomeinstellungen in der Symbolleiste den Zoom-Modus *Auf Seite* wählen.
② Da Sie sich auf der Ebene *Clipart* befinden und der Ebenenmodus *Ebenenübergreifend bearbeiten* deaktiviert ist, können Sie mit der gedrückten Maustaste einen Auswahlrahmen um alle Objekte ziehen, ohne versehentlich den Hintergrund zu markieren. Klicken Sie auf das Hilfsmittel *Objektauswahl* und positionieren Sie Ihren Mauscursor etwa zwei cm diagonal oberhalb der linken oberen Ecke der Zeichenseite. Nun halten Sie die linke Maustaste gedrückt, ziehen den Mauscursor diagonal bis weit über die untere rechte Ecke hinaus und lassen die Maustaste los. Alles, was sich auf der Ebene *Clipart* befindet, sollte nun markiert sein.
③ Wenn alles markiert ist (bis auf den Hintergrund, der ja auf der Ebene *Hintergrund* liegt und nicht markiert sein darf), wählen Sie aus dem Menü *Anordnen* den Menüpunkt *Gruppieren*.

Schlagschatten für CorelDRAW 6 und 7-Anwender

① Erstellen Sie ein Duplikat der Objektgruppe, weisen Sie dem Duplikat eine 10%ige Graufüllung zu und löschen Sie den Umriß.
② Setzen Sie die Objektgruppe in den Hintergrund (aber auf der Ebene *Clipart* bleiben) und verschieben Sie den grauen Schatten mit den Richtungstasten, bis er ein bißchen versetzt zum oben liegenden Original liegt.

Und so setzen Sie in CorelDRAW 8 das Hilfsmittel Interaktiver hinterlegter Schatten ein

① Wählen Sie aus der Hilfsmittelpalette das Hilfsmittel *Interaktiver hinterlegter Schatten* und klicken Sie auf die Objektgruppe. Halten Sie die Maustaste gedrückt und ziehen Sie den Mauscursor so weit nach rechts unten, bis Sie ein blaues Rechteck sehen. Lassen Sie die Maustaste los, sobald das blau gestrichelte Rechteck nicht mehr deckungsgleich mit den Urspungsobjekten ist.

Abb. 90: Eine neue Funktion in CorelDRAW 8: der interaktive Schatten

② Automatisch blendet sich die Eigenschaftsleiste ein. Hier können Sie die Eigenschaften des Schattens nachträglich bearbeiten. Position, Verlauf, Deckkraft und Farbe lassen sich über die entsprechenden Eingabefelder schnell einstellen. Geben Sie in das Eingabefeld *Verlauf* den Wert 4 ein und drücken die [Enter]-Taste. Dadurch werden die Konturen des Schattens etwas deutlicher. Sind Sie mit dem Schatten überhaupt nicht zufrieden, klicken Sie auf die Objektgruppe und probieren erneut.

Abb. 91: Die Eigenschaftsleiste ermöglicht die weitere Gestaltung des gerade erstellten Schattens

3.8 Innenseiten hinzufügen und gestalten

Die Grußkarte besteht insgesamt nur aus einem einzigen Blatt - aber mit bedruckter Vorder- und Rückseite bzw. Außen- und Innenseiten. Die Layout-Einstellung *Heft* im Dialogfenster *Seite einrichten* liefert schon die passende Darstellung auf dem Bildschirm. Die Seiten müssen jedoch noch hinzugefügt und gestaltet werden.

Innenseiten hinzufügen

① Wählen Sie im Menü *Layout* den ersten *Menüpunkt Seite einfügen*. Es öffnet sich das Dialogfenster *Seite einfügen*, in dem die Anzahl der einzufügenden Seiten und deren Position im Dokument bestimmt werden kann.

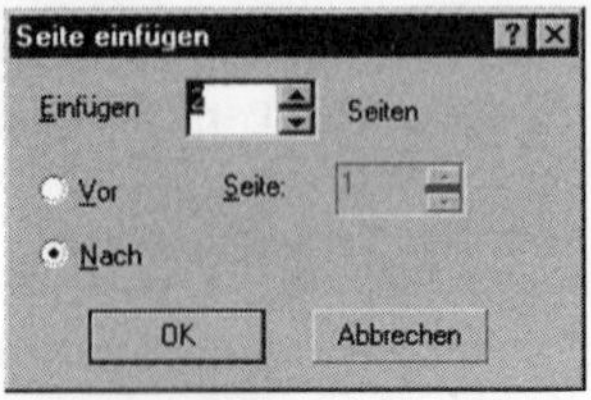

Abb. 92:
Das Einfügen neuer Seiten ist ganz einfach

② Geben Sie in das Eingabefeld *Einfügen* den Wert 2 ein und achten Sie darauf, daß die Option *Nach* aktiviert ist. Klicken Sie anschließend auf die Schaltfläche *OK*.

Die neu eingefügten Seiten werden sofort auf dem Bildschirm angezeigt. Da im Dialogfenster *Seite einrichten* das Kontrollkästchen *Doppelseiten anzeigen* aktiviert wurde, werden auch beide Seiten gleichzeitig angezeigt und können so gestaltet werden wie eine einzige Seite.

Zwischen Seiten wechseln

Schauen Sie mal an den unteren Rand der CorelDRAW-Arbeitsfläche: Rechts neben der horizontalen Bildlaufleiste sind neue Funktionsflächen hinzugekommen.

Seitenwechsel über die Reiter

Für jede Seite gibt es einen eigenen Reiter, den Sie mit der linken Maustaste direkt anklicken und so zwischen den Seiten Ihres Dokuments wechseln können.

Abb. 93: Die "Seitenreiter" am unteren Rand des Arbeitsbildschirmes

Seitenwechsel mit dem Bedienfeld

Die Pfeile weiter rechts davon, die in ihrer Darstellung dem Bedienfeld eines Kassettenrecorders ähneln, ermöglichen ebenfalls einen Wechsel zwischen den Seiten Ihres Dokuments. Mit den äußersten Pfeilen können Sie zu der ersten bzw. letzten Seite Ihres Dokuments wechseln. Die einfachen Pfeile sind dazu da, jeweils um eine Seite vor- oder zurückzuwechseln.

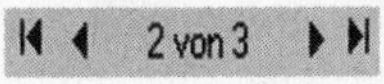

Abb. 94: Auch das Bedienfeld ermöglicht einen schnellen Wechsel zwischen den Dokumentseiten

Wo bin ich?

Auf welcher Seite Sie sich gerade befinden, wird Ihnen ebenfalls im Bedienfeld angezeigt. Dort sehen Sie den Wert *2 von 3*, was so viel bedeutet, daß Sie sich gerade auf der zweiten von insgesamt drei Seiten befinden.

Innenseiten-Hintergrund gestalten

Auf unserer Titelseite hatten wir ein Rechteck in der Größe unserer Zeichenseite über die Funktion *Seitenrahmen hinzufügen* im Dialogfenster *Seite einrichten* hinzugefügt und anschließend gestaltet. Bei den Innenseiten wollen wir diesen Schritt manuell durchführen, indem wir mit dem Hilfsmittel *Rechteck* ein Rechteck in der Größe der Doppelseite zeichnen. Mit Hilfe der Hilfslinien ist die Definition der Größe und die Ausrichtung sehr leicht.

① Überprüfen Sie im Ebenen- bzw. Objekt-Manager, ob Sie sich auch auf der richtigen Ebene befinden. Es sollte die Ebene *Hintergrund* sein, auf der sich auch der Seitenrahmen auf der Titelseite befindet. Wir hatten diese Ebene, die ursprünglich *Ebene 1* hieß, umbenannt in *Hintergrund*. Wechseln Sie gegebenenfalls auf die Ebene *Hintergrund* durch einen linken Mausklick auf die Bezeichnung *Hintergrund*. CorelDRAW 8-Anwender klicken dazu auf die Bezeichnung *Hintergrund* im unteren Teil des Objekt-Managers mit der Kategorie *Haupt Ebene*.

Hinweis: Keine unserer Ebenen darf die Eigenschaft *Hauptebene* (CorelDRAW 6 und 7) bzw. *Original* (CorelDRAW 8) besitzen, da sonst alle auf dieser Ebene befindlichen Objekte automatisch auf allen Seiten des Dokuments angezeigt werden.

② Überprüfen Sie nochmals, ob die Ebene *Hilfslinien* gesperrt ist. Sie können es an der hellgrauen Darstellung des Stiftsymbols im Ebenen- bzw. Objekt-Manager erkennen. Gegebenenfalls aktivieren Sie die Sperrung der Ebene *Hilfslinie*, indem Sie mit der linken Maustaste auf das Stift-Symbol klicken.

Abb. 95: Wenn das Stift-Symbol hellgrau dargestellt wird, ist die entsprechende Ebene gesperrt

③ Zudem sollte der Ausrichteffekt der Hilfslinien aktiviert sein. Wählen Sie dazu aus dem Menü *Layout* den Menüpunkt *An Hilfslinien ausrichten.* Wenn sich vor dem Menüpunkt schon ein Häkchen befindet, ist der Ausrichteffekt bereits aktiviert. Ansonsten klicken Sie einfach auf den Menüpunkt.

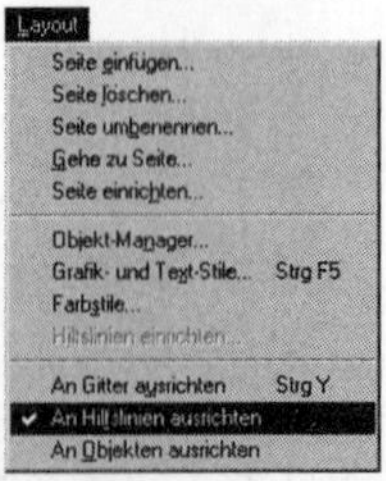

Abb. 96: Nur wenn das Häkchen vor dem Menüpunkt zu sehen ist, können die Hilfslinien Objekte magnetisch anziehen und ausrichten

④ Wählen Sie nun das Hilfsmittel *Rechteck* aus der Hilfsmittelpalette. Klikken Sie dazu mit der linken Maustaste auf das entsprechende Symbol und führen Sie Ihren Mauscursor zur rechten oberen Ecke der Zeichenseite. Es reicht aus, wenn Sie den Mauscursor in die Nähe dieser Stelle führen, denn durch den Fangeffekt der Hilfslinien wird das zu erstellende Rechteck sofort richtig ausgerichtet.

⑤ Klicken Sie jetzt mit der linken Maustaste, halten Sie die Maustaste gedrückt und ziehen Sie den Mauscursor nach rechts unten. Wenn Sie in die Nähe der unteren rechten Ecke angelangt sind, lassen Sie die linke Maustaste los. Das Rechteck wird in dem Augenblick gezeichnet, in dem Sie die Maustaste loslassen. Es hat direkt die richtige Größe und Ausrichtung.

⑥ Das Rechteck besteht zunächst nur aus einer dünnen schwarzen Umrißlinie, die kaum zu erkennen ist, da sie direkt unter den Hilfslinien liegt. Eine Füllung ist in der Standardeinstellung bei neuen Objekten noch nicht zugewiesen. Damit Sie das Rechteck aber nicht aus den Augen verlieren, weisen Sie ihm schnell eine "provisorische" Füllung zu. Klicken Sie dazu mit der linken Maustaste auf ein beliebiges Farbkästchen aus der Farbpalette. Den Umriß löschen Sie durch einen rechten Mausklick auf das *X* in der Farbpalette.

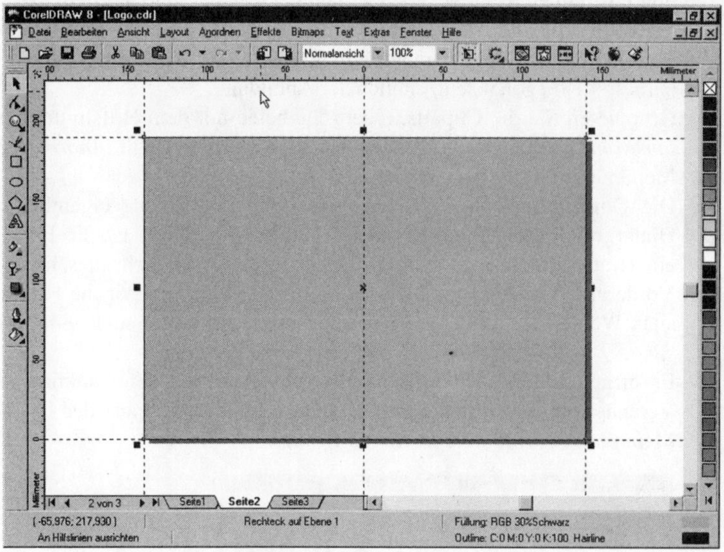

Abb. 97: Wie beim Zahnarzt: Eine provisorische Füllung hilft - so verlieren Sie das Hintergrundrechteck nicht aus den Augen

Eine eigene Musterfüllung erstellen

Dem Rechteck soll nun ein selbst gestaltetes Hintergundmuster zugewiesen werden. Wir beginnen mit der Erstellung des Musters. Sie erinnern sich? Auf unserer Titelseite hatten Sie dem Rechteck ein vordefiniertes Füllmuster von der CD zugewiesen. Nun gehen Sie einen Schritt weiter und werden ein eigenes Füllmuster erstellen und zuweisen.

Ausgangsobjekte erstellen und Farbanpassung vornehmen

① Importieren Sie zunächst zwei Cliparts, die dann in modifizierter Form zu einem Füllmuster geformt werden. Legen Sie dazu die CorelDRAW-CD mit den Cliparts ein und wählen Sie aus dem Menü *Datei* den Menüpunkt *Importieren*.

② In unserem Übungsbeispiel wählen wir die Dateien *Brthday3.cdr* aus dem Verzeichnis *\Spec_occ\Birthday* und *Party.cdr* aus dem Verzeichnis *\Spec_occ\Newyear*. Sie können natürlich auch jedes beliebig andere Clipart wählen. Es sollte nur zum Thema Geburtstag bzw. Party passen und von der Art zu den auf der Titelseite eingefügten Cliparts passen.

③ Verkleinern Sie mit dem Hilfsmittel *Objektauswahl* die beiden Cliparts und positionieren Sie beide außerhalb der Zeichenseite auf dem Desktop. Falls Sie neben der Zeichenseite zu wenig Desktop-Fläche sehen, verkleinern Sie einfach die Zoomeinstellung auf 75 %. Die Anordnung der Cliparts sollte diagonal sein, ähnlich der Abbildung.

④ Gruppieren Sie die Cliparts, indem Sie beide mit dem Hilfsmittel *Objektauswahl* markieren und anschließend aus dem Menü *Anordnen* den Menüpunkt *Gruppieren* wählen.

⑤ Die Objektgruppe ist automatisch markiert und könnte eigentlich zum Hintergrundmuster "umgewandelt" werden. Allerdings ist die Farbe für ein Hintergrundmuster noch zu intensiv, es würde sich zu sehr in den Vordergrund drängen. Aus diesem Grunde vermindern wir die Farbintensität. Wählen Sie dazu aus dem Menü *Effekte* den Menüpunkt *Farbanpassung*.

⑥ Es öffnet sich ein Untermenü mit sechs verschiedenen Funktionen zur Veränderung bzw. Anpassung der Farbe. Wählen Sie aus der Liste den Menüpunkt *Farbton-Helligkeit-Sättigung*.

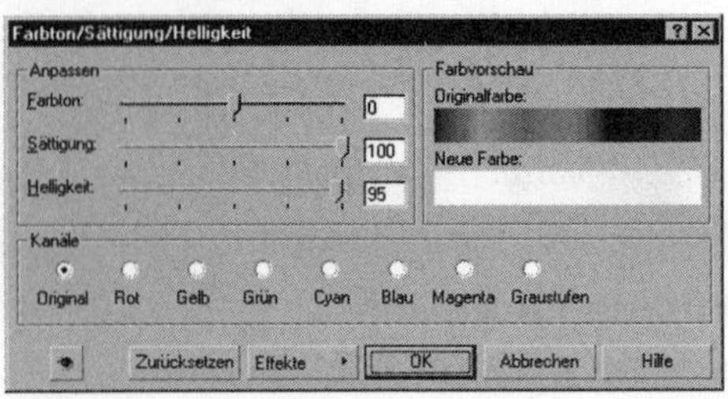

Abb. 98: Über die Farbanpassung lassen sich Füllfarben effektiv modifizieren

⑦ Es öffnet sich ein Dialogfenster, in dem mittels dreier Parameter der Farbton verändert werden kann. Der Parameter *Farbton* kann bei seiner Voreinstellung bleiben. Den Parameter *Sättigung* stellen Sie auf den Wert 100 und die *Helligkeit* auf 95. Exakte Werte können Sie durch Eingabe des Werts in die Eingabefelder definieren.

⑧ Verschaffen Sie sich eine Vorschau vom eingestellten Farbeffekt. Klicken Sie mit der linken Maustaste auf die Schaltftläche *Vorschau* (CorelDRAW 6 und 7) bzw. auf das Auge-Symbol (CorelDRAW 8). Sollten Ihnen die Farbeinstellungen nicht zusagen, können Sie jetzt noch schnell Veränderungen vornehmen. Klicken Sie mit der linken Maustaste auf die Schaltfläche *OK*, wenn Sie mit den Einstellungen zufrieden sind.

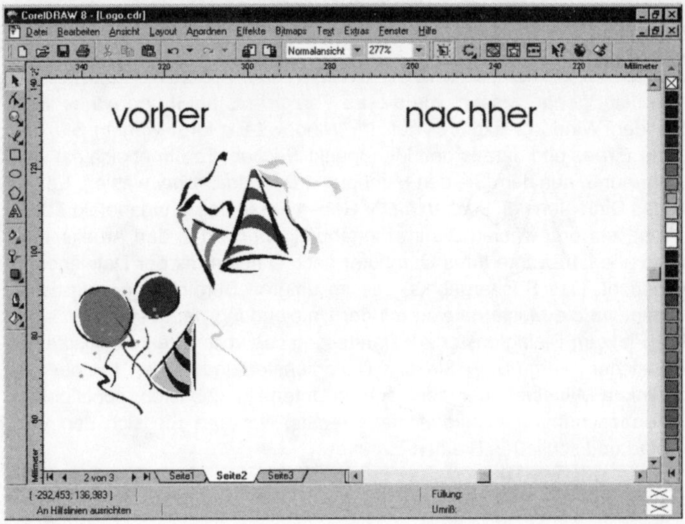

Abb. 99: Vor und nach der Farbanpassung: Die Objektgruppe ist zwar kaum noch zu erkennen, reicht aber für den Einsatzzweck völlig aus

Als Füllmuster speichern

① Die Objektgruppe ist nun wesentlich heller. Wählen Sie aus dem Menü *Datei* den Menüpunkt *Speichern unter*. Sie können die Objektgruppe in das Verzeichnis speichern, das CorelDRAW zur Ablage von Musterdateien standardmäßig benutzt. In CorelDRAW 8 ist der Verzeichnispfad zu den Musterdateien *\Corel\Graphics8\Custom\Muster*.

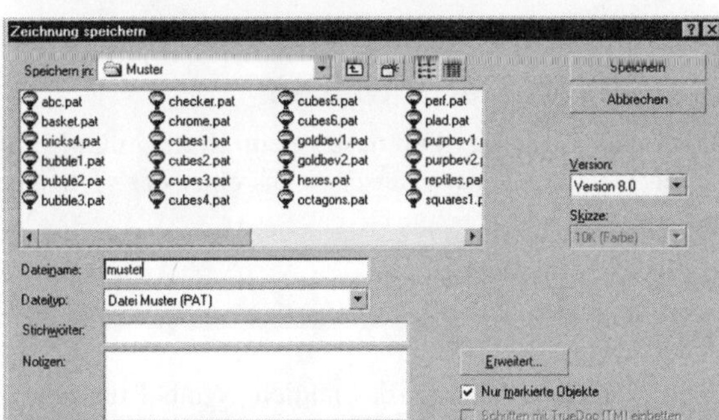

Abb. 100: Durch die Auswahl des entsprechenden Dateityps erstellen Sie eine Musterdatei

Tip: Mit dem Windows 95-Explorer Dateien und Verzeichnisse finden

Wenn Sie nicht genau wissen, wie dieses Verzeichnis heißt und wo es liegt, rufen Sie den Windows-Explorer auf. Im Windows-Explorer wählen Sie den Menüpunkt *Extras* und daraus den Menüpunkt *Suchen.* Es öffnet sich ein weiteres Untermenü, aus dem Sie den Menüpunkt *Dateien/Ordner* wählen. Es öffnet sich das Dialogfenster *Suchen nach.* Geben Sie in dem Eingabefeld *Dateiname* „*.pat" ein und wählen Sie im Eingabefeld *Suchen in* den Arbeitsplatz. So werden alle Laufwerke Ihres Computer nach Dateien mit der Dateiendung *pat* durchsucht. Das Suchergebnis, das im unteren Bereich angezeigt wird, verrät Ihnen, wo die Musterdateien mit der Dateiendung *pat* gespeichert sind. Sollte der Platz im Dialogfenster zur Darstellung des vollen Verzeichnispfades nicht ausreichen, vergrößern Sie das Dialogfenster und ziehen mit der gedrückten linken Maustaste den senkrechten Unterteilungsbalken rechts neben der Spaltenbeschriftung *In Ordner* nach rechts. Notieren Sie sich den Verzeichnispfad und schließen Sie den Explorer.

② Nachdem Sie das Verzeichnis gefunden haben, geben Sie einen Namen für die Datei in das Eingabefeld *Dateiname* ein. Sie brauchen dazu nur doppelt mit der linken Maustaste in das Eingabefeld zu klicken und können sofort den Namen eingeben. Geben Sie auf keinen Fall einen Punkt und die Dateiendung mit ein - das erledigt schon CorelDRAW.

③ Jetzt zum wichtigsten Punkt: Wählen Sie aus der Liste der Dateitypen den Dateityp *Datei Muster (PAT)* aus und aktivieren Sie mit der linken Maustaste das Kontrollkästchen *Nur markierte Objekte.* Dadurch wird nur die markierte Objektgruppe gespeichert. Und das nicht als normale CDR-Datei, sondern als Musterdatei mit der Dateiendung *pat.* Klicken Sie auf die Schalftläche *OK.* Die Objektgruppe auf dem Desktop kann jetzt gelöscht werden.

Das selbst erstellte Muster zuweisen

Im nächsten Schritt wollen wir das Füllmuster dem Hintergrund-Rechteck zuweisen. Sie kennen die Vorgehensweise schon aus einer der vorhergehenden Übungen.

① Öffnen Sie das Rollup *Spezialfüllung.* Klicken Sie dazu mit der linken Maustaste auf das Hilfsmittel *Füllung* und wählen Sie das letzte Symbol in dem Flyout-Menü aus.

② Im Rollup *Spezialfüllung* wählen Sie das mittlere Symbol für zwei- und mehrfarbige Musterfüllungen. Über das Listenfeld lassen sich nochmals drei untergeordnete Kategorien von Mustern vorwählen. Wählen Sie die

Kategorie *Vollfarben*, nur so läßt sich die PAT-Datei laden. Mit einer anderen Einstellung klappt es nicht!

③ Klicken Sie jetzt mit der linken Maustaste auf die Schaltfläche *Bearbeiten*. Es öffnet sich das Dialogfenster *Musterfüllung*. Die Option *Vollfarbe* ist aktiv, eine andere Art läßt sich hier nicht mehr auswählen.

④ Um an unsere selbstgestaltete Musterdatei heranzukommen, klicken Sie mit der linken Maustaste auf die Schaltfläche *Laden*. Es öffnet sich das Dialogfenster *Importieren*.

⑤ Hier wählen Sie den Verzeichnispfad bzw. das Verzeichnis, in dem Sie vorhin die Musterdatei PAT gespeichert haben. Wenn Sie die Datei gefunden haben, klicken Sie auf die Schaltfläche *Öffnen*. Wenn das Kontrollkästchen *Vorschau* aktiviert ist, erhalten Sie im Vorschaubereich eine visuelle Darstellung der Datei.

⑥ Nachdem Sie auf die Schaltfläche *Öffnen* geklickt haben, dauert es einen kurzen Augenblick, bis die Datei importiert ist und im Vorschaubereich des Dialogfensters *Musterfüllung*, in dem Sie sich jetzt wieder befinden, angezeigt wird.

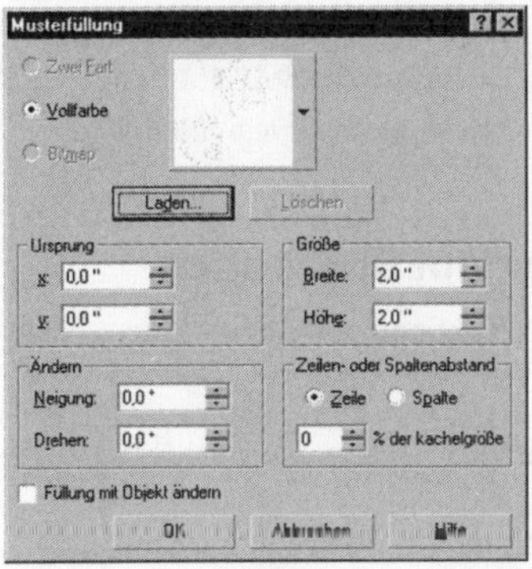

Abb. 101:
Über die Schaltfläche Laden wurde die gerade erstellte Musterdatei importiert und kann sogleich über das Rollup zugewiesen werden

⑦ Verkleinern Sie durch Eingabe des Werts 1 in die Eingabefelder *Breite* und *Höhe* die Größe der Musterfüllung. Dadurch wird die Musterfüllung etwas kleiner gekachelt. Klicken Sie anschließend mit der linken Maustaste auf die Schaltfläche *OK* - Sie gelangen zurück zum Rollup *Spezialfüllung*.

⑧ Markieren Sie das Hintergrund-Rechteck mit dem Hilfsmittel *Objektauswahl* und klicken Sie im Rollup *Spezialfüllung* auf die Schaltfläche *Zuweisen*. Das markierte Rechteck erhält die Musterfüllung mit unserem selbsterstellten Muster. Sieht doch richtig gut aus, oder?

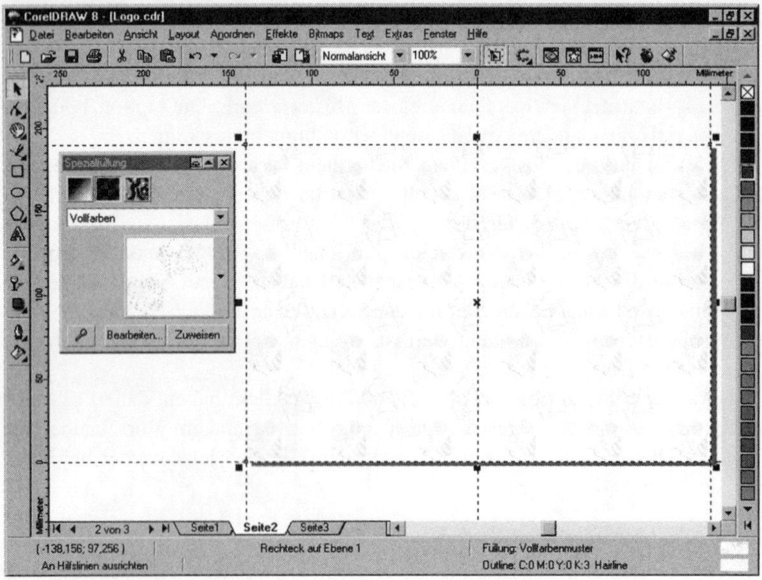

Abb. 102: Die Musterdatei wurde dem Hintergrund-Rechteck über das Rollup zugewiesen

Text hinzufügen und Farbverlauf übertragen

Das wäre geschafft. Fügen wir nun noch Text und ein Clipart hinzu, fertig wären die Innenseiten.

① Wechseln Sie auf die Ebene *Clipart* und geben Sie mit dem Hilfsmittel den Text ein "wünscht Dir Dein/e".

② Als nächstes wollen wir den Text ähnlich bunt gestalten, wie es der Text auf der Titelseite ist. Um den gleichen Farbverlauf wie beim Titeltext zuweisen zu können, wechseln Sie auf die Titelseite und rufen das Rollup *Spezialfüllung* auf.

③ Im Rollup *Spezialfüllung* sehen Sie eine Schaltfläche, die eine Pipette darstellt (die kleine quadratische Symbolfläche rechts unten im Rollup). Klicken Sie mit der linken Maustaste einmal auf dieses Symbol. Der Mauscursor verwandelt sich daraufhin in einen schwarzen Pfeil.

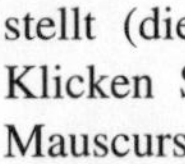

Abb. 103: Mit der Pipette lassen sich bestehende Füllungen ins Rollup kopieren

④ Mit dem "neuartigen" Mauscursor klicken Sie jetzt auf einen der bunten Texte der Titelseite. Es macht nichts, wenn Sie versehentlich daneben klicken. Klicken Sie erneut auf das Pipetten-Symbol und probieren Sie es erneut. Jedesmal, wenn Sie ein Objekt angeklickt haben, erscheint die aktuelle Füllung im Rollup. Mit ein bißchen Übung sollte es Ihnen gelingen, einen der Texte zu erwischen. Im Rollup erscheint daraufhin der regenbogenartige Farbverlauf.

⑤ Wechseln Sie nun wieder zurück zu den Innenseiten und weisen Sie dem Text den gerade kopierten Farbverlauf aus dem Rollup zu. Markieren Sie dazu den Text und klicken Sie mit der linken Maustaste im Rollup *Spezialfüllung* auf die Schaltfläche *Zuweisen.* Schon hat der Text auf der Innenseite dieselbe Farbverlaufsfüllung wie der Text auf der Titelseite.

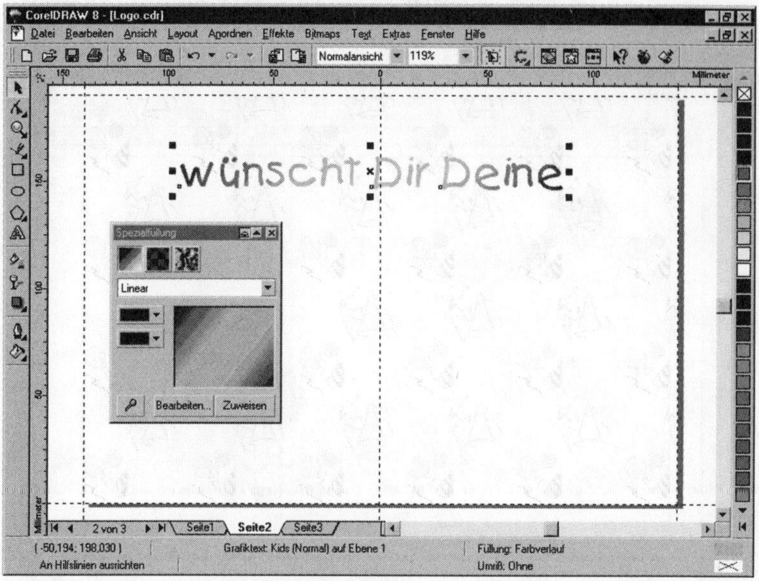

Abb. 104: Warum kompliziert, wenn es auch einfach geht? Mit dem Rollup lassen sich Füllungen leicht von einem Objekt auf andere Objekte übertragen

Herr Ober: bitte noch ein Clip!

Sieht schon super aus, die Innenseite. Wenn die Karte mal ausgedruckt ist, werden Sie genügend Platz für einige persönliche Zeilen haben. Fügen wir zur Krönung noch zwei kleine Cliparts hinzu.

① Öffnen Sie im Menü *Datei* den Menüpunkt *Importieren*. Sie kennen die Prozedur: Legen Sie die CD ein und importieren Sie die Datei *Kkchld02.cdr* aus dem Verzeichnis *\Clipart\People* und die Datei *Party.cdr* aus dem Verzeichnis *\Clipart\Spec_occ\Newyea*r. Positionieren Sie die beiden Cliparts ähnlich der Abbildung.

② Markieren Sie alle Objekte auf den Innenseiten und gruppieren sie über den Menüpunkt *Gruppieren* im Menü *Anordnen* zu einer einzigen Objektgruppe. Sie ahnen es? Richtig, auch hier soll wieder ein Schlagschatten erzeugt werden.

③ Nachdem alles zu einer Objektgruppe vereinigt worden ist und noch markiert ist, weisen Sie der Objektgruppe mit dem Hilfsmittel *Interaktiver hinterlegter Schatten* einen Schatten zu.

④ Über die Eigenschaftsleiste können Sie die Schatteneinstellungen nachbearbeiten.

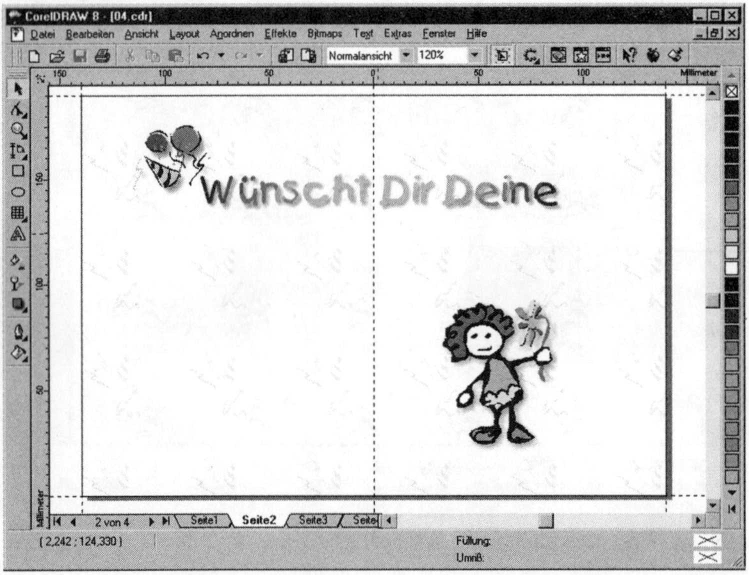

Abb. 105: Die Innenseiten mit den eingefügten und mit Schatten versehenen Cliparts

Tip: Interaktiven hinterlegten Schatten kopieren (nur Corel 8)

Wenn Sie mit CorelDRAW 8 arbeiten, kann die Erstellung eines Schattens mit dem Hilfsmittel *Interaktiver hinterlegter Schatten* von einer Objektgruppe sehr viel Rechnerzeit in Anspruch nehmen. Eventuell gelangen Sie schneller an das Ziel, von mehreren Objekten einen Schatten zu erzeugen, wenn Sie zunächst an einem einfachen Objekt einen Schatten erzeugen und den Schatteneffekt anschließend über den Mauscursor *Kopieren aus* dem Menü *Effekt* auf die anderen Objekte übertragen. Genaueres zum Umgang mit Effekten erfahren Sie im Kapitel 8: *Special Effects - Komplettübersicht der CorelDRAW-Effekte.*

3.9 Die letzte Seite

Bis jetzt haben wir drei Seiten gestaltet: Titelseite und zwei Innenseiten. Eine fehlt noch im Bunde, um die Glückwunschgrußkarte komplett zu machen: die Rückseite.

Die Rückseite erstellen

Die Rückseite wird in derselben Weise erstellt, wie alle anderen Seiten auch.

① Wählen Sie im Menü *Layout* den Menüpunkt *Seite einfügen.* Im Dialogfenster *Seite einfügen* geben Sie diesmal aber in dem Eingabefeld *Einfügen* den Wert 1 ein. Es soll schließlich nur eine Seite erstellt werden, die am Ende zusammen mit der Titelseite auf einem Druckbogen ausgedruckt wird.

② Überprüfen Sie, ob die Option *Nach* aktiviert ist. Im Eingabefeld *Seite* sollte der Wert 3 stehen. Dadurch wird nach der aktuellen Seite 3, die Sie auf dem Bildschirm sehen, eine einzelne Seite eingefügt

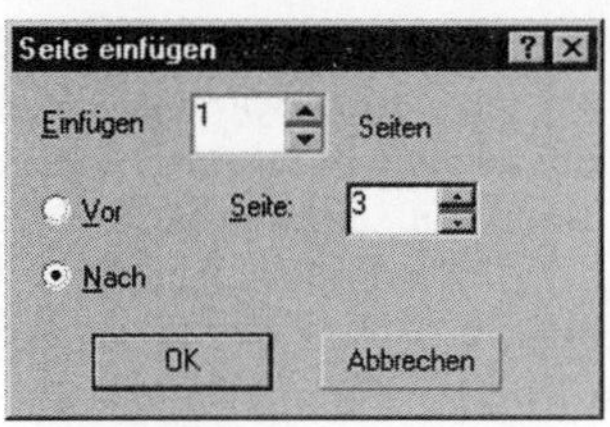

Abb. 106:
Eine weitere Seite wird eingefügt: Da es die letzte Seite ist, darf es nur eine Seite sein

③ Klicken Sie mit der linken Maustaste auf die Schaltfläche *OK*, und schon erscheint am unteren linken Bildschirmrand ein neuer Reiter für die Seite 4.

Hintergrund kopieren und ausrichten

Die Rückseite soll dasselbe Hintergrundmuster bekommen wie die Titelseite. Immerhin erscheinen Titel- und Rückseite beim Ausdruck auf einem Druckbogen und werden erst anschließend gefaltet. Sie brauchen nur das Rechteck der Titelseite, das dort als Hintergrund dient, auf die Rückseite zu kopieren und auszurichten.

① Wechseln Sie zur Titelseite und anschließend auf die Ebene *Hintergrund*.

② Markieren Sie das Rechteck, das dort als Hintergrund fungiert, und speichern Sie es über einen linken Mausklick auf das Symbol *Kopieren* in die Windows-Zwischenablage oder drücken Sie gleichzeitig [Strg]+[C]. Durch diesen Tastaturbefehl wird das markierte Objekt in die Zwischenablage kopiert.

Hinweis: Die Windows-Zwischenablage ist ein Zwischenspeicher, auf den alle Programme zugreifen können. Sie können ein markiertes Objekt (nicht die Datei als Ganzes, sondern nur Teile daraus!) aus dem Programm in die Zwischenablage kopieren bzw. verschieben oder umgekehrt ein im Zwischenspeicher befindliches Objekt in Ihr derzeitiges Dokument einfügen. Stellen Sie sich den Zwischenspeicher wie einen Keller vor, in dem alles Mögliche gelagert werden kann, egal was es ist und von wem es stammt. Jeder kann sich nun von diesem "Gegenstand" eine Kopie machen und in seine Wohnung tragen. Es kann sich immer nur ein Objekt zur Zeit im Zwischenspeicher befinden. Haben Sie also gerade in Word einen Textabschnitt markiert und in die Zwischenablage kopiert und markieren anschließend in CorelDRAW ein Clipart, das Sie ebenfalls in die Zwischenablage kopieren, wird der Text gelöscht und das Clipart nimmt dessen Platz im Zwischenspeicher ein.

③ Wechseln Sie zur vierten Seite des Dokuments. Achten Sie darauf, daß Sie sich auf der Ebene *Hintergrund* der letzten Seite befinden. Wählen Sie aus dem Menü *Bearbeiten* den Menüpunkt *Einfügen*. Das in der Zwischenablage befindliche Objekt wird auf die Zeichenseite eingefügt. Es muß noch ausgerichtet werden, aber nichts leichter als das.

④ Das eingefügte Rechteck ist markiert und kann sofort ausgerichtet werden. Wählen Sie dazu aus dem Menü *Anordnung* den Menüpunkt *Ausrichten und verteilen*. In dem Dialogfenster *Ausrichten und verteilen* aktivieren Sie auf der Registerkarte *Ausrichten* das Kontrollkästchen *Seitenmitte*, wodurch automatisch auch die Kontrollkästchen *Mitte* und *Zentriert* aktiviert werden.

⑤ Klicken Sie mit der linken Maustaste auf die Schaltfläche *OK*. Das Rechteck sollte jetzt genau über der Zeichenseite liegen.

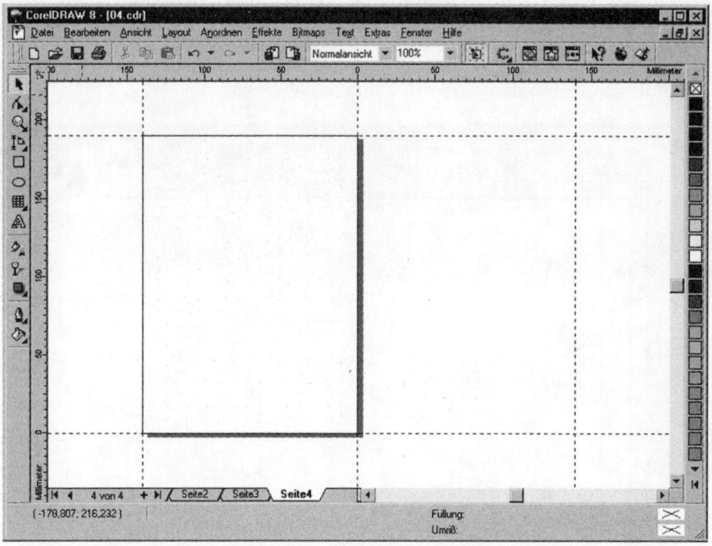

Abb. 107: Die letzte Seite mit Hintergrundmuster: Da die Layout-Einstellung Heft gewählt wurde, wird die letzte Seite automatisch auf der linken Seite ausgerichtet

Rückseite gestalten

Wie wäre es mit einer kleinen Grafik und einem Hinweis, wer diese wunderschöne Grußkarte gestaltet hat?

① Sie bleiben auf der Rückseite, wechseln aber auf die Ebene *Clipart*. Wählen Sie das Hilfsmittel *Text* und klicken Sie auf die Zeichenseite. Die Einfügemarke für den grafischen Text wird sichtbar. Geben Sie den Text ein "Gestaltet von: Ihr Name".

② Wenn Sie den Text und Ihren Namen eingegeben haben, markieren Sie das Textobjekt mit dem Hilfsmittel *Objektauswahl* und wählen aus dem Menü *Text* den Menüpunkt *Text formatieren*. Sie können natürlich zur Textformatierung die Eigenschaftsleiste benutzen, die Sie über den Menüpunkt *Eigenschaftsleiste* im Menü *Ansicht* öffnen können.

③ In unserem Übungsbeispiel ist der Text mit der Schriftart *Bernhard-Fashion BT* in 16 Punkt formatiert worden. Diese Schrift paßt gut zum übrigen Erscheinungsbild der Karte.

④ Fügen Sie noch ein Clipart ein. Wie wäre es mit dem Clipart *Desgn022* im Verzeichnis *\Clipart\Designs*? Bringen Sie die beiden Objekte, Text und Clipart, in die richtige Anordnung und Position zueinander.

⑤ Auch auf der Rückseite darf der Objektschatten nicht fehlen. Markieren Sie den Text und das Clipart, fassen Sie es zu einer Gruppe zusammen und weisen Sie dem Ganzen einen Schatten zu.

Abb. 108: Auch Clipart und Text erhalten einen Schatten

⑥ Als letzten Schritt sperren Sie alle Ebenen, indem Sie mit der linken Maustaste auf das Stift-Symbol im Ebenen- bzw. Objekt-Manager klikken. Das Stift-Symbol sollte hellgrau erscheinen.

⑦ Speichern Sie Ihre Datei und machen Sie eine kurze Entspannungspause mit vielleicht ein paar Gymnastikübungen, das kann nie schaden. Gleich geht es in den Endspurt!

3.10 Nun wird gedruckt!

Das Thema Drucken ist sehr umfangreich, weshalb ihm auch ein eigenes Kapitel gewidmet ist. Für die einfache Ausgabe auf einem Desktop-Drucker, wie zum Beispiel einem Farbtintenstrahldrucker, kommen wir jedoch auch erst einmal ohne umfangreiche Sachkenntnis aus.

① Nachdem Sie Ihr Dokument zur Sicherheit noch einmal gespeichert haben, wählen Sie aus dem Menü *Datei* den Menüpunkt *Drucken*. Da Sie ein Querformat gewählt haben, werden Sie gefragt, ob die Seitenausrichtung an den Drucker angepaßt werden soll. Bestätigen Sie das Dialogfenster durch einen Mausklick auf die Schaltfläche *JA*, woraufhin sich das Dialogfenster *Drucken* öffnet.

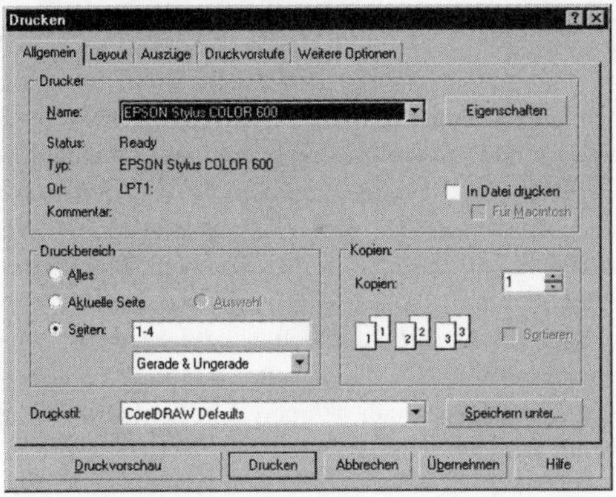

Abb. 109: Das Dialogfenster Drucken mit seinen zahlreichen Registerkarten und Einstellmöglichkeiten

② Das Dialogfenster *Drucken* ist sehr umfangreich und bietet über viele Registerkarten eine reiche Auswahl an Einstellmöglichkeiten. Wir wollen uns nur auf das Wesentliche konzentrieren und die für den Druck auf einem Desktop-Drucker relevanten Punkte besprechen. Achten Sie zunächst darauf, daß im Listenfeld *Name* der richtige Drucker angewählt ist. Gegebenenfalls wählen Sie durch einen Klick mit der linken Maustaste auf den Listenpfeil den entsprechenden Drucker aus.

③ Die Zeichenseite haben wir um einige mm kleiner eingestellt, als das Papier in unserem Drucker tatsächlich ist. Dadurch stellen wir sicher, daß auch wirklich alle Elemente gedruckt werden. Selbst die, die nahe am Rand unserer Zeichenseite plaziert worden sind. Hätten wir eine Zeichenseitengröße gewählt, die der Größe des Druckerpapiers entsprochen hätte, würden die Objekte, die sich am Rand befinden, mit größter Wahrscheinlichkeit nicht vollständig mit ausgedruckt, da jeder Drucker einen gewissen nicht-druckbaren Randbereich besitzt.

④ Der überflüssige Papierrand muß in unserem Fall noch abgeschnitten werden. Damit wir später genau sehen können, wo wir mit Lineal und Messer anzusetzen haben, fügen wir durch eine spezielle Option noch Schneidemarken hinzu. Wählen Sie dazu die Registerkarte *Druckvorstufe*. Im unteren Teil des Dialogfensters finden Sie den Bereich *Schneidemarken*. Aktivieren Sie die beiden Kontrollkästchen *Schneidemarken drucken* und *Nur äußere Schneidemarken*.

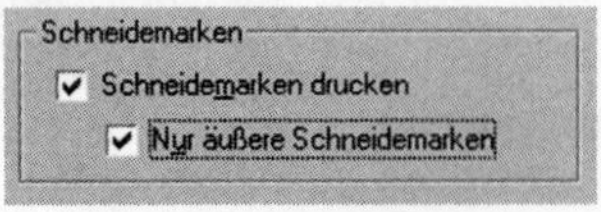

Abb. 110:
Auf der Registerkarte Druckvorstufe können Sie die Schneidemarken hinzufügen

⑤ Klicken Sie mit der linken Maustaste auf die Schaltfläche *Drucken*. Da es sich bei unserer Grußkarte um ein mehrseitiges Dokument handelt, bietet CorelDRAW bei doppelseitigen Layouts einen Druck-Assistenten an, der beim Ausdruck helfen soll. Wir wollen jedoch zunächst auf diesen Druck-Assistenten verzichten. Klicken Sie also in das Kontrollkästchen *Aufforderungen deaktivieren* und *nur einseitig drucken*.

⑥ Klicken Sie auf die Schaltfläche *OK*, und schon beginnt der Druckvorgang. Je nachdem, wie schnell Ihr Rechner arbeitet, kann die Umrechnung der Druckdaten einige Zeit in Anspruch nehmen. Ein Dialogfenster zeigt Ihnen den Fortschritt des Druckverlaufs an.

Als Ergebnis sollten Sie zwei bedruckte DIN-A4-Seiten erhalten, die Sie nun zum Beispiel im Copyshop vervielfältigen lassen können. Oder Sie drucken die Exemplare selbst aus, kleben die Seiten mit Sprühkleber zusammen und schneiden anschließend die Kanten ab.

4. In Maßen: Die richtige Wohnungsplanung

In diesem Kapitel geht es um die Gitter- und Skalierungsfunktionen von CorelDRAW. Das Übungsbeispiel befaßt sich daher mit der Einrichtung einer Wohnung. Es kommt diesmal weniger auf die farbenfrohe Gestaltung einer Grafik an. Vielmehr sollen ein Gebäudegrundriß und die Einrichtungsgegenstände maßstabsgerecht gezeichnet und bemaßt werden. Die Bemaßung wird mit dem Hilfsmittel *Dimensionen* vorgenommen. Damit die Objekte auf der Zeichenseite richtig ausgerichtet werden, nehmen wir diesmal das Zeichengitter zu Hilfe.

4.1 Seite einrichten

Bevor es richtig losgeht, noch einige kleine Vorbereitungen. Die Zeichenseite muß richtig ausgerichtet werden. Da es bei einem einfachen einseitigen Dokument bleibt, beschränken wir uns hier auf das Notwendigste.

Seite einrichten

Für die Erstellung eines Wohnungsgrundrisses ist eine querformatige Ausrichtung der Zeichenseite zweckdienlicher als das standardmäßig voreingestellte Hochformat. Aus diesem Grund werden wir direkt zu Beginn die entsprechende Papierausrichtung vornehmen. Einige wenige Hilfslinien sollen dabei helfen, Objekte nicht über den druckbaren Bereich hinaus zu positionieren.

Querformat einstellen

① Falls Sie CorelDRAW für diese Übungsaufgabe extra neu gestartet haben und sich im Willkommens-Dialogfenster befinden, wählen Sie die Option *Neue Grafik*. Anderenfalls, wenn Sie sich schon in CorelDRAW befinden und es ist noch keine neue Datei angelegt, wählen Sie aus dem Menü *Datei* den Menüpunkt *Neu*.

② Um die Zeichenseite einzurichten, wählen Sie aus dem Menü *Layout* den Menüpunkt *Seite einrichten*.

Tip: Seite einrichten per Doppelklick und Kontextmenü
Verfügen Sie über eine zielsichere Hand, können Sie auch doppelt mit der linken Maustaste auf den Seitenrahmen klicken. Der Seitenrahmen ist die sichtbare Zeichenseitenbegrenzung. Oder Sie klicken mit der rechten Maustaste auf den Seitenrahmen und wählen aus dem Kontextmenü den Menüpunkt *Seite einrichten*. Viele Wege - ein Ziel: Das Dialogfenster zur Einrichtung der Zeichenseite erscheint!

③ Es ist nicht spektakulär, was Sie hier einstellen sollen. Um die Papierausrichtung auf ein Querformat einzustellen, aktivieren Sie die Option *Querformat*. CorelDRAW 8-Anwender finden diese Option auf der Registerkarte *Größe*.

④ Klicken Sie mit der linken Maustaste auf die Schaltfläche *OK*. Damit haben Sie auch schon alle erforderlichen Seiteneinstellungen für dieses Übungsbeispiel vorgenommen.

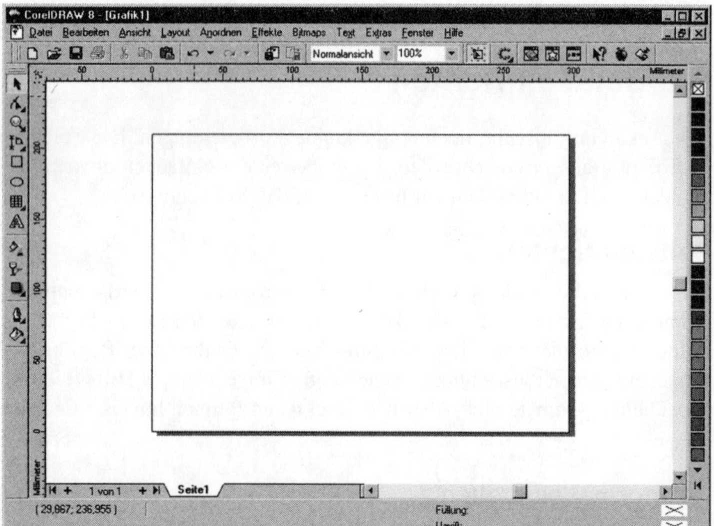

Abb. 111: Die noch leere Zeichenseite im Querformat: Gleich wird gebaut!

Druckbaren Bereich anzeigen lassen

Damit Sie eine optische Orientierung haben, wo sich der druckbare Bereich auf Ihrer Zeichenseite befindet, sollten Sie diesen anzeigen lassen. Der druckbare Bereich ist der Bereich auf dem Druckpapier (das in Ihrem Drucker liegt), der auch tatsächlich bedruckt werden kann. Je nach installiertem Drukker variiert dieser Bereich, da die unterschiedlichen Geräte aufgrund ihrer Bauart unterschiedlich nah bis an den Papierrand drucken können.

① Wählen Sie aus dem Menü *Ansicht* den Menüpunkt *Druckbarer Bereich*. Auf dem Bildschirm erscheinen sofort schwarz gestrichelte Linien, die Ihnen anzeigen, bis wohin der Drucker drucken kann.

② Sollte die Anzeige des druckbaren Bereichs im Hochformat erscheinen, obwohl die Ausrichtung der Zeichenseite querformatig ist, kann es sein, daß Sie nun ein Problem haben: Der druckbare Bereich wird hochformatig angezeigt und reicht weit über die Zeichenseite hinaus. Zumindest in CorelDRAW 8 kann dies der Fall sein. In diesem Fall wählen Sie aus dem Menü *Datei* den Menüpunkt *Drucker-Einstellung*.

③ Klicken Sie dort auf die Schaltfläche *Eigenschaften*. Je nach installiertem Drucker unterscheidet sich die Anzahl und das Erscheinungsbild der Registerkarten. Eine Registerkarte, auf der Sie die Papierausrichtung einstellen können, sollte es jedoch immer geben. Aktivieren Sie dort die Option *Querformat* und klicken Sie anschließend auf die Schaltfläche *OK*. Damit sollte auch dieses Problemchen behoben sein.

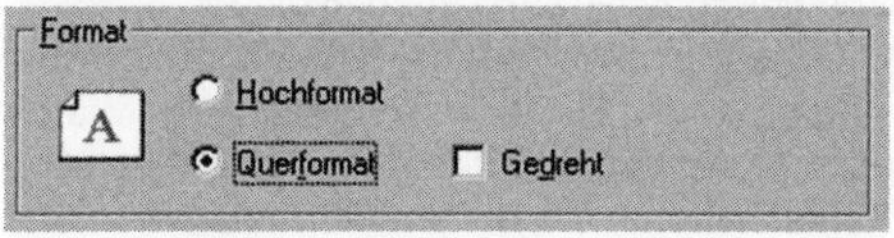

Abb. 112: Im Dialogfenster für die Drucker-Einstellung muß die Papierausrichtung auf Querformat eingestellt werden, damit auch auf der Zeichenseite der "Nicht-druckbare Bereich" richtig angezeigt wird

④ Nachdem Sie alle Einstellungen vorgenommen haben, kann es sein, daß Ihre Grafikkarte zu aller Verwirrung noch Reste des alten Druckbereichs anzeigt. Sollte dies der Fall sein, wählen Sie kurzerhand aus dem Menü *Fenster* den Menüpunkt *Fenster aktualisieren*. Ihre Zeichenseite sollte nun wie in der nächsten Abbildung aussehen:

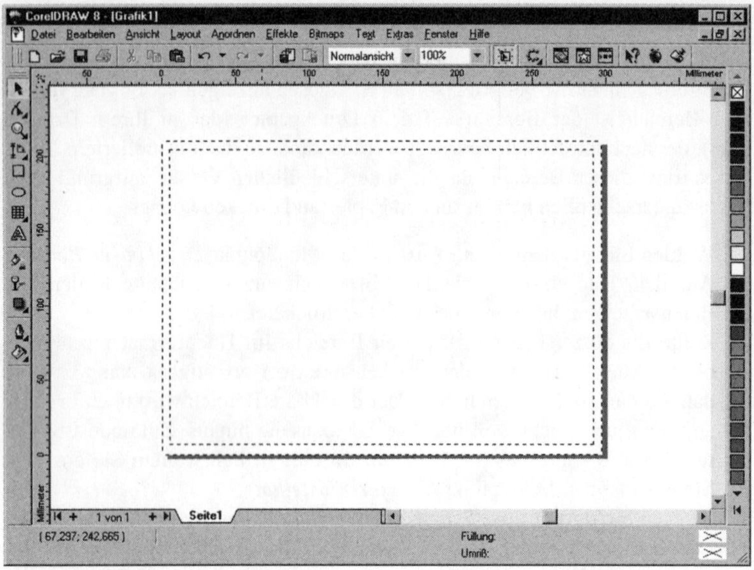

Abb. 113: Die Zeichenseite mit der Anzeige des druckbaren Bereichs

Tip: Seitenrandanzeige aktivieren

Sollte Ihnen aus irgendwelchen unerforschlichen Gründen die Begrenzung der Zeichenseite (der Seitenrahmen) auf dem Bildschirm nicht angezeigt werden, führen Sie zunächst einen Zoom auf die gesamte Seite aus. Manchmal befindet man sich in einer extremen Zoomeinstellung oder hat den Bildschirmausschnitt soweit verschoben, daß er gar nicht mehr sichtbar ist. Hilft das alles nichts, wird er wohl tatsächlich nicht angezeigt. In diesem Fall überprüfen Sie im Dialogfenster *Seite einrichten* bzw. *Extras/Optionen/Dokument* auf der Registerkarte *Seite* (CorelDRAW 8), ob das Kontrollkästchen *Seitenrand anzeigen* auch tatsächlich aktiviert ist. Sollte es nicht aktiviert sein, klicken Sie in das entsprechende Kontrollkästchen, bis dort ein Häkchen erscheint. Spätestens jetzt sollten Sie auch auf dem Bildschirm die Seitenrahmenbegrenzung sehen können.

4.2 Lineale, Zeichenskala und Gitter einrichten

Kommen wir zum Wesentlichen: die Einrichtung der Lineale, der Zeichenskala und des Gitters. Die Standardeinstellung von CorelDRAW wählt normalerweise die Maßeinheit Millimeter in der Skalierung 1:1. In den verschiedenen Dialogfenstern, Rollups und in der Statuszeile wird stets die für das Lineal eingestellte Maßeinheit benutzt. Da es in dieser Übungsaufgabe aber um die maßstabsgerechte Erstellung eines Wohnungsgrundrisses geht, soll hier mit der Maßeinheit Meter gezeichnet werden. Da Sie vermutlich nicht über einen Drucker verfügen, der den Wohnungsgrundriß in Originalformat ausdrucken kann, muß hier in einem kleineren Maßstab gezeichnet werden. Das Ganze nennt sich Skalierung und steuert die Umrechnung des Maßstabs zwischen Zeichnungsdimensionen (Größe der Objekte) und Ausdruck.

Lineale einrichten

Wie bereits oben erwähnt, ist die Wahl der richtigen Maßeinheit sehr entscheidend, da sie bei der Definition von Größen- und Positionsangaben immer in Erscheinung tritt.

Der erste Teil des Wegs ist in den verschiedenen Programmversionen etwas unterschiedlich.

Corel 6 + Corel 7 Lineal einrichten

① Wählen Sie aus dem Menü *Layout* den *Menüpunkt Gitter und Lineal einrichten*. Das Dialogfenster *Gitter und Lineal einrichten* besteht aus zwei Registerkarten, von denen Sie die Registerkarte *Lineal* öffnen.

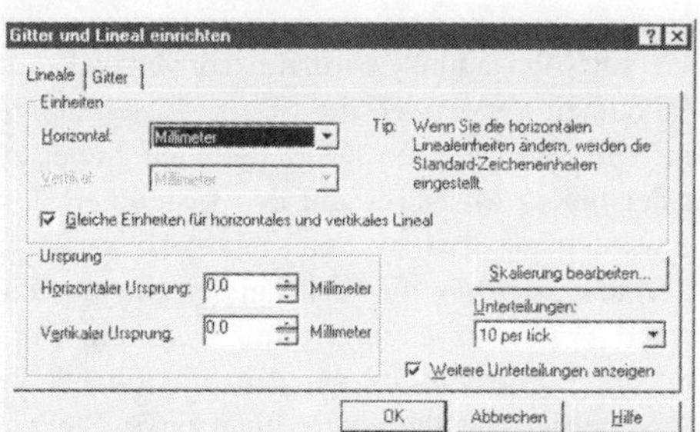

Abb. 114: Das Dialogfenster zur Einrichtung von Lineal und Gitter in CorelDRAW 6 und 7

Corel 8 Lineal einrichten

① Im Menü *Extras* klicken Sie auf den Menüpunkt *Optionen*. Im Dialogfenster *Optionen* klicken Sie doppelt mit der linken Maustaste auf den Eintrag *Dokument*. In dem Untermenü, das sich daraufhin öffnet, finden Sie den Eintrag *Lineal*, den Sie einmal mit der linken Maustaste anklicken. Im rechten Teil des Dialogfensters zeigt sich die entsprechende Registerkarte mit den Einstellmöglichkeiten für Lineal und Skalierung.

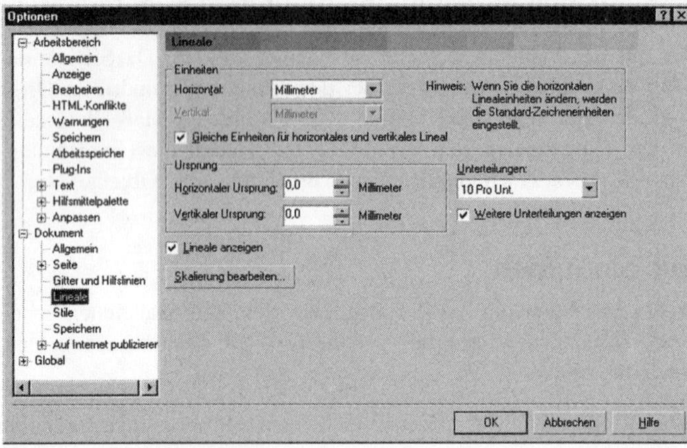

Abb. 115: Das Dialogfenster zur Einrichtung von Linealen und Zeichenskala in CorelDRAW 8

Nun geht es wieder gemeinsam voran:

② Im Bereich *Einheiten* finden Sie zwei Listenfelder, von denen Sie derzeit nur das Listenfeld *Horizontal* anwählen können. Das liegt daran, daß das Kontrollkästchen *Gleiche Einheiten für horizontales und vertikales Lineal* aktiviert ist. Das ist auch gut so! Dadurch wird für das vertikale Lineal automatisch dieselbe Maßeinheit verwendet, die Sie im Listenfeld *Horizontal* ausgewählt haben. Um den Linealen die Maßeinheit Meter zuzuweisen, klicken Sie mit der linken Maustaste auf den Listenpfeil des Listenfelds *Horizontal* und wählen aus der Liste den Eintrag *Meter*.

③ Überprüfen Sie, ob im Bereich *Ursprung* die Werte in den Eingabefeldern *Horizontaler Ursprung* und *Vertikaler Ursprung* auf 0 stehen. Der Ursprung ist der Punkt auf Ihrer Zeichenseite, an dem die Lineale Ihren Nullpunkt setzen. In der Regel ist dies die untere linke Ecke. Stellen Sie sich ein Koordinatensystem mit einer x-Achse (horizontales Lineal) und einer y-Achse (vertikales Lineal) vor. Im Nullpunkt schneiden sich die beiden Lineale. Es gibt jeweils einen positiven und einen negativen Wertebereich. Zum Beispiel bei der Positionierung von Objekten stoßen Sie immer wieder auf diese Wertangaben.

④ Merken Sie sich gut die ersten Schritte, wie Sie in dieses Dialogfenster gelangt sind. Denn gleich werden Sie hier erneut einige Einstellungen vornehmen. Um zu sehen, was die derzeitige Linealeinstellung für Folgen nach sich zieht, klicken Sie vorerst mit der linken Maustaste auf die Schaltfläche *OK*.

⑤ In Ihren Linealen erscheint nun die Maßeinheit Meter. Zudem hat sich die Linealeinteilung gewandelt. Die Zeichenseite mißt nun 0,297 Meter in der Breite und 0,210 Meter in der Höhe. Dies entspricht genau dem gewählten Papierformat der DIN-A4-Seite, denn an der Seitengröße hat sich ja nichts geändert. In der unteren linken Ecke befindet sich der Nullpunkt der beiden Lineale, der sich dort schneidet. Dieser besondere Punkt wird gelegentlich auch als Gitterursprung bezeichnet.

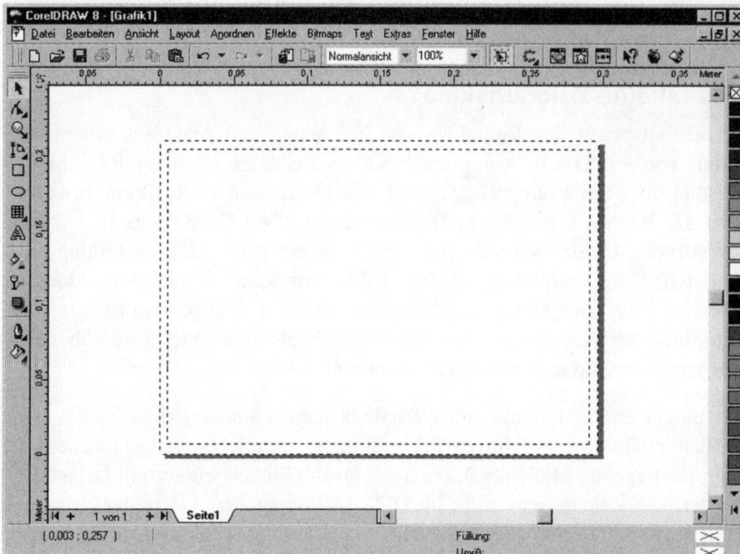

Abb. 116: Entsprechend der neuen Einstellung wird in den Linealen nun die Maßeinheit Meter angezeigt

Tip: Gitterursprung mit der Maus verändern

Neben der Möglichkeit, den Gitterursprung numerisch exakt über das Dialogfenster einzustellen, können Sie den Gitterursprung auch nach optischen Gesichtspunkten mit der Maus verschieben. Klicken Sie dazu mit der linken Maustaste in den Linealschnittpunkt in der linken oberen Ecke des Arbeitsbereichs. Halten Sie die Maustaste gedrückt und ziehen Sie den Mauscursor in eine beliebige Richtung. Sobald Sie die Maustaste loslassen, haben Sie den Gitterursprung verschoben. Alle Positionsbemaßungen von Objekten und eventuell bis dahin eingerichteten Hilfslinien passen sich automatisch an. Um den Gitterurspung wieder an der unteren linke Ecke der Zeichenseite auszurichten, klicken Sie doppelt mit der linken Maustaste in den Linealschnittpunkt. Sofort haben sich die Nullpunkte beider Lineale wieder an ihrer angestammten Position eingefunden.

Zeichenskala einstellen

Im nächsten Schritt wird die richtige Skalierung eingestellt. Da Sie Ihre Zeichnung schlecht in Originalgröße erstellen und ausdrucken können, muß ein passender Maßstab gewählt werden.

Was ist eine Zeichenskala?

Derzeit entspricht das Verhältnis von Zeichnung und Ausdruck einem Verhältnis von 1:1. Das bedeutet, wenn Sie ein Rechteck zeichnen und ihm zum Beispiel über das Rollup *Größe* exakt die Größe von 10 x 10 cm zuweisen, wird das Rechteck auf Ihrem Drucker in derselben Größe von 10 x 10 cm ausgedruckt. Lassen Sie sich von der Größe der Bildschirmdarstellung nicht irreleiten. Die Darstellung auf dem Bildschirm kann je nach Grafikkarten-, Monitor- oder Zoomeinstellung erheblich variieren. Maßgeblich ist (im wahrsten Sinne des Wortes) das, was Sie Objekten als Größendefinition über Rollups zuweisen und in der Statuszeile ablesen können.

Mit einem anderen Skalierungsverhältnis haben Sie die Möglichkeit, reale Größenverhältnisse auf Ihrem Bildschirm zu simulieren. Angenommen, die zugrundeliegende Maßeinheit, die auch für die Lineale eingestellt ist, ist Zentimeter. Die Zeichenseite mißt im DIN-A4-Format 29,7 cm in der Höhe und 21,0 cm in der Breite. Wenn die Skalierung auf 1:1 steht, zeigen die Lineale die Fläche der Zeichenseite auch genauso an. Wenn Sie ein Rechteck zeichnen und ihm eine Größe von 1 x 1 cm zuweisen, erhalten Sie im Ausdruck ein Rechteck mit genau den Maßen von 1 x 1 cm.

Nun stellen Sie eine Skalierung von 1:10 ein. Hinsichtlich der Bemaßung wird auf Ihrem Bildschirm alles um den Faktor 10 vergrößert: Die Zeichenseite mißt nun 297 cm in der Höhe und 210 cm in der Breite. Zeichnen Sie ein Objekt und weisen ihm eine Größe von 1 x 1 cm zu, werden Sie es auf der Zeichenseite kaum noch entdecken können, da es so winzig klein ist. Würden Sie dieses Rechteck ausdrucken und es mit einem Lineal nachmessen, wäre es genau noch 1 x 1 mm (Millimeter) groß. Warum nur noch ein Millimeter? Weil Ihre Zeichenseite durch den eingestellten Skalierungsfaktor von 10 auch eine 10 x größere Papier- bzw. Zeichenfläche simuliert. Alle Bemaßungsangaben werden mit diesem Faktor multipliziert. Ein Millimeter in Wirklickkeit entspricht einem Zentimeter als Bemaßungsangabe auf dem Bildschirm. Das Papier in Ihrem Drucker aber bleibt immer gleich groß.

Die richtige Zeichenskala einstellen

Soweit die Theorie, nun zur Praxis. Um auf der Zeichenseite zum Beispiel ein Rechteck mit den Maßen von 10 x 10 Metern zeichnen zu können, das im Ausdruck aber nur 10 x 10 Zentimeter messen soll, muß ein Skalierungsfaktor von 1:100 eingestellt werden (ein Zentimeter im Ausdruck entspricht 10 Metern auf dem Bildschirm: 1 Zentimeter x 100 = 1 Meter; 10 Zentimeter x 100 = 10 Meter).

Corel 6 + Corel 7 Zeichenskala einstellen

① Wählen Sie aus dem Menü *Layout* den Menüpunkt *Gitter und Lineal einrichten*. Das Dialogfenster *Gitter und Lineal einrichten* besteht aus zwei Registerkarten, von denen Sie die Registerkarte *Lineal* öffnen.

Corel 8 Zeichenskala einstellen

① Im Menü *Extras* klicken Sie auf den Menüpunkt *Optionen*. Im Dialogfenster *Optionen* klicken Sie doppelt auf den Eintrag *Dokument*. In dem Untermenü, das sich daraufhin öffnet, finden Sie den Eintrag *Lineal*, den Sie einmal mit der linken Maustaste anklicken. Im rechten Teil des Dialogfensters zeigt sich die entsprechende Registerkarte mit den Einstellmöglichkeiten für Lineal und Skalierung.

Ab hier wieder zusammen ...

② Klicken Sie mit der linken Maustaste auf die Schaltfläche *Skalierung bearbeiten*.

③ Es öffnet sich das Dialogfenster *Zeichenskala*. Im Listenfeld *Typische Skalierungen* finden Sie einige vordefinierte Skalierungen. Die beiden Eingabefelder *Seitenabstand* (Maße im Ausdruck) und *Objektabstand* (Bildschirmmaße) geben das im Listenfeld *Typische Skalierung* eingegebene Verhältnis wieder. Um die erforderliche Skalierung von 1:100 einzustellen, wählen Sie im Listenfeld *Typische Skalierung* den entsprechenden Eintrag *1:100*.

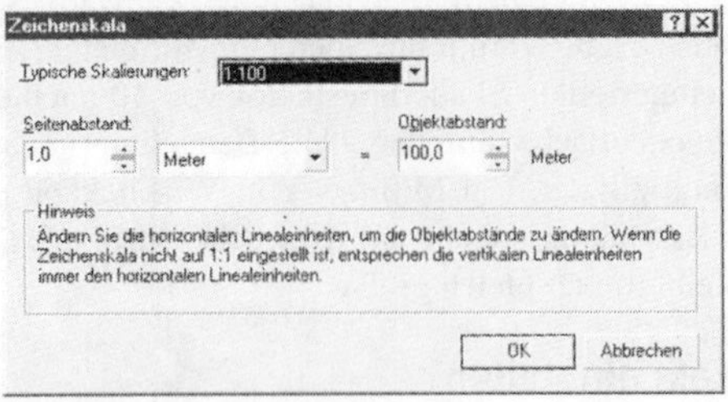

Abb. 117: Die Einstellung des richtigen Maßstabs erfolgt im Dialogfenster Zeichenskala

④ Schließen Sie alle Dialogfenster durch einen Klick auf die Schaltfläche *OK*.

Werfen Sie mal einen Blick auf Ihre Linealbemaßung: Ihre Zeichenseite mißt nun 29,7 Meter in der Breite und 21 Meter in der Höhe (1:100 = das Hundertfache des Originalmaßes).

Gitter einrichten

Das Gitter ist eine Matrix von kleinen Punkten oder Linien, das wie ein Zeichenraster funktioniert. Durch den Magneteffekt, der nach Bedarf ein- und ausgeschaltet werden kann, lassen sich Objekte leichter an der Zeichenseite ausrichten. Die Abstände der Gitterpunkte bzw. Gitterlinien können frei definiert werden.

Corel 6 + Corel 7 Gitter einrichten

① Wählen Sie aus dem Menü *Layout* den *Menüpunkt Lineal und Gitter einrichten*. Im Dialogfenster angelangt, klicken Sie auf den Reiter *Gitter*, um die entsprechende Registerkarte zu öffnen.

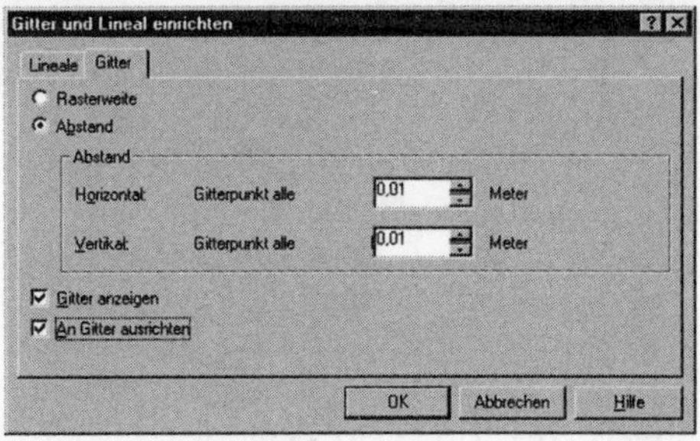

Abb. 118: Die Einrichtung des Gitters in CorelDRAW 6 und 7

Corel 8 Gitter einrichten

① Im Menü *Extras* klicken Sie auf den Menüpunkt *Optionen*. Im Dialogfenster *Optionen* klicken Sie doppelt auf den Eintrag *Dokument*. In dem Untermenü, das sich daraufhin öffnet, finden Sie den Eintrag *Gitter und Hilfslinien*.

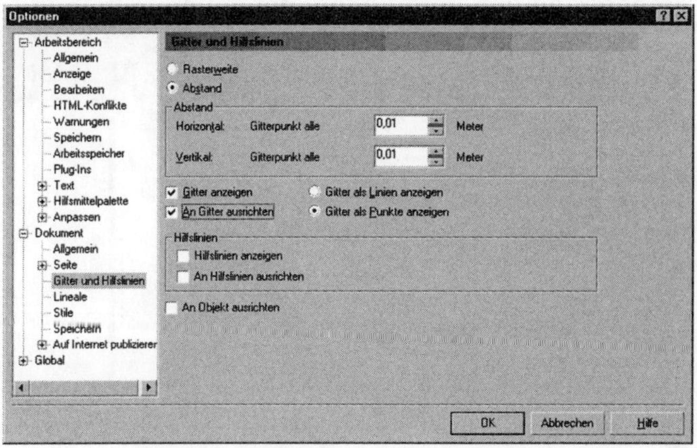

Abb. 119: Und dasselbe in CorelDRAW 8: Die Einrichtung des Gitters

Und wieder geht es gemeinsam voran ...

② Sie haben zwei Möglichkeiten, den Abstand der Gitterpunkte bzw. -linien zu definieren: Entweder bestimmen Sie, wie viele Gitterpunkte pro Maßeinheit liegen sollen, oder Sie definieren einen festen Abstand. Beides bewirkt genau das gleiche, nur die Vorgehensweise ist unterschiedlich. Da die zweite Möglichkeit die einfachere ist, wählen Sie die Option *Abstand*.

③ Der untere Bereich zeigt nun Eingabefelder für den horizontalen und vertikalen Abstand. In CorelDRAW 6 und 7 müssen Sie hier den Wert 0,0001 eintragen, da das Gitter den eingestellten Skalierungsfaktor berücksichtigt. In CorelDRAW 8 geben Sie in beide Eingabefelder den Wert 0,01 ein. Die Maßeinheit ist auf Meter eingestellt, da sie vorhin dem Lineal zugewiesen wurde. Beachten Sie, daß das Gitter in CorelDRAW 8 den Skalierungsfaktor NICHT berücksichtigt. Das Gitter geht ungeachtet irgendwelcher Zeichenskalen immer vom Verhältnis 1:1 aus. Nur die Maßeinheit (des Lineals) wirkt sich aus: Haben Sie die Maßeinheit Meter gewählt, müssen Sie einen Abstand von 0,01 Meter definieren, um einen Abstand von 1 cm zwischen den Gitterpunkten bzw. -linien auf der Zeichenseite zu erhalten.

④ Aktivieren Sie zum Schluß noch die beiden Kontrollkästchen *Gitter anzeigen* und *An Gitter ausrichten*. In CorelDRAW 8 haben Sie zusätzlich die Wahl, das Gitter in Form von Punkten oder Linien darstellen zu lassen. Wählen Sie, falls nicht schon vorgewählt, die Option *Gitter als Punkte anzeigen*. Ein Klick auf die Schaltfläche *OK*, und fertig ist die Vorbereitungsphase!

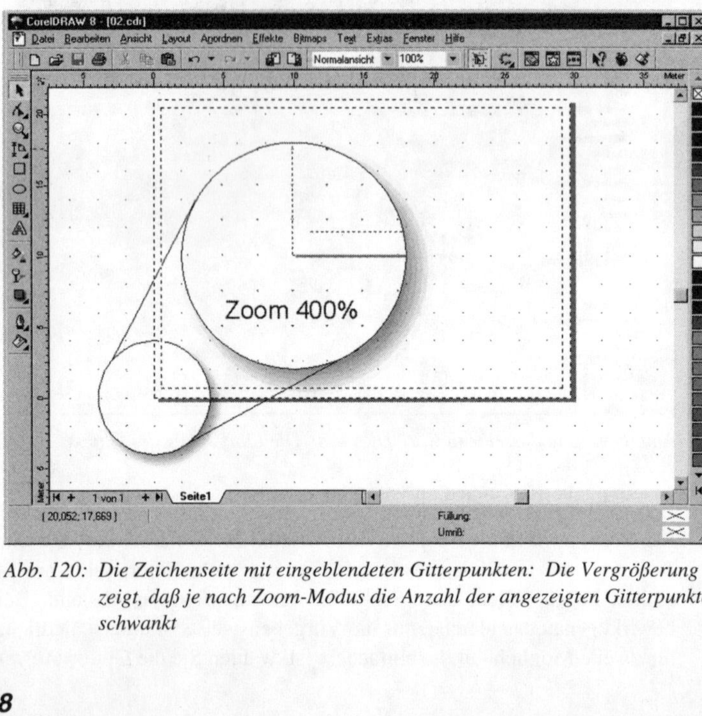

Abb. 120: Die Zeichenseite mit eingeblendeten Gitterpunkten: Die Vergrößerung zeigt, daß je nach Zoom-Modus die Anzahl der angezeigten Gitterpunkte schwankt

Hinweis: Je nach Zoom-Modus werden nicht alle definierten Gitterpunkte auf dem Bildschirm dargestellt. Erst eine vergrößerte Darstellung (Zoom) zeigt die verborgenen Gitterpunkte.

4.3 Den Grundriß zeichnen

Nach all diesen Voreinstellungen kann es nun endlich mit dem Wohnungsbau und der Einrichtung losgehen. Beginnen wir damit, den Grundriß der Wohnung zu gestalten.

Hilfsmittel Bézier einsetzen

Sie haben vielfältige Möglichkeiten, einen Grundriß zu gestalten. Sie können theoretisch jedes Zeichenhilfsmittel dazu einsetzen: Linien, Rechteck, Kreise und sogar Polygone können als Ausgangsobjekte dienen. Am zweckdienlichsten ist hier jedoch das Hilfsmittel *Bézier*, da hiermit Kurven und Geraden gezeichnet werden können, die automatisch verbunden sind. Wo Ein- und Durchgänge liegen, kann der Linienverlauf sofort unterbrochen werden.

① Wählen Sie aus der Hilfsmittelpalette das Hilfsmittel *Bézier*.

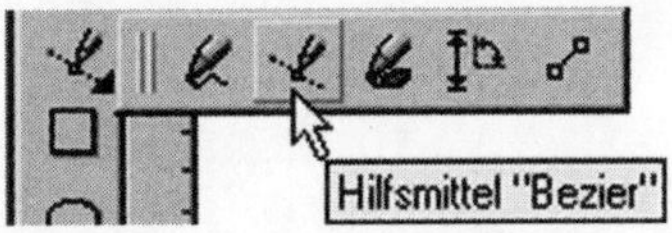

Abb. 121: Mit dem Bézier-Stift läßt sich der Grundriß am leichtesten erstellen

② Auf der Zeichenfläche sollten die Gitterpunkte zu sehen sein. Führen Sie Ihren Mauscursor auf die Zeichenseite (am besten im linken oberen Bereich) und klicken Sie einmal mit der linken Maustaste. Durch den Fangeffekt der Gitterpunkte wird der Anfangspunkt der Linie automatisch auf den nächstliegenden Gitterpunkt gezogen. Achten Sie darauf, daß Ihre Grafikelemente innerhalb des druckbaren Bereichs bleiben.

③ Führen Sie Ihren Mauscursor nun ein Stück weiter horizontal nach rechts und klicken Sie ein weiteres Mal. Wieder wird der gezeichnete Punkt vom nächstliegenden Gitterpunkt magnetisch angezogen, wodurch die gezeichnete Linie automatisch exakt horizontal ausgerichtet wird.

④ Bewegen Sie den Mauscursor um einige Zentimeter nach unten und klikken Sie wieder mit der linken Maustaste. Da Sie das Hilfsmittel *Bézier* gewählt haben, werden die gezeichneten Linien immer direkt verbunden.

⑤ Zeichnen Sie einen geschlossenen Linienverlauf, indem Sie am Schluß den Endknoten mit dem Anfangskonten verbinden. Dies ist für die spätere

Bearbeitung (Bemaßung) sehr wichtig. Sie brauchen dazu nur genau auf den Anfangsknoten zu klicken. Gegebenenfalls bearbeiten Sie den Linienverlauf mit dem Hilfsmittel *Form* und dem *Knoten*-Rollup nach. Fenster und Türen werden erst später hinzugefügt. Auf diese Weise können Sie bequem einen Außenumriß der Wohnung zeichnen.

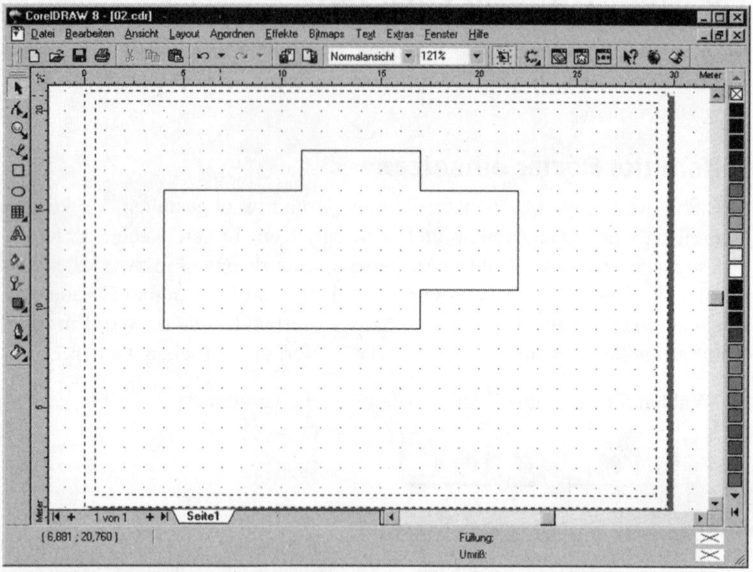

Abb. 122: Der Rohbau steht: Durch den Ausrichteffekt der Gitterpunkte ist die Erstellung des Grundrisses ein Kinderspiel!

Sie können natürlich schon Ihre durch die vorhergehenden Übungsbeispiele erworbenen Fähigkeiten einsetzen, um hier auch Kurvenformen (Hilfsmittel Ellipse) mit in die Grundrißzeichnung einfließen zu lassen.

Linieneigenschaften festlegen

Keiner möchte in einer Wohnung mit papierdünnen Wänden wohnen. Daher sollen auch in unserer Zeichnung die Wände durch eine gewisse Linienstärke dargestellt werden. Ein Problem bereitet dabei aber die spätere Bemaßung: Durch die dicken Linien ist ein Maßnehmen der Innenraummaße kaum möglich. Wir müssen uns hier eines Tricks bedienen, um dieses Problem zu umschiffen ...

① Nachdem Sie alle Grundrißlinien gezeichnet und gruppiert haben, markieren Sie die Objektgruppe mit dem Hilfsmittel *Objektauswahl*.

② Öffnen Sie dann das Dialogfenster *Umrißstift*, das Sie im Flyout-Menü des Hilfsmittels *Umriß* an erster Stelle finden.

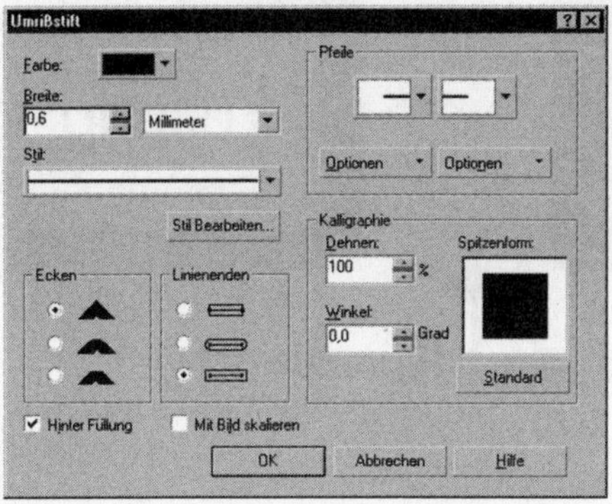

Abb. 123: Das Dialogfenster Umrißstift ermöglicht eine detaillierte Liniengestaltung

③ Stellen Sie im Eingabefeld *Breite* eine Linienstärke von 6,00 Millimeter ein.

④ Im unteren Teil des Dialogfensters finden Sie die Bereiche *Ecken* und *Linienenden*. Wählen Sie im Bereich *Ecken* die Option *Spitze Ecken* und im Bereich *Linienenden* die dritte Option *Erweiterte eckige Linienenden*.

⑤ Eine wichtige Einstellung fehlt noch: Aktivieren Sie das Kontrollkästchen *Hinter Füllung*. Wenn Sie gleich dem Linienverlauf eine Füllung zuweisen, wird der Teil der Linie, der nach innen hin anwächst, durch die Füllung überdeckt. Die Bemaßungslinien, die Sie gleich anbringen werden, setzen nämlich immer genau auf der Mitte einer Linie an. Dadurch, daß der innenliegende Teil der Linie durch die Füllung überdeckt wird, lassen sich genaue Innenbemaßungen darstellen. Das ist tricky!

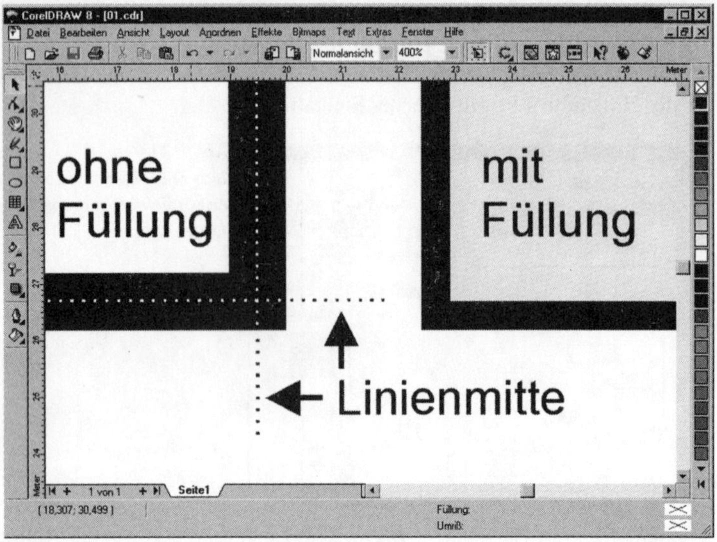

Abb. 124: Die spezielle Einstellung Hinter Füllung bewirkt, daß der innenliegende Teil einer Linie durch die Füllung überdeckt wird

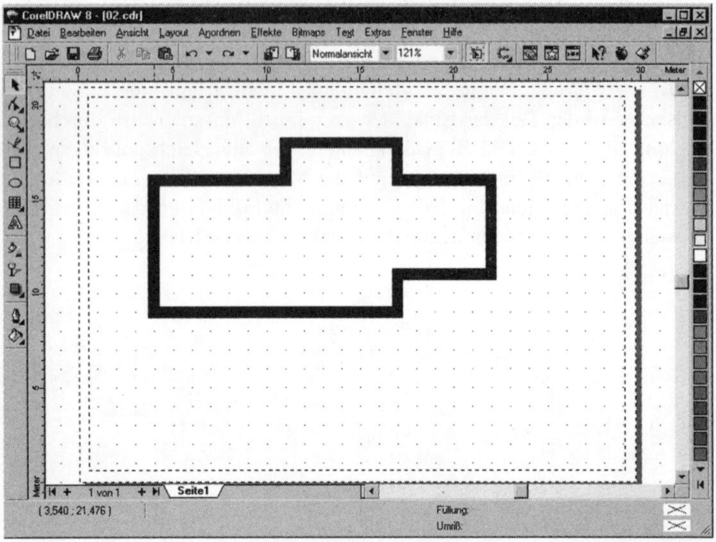

Abb. 125: Der Grundriß nach Zuweisung der entsprechenden Linieneinstellungen

⑥ Im nächsten Schritt weisen Sie dem Grundriß eine Füllung zu. Markieren Sie den Grundriß und weisen Sie ihm eine helle Füllfarbe zu. Sollte der Linienverlauf keine Füllung annehmen, ist er höchstwahrscheinlich an mindestens einer Stelle nicht geschlossen. Mit dem Hilfsmittel *Form* und dem *Knoten*-Rollup lassen sich die Verbindungspunkte von Knoten überprüfen und gegebenenfalls verknüpfen.

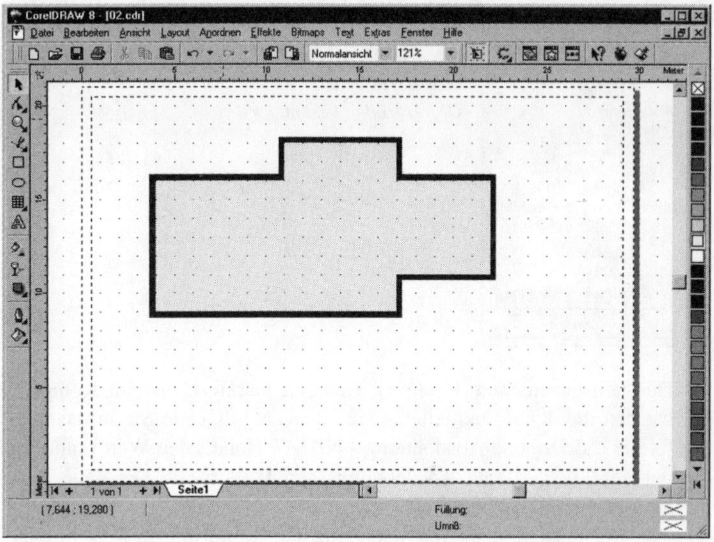

Abb. 126: Nach der Zuweisung einer Füllfarbe ist nur noch die halbe Linienbreite zu sehen: Der innenliegende Teil wird überdeckt durch die Füllfläche

Die exakte Größe und Position definieren

Natürlich können Sie mit CorelDRAW Objekten eine exakte Größe und Position zuweisen. Das Gitter ist schon sehr dienlich, wenn es um exakte Größen geht. Die Rollups *Größe* bzw. *Position* bieten jedoch differenziertere Möglichkeiten, Größe und Position zu bestimmen. In unserem Übungsbeispiel wollen wir den Grundriß durch einen weiteren Raum ergänzen, der eine ganz bestimmte Größe besitzen soll. Anschließend wird der gesamte Umriß nochmals an der Zeichenseite ausgerichtet. Dabei spielt dann der Gitterursprung seine Rolle.

Die exakte Größe

① Zeichnen Sie mit dem Hilfsmittel *Rechteck* eine einfache Rechteckform. Größe und Position sind erst einmal nicht von Bedeutung.
② Wählen Sie nun aus dem Menü *Anordnen* den Menüpunkt *Ändern*.
③ Im Untermenü klicken Sie auf den Menüpunkt *Größe*, womit Sie das erforderliche Rollup *Größe* öffnen.

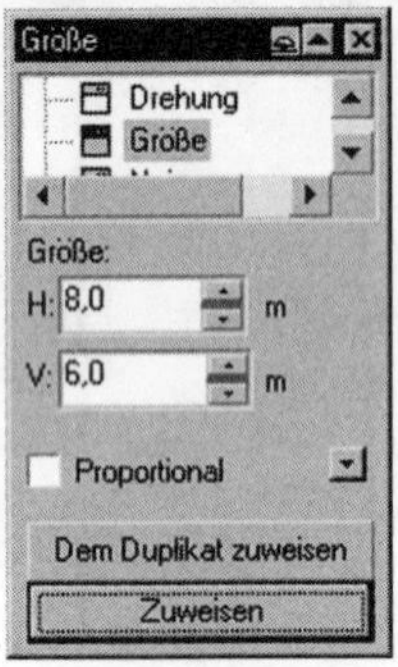

Abb. 127: Mit dem Rollup Größe lassen sich exakte Objektgrößen bestimmen

④ Das neu gezeichnete Rechteck ist noch markiert, und im Rollup *Größe* werden die derzeit aktuellen Maße angezeigt. Geben Sie in das Eingabefeld *H* (horizontale Ausdehnung - NICHT Höhe!) den Wert 6 und im Eingabefeld *V* (vertikale Ausdehnung) den Wert 6 ein. Der neue Raum ist jetzt exakt 6 x 6 Meter groß.
⑤ Das Rechteck braucht nur noch mit der Grundrißform verschmolzen zu werden, wodurch es auch automatisch dessen Umriß- und Fülleigenschaften übernimmt. Positionieren Sie dazu das Rechteck so, daß es mindestens an einer Stelle die Grundrißfläche deutlich überschneidet, und wählen Sie dann aus dem Menü *Anordnen* den Menüpunkt *Verschmelzen*.

Hinweis: Durch den aktivierten Gitterfangeffekt werden beim Positionieren von Objekten automatisch bestimmte Gitterpunkte angewählt. Bei Objekten, deren Konturlinien nicht überall exakt mit den Gitterpunkten übereinstimmen, rasten nur bestimmte Linien des Objekts an den Gitterpunkten ein. Verschieben Sie ein Objekt nach links, wird die äußerste linke Konturlinie an den Gitterpunkten ausgerichtet. Beim Verschieben eines Objekts nach rechts wird das Objekt entsprechend an der äußersten rechten Konturlinie ausgerichtet. Wenn Sie ein Objekt aber nach oben oder unten verschieben, sind die Bezugspunkte vertauscht. Verschieben Sie ein Objekt nach unten, ist die äußerste obere Linie der Bezugspunkt. Entsprechend bewirkt ein Verschieben nach oben, daß die äußerste untere Linie an den Gitterpunkten ausgerichtet wird.

⑥ Markieren Sie erst das Rechteck, klicken Sie dann im Rollup *Verschmelzen* auf die Schaltfläche *Verschmelzen mit* und anschließend mit dem zum dicken schwarzen Pfeil verwandelten Mauscursor auf den Grundriß. Sofort wird aus den ursprünglich zwei Objekten ein einziges Objekt. Da Sie den Grundriß als letztes angeklickt haben, werden dessen Eigenschaften auf die Gesamtform übertragen. So können Sie schnell Ihre Wohnung vergrößern, falls sich Nachwuchs angekündigt hat oder Sie für Ihre Hobbys mehr Platz brauchen oder wie in unserem Übungsbeispiel das Badezimmer noch hinzukommen soll.

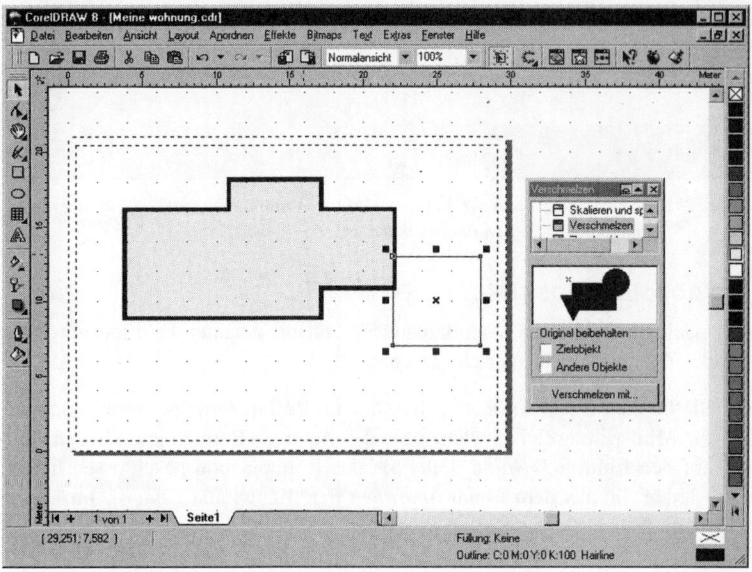

Abb. 128: *Das neu gezeichnete Rechteck vor dem Verschmelzen*

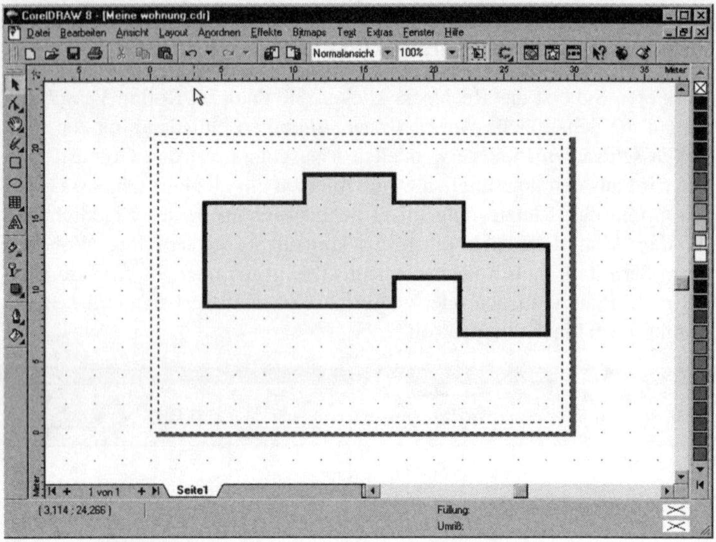

Abb. 129: Das Rechteck nach der Verschmelzung: Automatisch wurden Füllung und Umrißeigenschaften übernommen

Die absolute Position

Als nächstes soll das Gesamtkunstwerk anhand genauer Positionsvorgaben auf der Zeichenseite ausgerichtet werden.

① Sie können direkt im Rollup *Größe* zum Rollup *Position* wechseln. Über die Mini-Bildlaufleiste wählen Sie den richtigen Bereich und klicken dann auf den Eintrag *Position*. Falls Sie das Rollup schon geschlossen haben, wählen Sie aus dem Menü *Anordnen* den Menüpunkt *Ändern*. Im Untermenü finden Sie das Rollup *Position*.

② Klicken Sie auf den kleinen Pfeil *Erweiterte Optionen*, um das Rollup zu erweitern. Hier können Sie einen Bezugspunkt wählen, der als Orientierungspunkt für die Positionsangabe dienen soll. Wählen Sie hier das linke untere Kontrollkästchen.

③ Die nächste Frage ist: absolut oder relativ? Die relative Position ist immer die derzeit aktuelle Position eines Objekts. Durch die Eingabe eines Werts in die obigen Eingabefelder würde das Objekt also relativ zu seiner ursprünglichen Position verschoben. Wir wollen jedoch absolut verschieben! Deaktivieren Sie deshalb das Kontrollkästchen *Relative Position*.

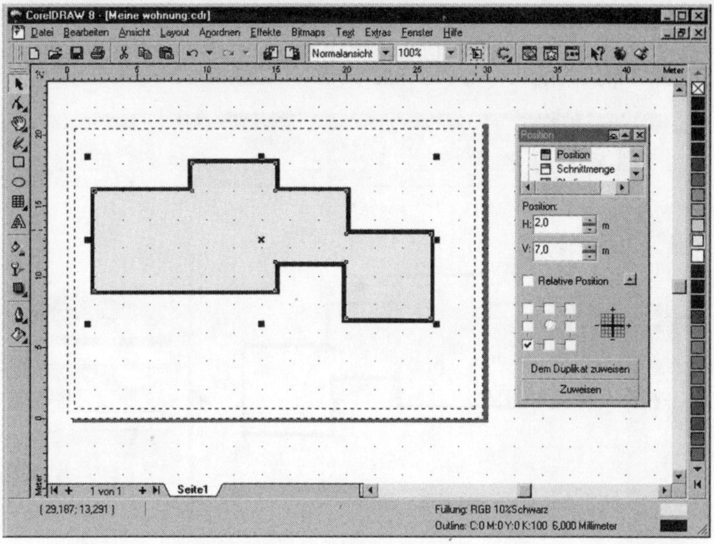

Abb. 130: Relativ oder absolut? Mit der richtigen Einstellung lassen sich Objekte numerisch auf der Zeichenseite ausrichten

④ Die Maßangaben in den Eingabefeldern nehmen jetzt Bezug auf die Lineale. Der gewählte linke untere Punkt des markierten Objekts befindet sich gemäß der Werte an einer ganz exakten Position des Koordinatensystems, das aus den beiden Linealen gebildet wird. Um dem Objekt eine neue Position zuzuweisen, geben Sie nun die Werte ein. In unserem Übungsbeispiel sind dies die Werte *H* 2 und *V* 4. Klicken Sie auf die Schaltfläche *Zuweisen*, um die Einstellungen wirksam zu machen.

Raumunterteilung zeichnen

Die Unterteilungen in die verschiedenen Räume werden mit dem Hilfsmittel *Linien* erstellt. Da der Grundriß eine geschlossene Form bleiben muß (damit es mit der Füllung klappt), können die Unterteilungslinien nur mit dem übrigen Teil gruppiert werden.

① Wählen Sie aus der Hilfsmittelpalette das Hilfsmittel *Freihand* oder *Bézier*.

② Zeichnen Sie nun die gewünschten Raumunterteilungen ein. Halten Sie die [Strg]-Taste gedrückt, werden die Linien bei deren Erstellung schon exakt horizontal oder vertikal ausgerichtet.

③ Mit dem Rollup *Stift* lassen sich die Linien schnell auf die richtige Linienstärke trimmen. Die Linienstärke sollte 3,00 mm betragen, damit sie dieselbe Dicke hat wie die äußeren Grundrißlinien.

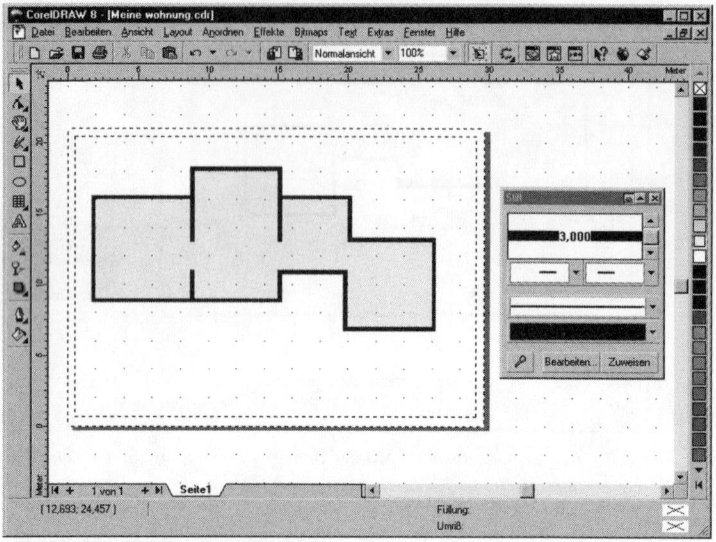

Abb. 131: Raumunterteilungen werden nachträglich hinzugefügt und entsprechend formatiert

④ Die exakte Positionierung läßt sich bequem mit den Richtungstaste auf Ihrer Tastatur vornehmen. Deaktivieren Sie nach Bedarf den Ausrichteffekt des Gitters, indem Sie aus dem Menü *Layout* den Menüpunkt *An Gitter ausrichten* wählen. Das Gitter ist deaktiviert, wenn kein Häkchen vor dem Menüpunkt zu sehen ist. Um mittels Richtungstasten eine Feinabstimmung vornehmen zu können, stellen Sie gegebenenfalls in den Grundeinstellungen die Schrittweite auf 0,1 mm ein.

Fenster- und Türdurchbrüche einzeichnen

Mit diesen Elementen verhält es sich genauso wie mit den Raumunterteilungen. Sie müssen als separate Linien gezeichnet werden, die so formatiert werden, daß sie bei exakter Ausrichtung die schwarzen Linien des Grundrisses überdecken und den Eindruck von Durchgängen und Fenstern vermitteln.

① Da die Linien dieselbe Farbe wie der Boden haben sollen, stellen Sie schon im voraus die passende Farbe für das Hilfsmittel ein. Öffnen Sie dazu über die Hilfsmittelpalette das Dialogfenster *Umrißstift*.

② Da Sie nichts markiert haben bzw. kein Objekt erstellt haben, auf das sich die neue Einstellung beziehen könnte, öffnet sich an dieser Stelle ein Abfrage-Dialogfenster. Das Kontrollkästchen *Grafik* ist vorgewählt, so daß Sie hier auf die Schaltfläche *OK* klicken können.

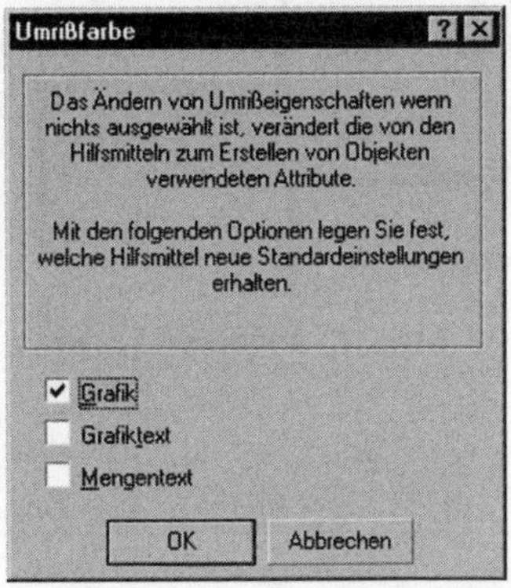

Abb. 132:
Wenn nichts markiert ist, werden die Umrißeigenschaften automatisch dem Hilfsmittel zugewiesen

③ Stellen Sie im Eingabefeld *Breite* eine Linienstärke von 6,00 mm ein und weisen als Linienfarbe denselben Farbton zu, den Sie auch für die Grundrißfüllfläche verwendet haben.

④ Wenn Sie alle Einstellungen vorgenommen haben, klicken Sie auf die Schaltfläche *OK*.

⑤ Zeichnen Sie nun mit dem Hilfsmittel *Freihand* oder *Bézier* die erforderlichen Fenster. Bei der Ausrichtung kommt wieder das Gitter zum Einsatz. Die Linien liegen automatisch genau über der schwarzen Grundrißlinie.

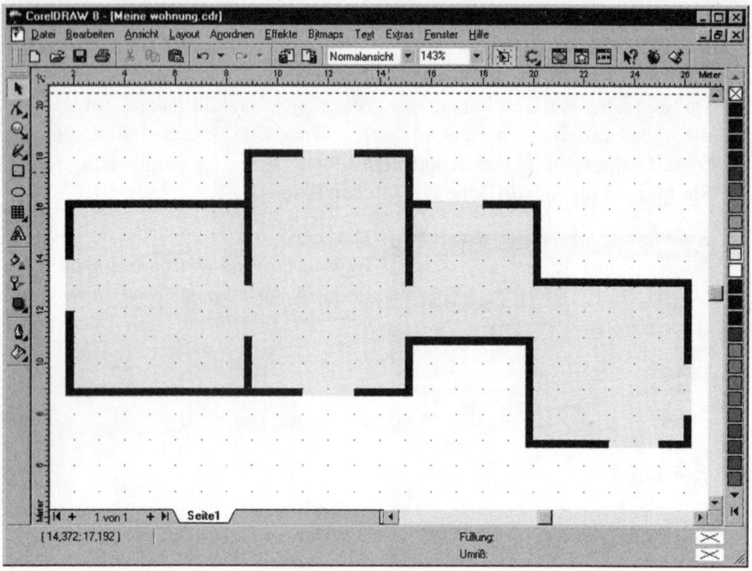

Abb. 133: Durch den Ausrichteffekt der Gitterpunkte fällt die exakte Positionierung der Fenster leicht

4.4 Ungeahnte Dimensionen: Bemaßungslinien richtig einsetzen

In CorelDRAW werden Bemaßungslinien mit dem Hilfsmittel *Dimension* hinzugefügt, das insgesamt sechs verschiedene Arten unter sich vereinigt. Das Besondere an diesen Bemaßungslinien ist, daß sie automatisch eine exakte Bemaßung, oder wie es fachsprachlich heißt, eine Dimension anzeigen.

Grundeinstellungen vornehmen

Wie bei jedem anderen Hilfsmittel auch, lassen sich im voraus einige Hilfsmitteleinstellungen vornehmen.

① Wählen Sie aus dem Flyout-Menü das Hilfsmittel *Dimension*.

Abb. 134: Im Flyout-Menü finden Sie das Hilfsmittel Dimension

② Durch einen Doppelklick mit der linken Maustaste auf das Hilfsmittel *Dimension* öffnen Sie das Dialogfenster *Optionen*, das die möglichen Hilfsmitteleinstellungen beherbergt. Stellen Sie hier im Listenfeld *Präzision* den Eintrag 0,00 ein.

③ Im Listenfeld *Einheiten* wählen Sie den Eintrag *Meter*. Optional können Sie in die Eingabefelder *Präfix* (vor dem Wert) und *Suffix* (nach dem Wert) einen Text eingeben, der immer automatisch mit angezeigt wird. Klicken Sie auf die Schaltfläche *OK*.

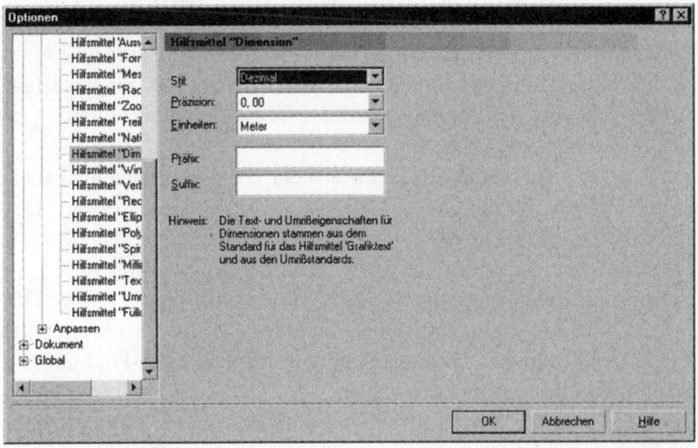

Abb. 135: Durch einen Doppelklick auf das Hilfsmittel Dimension gelangen Sie zur Hilfsmittel-Grundeinstellung

④ Das Schriftformat für den Bemaßungstext können Sie ebenfalls schon im voraus definieren. Wählen Sie aus dem Menü *Text* den Menüpunkt *Text formatieren*. In den Versionen 6 und 7 werden Sie gefragt, wem die Schriftformate zugewiesen werden sollen. In CorelDRAW 8 erfolgt die Abfrage erst am Ende. Achten Sie darauf, daß nur das Kontrollkästchen *Grafiktext* aktiviert ist. Im Dialogfenster *Text formatieren* stellen Sie die gewünschte Schriftformatierung ein und klicken dann auf *OK*. In unserem Übungsbeispiel wird die Schriftart *Arial 12* pt verwendet.

Dimensionen hinzufügen

Das Hinzufügen von Bemaßungslinien ist denkbar einfach - wenn erst einmal alle Vorbereitungen getroffen wurden, wie die Einstellungen von Skalierung und Maßeinheit.

① Sobald Sie das Hilfsmittel *Dimension* angewählt haben, erscheint auch schon die Eigenschaftsleiste, die Ihnen sechs verschiedene Bemaßungslinienarten zur Auswahl anbietet. Mit dem ersten Symbol wählen Sie das erste Hilfsmittel *Automatische Dimension*, mit dem Sie vertikale und horizontale Dimensionen erstellen können.

Abb. 136: Die Eigenschaftsleiste bietet mehrere Arten von Dimensionen zur Auswahl an

② Führen Sie nun Ihren Mauscursor über eine beliebige Raumecke und klikken Sie einmal mit der linken Maustaste. Durch den Magneteffekt der Gitterpunkte wird der Anfangspunkt der Bemaßungslinie schon gleich bei Erstellung exakt ausgerichtet.

③ Positionieren Sie Ihren Mauscursor auf der gegenüberliegenden Raumekke und klicken Sie ein zweites Mal mit der linken Maustaste. Das gewählte Hilfsmittel *Automatische Dimension* beschränkt die Bewegungsfreiheit automatisch auf die vertikale oder horizontale Achse.

④ Im nächsten Schritt bewegen Sie den Mauscursor von der Grundrißfläche weg. Es wird ein kleines Kästchen sichtbar, das die Position des Bemaßungstextes bestimmt. Sie können ganz in Ruhe den Abstand und die Position für den Bemaßungstext wählen.

⑤ Haben Sie sich für eine Position entschieden, klicken Sie ein drittes Mal mit der linken Maustaste. Sofort erscheint die dritte Bemaßungslinie mit Bemaßung. Auf diese Weise fügen Sie dem Grundriß beliebig viele Dimensionen hinzu.

Dimensionen bearbeiten

Eine bereits erstellte Dimension läßt sich im nachhinein jederzeit beliebig an neue Gegebenheiten anpassen.

① Sie können die Dimension als Ganzes (Linie und Text) verschieben, indem Sie sie mit dem Hilfsmittel *Objektauswahl* markieren und dann zum Beispiel mit den Richtungstasten frei verschieben. Oder Sie verändern die Dimensionslinie mit dem Hilfsmittel *Objektauswahl*.

② Klicken Sie mit dem Hilfsmittel *Objektauswahl* auf den Bemaßungstext, können Sie nur den Text neu positionieren und umformatieren.

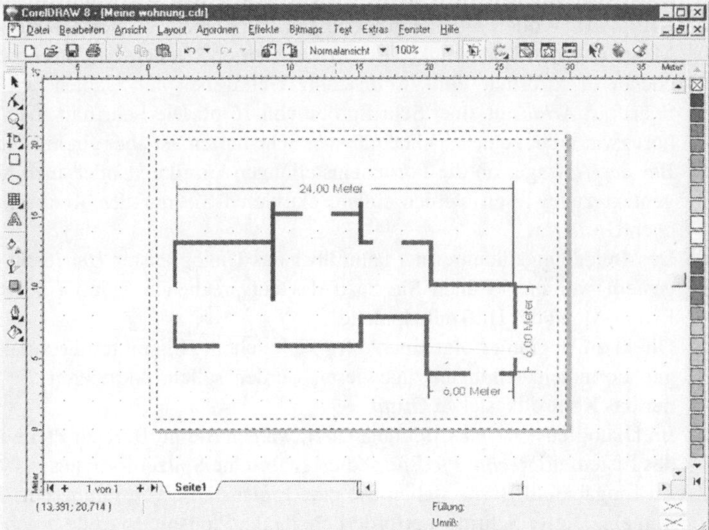

Abb. 137: Die Dimensionen übernehmen automatisch die Maßangaben der Lineale

Beschriftung anbringen

In der kontextbezogenen Eigenschaftsleiste zum Hilfsmittel *Dimension* finden Sie das Hilfsmittel *Beschriftung*. Mit ihm lassen sich bequem bestimmte Grafikelemente beschriften. Der Beschriftungstext ist dabei automatisch mit der Beschriftungslinie verbunden. Positionieren Sie die Linie woanders, folgt der Text der Linie.

Hilfsmittelformat im voraus definieren

Das Schriftformat für die Beschriftung und die Linieneigenschaften für die Beschriftungslinie sollten im voraus eingestellt werden. Dies vereinfacht die Anwendung dieses Hilfsmittels ungemein, da die Formatierung immer schon passend ist.

① Um die Formateinstellung eines Hilfsmittels zu verändern, sollten Sie als erstes darauf achten, daß nichts markiert ist. Ansonsten beziehen sich die Formateinstellungen auf das markierte Objekt und nicht auf die Formateinstellung des Hilfsmittels. Drücken Sie dazu die [Esc]-Taste, bis nichts mehr markiert ist.

② Das Beschriftungsformat ist das gleiche Textformat wie beim Hilfsmittel *Grafiktext*. Wollen Sie hier Änderungen vornehmen, wählen Sie aus dem Menü *Text* den Menüpunkt *Text formatieren* und stellen hier das entsprechende Textformat ein. In unserem Übungsbeispiel wählen wir die Schriftart *Arial* mit einer Schriftgröße von 16 pt. Die Schriftart *Arial* gehört zwar nicht zu den spektakulärsten Schriftarten, ist aber gut leserlich.

③ Bei der Abfrage, ob die Formateinstellungen Grafiktext oder auch Mengentext zugewiesen werden sollen, aktivieren Sie nur das Kontrollkästchen *Grafiktext*.

④ Das Bemaßungslinienformat kann über das Dialogfenster *Umrißstift* eingestellt werden. Wählen Sie dazu das entsprechende Symbol aus dem Flyout-Menü der Hilfsmittelpalette.

⑤ Direkt zu Beginn erfolgt eine Abfrage, welchem Hilfsmittel die zukünftigen Formateinstellungen zugewiesen werden sollen. Aktivieren Sie hier nur das Kontrollkästchen *Grafik*.

⑥ Im Dialogfenster *Umrißstift* angelangt, wählen Sie im Bereich Pfeile über das Listenfeld *Rechte Pfeilspitze* die gewünschte Spitzenform aus.

⑦ Im Eingabefeld *Breite* stellen Sie eine Linienstärke von mindestens 1,00 mm ein. Dieser Schritt ist erforderlich, da die Pfeilspitzengröße proportional zur Linienstärke an Größe zu- oder abnimmt. Bei einer Linienstärke von 1,00 mm ist die Pfeilspitze gut zu erkennen.

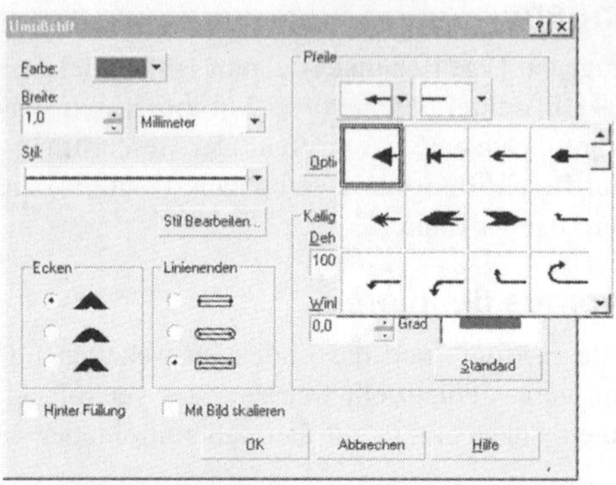

Abb. 138: Mit den richtigen Voreinstellungen fällt die spätere Beschriftung leicht

⑧ Klicken Sie auf die Schaltfläche *OK*. Damit sind alle Voreinstellungen vorgenommen, und es kann mit der eigentlichen Beschriftung begonnen werden.

Beschriftung hinzufügen

① Wählen Sie aus dem Flyout-Menü das Hilfsmittel *Dimension*. Aus der Eigenschaftsleiste, die sich daraufhin auf dem Bildschirm einblendet, klikken Sie auf das Hilfsmittel *Beschriftung*.

② Führen Sie nun Ihren Mauscursor an die Stelle, auf die die Pfeilspitze zeigen soll, und klicken Sie einmal mit der linken Maustaste.

③ Bewegen Sie Ihren Mauscursor weiter an die Stelle und klicken Sie ein weiteres Mal, um einen Eckpunkt einzufügen. Führen Sie den Mauscursor nochmals ein Stück weiter und halten Sie dabei die [Strg]-Taste gedrückt. Die gedrückte [Strg]-Taste bewirkt, daß der zweite Linienabschnitt horizontal ausgerichtet wird. Wenn Sie jetzt einmal mit der linken Maustaste klicken, können Sie Beschriftungslinie über einen weiteren Eckpunkt weiterführen. Klicken Sie doppelt mit der linken Maustaste, erscheint ein Textkästchen, und Sie können direkt den Beschriftungstext eingeben.

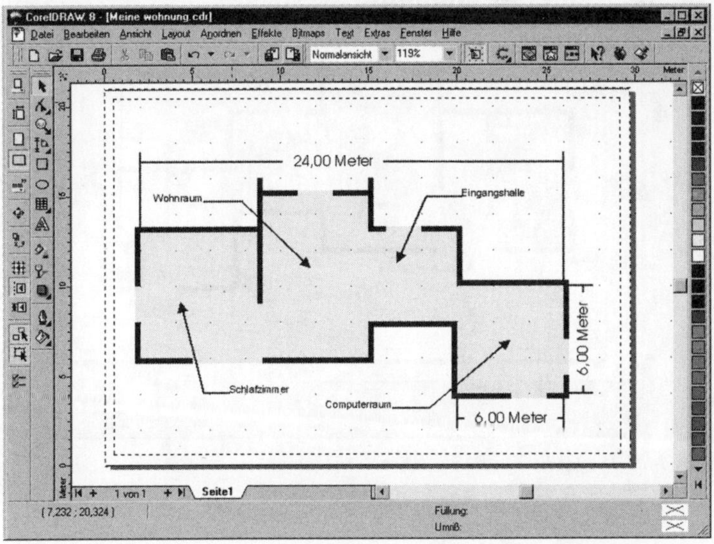

Abb. 139: Der Wohnungsgrundriß mit den hinzugefügten Beschriftungslinien

④ Um eine weitere Beschriftungslinie hinzuzufügen, klicken Sie mit der linken Maustaste auf eine Stelle, wo die nächste Pfeilspitze plaziert werden soll. Verfahren Sie in der gleichen Weise wie bei der vorherigen Beschriftung.

Cliparts und Text hinzufügen

Auf den CDs, die dem CorelDRAW-Programmpaket beiliegen, finden Sie einige Symbole, die Sie als Einrichtungsgegenstände hinzufügen können. Über den Import-Befehl aus dem Menü *Datei* können Sie beliebig viele dieser Cliparts importieren.

Fügen Sie mit dem Hilfsmittel *Grafiktext* noch Ihren Namen und einige Angaben zur Wohnungseinrichtung hinzu. Falls noch nicht zwischenzeitlich geschehen, speichern Sie Ihre Grafik und drucken das Ganze einmal zur Probe aus.

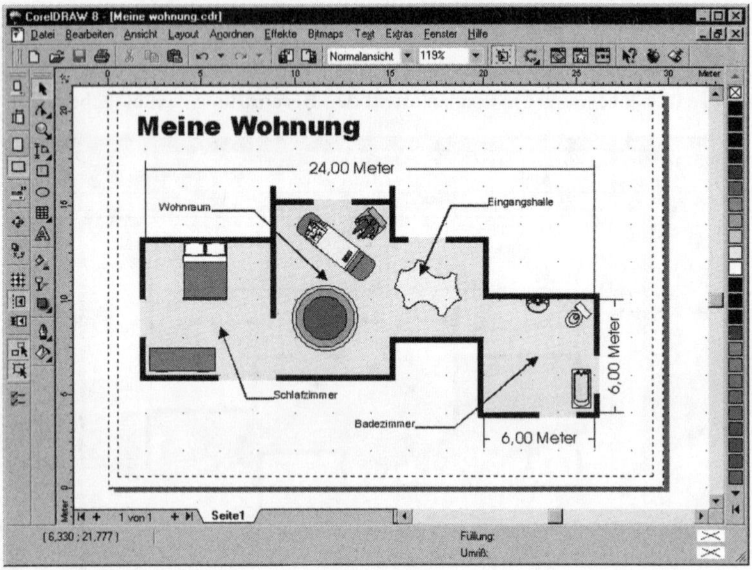

Abb. 140: Die fertige Grafik mit Inneneinrichtung

5. Grande Finale: Mein Urlaubstagebuch

In diesem Kapitel kommen wieder viele neue Funktionen auf Sie zu. Als Übungsbeispiel dient hier ein Urlaubstagebuch, in dem die Fotos der letzten Weltreise importiert und mit Urlaubs- und Erfahrungsberichten versehen werden sollen. Bisher haben Sie zur Texteingabe immer Grafiktext verwendet. Diesmal kommt die Mengentextfunktion zum Einsatz, mit der Sie auch Form- und Kontursatz gestalten können. Den krönenden Abschluß bildet eine Grafik, die durch Funktionen wie Verschmelzen und Zuschneiden erzeugt wird. Die einzelnen Objekte können mit dem Hilfsmittel *Form* weiterbearbeitet werden. Die Bearbeitung von Knoten und der Umgang mit dem *Knoten*-Rollup werden in diesem Kapitel ausführlich besprochen.

5.1 Seite und Hilfslinien einrichten

Wie immer bei komplexeren Projekten erfolgt am Anfang die Einrichtung der Zeichenseite und der Hilfslinien. Da Sie im Laufe der vorherigen Übungsbeispiele diese Prozedur schon öfter vollzogen haben und nun schon Erfahrung auf diesem Gebiet haben dürften, werden die einzelnen Schritte hier nur kurz besprochen.

Die Zeichenseite einrichten

Diesmal soll es ein Buch werden. Aus diesem Grund wählen wir hier auch das Layout *Buch*, damit die Anzeige auf dem Bildschirm dargestellt wird.

① Nachdem Sie eine neue Datei angelegt haben, wird Ihnen zuerst eine Zeichenseite im Standardformat DIN-A4-Zeichenseite angezeigt. Um das

Layout der Zeichenseite an die Buchform anzupassen, wählen Sie aus dem Menü *Layout* den Menüpunkt *Seite einrichten*.

② Das Papierformat kann auf DIN-A4 stehenbleiben. Die Ausrichtung der Zeichenseite stellen Sie jedoch über die Aktivierung der Option *Querformat* auf ein Querformat ein.

③ Als Layout wählen Sie dieses Mal *Buch*. Da keine Doppelseiten gestaltet werden sollen, sollte das Kontrollkästchen *Doppelseiten anzeigen* deaktiviert werden. Im Ausdruck werden pro Druckseite (DIN-A4) zwei Seiten ausgedruckt. CorelDRAW zeigt Ihnen eine kurze Information an, wie das effektive Zeichenseitenformat ist. Die Breite beträgt 148,5 mm und die Höhe 210 mm, was dem DIN-A5-Format entspricht. Haben Sie alle Einstellungen vorgenommen, klicken Sie auf die Schaltfläche *OK*.

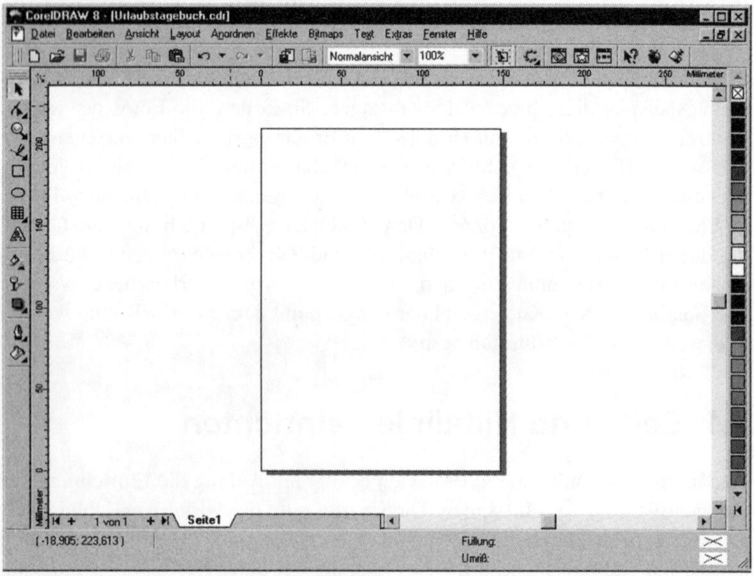

Abb. 141: Die DIN-A4-Zeichenseite im Querformat mit dem Layout Buch

Hinweis: Die Layoute *Heft* und *Buch* sind sich sehr ähnlich. Auf einer Druckseite werden immer zwei Zeichenseiten gedruckt. Der wesentliche Unterschied besteht in der Handhabung der Druckseite: Während beim Heftlayout die Druckseite in der Mitte gefaltet wird, aber als ganze Seite erhalten bleibt, wird beim Buchlayout die Druckseite später in der Mitte durchgeschnitten, damit die Zeichenseiten einzeln beispielsweise gebunden werden können.

Hilfslinien einrichten

Wenn Bücher gestaltet werden, gibt es immer einen sogenannten Satzspiegel. Das ist der Bereich auf dem Papier, in dem der Text stehen darf. Der Satzspiegel wird umgeben von Stegen. Der obere Rand heißt Kopfsteg, die seitlichen Ränder je nachdem, ob sie innen oder außen liegen, Innen- und Außensteg. Der untere Rand wird als Fußsteg bezeichnet und wird die spätere Seitennumerierung (in der Fachsprache Paginierung) aufnehmen. Die Definition des Satzspiegels wird in CorelDRAW mittels Hilfslinien vorgenommen. Zudem kommen noch die Hilfslinien zur Zeichenseitenbegrenzung hinzu.

Zeichenseitenbegrenzungen definieren

Fangen wir mit den Hilfslinien zur Bestimmung der Zeichenseitenbegrenzung an.

① Wählen Sie aus dem Menü *Layout* den Menüpunkt *Hilfslinien einrichten*, um das Dialogfenster zur exakten Definition von Hilfsmittelpositionen aufzurufen.

② Die Zeichenseitengröße entspricht genau einem DIN-A5-Format: Die Papiergröße DIN-A4 im Querformat in der Mitte geteilt ergibt zwei Zeichenseiten im DIN-A5-Format. Daher müssen Sie folgende Hilfslinien einrichten: horizontal 0 und 210 - vertikal 0 und 148,5. Stellen Sie sicher, daß die Maßeinheit *Millimeter* gewählt ist und geben Sie auf den entsprechenden Registerkarten die vorgegebenen Postionen ein. Klicken Sie dann auf die Schaltfläche *Hinzufügen*. Lassen Sie das Dialogfenster geöffnet, da Sie gleich noch weitere Hilfslinien hinzufügen.

Tip: Hilfslinien verschieben und löschen

Es kann immer mal passieren, daß Sie eine Hilfslinienposition versehentlich falsch eingegeben haben oder im Laufe der Arbeit Anpassungen erfolgen müssen. Markieren Sie dazu im Dialogfenster *Hilfslinien einrichten* die entsprechende Hilfslinienposition, die Sie verändern wollen, geben Sie einen neuen Wert ein und klicken Sie auf die Schaltfläche *Verschieben*. Möchten Sie einzelne Hilfslinien löschen, markieren Sie im Dialogfenster *Hilfslinien einrichten* die entsprechende Hilfslinienposition und klicken mit der linken Maustaste auf die Schaltfläche *Entfernen*. Klicken Sie auf die Schaltfläche *Löschen*, werden ALLE Hilfslinien der gewählten Registerkarte gelöscht. Gehen Sie mit dieser Funktion also äußerst behutsam um. CorelDRAW 8-Anwender können einzelne Hilfslinien auch auf der Zeichenseite löschen. Klicken Sie dazu die zu löschende Hilfslinie mit der rechten Maustaste an und wählen Sie aus dem Kontextmenü den Menüpunkt *Löschen*.

Den Satzspiegel definieren

Kommen wir zum Satzspiegel. Die Ränder zwischen Satzspiegel und Papierrand sollen 15 mm betragen. Manchmal werden Innen- und Außenstege unterschiedlich breit gestaltet. In dem Taschenbuch, das Sie gerade in der Hand haben, ist der Innensteg geringfügig schmaler als der Außensteg. Das hat nicht nur optische Gründe: Auf dem Außenrand sitzt häufig Ihr Daumen (oder auch andere Finger ...), mit dem Sie die Seite festhalten. In unserem Übungsbeispiel wählen wir jedoch für diese beiden Ränder den gleichen Wert von 15 mm. Auch Kopf- und Fußsteg werden oft unterschiedlich breit gestaltet. Neben funktionellen Gründen (Kapitelüberschrift etc. müssen Platz finden) gibt es einen optischen Grund: Die optische Mitte liegt immer etwas über der mathematischen Mitte. Das heißt, damit Sie den Eindruck haben, etwas liegt vertikal mittig auf einer Fläche, muß es geringfügig nach oben verschoben werden. Das hat mit den Wahrnehmungsgewohnheiten des Menschen zu tun. Aus diesem Grund wählen wir für den Kopfsteg eine Breite von 15 mm und für den Fußsteg von 18 mm.

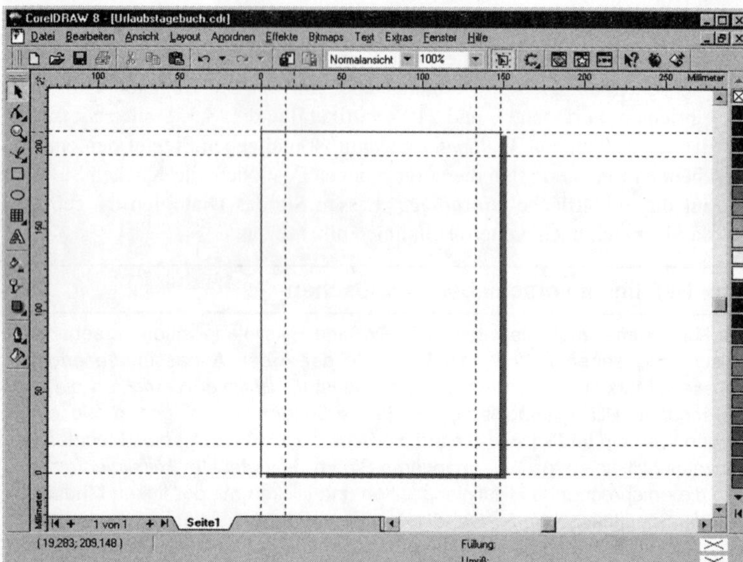

Abb. 142: Die Zeichenseite mit den Hilfslinien zur Begrenzung der Zeichenseite und des Satzspiegels

① In der Registerkarte *Horizontal* (im noch geöffneten Dialogfenster *Hilfslinien einrichten*) geben Sie die Werte 18 und 195 ein und bestätigen über die Schaltfläche *Hinzufügen*.
② Wechseln Sie auf die Registerkarte *Vertikal*, geben Sie die Positionen 15 und 133,5 ein und bestätigen Sie jeweils über die Schaltfläche *Hinzufügen*.
③ Aktivieren Sie die Kontrollkästchen *Hilfslinien anzeigen* und *An Hilfslinien ausrichten*. Um die Hilfslinien endgültig zu positionieren, klicken Sie mit der linken Maustaste auf die Schaltfläche *OK*.

Seitenüberschrift einfügen

In diesem Arbeitsschritt fügen Sie mit dem Hilfsmittel Grafiktext die Überschrift ein.

① Wählen Sie aus der Hilfsmittelpalette das Hilfsmittel *Grafiktext* und fügen Sie den Text "Mein Urlaubstagebuch" ein.
② Verleihen Sie dem Seitentitel mit Farbe und einer effektvollen Schriftart ein bißchen Pepp!

Abb. 143: Auch der Seitentitel läßt sich innerhalb des Satzspiegels an den Hilfslinien positionieren

5.2 Bitmaps importieren und bearbeiten

Bisher haben Sie immer nur Vektorgrafiken (Cliparts) importiert. Beim Import und der Handhabung von Pixelgrafiken (Bitmaps) sind einige Besonderheiten zu beachten, um beim späteren Ausdruck keine bösen Überraschungen zu erfahren. Möchten Sie tiefer in das Thema Bitmaps einsteigen, lesen Sie im Kapitel *Bitmap entschlüsselt: Der Einsatz von Pixelgrafiken* mehr über dieses Thema.

Bitmaps für den Import vorbereiten

Bevor Sie ein Bitmap in ein anderes Dokument importieren bzw. einfügen, sollte es hinsichtlich Bildauflösung, Bildgröße und Farbgebung schon festgelegt sein. In CorelDRAW selbst sollten keine Änderungen vorgenommen werden. Einzig und allein die Position von Bitmaps können Sie bedenkenlos verändern. Die Bildauflösung (dpi) eines Bilds entscheidet über die Qualität bei der Ausgabe (Druck oder Bildschirmanzeige). Dieser Wert bleibt auch dann unverändert, wenn Sie ein Bitmap zum Beispiel vergrößern. Dadurch wird die Auflösung gröber, und im Extremfall entsteht ein Klötzcheneffekt. Bei der Verkleinerung hingegen werden Bildpunkte verschluckt, wodurch Bildinformationen (Bilddetails) verlorengehen können.

Bitmaps werden mit Bildbearbeitungsprogrammen bearbeitet

Das Programm CorelPHOTO-PAINT (im Corel-Programmpaket enthalten) ist ein Bildbearbeitungsprogramm, mit dem Sie Bitmaps erstellen und umfangreich bearbeiten können. Das Thema Bildbearbeitung ist sehr komplex und ein eigenständiger Bereich, der in diesem Buch leider nicht besprochen werden kann, so daß Sie sich daher nach der entsprechenden Fachliteratur umschauen sollten (zum Beispiel von DATA BECKER).

Die richtige Auflösung ist wichtig

Für einen Einsatz ausschließlich auf dem Bildschirm (zum Beispiel zur Gestaltung von Internet-Seiten) reicht eine Bildauflösung von 100 dpi (exakt 96 dpi) vollkommen aus. Wenn Sie Bitmaps auf dem heimischen Desktop-Drucker ausgeben wollen, können Sie mit 150 dpi gute Ergebnisse erzielen. Bei einer Weitergabe an eine Belichtungsanstalt oder Druckerei sollten Sie mit 300 dpi arbeiten. Bedenken Sie, daß die Auflösung maßgeblich die Dateigröße bestimmt. Hohe Bildauflösungen lassen die Dateien vom Speicherverbrauch extrem anwachsen. Sie sollten immer die optimale Bildauflösung wählen: nicht zu hoch, aber auch nicht zu niedrig.

Tip: Scanner-Auflösung richtig einstellen
Wenn Sie Bitmaps durch Scannen erstellen, achten Sie darauf, daß Sie hier die richtige Auflösung eingestellt haben. Spätere Veränderungen der Bildauflösung können sich sehr nachteilig auf die Bildqualität auswirken und sollten unbedingt vermieden werden. Dann lieber noch einmal neu einscannen!

Und auf die richtige Größe achten!

Auch die Bildgröße ist ein wichtiger Punkt: Sie sollten schon im voraus genau wissen, wie groß das Bitmap ausgedruckt werden soll. Die Größe hat erst einmal nichts mit der Bildauflösung zu tun und wird unabhängig davon definiert. Was Sie also brauchen, sind die endgültige Bildgröße und die entsprechende Bildauflösung, die vor dem Import auf die richtigen Werte bzw. Maße eingestellt werden sollten.

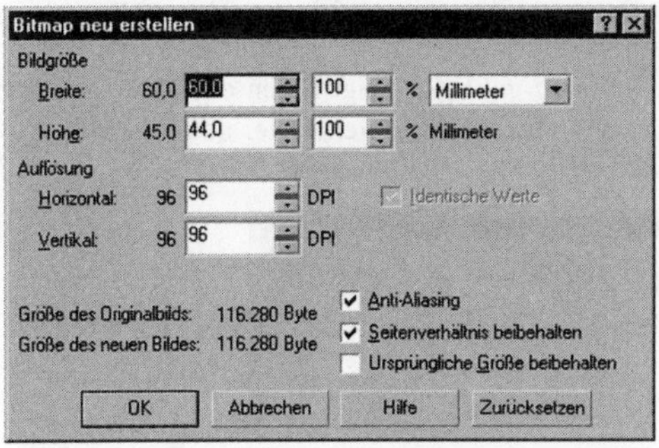

Abb. 144: Ein Beispiel aus CorelPHOTO-PAINT: Im Bildbearbeitungsprogramm werden Bildauflösung und -größe eingestellt

Farben und Bilddarstellung in CorelDRAW

Wie "real" etwas auf dem Bildschirm dargestellt wird, hängt von vielen Faktoren ab. Lesen Sie hier auch im Kapitel *Enorm wichtig: Richtig drucken* den Abschnitt *Fremdsprachenkurs für Anfänger: WYSIWYG und Kalibrierung*. Sollte das importierte Bild in CorelDRAW zum Beispiel zu hell oder zu dunkel erscheinen, heißt das noch lange nicht, daß dies auch für den Ausdruck gilt. Die Fähigkeiten von CorelDRAW haben sich in der Programmversion 8 verbessert. Eine endgültige Kontrolle ermöglicht jedoch nur ein Probeausdruck oder im professionellen Druckbereich ein Proof. Verfallen Sie also nicht direkt der Versuchung, in CorelDRAW zum Beispiel über die Funktion *Farbanpassung* Bitmaps direkt verändern zu wollen.

Alle Bilder in ein Verzeichnis kopieren

Es vereinfacht den Import der vielen Bitmaps in die CorelDRAW-Grafik sehr, wenn Sie vorher alle Bilder in ein Verzeichnis kopieren. Sie brauchen nicht mehr auf vielen unterschiedlichen Laufwerken nach den verstreuten Dateien zu suchen und behalten immer den Überblick.

Bitmaps importieren

Der eigentliche Importvorgang wird über die Funktion *Importieren* vorgenommen.

① Wählen Sie aus dem Menü *Datei* den Menüpunkt *Importieren*.
② Öffnen Sie über das Listenfeld *Suchen in* das Verzeichnis, in dem sich die Bitmaps befinden, die Sie importieren wollen.
③ Markieren Sie mit der linken Maustaste eine Datei, wird Ihnen bei aktiviertem Kontrollkästchen *Vorschau* das Bild bereits vor dem Import angezeigt. So können Sie überprüfen, ob es auch das richtige Bild ist. Haben Sie auf die Schaltfläche *Optionen* geklickt, zeigt Ihnen das Dialogfenster im unteren Bereich Informationen zur gewählten Datei an: Bildgröße (in Pixel), Farbtiefe und Dateiformat.

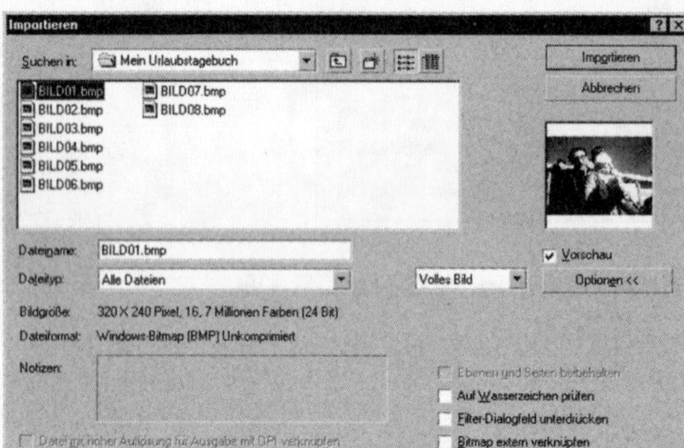

Abb. 145: Alle Bilddateien wurden vorher in ein Verzeichnis kopiert und lassen sich so leichter importieren

④ Haben Sie die Datei gefunden, die Sie importieren wollen, klicken Sie mit der linken Maustaste auf die Schaltfläche *Importieren*.
⑤ In CorelDRAW 6 und 7 wird das Bitmap sofort in seiner Ursprungsgröße importiert. In CorelDRAW 8 können Sie mit der Maus die Größe des Bilds bestimmen. Da das Bild aber in Originalgröße importiert werden soll (um die Bildauflösung nicht zu verändern), klicken Sie doppelt mit

der linken Maustaste auf die Zeichenfläche. Fügen Sie auf diese Weise die gewünschten Bilder auf die erste Seite des Urlaubstagebuchs ein.

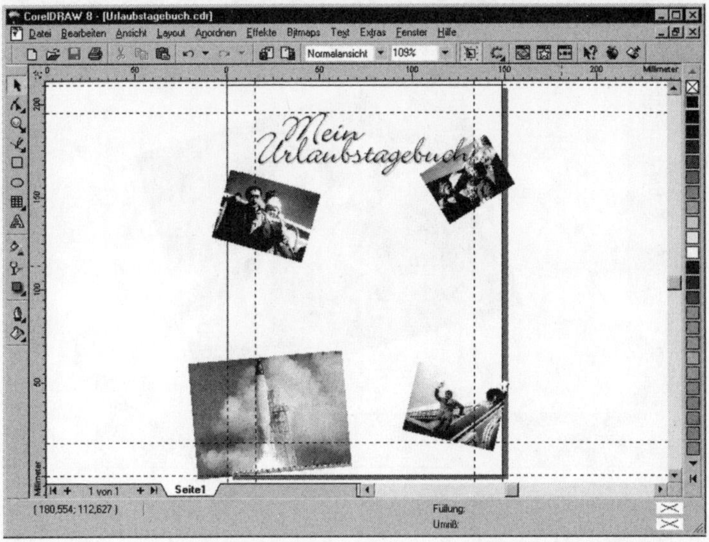

Abb. 146: Die importierten Bilder können in CorelDRAW beliebig positioniert und gedreht werden - nur die Bildgröße sollten Sie nicht verändern!

Bitmaps bearbeiten

Da eine Bearbeitung von Bitmaps in CorelDRAW aus den oben erwähnten Gründen auf ein Mindestmaß beschränkt werden sollte, werden wir die importierten Bitmaps lediglich positionieren und ein bißchen drehen, um die Gestaltung ein bißchen aufzulockern.

① Um die Bitmaps auf der Zeichenseite zu positionieren, klicken Sie mit der linken Maustaste auf das Bitmap, halten die Maustaste gedrückt und ziehen das Bild an die gewünschte Position. Die Bilder dürfen ruhig über die Satzspiegelbegrenzungen hinausreichen. Ganz Mutige können die Bilder sogar über die Zeichenseitenbegrenzung hinaus positionieren. So erhalten Sie effektvolle Bildanschnitte.

② Durch einen weiteren Mausklick mit der linken Maustaste auf ein bereits markiertes Bitmap erscheinen jeweils an den Ecken des Bitmaps vier Drehanfasser, über die Sie ein Bild drehen können. Ist ein Bitmap vorher noch nicht markiert gewesen, müssen Siedoppelt auf das Bild klicken, um die Drehanfasser angezeigt zu bekommen.

Abb. 147: Durch einen Doppelklick auf ein Bild können Sie es drehen

③ Über den Menüpunkt *Bitmap bearbeiten* aus dem Menü *Bitmap* können Sie ein Bitmap bearbeiten. Wenn Sie diesen Menüpunkt anwählen, wird CorelPHOTO-PAINT gestartet und das vorher markierte Bitmap geladen.

Bitmap-Farbmaske einsetzen

Einen besonderen Effekt können Sie mit der Bitmap-Farbmaske erzielen. Bestimmte Farbbereiche eines Bitmaps lassen sich ausblenden. Diese Funktion wird ausführlich besprochen im Kapitel *Special Effects: Komplettübersicht der CorelDRAW-Effekte*.

① Markieren Sie das Bitmap und wählen Sie aus dem Menü *Effekte* den Menüpunkt *Bimap-Farbmaske*.
② Durch einen Mausklick auf das Pipetten-Symbol verwandelt sich Ihr Mauscursor in eine Pipette, mit der Sie Farbbereiche des Bitmaps aufnehmen können.
③ Die Erhöhung des Toleranzwerts vergrößert den Farbbereich, der aus- bzw. eingeblendet werden soll.
④ Mit einem linken Mausklick auf die Schaltfläche *Zuweisen* wird die Bitmap-Farbmaske auf das markierte Bitmap angewandt.

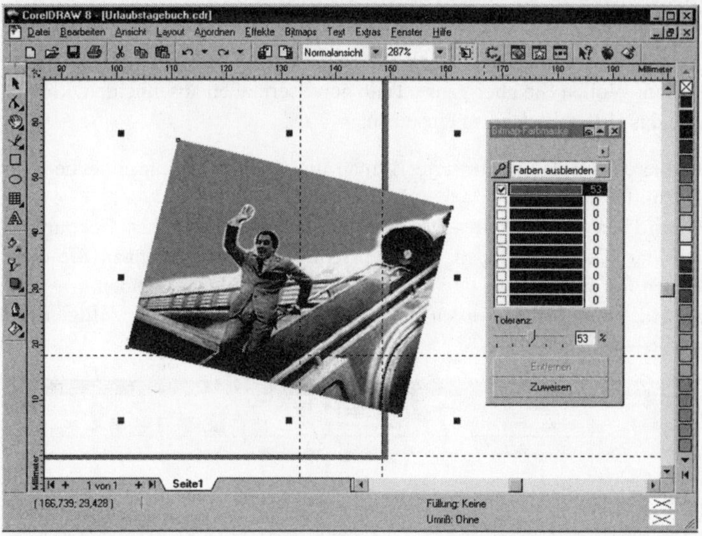

Abb. 148: Das Bitmap vor der Farbmasken-Anwendung: Im Rollup ist bereits schon eine Farbe ausgewählt

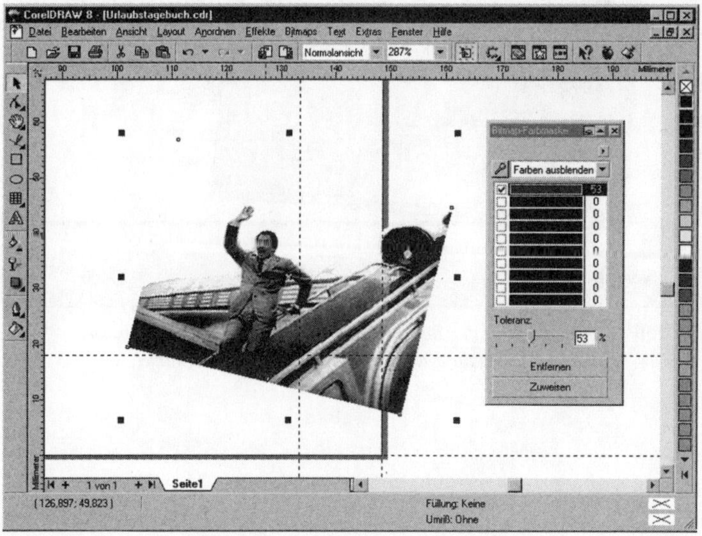

Abb. 149: Dasselbe Bitmap, nachdem die Farbmaske zugewiesen wurde: Der gewählte Farbbereich wurde entsprechend der Toleranzeinstellung ausgeblendet

Bildbereiche mit dem Bildrahmen ausblenden

Mit der Bitmap-Farbmaske können Sie bestimmte Farben bzw. Farbbereiche ausblenden. Wollen Sie aber ganze Teile gewissermaßen abschneiden, können Sie dazu das Hilfsmittel *Form* einsetzen.

① Markieren Sie das importierte Bitmap und wählen Sie anschließend das Hilfsmittel *Form*.

② Es wird ein dünner schwarzer Rahmen sichtbar, an dessen Eckpunkten sich vier Knoten befinden. Mit dem Hilfsmittel *Form* können Sie diese Knoten frei verschieben und dadurch ganze Bildteile ausblenden.

③ Mit Hilfe des Rollup *Knoten* können Sie weitere Knoten hinzufügen und bearbeiten.

Abb. 150: Das Bitmap vor der Bearbeitung: Durch die Anwahl des Form-Hilfsmittels sind die Knoten schon an den Ecken sichtbar

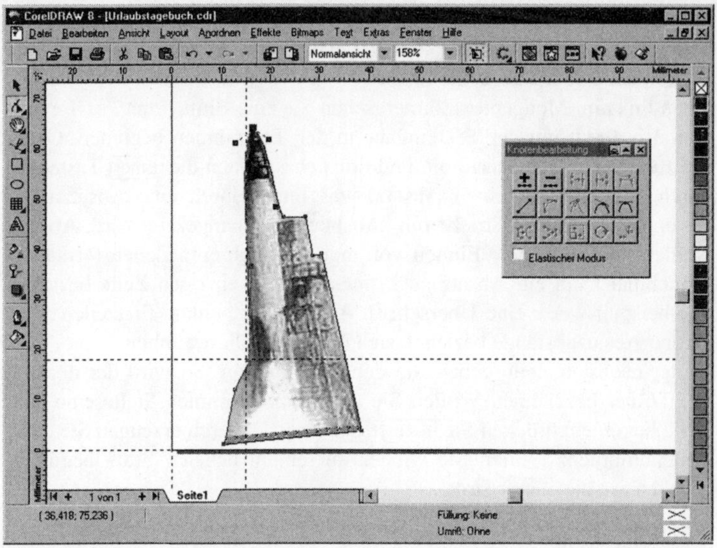

Abb. 151: Nach der Bearbeitung mit dem Form-Hilfsmittel: Durch Hinzufügen und Verschieben der Knoten ist ein Teil des Bitmaps ausgeblendet

5.3 Mengentext einsetzen

CorelDRAW unterscheidet zwischen zwei Textsorten: Grafiktext und Mengentext. Die Anwendungs- und Gestaltungsmöglichkeiten unterscheiden sich erheblich. Grafiktext eignet sich eher für kurze Texte, Mengentext kommt überall dort zum Einsatz, wo umfangreichere Texte geschrieben werden sollen, wie zum Beispiel in unserem Urlaubstagebuch!

Mengentext erstellen

Beginnen wir mit der Erstellung eines Mengentextrahmens ...

① Wählen Sie aus der Hilfsmittelpalette das Hilfsmittel *Text* und führen Sie Ihren Mauscursor auf die Zeichenseite.

② Klicken Sie mit der linken Maustaste, halten Sie die Maustaste gedrückt und ziehen Sie den Mauscursor nach unten links. Damit haben Sie einen (zunächst noch leeren) Mengentextrahmen erstellt.

③ Als erstes sollten Sie die sogenannten "nicht druckbaren Zeichen" einblenden lassen. Darunter versteht man Leerzeichen, Tabulatoren, Absatzmarken und Zeilenumbrüche. Wählen Sie dazu aus dem Menü *Text* den Menüpunkt *Nicht druckbare Zeichen einblenden.* So haben Sie immer eine Kontrolle über Ihre Texteingabe.

④ Oben links im Mengentextrahmen sehen Sie eine Einfügemarke. Sie können also direkt mit der Texteingabe in den Textrahmen beginnen. Geben Sie zuerst eine Überschrift ein und drücken Sie dann die [Enter]-Taste. Dadurch erzeugen Sie einen Absatz, was Ihnen durch eine Absatzmarke (zwei dicke vertikale Striche mit "Ausbuchtung") angezeigt wird. Absätze werden immer als eine Einheit von meistens mehreren Zeilen formatiert. Manchmal kann ein Absatz auch nur aus einer einzigen Zeile bestehen, wie beispielsweise eine Überschrift. Aufzählungspunkte, Erstzeileneinzüge und Absatzabstände beziehen sich immer auf diese Einheit.

⑤ In der nächsten Zeile geben Sie den Fließtext ein. So wird der normale Textkörper bezeichnet. Wollen Sie an einer bestimmten Stelle eine neue Zeile beginnen, drücken Sie [Enter]+[Umschalt]. Dadurch erzeugen Sie einen Zeilenumbruch. Wollen Sie wieder mit einem neuen Absatz beginnen, drücken Sie die [Enter]-Taste.

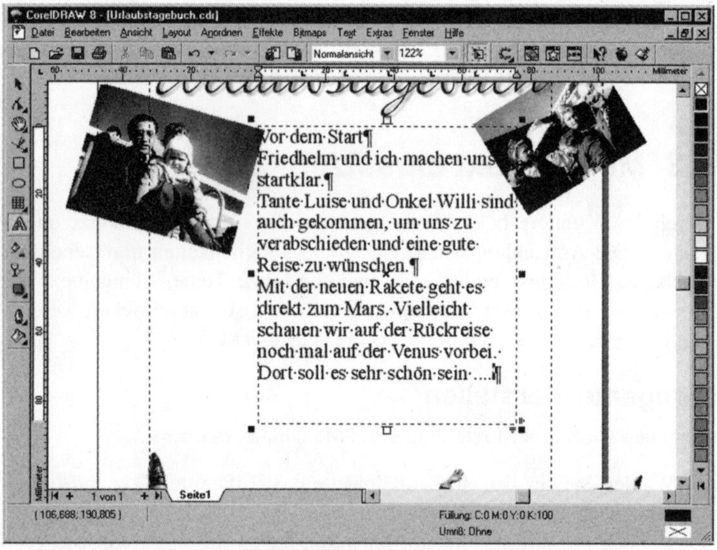

Abb. 152: Achten Sie bei der Eingabe darauf, wann Sie einen Absatz oder einen Zeilenumbruch erstellen - die spätere Formatierung wird dadurch wesentlich vereinfacht

Tip: Texteingabe über die Zwischenablage

Die Texteingabe in CorelDRAW ist sehr mühselig, was nicht zuletzt durch den etwas schleppenden Bildschirmaufbau bei der Verwendung von Mengentextrahmen begünstigt wird. Einfacher ist es, den Text in einer Textverarbeitung einzugeben und dort in die Windows-Zwischenablage zu kopieren. Wechseln Sie zu CorelDRAW und erstellen Sie mit dem Hilfsmittel *Text* einen Mengentextrahmen oder aktivieren Sie bei einem bestehenden Textrahmen den Eingabemodus (Einfügemarke muß sichtbar sein). Wählen Sie aus dem Menü *Bearbeiten* den Menüpunkt *Einfügen*, um den Text aus der Zwischenablage in den Textrahmen einzufügen.

Mengentext formatieren

CorelDRAW benutzt zur Schriftformatierung automatisch immer das Standard-Textformat, das Sie einstellen können, wenn Sie ein Schriftformat auswählen, ohne daß ein Text markiert ist. Um nun den vorhandenen Text zu formatieren, gehen Sie folgendermaßen vor:

Gesamten Text formatieren

① Markieren Sie mit dem Hilfsmittel *Objektauswahl* den Mengentextrahmen.

② Wählen Sie aus dem Menü *Text* den Menüpunkt *Text formatieren* und stellen Sie das gewünschte Textformat ein. Da der Mengentextrahmen als Ganzes markiert ist, erstreckt sich das zugewiesene Textformat auf den gesamten Text.

Einzelne Zeichen oder Wörter formatieren

① Wählen Sie dazu das Hilfsmittel *Text* und klicken Sie mit der linken Maustaste in den Mengentextrahmen.

② Mit der gedrückten linken Maustaste können Sie einzelne Zeichen, Wörter oder auch ganze Absätze markieren.

③ Wählen Sie aus dem Menü *Text* den Menüpunkt *Text formatieren* und stellen Sie das gewünschte Textformat ein. Diesmal bezieht sich die Formatierung nur auf den markierten Bereich.

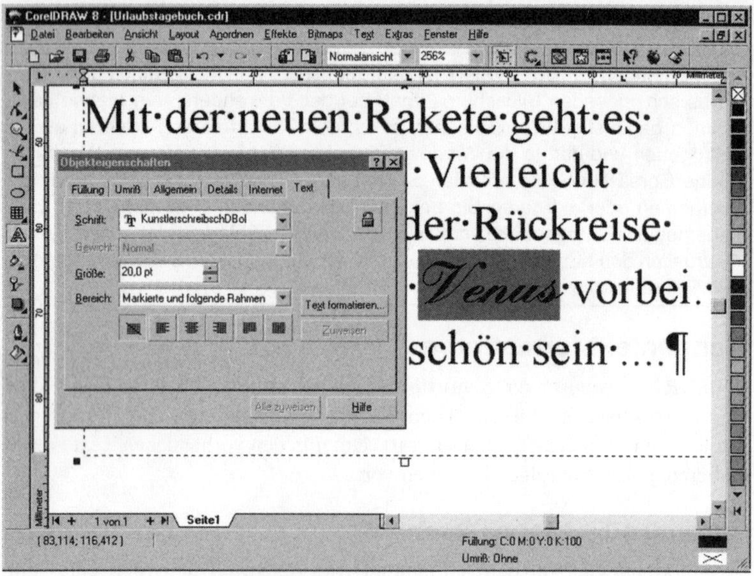

Abb. 153: Einzelne Zeichen oder Wörter können mit dem Hilfsmittel Text markiert und anschließend formatiert werden

Mengentextrahmen bearbeiten

Die richtige Größe und Position eines Mengentextrahmens bereits bei dessen Erstellung zu definieren ist nahezu unmöglich. Sie können ganz leicht einen Mengentextrahmen nachträglich bearbeiten. Sogar die Form des Mengentextrahmens, der zunächst immer rechteckig ist, können Sie beliebig verändern.

Mit dem Hilfsmittel Objektauswahl Größe und Position ändern

① Wählen Sie aus der Hilfsmittelpalette das Hilfsmittel *Objektauswahl*.

② Die Markierung des Mengentextrahmens zeigt Ihnen nun acht schwarze Anfasser. Klicken Sie auf einen dieser Anfasser, halten Sie die Maustaste gedrückt und vergrößern oder verkleinern Sie den Textrahmen, bis er seine Größe gefunden hat.

③ Klicken Sie mit der linken Maustaste in den Textrahmen, können Sie ihn wie jedes andere Objekt beliebig verschieben. Halten Sie die [Strg]-Taste gedrückt, wird die Ausrichtung auf die horizontale und vertikale Achse beschränkt.

Mit dem Hilfsmittel Form die Knoten bearbeiten

Der Mengentextrahmen besitzt gleich einem Rechteck Knoten, die die sogenannte Hüllenform vorgeben. Sie können vordefinierte Hüllenformen zuweisen oder die Hüllenknoten nach eigenem Belieben bearbeiten. Diese Formveränderung eines Mengentextrahmens wird auch als Formsatz bezeichnet. Wie Sie den Effekt *Hülle* handhaben, erfahren Sie ausführlich beschrieben im Kapitel *Special Effects: Komplettübersicht der CorelDRAW-Effekte*.

① Markieren Sie den Mengentextrahmen und wählen Sie aus dem Menü *Effekte* den Menüpunkt *Hülle*.

② Im Rollup *Hülle* angelangt, klicken Sie auf die Schaltfläche *Neue Hülle*, wodurch der Mengentextrahmen seine Hülle preisgibt. Zudem werden die Knoten angezeigt, über die Sie die Hülle verformen können.

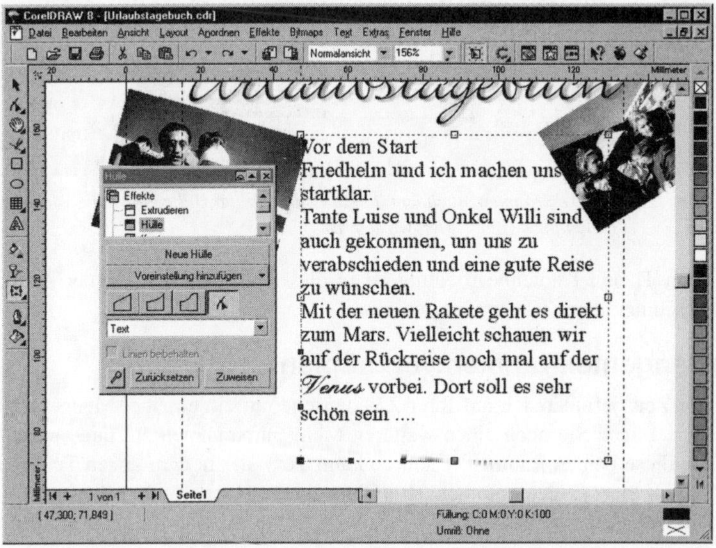

Abb. 154: Die Rahmenform des Textrahmens wird über die Hülle verändert

③ Nun haben Sie zwei Möglichkeiten: Entweder Sie weisen über die Schaltfläche *Voreinstellung hinzufügen* eine vordefinierte Hülle zu, oder Sie wählen das Hilfsmittel *Form* und bearbeiten die Knoten einzeln. Der Effekt *Hülle* wird ausführlich im Kapitel *Special Effects: Komplettübersicht der CorelDRAW-Effekte* erläutert.

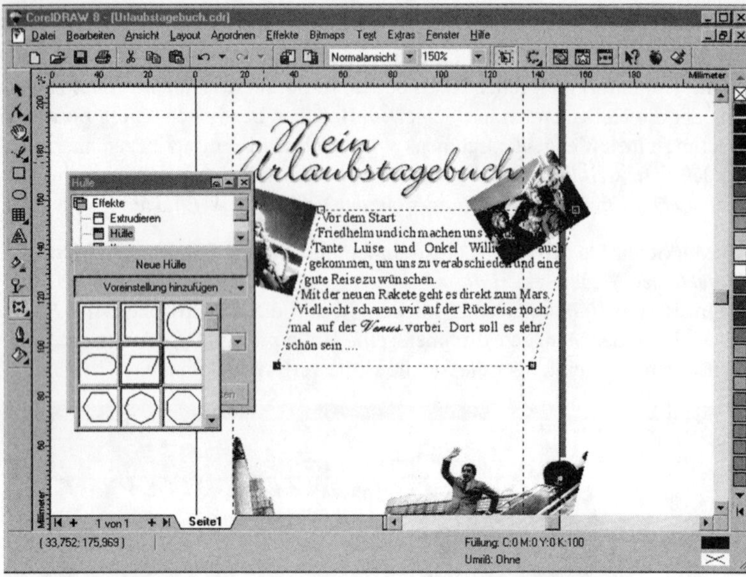

Abb. 155: Der Textrahmen, nachdem ihm über das Rollup Hülle eine neue vordefinierte Hüllenform zugewiesen worden ist

Dem Thema Knotenbearbeitung ist in diesem Kapitel ein eigener Abschnitt gewidmet, da es sehr umfangreich ist.

Mengentextrahmen verknüpfen

Zur Zeit befindet sich auf Ihrer Zeichenseite nur ein einziger Mengentextrahmen. Fügen Sie noch einen weiteren Mengentextrahmen ein und verknüpfen Sie diese beiden Rahmen. Dadurch kann Text, der in dem ersten Textrahmen keinen Platz findet, automatisch in dem zweiten, verknüpften Rahmen fortgeführt werden.

① Erstellen Sie mit dem Hilfsmittel *Text* einen zweiten Mengentextrahmen. Der Textrahmen kann ruhig leer bleiben, da er ja nur als "Auffangbecken" für den Text dienen soll, der im ersten Textrahmen keinen Platz mehr hat.

② Wählen Sie das Hilfsmittel *Objektauswahl* und markieren Sie den ersten Mengentextrahmen. Es werden die acht schwarzen Anfasser sichtbar.

③ Klicken Sie mit der linken Maustaste auf den unteren mittleren Anfasser, der nicht als weißes Kästchen erscheint.

④ Der Mauscursor verwandelt sich in einen dünnen Pfeil mit einem Textblatt. Klicken Sie mit diesem Mauscursor auf den zweiten Textrahmen. Die beiden Textrahmen sind nun verknüpft. Rückgängig läßt sich das Ganze allerdings nur machen, indem Sie einen von beiden Textrahmen löschen. Es geht dadurch kein Text verloren, da er automatisch in den verbleibenden Rahmen umgeleitet wird.

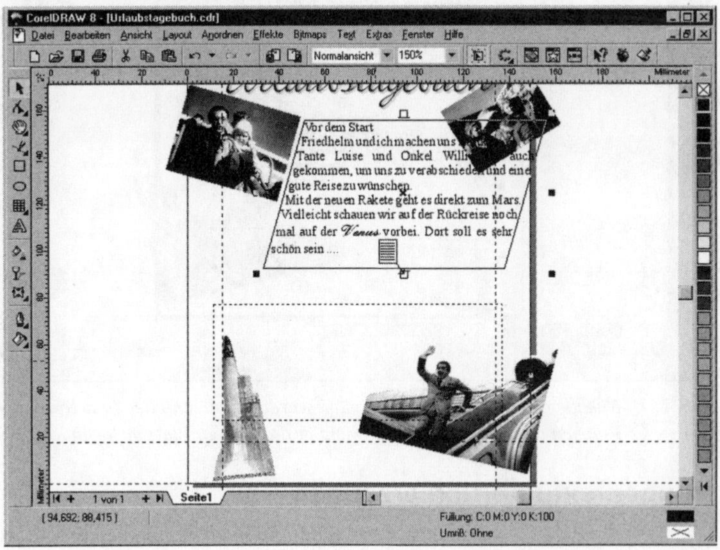

Abb. 156: Textrahmen lassen sich durch einen Klick auf den mittleren unteren Anfasser verknüpfen

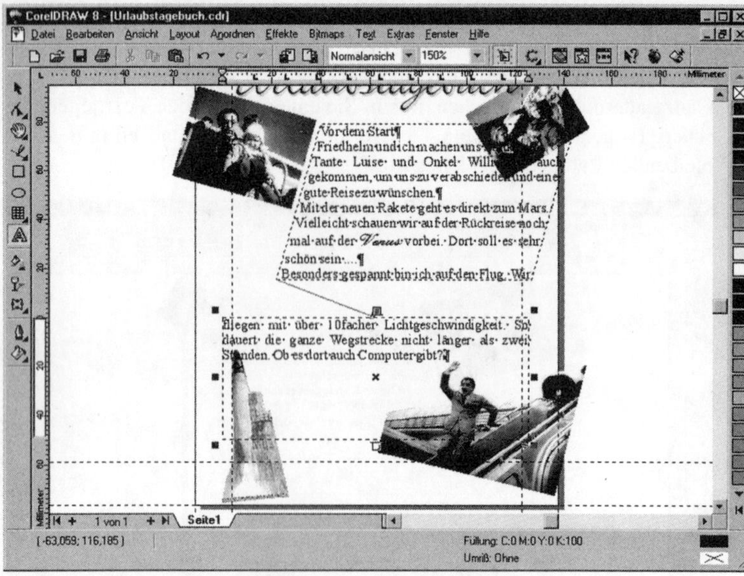

Abb. 157: Nachdem die Textrahmen verknüpft worden sind, läuft der Text von einem Rahmen in den anderen über, wenn er dort keinen Platz mehr findet

Mengentextumbruch erzeugen

Wie Sie Formsatz über die Veränderung der Hülle erzeugen, haben Sie bereits gesehen. Nun kommt die Funktion hinzu, Text um ein anderes Objekt herumlaufen zu lassen. Das Ganze wird als Kontursatz bezeichnet und ist sehr leicht herzustellen.

① Positionieren Sie den Mengentextrahmen so, daß er teilweise das Objekt überschneidet, an dessen Kontur er entlanglaufen soll.

② Klicken Sie mit der rechten Maustaste auf das Objekt und wählen Sie aus dem Kontextmenü den Menüpunkt *Eigenschaften.*

③ Im Dialogfenster *Eigenschaften* wählen Sie die Registerkarte *Allgemein*, auf der Sie das Kontrollkästchen *Mengentextumbruch* finden. Aktivieren Sie das Kontrollkästchen und geben Sie einen Abstandswert ein, der zwischen Text und Objekt eingehalten werden soll.

Abb. 158:
Über das Kontextmenü gelangen Sie an das Dialogfenster Objekteigenschaften, in dem Sie den Mengentextumbruch definieren können

④ Klicken Sie auf die Schaltfläche *OK*, womit der Text sofort um das Objekt herumläuft. Sie weisen also die Eigenschaft *Mengentextumbruch* nie dem Mengentextrahmen selbst zu, sondern immer nur dem Objekt, um das der Text herumlaufen soll.

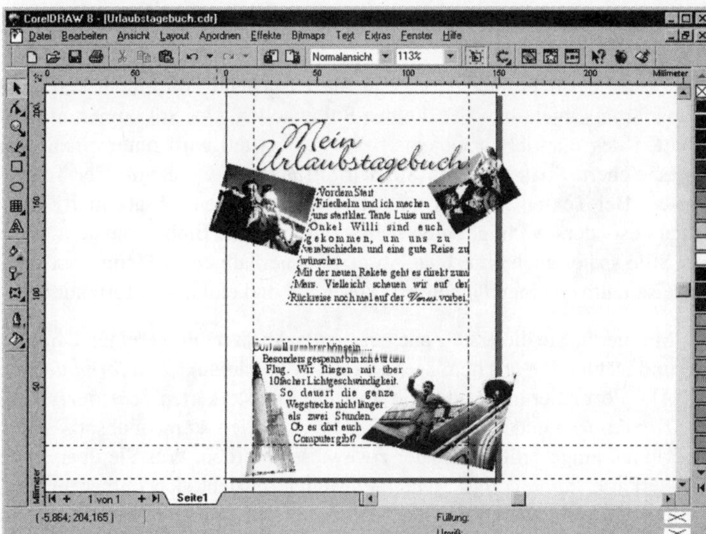

Abb. 159: Die Titelseite, nachdem der Mengentextumbruch durchgeführt und die Textrahmen an den Satzspiegel-Hilfslinien korrekt ausgerichtet wurden

5.4 Stilen arbeiten

Gerade bei längeren Texten und komplexeren Grafiken kann es vorkommen, daß Sie immer wieder dieselben Formatierungen durchführen müssen. Manchmal umfaßt die Formatierung eines Textes bzw. die Gestaltung eines Objekts eine ganze Reihe von Arbeitsschritten, und es ist mühselig, diese ständig zu wiederholen. In CorelDRAW können Sie Formatierungseigenschaften in einem Stil speichern. Bei der Zuweisung eines Stils werden alle Formatierungsanweisungen auf das Objekt übertragen, und es erhält augenblicklich das gewünschte Aussehen. Da es in CorelDRAW verschiedene Objektarten gibt, werden auch Stile entsprechend unterteilt. Es gibt Grafikstile, Grafiktextstile und Mengentextstile. Ein Grafikstil ist nur auf Linien und Formen anwendbar, ein Grafiktextstil nur auf Grafiktexte und ein Mengentextstil nur auf Mengentext (entweder auf den ganzen Mengentextrahmen oder einzelne Wörter oder Absätze daraus). Da die Erstellung und Zuweisung von Stilen bei den verschiedenen Objektarten und Stilsorten gleich ist, können Sie die hier erlernten Schritte auf alle Stile anwenden.

Einen Stil erstellen

Der erste Schritt besteht darin, daß Sie ausgehend von einem bereits fertig formatierten Objekt bzw. Text einen Stil erstellen. Der Stil kopiert alle Eigenschaften des markierten Objekts bzw. Textes und wird unter einem Namen abgespeichert. Später können Sie den Stil anderen Objekten oder Texten zuweisen. Bei Texten ist die Unterscheidung zwischen Absatz und Zeilenumbruch besonders wichtig, da ein Absatz immer eine Einheit darstellt. Sie können Stile später auch einzelnen Absätzen innerhalb eines Mengentextrahmens zuweisen, um so einen längeren Text schnell und einfach zu formatieren.

① Markieren Sie die erste Zeile des ersten Absatzes durch einen Doppelklick und wählen Sie aus dem Menü *Text* den Menüpunkt *Text formatieren*.

② Alle Formatierungen, die Sie über die Registerkarten *Schriftart*, *Abstand*, *Tabulatoren* und *Einzüge und Effekte* einstellen, können absatzweise individuell eingestellt und später zugewiesen werden. Was Sie über die Registerkarte *Rahmen und Spalten* einstellen, bezieht sich immer auf den gesamten Mengentextrahmen. Nehmen Sie im Dialogfenster *Text formatieren* die gewünschten Textformatierungen vor. In unserem Übungsbeispiel wählen wir die Schriftart *Adlib BT* mit einer Schriftgröße von 20 pt.

③ Wechseln Sie zur Registerkarte *Abstand* und geben Sie im Eingabefeld *Abstand vor* den Wert 200 ein. Dadurch wird der Abstand zu einem vorherigen Absatz immer automatisch 200 % der Zeilenhöhe (die nur innerhalb eines Absatzes gilt) betragen. Zur Zeit gibt es zwar noch keinen Absatz, der sich vor dem ersten Absatz befindet, aber später wird dieser Stil auch Absätzen innerhalb des Gesamttextes zugewiesen, in denen dann dieser Abstand zur Wirkung kommt. Absatzabstände sollten in der Regel immer über die Definition des Werts *Abstand vor* erfolgen, da dies hinsichtlich der Textformatierung einfacher zu handhaben und logischer ist.

④ Klicken Sie mit der linken Maustaste auf die Schaltfläche *OK*.

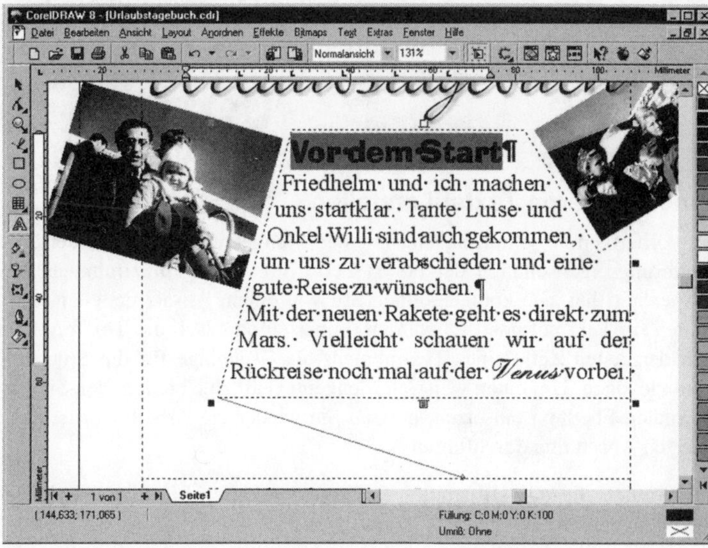

Abb. 160: Die erste Zeile wurde markiert und formatiert, um daraus einen Textstil zu erstellen

⑤ Wählen Sie nun das Hilfsmittel *Objektauswahl* und klicken Sie mit der rechten Maustaste auf den Mengentextrahmen.

⑥ Aus dem Kontextmenü wählen Sie den Menüpunkt *Stile*, aus dessen Untermenü Sie den Menüpunkt *Stileigenschaften speichern* wählen.

⑦ Vergeben Sie im Eingabefeld *Name* einen aussagekräftigen Namen, der Ihnen später sofort zu erkennen gibt, um was für eine Art von Absatzformatierung es sich bei diesem Stil handelt. Sie können Stile, die Sie Überschriften zuweisen wollen, zum Beispiel immer mit Überschrift 1, 2, 3 usw. benennen. So haben Sie auch direkt einen Überblick über die sogenannten Gliederungsebenen. In unserem Übungsbeispiel wird die Bezeichnung Überschrift verwendet.

⑧ Im unteren Fensterbereich können Sie auswählen, welche Formatierungseigenschaften im Stil *Überschrift* gespeichert werden sollen und welche nicht. Lassen Sie hier alle Häkchen aktiviert und klicken Sie mit der linken Maustaste auf die Schaltfläche *OK*.

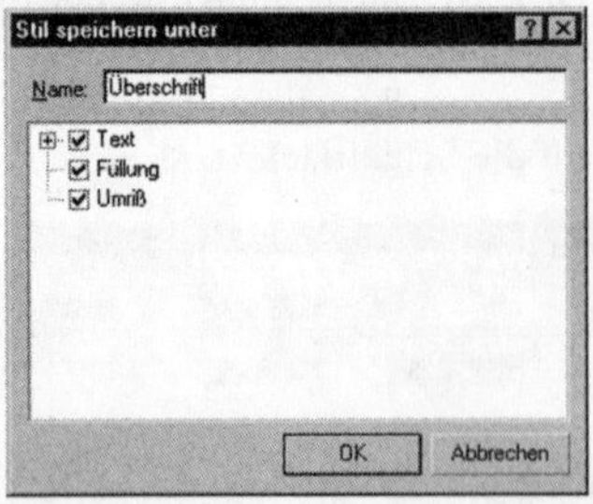

Abb. 161:
CorelDRAW erkennt automatisch, um welche Art Stil es sich handelt, und speichert nach Bedarf alle Formatierungen des markierten Objekts in einem Stil

Einen weiteren Textstil erstellen

Im vorherigen Abschnitt haben Sie einen Mengentextstil erstellt, der die Formatierungseigenschaften der ersten Zeile Ihres Mengentextrahmens in sich gespeichert hat. Sie können keinen Stil von einem Absatz erstellen, der sich mitten im Text befindet. Es werden immer automatisch die Textformatierungen der ersten Zeile eines Textrahmens als Grundlage für die Stilerstellung herangezogen. Um einen weiteren Mengentextstil zu erstellen, den Sie für den normalen Fließtext einsetzen, müssen Sie wieder die Arbeitsschritte des vorherigen Abschnitts durchführen.

① Wählen Sie das Hilfsmittel *Text* und markieren Sie die erste Zeile des Mengentextrahmens.

② Öffnen Sie das Dialogfenster *Text formatieren* und stellen Sie für den Fließtext die Schriftart *Arial* mit der Schriftgröße 14 pt ein.

③ Auf der Registerkarte *Abstand* geben Sie im Eingabefeld *Abstand vor* den Wert 160 ein und im Eingabefeld *Zeilenabstand* den Wert 120 %. Die Textausrichtung im Textrahmen kann über die Registerkarte *Ausrichten* auf *Blocksatz* gestellt werden. Haben Sie alle Einstellungen vorgenommen, klicken Sie auf die Schaltfläche *OK*.

④ Mit dem Hilfsmittel *Objektauswahl* klicken Sie mit der rechten Maustaste auf den Mengentextrahmen und wählen wieder aus dem Kontextmenü den Menüpunkt *Stile*.

⑤ Im Untermenü *Stile* wählen Sie den *Menüpunkt Stileigenschaften speichern*, nennen den neuen Stil *Fließtext* und klicken auf die Schaltfläche *OK*.

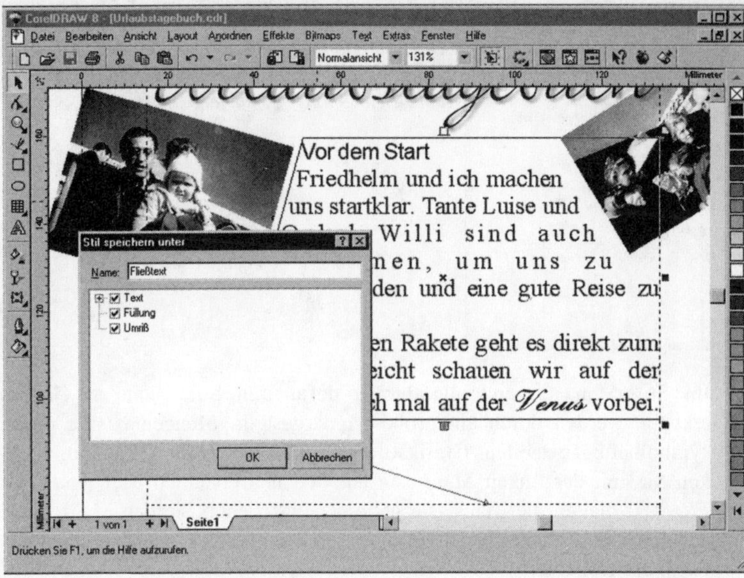

Abb. 162: Da CorelDRAW immer nur die Formateigenschaften der ersten Zeile speichert, muß das Format für den Fließtext über die Überschrift erstellt werden

Stile zuweisen

Die Zuweisung eines Stils ist sehr einfach und auf zweierlei Weise möglich: über das Kontextmenü mit der rechten Maustaste und über den Stile-Manager. Da das Kontextmenü Stilzuweisungen nur auf den gesamten Textrahmen und nicht auf einzelne Absätze innerhalb des Textrahmens erlaubt, wählen wir hier den Weg über den Stile-Manager.

① Wählen Sie aus dem Menü *Layout* den Menüpunkt *Grafik- und Textstile*.

② In den Programmversionen 6 und 7 ist der Stile-Manager ein gewöhnliches Rollup. In CorelDRAW 8 ist der Stile-Manager ein Andock-Fenster, das sich automatisch an den rechten Bildschirmrand andockt.

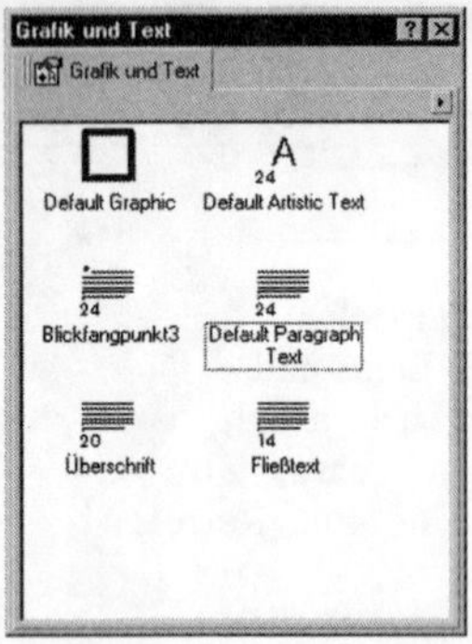

Abb. 163:
Der Stile-Manager zeigt alle zur Zeit definierten Stile an - anhand der Symbole können Sie erkennen, um welche Stilart es sich handelt

③ Im Stile-Manager sind alle derzeit definierten Stile sichtbar. Grafiktextstile werden durch ein großes *A* dargestellt, Mengentextstile durch symbolhafte Textzeilen. Grafikstile erkennen Sie an dem Quadrat. Klikken Sie mit der linken Maustaste auf den neu erstellten Mengentextstil *Fließtext*, halten die Maustaste gedrückt und ziehen Sie den Mauscursor auf den Mengentextrahmen. Automatisch wird der gesamte Textinhalt des Rahmens formatiert.

④ Sie weisen dem gesamten Text einen einheitlichen Stil zu, indem Sie mit dem Hilfsmittel *Objektauswahl* einen Textrahmen markieren und einen Textstil auf den Rahmen ziehen. Allerdings wird nur der Text mit dem Stil formatiert, der im Augenblick der Zuweisung sichtbar ist. Ein ähnliches Problem haben Sie mit dem verknüpften Mengentextrahmen. Um in unserem Übungsbeispiel den gesamten Text mit dem Stil *Fließtext* zu formatieren, müssen Sie den Stil mit der gedrückten linken Maustaste eventuell öfter in den Textrahmen ziehen, bis wirklich alle Absätze den Formateigenschaften des Stils entsprechen.

⑤ Um einzelne Absätze wie die Überschrift innerhalb des Textrahmens zu formatieren, wählen Sie das Hilfsmittel *Text* und klicken mit der linken Maustaste in den ersten Absatz. Die Position, ob am Anfang, am Ende oder mittendrin, ist dabei egal.

⑥ Sobald sich die Einfügemarke im ersten Absatz befindet, klicken Sie im Stile-Manager auf den Mengentextstil *Überschrift*, halten die Maustaste gedrückt und ziehen den Mauscursor auf den Textrahmen. Sie brauchen den Mauscursor nicht über den ersten Absatz zu positionieren. Da Sie den ersten Absatz vorher angewählt haben (die Einfügemarke darin positioniert haben), wird der Stil automatisch nur dem ersten Absatz zugewiesen. Auf diese Weise können Sie einzelne Absätze innerhalb des Textrahmens formatieren.

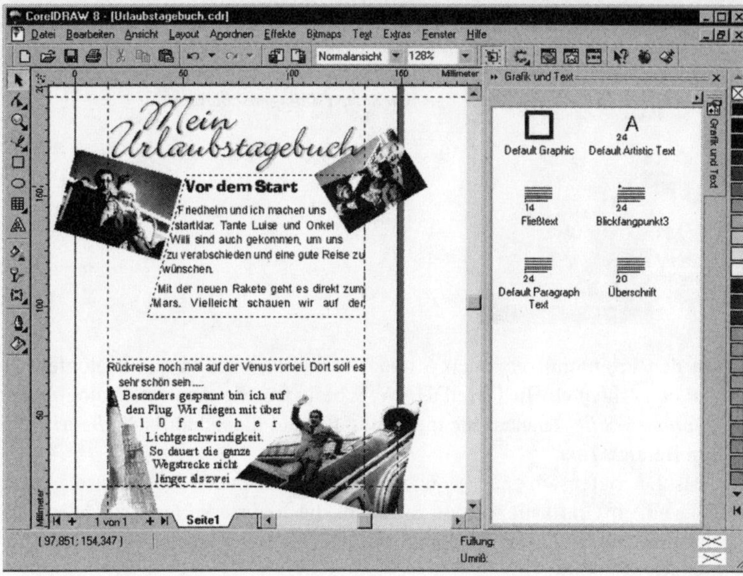

Abb. 164: Der Mengentextrahmen, nachdem die beiden Stile für Überschrift und Fließtext zugewiesen wurden - noch nicht perfekt, aber ist ja auch noch nicht fertig formatiert!

Eine Stileigenschaft ändern

Durch die Änderung eines Stils werden automatisch alle Texte, Absätze oder auch Objekte, denen der jeweilige Stil zugewiesen wurde, umformatiert. Dies ist besonders praktisch, wenn Sie zum Beispiel bei längeren Texten feststellen, daß die gewählte Schriftart nicht mehr Ihren Vorstellungen entspricht.

① Klicken Sie mit der rechten Maustaste im Stile-Manager auf den Stil, den Sie verändern möchten. In unserem Übungsbeispiel ist dies der Mengentextstil *Fließtext*, da die derzeit eingestellte Schriftart zu groß gewählt ist und der Text im Mengentextrahmen keinen Platz hat.

② Aus dem Kontextmenü wählen Sie den Menüpunkt *Eigenschaften*.

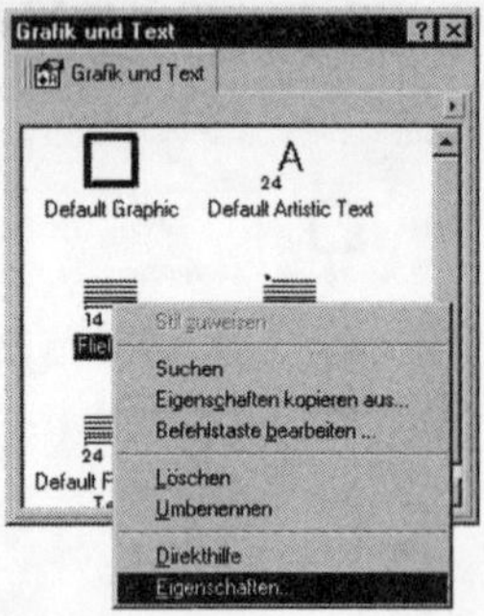

Abb. 165:
Das Kontextmenü eines markierten Stils ermöglicht die nachträgliche Änderung der gespeicherten Stileigenschaften

③ In den Programmversionen 6 und 7 öffnet sich sofort das Dialogfenster *Stileigenschaften.* In CorelDRAW 8 befinden Sie sich im Dialogfenster *Optionen/Stile*. Klicken Sie hier zusätzlich auf die Schaltfläche *Bearbeiten* im Bereich *Text.*

④ Das Dialogfenster zeigt je nach Stilart unterschiedliche Registerkarten. Bei einem Grafikstil werden Sie nicht die Registerkarte *Text* finden! Da hier die Schriftart des Mengentextstils verändert werden soll, wählen Sie die Registerkarte *Text.*

⑤ Im Listenfeld *Schriftart* stellen Sie eine andere Schiftart ein. Im Übungsbeispiel ist dies die Schriftart *BernhardFashion BT* in einer Schriftgröße von 13 pt.

⑥ Klicken Sie auf die Schaltfläche *OK.* Sofort ändern sich alle Absätze, denen der Mengentextstil *Fließtext* zugewiesen worden ist. In unserem Übungsbeispiel sind dies alle Absätze mit Ausnahme des ersten Absatzes, dem der Stil *Überschrift* zugewiesen worden ist.

Tip: Textrahmen ein- und ausblenden

Über den Menüpunkt *Textrahmen* im Menü *Ansicht* können Sie Mengentextrahmen ein- und ausblenden. Während Sie an der Grafik gestalten, sollten Sie den Textrahmen sichtbar machen, um Größe, Form und Postition des Rahmens sehen zu können.

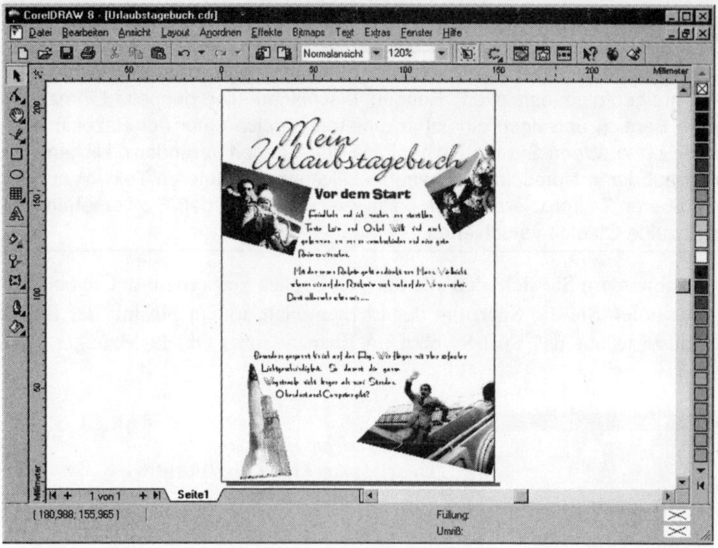

Abb. 166: *Die (fast) fertige erste Seite des Tagebuchs*

5.5 Heute schon verschmelzt?

In diesem Abschnitt soll eine Grafik mit neuen Funktionen erstellt werden. Die Objekte werden durch Verschmelzen und Zuschneiden gestaltet.

Eine neue Ebene erstellen

Zu Beginn erstellen wir eine neue Ebene. Dies sollte immer dann gemacht werden, wenn ein vollkommen neuer Teil einer komplexeren Grafik erstellt wird. Der richtige Aufbau und der planvolle Einsatz von Ebenen erleichtert die Erstellung und Bearbeitung von Grafiken erheblich.

① Wählen Sie im Menü *Layout* den Menüpunkt *Ebenen-Manager* (CorelDRAW 6 und 7) bzw. *Objekt-Manager* (CorelDRAW 8).

② Klicken Sie auf den kleinen Pfeil im Ebenen- bzw. Objekt-Manager. Aus der Menüliste wählen Sie den Menüpunkt *Neue Ebene*. Benennen Sie die Ebene direkt in "Grafik" um.

③ Die Ebene *Grafik* soll die unterste Ebene bilden. Klicken Sie dazu auf die Ebenenbezeichnung, halten Sie die Maustaste gedrückt und ziehen Sie die Ebene unter die Ebene *Fotos und Text*.

Tip: Ebenenreihenfolge in Corel 8 ändern
Da es in CorelDRAW 8 nur den Objekt-Manager gibt, müssen Sie hier die Ebenenreihenfolge einstellen. Ebenen erscheinen hier doppelt. Einmal im oberen Bereich und noch einmal im unteren Bereich unter der Bezeichnung *Haupt-Ebene*. Wenn Sie die Reihenfolge von Ebenen verändern, klicken Sie immer auf die entsprechende Ebenenbezeichnung im unteren Teil. Wenn Sie es im oberen Teil probieren, kann es schnell passieren, daß Sie versehentlich nur einzelne Objekte verschieben.

④ Vergewissern Sie sich, daß alle übrigen Ebenen gesperrt sind. Gegebenenfalls holen Sie die Sperrung der Ebenen nach, indem Sie mit der linken Maustaste auf das Stift-Symbol im Ebenen- bzw. Objekt-Manager klikken.

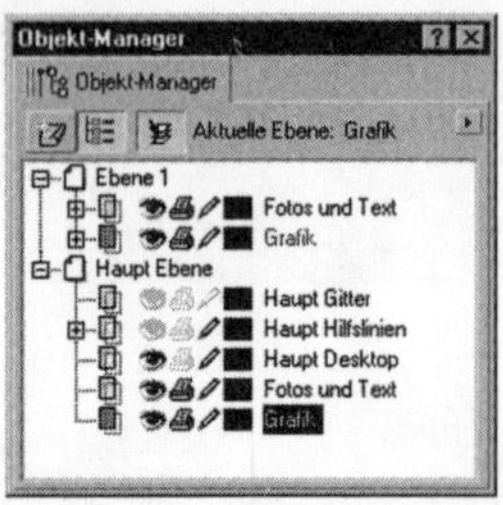

Abb. 167:
Die neu erstellte Ebene im Objekt-Manager von CorelDRAW 8

Sonne, Mond und Sterne ... wir zeichnen ein Polygon

Beginnen wir mit den Sternen. Dabei kommt das Hilfsmittel *Form* zum Einsatz. Das Hilfsmittel *Form* dient in erster Linie zur Bearbeitung von Knoten, mit denen sich dieses Kapitel eingehender beschäftigt. Zudem schauen wir uns an, was es bedeutet, ein Objekt "in Kurven umzuwandeln".

① Klicken Sie auf das Hilfsmittel *Polygon*. Sollten Sie dieses Hilfsmittel nicht sehen können, weil an dessen Stelle zur Zeit das Hilfsmittel *Spirale* oder *Millimeterpapier* angezeigt wird, klicken Sie mit der linken Maustaste auf das betreffende Hilfsmittel und halten sie für ca. zwei Sekunden gedrückt. Aus dem Flyout-Menü wählen Sie durch einen weiteren linken Mausklick das Hilfsmittel *Polygon*.

Abb. 168: Das Hilfsmittel Polygon finden Sie im Flyout-Menü

② Mit einem Doppelklick auf das Hilfsmittel *Polygon* öffnet sich ein Dialogfenster, in dem Sie erweiterte Einstellungen für das Hilfsmittel *Polygon* vornehmen können.

Tip: Hilfsmitteleinstellungen im Dialogfenster vornehmen

Viele Hilfsmittel bieten erweiterte Einstellmöglichkeiten, die das Objekt schon bei dessen Erstellung in der Fromgebung beeinflussen. Sie können das jeweilige Dialogfenster normalerweise durch einen Doppelklick öffnen. Allerdings gibt es nicht für jedes Hilfsmittel eine derartige Einstellmöglichkeit. Und manchmal wird durch einen Doppelklick eine Funktion durchgeführt, von der Sie wohlmöglich gar nichts merken, wie zum Beispiel bei dem Hilfsmittel *Rechteck*. Dort bewirkt ein Doppelklick die Erstellung eines Seitenrahmens (Rechteck in derselben Größe wie die Zeichenseite)! Wenn Sie nicht genau wissen, bei welchem Hilfsmittel es ein derartiges Dialogfenster mit erweiterten Einstellmöglichkeiten gibt bzw. ob es sich durch einen Doppelklick öffnen läßt, wählen Sie im Menü *Extras* den Menüpunkt *Optionen*. In dem Dialogfenster *Optionen* klicken Sie in der Rubrik *Arbeitsbereich* doppelt auf den Menüeintrag *Hilfsmittelpalette*. Es öffnet sich eine Liste mit allen Hilfsmitteln, die erweiterte Einstellmöglichkeiten bieten. Wählen Sie den entsprechenden Menüeintrag aus der Liste der Hilfsmittel aus und nehmen Sie die gewünschte Einstellung in der Registerkarte vor.

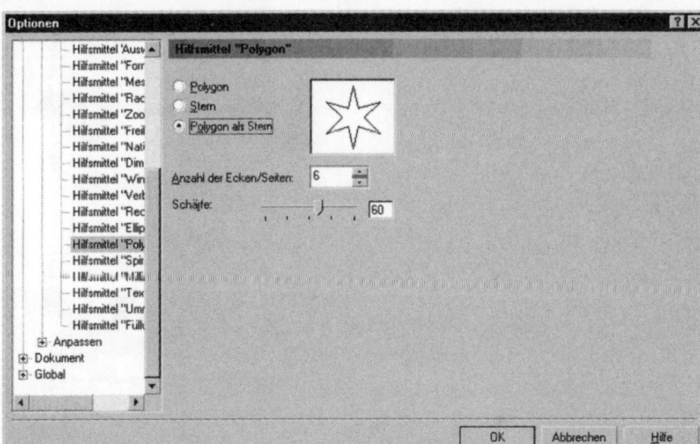

Abb. 169: Durch einen Doppelklick auf das Hilfsmittel Polygon öffnen Sie das entsprechende Dialogfenster zur Einstellung der Hilfsmittelfunktionen

③ Im Dialogfenster *Optionen*, das Sie durch einen Doppelklick auf das Hilfsmittel geöffnet haben, gibt es drei Optionen, die die Form des Polygons bei dessen Erstellung steuern. Aktivieren Sie die Option *Polygon als*

Stern. Die Anzahl der Ecken beträgt in unserem Übungsbeispiel 6 und die Schärfe 60.

④ Klicken Sie auf die Schaltfläche *OK*. Das Dialogfenster schließt sich und die eingestellten Optionen gelten fortan als Grundeinstellung für das entsprechende Hilfsmittel.

⑤ Da das Hilfsmittel noch aktiv ist, können Sie direkt mit der Zeichnung beginnen. Setzen Sie Ihren Mauscursor auf den Desktop (dort ist Platz!), klicken Sie mit der linken Maustaste und halten Sie sie gedrückt. Ziehen Sie den Mauscursor nach unten rechts und halten Sie zusätzlich die [Strg]-Taste gedrückt. Das Drücken der [Strg]-Taste bewirkt, daß das Polygon proportional mit gleichen Seitenlängen gezeichnet wird.

⑥ Lassen Sie erst die linke Maustaste los, dann die [Strg]-Taste. Größe und Position sind noch nicht von Bedeutung. Beachten Sie auch die Informationen der Statuszeile. Dort steht *Symmetrisches Polygon mit 6 Seiten auf Grafik*. Wesentlich ist dabei der erste Teil der Angabe „Symmetrisches Polygon“. Sie werden gleich noch erfahren, was es damit auf sich hat ...

Abb. 170: Der Stern als symmetrisches Polygon

Die Knoten mit dem Hilfsmittel Form verschieben

Obwohl durch die veränderten Grundeinstellungen des Hilfsmittels *Polygon* die Form des Sterns ein gutes Bild macht, wollen wir noch einige Veränderungen vornehmen.

Hinweis: Die Knotenbearbeitung werden Sie in den folgenden Abschnitten am praktischen Beispiel durchführen. Da das Thema Knoten jedoch sehr komplex ist, wurde ihm ein eigenes Unterkapitel gewidmet, das intensiver auf die einzelnen Punkte eingeht. Im Unterkapitel *Thema Knotenbearbeitung* werden auch nochmals einige wichtige Grundlagen hinsichtlich der Objektarten erläutert. Ist Ihnen der Aufbau und die Bearbeitung einer Grafik noch unklar, lesen Sie in diesem Kapitel einmal nach, worum es bei Vektorobjekten geht ...

① Markieren Sie den Stern und wählen Sie aus der Liste der vordefinierten Zoom-Modi die Zoom-Einstellung *Auf Auswahl*. Mit *Auswahl* ist die aktuelle Markierung gemeint. Der Bildschirmausschnitt wird so vergrößert bzw. verkleinert, daß das markierte Polygon größtmöglich dargestellt werden kann.

② Klicken Sie mit der linken Maustaste auf das Hilfsmittel *Form* aus der Hilfsmittelpalette (das zweite Hilfsmittel von oben). Die Darstellung der Markierung ändert sich. Sie sehen nicht mehr die gewohnten acht schwarzen Anfasser, sondern die sogenannten Knoten. An jedem Eckpunkt des Polygons befindet sich so ein Knoten, der besser sichtbar wird, wenn Sie den Mauscursor über einen dieser Eckpunkte positionieren (aber noch nicht klicken!).

③ Führen Sie den Mauscursor genau über einen der inneren Eckpunkte des Sterns. Dort sollte ein kleines weißes Kästchen sichtbar werden. Sobald Sie so ein kleines Kästchen sehen und Ihren Mauscursor genau über das Kästchen geführt haben, klicken Sie mit der linke Maustaste und halten diese gedrückt.

④ Ziehen Sie jetzt den Mauscursor ein bißchen nach innen, nur ein wenig, ca. 5 mm. Halten Sie weiter die linke Maustaste gedrückt - auf keinen Fall jetzt loslassen. Wenn Sie den Mauscursor etwas hin- und herbewegen, können Sie beobachten, wie sich automatisch alle inneren Eckpunkt-Knoten bewegen, obwohl Sie nur einen einzigen angeklickt haben.

⑤ Sie halten die linke Maustaste immer noch gedrückt und nehmen jetzt zusätzlich die Strg-Taste hinzu. Alle Knoten richten sich wie von Geisterhand an einer unsichtbaren Diagonalen aus und bewirken eine „gleichmäßig diagonale“ Ausrichtung.

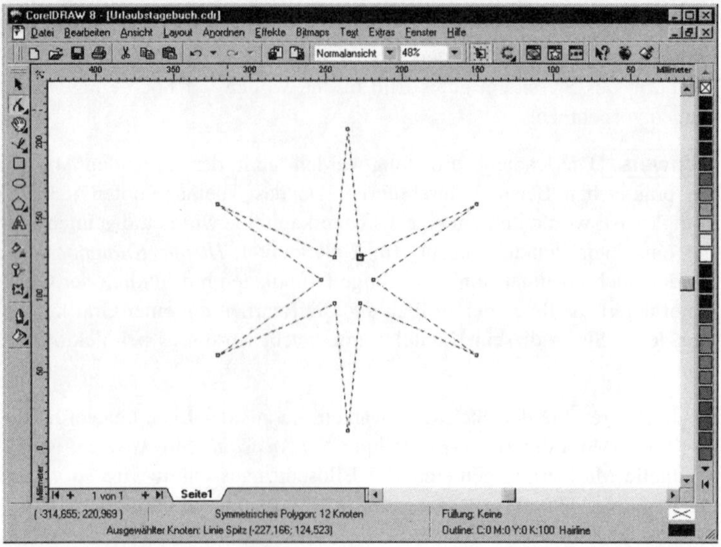

Abb. 171: Das Polygon, nachdem die inneren Knoten symmetrisch zum Mittelpunkt verschoben wurden

⑥ Lassen Sie erst die linke Maustaste los, dann die Strg-Taste. Die Reihenfolge, in der Sie die Tasten loslassen, ist sehr wichtig. Lassen Sie versehentlich zuerst die Strg-Taste los, geht die symmetrische Ausrichtung der Knoten verloren. Klicken Sie mit der linke Maustaste auf das Hilfsmittel *Objektauswahl*. Das Objekt wurde verformt und befindet sich im markierten Zustand. Weitere Formänderungen folgen ...

Objekte in Kurven umwandeln

Objekte jeder Art, wie Linien, Rechtecke, Ellipsen, Polygone und Grafiktext, können Sie mit den Hilfsmittel *Form* in beeindruckender Weise verändern. Aber das ist längst nicht alles. Objekte können auch in Kurven umgewandelt werden, was jetzt nicht bedeutet, daß aus einem Rechteck automatisch ein Kreis und aus einer Geraden eine Kurve wird. *In Kurven umwandeln* (CorelDRAW 6 und 7) bzw. *In Kurven konvertieren* (CorelDRAW 8) bedeutet, daß die Aufbauvorschrift, die in den Knoten gespeichert ist, veränderbar gemacht wird. Vor der Umwandlung eines Polygons können Sie die Knoten nur in beschränkter Weise verändern. Sie können die Knoten beispielsweise umbewegen. Nach der Umwandlung bzw. Konvertierung in Kurven können Sie jeden Knoten einzeln bewegen. Nicht nur die Position kann verändert werden, auch die Aufbauvorschrift, die den Linienverlauf bestimmt, kann in der Weise verändert werden, daß aus einer spitzen Ecke eine weiche Rundung wird.

① Um den Stern in eine Kurve umzuwandeln bzw. zu konvertieren, wählen Sie aus dem Menü *Anordnen* den Menüpunkt *In Kurven umwandeln* bzw. *In Kurven konvertieren.*

② Wundern Sie sich jetzt nicht, wenn es so aussieht, als wenn sich gar nichts geändert hat. Es hat sich sehr viel geändert! Erinnern Sie sich noch, was Sie vorhin der Statuszeile entnehmen konnten, als der Stern markiert war? Da stand *Symmetrisches Polygon*. Nun steht in der Statuszeile die Angabe *Kurve auf Grafik*. Ein erster Hinweis auf eine tiefgreifende Veränderung!

Abb. 172: Die Statuszeile gibt einen ersten Hinweis: Das Polygon ist in eine Kurve umgewandelt worden

③ Wählen Sie erneut das Hilfsmittel *Form* aus der Hilfsmittelpalette. Wieder verschwinden die acht schwarzen Anfasser, und die Knoten treten in Erscheinung.

④ Führen Sie Ihren Mauscursor über einen der inneren Knoten, halten Sie die linke Maustaste gedrückt und ziehen Sie den Mauscursor ein bißchen zur Seite. Lassen Sie die Maustaste los, und schon haben Sie einen einzelnen Knoten verschoben. Das war nur mal ein erster Test, um festzustellen, was anders ist. Machen Sie diesen Arbeitsschritt rückgängig, indem Sie auf das Symbol *Rückgängig* klicken oder im Menü *Bearbeiten* den Menüpunkt *Rückgängig* wählen.

Knoten hinzufügen

An jeder Ecke befindet sich ein Knoten, der die Eigenschaft besitzt, die durch ihn verlaufende Linie zu „knicken" und eine Ecke zu formen. Der Stern soll nun noch zusätzliche kleine Strahlen bekommen. Das bedeutet, es müssen neue Knoten hinzugefügt werden. Da das Polygon nun in eine Kurve konvertiert wurde, lassen sich mehrere Knoten gleichzeitig markieren und duplizieren.

① Markieren Sie den Stern mit dem Hilfsmittel *Objektauswahl* und wählen Sie anschließend das Hilfsmittel *Form.*

② Führen Sie den Mauscursor auf die Zeichenseite. Bevor Sie jetzt klicken, wählen Sie eine Stelle, von der aus Sie die Möglichkeit haben, mit der gedrückten Maustaste ein Auswahlrechteck aufzuziehen, das alle Knoten umschließen kann. Am besten wählen Sie dazu eine Stelle links diagonal über dem Stern.

③ Drücken Sie die linken Maustaste und halten Sie sie gedrückt. Ziehen Sie den Mauscursor nun nach unten rechts, bis der Auswahlrahmen den ganzen Stern umschließt, und lassen Sie die Maustaste los. Sollten Sie einen Knoten nicht erwischt haben, können Sie den nicht markierten Knoten der Auswahl hinzufügen, indem Sie den Knoten mit der linken Maustaste anklicken und gleichzeitig die [Umschalt]-Taste gedrückt halten. Markierte Knoten erhalten einen dicken schwarzen Rand.

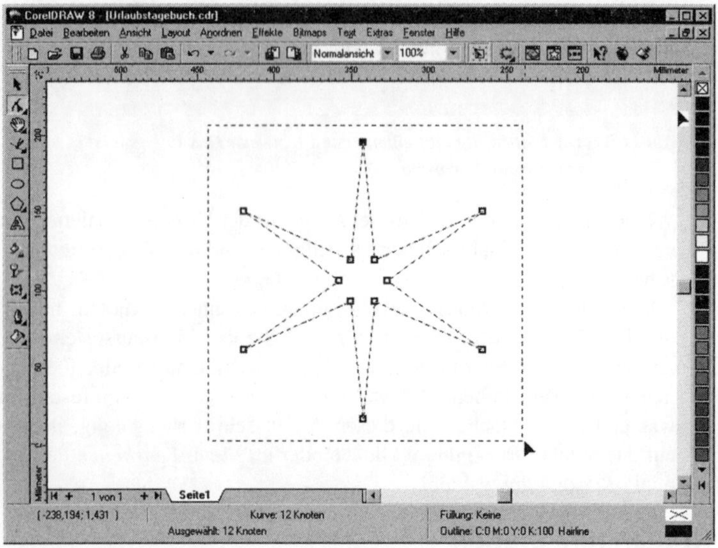

Abb. 173: Mit dem Hilfsmittel Knoten läßt sich ein Auswahlrechteck aufziehen, das alle Knoten umschließt und markiert

④ Alle Knoten des Sterns sind markiert. In der Statuszeile lesen Sie *Kurve: 12 Knoten* und direkt darunter *Ausgewählt: 12 Knoten*. Klicken Sie jetzt doppelt auf das Hilfsmittelsymbol *Form* in der Hilfsmittelpalette. Es öffnet sich das Rollup *Knoten*.

⑤ Klicken Sie auf das Plus-Symbol ganz oben links im Rollup. Dadurch werden alle markierten Knoten dupliziert. Klicken Sie ein zweites Mal auf das Plus-Symbol. Wieder werden alle markierten Knoten dupliziert. Insgesamt besitzt der Stern jetzt 48 Knoten.

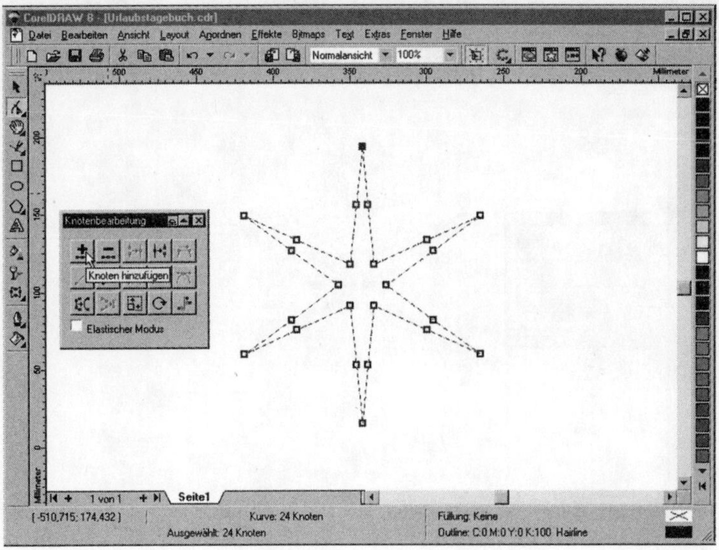

Abb. 174: Mit Hilfe des Knoten-Rollups sind alle markierten Knoten verdoppelt worden

Knoten verschieben

① Drücken Sie die Esc-Taste, wodurch die Markierung aller Knoten aufgehoben wird, und führen Sie nun Ihren Mauscursor über einen der inneren Eckpunkte. Sobald sich Ihr Mauscursor direkt über einem Eckpunkt befindet, wird der dazugehörige Knoten durch ein weißes Kästchen deutlich sichtbar gemacht.

② Klicken Sie mit der linken Maustaste auf den Knoten, wird das Knotenkästchen etwas dicker dargestellt. Lassen Sie die Maustaste los und führen Sie den Mauscursor über den nächsten Knoten einer inneren Ecke. Aber noch nicht klicken!

③ Halten Sie die Umschalt-Taste gedrückt und klicken Sie mit der linken Maustaste auf den Knoten. Auf diese Weise markieren Sie alle Knoten, die auf den inneren Ecken liegen.

④ Bevor die markierten Knoten umbewegt werden, klicken Sie mit der linken Maustaste auf das Symbol *Knoten skalieren und ziehen* im Rollup *Knoten*. Um die markierten Knoten erscheint ein Markierungsrahmen.

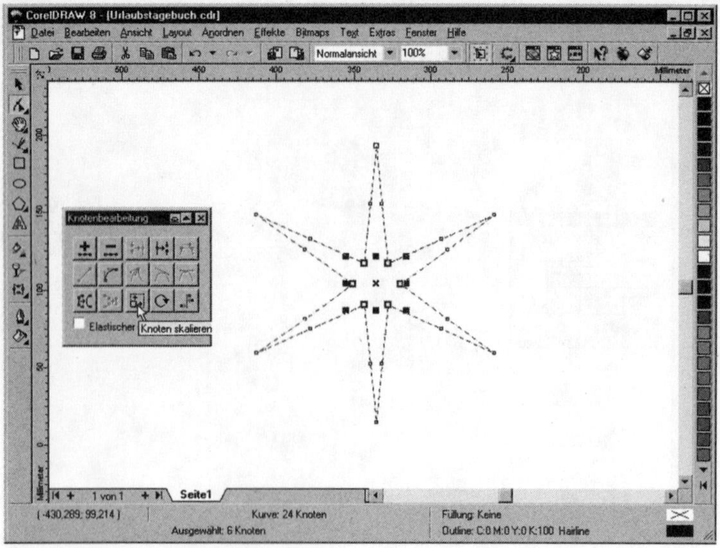

Abb. 175: Nur die inneren Knoten wurden markiert und über das Knoten-Rollup mit einem Rahmen bzw. acht Anfassern versehen

⑤ Klicken Sie auf einen der vier Eckanfasser, halten Sie die linke Maustaste gedrückt und drücken Sie zusätzlich die [Umschalt]-Taste. Nun ziehen Sie den Mauscursor diagonal nach außen. Die gedrückte [Umschalt]-Taste bewirkt, daß die markierten Knoten in die entgegengesetzten Richtungen gleichmäßig bewegt werden. Ziehen Sie den Mauscursor so weit, bis Ihnen die neuen Strahlen gefallen, und lassen Sie die Maustaste los.

⑥ Die „Umformung" des Sterns ist damit vollendet. Weisen Sie dem Stern noch eine helle Füllfarbe zu und löschen Sie den Umriß (einfach mit der rechten Maustaste auf das *X* in der Farbpalette klicken). Das Rollup *Knoten* wird vorläufig nicht gebraucht und kann durch einen Klick auf das *X* in der Titelleiste des Rollups geschlossen werden.

Das war ein erster Vorgeschmack auf die Möglichkeiten, die das Arbeiten mit Knoten ermöglicht. Kommen wir zum Wetter!

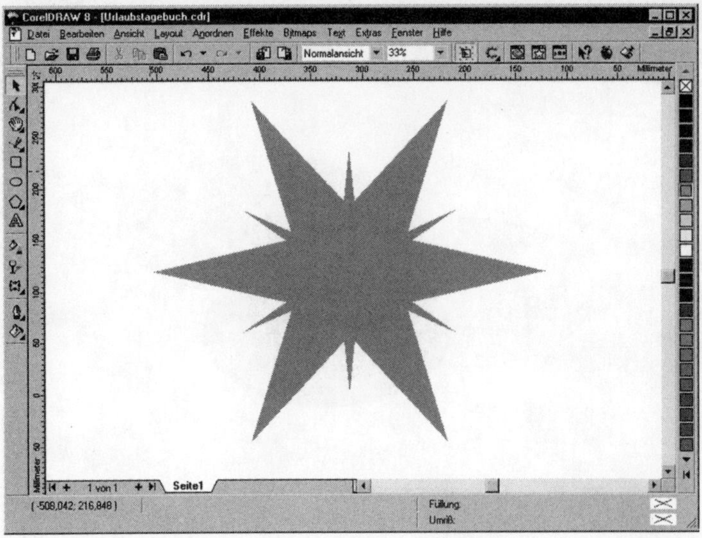

Abb. 176: Der Stern, nachdem die inneren Knoten nach außen bewegt wurden

Wolken müssen her!

Die Wolkenformation, die Sie auf der Abbildung des Übungsbeispiels sehen, werden mit der Funktion *Verschmelzen* erzeugt. Das Verschmelzen von Objekten ist so ähnlich wie das Gruppieren. Während sich eine Gruppierung jederzeit rückgängig machen läßt, indem Sie die Gruppierung wieder aufheben, bewirkt eine Verschmelzung von Objekten eine nicht mehr rückgängig zu machende Zusammenführung von Objekten. Was vorher zwei einzelne Objekte waren, ist nach der Verschmelzung ein einziges Objekt.

① Zuerst müssen einige Ellipsen gezeichnet werden, die dann anschließend zu einer einzigen großen Form verschmolzen werden. Verschaffen Sie sich auf dem Desktop ausreichend Zeichenfläche, wählen Sie das Hilfsmittel *Ellipsen* und erstellen Sie drei einfache Ellipsen. Größe und Form können Sie ähnlich der Abbildung gestalten.

② Weisen Sie den drei Ellipsen eine unterschiedliche Füllfarbe zu und ordnen Sie die Ellipsen so an, daß sie sich mindestens an einer Stelle überschneiden. Die Überschneidung ist sehr wichtig, wenn die Formen anschließend verschmolzen werden sollen. Nur wenn Überschneidungsflächen vorhanden sind, kann diese Funktion erfolgreich angewendet werden. Sind keine Überschneidungen vorhanden, werden die Objekte automatisch nur kombiniert.

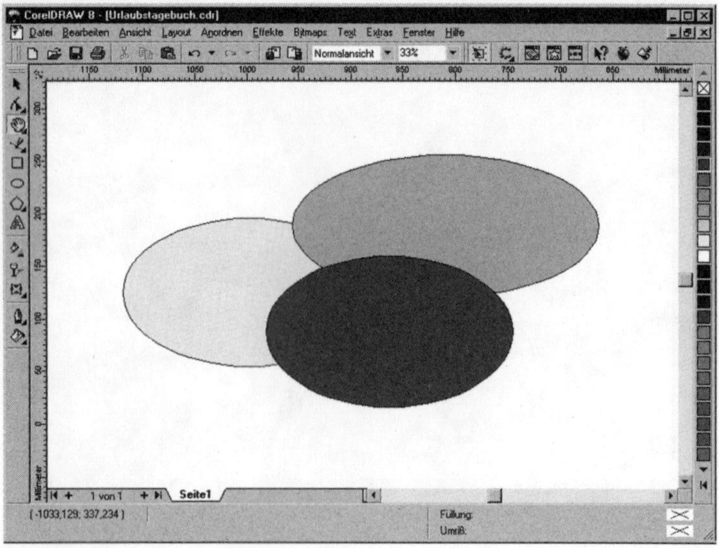

Abb. 177: Wollen Sie Objekte miteinander verschmelzen, müssen sie sich teilweise überschneiden

Ellipsen verschmelzen

① Drücken Sie die Esc-Taste, damit die Markierung aller Objekte aufgehoben wird. Wählen Sie anschließend aus dem Menü *Anordnen* den Menüpunkt *Verschmelzen.* Es öffnet sich das Rollup *Verschmelzen.* Da nichts markiert ist, läßt sich die Schaltfläche *Verschmelzen mit* noch nicht anwählen.

② Klicken Sie nun auf eine beliebige Ellipse, sofort wird die Schaltfläche *Verschmelzen* mit anwählbar. CorelDRAW will jetzt wissen, mit welchem anderen Objekt die markierte Ellipse verschmolzen werden soll.

③ Klicken Sie auf die Schaltfläche *Verschmelzen mit* und führen Sie den Mauscursor über eine noch nicht markierte Ellipse. Der Mauscursor hat sich in einen dicken schwarzen Pfeil verwandelt.

④ Durch einen Mausklick auf eine noch nicht markierte Ellipse wird das vorher markierte Objekt sofort mit dem angeklickten Objekt verschmolzen. Die beiden vorher eigenständigen Objekte sind nun zu einem einzigen Objekt zusammengeführt worden, was Sie auch gut an der Umrißlinie erkennen können.

⑤ Wiederholen Sie diesen Arbeitsschritt, um auch die dritte Ellipse zu verschmelzen. Löschen Sie anschließend noch den Umriß und weisen Sie dem Ganzen eine hellblaue Füllfarbe zu.

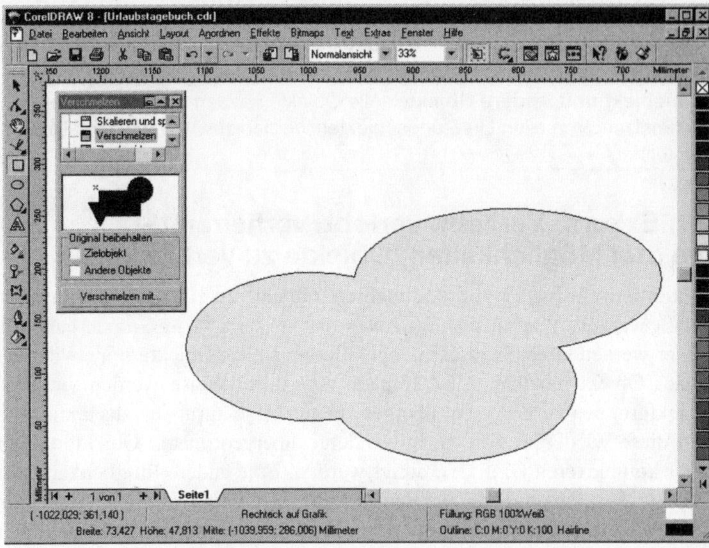

Abb. 178: Die drei Ellipsen nach dem Verschmelzungsvorgang: Aus drei einzelnen Objekten ist ein einziges geworden

Die Verschmelzungsfunktionen

Abb. 179: Das Rollup Verschmelzen

Das Rollup Verschmelzen im Überblick
Zielobjekt: Das Ausgangsobjekt und das Zielobjekt werden miteinander verschmolzen. Ein Duplikat des Zielobjekts bleibt zusätzlich erhalten.
Andere Objekte: Das Ausgangsobjekt und das Zielobjekt werden miteinander verschmolzen. Ein Duplikat des Ausgangsobjekts bleibt zusätzlich erhalten.
Zielobjekt und Andere Objekte: Alle Objekte werden miteinander verschmolzen. Von allen Ursprungsobjekten werden zusätzlich jedoch Duplikate erstellt.

Ein Exkurs: Verliebt, verlobt, verheiratet – die drei Möglichkeiten, Objekte zu verbinden!

Es kommt sehr häufig vor, daß mehrere Objekte zu einer Gruppe zusammengefaßt werden. Warum man so etwas macht, kann viele Gründe haben: Entweder werden Objekte zusammengefaßt, um sie als Objektgruppe wie ein einzelnes Objekt handhaben zu können. Auf diese Weise werden viele kleine Objektgruppen zu größeren, übergeordneten Objektgruppen zusammengefaßt, und diese wiederum können mit anderen übergeordneten Objektgruppen zu einer komplexeren Grafik vereinigt werden. Eine andere Möglichkeit, warum Objekte zusammengefaßt werden, ist die Erstellung komplizierter Formen Diese neue Objektform ist nicht eine Objektgruppe, sondern wirklich ein einzelnes Objekt, das zum Beispiel durch die Verschmelzung zweier Objekte geschaffen wurde.

In CorelDRAW gibt es drei unterschiedliche Arten, Objekte miteinander zu verbinden. Es sind dies die Gruppierung, die Kombination und schließlich die Verschmelzung. Nachfolgend erhalten Sie einen Überblick über die drei Arten der Zusammenführung.

Die Gruppierung

Diese Art der Verbindung kann als die „harmloseste" Form bezeichnet werden. Alle voher markierten Objekte werden zu einer Objektgruppe gruppiert. Jedes Objekt behält trotz der Gruppierung seine Eigenständigkeit in der Weise, daß die individuellen Attribute, wie beispielsweise Füllung, Umrißeigenschaften und Form, erhalten bleiben. An den Objekten selbst wird nichts verändert.

Der Vorteil der Objektgruppe ist, daß alle gruppierten Objekte wie ein einzelnes Objekt bearbeitet werden können. Weisen Sie der Objektgruppe eine neue Position zu, dann verschiebt sich die gesamte Objektgruppe, wobei die „relative" Position der Objekte zueinander erhalten bleibt. Diese Vorgehensweise ist sehr zu empfehlen, wenn Sie einzelne Elemente einer komplexen Grafik erstellen. Diese einzelnen Elemente können aus einer Vielzahl kleiner Einzelteile bestehen, die immer zusammenbleiben sollen. Fassen Sie die Vielzahl kleiner Einzelteile zu einer Gruppe zusammen, behält alles seine Ordnung. Eine Gruppierung können Sie jederzeit wieder rückgängig machen, ohne daß an den Objekten etwas verändert wird.

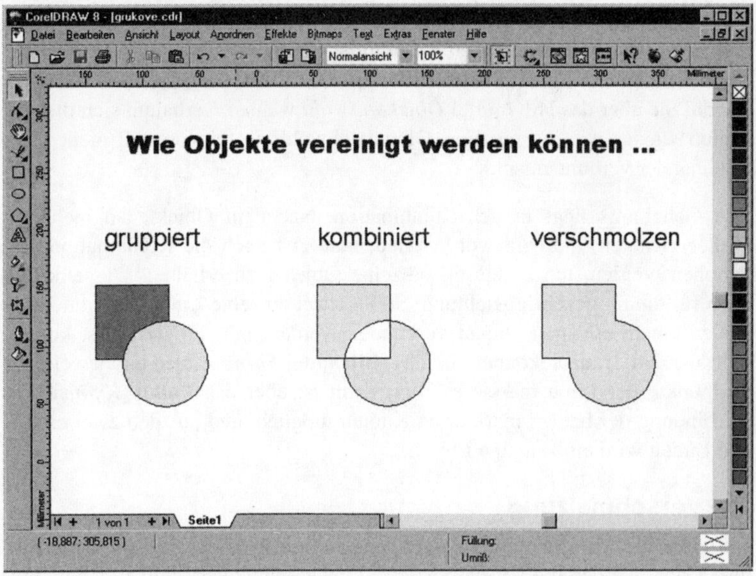

Abb. 180: Die drei Möglichkeiten im Überblick: Gruppierung, Kombination und Verschmelzung

Die Kombination

Die Kombination geht im Vergleich zur Gruppierung einen Schritt weiter. Die kombinierten Objekte gehen eine engere Verbindung ein, was sich auch daran zeigt, daß die unterschiedlichen Objektattribute, wie beispielsweise Füllung und Umrißeigenschaft, verlorengehen. Die Kombination „vereinheitlicht" gewissermaßen das Aussehen der Objekte. Zudem werden an den Stellen, an denen sich zwei Objekte überschneiden, die Flächen gelöscht, so daß ein Loch entsteht und die darunterliegenden Objekte bzw. der Hintergrund sichtbar werden.

Die Kombination von Objekten erzeugt auf diese Weise interessante neue Objektformen. Trotzdem bleiben die Objekte weiterhin eigenständig. Sie können eine Kombination jederzeit rückgängig machen durch den Befehl *Kombination aufheben*. Sie erhalten dann wieder die ursprünglichen Objekte. Nur die ursprünglichen Objekteigenschaften (Füllung, Umriß usw.) können nicht mehr wiederhergestellt werden.

Die Kombination ist sehr wichtig in Hinsicht auf das Arbeiten mit den Knoten. Haben Sie beispielsweise ein Rechteck, können Sie die Knoten an den vier Ecken mit dem Hilfsmittel *Form* trennen. Das Ergebnis sind vier Linien, deren Knoten Sie mit dem Hilfsmittel *Form* auch einzeln verschieben können. Sobald Sie aber das Hilfsmittel *Objektauswahl* wählen, verhalten sich die vier Linien wieder wie ein einziges Objekt, obwohl sie rein optisch nicht mehr miteinander verbunden sind.

Das Geheimnis liegt in der Kombination. Nachdem Objekte an mehreren Stellen (Knoten) getrennt worden sind, muß erst noch die Kombination aufgehoben werden, um endgültig einzelne Objekte zu erhalten. Dasselbe gilt auch für die umgekehrte Richtung. Sollen zwei einzelne Linien fest miteinander zu einem einzigen Objekt verbunden werden, müssen sie zuerst kombiniert werden. Danach können Sie das Hilfsmittel *Form* wählen und jeweils die Endpunkte der Linie markieren. Erst dann ist über das Rollup *Knoten* eine Verbindung der beiden markierten Knoten möglich, und aus den zwei einzelnen Linien wird eine einzige Linie.

Die Verschmelzung

Mit Hilfe der Verschmelzung lassen sich komplizierte Formen einfach erzeugen. Dabei werden die verschmolzenen Objekte unwiderruflich zu einem einzigen Objekt vereinigt. Dieser Arbeitsschritt läßt sich höchstens durch den Befehl *Rückgängig* aus dem Menü *Bearbeiten* wieder rückgängig machen.

Sie können sich die Verschmelzung von zwei Objekten vorstellen wie das Zusammenschütten von zwei Kannen Milch in eine einzige große Kanne. Während bei den zwei vorher beschriebenen Arten der Verbindung (Gruppierung und Kombination) die Objekte einzelne Objekte blieben, werden die Objekte beim Verschmelzen endgültig zu einem einzigen Objekt zusammengeführt.

Die Verschmelzung sollte nur auf flächige Objekte angewendet werden, wie beispielsweise Rechtecke, Ellipsen oder Polygone. Linien oder Kurven sollten nicht miteinander verschmolzen werden. Bei dieser Art von Objekten ist eine Verschmelzung unzweckmäßig und bringt keinen gestalterischen Vorteil.

Die flächigen Objekte müssen sich mindestens an einer Stelle überschneiden, sonst ist eine Verschmelzung nicht möglich. Versuchen Sie zwei oder mehrere Objekte miteinander zu verschmelzen, die sich an keiner Stelle überschneiden, werden die Objekte bei Anwendung dieser Funktion automatisch kombiniert. In Kombination mit der Funktion *Zuschneiden* ist das Verschmelzen eine fantastische Möglichkeit, komplexe und interessante Objekte zu gestalten.

Ein Sonderfall: Die Trennung

Bis auf die Verschmelzung gibt es immer per Menübefehl die Möglichkeit, die Verbindung der Objekte wieder rückgängig zu machen. Die Verschmelzung läßt sich bestenfalls durch ein sofortiges Anwählen des Menüpunkts *Rückgängig* im Menü *Bearbeiten* wieder rückgängig machen. Liegen dazwischen weitere Arbeitsschritte, funktioniert das auch nicht mehr.

Aber wofür gibt es den Menüpunkt *Trennen* im Menü *Anordnen*? Diese Funktion dient ausschließlich zum Zerlegen von automatischen Objekten, die durch Funktionen wie beispielsweise den Effekt *Hülle* oder *Überblendung* erstellt worden sind. Die Funktion *Trennen* kann nicht eingesetzt werden, um Gruppierungen, Kombinationen oder verschmolzene Objekte wieder zu trennen.

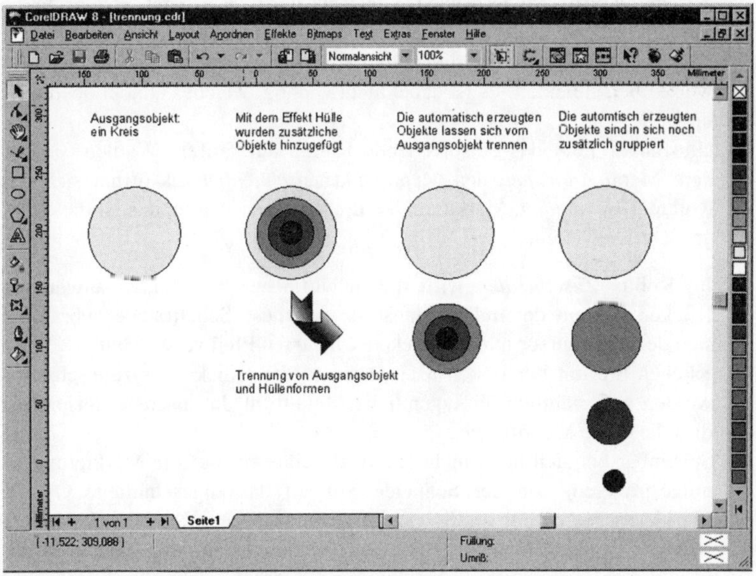

Abb. 181: Die Trennung wird nur bei automatisch erzeugten Objekten angewendet, die durch Effektfunktionen hinzugefügt wurden

Objekte zuschneiden

Fehlt noch der Mond! Ihn werden wir durch die Funktion *Zuschneiden* erstellen. Diese Funktion ist praktisch das Gegenteil vom Verschmelzen. Zugeschnitten werden können fast alle Objekttypen, also Linien, geschlossene Objekte und sogar grafischer Text. Nur Mengentext ist nicht zuschneidbar. Zum Zuschneiden brauchen Sie immer zwei Objekte: Eins, das zugeschnitten werden soll, und ein anderes Objekt, das als Zuschneideform dient.

① Erstellen Sie als erstes eine kreisrunde Fläche. Wählen Sie dazu das Hilfsmittel *Ellipse* und zeichnen Sie einen Kreis. Sie erhalten eine vollkommen kreisrunde Form, indem Sie während des Zeichnens die [Strg]-Taste gedrückt halten. Löschen Sie den Umriß und färben Sie den Kreis dunkelblau ein.

② Aus der kreisförmigen Mondfläche soll eine Sichel werden. Anstatt mühevoll mit Hilfe des Hilfsmittels *Form* eine Mondsichel zu formen, setzen Sie jetzt die Zuschneide-Funktion ein. Aber eins fehlt noch! Richtig, die Zuschneideform muß noch erstellt werden.

③ Zeichnen Sie einen zweiten Kreis, ebenfalls mit der [Strg]-Taste, aber diesmal ein bißchen größer, und weisen Sie ihm eine Füllfarbe zu. Da die Zuschneideform sowieso wieder gelöscht wird, ist es egal, welche Farbe Sie wählen, sie sollte nur eine deutliche Unterscheidung beider Objekte ermöglichen. Ordnen Sie die beiden Kreisflächen so an, daß sie sich teilweise überschneiden. Es ist dabei nicht wichtig, welches Objekt oben oder unten liegt.

④ Nun ist es Zeit, das entsprechende Rollup aufzurufen. Wählen Sie aus dem Menü *Anordnen* den Menüpunkt *Zuschneiden*. Es öffnet sich das Rollup *Zuschneiden*. Markieren Sie die Zuschneideform, das ist die etwas größere Kreisfläche.

⑤ Im Rollup *Zuschneiden* wird die Schaltfläche *Zuschneiden* anwählbar. Klicken Sie mit der linken Maustaste auf diese Schaltfläche, woraufhin sich der Mauscursor in einen dicken schwarzen Pfeil verwandelt.

⑥ Klicken Sie mit der linken Maustaste auf das Objekt, das zugeschnitten werden soll, nämlich die eigentliche Mondform. In unserem Beispiel ist dies die blaue Mondfläche.

⑦ Scheinbar hat sich noch nicht allzuviel verändert, nur die Markierung ist umgesprungen, von der Schneideform auf das zugeschnittene Objekt. Markieren Sie erneut die Schneideform und löschen Sie sie. Und schon wird das Ergebnis sichtbar: eine wunderschöne Mondsichel ist das Ergebnis unserer Bemühungen. Fehlt nur noch das Gesicht. Auch das wird durch die Zuschneide-Funktion erreicht.

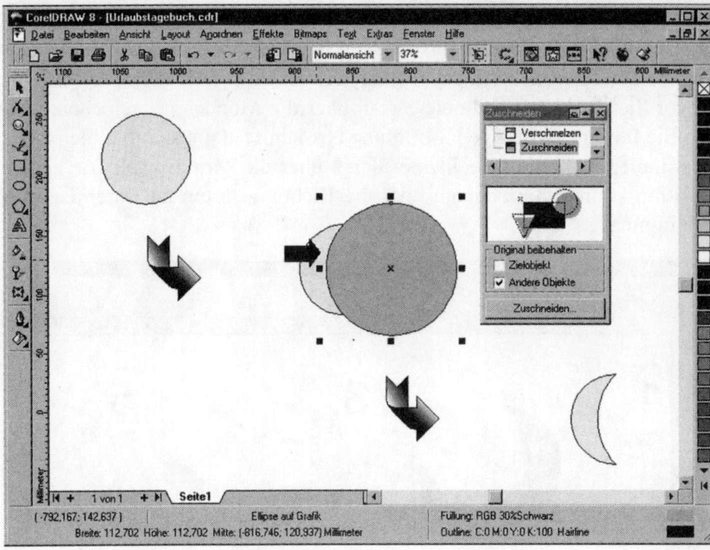

Abb. 182: Die Schritte zur Mondsichel in der Übersicht: Kreis erstellen, zuschneiden, fertig!

Eine weitere Form ausschneiden

Zu einem richtigen Mondgesicht brauchen wir Augen und Mund. Fangen wir mit den Augen an. Als Zuschneideform benutzen wir ein verkleinertes Duplikat der Sichel.

① Erstellen Sie ein Duplikat der Mondsichel, indem Sie die Mondsichel markieren und die Tastenkombination Strg+D drücken. Mit den Tastaturkürzeln führen Sie die Funktion *Duplizieren* aus dem Menü *Bearbeiten* aus.

② Das erstellte Duplikat ist noch markiert. Wählen Sie das Hilfsmittel *Objektauswahl* und klicken Sie mit der linken Maustaste auf das bereits markierte Objekt. Aus den acht eckigen Anfassern werden jetzt Pfeile.

③ Klicken Sie mit der linken Maustaste auf einen der vier Eckpfeile, halten Sie zusätzlich die Strg-Taste gedrückt und verschieben Sie den Mauscursor langsam kreisbogenförmig im Uhrzeigersinn. Durch die gedrückte Strg-Taste wird die Drehschrittweite auf 15°-Schritte begrenzt, so daß es Ihnen möglich ist, die Sichel um 45° zu drehen, bis sie wie ein Auge aussieht. Lassen Sie erst die Maustaste los, dann die Strg-Taste. Das Objekt hat schon mal die richtige Drehung.

④ Verkleinern Sie die gerade gedrehte Sichel, indem Sie ein weiteres Mal mit dem Hilfsmittel *Objektauswahl* auf die Sichel klicken. Über einen der vier Eckanfasser läßt sich das Objekt verkleinern.

⑤ Bevor Sie die kleine gedrehte Sichel über die Mondsichel schieben, weisen Sie Ihr eine auffällige Farbfüllung zu, damit sie gut sichtbar bleibt.

⑥ Positionieren Sie nun die kleine Sichel über die Mondsichel. Die exakte Position können Sie bequem über die Richtungstasten auf Ihrer Tastatur bestimmen.

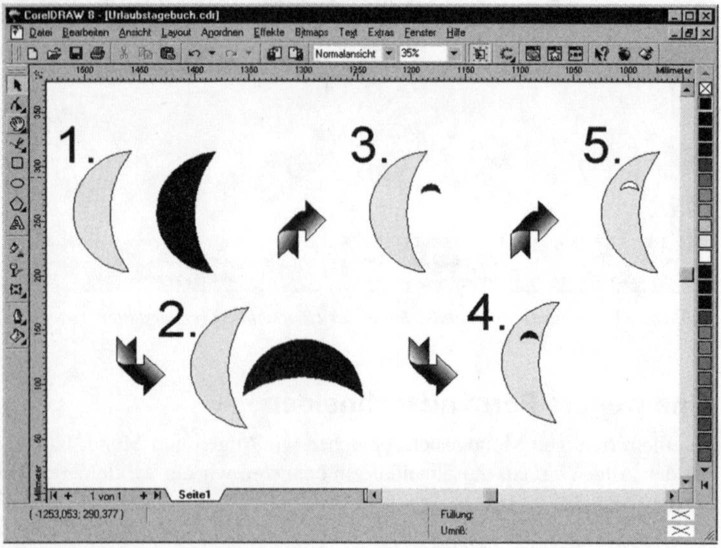

Abb. 183: In wenigen Arbeitsschritten haben Sie mit der Zuschneidefunktion einen schönen Mond gezeichnet

⑦ Öffnen Sie das Rollup *Zuschneiden* und deaktivieren Sie gegebenenfalls durch einen linken Mausklick in die Kontrollkästchen *Zielobjekt* bzw. *Andere Objekte*. Es sollte kein Kreuzchen zu sehen sein.

⑧ Markieren Sie zuerst die „Augensichel" und klicken Sie im Rollup *Zuschneiden* auf die Schaltfläche *Zuschneiden*. Mit dem dicken Pfeil, so sollte Ihr Mauscursor nun aussehen, klicken Sie auf die große Mondsichel. Die Zuschneideform wird durch die Deaktivierung der Kontrollkästchen automatisch gelöscht. Zurück bleibt die zugeschnittene Mondsichel, die nun ein Auge bekommen hat.

Knoten hinzufügen und bearbeiten

Zu einem richtigen Mondgesicht gehört natürlich auch ein Mund. Der Mund ließe sich auf ähnliche Weise erstellen wie das Auge. Sie bräuchten nur eine Form zu erstellen, die wie ein lachender Mund aussieht, und diese als Schneideform zu verwenden. Wir wollen jedoch mit dem Hilfsmittel *Form* den Mund aus der bestehenden Mondsichelform herausarbeiten. In diesem Abschnitt sollen Knoten hinzugefügt, Knoteneigenschaften verändert und Steuerpunkte verschoben werden.

① Die Mondsichel ist noch markiert. Führen Sie einen Zoom auf die Mondsichel aus, indem Sie aus der Liste der Zoomeinstellungen in der Symbolleiste den Eintrag *Auf Auswahl* wählen. Die markierte Mondsichel ist derzeit die Auswahl und wird deshalb bildschirmfüllend vergrößert. Das ist auch gut so. Bei der Arbeit mit dem Hilfsmittel *Form* sollten Sie möglichst immer die größtmögliche Zoomeinstellung wählen. Nur so läßt sich mit diesem Hilfsmittel vernünftig gestalten.

② Klicken Sie doppelt mit der linken Maustaste auf das Hilfsmittel *Form*, woraufhin das Rollup *Knoten* geöffnet wird. Das brauchen Sie praktisch immer, wenn Sie mit dem Hilfsmittel *Form* arbeiten.

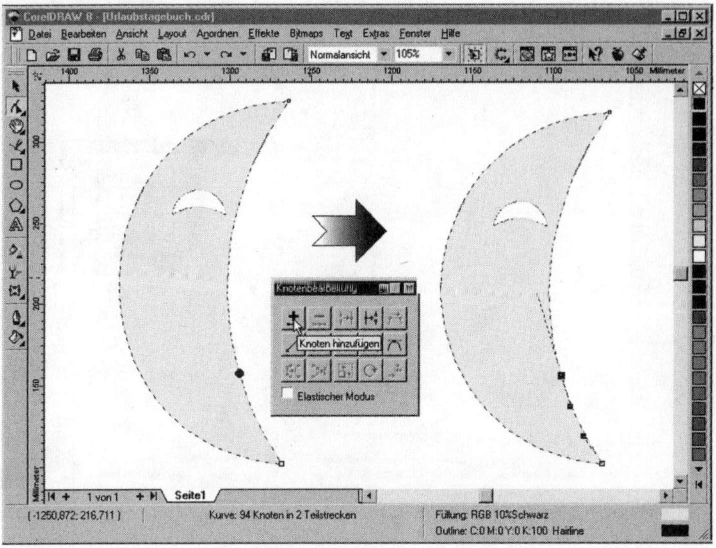

Abb. 184: Ein Klick mit dem Hilfsmittel Form auf eine Linie setzt eine runde Vormarkierung, die erst durch die Funktion Knoten hinzufügen aus dem Rollup zum richtigen Knoten wird

③ Klicken Sie nun mit der linken Maustaste auf die Umrißlinie der Mondsichel an der Stelle, wo der Mund sein soll. Wenn Sie die Umrißlinie getroffen haben, erscheint an dieser Stelle ein kleiner runder Punkt. Dies ist die „Vormarkierung“, an der Sie nachfolgend einen neuen Knoten setzen können. Wohlgemerkt: Der runde Punkt ist noch kein Knoten.

④ Haben Sie eine „Vormarkierung“ auf der Umrißlinie gesetzt, klicken Sie mit der linken Maustaste auf die Symbolfläche *Knoten hinzufügen* - das ist das Symbol mit dem Pluszeichen. An der durch den runden Punkt vormarkierten Stelle wird nun ein Knoten gesetzt. Dieser Knoten kann verschiedene Eigenschaften besitzen, die den Verlauf der durch ihn verlaufenden Linie nachhaltig beeinflussen.

⑤ Da an dieser Stelle ein spitzer Knick nach innen vollzogen werden soll, muß dies auch ein sogenannter „spitzer Knoten“ werden. Klicken Sie mit der linken Maustaste auf die Symbolfläche *Spitzer Knoten*. Dies ist die Symbolfläche mit der Linienspitze, das mittlere Symbol in der zweiten Zeile im Rollup *Knoten*. Drücken Sie einmal die [Esc]-Taste, um die Markierung des Knotens aufzuheben.

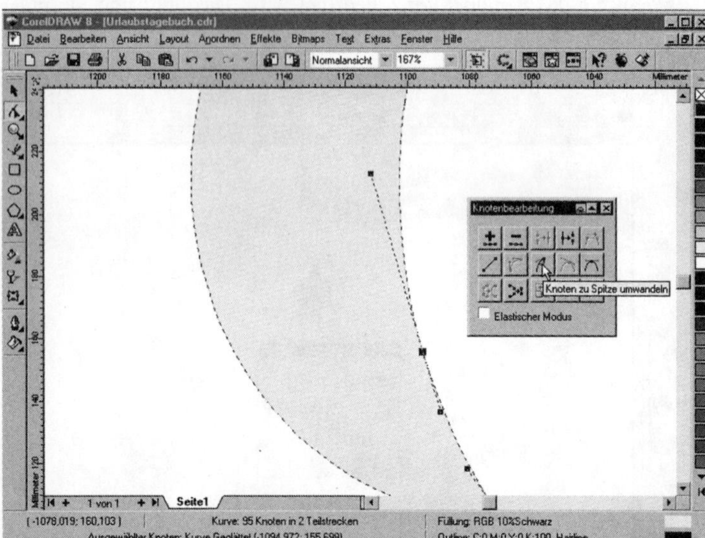

Abb. 185: Die Eigenschaft eines markierten Knotens wird über die Symbolflächen im Rollup definiert

Hinweis: Ein markierter Knoten wird durch einen dickeren, schwarzen Knotenrahmen dargestellt. Zusätzlich können die zum Knoten gehörigen Kontrollpunkte sichtbar sein. Kontrollpunkte sind kleine Ausleger, meist zu beiden Seiten des Knotens. Manchmal gibt es allerdings auch nur einen Kontrollpunkt, über den der Kurvenverlauf der Linie verändert werden kann. Je nach Eigenschaft des Knotens kann es auch vorkommen, daß ein Konten keine Kontrollpunkte hat. Oder die Kontrollpunkte liegen genau über dem Knoten. In beiden Fällen werden Sie vergeblich nach den Kontrollpunkten Ausschau halten. Die Eigenschaft eines Knotens können Sie auch dem Rollup *Knoten* entnehmen: Alle hell dargestellten Symbolflächen, die Knoteneigenschaften definieren, sind derzeit aktiv. Durch einen Mausklick auf die entsprechende Symbolfläche können andere Eigenschaften zugewiesen werden.

⑥ Wir brauchen noch zwei weitere Knoten. Wählen Sie ein Stück weiter oben einen weiteren Punkt und klicken Sie anschließend auf die Symbolfläche *Knoten hinzufügen*. Auch dieser Knoten bekommt durch einen Klick mit der linken Maustaste auf die Symbolfläche *Spitzer Knoten* die entsprechende Eigenschaft zugewiesen.

⑦ Fehlt noch der Dritte im Bunde. Der dritte Knoten wird nun genau zwischen die beiden gerade gesetzten Knoten plaziert.

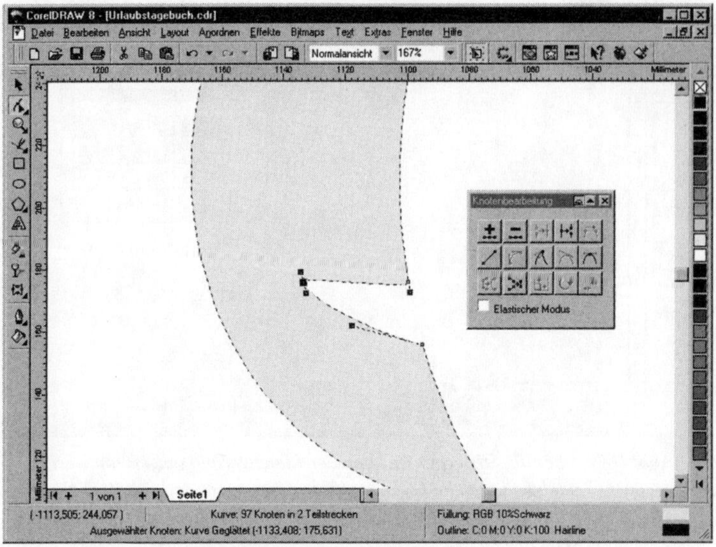

Abb. 186: Nachdem insgesamt drei Knoten hinzugefügt, in spitze Knoten umgewandelt und verschoben wurden, hat der Mond nun auch einen Mund

⑧ Klicken Sie auf den dritten Knoten und halten Sie die Maustaste gedrückt. Ziehen Sie den Mauscursor behutsam nach innen und lassen Sie die Maustaste wieder los. Der Kurvenverlauf folgt dem Knoten.

Kontrollpunkte bearbeiten

Über die Kontrollpunkte läßt sich der Linienverlauf verändern. Leider sind die Kontrollpunkte winzig klein, und man hat schnell danebengeklickt. Dann heißt es, erneut den Knoten anklicken, damit seine Kontrollpunkte sichtbar werden. Im folgenden Abschnitt soll durch Verschieben der Kontrollpunkte der Linienverlauf definiert werden.

① Fangen Sie mit dem zuerst gesetzten Knoten an. Dies ist der untere Knoten, den Sie mit der linken Maustaste einmal anklicken. Denken Sie aber daran: Sie arbeiten die ganze Zeit über noch mit den Hilfsmittel *Form*, sonst können Sie die Knoten und die dazugehörigen Kontrollpunkte nicht bearbeiten.

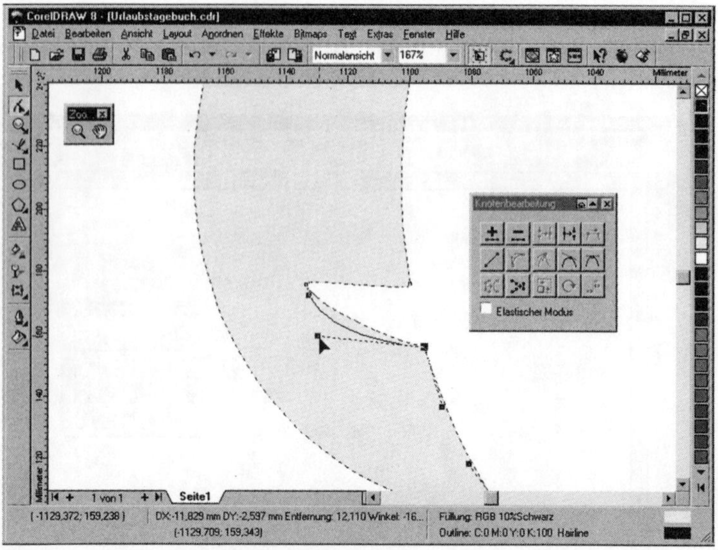

Abb. 187: Über die Steuerpunkte kann der Linienverlauf umgeformt werden - je nachdem, welche Eigenschaft dem Knoten über das Rollup zugewiesen wurde, läßt sich ein Steuerpunkt unabhängig von seinem Gegenüber verschieben

② Wenn Sie den Knoten markiert haben, färbt er sich schwarz ein und die beiden Kontrollpunkte werden sichtbar. Klicken Sie mit der linken Maustaste auf den oberen Kontrollpunkt und halten Sie die Maustaste gedrückt. Ziehen Sie den Mauscursor nach innen. Da der Knoten die Eigenschaft *spitz* besitzt, läßt sich der Kontrollpunkt in seiner Position verschieben, ohne daß sich der gegenüberliegende Kontrollpunkt mit verschiebt. Auf diese Weise können Sie den Linienverlauf so umformen, daß aus der Rundung eine spitze Ecke wird. Daher auch die Bezeichnung *spitzer Knoten.*

③ Wiederholen Sie dasselbe mit dem Knoten, den wir als zweites gesetzt haben. Ziehen Sie den unteren Kontrollpunkt nach innen.

④ Verändern Sie auch am dritten Knoten die Kontrollpunkte, so daß eine schöne Mundform entsteht. Ist die Mundform vollendet, wählen Sie das Hilfsmittel *Objektauswahl* und drücken einmal die [Esc]-Taste. Die Markierung der Knoten wird aufgehoben, und Sie können sich einen besseren Eindruck vom Ergebnis Ihrer Bemühungen machen. Damit hätte der Mond sein Gesicht. Speichern Sie zur Sicherheit Ihre Datei durch einen Klick auf das Symbol *Speichern.*

Objekte anordnen und gruppieren

Wir haben einen Mond, Sterne und Wolken. Die Objekte müssen nur noch richtig angeordnet werden. Die Anordnung wird normalerweise immer in zwei Schritten vollzogen: erst die Anordnung in der Fläche, wobei auch die endgültige Größe eingestellt wird, dann die räumliche Anordnung (also nach hinten bzw. vorne setzen).

① Bringen Sie mit dem Hilfsmittel *Objektauswahl* die Objekte in die richtige Position zueinander. Die richtige Position heißt in diesem Fall, daß der Mond ein bißchen die Wolken überlappt und der Stern vielleicht rechts oben seinen Platz findet. Wenn Sie sich nicht ganz sicher sind, wie Sie die Objekte anordnen sollen, schauen Sie es einfach der Abbildung ab.

② Das zuletzt erstellte Objekt liegt räumlich gesehen immer ganz oben bzw. vorne, das heißt über allen anderen. Da der Mond als letztes erstellt wurde, liegt er über den Wolken. Um ihn in den Hintergrund zu bekommen, markieren Sie den Mond mit dem Hilfsmittel *Objektauswahl* und wählen aus dem Menü den Menüpunkt *Anordnung.*

③ Aus dem Untermenü, das sich daraufhin öffnet, wählen Sie den Menüpunkt *Nach hinten.* Der Mond sollte jetzt hinter den Wolken liegen.

④ Wenn alle Objekte ihre optimale Position und Lage gefunden haben, heißt es wieder gruppieren. Markieren Sie dazu alle Objekte, indem Sie die Objekte mit dem Hilfsmittel *Objektauswahl* einzeln anklicken und dabei die [Umschalt]-Taste gedrückt halten.

⑤ Wählen Sie anschließend aus dem Menü *Anordnen* den Menüpunkt *Gruppieren*.

Abb. 188: Die fertige Grafik: Mond, Stern und Wolke sind richtig angeordnet und gruppiert worden

Tip: Modus *Ebenenübergreifend bearbeiten* immer deaktivieren

Wenn dem nicht so ist, überprüfen Sie, ob die Objekte auch wirklich auf einer Ebene liegen oder versehentlich auf verschiedene Ebenen gerutscht sind. Das ist dann schnell passiert, wenn der Modus *Ebenenübergreifend* aktiviert ist - deshalb immer diesen Modus deaktivieren! Wollen Sie Objekte gruppieren, die auf unterschiedlichen Ebenen liegen, geht das nur, wenn Sie zuvor den Modus *Ebenenübergreifend bearbeiten* aktivieren. Sie können dann alle Objekte markieren, gleich auf welcher Ebene die Objekte liegen. Gruppieren, kombinieren oder verschmelzen Sie Objekte miteinander, die auf verschiedenen Ebenen liegen, werden alle Objekte automatisch auf die höchste Ebene verschoben. Ein Beispiel: Es gibt zwei Ebenen, die Ebene *Grafik* und die Ebene *Hintergrund*. Ein Rechteck, das auf der Ebene *Hintergrund* liegt, wird mit einem Kreis gruppiert, der auf der Ebene *Grafik* liegt. Da die Ebene *Grafik* über der Ebene *Hintergrund* liegt, befinden sich beide Objekte nach der Gruppierung auf der Ebene *Grafik*.

Die Grafik auf die Titelseite kopieren und ausrichten

Fehlt noch ein letzter Arbeitsschritt: Die Grafik muß noch auf der Titelseite positioniert werden. Da die Ebene *Grafik* die unterste Arbeitsebene ist, liegt auch die Grafik (die sich auf der Ebene *Grafik* befindet) automatisch hinter allen anderen Objekten der übergeordneten Ebene *Fotos und Text*. Auf diese Weise können Sie interessante Effekte erzielen, indem Sie die Grafik in einem ganz hellen Farbton gestalten und als großflächige Hintergrundgrafik einsetzen. Oder Sie positionieren die Grafik wie in unserem Beispiel zusätzlich neben die Überschrift.

Tip: Fertige Ebenen sperren

Achten Sie darauf, daß die Ebene *Fotos und Text* gesperrt ist. So können Sie die Grafik auf der Ebene *Grafik* bequem auf der Zeichenseite hin- und herschieben, ohne versehentlich die Texte oder Bilder zu verrücken.

① Verkleinern Sie die Grafik und positionieren Sie die Grafik neben bzw. über der Überschrift.

② Erstellen Sie ein Duplikat der Grafik, weisen Sie dem Duplikat einen zarten Farbton zu, vergrößern Sie das Ganze und positionieren Sie die Grafik mitten auf die Zeichenseite.

③ Nicht vergessen: Speichern Sie Ihre Datei!

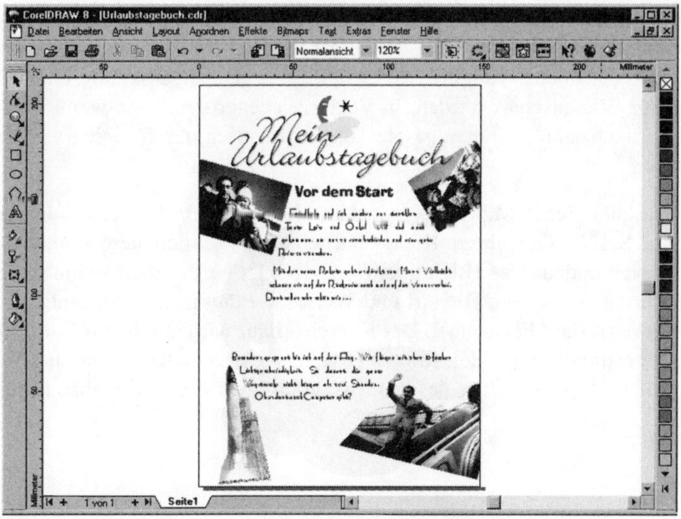

Abb. 189: Die erste Seite des Urlaubstagebuchs ist fertig

Fertig!

Mit den bis hierhin erworbenen Fähigkeiten können Sie Ihr Urlaubstagebuch beliebig erweitern und interessant gestalten. Speichern Sie Ihre Datei und machen Sie einmal einen Probeausdruck.

Weitere Seiten lassen sich über den Menüpunkt *Seite einfügen* aus dem Menü *Layout* hinzufügen. Importieren Sie auf diese neuen Seiten weitere Bilder, erstellen Sie Mengentextrahmen und weisen Sie den Absätzen über den Stile-Manager die entsprechenden Stile zu. Da sich die Arbeitsschritte auf allen Seiten wiederholen, sind Sie hier nicht mehr einzeln aufgeführt.

5.6 Thema Knotenbearbeitung

Die Bearbeitung von Knoten und der dazugehörigen Steuerpunkte sind mit das Schwierigste bei der Gestaltung von Grafiken mit einem Vektorzeichenprogramm, wie CorelDRAW eines ist. Um mit Knoten arbeiten zu können, ist eine kleine theoretische Einführung in das Thema Knotenbearbeitung sehr hilfreich. In diesem Abschnitt werden der Aufbau, die Elemente und die Bearbeitung von Linien bzw. Kurven ausführlich erklärt.

Was ist eine Linie?

So einfach ist die Beantwortung dieser Frage gar nicht. In Vektorzeichenprogrammen können Linien, als Oberbegriff für alle Linienformen wie Geraden und Kurven, höchst komplizierte Gebilde sein. Die Bearbeitung einer Linie kann zur Wissenschaft werden. In Vektorzeichenprogrammen werden eigentlich nur sogenannte Knoten gesetzt, die automatisch durch Linien verbunden werden.

Ein Beispiel: Jeder Mausklick mit dem Hilfsmittel *Bézier* setzt solch einen Knoten. Setzen Sie mehrere Knoten nacheinander, werden diese Knoten durch Linien verbunden. Das Hilfsmittel *Bézier* besitzt zudem die Möglichkeit, Linien kurvig zu formen. Die Art und Weise, wie diese Linie geformt ist, wird als Kurvenverlauf bezeichnet. Der Kurvenverlauf wird durch eine Aufbauvorschrift bestimmt, die in den Knoten gespeichert ist. Die Knoten können unterschiedliche Eigenschaften besitzen, wodurch auch die Linien ihre Form erhalten.

Woraus eine Linie besteht

Knoten

Eine Linie besteht immer aus mindestens zwei Knoten, die durch einen Linienabschnitt verbunden sind. Die Knoten werden als kleine Kästchen dargestellt. Manche Knoten erscheinen mit einer schwarzen Füllung, wenn sie markiert sind. Dies sind Knoten mit der Eigenschaft *Kurve*. Das heißt, die durch sie verlaufende Linie verläuft in einer Rundung. Die anderen Knoten, die eine Linie zu einer Geraden werden lassen, werden nur als Kästchen mit einem schwarzen Umriß dargestellt.

Steuerpunkte

Sofern ein Knoten die Eigenschaft *Kurve* besitzt und eine durch ihn verlaufende Linie kurvig werden läßt, besitzt dieser Knoten mindestens einen Steuerpunkt. Über die Steuerpunkte kann der Kurvenverlauf frei gestaltet werden. Ob ein Knoten ein oder zwei solcher Steuerpunkte hat, hängt davon ab, welche Eigenschaft er selbst und seine benachbarten Knoten besitzen. Steuerpunkte können Elemente einer Linie sein, müssen es aber nicht. Sie sind also optional.

Linien und Linienabschnitt

Die eigentliche Linie wird gebildet durch die Verbindung der Knoten durch (Teil-)Strecken. Ohne Knoten keine Linie. Besteht eine Linie aus mehreren Knoten, werden die einzelnen Verbindungslinien als Linienabschnitte bezeichnet.

Am Anfang war die Linie ...

Eine Linie besteht im einfachsten Fall aus zwei Knoten, die durch eine Gerade verbunden werden. In den Knoten ist die Aufbauvorschrift *gerade Linie* gespeichert. Die Knoten, die die Linienabschnitte miteinander verbinden, geben nicht nur vor, wie die eigentliche Linie aussehen soll, sondern bestimmen auch, wie die Linienabschnitte an den Verbindungsstellen (im Knoten) miteinander verbunden sein bzw. aufeinandertreffen sollen. So kann es zum Beispiel vorkommen, daß in einem Knoten die Linienabschnitte im spitzen Winkeln, also *spitz* aufeinandertreffen. In diesem Fall entsteht eine Ecke. In einem anderen Fall können die Linienabschnitte in einem Knoten auch so aufeinandertreffen, daß an dieser Stelle eine Kurve entsteht.

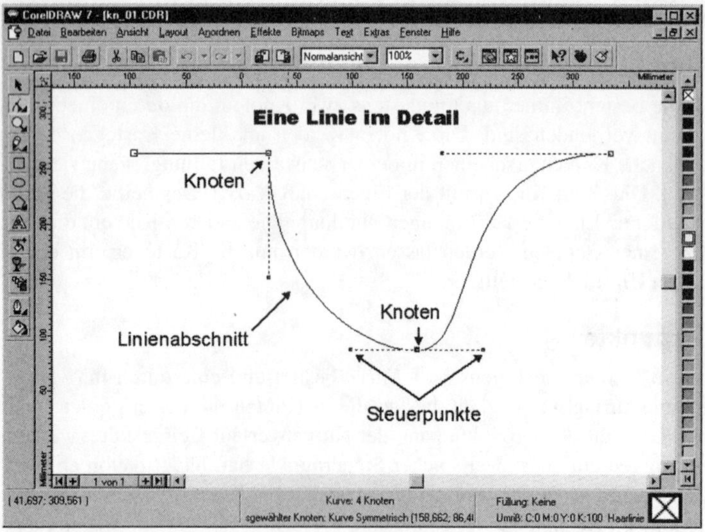

Abb. 190: Die einzelnen Bestandteile einer Linie: Linienabschnitte, Knoten und Steuerpunkte

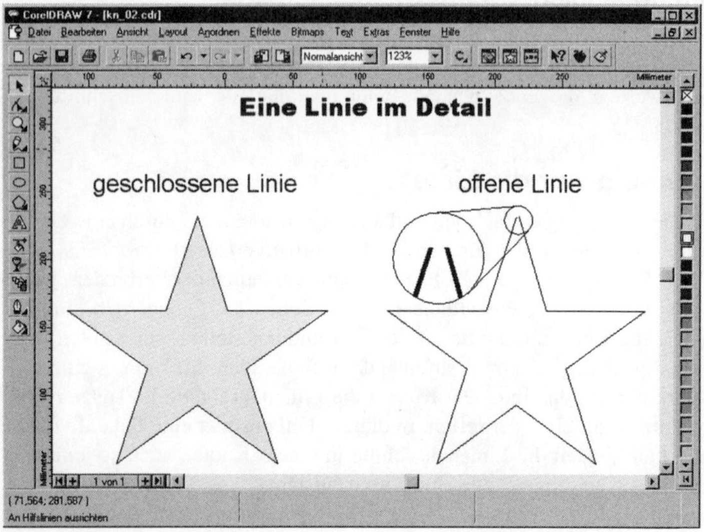

Abb. 191: Sobald an einer Stelle ein Knoten nicht mehr verbunden ist, verliert ein Objekt seine Füllung

Und was sind geschlossene Linienverläufe?

Genaugenommen sind auch Rechtecke, Kreise und Polygone (Vielecke) nur Linien. Bei ihnen sind jedoch der Anfangs- und der Endknoten miteinander fest verknotet. Dadurch entsteht ein geschlossener Linienverlauf und erzeugt somit eine geschlossene Form. Geschlossene Linien können jederzeit nach Belieben zu offenen Linienverläufen umgewandelt werden und umgekehrt. Dazu müssen die Knoten an einer Stelle getrennt bzw. wieder miteinander verbunden werden.

Nur geschlossene Linienverläufe können Füllungen besitzen

Nur wenn ein Linienverlauf geschlossen ist, kann dem Ganzen eine Füllung zugewiesen werden. Können Sie einem scheinbar geschlossenen Linienverlauf keine Füllung zuweisen, kann das mehrere Gründe haben ...

Ist der Ansichtsmodus schuld?

Entweder arbeiten Sie gerade im Umrißmodus bzw. haben die Ebenenfarbe aktiviert (Menüpunkt *Umriß* im Menü *Ansicht*), dann werden nämlich alle Objekte nur mit ihrem Umriß dargestellt, gleich ob ihnen eine Füllung zugewiesen worden ist oder nicht.

Ein trügerischer Knoten

Oder die scheinbar geschlossene Linie ist an mindestens einer Stelle eben nicht wirklich fest miteinander „verknotet". Die beiden Knoten liegen genau übereinander, und das Ganze sieht von weitem prima aus. Aber geschlossen ist die Linie dadurch nicht, und das Ergebnis ist: keine Füllung!

Und so schaffen Sie sich Abhilfe

In so einem Fall hilft nur eine Überprüfung mit dem Hilfsmittel *Form*.

① Öffnen Sie durch einen Doppelklick auf das Hilfsmittel *Form* das Rollup *Knoten*.

② Markieren Sie die Knoten, indem Sie mit dem Hilfsmittel *Form* bei gedrückter linker Maustaste einen großzügigen Auswahlrahmen um jeweils einen Knoten ziehen, so als ob Sie einen Rahmen um den Knoten zeichnen wollten.

③ Wenn im Rollup *Knoten* die Schaltfläche *Knoten trennen* „anklickbar" aussieht, ist alles in Ordnung. Sobald aber die beiden Schaltflächen *Knoten verbinden* und *Kurve zum Schließen verlängern* „anklickbar" erscheinen, wissen Sie: An dieser Stelle befinden sich in Wirklichkeit zwei Knoten, die nur genau übereinanderliegen, aber nicht zu einem einzigen Knoten verbunden sind.

④ Klicken Sie auf eine der beiden gerade erwähnten Schaltflächen. Sind alle Knoten überprüft und miteinander verbunden, sollte es auch mit der Füllung klappen.

Das Hilfsmittel Form

Wenn wir von Knoten sprechen, müssen wir auch das Hilfsmittel *Form* erwähnen. Die Form von Objekten läßt sich in unterschiedlicher Art und Weise verändern. Während Sie mit dem Hilfsmittel *Objektauswahl* Größe, Drehwinkel und Neigung bestimmen können, ermöglicht das Hilfsmittel *Form* eine wesentlich „subtilere" Formänderung. Die Objektform kann in jeder erdenklichen Weise verändert werden.

Nur mit diesem Hilfsmittel können die Knoten und die dazugehörigen Steuerpunkte angewählt und bearbeitet werden. Sobald Sie das Hilfsmittel *Form* angewählt haben, verschwinden die acht Anfasser eines markierten Objekts, und die Knoten des Objekts werden sichtbar. Klicken Sie mit dem Hilfsmittel *Form* auf einen Knoten, werden die Steuerpunkte sichtbar (wenn der Knoten welche hat).

Krieg doch mal die Kurve!

Eine Kurve zu zeichnen ist gar nicht so einfach. In der Regel benutzen Sie dazu das Hilfsmittel *Bézier* aus der Hilfsmittelpalette.

① Wenn Sie das Hilfsmittel *Bézier* gewählt haben, erscheint der Mauscursor in Form eines zarten Kreuzchens.

② Klicken Sie mit der linken Maustaste auf die Zeichenseite, haben Sie einen Knoten gesetzt. Klicken Sie daneben ein weiteres Mal, wird ein zweiter Knoten gesetzt, und die beiden Knoten werden durch eine gerade Linie verbunden. Aber wie bekommen Sie jetzt eine Kurve?

③ Wenn Sie die linke Maustaste drücken und gedrückt halten, können Sie mit der gedrückten Maustaste dem gerade gesetzten Knoten sogenannte Steuerpunkte hinzufügen. Dazu ziehen Sie den Mauscursor ein bißchen aus dem Knoten heraus, und schon werden die Steuerpunkte sichtbar.

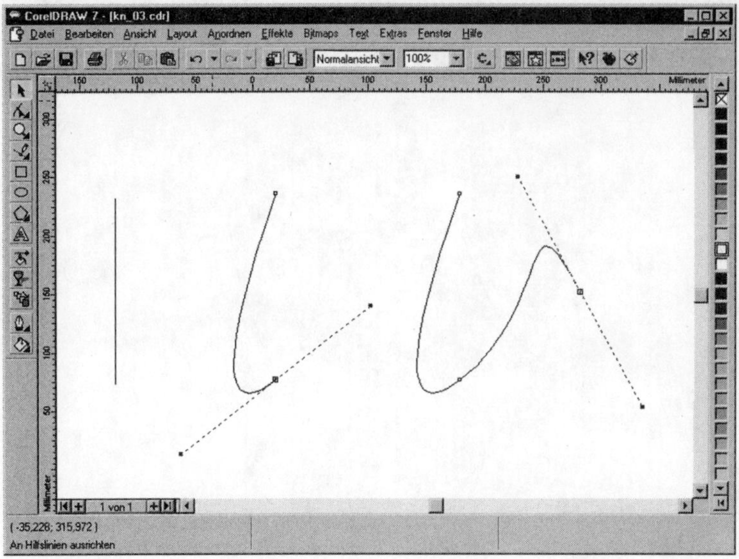

Abb. 192: Mit dem Hilfsmittel Bezier lassen sich mit ein bißchen Übung schöne Kurven zeichnen

Nichts für das Finanzamt: Steuerpunkte

Steuerpunkte sind wie „Ausleger", die sich aus einem Knoten herausziehen lassen bzw. mit dem Knoten über gestrichelte Linien fest verbunden sind. Die Steuerpunkte können je nach Eigenschaft des Knotens (*Spitzer*, *Geglätteter* oder *Symmetrischer Knoten*, siehe auch *Das Knoten-Rollup im Überblick*), mehr oder weniger unabhängig voneinander verschoben werden. Ein Verschieben der Steuerpunkte verändert die Form und die Art des Kurvenverlaufs.

Mal zwei, mal einer, mal keiner

Es gibt maximal zwei solcher Steuerpunkte, über die die Form des Kurvenverlaufs bestimmt werden kann. Manchmal ist auch nur ein Steuerpunkt sichtbar. Das hängt davon ab, welche Eigenschaft die benachbarten (!) Knoten besitzen. Hat ein benachbarter Knoten die Eigenschaft *gerade Linie*, kann der aktuell markierte Knoten nur einen Steuerpunkt besitzen. Ist dagegen der benachbarte Knoten durch die Schaltfläche *Linie in Kurve* umgewandelt worden, bekommt auch der andere Knoten seinen zweiten Steuerpunkt hinzu.

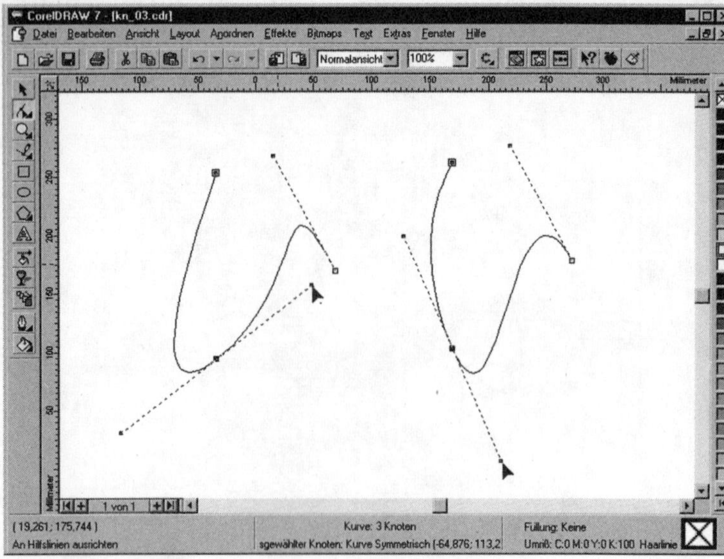

Abb. 193: Über die Steuerpunkte lassen sich Kurvenverläufe nachträglich beliebig gestalten

Die mysteriöse Umwandlung: In Kurve konvertieren

Sie können das Hilfsmittel *Form* auf alle Objektarten jederzeit anwenden: Linie, Kurve, Rechteck, Kreis, Polygon, Grafiktext und Mengentext. Allerdings gibt es bei manchen Objektarten einen feinen Unterschied, ob Sie das Hilfsmittel *Form* vor der Umwandlung in Kurven oder danach einsetzen. Davon sind die Objekte betroffen, die Sie mit dem Hilfsmittel *Rechteck*, *Ellipse*, *Polygon* und *Grafiktext* erzeugen.

Hinweis: In den Programmversionen 6 und 7 wird diese Funktion *In Kurve umwandeln* genannt. Sie finden diesen Menüpunkt im Menü *Anordnen* an letzter Stelle. In der aktuellen Programmversion 8 ist die Funktion umbenannt worden. Der entsprechende Menüpunkt heißt nun *In Kurve konvertieren*. Er befindet sich aber noch an derselben Stelle im Menü *Anordnen*.

Nehmen Sie es nicht wörtlich!

Sie dürfen die Benennung dieser Funktion nicht allzu wörtlich nehmen. Die Umwandlung bzw. Konvertierung eines Objekts bedeutet nicht, daß daraus automatisch eine Kurve wird. Eine gerade Linie bleibt erst einmal eine gerade

Linie und ein Rechteck auch ein Rechteck. Die Form eines Objekts ändert sich nicht. Aber die Aufbauvorschrift in den Knoten wird modifiziert. Während vorher die Aufbauvorschrift nur eingeschränkte Veränderungen an der Form zuließen, ist nach der Umwandlung die Aufbauvorschrift in jeder Hinsicht veränderbar. Das bedeutet, die Objektform ist frei veränderbar. Die Veränderungen müssen Sie allerdings selbst von Hand durchführen. Welche Veränderungen möglich sind, vor und nach der Umwandlung bzw. Konvertierung, zeigen Ihnen die folgenden Abschnitte.

Rechtecke

Vor der Umwandlung

Vor der Umwandlung können mit dem Hilfsmittel *Form* die Ecken eines Rechtecks in Rundungen umgeformt werden.

① Erstellen Sie mit dem Hilfsmittel *Rechteck* ein Rechteck.
② Wählen Sie das Hilfsmittel *Form* und positionieren Sie den Mauscursor auf einen der Eckknoten.
③ Klicken Sie mit der linken Maustaste, halten Sie die Maustaste gedrückt und verschieben Sie den Mauscursor ein bißchen zur Seite. Dadurch werden die spitzen Ecken abgerundet.

Nach der Umwandlung

Nach der Umwandlung ist ein Verschieben jedes einzelnen Knotens in jede beliebige Richtung möglich.

① Markieren Sie das Objekt und wählen Sie das Hilfsmittel *Form*.
② Führen Sie den Mauscursor über einen der sichtbar gewordenen Knoten, halten Sie die Maustaste gedrückt und verschieben Sie die Knoten nach Belieben.
③ Halten Sie während des Verschiebens die Strg-Taste gedrückt, wird die Bewegungsfreiheit auf die horizontale und vertikale Achse beschränkt.

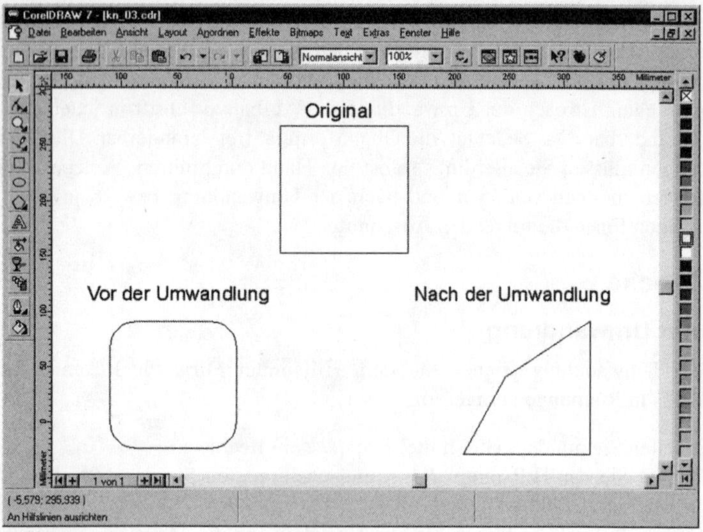

Abb. 194: Rechtecke lassen sich mit runden Ecken versehen oder frei umformen

Ellipsen

Vor der Umwandlung

Vor der Umwandlung sind mit Hilfe des Hilfsmittels *Form* Kreisausschnitte und Kreisbögen möglich.

① Markieren Sie den Kreis und wählen Sie das Hilfsmittel *Form*.

② Meistens werden vier Knoten sichtbar. Positionieren Sie den Mauscursor über einen der vier Knoten und halten Sie die Maustaste gedrückt.

③ Nun entscheidet es sich: Wollen Sie einen Kreisbogen oder einen Kreisausschnitt erstellen? Bewegen Sie den Mauscursor zum Kreismittelpunkt hin und verschieben dann den Mauscursor zu einer Seite, erzeugen Sie einen Kreisbogen.

④ Wenn sich der Mauscursor außerhalb des Kreises bzw. der Ellipse befindet, während Sie den Knoten verschieben, erzeugen Sie so einen Kreis- bzw. Ellipsenausschnitt.

⑤ Halten Sie während des Verschiebens die [Strg]-Taste gedrückt, folgt der Mauscursor in 15°-Schrittweiten.

Nach der Umwandlung

Nach der Umwandlung eines Kreises bzw. einer Ellipse sind vier Knoten sichtbar, die frei verschoben werden können. Auch hier bewirkt die gedrückte [Strg]-Taste eine Winkelschrittweite von 15°.

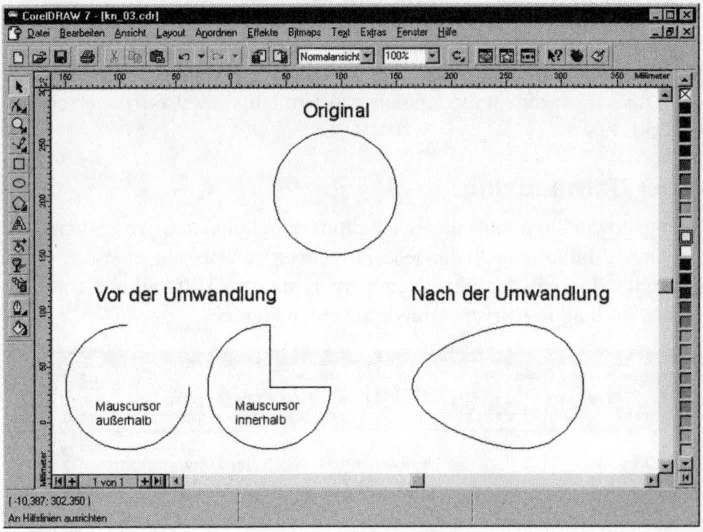

Abb. 195: Kreise lassen sich umformen zu Kreisausschnitten, Kreisabschnitten oder zu lustigen Ostereiern

Polygone

Es gibt drei Polygonarten, die sich alle mit demselben Hilfsmittel *Polygon* erstellen lassen: Polygon, Stern und Polygon als Stern.

Polygonart ausw ählen

① Durch einen Doppelklick mit der linken Maustaste auf das Hilfsmittel *Polygon* wird das Dialogfenster *Optionen* mit der Registerkarte *Hilfsmittel Polygon* geöffnet.

② Hier können Sie zwischen den drei Hilfsmitteleinstellungen wählen. Zu jeder Polygonart gibt es unterschiedliche Einstellmöglichkeiten.

Vor der Umwandlung

Vor der Umwandlung sind die Knoten nur eingeschränkt verschiebbar. Selbst wenn Sie nur einen einzigen Knoten anklicken und verschieben, folgen ihm eine ganze Reihe weiterer Knoten.

① Wählen Sie das Hilfsmittel *Form*, klicken mit der linken Maustaste auf einen der Knoten und verschieben Sie diesen. Automatisch folgen weitere Knoten.
② Halten Sie während des Verschiebens zusätzlich die [Strg]-Taste gedrückt, ist ein Verschieben nur in einer Achse möglich.

Zur besseren Übersicht sind in den Dialogfenstern oben die Ursprungsobjekte vor der Modifikation dargestellt. Direkt darunter befindet sich eine Darstellung der Objekte, nachdem die Knoten mit dem Hilfsmittel *Form* verschoben worden sind.

Nach der Umwandlung

Nach der Umwandlung sind die Bearbeitungsmöglichkeiten wesentlich vielfältiger. Die Abbildung stellt für jede Polygonart jeweils nur eine der vielen Möglichkeiten dar, wie die drei Polygontypen mit dem Hilfsmittel *Form* nach deren Umwandlung in Kurven verändert werden können.

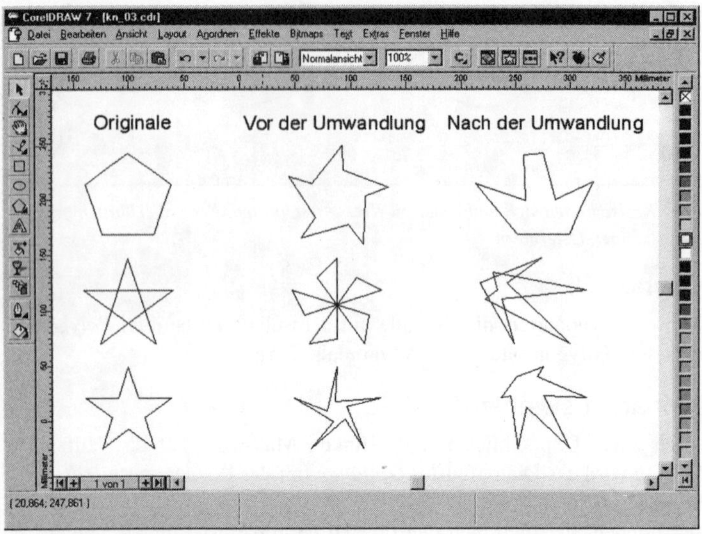

Abb. 196: Vielfältige Gestaltungsmöglichkeiten offenbaren die verschiedenen Polygonarten

Grafiktext

Auch grafischer Text läßt sich in Kurven umwandeln:

Vor der Umwandlung

Vor der Umwandlung kann mit dem Hilfsmittel *Form* der Zeilenabstand und der Abstand der Buchstaben verändert werden. Es ist sogar möglich, einzelne Buchstaben an eine beliebige Position zu bewegen. Diese Funktion ist vor allem dann sehr hilfreich, wenn es darum geht, eine Schrift auszugleichen. Schriftausgleich bedeutet, den Abstand einzelner Buchstaben individuell anzupassen, bis die Buchstaben nach optischen Gesichtspunkten den gleichen Abstand zueinander haben. In der Abbildung finden Sie oben den ursprünglichen Text und unten den mit dem Hilfsmittel *Form* veränderten Text.

① Markieren Sie den Grafiktext und wählen Sie das Hilfsmittel *Form*.
② Zu jedem Buchstaben werden kleine Kästchen sichtbar, die sich jeweils immer auf den nachfolgenden Buchstaben beziehen. Klicken Sie mit der linken Maustaste auf eines dieser Kästchen, können Sie es mit der gedrückten linken Maustaste oder mit den Richtungstasten verschieben.
③ Halten Sie die [Umschalt]-Taste gedrückt, während Sie auf die Kästchen klicken, können Sie auch mehrere Kästchen gleichzeitig markieren.
④ An der linken unteren Zeile wird eine Markierung sichtbar. Positionieren Sie dort Ihren Mauscursor, halten die Maustaste gedrückt und ziehen den Mauscursor nach oben oder unten, können Sie den Zeilenabstand verändern.
⑤ An der rechten unteren Zeile wird ebenfalls eine Markierung sichtbar, über die Sie den Zeichenabstand verändern können.

Nach der Umwandlung

Ein in Kurven umgewandelter Grafiktext ist genau genommen kein Text mehr. Er sieht nur noch aus wie Text, besteht aber aus Linien und Flächen, die in ihrer Kombination lesbare Buchstaben ergeben. Umgewandelter Grafiktext läßt sich nicht mehr mit dem Hilfsmittel *Grafiktext* und dem Dialogfenster *Zeichen* ändern. Dafür stehen nun alle Zeichenhilfsmittel, wie beispielsweise das Hilfsmittel *Form*, zur Verfügung.

Hinweis: Beachten Sie, daß die Linien und Flächen eines in Kurven umgewandelten Grafiktextes zunächst noch miteinander kombiniert sind. Durch den Befehl *Kombination aufheben* im Menü *Anordnen* wird die Kombination der Elemente aufgehoben, und die Darstellung ändert sich. In der Abbildung sehen Sie in der ersten Zeile den noch nicht umgewandelten Grafiktext. In der zweiten Zeile ist der Grafiktext bereits in Kurven umgewandelt. In der letzten Zeile ist zudem noch die Kombination aufgehoben.

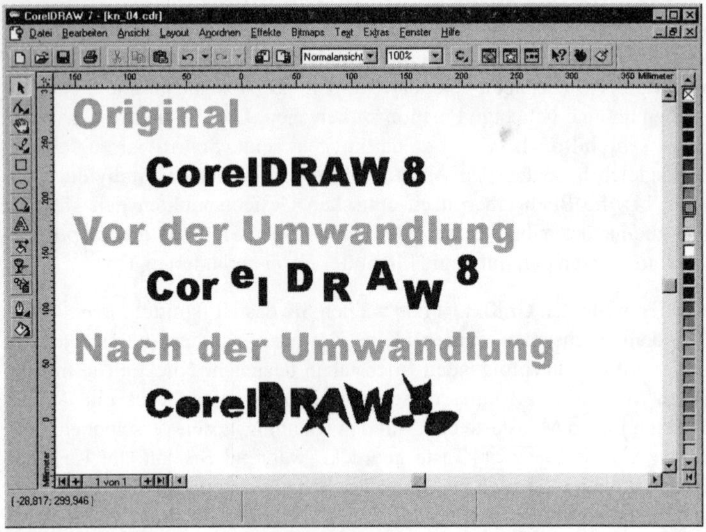

Abb. 197: Nach der Umwandlung von Grafiktext in Kurven besteht der Text nur noch aus geometrischen Flächen

Tip: Nur kleine Textmengen in Kurven umwandeln
Sie sollten nur kleine Textmengen in Kurven umwandeln, da bei größeren Textmengen die Datei erheblich mehr Speicherplatz in Anspruch nimmt und alles nur komplizierter macht. Der Vorteil einer Umwandlung von Grafiktext besteht in der Möglichkeit, einzelne Buchstaben vollkommen frei verändern zu können. Zudem ist eine Datei, in der nur umgewandelter Grafiktext enthalten ist, unabhängig von den Schriften, die auf dem Rechner installiert sind, auf dem die Datei geöffnet wird. Ein in Kurven umgewandelter Text erscheint auf dem Bildschirm an den Kanten etwas ausgefranster und insgesamt unsauberer. Das gilt jedoch nur für die Bildschirmdarstellung! Der umgewandelte Text erscheint im Ausdruck genauso sauber, wie ein nicht umgewandelter Grafiktext.

Das Knoten-Rollup

Sie haben gesehen, was für eine bedeutende Rolle den Knoten zuteil wird. Nur wer den Umgang mit dem Hilfsmittel *Form*, den Knoten und den Steuerpunkten beherrscht, kann wirklich frei auf dem PC gestalten. Nachfolgend erhalten Sie eine Übersicht über alle Funktionen, die auf Knoten angewendet werden können. Aus Platzgründen können die einzelnen Funktionen nur textlich erläutert werden.

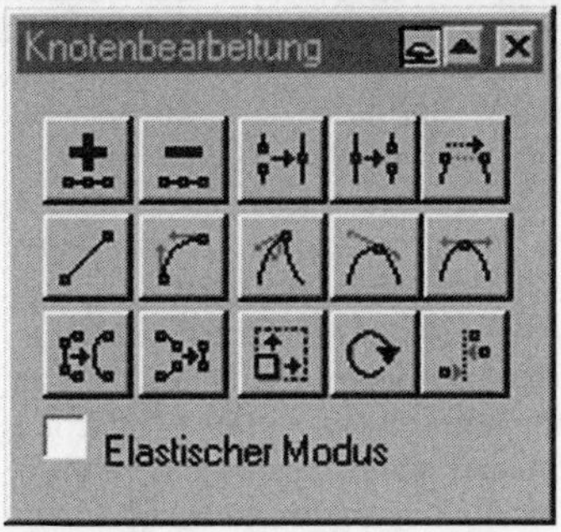

Abb. 198:
Das Knoten-Rollup mit seinen vielfältigen Funktionen zur Bearbeitung von Knoten und Steuerpunkten

Hinweis: Um die Funktionen des Knoten-Rollups auf die Knoten eines Objekts anwenden zu können, muß bei bestimmten Objekten vorher ein besonderer Arbeitsschritt durchgeführt werden. Alle Formen, die mit dem Hilfsmittel *Rechteck*, *Ellipse* oder *Polygon* erstellt worden sind, müssen mit dem Befehl *In Kurve umwandeln* (Corel 6 und 7) bzw. *In Kurve konvertieren* (Corel 8) aus dem Menü *Anordnen* erst umgewandelt werden. Vor der Umwandlung können Sie zwar auch mit dem Hilfsmittel *Form* die Knoten verschieben, die Formwandlung ist dabei aber bestimmten Einschränkungen unterworfen. Beispielsweise können einem Rechteck vor der Umwandlung durch Verschieben der Knoten runde Ecken zugewiesen werden. Nach der Umwandlung ist jeder Knoten einzeln verschiebbar. Erst dann ist die Anwendung der Funktionen des Knoten-Rollups möglich. Die Form kann in vollkommen anderer Weise verändert werden.

Tip: Knoten markieren und Steuerpunkte bearbeiten

Bei der Anwendung der Funktionen aus dem Rollup *Knoten* müssen die Knoten vorher immer mit dem Hilfsmittel *Form* markiert werden. Einen einzelnen Knoten können Sie markieren, indem Sie mit dem Hilfsmittel *Form* auf den entsprechenden Knoten klicken. Da die Knoten zunächst nur sehr klein sind und man schnell daneben geklickt hat, führen Sie Ihren Mauscursor erst einmal langsam an die Stelle, wo der Knoten liegt, heran. Sobald sich der Mauscursor über dem Knoten befindet, wird der Knoten automatisch etwas größer dargestellt. Wenn Sie nun klicken, haben Sie den Knoten leichter markiert. Ein markierter Knoten wird durch einen etwas dickeren schwarzen Rand gekennzeichnet. Es sei denn, es ist der Anfangsknoten einer Linie bzw. eines Kurvenverlaufs. Der Anfangsknoten wird immer als voll ausgefülltes schwarzes Kästchen dargestellt. Wollen Sie mehrere Knoten markieren, halten Sie die Umschalt-Taste gedrückt, während Sie mit dem Hilfsmittel *Form* auf die entsprechenden Knoten klicken.

Wenn Sie Knoten oder die dazugehörigen Steuerpunkte verschieben, achten Sie darauf, daß Sie auch wirklich nur den Knoten bzw. den Steuerpunkt angeklickt haben. Mitunter hat man versehentlich die Achse, auf der die Steuerpunkte liegen, angeklickt. Durch die „Hebelwirkung“ wird eine Linie beim Verschieben der angeklickten Achse extrem verändert und entspricht so ganz und gar nicht mehr der ursprünglichen Vorstellung vom Aussehen des Linien- bzw. Kurvenverlaufs. Sollte dies versehentlich passieren, wählen Sie den Menüpunkt *Rückgängig* aus dem Menü *Bearbeiten*.

Das Knoten-Rollup im Überblick

Schaltfläche *Knoten hinzufügen*

Diese Schaltfläche kennt zwei Arbeitsmodi:

1. Wenn mit dem Hilfsmittel *Form* ein runder Markierungspunkt auf eine Linie gesetzt wurde, wird durch diese Funktion genau an dieser Stelle ein neuer Knoten gesetzt.

2. Haben Sie keinen runden Markierungspunkt gesetzt, sondern nur einen Knoten markiert, wird durch diese Funktion ein Knoten hinzugefügt, der sich auf dem Linienabschnitt genau zwischen dem markierten Knoten und einem daneben liegenden Knoten befindet. Der daneben liegende Knoten liegt aus Sicht der Knotenreihenfolge immer vor dem markierten Knoten.

Den ersten Knoten können Sie daran erkennen, daß er etwas größer ist als die anderen Knoten. Klicken Sie mit dem Hilfsmittel *Form* auf eine Linie (nicht auf einen Knoten der Linie!). Dadurch werden alle Knoten der Linie sichtbar. Das größte Kästchen ist der erste Knoten. Der erste Knoten stellt den Anfang einer Linie dar und definiert damit die Reihenfolge der Knoten.

Es können auch mehrere Knoten gleichzeitig markiert sein. In diesem Fall fügt diese Funktion vor jedem markierten Knoten einen weiteren Knoten ein.

Tip: Durch einen Doppelklick mit dem Hilfsmittel *Form* auf eine Linie wird sofort ein Knoten hinzugefügt.

Schaltfläche *Knoten löschen*

Diese Funktion löscht markierte Knoten. Handelt es sich bei den gelöschten um den ersten oder letzten Knoten einer Strecke, wird der entsprechende Linienabschnitt mit gelöscht. Alle dazwischenliegenden Knoten verändern, wenn sie gelöscht werden, nur den Linienverlauf (aber auch nicht immer).

Schaltfläche *Knoten verbinden*

Diese Funktion verbindet zwei markierte Knoten miteinander zu einem einzigen Knoten. Es können nur die Knoten verbunden werden, die am Anfang oder am Ende einer Linie liegen, also der erste und der letzte Knoten von Linien.

Sie können diese Funktion in zweierlei Weise anwenden:

1. Wenn es sich bei den beiden markierten Knoten um den Anfangs- und Endknoten derselben Linie handelt, wird aus dem „offenen Linienverlauf" eine geschlossene Linie. Eine geschlossene Linie ist automatisch auch ein geschlossenes Objekt, dem eine Füllung zugewiesen werden kann. Nur geschlossene Linienverläufe bzw. Objekte können Füllungen erhalten.

2. Die Funktion *Knoten verbinden* ermöglicht auch die Vereinigung von zwei einzelnen zu einer einzigen Linie, ähnlich der Funktion *Verschmelzen*. Dazu müssen die beiden Linien zuerst kombiniert werden (Menüpunkt *Kombinieren* im Menü *Anordnen*). Wenn Sie mit dem Hilfsmittel *Form* auf eine der beiden Linien klicken, sehen Sie die Knoten beider Linien gleichzeitig (ist nur durch die vorhergehende Kombination der Linien möglich). Nun können Sie mit dem Hilfsmittel *Form* bei gleichzeitig gedrückter [Umschalt]-Taste jeweils die Anfangs- bzw. Endknoten der beiden Linien markieren. Die so markierten Knoten werden dann durch die Funktion *Knoten verbinden* zu einem einzigen Knoten verbunden. Damit sind die beiden (kombinierten) Linien zu einer einzigen Linie verschmolzen.

Schaltfläche *Kurve unterbrechen*

Die Funktion *Kurve unterbrechen* trennt eine Linie und erzeugt zwei einzelne Linien. Der markierte Knoten wird in zwei einzelne Knoten geteilt. Ein Knoten ist zum Endknoten der ersten Linie geworden, der andere Knoten zum Anfangsknoten der zweiten Linie. Zunächst liegen die beiden Knoten noch genau übereinander, was den Betrachter nicht erkennen läßt, daß es sich hier um zwei einzelne Knoten handelt. Mit dem Hilfsmittel *Form* lassen sich die Knoten einzeln verschieben, und das Ergebnis der Funktion wird sichtbar. Linien, die auf diese Weise in zwei einzelne Linien geteilt wurden, sind zunächst noch kombiniert. Eine endgültige Trennung der Linien erfolgt durch die Aufhebung der Kombination über den Menüpunkt *Kombination aufheben* im Menü *Anordnen*. Auf diese Weise können Sie eine Linie in mehrere Einzellinien zerlegen.

Wenn Sie einen geschlossenen Linienverlauf an einer Stelle durch diese Funktion trennen, liegen zwar die beiden Knoten noch genau übereinander. Die urspünglich geschlossene Linie ist aber an dieser Stelle jetzt getrennt. Da „offene" Linien keine Füllung besitzen können, gehen alle Füllattribute sofort verloren. Erst wenn Sie die beiden getrennten Knoten verbinden, erscheint auch wieder die Füllung.

Schaltfläche *Kurve zum Schließen verlängern*

Die Bezeichnung dieser Funktion klingt komplizierter, als sie wirklich ist. Im Grunde bewirkt diese Funktion das gleiche wie die Funktion *Knoten verbinden*: Zwei einzelne Linien werden zu einer einzigen Linie verbunden. Während die Funktion *Knoten verbinden* aber die beiden Knoten aufeinander zubewegt, um sie dann zu vereinigen, wird bei dieser Funktion eine Linie eingefügt, die die beiden markierten Knoten verbindet. Die markierten Knoten werden also nicht bewegt. Ansonsten gilt alles das, was auch auf den Befehl *Knoten verbinden* zutrifft.

Um zwei Linien auf diese Weise zu verbinden, müssen sie erst kombiniert werden. Mit dem Hilfsmittel *Form* markieren Sie die Anfangs- bzw. Endknoten der beiden Linien. Durch einen Klick auf die Schaltfläche *Kurve zum Schließen verlängern* wird eine Linie eingesetzt, die die beiden markierten Knoten verbindet. Die beiden einzelnen (nur kombinierten) Linien sind zu einer einzigen Linie verschmolzen.

Schaltfläche *Kurve in Linie konvertieren*

Die Aufbauvorschrift des Knotens bestimmt den Linienverlauf. Durch den Befehl *Kurve in Linie konvertieren* wird einem markierten Knoten die Aufbauvorschrift „Linie“ zugewiesen. Durch die Zuweisung der Aufbauvorschrift „Linie“ wird der nachfolgende Linienabschnitt zu einer geraden Linie umgewandelt.

Schaltfläche *Linie in Kurve konvertieren*

Diese Funktion bewirkt das Gegenteilige der vorher besprochenen Funktion. Durch Zuweisung der Aufbauvorschrift „Kurve“ werden dem markierten Knoten und dem nächstliegenden Knoten sogenannte Steuerpunkte hinzugefügt. Diese Steuerpunkte ermöglichen eine kurvenförmige Linie. Die Steuerpunkte eines Knotens werden erst dann sichtbar, wenn der Knoten markiert ist. Mit dem Hilfsmittel *Form* lassen sich die Steuerpunkte verschieben, wodurch die gerade Linie kurvig geformt werden kann. Dies muß aber nachträglich „von Hand“ geschehen. Diese Funktion formt nicht automatisch aus einer geraden Linie eine Kurve.

Schaltfläche *Spitzer Knoten*

Sobald einem Knoten durch die Schaltfläche *Linie in Kurve konvertieren* Steuerpunkte hinzugefügt wurden, kann der Linienverlauf durch Verschieben der Steuerpunkte des Knotens verändert werden. Diese Steuerpunkte können in unterschiedlicher Weise verschoben werden, je nachdem, ob der Knoten zusätzlich die Eigenschaft *Spitzer Knoten*, *Geglätteter Knoten* oder *Symmetrischer Knoten* besitzt. Die Eigenschaft *Spitzer Knoten* bewirkt, daß die Kontrollpunkte eines Knotens vollkommen unabhängig voneinander bewegt werden können. Dadurch ist an der Stelle, an der die Linie durch den Knoten verläuft, eine spitze Ecke formbar

Schaltfläche Geglätteter Knoten

Ein Knoten, dem durch die Schaltfläche *Linie in Kurve konvertieren* Steuerpunkte hinzugefügt worden sind, kann die Eigenschaft *Geglätteter Knoten* besitzen. Dies bewirkt, daß die Steuerpunkte nicht ganz unabhängig voneinander verschoben werden können. Sie können die Steuerpunkte zwar unterschiedlich weit weg vom Knoten positionieren. Die Steuerpunkte bleiben aber immer auf derselben Achse. Dadurch wird der Linienverlauf an der Stelle, wo er durch den Knoten verläuft, zwangsläufig immer rund sein. Weil diese Rundung so schön glatt aussieht, hat man für diese Eigenschaft die Bezeichnung *Geglätteter Knoten* gewählt.

Schaltfläche *Symmetrischer Knoten*

Um einem Knoten die Eigenschaft *Symmetrischer Knoten* zuweisen zu können, müssen zwei Voraussetzungen erfüllt sein:

1. Dem betreffenden Knoten müssen durch die Schaltfläche *Linie in Kurve konvertieren* Steuerpunkte hinzugefügt worden sein.

2. Mindestens ein angrenzender Knoten (also der vorhergehende bzw. nachfolgende Knoten auf der Linie) muß über die Schaltfläche *Linie in Kurve konvertieren* konvertiert sein und ebenfalls Steuerpunkte besitzen. Sind diese Voraussetzungen erfüllt, kann ein Knoten die Eigenschaft *Symmetrischer Knoten* besitzen. In diesem Fall sind die beiden Steuerpunkte auch verschiebbar. Beim Verschieben des einen Steuerpunkts folgt der gegenüberliegende Kontrollpunkt automatisch mit. Er bleibt nicht nur auf derselben Achse, sondern hat auch immer exakt denselben Abstand zum Knoten. Symmetrisch bedeutet somit in diesem Zusammenhang, daß beide Knoten immer genau dieselbe Position zum Knoten einnehmen, eben symmetrisch sind. Dadurch ist ein sehr gleichmäßiger Kurvenverlauf formbar.

Schaltfläche *Automatisch reduzieren*

Ein Linienverlauf besitzt mindestens immer zwei Knoten: einen Anfangs- und einen Endknoten. Manche Linienverläufe, insbesondere komplizierte Kurvenlinien, brauchen sehr viel mehr Knoten, um richtig dargestellt werden zu können. Es gibt immer eine Mindestanzahl von Knoten, die natürlich von Form zu Form variiert. Der günstigste Fall ist, wenn ein Linienverlauf nur so viele Knoten besitzt, wie er gerade braucht, um richtig dargestellt zu werden. Jeder überzählige Knoten macht das Ganze nur komplizierter und anfälliger. Und wenn es sehr viele überzählige Knoten sind, verbrauchen sie zudem viel Speicherplatz. Aus diesem Grund gibt es die Funktion *Automatisch reduzieren*. CorelDRAW überprüft, welche Knoten einer Linie gelöscht werden können, ohne daß sich das Aussehen der Linie verändert.

Die Toleranz, wie sehr sich eine Linie nicht verändern darf, wenn Knoten automatisch gelöscht werden, kann über eine bestimmte Einstellung gesteuert werden. Klicken Sie dazu mit der rechten Maustaste auf das Hilfsmittel *Form*. Aus dem Kontextmenü wählen Sie den Menüpunkt *Eigenschaften* und gelangen in das Dialogfenster *Optionen* mit der Registerkarte *Hilfsmittelpalette*. Dort ist die Registerkarte für die Standardeinstellung für das Hilfsmittel *Form* schon vorgewählt. Auf der Registerkarte sehen Sie nur eine einzige Eingabemöglichkeit, nämlich das Eingabefeld *Auto. reduzieren*. Je höher dieser Wert ist, desto eher dürfen Knoten automatisch gelöscht werden, wodurch sich der Linienverlauf folglich auch etwas verändert. Steht der Wert im Eingabefeld auf 0, darf nur dann ein Knoten automatisch gelöscht werden, wenn sich die Linienform dadurch in keiner Weise ändert.

Es werden nur die Knoten überprüft, die markiert sind. Auf diese Weise können Sie einzelne Linienabschnitte oder auch den ganzen Linienverlauf überprüfen lassen. Markieren Sie dazu mit dem Hilfsmittel *Form* und der gedrückten [Umschalt]-Taste die zu überprüfenden Knoten und klicken Sie anschließend mit der linken Maustaste auf die Schaltfläche *Automatisch reduzieren.* Es müssen mindestens zwei Knoten markiert sein, um diese Funktion anwenden zu können. Nach Überprüfung aller Knoten werden die überflüssigen Knoten automatisch gelöscht.

Schaltfläche *Unterstrecke herausnehmen*

Wenn Sie eine Linie an einem oder mehreren Knoten mit der *Funktion Kurve unterbrechen* in mehrere Linienteile geteilt haben, sind die Linien immer noch kombiniert. Sie merken es, wenn Sie mit dem Hilfsmittel *Objektauswahl* auf eine der Linien klicken. Automatisch werden immer alle Linien gleichzeitig markiert, gleich welche der Linien Sie anklicken. Die eigentlich eigenständigen Linien sind nach der Trennung der Knoten noch kombiniert und ähnlich wie eine Objektgruppe nur als Einheit bearbeitbar. Durch die Funktion *Unterstrecke herausnehmen* können Sie jedoch eine Linie aus dieser Kombination herausnehmen, wodurch die Linie endgültig als eigenständiges Objekt bearbeitbar ist. Während der Menübefehl *Kombination aufheben* aus dem Menü *Anordnen* die gesamte Kombination aller Linien aufhebt, kann durch die Funktion *Unterstecke herausnehmen* selektiv eine einzelne Linie aus einer Kombination herausgenommen werden.

Markieren Sie einen beliebigen Knoten der Linie, die Sie aus der Kombination mit anderen Linien herausnehmen möchten. Klicken Sie mit der linken Maustaste auf die Schaltfläche *Unterstrecke herausnehmen.* Dadurch ist die Linie endgültig von allem anderen getrennt und kann einzeln weiterbearbeitet werden.

Schaltfläche *Knoten dehnen und skalieren*

Der Linienverlauf einer Linie bzw. Kurve kann auf unterschiedliche Weise verändert werden. Eine Möglichkeit, den Verlauf einer Linie bzw. Kurve zu ändern, besteht im Verschieben der Knoten mit dem Hilfsmittel *Form.*

Markieren Sie mit dem Hilfsmittel *Form* mehrere Knoten (es müssen mindestens zwei sein) und weisen Sie den Knoten bzw. dem dadurch gewählten Teilabschnitt einer Linie durch die Funktion *Knoten dehnen und skalieren* einen Auswahlrahmen zu. Sie können nun mit der linken Maustaste auf einen der acht schwarzen Anfasser des Auswahlrahmens klicken und mit der gedrückten linken Maustaste die Anfasser in eine beliebige Richtung ziehen. Dadurch werden automatisch auch die vorher markierten Knoten verschoben, und der Linienverlauf bzw. Linienteilabschnitt nimmt eine andere Form an. Linienteilabschnitte können vergößert oder verkleinert werden.

Schaltfläche *Knoten drehen und neigen*

Diese Funktion ist der vorhergehenden Funktion *Knoten dehnen und skalieren* sehr ähnlich. Auch hier müssen zuerst mindestens zwei Knoten einer Linie mit dem Hilfsmittel *Form* markiert werden. Durch einen Klick mit der linken Maustaste auf die Schaltfläche *Knoten drehen und neigen* erhält der dadurch markierte Teilabschnitt der Linie Anfasser in Form von kleinen Pfeilen. Die vier Eckanfasser (bzw. Eckfpeile) ermöglichen eine Drehung des markierten Linienteilabschnitts. Die übrigen vier Anfasser dagegen neigen den markierten Linienteilabschnitt. Halten Sie während des Drehens bzw. Neigens die [Strg]-Taste gedrückt, folgt die Bewegung bestimmten Schrittweiten.

Schaltfläche *Knoten ausrichten*

Mit dieser Funktion ist eine automatische Ausrichtung von Knoten möglich. Die markierten Knoten (es müssen mindestens zwei sein) können relativ zueinander horizontal oder vertikal ausgerichtet werden. Eine horizontale Ausrichtung bewirkt, daß alle markierten Knoten auf einer horizontalen Achse liegen. Die vertikale Ausrichtung dagegen bewirkt, daß die markierten Knoten genau auf einer vertikalen Achse liegen. Zusätzlich kann in einem kleinen Dialogfenster auf Wunsch auch eine Ausrichtung der Steuerpunkte vorgenommen werden. Durch Ausrichtung der Steuerpunkte werden die Kurvenverläufe aneinander angeglichen, wodurch die Kurven gleichmäßiger aussehen.

Markieren Sie mit dem Hilfsmittel *Form* mehrere Knoten (es müssen mindestens zwei sein). Klicken Sie mit der linken Maustaste auf die Schaltfläche *Knoten ausrichten*. Es öffnet sich daraufhin das Dialogfenster *Knoten ausrichten*, in dem Sie drei Kontrollkästchen *Horizontal ausrichten*, *Vertikal ausrichten* und *Steuerpunkte ausrichten* auswählen können. Das *Kontrollkästchen Steuerpunkte ausrichten* ist nur aktivierbar, wenn beide anderen Kontrollkästchen aktiviert sind.

Die Funktion *Horizontal ausrichten* bewirkt, daß die markierten Knoten auf einer horizontalen Achse ausgerichtet werden. Wenn es sich bei den markierten Knoten um nebeneinanderliegende Knoten handelt, wird der Linienteilabschnitt zu einer horizontalen Linie.

Die Funktion *Vertikal ausrichten* bewirkt, daß die markierten Knoten auf einer vertikallen Achse ausgerichtet werden. Wenn es sich bei den markierten Knoten um nebeneinanderliegende Knoten handelt, wird der Linienteilabschnitt zu einer vertikalen Linie.

Sind beide Kontrollkästchen aktiviert, werden die markierten Knoten genau übereinander gesetzt. Es sieht dann zunächst so aus, als seien Knoten gelöscht worden. Dem ist aber nicht so. Mit dem Hilfsmittel *Form* können Sie die Knoten wieder auseinanderziehen. Um die Knoten zu „entwirren", heben Sie die Markierung der Knoten durch Drücken der [Esc]-Taste zunächst einmal auf. Klicken Sie dann mit dem Hilfsmittel *Form* auf den „Knotensalat", halten Sie die Maustaste gedrückt und ziehen Sie den (automatisch obersten) Knoten zur Seite.

Das Kontrollkästchen *Steuerpunkte ausrichten* läßt sich nur aktivieren, wenn die beiden Kontrollkästchen *Horizontal ausrichten* und *Vertikal ausrichten* gleichzeitig aktiviert sind. Wenn alle drei Kontrollkästchen aktiviert sind, werden die markierten Knoten übereinandergelegt und die Steuerpunkt alle gleichmäßig ausgerichtet. Ausrichtung der Steuerpunkte heißt hierbei, daß die Achsen, auf denen die Steuerpunkte liegen, parallel zueinander ausgerichtet werden. Wenn Sie diese Funktion anwenden, markieren Sie zunächst mindestens zwei Knoten, aktivieren im Dialogfenster *Knoten ausrichten* alle drei Kontrollkästchen und klicken auf die Schaltfläche *OK*. Die Knoten liegen erst einmal alle genau auf derselben Stelle übereinander. Heben Sie die Markierung der Knoten durch Drücken der [Esc]-Taste auf und klicken Sie mit dem Hilfsmittel *Form* auf die Knoten. Sie markieren dadurch nur den obersten der aufeinanderliegenden Knoten. Halten Sie die Maustaste gedrückt und ziehen Sie den Mauscursor zur Seite. Wenn Sie mehr als zwei Knoten vorher markiert und ausgerichtet haben, ziehen Sie alle Knoten auseinander.

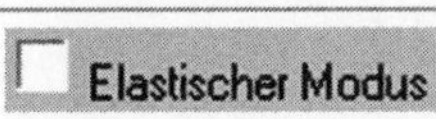

Kontrollkästchen *Elastischer Modus*

Wenn Sie eine Gruppe markierter Knoten mit dem Hilfsmittel *Form* verschieben, folgen die markierten Knoten normalerweise immer exakt der Mauscursorposition. Die relative Position der Knoten zueinander bleibt während des Verschiebens genau gleich. Durch die Aktivierung des Kontollkästchens *Elastischer Modus* wird dieser „Verschiebemodus" verändert. Bei aktiviertem Kontrollkästchen werden die markierten Knoten ungleichmäßig verschoben. Die relative Position der markierten und verschobenen Knoten ändert sich, wodurch auch die dazwischenliegenden Linienabschnitte verändert (länger oder kürzer) werden.

Markieren Sie mit dem Hilfsmittel *Form* mehrere Knoten. Klicken Sie anschließend mit dem Hilfsmittel *Form* auf einen beliebigen Knoten aus der Gruppe der markierten Knoten, halten Sie die Maustaste gedrückt und ziehen Sie den Mauscursor in eine beliebige Richtung. Der angeklickte Knoten folgt exakt Ihrer Mausbewegung, alle anderen Knoten verändern ihre Position proportional zum angeklickten Modus.

6. Enorm wichtig: Richtig drucken

Was nutzt die schönste Grafik, wenn Sie nicht ausgedruckt werden kann?! Oftmals gestaltet sich der Ausdruck einer Grafik als schwieriges Unterfangen. Dies gilt insbesondere dann, wenn es darum geht, eine Grafik bei einer Drukkerei belichten und drucken zu lassen. Man spricht hier auch von der sogenannten Druckvorstufe. Einige Grundlagen bezüglich Planung, Gestaltung und Drucker-Einstellung können hier von Vorteil sein.

6.1 Fremdsprachenkurs für Anfänger: WYSIWYG und Kalibrierung

Wenn Sie am PC gestalten, müssen Sie sich immer darüber im klaren sein: Alles, was Sie auf dem Bildschirm sehen, ist nur eine Annäherung an das, was im Computer gespeichert ist. Das gilt im besonderen Maße für die Darstellung von Farben. Wie etwas am Bildschirm dargestellt wird, hängt von vielen Faktoren ab, wie zum Beispiel der Monitoreinstellung oder der verwendeten Grafikkarte. Sogar die Lichtverhältnisse am Arbeitsplatz können Farben verfremden und in einem vollkommen anderen Licht erscheinen lassen (im sprichwörtlichen Sinne). Worauf Sie achten müssen, wenn Sie am PC gestalten, und wie Sie Meister Zufall arbeitslos machen, erfahren Sie in diesem Kapitel.

Nicht immer, aber immer öfter: WYSIWYG!

Den Ausdruck WYSIWYG (ausgesprochen: wisiwig) haben Sie bestimmt schon einmal gehört: Er ist ein Wortspiel und setzt sich aus den Anfangsbuchstaben von What you see is what you get zusammen. Damit ist die Fähigkeit von Computern und Programmen gemeint, die die Darstellung so weit optimieren, daß Sie dem Druckergebnis möglichst nahe kommen. Nicht immer stimmt das Druckergebnis mit der Bildschirmanzeige überein. Jedes Gerät (Scanner, Monitor und Drucker bzw. Druckmaschine) geht anders mit Farben um. Abweichungen können sich hinsichtlich Form und Farbe ergeben. Die rasante Weiterentwicklung hardware- und softwareseitig führt zu einer immer größeren Angleichung zwischen Bildschirmdarstellung und Ausdruck. Die Schwierigkeiten nehmen ihren Anfang allerdings bereits beim Einlesen von Daten. Beim Scannen entscheidet die Bauart des Scanners darüber, wie Farben umgesetzt werden. Auf dem Monitor erscheinen Farben wieder anders, und schließlich verfremdet ein Drucker Farben seinerseits.

Das Einlesen von Daten

In den meisten Fällen erfolgt das Einlesen von Daten mit Hilfe eines Scanners. Wenn Sie nicht gerade über einen Trommelscanner in der Preisklasse eines gehobenen Mittelklassewagens verfügen, können Sie davon ausgehen, daß es zu Farbabweichungen beim Einlesen der Daten kommen kann. Dies hat folgenden Grund: Beim Scan-Vorgang wird die Scan-Vorlage mit Licht bestrahlt. Ein farbempfindlicher Lesekopf nimmt die von der Vorlage reflektierten Lichtstrahlen auf und setzt sie in Bits und Bytes um. Je nachdem, welche Farbtemperatur die Lichtquelle erzeugt, erscheinen Farben mal wärmer, mal kälter oder weisen einen gewissen Farbstich auf. Ein anderer gewichtiger Grund ist, daß während ihrer Digitalisierung der Farbwerte ein Wechsel zwischen den Farbsystemen stattfindet: Während die Scan-Vorlage als gedrucktes Bild vorliegt, also in Form von Körperfarben (subtraktives Farbsystem) realisiert ist, werden die digitalisierten Daten über das System der Lichtfarben (additives Farbsystem) in digitale Bilddaten überführt. Bei diesem Umwandlungsprozeß kommt es schnell zu Farbveränderungen.

Die Wiedergabe am Monitor

Der Monitor benutzt zur Darstellung von Farben das RGB-Farbsystem. Mittels der drei Grundfarben Rot, Grün und Blau, die als farbiges Licht auf dem Monitor erscheinen, können durch Mischung nahezu alle Farben erzeugt werden. Allerdings bleiben es naturgemäß Lichtfarben, die nicht die Eigenschaften von Körperfarben wiedergeben können (und umgekehrt). Zudem benutzt ein Monitor zur Darstellung von Formen und Farben kleine Bildpunkte, die je nach Bauart des Monitors (der Lochmaske) verschieden groß sein können. Die Pixel führen selbst bei Formen, die eigentlich vollkommen gleichmäßige Linienverläufe und Konturen aufweisen, zum berüchtigten Treppcheneffekt. Nicht zuletzt mischt auch die Grafikkarte mit. Immerhin steuert sie den Monitor an. Je nach Modell und Konfiguration können sich auch hier Unterschiede ergeben. Um auf dem Monitor bestmögliche Darstellungsverhältnisse zu schaffen, sollten Sie folgende Punkte beachten:

- Viele Monitore ermöglichen durch Regler diverse Einstellmöglichkeiten. Schauen Sie im mitgelieferten Handbuch nach, welche Möglichkeiten das Gerät bietet, eine möglichst farbneutrale Wiedergabe von Farben zu erzielen.
- Sorgen Sie für ausgeglichene und gleichbleibende Lichtverhältnisse. Eine indirekte Beleuchtungsquelle verhindert störende Reflektionen auf der Bildschirmoberfläche und schont Ihre Augen. Sie sollten nicht mit dem Rücken oder dem Gesicht zum Fenster sitzen. Direkte Sonneneinstrahlung sollte auf jeden Fall vermieden werden. Am günstigesten ist ein seitlicher Lichteinfall.
- Was sich hinter dem Begriff Kalibrierung verbirgt, wofür Sie gut ist und wie Sie damit umgehen, erfahren Sie in diesem Kapitel weiter unten.

Die Ausgabe am Drucker

Bleibt noch die letzte Station: der Drucker. Lassen wir den Bereich Belichtung vorerst außer acht und konzentrieren uns auf die häufiger vorkommenden Desktop-Drucker. Sofern Sie einen Farb-Tintenstrahldrucker Ihr eigen nennen können, werden Sie auch dort je nach Gerät und Einstellung vollkommen unterschiedliche Druckergebnisse erhalten. Farb-Tintenstrahldrucker arbeiten meistens mit den vier Grundfarben Cyan, Magenta, Yellow und Schwarz. Immer aber handelt es sich um Körperfarben. Es erfolgt also wieder ein Wechsel zwischen den Farbwelten, wenn Sie etwas vom RGB-Farbsystem in das CYMK-Farbsystem überführen, was Veränderungen der Farbwerte mit sich führen kann. Auch Drucker müssen kalibriert werden, um diese Farbabweichungen zu minimieren. Viele Hersteller liefern entsprechende Utilities mit. Aber auch in CorelDRAW ist eine solche Kalibrierung möglich.

Kalibrierung schafft Abhilfe

Die Kalibrierung berücksichtigt die Eigenheiten der verschiedenen Geräte und gleicht die Farbwiedergabe mittels Farbtabellen bzw. Farbprofilen aneinander an. In CorelDRAW können Sie mit Hilfe des Farb-Managements eine Kalibrierung der verschiedenen Geräte vornehmen. Hier wird für jedes Gerät ein Farbprofil erstellt, das die jeweiligen Eigenheiten berücksichtigt und bei der Umsetzung bzw. Wiedergabe von Farben vermittelt.

Voraussetzungen

Um eine Kalibrierung sinnvoll vornehmen zu können, müssen zwei Voraussetzungen erfüllt sein:

Zum einen müssen Sie herausfinden, welche besonderen Farbabweichungen Ihre Geräte (Scanner, Monitor und Drucker) fabrizieren. Dies wird auch als Geräte-Charakteristikum bezeichnet und in dem jeweiligen gerätespezifischen Farbprofil gespeichert. Das Farbprofil kennt die „farblichen Eigenheiten" des jeweiligen Geräts und korrigiert durch eine interne Umrechnungstabelle die Farbwiedergabe. Zum anderen sollte die zuvor beschriebene Einrichtung Ihres Arbeitsplatzes durchgeführt werden. Monitor und Drucker sollten immer unter möglichst gleichbleibenden Bedingungen in Betrieb genommen werden.

Die Kalibrierung mittels Farbprofil vornehmen

Corel 6 + Corel 7 Kalibrierung

① Wählen Sie aus dem Menü *Extras* den Menüpunkt *Farben-Manager*. Daraufhin wird der Corel Farben-Manager gestartet, der als eigenständiges Programm auf dem Computer ausgeführt wird.

② Als erstes gelangen Sie in das Dialogfenster *Corel Farben-Manager*, in dem Sie für die verschiedenen Geräte ein Profil zuweisen oder erstellen können. Das Kontrollkästchen hinter dem jeweiligen Listenfeld gibt an, ob das eingestellte Geräteprofil verwendet wird oder nicht.

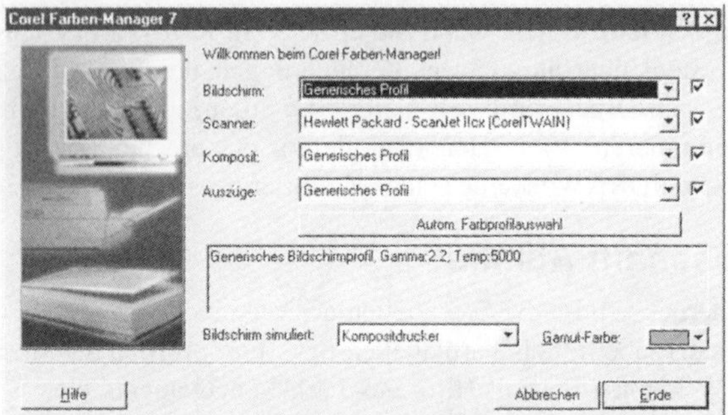

Abb. 199: Der Farben-Manager in CorelDRAW 7 ermöglicht die Kalibrierung der einzelnen Komponenten

③ Durch einen Klick mit der linken Maustaste auf die Schaltfläche *Autom. Farbprofilauswahl* wird eine Suchroutine gestartet, die Ihr System nach angeschlossenen Geräten und deren Eigenschaften untersucht. In der Praxis bedeutet dies, daß die bei der Installation von neuen Geräten erstellten Systemdateien im Windows-Verzeichnis durchsucht werden.

④ Haben Sie die automatische Farbprofilauswahl gestartet, wird Ihnen nach kurzer Zeit in einem Statusbericht das Suchergebnis angezeigt. Bei Geräten, bei denen aus den Systemdateien keine brauchbaren Informationen hervorgegangen sind, wird statt eines vordefinierten Corel-Farbprofils dem jeweiligen Gerät ein generisches Farbprofil zugewiesen. Dieses Farbprofil könnten Sie auch als das Standard-Farbprofil bezeichnen.

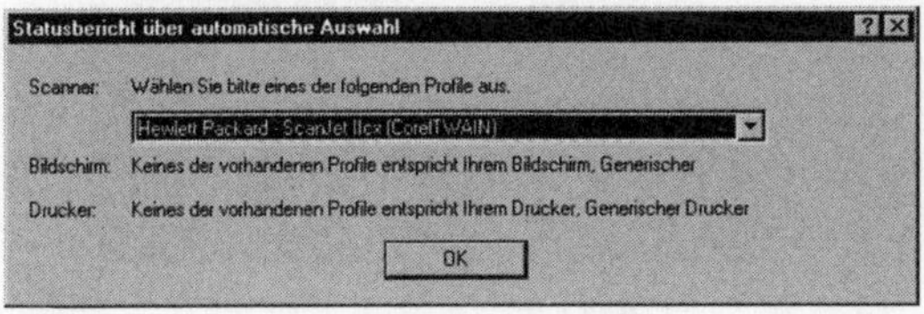

Abb. 200: Die automatische Farbprofilauswahl ist der einfachste Weg zur Systemkalibrierung

⑤ Über das Listenfeld des jeweiligen Gerätetyps können Sie auch manuell aus der Liste ein vordefiniertes Farbprofil auswählen.

⑥ Der Listenpunkt *Profile installieren* ermöglicht die Installation eines vom Hersteller mitgelieferten Farbprofils.

⑦ Falls dies nicht vorhanden ist, läßt sich über den Eintrag *Ein Profil generieren oder bearbeiten* auch selbständig ein Profil erzeugen. Menügesteuert führt Sie der Farben-Manager in einzelnen Schritten zum eigenen Farbprofil.

⑧ Mit Hilfe des Farbfelds *Gamut* können Sie eine Farbe auswählen, die automatisch die Bildschirmfarben ersetzt, die zwar auf dem Bildschirm angezeigt, aber aus technischen Gründen nicht ausgedruckt werden können. Farbiges Licht kann andere Farben darstellen als eine gedruckte Farbe.

Corel 8 Kalibrierung

① Wählen Sie aus dem Menü *Extras* den Menüpunkt *Optionen*.

② Im Dialogfenster *Optionen* klicken Sie doppelt auf den Eintrag *Global*, der daraufhin den Eintrag *Farbe Management* anzeigt.

③ Durch einen Doppelklick auf den Eintrag *Farbe Management* werden Ihnen die Unterpunkte *Allgemein* und *Profile* angezeigt. Zudem zeigt das Dialogfenster die Registerkarte *Farbe Management*.

④ Als erstes sollten Sie das Kontrollkästchen *Farben für die Anzeige kalibrieren* aktivieren, damit sich die Kalibrierung auswirken kann.

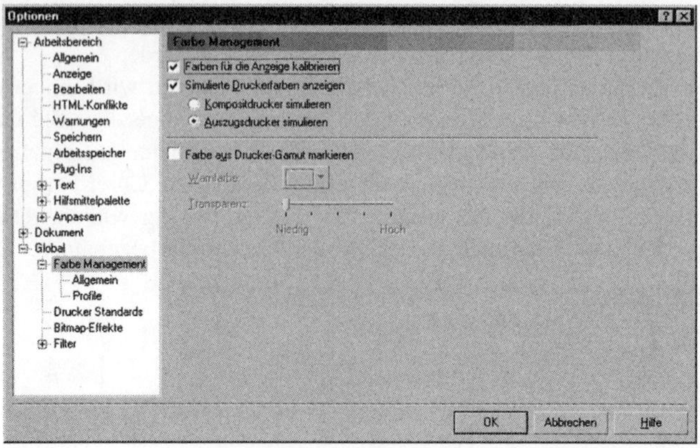

Abb. 201: Das Farbenmanagement ist in CorelDRAW 8 integriert

⑤ Durch eine Aktivierung des Kontrollkästchens *Simulierte Druckerfarben anzeigen* haben Sie die Möglichkeit, die Farbdarstellung des Bildschirms an die Wiedergabeeigenschaften eines Druckers anzupassen.

⑥ Die Aktivierung des Kontrollkästchens *Farbe aus Drucker-Gamut markieren* bewirkt, daß Farben, die auf dem Bildschirm angezeigt, aber nicht ausgedruckt werden können, durch eine Warnfarbe ersetzt werden. Die Warnfarbe können Sie darunter bestimmen.

⑦ Wählen Sie als nächstes den Eintrag *Profile*. Im Dialogfenster werden Ihnen die derzeit zugewiesenen Farbprofile angezeigt.

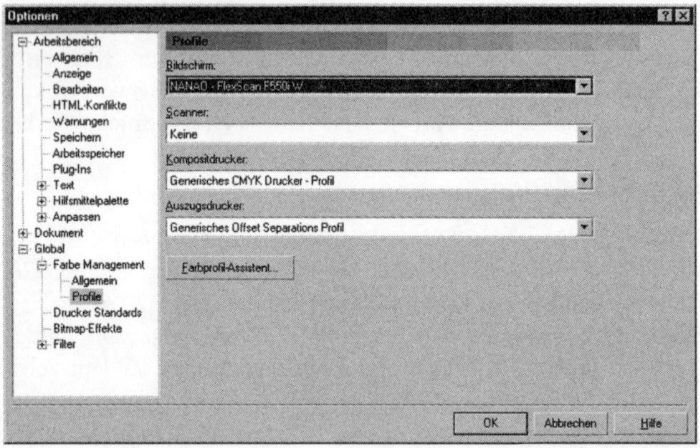

Abb. 202: Die derzeit zugewiesenen Farbprofile können über die Registerkarte Profile kontrolliert und angepaßt werden

⑧ Durch einen Klick auf die Schaltfläche *Farbprofil-Assistent* wird der *Corel Color Profil Assistent* gestartet.

Corel 6 + Corel 7

In den Programmversionen 6 und 7 wird Ihnen über das Listenfeld *Gerät* eine Auswahl des zu kalibrierenden Geräts ermöglicht. Im unteren Listenfeld *Profil* wird das aktuell zugewiesene Profil angezeigt.

Corel 8

In der Programmversion 8 wird durch einen Klick auf die Schaltfläche *Farbprofil-Assistent* ebenfalls der *Corel Color Profil Assistent* gestartet, der jedoch als eigenständiges Programm auf dem Computer ausgeführt wird. Es führt Sie schrittweise über mehrere Dialogfenster zur Auswahl bzw. Erstellung eines Farbprofils für die jeweiligen Geräte. Für den Anfang ist dies der beste Weg, das System (Scanner, Monitor und Drucker) zu kalibrieren.

Hinweis: Können Sie den *Corel Color Profil Assistent* nicht starten, ist er höchstwahrscheinlich nicht mit installiert worden. Durch die Setup-Routine (*setup.exe* auf der CD Nr. 1) können Sie die Installation des *Corel Color Profil Assistent* nachholen.

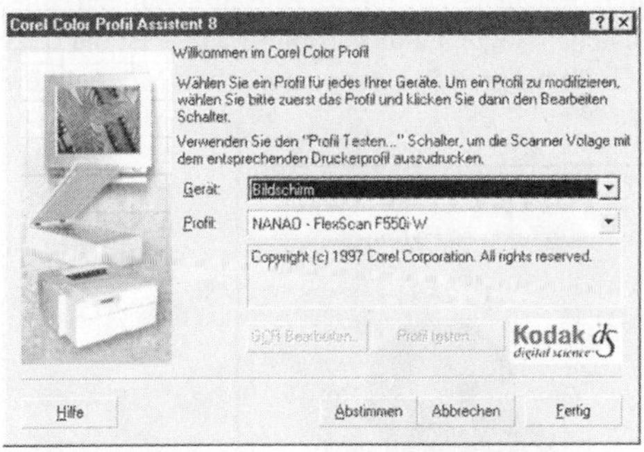

Abb. 203: Der Corel Color Profil Assistent führt Sie schrittweise durch die einzelnen Stufen der Systemkalibrierung

Kalibrierung - ein Spezialgebiet!

Das Thema Kalibrierung ist äußerst komplex und umfangreich. Es ließe sich fast schon ein eigenes Buch darüber schreiben, so daß es an dieser Stelle bestenfalls angeschnitten werden kann. Wenn Sie im professionellen Bereich tätig sind und es Ihnen auf größtmögliche Farbtreue ankommt, sollten Sie auf entsprechende technische Literatur zurückgreifen, die sich schwerpunktmäßig mit diesem Thema beschäftigt.

6.2 Das kleine Drucker-Einmaleins

Die Möglichkeiten, eine Grafik aufs Papier zu bringen, sind vielfältig: Sie können Ihre Grafik einfach über den heimischen Desktop-Drucker ausgeben. Komplizierter wird das Ganze, wenn Sie Ihre Datei zur Druckerei geben wollen. Dort werden durch Belichtung Filme erstellt, davon die Druckplatten erzeugt und die Farbe aufs Papier gebracht. Dieser Abschnitt soll Ihnen einige wichtige Grundbegriffe der Drucktechnik vermitteln, um Ihnen die Möglichkeit zu geben, das Druckergebnis besser steuern und Fehler vermeiden zu können.

Das Problem mit den Farben

Das sichtbare Farbspektrum setzt sich aus unzähligen Farben zusammen. Wie Farben erzeugt werden, hängt vom verwendeten Gerät und dem zugrundeliegenden Farbsystem ab. Monitore und Fernseher erzeugen Farben mittels Lichtfarben (RGB; additives Farbsystem), Drucker bzw. Druckmaschinen benutzen dazu Körperfarben (Prozeßfarben wie CYMK oder Volltonfarben; subtraktives Farbsystem). Durch technisch bedingte Einschränkungen hinsichtlich der Farberzeugung entstehen sogenannte Farbräume. Das ist der Teil des Farbenspektrums, den ein Gerät aufgrund seiner technischen Möglichkeiten wiedergeben kann.

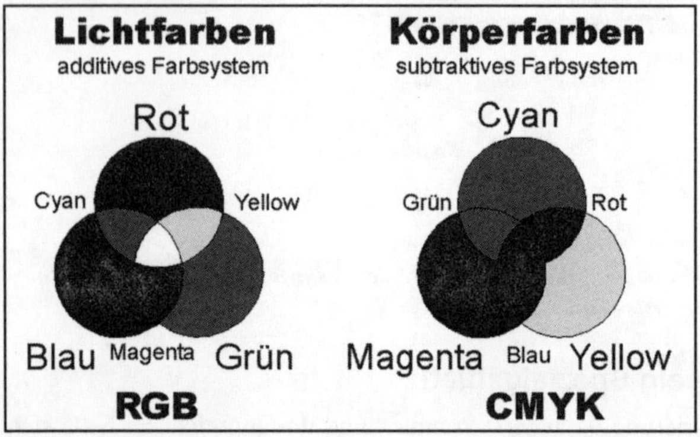

Abb. 204: Die beiden grundlegenden Farbsysteme: Auf ihnen basiert die gesamte Farbtheorie

Vom Punkt zum Bild

Alles, was Sie letztendlich sehen, sind immer nur Farben mit bestimmten Eigenschaften. Durch unterschiedliche Farbwerte entstehen Kontraste und Formen. Für ein gedrucktes Werk bedeutet dies, daß bei der Darstellung eines Bilds unterschiedliche Farbtöne in unterschiedlichen Helligkeits- und Sättigungswerten gedruckt werden müssen. Da aber zum Beispiel ein gedrucktes Foto aus unzähligen Farbtönen besteht, müßte theoretisch für jede Farbe ein eigener Farbton gedruckt werden, was technisch und finanziell vollkommen unrealisierbar ist. Aus diesem Grunde werden Farben durch Mischung von einigen wenigen Grundfarben erzielt. Die Mischung erfolgt aber nicht in der Druckmaschine, sondern erst auf dem Papier! Viele winzig kleine Farbpunkte vermischen sich aufgrund des geringen Auflösungsvermögens des menschlichen Auges zu einem Einerlei und ergeben den Eindruck von Farbvielfalt.

Abb. 205: Deutlich zu sehen: Erst auf dem Papier ergeben sich durch Mischung der Druckpunkte neue Farben (Halbtöne)

Der Druck lebt: Die Halbtonzelle

Um auch die verschiedenen Helligkeitswerte eines Farbtons erzeugen zu können, werden die Farbpunkte unterschiedlich groß gedruckt. Je größer die Farbpunkte sind, desto mehr Fläche wird bedruckt, und die Farbe erscheint in einem volleren Tonwert. Bei kleineren Farbpunkten ist mehr vom Papierweiß zu sehen, und die Farbe erscheint in einem helleren Farbton. Erst durch optische Mischung der gedruckten Farbe mit dem sichtbaren Weiß des Papiers ergeben sich Helligkeitswerte. Die Größe des gedruckten Farbpunkts wird über die sogenannte Halbtonzellen gesteuert. Die Halbtonzelle besteht aus einer Matrix von Pixeln. Dadurch, daß nur eine bestimmte Anzahl dieser Pixel mit

Farbe gefüllt bzw. gedruckt wird, erreicht man unterschiedlich große Farbpunkte. Besteht eine Halbtonzelle aus beispielsweise 16 x 16 Pixeln, sind theoretisch 256 Tonwertstufen möglich.

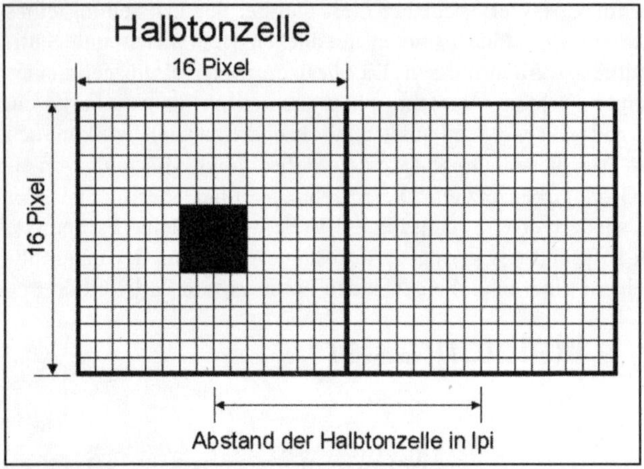

Abb. 206: Zwei Halbtonzellen nebeneinander: Jede Halbtonzelle besteht aus einer Pixelmatrix, von denen immer nur eine gewisse Anzahl mit Druckfarben ausgefüllt ist

Unter Geschwistern: lpi und dpi

Die Halbtonzelle wird auch als Rasterzelle bezeichnet. Die Größe der Rasterzelle ergibt sich aus der Anzahl der Pixel. Der Abstand zwischen den Mittelpunkten der Rasterzellen wird als Rasterweite bezeichnet und in lpi (Lines per Inch) gemessen. Somit gibt die Rasterweite Auskunft über die Anzahl der Rasterzellen pro Inch. Häufig wird die Angabe der Rasterweite auch auf Zentimeter bezogen. Man spricht dann zum Beispiel von einem 60er Raster, bei dem sich auf der Länge von einem Zentimeter 60 Rasterzellen befinden. Umgerechnet entspricht das einer Rasterweite von 152 lpi. Da sich die Rasterzelle aus einzelnen Pixeln zusammensetzt, ergibt sich noch ein zweiter Wert: die sogenannte Geräteauflösung. Dies ist die Anzahl der tatsächlich druckbaren Pixel. Angegeben wird dieser Wert in dpi (Dots per Inch). Es hängt natürlich von der Bauart des Druckers bzw. des Belichters ab, wie fein diese Geräteauflösung ist. Gängige Belichter arbeiten mit einer Geräteauflösung von 2540 dpi, was bedeutet, daß auf einer Länge von einem Inch (2,54 cm) 2540 Pixel gedruckt werden können. Soll ein Schwarzweißfoto mit 256 Graustufen gedruckt werden, muß jede Rasterzelle 16 x 16 Pixel umfassen. Geräteauflösung geteilt durch die Anzahl der Pixel auf einer Länge ergibt die Anzahl der Rasterzellen: 2540 : 16 = 160 (gerundet) Rasterzellen pro Inch.

Auflösung und Farbstufen

Da die maximale Geräteauflösung hardwareseitig auf einen bestimmten Maximalwert begrenzt ist, muß bei der drucktechnischen Wiedergabe von Halbtonbildern immer ein Kompromiß zwischen Bildauflösung und Anzahl der darstellbaren Farbstufen gefunden werden. Je mehr Rasterzellen gedruckt werden, desto höher die Auflösung (feiner das Bild) und geringer die Anzahl der darstellbaren Farbstufen.

Rasterungen in dpi

Die folgende Tabelle gibt Ihnen einen Überblick über gängige Rastereinstellungen. Wenn Sie mit Belichtern zusammenarbeiten, haben Sie häufig bis zu 2540 dpi zur Verfügung.

Gängige Rastermöglichkeiten im Überblick

Geräteauflösung	Anzahl der Pixel pro Rasterzelle	Rasterweite	Anzahl der Farbstufen
300 dpi	4 x 4 Pixel	75 lpi = 29,5 Linien pro cm	16 Farbstufen
300 dpi	8 x 8 Pixel	37,5 lpi = 14,8 Linien pro cm	64 Farbstufen
600 dpi	4 x 4 Pixel	150 lpi = 59 Linien pro cm	16 Farbstufen
600 dpi	8 x 8	75 lpi = 29,5 Linien pro cm	64 Farbstufen
1270 dpi	8 x 8	158,75 lpi = 62,5 Linien pro cm	64 Farbstufen
2540 dpi	8 x 8	317,5 lpi = 125 Linien pro cm	64 Farbstufen
2540 dpi	16 x 16	158,75 lpi = 62,5 Linien pro cm	256 Farbstufen

Rasterweiten in cm

Einen Überblick über die Anwendung der wichtigsten Rasterweiten auf Zentimeterbasis verschafft Ihnen die nächste Tabelle. Es hängt maßgeblich von der Papierqualität ab, wie fein gedruckt werden kann.

Rasterweiten auf Zentimeter-Basis	
20er-30er	grobes Zeitungspapier
34er-40er	satiniertes Papier
40er-54er	maschinengestrichenes Papier
54er-70er	Kunstdruckpapier
70er-200er	nur in seltenen Ausnahmefällen

Farbe an der Wand - Welche ist die Schönste im ganzen Land?

In der Welt der Farben gibt es zwei Kategorien von Farben: Zum einen sind das die Schmuckfarben, die auch als Skalenfarben oder Volltonfarben bezeichnet werden, zum anderen die sogenannten Prozeßfarben.

Schmuckfarben

Dies sind bereits exakt definierte Farbtöne, die als fertig angemischte Druckfarbe gedruckt werden. Skalenfarben werden vor allem dann eingesetzt, wenn es um die Wiedergabe eines ganz bestimmten Farbtons geht, wie zum Beispiel bei der Farbe eines Firmenlogos. Auch wenn Druckstücke nur ein- oder zweifarbig gestaltet sind, ist der Einsatz von Schmuckfarben kostengünstiger, da nur zwei Druckplatten erstellt werden müssen. Nachteil ist, daß die Farbvielfalt auf die verwendeten Schmuckfarben begrenzt ist. In CorelDRAW finden Sie eine Vielzahl mitgelieferter Schmuckfarbenskalen. Die international bedeutendste Schmuckfarbenskala ist die Pantone-Farbpalette. Im deutschsprachigen Raum ist auch das HKS-System weit verbreitet. Die HKS-Farbpalette ist zwar nicht so umfangreich wie die anderen Farbpaletten, ist aber oftmals preiswerter und leichter von den Druckereien umzusetzen. Fragen Sie gegebenenfalls bei Ihrem Druckerbetrieb nach, welche Farbskala für Ihre Einsatzzwecke am geeignetsten ist. Auf jeden Fall sollten Sie sich einen Farbfächer der jeweiligen Farbskala besorgen. Nur so können Sie einen richtigen Eindruck von der verwendeten Farbe gewinnen. Eine Umrechnungstabelle von HKS-Farben in die einzelnen CMYK-Anteile finden Sie im Anhang und können sich so Ihre eigene HKS-Farbtabelle zurechtmischen (gibt es nämlich in CorelDRAW nicht).

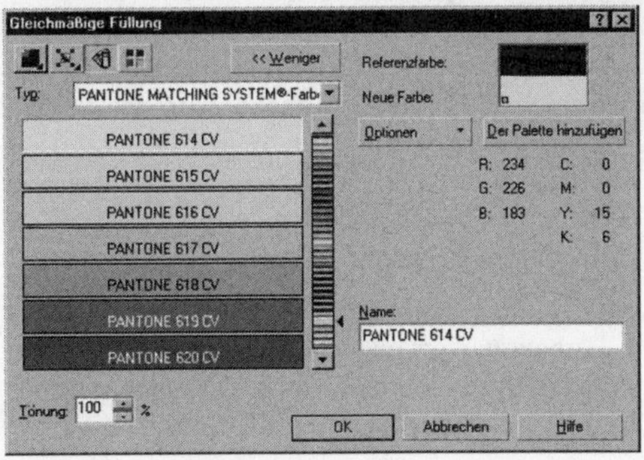

Abb. 207: Schmuckfarben sind bereits fertig gemischte Farben, die in Farbskalen zusammengefaßt sind

Prozeßfarben

Prozeßfarben werden durch die Mischung der drei Grundfarben Cyan, Magenta und Yellow erzeugt. Durch die lasierende Eigenschaft der Druckfarben und die Aufrasterung kann so eine Vielzahl an Farbtönen erzeugt werden. Die Farbe Schwarz (Black) wird zusätzlich gedruckt, um Bildern die erforderliche Tiefe zu geben.

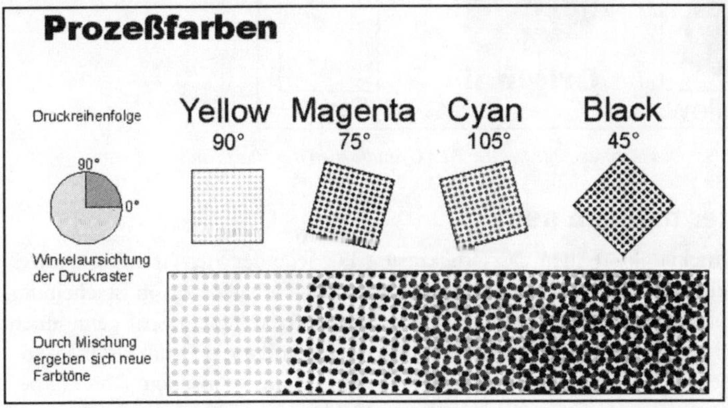

Abb. 208: Durch Mischung der vier Grundfarben des CYMK-Farbsystems entstehen neue Farbtöne, die sogenannten Prozeßfarben

Hinweis: Sie können beide Farbsysteme in einer Grafik kombinieren. Bedenken Sie nur, daß für jede Schmuckfarbe ein eigener Farbauszug erforderlich ist (siehe nächsten Abschnitt). Dadurch können die Kosten des Druckwerks schnell in die Höhe schießen.

Farbauszüge

Wenn Sie eine Grafik mit CorelDRAW erstellt haben und diese belichten lassen wollen, werden die Farben in ihre Farbbestandteile zerlegt. Für jede Grundfarbe wird ein eigener Farbauszug erstellt. Beim CYMK-Farbsystem erhalten Sie so immer vier Farbauszüge. Jede eingesetzte Schmuckfarbe erfordert einen eigenen Farbauszug.

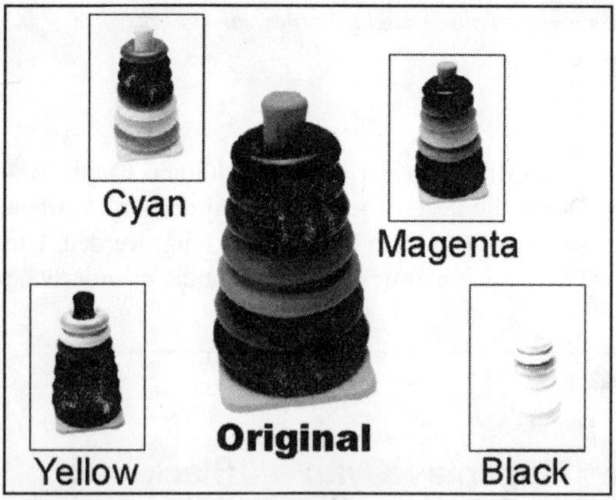

Abb. 209: Die Farbauszüge für die vier Grundfarben des Vierfarbdrucks

Raster müssen sein

Die Druckpunkte bilden das Druckraster. Für jede der vier Grundfarben existiert ein eigenes Druckraster, das in Form eines Farbauszuges in Erscheinung tritt. Damit beim Drucken durch Interferenzen (Überlagerungen) keine unerwünschten Moiré-Effekte entstehen (Muster), werden die Druckraster in verschiedenen Winkellagen gedruckt. Die Winkel der einzelnen Druckfarben sind standardisiert: Cyan 105°, Yellow 90°, Magenta 75° und Black 0°.

6.3 Auch das noch: aussparen - überdrucken - unterfüllen

CorelDRAW gibt sich als professionelles Gestaltungwerkzeug. Dazu gehört auch, daß Funktionen wie Aussparen, Unterfüllen und Überdrucken nicht fehlen dürfen. Diese Funktionen sind vor allem dann sehr wichtig, wenn Sie eine Grafik zur Druckerei geben wollen. Was sich hinter den einzelnen Begriffen verbirgt, erläutert Ihnen dieser Abschnitt.

Aussparen und überdrucken

Wenn Druckfarben beim Druckvorgang übereinandergedruckt werden, entstehen durch die lasierende Eigenschaft der Druckfarben neue Farbtöne. Beim Übereinanderdruck von Cyan und Magenta beispielsweise entsteht Blau. Was aber machen Sie, wenn Sie magentafarbenen Text auf cyanfarbenen Hintergrund drucken wollen? An der Stelle, an der Magenta gedruckt wird, darf nicht gleichzeitig Cyan gedruckt werden. Man spricht hier von Aussparung. Da die Reihenfolge beim Druckvorgang immer mit der hellsten Grundfarbe beginnt (Yellow, Magenta, Cyan und zuletzt Black), wird immer die dunklere Farbe ausgespart, damit sie die hellere Farbe nicht überdruckt. Das Überdrucken ist dann sinnvoll, wenn sich durch Mischung der übereinandergedruckten Farben neue Farbtöne ergeben sollen.

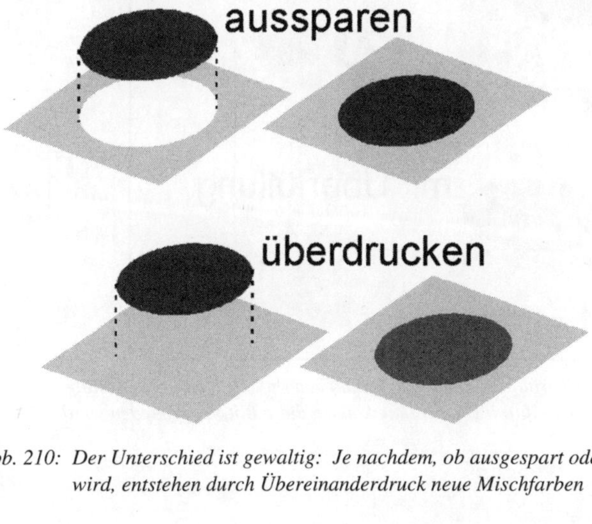

Abb. 210: Der Unterschied ist gewaltig: Je nachdem, ob ausgespart oder überdruckt wird, entstehen durch Übereinanderdruck neue Mischfarben

Black is Black

Eine besondere Bedeutung wird der Druckfarbe Schwarz zuteil. Schwarz überdruckt immer die darunterliegenden Farben, da hier eine Aussparung keinen Sinn machen würde; Schwarz kann nicht schwärzer werden!

Überfüllen und unterfüllen

Wenn Sie an verschiedenen Stellen Farben aussparen, kann es aufgrund sogenannter Registerungenauigkeiten zu Blitzern (unbedruckte Flächen, an denen das Papierweiß zu sehen ist) kommen. Registerungenauigkeiten sind die maschinell bedingten Verschiebungen der Farbenraster. Bei den sehr hohen Druckgeschwindigkeiten heutiger Druckmaschinen kommt es praktisch immer zu solchen (leichten) Verschiebungen. Aber gerade an den Stellen, an denen Farben paßgenau gedruckt werden müssen, entstehen weiße Lücken, an denen keine Farbe gedruckt wird. Dieser unerwünschte Effekt kann vermieden werden, indem man die Farben ein bißchen über ihre eigentlichen Grenzen hinweg größer druckt. Wird eine unten liegende Farbe ein bißchen größer gedruckt, spricht man von einer Unterfüllung. Im umgekehrten Fall, wenn die obenliegende Farbe über ihre Grenzen hinweg gedruckt wird, heißt das Ganze Überfüllung.

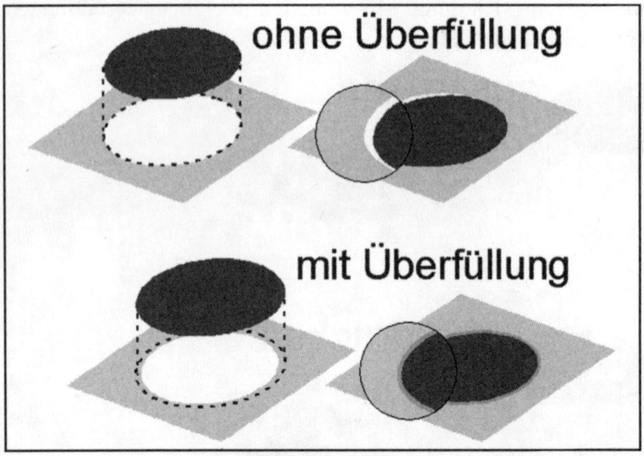

Abb. 211: Ohne Überfüllung können aufgrund von Paßungenauigkeiten Blitzer entstehen - durch Überfüllung können diese Blitzer vermieden werden

Und wie geht's in CorelDRAW?

CorelDRAW bietet mehrere Möglichkeiten, die vorher genannten Eigenschaften zu realisieren.

Mit dem Kontextmenü

Mit dem Kontextmenü können Sie gezielt bestimmte Objekte zum Überdrukken auswählen.

① Wenn Sie mit der rechten Maustaste auf ein Objekt klicken, wird Ihnen ein Kontextmenü angezeigt.

② Hier finden Sie die zwei Menüpunkte *Füllung überdrucken* und *Umriß überdrucken*.

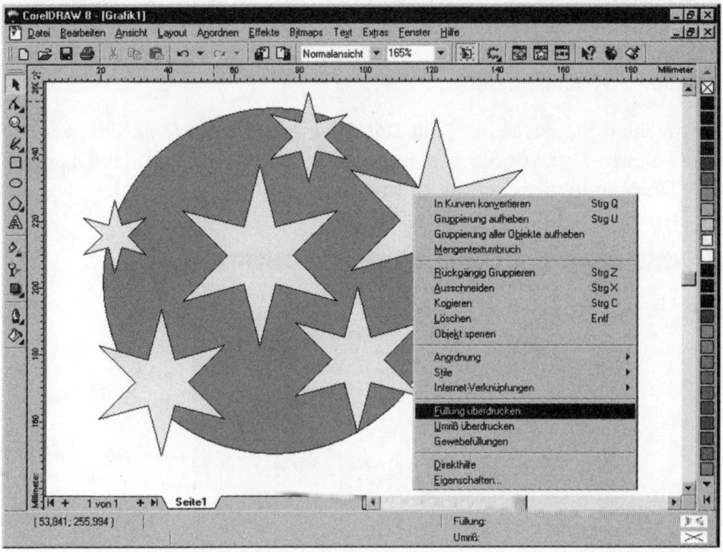

Abb. 212: Das Kontextmenü ermöglicht die Auswahl, ob ein Objekt überdrucken soll

③ Klicken Sie auf den Menüpunkt *Füllung überdrucken*, wird die darunterliegende Farbe nicht ausgespart. Das gleiche gilt für den Menüpunkt *Umriß überdrucken* hinsichtlich der Umrißlinie. Sie können diese Menüpunkte nur anwählen, wenn das markierte Objekt tatsächlich über eine Füllung oder einen Umriß verfügt.

Im Dialogfenster *Drucken:* Automatische Farbüberlappung

Im Dialogfenster *Drucken* können Sie generelle Einstellungen vornehmen, wie welche Farbe überdrucken oder überfüllen soll.

Hinweis: Wenn Sie im Dialogfenster *Drucken* generelle Einstellungen hinsichtlich Überdrucken vornehmen wollen, müssen Sie zuvor einen Drucker angewählt haben, der diese Einstellmöglichkeiten unterstützt. Sofern es um die Druckaufbereitung für die spätere Belichtung geht, können Sie hier die Linotronic ab Version 300 installieren. Dieser Druckertreiber befindet sich auf der Windows 95-CD. Sie brauchen dieses Gerät nicht wirklich an Ihrem Computer angeschlossen zu haben. Zumindest im deutschsprachigen Raum zählt dieser Belichter zu den Standardgeräten. Drucken Sie einfach in eine Datei und übergeben Sie diese Druckdatei Ihrer Druckerei. Klären Sie diesen Punkt aber zuvor mit Ihrer Druckerei ab, und lassen Sie sich gegebenenfalls den passenden Druckertreiber geben. (Drucker installieren Sie ganz einfach über die Windows-Systemsteuerung.)

① Wählen Sie aus dem Menü *Datei* den Menüpunkt *Drucken.* Je nachdem, welchen Drucker Sie gerade gewählt haben, erscheint das Dialogfenster *Drucken* in einem etwas anderen Gewand bzw. weist einige Registerkarten mehr auf.

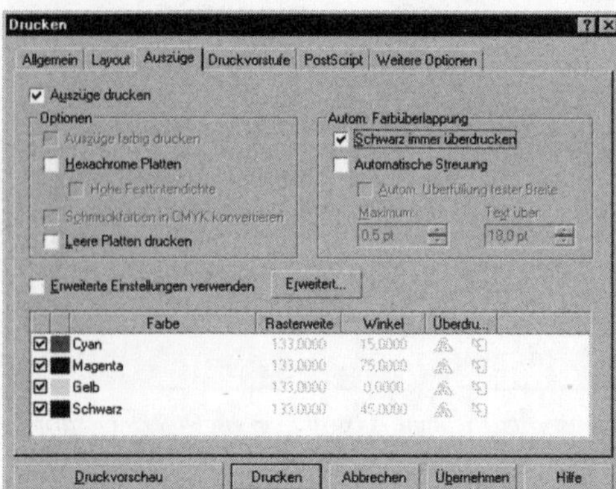

Abb. 213: Die Registerkarte Auszüge: Hier können ganze Farben zum Überdrucken ausgewählt werden

② Sofern Sie einen passenden Drucker installiert und im Listenfeld *Drucker* ausgewählt haben, können Sie über die Registerkarte *Auszüge* das Kontrollkästchen *Schwarz immer überdrucken* anwählen. Dies bewirkt, daß eine Farbe, die aus mindestens 95 % Schwarz besteht, die darunterliegende Farbe vollständig (mit Füllung) überdruckt. Die darunterliegenden Farben werden an dieser Stelle also nicht ausgespart. Wenn Sie mit Text gestalten, der häufig in Schwarz gedruckt wird, können Sie diese Funktion sinnvoll einsetzen.

③ Durch die Aktivierung des Kontrollkästchens *Automatische Streuung* werden Objekten automatisch Umrißlinien zugeordnet, die die darunterliegenden Farben überdruckt. Sofern Sie zusätzlich nicht das Kontrollkästchen *Automatische Überfüllung fester Breite* aktiviert haben, steuert CorelDRAW die Überfüllung selbständig. Je dunkler die Farbe ist, desto schmaler ist die automatisch zugewiesene Umrißlinie und desto geringer ist die Überfüllung. Bei helleren Farben nimmt die Stärke der Umrißlinien zu, bis sie den im Eingabefeld *Maximum* definierten Wert erreicht. Dicker kann eine Umrißlinie nicht werden, selbst wenn sie einen extrem hellen Farbton hat. Durch die Eingabe eines anderen Werts können Sie die maximale Linienstärke der überfüllenden Objekte eingrenzen.

④ Die Aktivierung des Kontrollkästchens *Automatische Überfüllung fester Breite* bewirkt, daß der Umriß von überfüllten Objekten immer in einer fest definierten Breite die darunterliegende Farbe überlappt.

⑤ Das Eingabefeld *Maximum* wird zum Eingabefeld *Breite*, wo Sie nun eine feste Linienstärke eingeben können, die später als überfüllende Umrißlinie gedruckt wird.

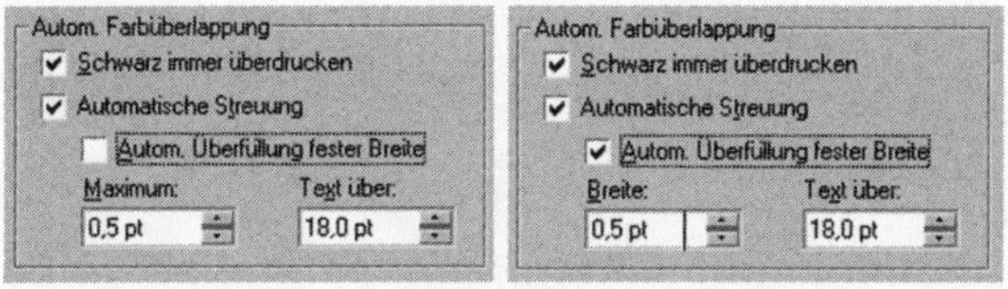

Abb. 214: Je nachdem, welches Kontrollkästchen aktiv ist, zeigt das Dialogfenster andere Einstellmöglichkeiten

⑥ Über das Eingabefeld *Text über* können Sie steuern, ab welcher Schriftgröße den Buchstaben ein überfüllender Umriß zugewiesen werden darf. Kleine Textgrößen laufen schnell zu, wenn Ihnen ein Umriß zugewiesen wird. Dieser Effekt ist vergleichbar mit dem, wenn Sie einem Text eine Umrißlinie verpassen.

Hinweis: Um Objekte auf diese Weise überfüllen zu können, dürfen die Objekte in Ihrer Grafik keine Umrißlinie besitzen. Weiterhin kann die automatische Überfüllung nur angewendet werden, wenn die Objekte einfarbige Füllfarben besitzen. Bei Farbverläufen oder Füllmustern ist diese Funktion nicht anwendbar. Besitzt ein Objekt schon die Eigenschaft *Überdrucken* (zum Beispiel über das Kontextmenü zugewiesen), funktioniert die Überfüllung ebenfalls nicht.

Einzelne Farben überdrucken

Im Dialogfenster *Drucken* haben Sie die Möglichkeit, einzelne Farben auszuwählen, die überdruckt werden sollen. Es handelt sich hierbei immer um die Farben, die Sie als Farbauszug erhalten. Voraussetzung ist, daß Sie einzelne Farbauszüge erstellen.

① Wählen Sie im Dialogfenster *Drucken* die Registerkarte *Auszüge*.
② Durch die Aktivierung des Kontrollkästchens *Auszüge drucken* wird der Bereich *Erweiterte Einstellungen* aktiv.
③ Durch einen Klick mit der linken Maustaste in das Kontrollkästchen *Erweiterte Einstellungen verwenden* können Sie nun den einzelnen Auszugsfarben die Eigenschaft *Überdrucken* zuweisen.

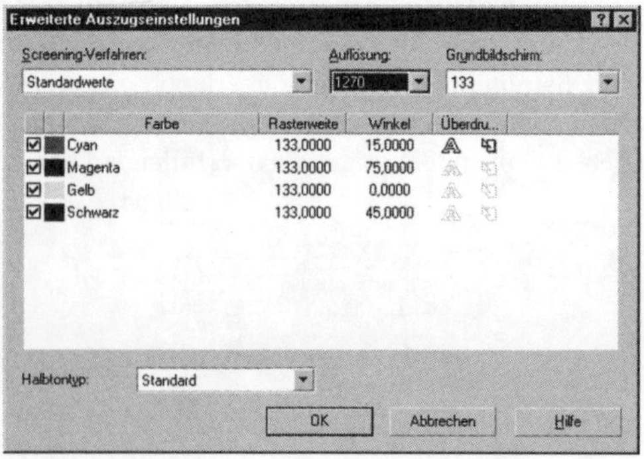

Abb. 215: Auch die einzelnen Grundfarben können zum Überdrucken ausgewählt werden, es kann sogar zwischen Text- und Grafikobjekten unterschieden werden

④ Klicken Sie auf das Textsymbol in der Spalte *Überdrucken*, überdruckt nur Text in der entsprechenden Farbe.
⑤ Ein Klick auf das Grafiksymbol bewirkt, daß Linien und Formen in der entsprechenden Farbe überdruckt werden.

Überdruckende Objekte anzeigen lassen

Wenn Sie in CorelDRAW gestalten und weisen Objekten die Eigenschaft *Umriß oder Füllung überdrucken* zu, können Sie dies normalerweise den

Objekten nicht ansehen. Durch einen speziellen Ansichtsmodus können Sie in der Version 8 diese Objekte aber kenntlich machen.

① Wählen Sie aus dem Menü *Extras* den Menüpunkt *Optionen*.
② Durch einen Doppelklick auf den Eintrag *Arbeitsbereich* öffnet sich ein Untermenü mit untergeordneten Einträgen.
③ Klicken Sie hier einmal mit der linken Maustaste auf den Eintrag *Allgemein* (falls nicht schon vorgewählt). Das Dialogfenster gibt daraufhin einige Einstellmöglichkeiten preis, mit denen Sie auch die Anzeige steuern können (obwohl es dafür eine eigene Registerkarte gibt!).

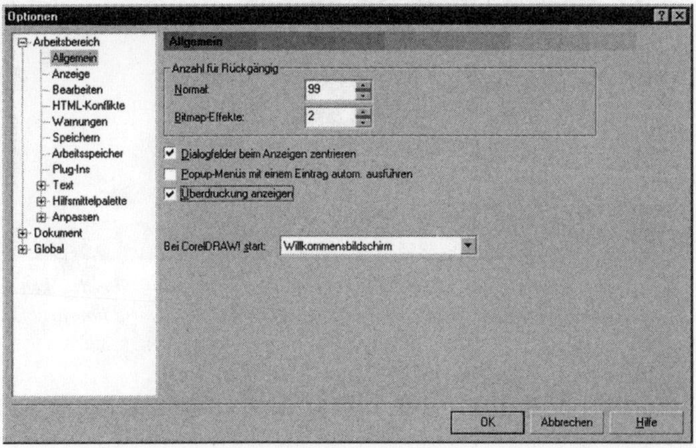

Abb. 216: Durch die Aktivierung des entsprechenden Kontrollkästchens in den Grundeinstellungen werden überdruckende Objekte sichtbar

④ Aktivieren Sie hier durch einen Mausklick das Kontrollkästchen *Überdruckung anzeigen*.
⑤ Durch einen Klick mit der linken Maustaste auf die Schaltfläche *OK* wird die neue Einstellung wirksam. Alle Objekte, deren Objektfüllung auf Überdrucken eingestellt ist, werden durch eine Objektfüllung dargestellt, die viele kleine weiße Kästchen zeigt. Objekte, deren Umriß auf Überdrucken eingestellt ist, zeigen eine Objektfüllung mit schwarzen Linien.

Hinweis: Bedenken Sie, daß ein Objekt immer nur ein darunterliegendes Objekt überdrucken kann. Entscheidend ist hier also auch die räumliche Anordnung, die Sie über den Menüpunkt *Anordnung* im Menü *Anordnen* vornehmen können. Achten Sie auch auf die Ebenenreihenfolge.

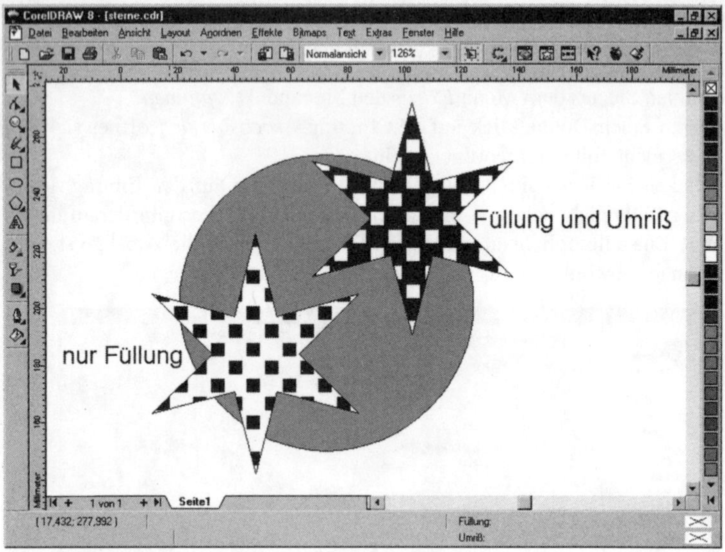

Abb. 217: Eine besondere Darstellung zeigt an, welche Objekte auf "überdrucken" eingestellt sind und ob nur die Füllung oder auch der Umriß überdruckt

6.4 Keine Magie: Die Druckvorschau

Es verursacht nicht nur Toner- und Papierkosten, wenn ein Ausdruck danebengeht. Auch Zeit und Nerven werden beansprucht. Sie können sich einiges an Unannehmlichkeiten sparen, wenn Sie mit der CorelDRAW-Druckvorschau arbeiten. Aktivieren Sie einfach die Druckvorschau und Sie erhalten ein detailliertes Bild vom zukünftigen Druckergebnis. So lassen sich Änderungen und Korrekturen schnell vornehmen, um zu einem korrekten Ausdruck zu gelangen, anstatt durch langwierige und kostenintensive Probeausdrucke (gerade bei Tintenstrahldruckern ist dies der Fall) die richtige Druckeinstellung herauszufinden. In der Druckvorschau haben Sie die Möglichkeit, alle drucktechnischen Einstellungen vornehmen zu können, um eine Grafik richtig auf das Papier zu bringen.

Die Druckvorschau in ihrer Anwendung

Je nach installiertem bzw. gewähltem Drucker und eingestellten Druckoptionen kann die Darstellung in der Druckvorschau sehr unterschiedlich ausfallen. Immer aber wird versucht, Ihnen ein möglichst genaues Bild vom Druckergebnis vorab zu liefern. Hinsichtlich der Farbdarstellung ist dies rein technisch natürlich nur bedingt möglich: Ihr Monitor stellt Farben durch Lichtfarben dar (RGB), der Drucker hingegen benutzt Körperfarben (meistens CYMK). Abgesehen von dieser Einschränkung ist die Druckvorschau relativ verläßlich.

Corel 8 In der Version 8 ist im Menü *Datei* ein neuer Menüpunkt hinzugekommen: Mit der Funktion *Für Setzerei vorbereiten* werden Sie mittels eines Assistenten über mehrere Schritte zum Erstellen einer Druckdatei geführt.

Die Druckvorschau aufrufen

① Um in die Druckvorschau zu gelangen, wählen Sie aus dem Menü *Datei* den Menüpunkt *Druckvorschau.*

② Die Bildschirmoberfläche ändert sich gewaltig. Die Menüleiste zeigt Ihnen nur noch einige wenige Menüs an, mit denen Sie die Druckeinstellung anpassen können. Zusätzlich finden Sie zwei Symbolleisten, die sich ebenfalls nur auf die Druckanpassung beziehen.

③ Sofern Sie die Einstellung *Auszüge drucken* gewählt haben, können Sie über die entsprechenden Reiter am unteren Bildschirmrand zwischen den einzelnen Farbauszügen hin- und herwechseln.

Abb. 218: In der Druckvorschau erhalten Sie einen Eindruck vom zukünftigen Druckergebnis

Die Druckvorschau verlassen

Durch einen Klick mit der linken Maustaste auf die Schaltfläche *Zurück* gelangen Sie zurück zum CorelDRAW-Arbeitsbildschirm. Hier können Sie gegebenenfalls noch Änderungen an Ihrer Grafik vornehmen.

Den Drucker einrichten

① Wählen Sie aus dem Menü *Datei* den Menüpunkt *Drucker einrichten*. In dem Dialogfenster *Drucker einrichten*, das sich daraufhin öffnet, können Sie den Drucker auswählen, den die Druckvorschau simulieren soll. Je nach gewähltem Drucker kann sich die Darstellung erheblich ändern. Haben Sie hier einen s/w-Laserdrucker gewählt, zeigt Ihnen die Druckvorschau auch nur Objekte in Graustufen an. Bei einem Farb-Tintenstrahldrucker erscheinen die Objekte Ihrer Grafik in den Farben, die Sie auch tatsächlich besitzen.

② Über die Schaltfläche *Eigenschaften* können Sie die druckerspezifischen Einstellungen verändern.

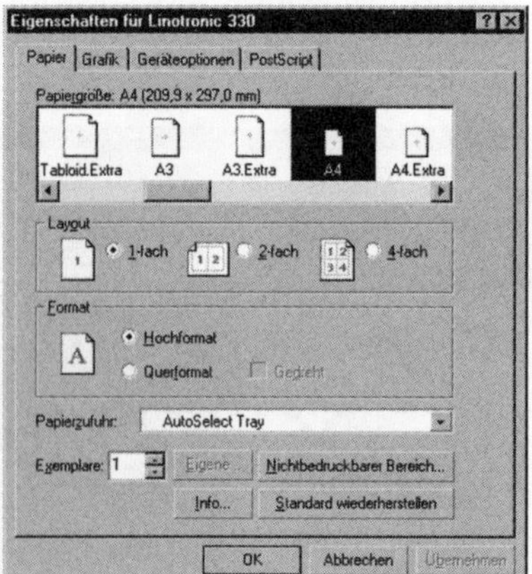

Abb. 219:
Alles, was das Herz begehrt: Drucker-Einstellungen zuhauf

③ Klicken Sie auf die Schaltfläche *OK*, schließt sich das Dialogfenster *Druckereigenschaften* und Sie gelangen zum ursprünglichen Dialogfenster *Drucker einrichten* zurück.

④ Durch einen Klick mit der linken Maustaste auf die Schaltfläche *OK* schließen Sie auch das Dialogfenster *Drucker einrichten* und gelangen wieder zum Arbeitsbildschirm. Damit haben Sie einen Drucker ausgewählt und Einstellungen vorgenommen, die sich auf den Drucker beziehen.

Druckoptionen festlegen

Mit der Funktion *Druckeroptionen* können Sie weitere Einstellungen vornehmen, die allerdings je nach installiertem bzw. ausgewähltem Drucker variieren können.

① Falls Sie sich nicht in der Druckvorschau befinden, wechseln Sie über den Menüpunkt *Druckvorschau* im Menü *Datei* in die Druckvorschau und wählen aus dem Menü *Einstellungen* den Menüpunkt *Allgemein.*

② Sie befinden sich im Dialogfenster *Druckeroptionen*, das aus mehreren Registerkarten besteht. Auf der Registerkarte *Layout* können Sie vor allem die "papiertechnischen" Einstellungen vornehmen, wie etwa Position und Größe der Grafik auf dem Druckbogen.

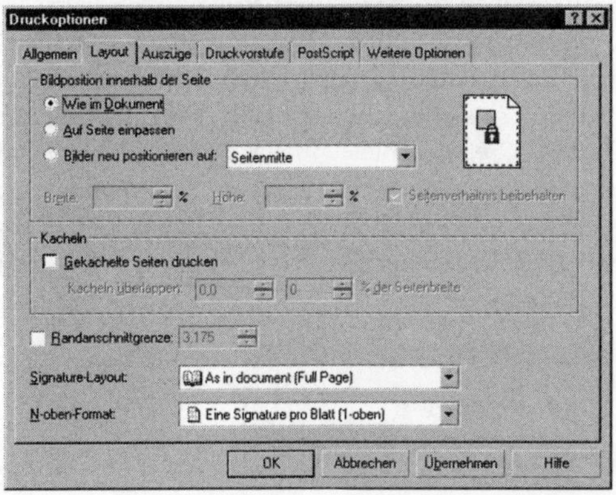

Abb. 220: Registerkarte Layout: Wie soll die Grafik aufs Papier?!

③ Die Registerkarte *Auszüge* ermöglicht Ihnen den Ausdruck von Farbauszügen. Durch einen Klick mit der linken Maustaste in das Kontrollkästchen *Auszüge drucken* erwachen die Einstellmöglichkeiten auf dieser Registerkarte zu neuem Leben. Je nach installiertem Drucker lassen sich hier mehr oder weniger viele Einstellungen vornehmen. Die wichtigen Einstellungen, die Sie durch die Kontrollkästchen *Schwarz immer überdrukken* und *Automatisch überfüllen* vornehmen können, kennen Sie schon aus dem vorherigen Abschnitten.

④ Durch einen Klick auf die Schaltfläche *Erweitert* gelangen Sie in das Dialogfenster *Erweiterte Auszugseinstellungen.* Hier können Sie im Listenfeld *Auflösung* die Geräteauflösung einstellen.

⑤ Im unteren Fensterbereich werden Ihnen die Auszüge der Grundfarben angezeigt. Im üblichen CYMK-Druck sind dies die Grundfarben Cyan,

Yellow, Magenta und Black. Haben Sie in Ihrer Grafik Schmuckfarben eingesetzt (z. B. Pantone-Schmuckfarben), werden Ihnen für jede verwendete Schmuckfarbe eigene Auszüge erstellt, die hier angezeigt werden.

⑥ Durch einen linken Mausklick können Sie einen Auszug markieren. Über das Eingabefeld *Rasterweite* können Sie nun für den gewählten Auszug eine neue Rasterweite zuweisen und einen neuen Winkel, in dem das Raster gedruckt werden soll. Die Winkeleinstellungen entsprechen aber dem Druckstandard, so daß Sie hier also nur in besonderen Ausnahmefällen etwas ändern sollten.

⑦ Durch die Aktivierung des Kontrollkästchens *Farbe überdrucken* können Sie veranlassen, daß die Farbe des gewählten Farbauszugs immer die darunterliegenden Farben überdruckt.

⑧ Sofern Sie das Kontrollkästchen *Farbe überdrucken* aktiviert haben, können Sie auswählen, ob nur Text, Grafikelemente (Linien und Flächen) oder beides zusammen die darunterliegenden Farben überdrucken sollen. Gerade bei Text kann diese Einstellmöglichkeit Blitzer vermeiden helfen.

⑨ Die Registerkarte *Weitere Optionen* bietet Ihnen die Möglichkeit, nochmals generell die Rasterweite einzustellen. Haben Sie in Ihrer Grafik Farbübergänge eingesetzt, sollten Sie den Wert im Eingabefeld *Farbverlaufsstreifen* auf den Wert 256 setzen, damit es bei Farbverläufen nicht zu groben Farbabstufungen kommt.

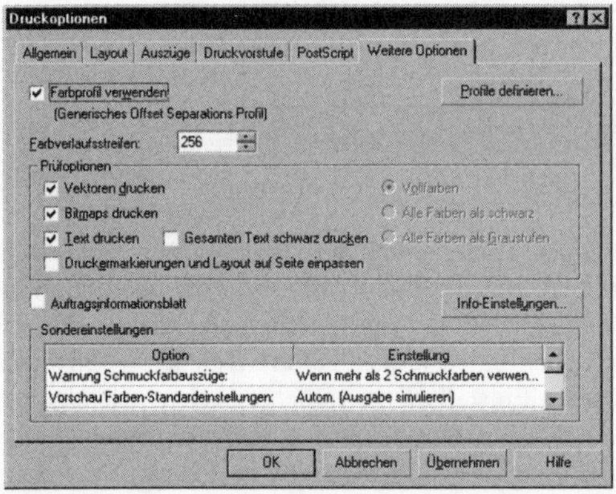

Abb. 221: Registerkarte Weitere Optionen: Hier wird die Feinheit von Farbübergängen eingestellt und entschieden, welche Objektarten (Vektoren, Bitmaps und Text) gedruckt werden sollen

⑩ Im Bereich *Prüfoptionen* können Sie verschiedene Objektarten vom Druckvorgang ausschließen. Nur wenn das Kontrollkästchen vor der entsprechenden Objektart aktiviert ist, wird es auch in der Druckvorschau gedruckt.

⑪ Aktivieren Sie das Kontrollkästchen *Druckermarkierungen und Layout auf Seite einpassen*, werden Ihnen in der Druckvorschau die Markierungen angezeigt, die Sie über die Schaltfläche *Markierungen* und *Druckvorstufe* einstellen können.

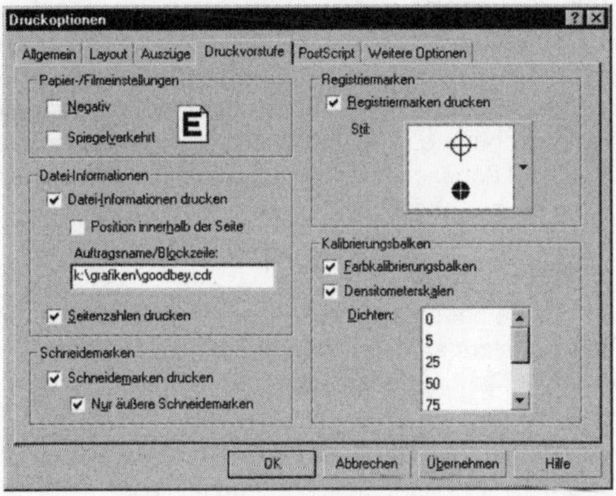

Abb. 222: Registerkarte Druckoptionen: Wichtige Helfer für die spätere Weiterverarbeitung können hier eingestellt wurden

⑫ Sobald Sie auf die Schaltfläche *Schließen* klicken, sind die Einstellungen aktiv.

⑬ Über die Symbole der Symbolleiste *Druckvorstufenleiste* können Sie nun zum Beispiel Schnitt- und Registriermarken hinzufügen, die Ihnen durch die Aktivierung des Kontrollkästchens *Druckermarkierungen und Layout auf Seite einpassen* in der Druckvorschau angezeigt werden. Über die Bedeutung und den Einsatzzweck der einzelnen Symbole gibt Ihnen die folgende Tabelle Auskunft:

Symbole der Druckvorstufenleiste
Datei-Informationen: Sollten Sie immer auf die Druckseite mit einfügen: Die Datei-Information enthält nämlich nicht nur den Namen der Datei und das Erstellungsdatum, sondern druckt auf jedem Auszug auch den Namen des Farbauszuges.
Seitenzahlen drucken: Fügt auf den Druckbogen eine Seitennumerierung ein. Dies ist zu empfehlen, wenn es sich um ein mehrseitiges Dokument handelt.
Schneidemarken: Die Schneidemarken dienen zur späteren Beschneidung der fertig bedruckten Druckbogen. Wenn Sie eine Grafik anlegen und einige Grafikelemente sollen bis zum Rand gedruckt werden, lassen Sie normalerweise diese Elemente ca. 3 mm über den Seitenrand hinausragen. Gedruckt wird später auf größeren Papierformaten, als Ihre Grafik eigentlich ausmacht. Durch die Schneidemarken wird angezeigt, wo die ursprüngliche Zeichenseite begrenzt ist. Der Rand kann sauber abgeschnitten werden. Dadurch daß die Grafikelemente über die Zeichenseite hinausragen, entstehen an den Zeichenseitenrändern keine Blitzer.
Registriermarken: Wenn Sie Farbauszüge drucken, erhält jeder Farbauszug eine Registriermarke. Sie dienen zur späteren Überprüfung und Ausrichtung der Druckplatten. Nur wenn die Marken genau übereinander gedruckt werden, ist die Paßgenauigkeit korrekt.
Farbkalibrierungsbalken: Er dient zur Überprüfung der Farbwiedergabe der einzelnen Grundfarben. Da dies eine standardisierte Farbleiste ist, kann das geschulte Auge eines Druckers sofort erkennen, ob von der einen oder anderen Farbe zuviel oder zuwenig gedruckt wird.
Densitometerskalen: Was der Farbkalibrierungsbalken in bezug auf Farben ist, ist die Densitomerterskala bei den Graustufen. Eine standardisierte Grauabstufung (auch Graukeil genannt) gibt Auskunft, ob Farbauftrag und Rasterungen in Ordnung sind.
Negativ drucken: Abhängig von den weiteren Bearbeitungsstufen und vom Druckverfahren, in dem die Grafik gedruckt wird, müssen für die Belichtung alle hellen Flächen dunkel und dunkle Fläche hell ausgegeben werden. Die Farben werden also komplett invertiert. Für das häufig angewendete Offset-Druckverfahren muß der Druckfilm tonwertrichtig (also nicht invertiert bzw. negativ) erstellt werden.
Emulsionsseite unten/oben: Die Emulsionsseite ist die Seite, auf der die (schwarze) Farbe auf den Druckfilm aufgetragen wird. Man spricht hier auch von der Schichtseite. Liegt die Schichtseite unten (Normfall), wird die Reprovorlage seitenrichtig belichtet. Entsprechend erhalten Sie eine seitenverkehrte Reprovorlage, wenn die Schichtseite oben ist. Welche Wahl hier getroffen werden muß, hängt wiederum vom späteren Druckverfahren ab. Für das Offset-Verfahren ist die Einstellung *Emulsionsseite unten* (seitenrichtig) die richtige Einstellung.

Auf zum Drucken

Der eigentliche Druckvorgang ist sehr einfach. Sie brauchen dazu die Druckvorschau nicht zu verlassen.

① Befinden Sie sich noch in der Druckvorschau, wechseln Sie zurück zum CorelDRAW-Arbeitsbildschirm. Hier wählen Sie aus dem Menü *Datei* den Menüpunkt *Drucken*.

② Im Dialogfenster *Drucken* haben Sie die Möglichkeit zu entscheiden, was auf welchem Drucker gedruckt werden soll.

③ Den Drucker sollten Sie schon zu Beginn der Druckeinstellungen ausgewählt haben, da bei Anwahl eines anderen Druckers über das Listenfeld *Drucker* einige Einstellungen natürlich nicht mehr aktuell sind.

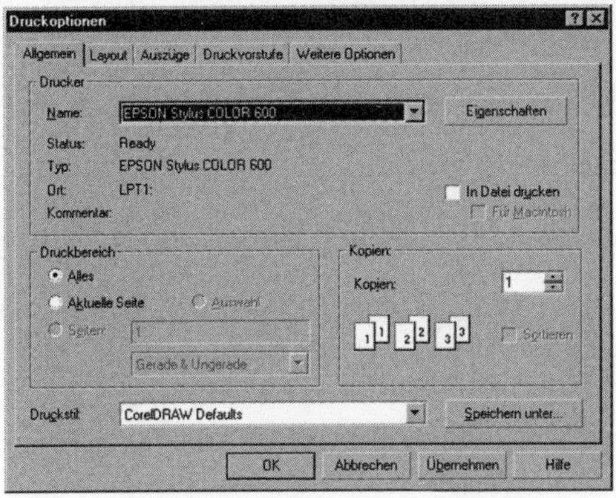

Abb. 223: Die Registerkarte Allgemein aus dem Dialogfenster Druckoptionen: Ein Klick auf die Schaltfläche OK, und schon wird gedruckt

④ Im Feld *Druckbereich* können Sie auswählen, was gedruckt werden soll. Interessant ist dabei die Option *Auswahl*. Sofern Sie vorher etwas markiert haben, wird nur der markierte Bereich gedruckt. Auf diese Weise können Sie auch Probeausdrucke von Teilbereichen Ihrer Grafik erstellen.

⑤ Eine Aktivierung des Kontrollkästchens *In Datei ausgeben* bewirkt, daß die Druckdaten nicht an den lokal angeschlossenen Drucker geschickt, sondern in eine Datei ausgegeben werden. Die so erstellte Druckdatei können Sie direkt an die Druckerei weitergeben.

Nutzendruck

Sofern das Format der Zeichenseite kleiner ist als das Papierformat des Drukkers, das Sie im Dialogfenster *Drucker einrichten* über die Schaltfläche *Ei-*

genschaften einstellen können, haben Sie die Möglichkeit, auf einer einzigen Druckseite die Zeichenseite gleich mehrmals drucken zu lassen. Das spart Papierkosten und bietet sich überall dort an, wo Sie ein und dieselbe Grafik mehrmals ausdrucken wollen, wie zum Beispiel bei Visitenkarten.

Voraussetzungen

Wie eingangs erwähnt, sollte die Zeichenseite wesentlich kleiner sein als das Druckpapier. Ansonsten wird bei der mehrfachen Unterbringung der Zeichenseite auf den Druckbogen die Zeichenseite und damit auch die Grafik entsprechend verkleinert. Das ist dann ein Problem, wenn auf der Grafik Elemente enthalten sind, die nicht verkleinert werden sollen, wie zum Beispiel Text, der bei einer weiteren Verkleinerung nicht mehr lesbar wäre.

Einen Nutzendruck vorbereiten

Corel 6 + Corel 7 Druck vorbereiten

① Wechseln Sie über den Menüpunkt *Druckvorschau* aus dem Menü *Datei* in den Druckvorschaumodus.

② Wählen Sie aus dem Menü *Einstellungen* den Menüpunkt *Positionierungsstil bearbeiten.*

③ In dem Dialogfenster *Position bearbeiten* können Sie über die Eingabefelder *Zeilen* und *Spalten* einstellen, wieviel Mal die Zeichenseite (inklusive Grafik) auf der Druckseite Platz finden soll.

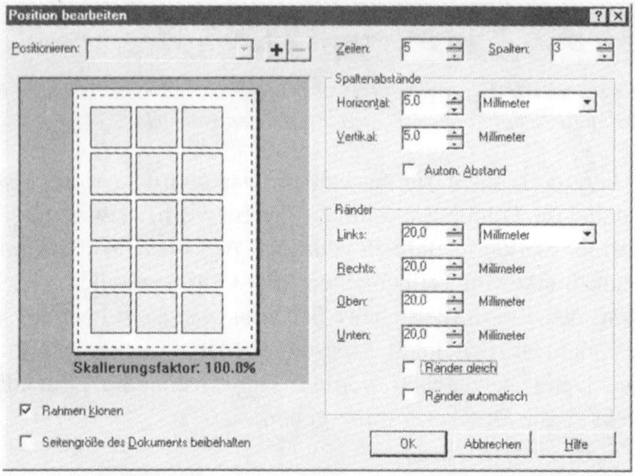

Abb. 224: Nutzendruck: Spart Papierkosten und vereinfacht den mehrfachen Ausdruck einer Grafik

④ Im Bereich *Spaltenabstände* befinden sich die Eingabefelder *Horizontal* und *Vertikal*, über die Sie die Abstände zwischen den Zeichenseiten auf der Druckseite definieren können. Das Kontrollkästchen *Autom. Abstand* sorgt dafür, daß CorelDRAW selbständig einen Spaltenabstand festlegt.

⑤ Sofern das Kontrollkästchen *Ränder automatisch* aktiviert ist, bestimmt CorelDRAW auch hier selbständig einen Abstandswert. Deaktivieren Sie dieses Kontrollkästchen, steht Ihnen über die Eingabefelder die Möglichkeit offen, eigene Randabstände zu definieren.

⑥ Ein aktiviertes Kontrollkästchen *Rahmen klonen* bewirkt, daß die Zeichenseite auch wirklich mehrmals gedruckt wird. Unter Rahmen sind hier die durch die Anzahl der Spalten und Zeilen definierten Zellen zu verstehen. Sie sollten dieses Kontrollkästchen auf jeden Fall aktiviert lassen, wenn die Zeichenseite mehrmals auf einen Druckbogen gedruckt werden soll.

⑦ Das Kontrollkästchen *Seitengröße des Dokuments beibehalten* bewirkt, daß die Originalausmaße der Zeichenseite beibehalten werden. Sie sollten dieses Kontrollkästchen nur dann aktivieren, wenn die Zeichenseite auch tatsächlich ohne Verkleinerung mehrmals auf den Druckbogen paßt.

⑧ Durch eine Klick auf die Schaltfläche *OK* wird das Dialogfenster geschlossen, und die Druckvorschau vermittelt Ihnen einen Eindruck vom zukünftigen Druckergebnis. Sind Sie mit den Einstellungen einverstanden, klicken Sie auf das Symbol *Drucken*, und los geht es.

Corel 8 **Druck vorbereiten**

① Wechseln Sie über den Menüpunkt *Druckvorschau* aus dem Menü *Datei* in den Druckvorschaumodus.

② Wählen Sie aus dem Menü *Einstellungen* den Menüpunkt *Layout*.

③ Auf der Registerkarte *Layout* des Dialogfensters *Druckoptionen* finden Sie im unteren Bereich das Listenfeld *N-oben-Format*. Dort können Sie aus einer Liste vordefinierter Aufteilungen einen Eintrag auswählen, wie häufig die Zeichenseite auf einer Druckseite ausgedruckt werden soll.

④ Über das Listenfeld *Signature-Layout* stellen Sie ein, in welcher Weise die Zeichenseiten bzw. Objekte auf der Druckseite angeordnet werden sollen.

⑤ Zusätzlich haben Sie die Möglichkeit, über die entsprechenden Symbole in der Hilfsmittelpalette und den Symbolleistenfunktionen eigene Aufteilungen zu definieren.

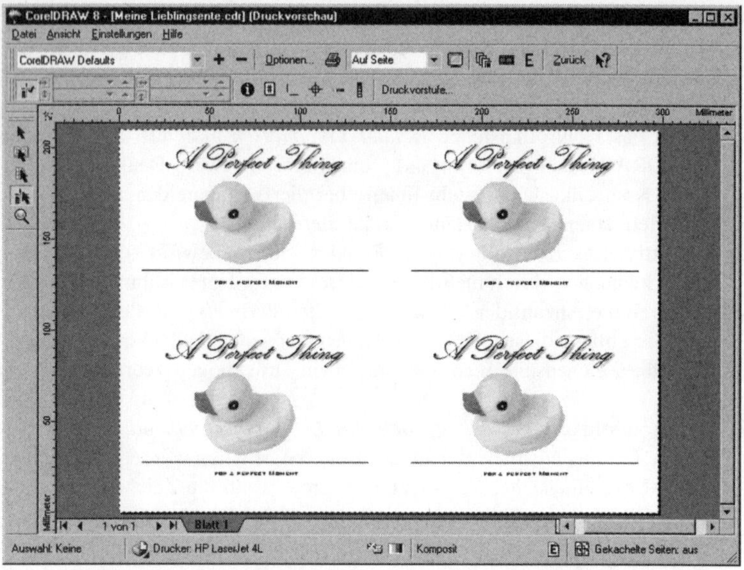

Abb. 225: Eigene Nutzendruck-Einstellungen können in CorelDRAW 8 über die Funktionen Signature-Layout und N-oben-Format vorgenommen werden

6.5 Tips & Tricks zum richtigen Drucken

In diesem Abschnitt finden Sie einige Tips und Tricks aus dem praktischen Alltag, die Ihnen dabei helfen können, Fehler zu vermeiden.

Beschnitt

Wenn Sie bis zum Rand der Zeichenseite gestalten, sollten Sie die Grafikelemente um ca. 3 mm über den Rand hinausstehen lassen. Am besten, Sie definieren Hilfslinien, die die Zeichenseite und den Beschnittrand darstellen und an denen Sie die Grafikelemente ausrichten können. Später brauchen Sie bei den Druckoptionen nur die Beschnittmarken (außen liegende) zu aktivieren. Die kleine Tabelle zeigt Ihnen die Position der erforderlichen Hilfslinien, wenn Sie mit einer DIN-A4-Zeichenseite gestalten. (Gitterursprung liegt auf der unteren linken Ecke der Zeichenseite.)

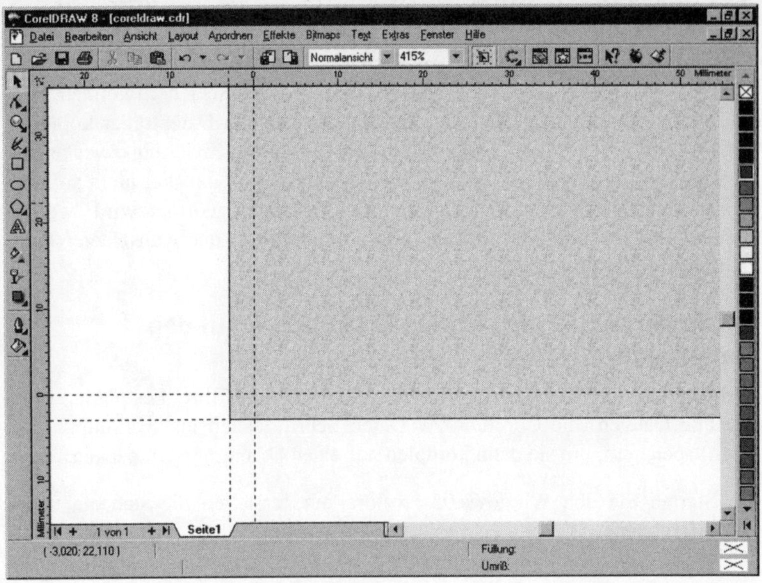

Abb. 226: Das Füllmuster soll ganzflächig gedruckt werden, deshalb wird es bis an die äußeren Hilfslinien herangeführt

Hilfslinienpositionen für Beschnitt und Zeichenseite		
Funktion	**Horizontal**	**Vertikal**
Zeichenseitenrand unten	0,00 mm	
Zeichenseitenrand oben	297,00 mm	
Zeichenseitenrand links		0,00 mm
Zeichenseitenrand rechts		210,00 mm
Beschnitt unten	- 3,00 mm	
Beschnitt oben	300,00 mm	
Beschnitt links		- 3,00 mm
Beschnitt rechts		213,00 mm

Thema Schriften

Schriften sind eine schöne Sache. Aber auch nur dann, wenn sie in der Grafik richtig wiedergegeben werden.

Sicher ist sicher: Immer dazu packen

Obwohl Sie mit der Funktion *Schriften mit TrueDoc einbetten* alle in Ihrer Grafik verwendeten Schriftarten mit in dieselbe Datei speichern können, sollten Sie die Schriften als separate Fontdateien auf den Datenträger kopieren, den Sie der Druckerei übergeben oder den Sie aus Archivierungszwecken erstellen. Schriftarten, die in Ihrer Grafik verwendet wurden, aber nicht auf dem Computer installiert sind, auf dem die Grafikdatei geöffnet wird, werden nämlich durch andere Schriftarten ersetzt. Das führt zu unerwünschten Veränderungen in der Gestaltung.

So kopieren Sie verwendete Schriftarten auf den Datenträger

Nehmen wir an, Sie erstellen zuerst ein Verzeichnis auf Ihrer Festplatte, in das Sie alle Dateien (die CorelDRAW-Datei, Schriftdateien und verknüpfte Dateien) speichern, um sie dann komplett auf einen Datenträger zu packen.

① Starten Sie den Windows 95-Explorer und erstellen Sie sich ein neues Verzeichnis.

② Wählen Sie aus dem Windows 95-*Start*-Menü den Menüpunkt *Einstellungen.*

③ Das Menü *Einstellungen* besitzt drei Untermenüs, von denen Sie den Menüpunkt *Systemsteuerung* wählen.

④ Sie sollten sich nun im Dialogfenster *Systemsteuerung* befinden, das Ihnen unter anderem auch das Verzeichnissymbol *Schriftarten* anzeigt. Klicken Sie doppelt mit der linken Maustaste auf das Verzeichnissymbol.

⑤ In einem Dialogfenster werden Ihnen alle derzeit installierten Schriften angezeigt. Per Drag & Drop oder über die Zwischenablage können Sie jede beliebige Schriftart in das neu erstellte Verzeichnis kopieren.

Oder in Kurven umwandeln

Eine andere Möglichkeit, die Schriftartenersetzung zu umgehen, ist die Umwandlung von Schriften in Kurven. Dabei werden die Formen der Schriftzeichen nachgezeichnet und durch geometrische Formen nachgebildet. Der urspüngliche Text wird also gewissermaßen durch Linien und Flächen ersetzt. Eine Umwandlung in Kurven sollten Sie allerdings nicht bei umfangreichen Texten vornehmen.

① Markieren Sie den Grafiktext, den Sie umwandeln wollen.

② Wählen Sie aus dem Menü *Anordnen* den Menüpunkt *In Kurven umwandeln* (Version 6 und 7) bzw. *In Kurven konvertieren* (Verison 8).

Importierte Bitmaps

Häufig werden Bitmaps (Pixelgrafiken) in eine Grafik importiert. Diese Grafiken können von CDs stammen oder selbst eingescannt sein. Gerade wenn Sie an eine Belichtung Ihrer Dateien denken, sollten Sie einige wichtige Punkte beachten:

Keine Größenänderungen in CorelDRAW vornehmen

Für einen korrekten Ausdruck ist entscheidend, welche Auflösung und welche Größe das Bitmap besitzt. Da die Anzahl der Bildpunkte bei Bitmaps immer fest definiert ist, bewirkt eine Größenänderung eine Reduzierung oder Erhöhung der Bildauflösung. Beides vermindert die Wiedergabequalität von Bitmaps! Bei Vergrößerung treten schnell Klötzcheneffekte auf, bei Verkleinerungen werden Bildinformationen verschluckt (da nicht gedruckt, weil die Auflösung zu hoch ist).

Die Auflösung macht's

Denken Sie an eine professionelle Belichtung und späteren Druck bei einer Druckerei, reicht eine Auflösung von 300 dpi meistens vollkommen aus. Geben Sie vielleicht noch 10 % zur Sicherheit dazu, kommen Sie auf eine Auflösung von maximal 330 dpi. Fast alle Bilder, Grafiken und Fotos, die Sie zum Beispiel in Zeitschriften, Prospekten oder ähnlichem Druckwerk sehen, sind mit keiner höheren Auflösung erstellt worden. Die Feinheit der Druckauflösung regelt nämlich der Belichter. An Bildinformationen reicht der angegebene Wert aus. Haben Sie ein Bild mit höheren Auflösungen verwendet, müssen die Bilddaten meist "auflösungsmäßig" in der Druckerei reduziert werden, was zu einer Verschlechterung der Bildqualität führt. Mit einer physikalischen (nicht softwareseitig interpoliert) Auflösung von 300 dpi können selbst preiswerte "Homescanner" Bitmaps einlesen (Sie sehen, man braucht nicht gleich einen Trommelscannner, um professionell gestalten zu können).

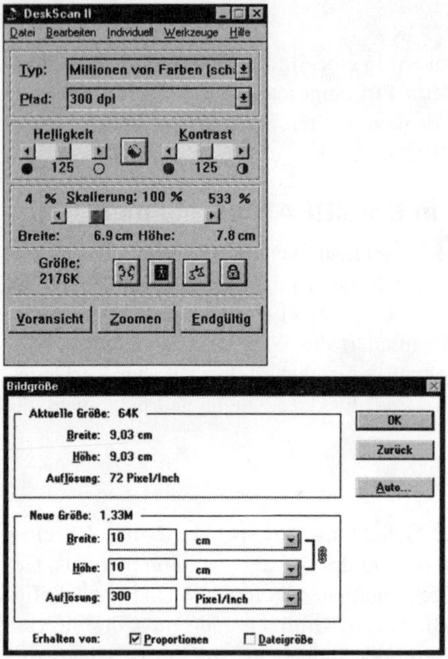

Abb. 227: Einmal in einer Bildbearbeitung richtig eingestellt, sollte ein Bitmap in seiner Größe nicht mehr verändert werden

Auflösung, Größe und Dateiformat

Ob Sie nun ein Foto selbst einscannen oder von einer CD laden, das Bitmap sollte die richtige Auflösung, Größe und das richtige Dateiformat besitzen, BEVOR Sie es in die CorelDRAW-Grafik importieren. Beim Einscannen können Sie meistens anhand von Eingabefeldern das Scan-Ergebnis millimetergenau einstellen. Die Größe der Grafik wird bei deren Erstellung einmal festgelegt. Sie sollten es tunlichst vermeiden, die Grafik später größenmäßig zu verändern. Gegebenenfalls erstellen Sie die Grafik nochmals neu (neu einscannen). Die Auflösung sollte (wie oben erwähnt) für spätere Belichtungen auf 300 dpi stehen. Wird die Grafik nur auf dem Bildschirm eingesetzt, können Sie auch mit 96 dpi arbeiten (gängige Geräteauflösung der meisten PC-Bildschirme). Für den professionellen Druckbereich ist das Dateiformat TIFF zu empfehlen. Es liefert die beste Bildqualität und gehört zu den Standardformaten im Druckbereich. Haben Sie vor, das Bild für eine Internet-Seite zu verwenden, können Sie die Formate JPEG (viele Farben) oder GIF (maximal

256 Farben) verwenden. Bei Grafiken, die Sie von einer CD laden, können Sie diese Einstellungen in einer Bildbearbeitung vornehmen.

Darstellungsqualität in CorelDRAW

Denken Sie daran: WYSIWYG ist immer nur ein Versuch, die Darstellung auf dem Bildschirm an das Druckergebnis anzupassen. Kalibrierung kann Linderung verschaffen, beseitigt aber nicht alle Eventualitäten. Gerade bei der Wiedergabe von Bitmaps in CorelDRAW können schnell Veränderungen vorkommen. Eine abschließende Beurteilung, ob Bitmaps (und auch Farbverläufe und andere Elemente) korrekt eingestellt und gedruckt werden, kann Ihnen nur das Fachwissen eines Druckers oder ein Proof (Probeausdruck auf einem speziellen Gerät) ermöglichen.

Absprachen schaffen Sicherheit

Gerade wenn Sie sich für einen professionellen Druck entscheiden, sollten Sie vor und während der Druckerstellung mit Ihrer Druckerei in Verbindung treten.

Check-Formular in CorelDRAW 7 (nur Versionen 6 und 7)

In CorelDRAW 7 gibt es ein Check-Formular, das viele wichtige Punkte erhält, die Sie abklären sollten.

① Sie können dieses Formular ausdrucken, indem Sie aus dem Menü *Hilfe* den Menüpunkt *Hilfethemen* wählen.

② Wählen Sie im Dialogfenster *Hilfethemen* die Registerkarte *Index* und geben Sie im Eingabefeld "Druckerei-Checkliste" ein.

③ Sobald Ihnen der Eintrag *Druckerei-Checkliste* angezeigt wird, klicken Sie auf die Schaltfläche *Anzeigen*.

④ Die Hilfeseite besteht aus zwei Seiten. Wechseln Sie zur zweiten Seite. Dies ist das Check-Formular, das Sie nun über die Schaltfläche *Drucken* ausdrucken können.

7. Im Internet publizieren: Meine eigene Homepage

Mit CorelDRAW haben Sie die Möglichkeit, Web-Seiten für das Internet zu gestalten und zu publizieren. Sie können bei der Gestaltung von Web-Seiten alle CorelDRAW-Funktionen einsetzen, was Ihnen reichhaltige Gestaltungsmöglichkeiten verschafft. Dadurch sind Sie nicht mehr auf die eingeschränkten Gestaltungsfunktionen von spezialisierten Web-Seiten-Editoren beschränkt.

Auch wenn Sie keine Web-Seiten gestalten wollen, wird Ihnen dieses Kapitel viele neue Funktionen vermitteln, die Sie für alle Arten von Grafiken gut gebrauchen können. Dieser Abschnitt ist also nicht nur für diejenigen interessant, die sich im Internet via Homepage präsentieren wollen.

In unserem kleinen Übungsbeispiel soll Ferdinand Mahlzahn, der fernab vom Festland auf der Insel Höhlenstein lebt, eine eigene Homepage bekommen. Auf diese Weise kann er via Internet trotz der großen Entfernungen mit Freunden und Bekannten auf der ganzen Welt kommunizieren.

7.1 Eine Vorlage erstellen

In CorelDRAW können Sie Vorlagendateien erstellen, die Ihnen bei der Gestaltung neuer Dateien auf Basis einer Vorlage eine ganze Menge Arbeit abnehmen können. Vorlagen können beispielsweise das Seitenlayout, Hilfslinienpositionen, Ebenen, vorgegebene Elemente, Arbeitsbereich-Einstellungen (angezeigte Farbpalette, Rollups usw.), Grundeinstellungen und vieles mehr vorgeben. Wenn Sie eine neue Datei auf Basis einer Vorlage erstellen, werden Ihnen all diese Dinge schon vorgegeben und Sie können direkt mit den Einzelheiten Ihrer Grafik beginnen.

Mit einer normalen Datei fängt es an

Wenn Sie eine Vorlage erstellen, fangen Sie zunächst mit einer normalen CorelDRAW-Datei an, gestalten das Dokument und speichern die Datei unter einem speziellen Dateiformat ab.

① Erstellen Sie eine ganz normale CorelDRAW-Datei. Wenn Sie CorelDRAW neu starten, wählen Sie im Willkommen-Dialogfenster die Option *Neue Grafik*. Befinden Sie sich schon im Programm, wählen Sie aus dem Menü *Datei* den Menüpunkt *Datei Neu*. Noch schneller geht es mittels Tastaturkürzel [Strg] +[N]. Die so neu erstellte Datei entspricht den Vorgaben der Vorlagendatei *Coreldrw.cdt*. Das Seitenlayout ist standarmäßig eine hochformatige DIN-A4-Seite.

Seitenlayout definieren

Als erstes stellen Sie das passende Seitenlayout für Web-Seiten ein. Dazu gehört die Einstellung der Seitengröße, die bei Web-Seiten eine besondere Rolle spielt. Auch die Hintergrundfarbe wird in diesem Arbeitsschritt definiert.

Spezielle Seitengröße einstellen

① Wählen Sie aus dem Menü *Layout* den Menüpunkt *Seite einrichten*.
② Damit die Web-Seite später auch die gesamte Bildschirmfläche ausfüllt, geben Sie in das Eingabefeld *Breite* 270 und in das Eingabefeld *Höhe* 150 ein. Die Maßeinheit sollte auf *Millimeter* stehen. Dieses außergewöhnliche Seitenformat ist erforderlich, damit die Web-Seite später im Browser auch bildschirmfüllend angezeigt wird. Da die Anzeige einer Web-Seite immer auch von der eingestellten Bildschirmgröße abhängt, sind in der Tabelle die beiden wichtigsten Seiteneinstellungen aufgelistet.

Seitengrößen		
Bildschirmauflösung	**Seitenbreite**	**Seitenhöhe**
800 x 600	270 mm	150 mm
1024 x 768	350 mm	200 mm

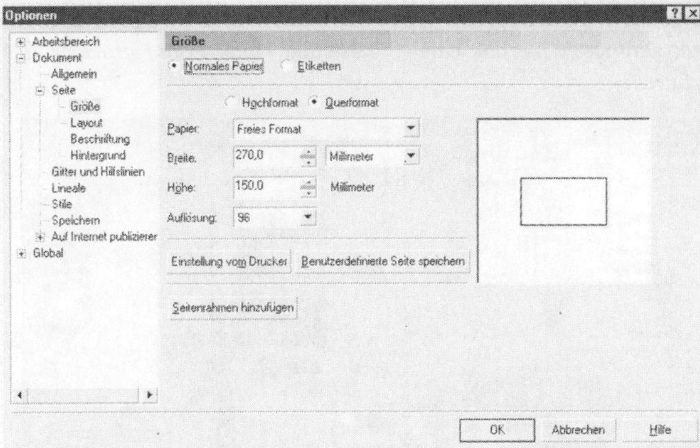

Abb. 228: Das Seitenformat muß auf ein Spezialformat eingestellt werden, damit es später im Browser den Bildschirm richtig ausfüllt

Hinweis: Browser sind spezielle Programme, mit denen Sie im Internet die Web-Seiten aufrufen und anzeigen lassen können.

Hintergrund gestalten

Im nächsten Arbeitsschritt können Sie die Zeichenseite mit einem Hintergrund versehen.

Corel 6 + Corel 7 Hintergrund gestalten

① Klicken Sie im Dialogfenster *Seite einrichten* auf die Schaltfläche *Seitenrahmen hinzufügen.* Der Seitenrahmen ist ein von CorelDRAW automatisch erzeugtes Rechteck, das Sie später beliebig gestalten können, indem Sie ihm beispielsweise eine Füllfarbe zuweisen.

Corel 8 Hintergrund gestalten

① Wählen Sie die Registerkarte *Hintergrund* und aktivieren Sie die Option *Durchgezogen.*

② Eine Hintergrundfarbe wählen Sie aus, indem Sie auf das Farbfeld klikken. Aus der Standard-Farbpalette können sie einen beliebigen Farbton auswählen.

③ Damit der Farbhintergrund später auch tatsächlich im Browser angezeigt wird, aktivieren Sie das Kontrollkästchen *Hintergrund drucken und exportieren.*

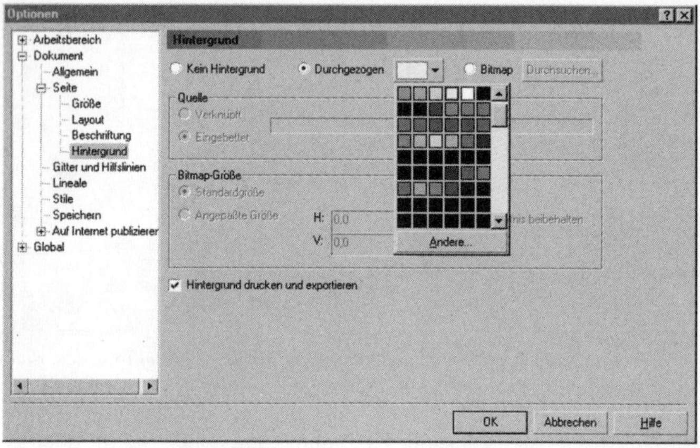

Abb. 229: In CorelDRAW 8 kann der Hintergrund über eine neue Funktion direkt mit exportiert werden

Die Mainzelmännchen kommen: Hilfslinien einrichten

Die Einrichtung der Hilfslinien ist obligatorisch und erfolgt wie immer zu Beginn einer Arbeit. Da die Datei als Vorlage gespeichert wird, braucht die Einrichtung der Hilfslinien nur einmal vorgenommen zu werden. Sie stehen Ihnen zukünftig immer zur Seite, wenn Sie eine neue Datei auf Basis unserer Vorlage erstellen.

① Wählen Sie aus dem Menü *Layout* den Menüpunkt *Hilfslinien einrichten.* In dem Dialogfenster, das sich daraufhin öffnet, richten Sie die Hilfslinien ein, die die Zeichenseitenränder begrenzen.

② Auf der Registerkarte *Horizontal* sind das die Hilfslinien 0 und 150. Geben Sie einfach den Wert in das Eingabefeld ein und klicken Sie anschließend auf *Hinzufügen.*

③ Wechseln Sie zur Registerkarte *Vertikal.* Hier brauchen Sie die Hilfslinien 0 (rechte Seitenbegrenzung), 50 (für die spätere Navigationsleiste) und 270 (rechte Seitenbegrenzung).

④ Aktivieren Sie unbedingt noch das Kontrollkästchen *An Hilfslinien ausrichten,* sonst nützen die Hilfslinien nichts. Das Kontrollkästchen *Hilfslinien anzeigen* kann ebenfalls aktiviert bleiben. Es ist wichtig für die optische Orientierung.

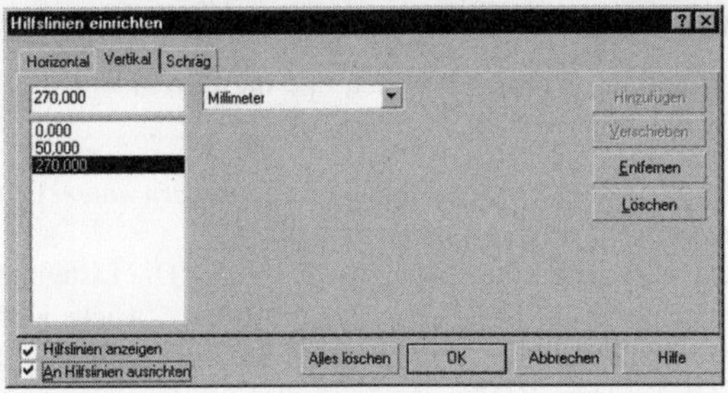

Abb. 230: Nicht obligatorisch, aber wichtig: die Einrichtung der Hilfslinien

⑤ Klicken Sie auf die Schaltfläche *OK*. Erst jetzt werden die Hilfslinien endgültig gesetzt und stehen für zukünftige Gestaltungsaktionen bereit.

Weitere Einstellmöglichkeiten

Sie können natürlich noch eine ganze Menge an Gestaltungen vornehmen, wie zum Beispiel einige Ebenen einrichten oder Grafiken erstellen bzw. einfügen, die Ihnen später immer automatisch mitgeliefert werden, wenn Sie auf Basis dieser Vorlage eine neue Datei erstellen. In diesem Übungsbeispiel soll die Einrichtung der Zeichenseite und der Hilfslinien genügen.

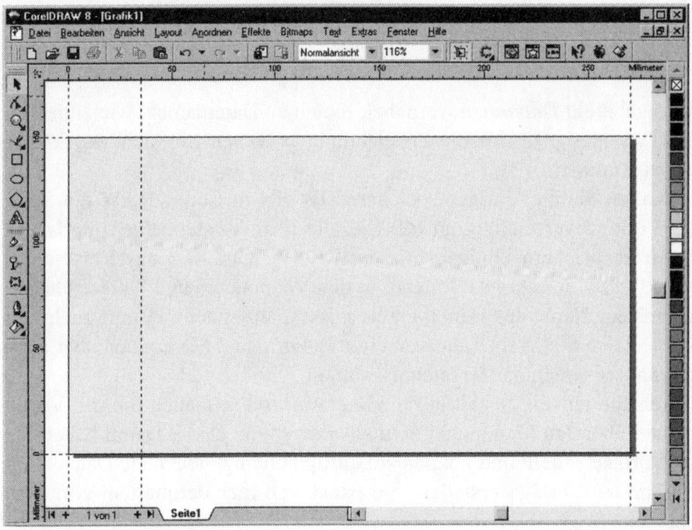

Abb. 231: Zeichenseite und Hilfslinien sind eingerichtet, nun kann die Datei als Vorlage gespeichert werden

Als Vorlage speichern

Damit wäre die Gestaltung der Vorlage beendet, und die Datei kann als Vorlagendatei abgespeichert werden.

① Wählen Sie aus dem Menü *Datei* den Menüpunkt *Speichern unter*. Es öffnet sich das Dialogfenster *Speichern unter*.

② Klicken Sie auf den Listenpfeil des Listenfelds *Dateityp*. Die Liste enthält eine Vielzahl unterschiedlicher Dateitypen, die für unsere Zwecke hier jedoch nicht weiter von Bedeutung sind. Wählen Sie aus der Listen den Eintrag *CorelDRAW Vorlage (CDT)*.

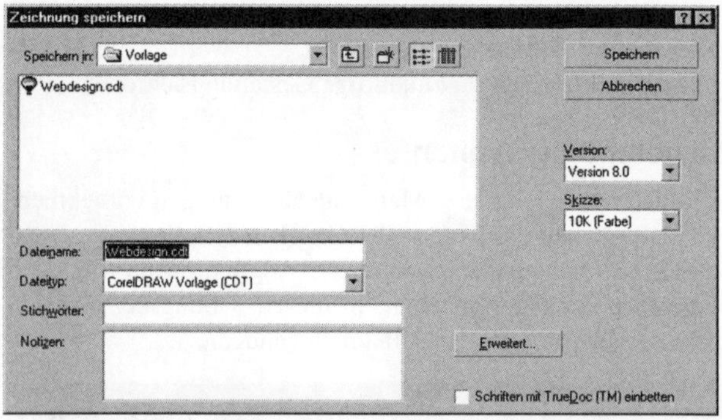

Abb. 232: Vorlagen werden im Dateiformat CDT gespeichert

③ Im Eingabefeld *Dateiname* vergeben Sie einen Dateinamen, wie zum Beispiel "Webdesign". Um die Dateiendung brauchen Sie sich wie immer nicht zu kümmern.

④ Wo wollen Sie die Vorlage speichern? Es gibt in CorelDRAW ein Standard-Vorlagenverzeichnis, in das Sie alle Ihre selbsterstellten Vorlagendateien abspeichern können. In CorelDRAW 8 ist dies das Verzeichnis *\Corel\Graphics8\Draw\Vorlagen*. In den Versionen 6 und 7 unterscheidet sich nur der Name des Hauptverzeichnisses, ansonsten existiert auch hier an der selben Stelle ein Unterverzeichnis *Vorlagen*. Sie können aber auch jedes andere beliebige Verzeichnis wählen.

⑤ Klicken Sie auf die Schaltfläche *Speichern* und schließen Sie die Vorlagendatei über den Menüpunkt *Schließen* im Menü *Datei*. Damit haben Sie eine Vorlage erstellt und können zukünftig beliebig viele neue Dateien auf Basis dieser Vorlage erstellen, die exakt den hier definierten Vorgaben entsprechen.

7.2 Eine neue Datei auf Basis einer Vorlage erstellen

Die Erstellung neuer Web-Seiten mit Hilfe der Vorlage ist um ein Vielfaches schneller und einfacher, als wenn Sie jedesmal alle Gestaltungsschritte von neuem beginnen.

Und so wird es gemacht ...

Die Erstellung einer neuen Datei auf Basis einer Vorlage kann auf zweierlei Weise geschehen. Sie können dazu den Vorlagenassistenten benutzen oder selbständig vorgehen. In unserem Übungsbeispiel wählen wir die zweite Möglichkeit, da sie einfacher und zuverlässiger ist.

① Wählen Sie aus dem Menü *Datei* den Menüpunkt *Öffnen*.

② Im Dialogfenster *Öffnen* stellen Sie im Listenfeld *Dateiyp CorelDRAW-Vorlage (CDT)* ein. Damit werden Ihnen nur Dateien mit dieser speziellen Dateiendung angezeigt.

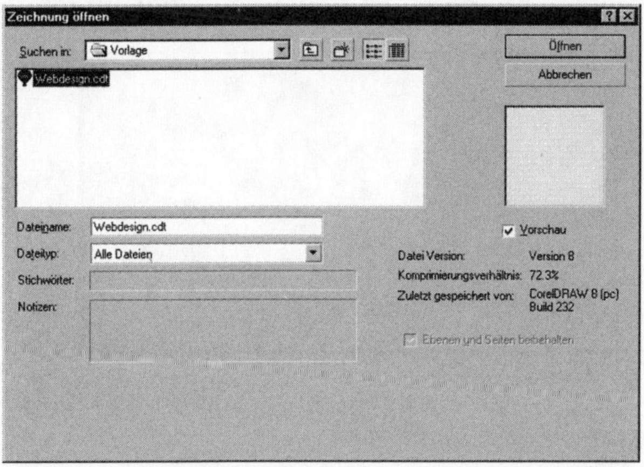

Abb. 233: Im Dialogfenster Öffnen wählen Sie die gerade gespeicherte Vorlagendatei

③ Als nächstes suchen Sie über das Listenfeld *Suchen in* das Verzeichnis, in das Sie gerade die Vorlagendatei abgespeichert haben.

④ Haben Sie das Verzeichnis gefunden, wählen Sie durch einen Mausklick die Datei aus und klicken auf die Schaltfläche *Öffnen*. Im Übungsbeispiel ist dies die Datei *Webdesign.cdt*.

⑤ Es erscheint ein kleines Dialogfenster, das Ihnen zwei Optionen anbietet. Wollen Sie eine neue Datei auf Basis der Vorlage erstellen oder die Vorlagendatei öffnen, um sie beispielsweise umzugestalten? Da Sie eine neue Datei erstellen wollen, wählen Sie die erste Option *Neu von Vorlage*.

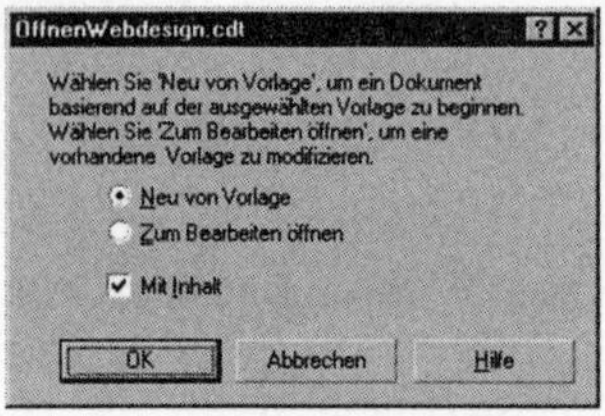

Abb. 234: Hier können Sie wählen, ob Sie eine neue Datei auf Basis der gewählten Vorlage erstellen wollen

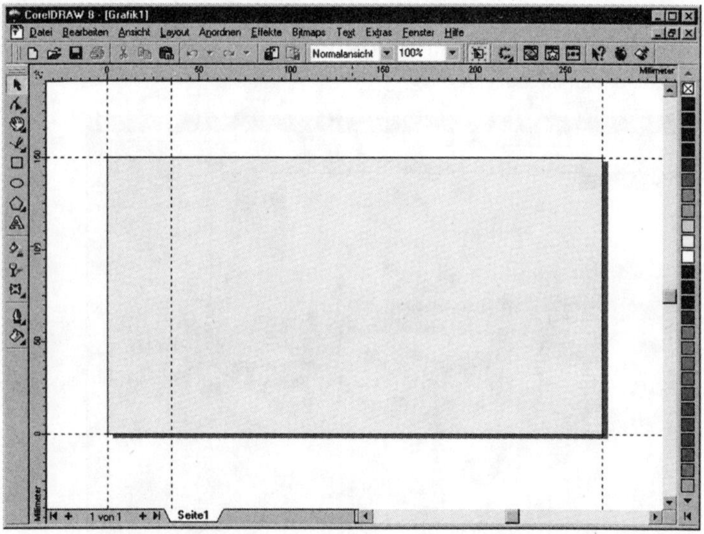

Abb. 235: Die neu erstellte Datei entspricht exakt den Gestaltungsvorgaben der Vorlagenseiten

⑥ Im unteren Bereich des Dialogfensters finden Sie das Kontrollkästchen *Mit Inhalt*. Dieses Kontrollkästchen können Sie nach Bedarf deaktivieren, wenn keine Grafikelemente der Vorlage mit in die neu erstellte Datei aufgenommen werden sollen. Um den farbigen Hintergrund der Vorlage mit in die neue Datei zu übernehmen, aktivieren Sie das Kontrollkästchen *Mit*

Inhalt und klicken auf die Schaltfläche *OK*. Damit haben Sie eine neue Datei auf Basis einer Vorlage erstellt.

7.3 Eine eigene Farbpalette erstellen und auswählen

In den bisherigen Übungsbeispielen haben Sie immer mit der CorelDRAW Standard-Farbpalette gestaltet. Unter dem Menüpunkt *Farbpalette* im Menü *Ansicht* finden Sie eine ganze Reihe vordefinierter Farbpaletten, die Sie jederzeit einsetzen können. In diesem Abschnitt werden Sie jedoch eine eigene Farbpalette erstellen. Dadurch wird die Farbauswahl vereinfacht, und Sie können schneller auf selbstdefinierte Farben zugreifen.

Eine neue Farbpalette erstellen

Die Erstellung einer neuen Farbpalette ist in den verschiedenen Programmversionen sehr unterschiedlich. Aus diesem Grund werden die Arbeitsschritte separat aufgeführt.

Corel 6 + Corel 7 Farbpalette erstellen

① Klicken Sie mit der linken Maustaste auf das Hilfsmittel *Füllung* und wählen Sie direkt das erste Symbol, mit dem Sie das Dialogfenster *Füllfarbe* öffnen.

Abb. 236: In CorelDRAW 6 und 7 wählen Sie zwecks Erstellung einer neuen Farbpalette das Dialogfenster Füllfarbe

② Da noch kein Objekt erstellt bzw. markiert ist, erfolgt die Abfrage, welchem Objekttyp die neuen Einstellungen bei dessen Erstellung immer automatisch zugewiesen werden sollen. Diese Abfrage ist aber für die Erstellung einer eigenen Farbpalette ohne Bedeutung. Klicken Sie auf die Schaltfläche *OK* und Sie gelangen in das Dialogfenster *Gleichmäßige Füllung*.

③ Klicken Sie auf die kleine, unscheinbare Schaltfläche *Palettenoptionen* (nach links weisender Pfeil) am unteren rechten Rand des Dialogfensters.

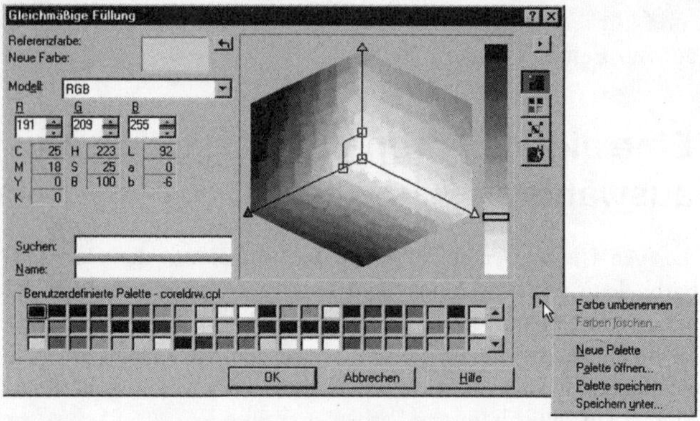

Abb. 237: *Unscheinbar, aber bedeutend: die kleine Schaltfläche für die Palettenoptionen*

④ Aus dem Untermenü, das sich daraufhin öffnet, wählen Sie den Menüpunkt *Neue Palette*.

⑤ Es öffnet sich das Dialogfenster *Neue Palette*, in dem Sie in das Eingabefeld *Dateiname* einen aussagekräftigen Namen eingeben. Für eine spezielle Farbpalette zur Gestaltung von Web-Seiten würde sich zum Beispiel wieder die Benennung *Web-Design* eignen.

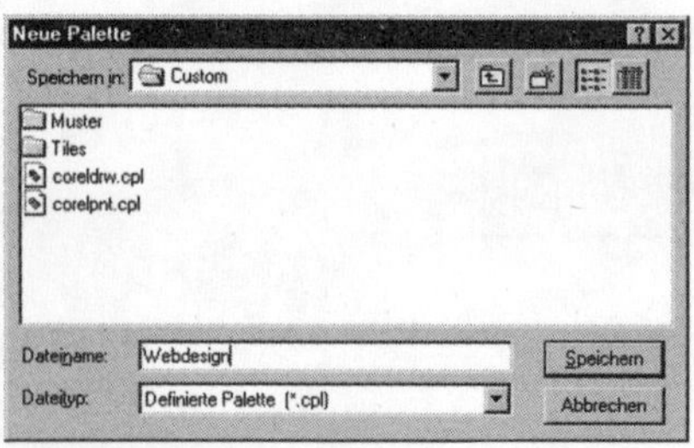

Abb. 238: *Im Dialogfenster Neue Palette geben Sie den Namen der neuen Palette ein*

⑥ Um Dateityp und Verzeichnis brauchen Sie sich nicht zu kümmern. Belassen Sie es bei den Voreinstellungen und klicken Sie mit der linken Maustaste auf die Schaltfläche *Speichern*.

⑦ Sie befinden sich wieder im Dialogfenster *Gleichmäßige Füllung* und sehen im unteren Teil des Dialogfensters eine (noch) leere Fläche mit der Bezeichnung *Benutzerdefinierte Palette - Webdesign*. Farben können auf unterschiedliche Art definiert werden. Wählen Sie am rechten Rand des

Dialogfensters zwischen *Farbmodelle*, *Paletten*, *Farbüberblendung* oder *Mischbereich*. Im Übungsbeispiel wählen wir *Farbüberblendung*.

Abb. 239:
Über diese vier Symbole können Sie unterschiedliche Verfahren zur Farbbestimmung wählen

⑧ Je nachdem, welche Wahl Sie zuvor getroffen haben, können Sie über ein Listenfeld zwischen verschiedenen untergeordneten Modellen ober Typen auswählen. Im Übungsbeispiel können Sie es bei dem voreingestellten Modell *RGB* belassen.

⑨ Durch einen Klick auf eine Farbfläche im rechten Bereich können Sie nun eine Farbe auswählen. Die gewählte Farbe erscheint zusätzlich im Vorschaubereich *Neue Farbe*.

⑩ Geben Sie nach Bedarf im Eingabefeld *Name* einen Namen für die gewählte Farbe ein. Dieser Name kann zum Beispiel aus den Angaben der Farbwerte bestehen, die Ihnen in den Eingabefeldern *R*, *G* und *B* angezeigt werden.

⑪ Die gewählte Farbe fügen Sie Ihrer Farbpalette hinzu, indem Sie mit der linken Maustaste in das Farbfeld *Neue Farbe* klicken, die Maustaste gedrückt halten und den Mauscursor in den unteren leeren Bereich des Dialogfensters ziehen.

Abb. 240: Wenn man es weiß, ist es einfach: Neue Farben werden aus dem Farbfeld in den Palettenbereich im unteren Bereich des Dialogfensters gezogen

⑫ Der Mauscursor verwandelt sich in einen schwarzen Punkt. Sobald Sie die Maustaste loslassen, haben Sie die gewählte Farbe der Farbpalette hinzugefügt.

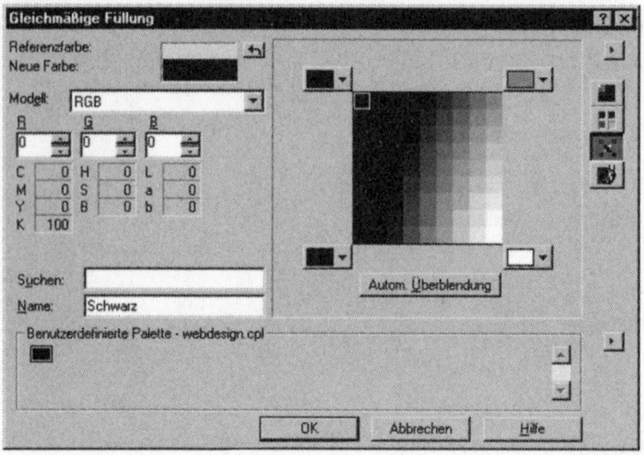

Abb. 241: *Der gewählte Farbton ist in den unteren Palettenbereich gezogen worden und ist nun fester Bestandteil der neuen Farbpalette*

⑬ Haben Sie Ihre Farbpalette mit ausreichend Farben versehen, klicken Sie wieder auf die Schaltfläche *Palettenoptionen* und in deren Untermenü auf den Menüpunkt *Speichern*.

⑭ Das Dialogfenster *Füllfarbe* kann nun geschlossen werden. Klicken Sie auf die Schaltfläche *OK*, und Sie befinden sich wieder auf der Zeichenfläche.

Corel 8 Farbpalette erstellen

① Wählen Sie aus dem Menü *Extras* den Menüpunkt *Paletten-Editor*. Es öffnet sich das Dialogfenster *Paletten-Editor*, das die Erstellung neuer Paletten ermöglicht.

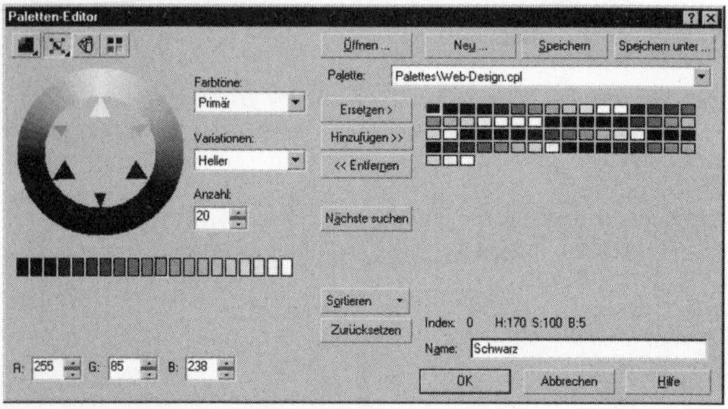

Abb. 242: *Der Paletten-Editor in CorelDRAW 8 ist übersichtlicher und besitzt keine "versteckten" Schaltflächen*

② Klicken Sie auf die Schaltfläche *Neu*. Im Dialogfenster *Neue Palette*, das sich daraufhin öffnet, können Sie Namen und Speicherort der neuen Palette wählen. Voreingestellt ist das Verzeichnis *Palettes*.

③ Im Eingabefeld *Dateiname* geben Sie den Namen *Web-Design* ein (ohne Dateiendung, das erledigt CorelDRAW) und klicken anschließend auf die Schaltfläche *Speichern*.

④ Zurück im Dialogfenster *Paletten-Editor* sehen Sie Ihre neue Palette, die zunächst noch leer ist. Sie können sich neue Farbtöne über die *Farbansicht*, über den *Mischbereich*, aus einer vordefinierten Palette oder einer selbsterstellten Farbpalette zusammenstellen. Je nachdem, welche der Möglichkeiten Sie ausgewählt haben, erscheint das Dialogfenster in einem anderen Gewand. Für das Übungsbeispiel wählen Sie *Mischbereiche*.

⑤ Klicken Sie im unteren Bereich auf einen Farbton und anschließend auf die Schaltfläche *Hinzufügen*. Die gewählte Farbe erscheint im rechten Bereich des Dialogfensters.

⑥ Um die neu hinzugefügte Farbe zu benennen, klicken Sie auf das Farbfeld in der Palette (auf der rechten Seite des Dialogfensters), bis das Farbfeld wie ein gedrückter Schaltknopf erscheint. Sie müssen allerdings ziemlich genau hinsehen, um den Unterschied zwischen gedrückt und nicht gedrückt erkennen zu können.

⑦ Haben Sie die Farbe auf diese Weise gewählt, geben Sie im Eingabefeld *Namen* einen Namen ein. Sie brauchen nichts weiter zu betätigen und können sofort neue Farben hinzufügen. Achten Sie bei der Benennung immer darauf, daß das Farbfeld gedrückt erscheint. Nur so ist eine Farbe ausgewählt und kann benannt werden.

⑧ Wenn Sie die Palette mit ausreichend Farben versehen haben, klicken Sie auf die Schaltfläche *Speichern* und schließen das Dialogfenster durch einen Klick auf die Schaltfläche *OK*.

Eine Farbpalette auswählen (alle Programmversionen)

Die neu erstellte Farbpalette wird aber noch nicht auf dem Bildschirm angezeigt. Dazu muß sie erst ausgewählt werden.

① Wählen Sie aus dem Menü *Ansicht* den Menüpunkt *Farbpalette*.

② Im Untermenü klicken Sie auf den Menüpunkt *Benutzerdefinierte Farben laden*.

③ In CorelDRAW 6 und 7 öffnet sich das Dialogfenster *Palette öffnen*, in dessen Anzeigebereich auch die neu erstellte Palette angezeigt wird. Klikken Sie mit der linken Maustaste auf die Palettenbezeichnung und anschließend auf die Schaltfläche *Öffnen*. Die gewählte Palette wird geöffnet und am Bildschirmrand angezeigt.

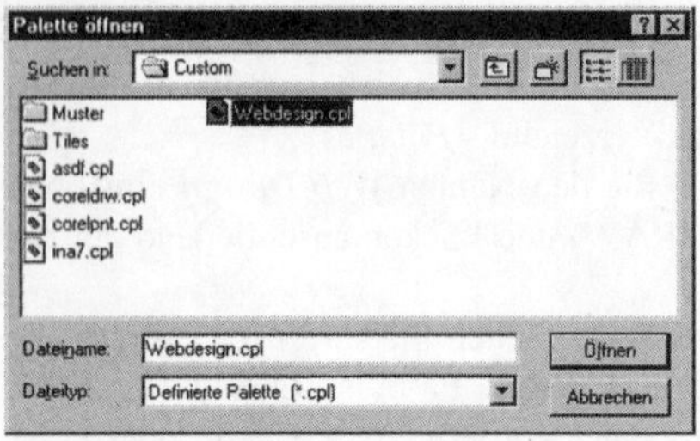

Abb. 243: In CorelDRAW 6 und 7 öffnen Sie eine Palette über ein Dialogfenster

In CorelDRAW 8 öffnet sich statt eines Dialogfensters ein Andock-Fenster. Hier wählen Sie die Palette durch einen Mausklick. Schließen Sie das Andock-Fenster durch einen Mausklick auf das kleine *X* in der Titelleiste des Andock-Fensters.

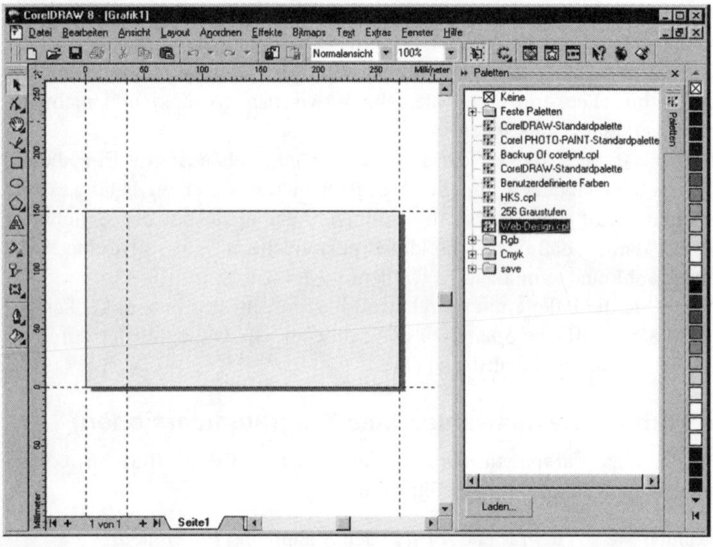

Abb. 244: Das Andock-Fenster in CorelDRAW 8 ermöglicht die Auswahl einer Farbpalette

Eine Farbpalette bearbeiten

Sie können jederzeit eine Farbpalette umgestalten, indem Sie das Dialogfenster *Füllfarbe* bzw. den Paletten-Editor öffnen, die gewünschten Veränderungen vornehmen und die Palette unter demselben Namen abspeichern.

7.4 Damit man weiß, wo es langgeht: Die Navigationsleiste

Ein wichtiges Element auf Web-Seiten ist die Navigationsleiste. Sie besteht in der Regel aus Schaltflächen in Form von kleinen Grafiken oder manchmal auch Begriffen. Durch einen Klick auf diese Objekte werden andere Web-Seiten geöffnet, die mittels Hyperlink (anderes Wort für Verknüpfung) mit den entsprechenden Web-Seiten verknüpft sind. Auf diese Weise kann der Besucher einer Web-Seite schnell zu anderen Web-Seiten oder auch zu bestimmten Textabschnitten auf derselben Web-Seite gelangen, wenn diese sehr lang ist und nicht vollständig auf dem Bildschirm angezeigt werden kann.

Buttons erstellen

Auf den Corel-Clipart-CDs finden Sie einige brauchbare Buttons, die Sie nur noch importieren müssen und gegebenenfalls gestalterisch anpassen. Oder Sie erstellen selbst die Buttons, wie in unserem Übungsbeispiel.

① Wählen Sie das Hilfsmittel *Ellipsen* und zeichnen bei gleichzeitig gedrückter [Strg]-Taste einen gleichmäßigen Kreis.

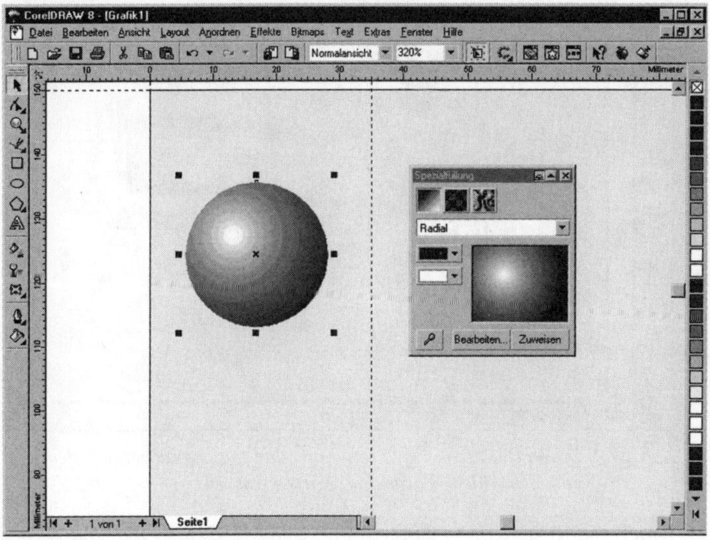

Abb. 245: Durch die Zuweisung einer radialen Farbverlaufsfüllung wird aus einem flächigen Kreis eine Kugel

② Rufen Sie das Rollup *Spezialfüllung* auf und wählen Sie aus dem Listenfeld *Farbverlaufsarten* den Farbverlauf *Radial.*

③ Mit der gedrückten linken Maustaste können Sie direkt im Vorschaubereich den Mittelpunkt ein bißchen diagonal nach oben links schieben, um den Effekt einer Lichtreflexion zu verstärken und mehr Räumlichkeit zu erzielen.

④ Die Farben des Farbverlaufs können Sie über die beiden Farbflächen auswählen. Verändern Sie hier aber nur das obere Kästchen, das Ihnen standardmäßig *Schwarz* anzeigt.

⑤ Da der Kreis noch markiert sein sollte, können Sie direkt mit der linken Maustaste auf die Schaltfläche *Zuweisen* klicken, wodurch der Kreis den Farbverlauf übernimmt. Falls der "Kugeleffekt" noch nicht ganz überzeugend ist, verschieben Sie im Rollup *Spezialfüllung* den Reflexionspunkt und weisen den Effekt erneut zu.

⑥ Löschen Sie den Umriß durch einen Klick mit der rechten Maustaste auf das *X* in der Farbpalette.

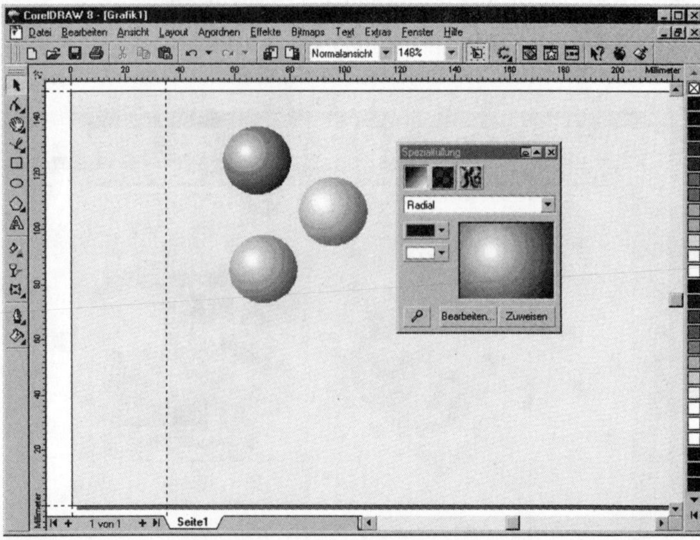

Abb. 246: Durch Duplizieren sind insgesamt drei Buttons entstanden, denen unterschiedliche Farben zugewiesen wurden

⑦ Durch die Tastenkombination [Strg]-Taste+[D] können Sie von dem markierten Kreis beliebig viele Duplikate erzeugen, denen Sie mit dem noch geöffneten Rollup *Spezialfüllung* andere Farbverläufe zuweisen können.

In unserem Übungsbeispiel erstellen wir insgesamt drei Buttons, die nachfolgend beschriftet und mittels Hyperlinks verknüpft werden.

Buttons anordnen

Die richtige Ausrichtung und gleichmäßige Abstände zwischen den Buttons können Sie bequem über das Dialogfenster *Ausrichten und verteilen* vornehmen.

① Wählen Sie für die Kreise eine geeignete Größe und ordnen Sie die Buttons grob in der am linken Rand vorgesehenen Fläche an.

② Mit der gedrückten [Umschalt]-Taste markieren Sie alle Kreise und wählen aus dem Menü *Anordnen* den Menüpunkt *Ausrichten und verteilen.*

③ Auf der Registerkarte *Ausrichten* aktivieren Sie das Kontrollkästchen *Links* und auf der Registerkarte *Verteilen* das Kontrollkästchen *(vertikaler) Abstand.*

④ Klicken Sie mit der linken Maustaste auf die Schaltfläche *OK*, wodurch die Buttons nun ihre richtige Anordnung gefunden haben sollten.

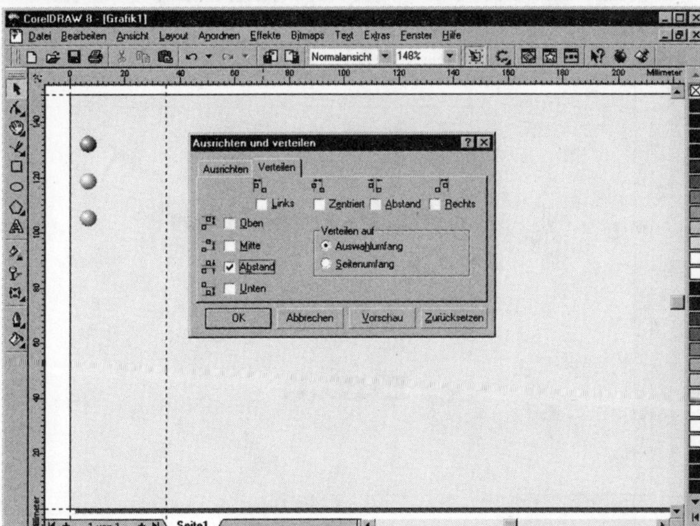

Abb. 247: Die Buttons lassen sich mit den richtigen Funktionen leicht passend anordnen

Buttons beschriften

Damit der Besucher Ihrer Web-Seiten weiß, wohin er geschickt wird, wenn er auf die Buttons klickt, werden die Buttons beschriftet.

① Wählen Sie dazu das Hilfsmittel *Text*, klicken mit der linken Maustaste auf die Zeichenseite und geben für die drei Buttons die Beschriftungen "Lokomotiven", "Gästebuch" und "E-Mail" ein.

② Formatieren Sie die Grafiktexte in einer passenden Schriftart und Schriftgröße, die zum Layout von FerdinandsHomepage passen könnte. Im Übungsbeispiel ist dies die Schriftart *Snap ITC*.

③ Die Texte müssen nun noch richtig ausgerichtet werden. Positionieren Sie die Beschriftungstexte zunächst einmal wieder grob neben die jeweiligen Buttons. Nehmen Sie die linksbündige Ausrichtung vor, indem Sie alle drei Textobjekte markieren und das Dialogfenster *Ausrichten und verteilen* öffnen. Aktivieren Sie hier das Kontrollkästchen *Links* und klicken auf die Schaltfläche *OK*.

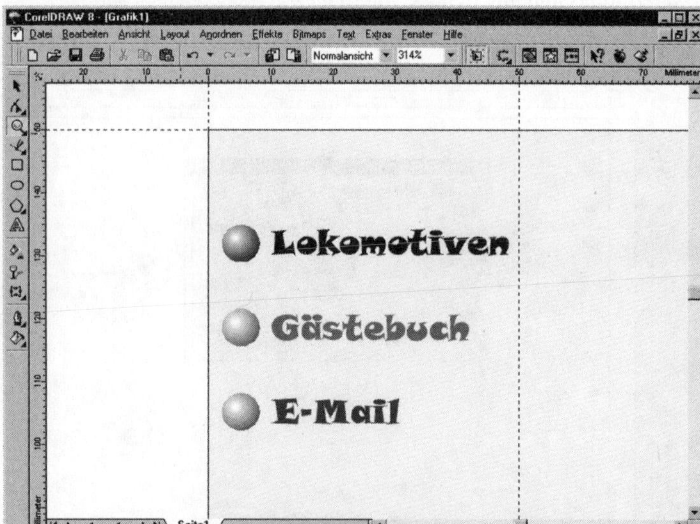

Abb. 248: Die bereits ausgerichtete und gruppierte Beschriftung

④ Um die Beschriftungen an den jeweiligen Buttons auszurichten, markieren Sie zuerst die Beschriftung und klicken dann bei gedrückter Umschalt-Taste auf den dazugehörigen Button. Öffnen Sie wieder das Dialogfenster *Ausrichten und verteilen* und aktivieren Sie das Kontrollkästchen *Mitte*.

Durch einen Klick auf die Schaltfläche *OK* wird der Text am Button ausgerichtet.

⑤ Gruppieren Sie den ausgerichteten Text mit dem dazugehörigen Button und wiederholen Sie diesen Schritt auch mit den anderen beiden Beschriftungen.

Hyperlink zuordnen

Ein Hyperlink ist eine Verknüpfung zu einer anderen Web-Seite oder auch einem bestimmten Textabschnitt auf derselben Web-Seite. Erst durch die Zuweisung eines Hyperlinks erhalten die Buttons ihre Funktion.

① Wählen Sie aus dem Menü *Ansicht* den Menüpunkt *Symbolleisten*.

② Im Dialogfenster *Symbolleisten*, das sich daraufhin öffnet, aktivieren Sie das Kontrollkästchen *Internet-Objekte* und klicken auf die Schaltfläche *OK*. Auf Ihrer Arbeitsfläche ist jetzt die Symbolleiste *Internet-Objekte* zu sehen.

Abb. 249: Mit der Internet-Objekte-Symbolleiste lassen sich Texte und Grafiken in Hyperlinks verwandeln

③ Markieren Sie den obersten Button der Navigationsleiste. Da die Beschriftung mit dem Button gruppiert ist, umfaßt der Markierungsrahmen Button und Beschriftung. In der Symbolleiste werden gleichzeitig die Listenfelder und Symbolflächen aktivierbar.

④ Klicken Sie mit der linken Maustaste in das Listenfeld *Position (URL)*. Jede Web-Seite hat eine eigene Adresse, die Sie im Listenfeld *Position* eingeben. Um die (fiktive) Web-Seite "Lokomotiven" zu öffnen, geben Sie die Web-Seiten-Adresse *http://www.ferdinand.com/lokomotive.htm* ein. Was die einzelnen Teile einer Adresse bedeuten und wie Sie die Adresse zu lesen haben, vermittelt Ihnen der Abschnitt *Die Anschrift einer Web-Seite* direkt im Anschluß an diesen Arbeitsschritt.

⑤ Im Listenfeld *Alternativer Text* geben Sie den Text "Lokomotiven" ein. Manche Internet-Teilnehmer verzichten zugunsten der Übertragungsgeschwindigkeit auf die Bilddarstellung im Browser. Damit diese Besucher Ihrer Web-Seite trotzdem wissen, wohin Sie gelangen, wenn Sie auf diesen Hyperlink klicken, geben Sie hier einen alternativen Text ein, der statt der Grafik angezeigt wird.

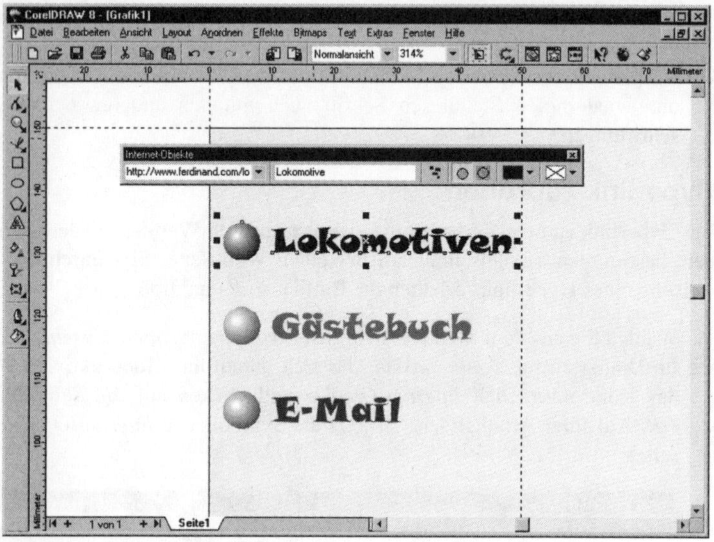

Abb. 250: Der markierten Objektgruppe wird ein Hyperlink zugeordnet

⑥ Weisen Sie dem Button *Gästebuch* die URL *http://www.ferdinand.com/gaestebuch.html* zu und geben Sie als alternativen Text *Gaestebuch* ein. Umlaute sind im Internet leider nicht erlaubt.

⑦ Durch einen Klick auf den Button *E-Mail* soll der Besucher die Möglichkeit haben, Ferdinand direkt eine E-Mail senden zu können. Geben Sie deshalb im Listenfeld *Position (URL) mailto:.ferdinand@ferdinand.com* ein. Durch den HTML-Befehl *mailto* wird später im Browser automatisch ein E-Mail-Fenster aufgerufen, sobald der Besucher auf den E-Mail-Button klickt.

Hinweis: HTML steht für **H**ypertext **M**arkup **L**anguage. So wird die Programmiersprache bezeichnet, in der Internet-Seiten normalerweise programmiert werden.

Die Anschrift einer Web-Seite

Wenn Sie im Internet umherschweifen (im Fachjargon "surfen"), haben Sie es immer wieder mit der sogenannten URL zu tun. URL steht für **U**niversal **Re**source **L**ocator und gibt die Adresse einer Web-Seite an. Wie so eine Adresse aufgebaut ist und was die einzelnen Bestandteile bedeuten, soll Ihnen die folgende Tabelle vermitteln.

Als Beispiel dient hier die Corel-Internet-Seite *http://www.corel.com/support/professional/index.htm.*

Die vier Teile einer URL	
Komponente	**Beschreibung**
http://	HTTP steht für **H**yper**t**ext **T**ransport **P**rotocol und bezeichnet den Internet-Dienst, der benutzt wird, um Web-Seiten zu übertragen und auf Browsern anzuzeigen.
www.corel.com	Dieser Teil ist der Name des Computers, auf dem die Web-Seite gespeichert ist. Diese Computer werden auch als Host oder Server bezeichnet.
support/professional/	Der Verzeichnispfad gibt das Verzeichnis an, in dem sich die Web-Seite befindet.
index.htm	Dies ist der Dateiname der Web-Seite, die Sie aufrufen und über Ihren Browser anzeigen lassen können. Normalerweise lautet die Dateiendung *htm*. Manchmal wird noch ein *l* angehängt und heißt dann vollständig *html*.

7.5 Die Homepage gestalten

Fehlen nur noch der Seitentitel, der eigentliche Text und einige Bilder. Fangen Sie mit dem Seitentitel an.

Der Seitentitel

Da dies Ferdinands Homepage ist, sollte das auch aus der Gestaltung hervorgehen. Deshalb darf hier eine dementsprechend große Überschrift die Besucher der Web-Seite begrüßen.

① Wählen Sie das Hilfsmittel *Text*, klicken Sie einmal auf die Zeichenseite und geben Sie den Text "Willkommen auf Ferdinands Homepage!" ein.

② Formatieren Sie den Grafiktext bunt und auffällig. Da Sie hier eine sehr große Schrift wählen können, ist auch der Einsatz einer verspielten Schriftart möglich.

③ Zum Schluß positionieren Sie den Seitentitel am oberen Rand der Zeichenseite.

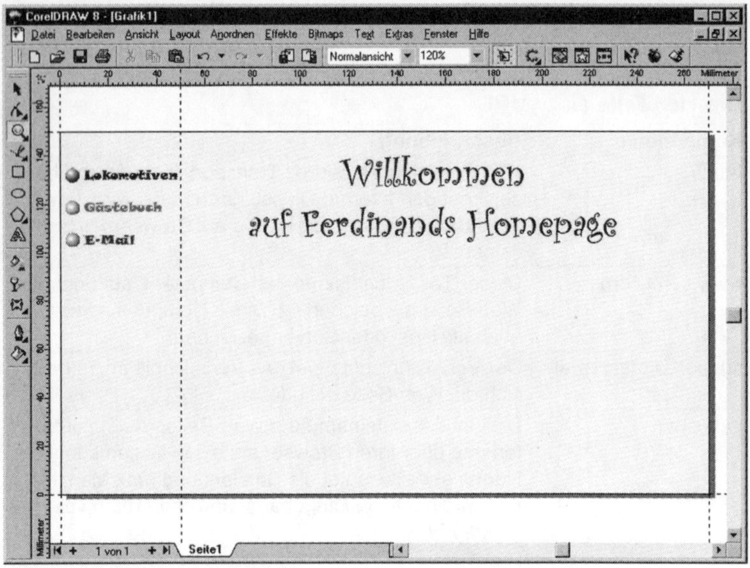

Abb. 251: Der Seitentitel auf der Homepage begrüßt die Besucher

Der Textkörper

Der eigentliche Text wird auch als Textkörper bezeichnet und in Form von Mengentext eingegeben.

① Wählen Sie wieder das Hilfsmittel *Text*, klicken Sie auf die Zeichenseite und halten Sie diesmal die Maustaste gedrückt. Mit der gedrückten Maustaste ziehen Sie einen Mengentextrahmen auf. Lassen Sie die Maustaste los, sobald der Textrahmen die gewünschte Größe hat.

② Sie können direkt mit der Texteingabe beginnen. In unserem Übungsbeispiel wird hier etwas über Ferdinand und seine Insel Höhlenstein erzählt.

③ Formatieren Sie den Mengentext, indem Sie im Menü *Text* den Menüpunkt *Text formatieren* wählen und im Dialogfenster *Text formatieren* die gewünschten Formatierungen einstellen. Wenn Sie sichergehen wollen, daß auf anderen Computern Ihr Mengentext genauso angezeigt wird, wie Sie ihn formatiert haben, wählen Sie die Schriftart *Times New Roman* in 12 pt. Seltene Schriftarten werden auf anderen Computern eventuell nicht korrekt wiedergegeben. Wie Sie mit Mengentext gestalten, können Sie auch im *Kapitel 5: Grande Finale: Mein Urlaubstagebuch* nachlesen. Dort werden die Mengentextfunktionen ausführlich besprochen.

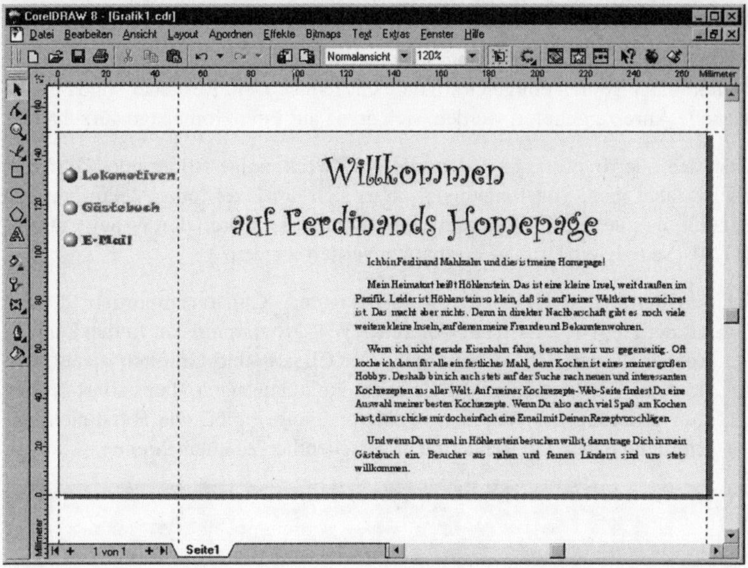

Abb. 252: Der Text ist eingegeben und formatiert - fehlen nur noch ein paar Bildchen

Mengentext HTML-kompatibel machen (nur in CorelDRAW 8)

Mengentext läßt sich seit der Programmversion 8 in sogenannten HTML-kompatiblen Text konvertieren. Dadurch bleibt der Text als Textformat erhalten und kann später zum Beispiel im Browser markiert und über die Zwischenablage kopiert und weiterverarbeitet werden. Grafiktext hingegen kann nicht HTML-kompatibel gemacht werden und wird deshalb automatisch in ein Bitmap umgewandelt. In diesem Fall ist der Text zwar noch lesbar, kann aber nicht mehr als Text weiterverwertet werden. Ein anderer sehr wichtiger Vorteil ist, HTML-Text kann schneller übermittelt werden, Grafiken brauchen ungleich längere Übertragungszeiten.

① Markieren Sie mit dem Hilfsmittel *Objektauswahl* den Textrahmen und wählen Sie aus dem Menü *Text* den Menüpunkt *Text HTML-kompatibel machen.*

② Es zuckt einmal kurz auf dem Bildschirm, und das war es auch schon. Durch diesen Arbeitsschritt ist sichergestellt, daß der Text nicht in ein Bitmap konvertiert wird.

Etwas für das Auge: Grafiken einfügen

Auch wenn Bilder die Übertragungszeiten von Web-Seiten extrem verlangsamen können, sollten einige Grafiken nicht fehlen. Dem Besucher sollen einige visuelle Anreize geliefert werden, sich gerne auf Ihrer Homepage aufzuhalten.

Erstellen oder importieren Sie zu diesem Zweck einige Bilder oder Grafiken. Es ist dabei nicht von Bedeutung, ob es sich um Pixel- oder Vektorgrafiken handelt, da alle Grafiken bei der Umwandlung der CorelDRAW-Seite in eine HTML-Seite in ein Bitmap-Format konvertiert werden.

① Auf Ferdinands Homepage werden folgende Cliparts importiert, die Sie auf der CD-Nr. 2 aus dem CorelDRAW 8-Programmpaket finden können. Achten Sie bei der Positionierung der Cliparts und Grafiken darauf, daß sie nicht über den Rand der Zeichenseite hinausragen, da es sonst bei der Konvertierung zur Web-Seite Fehlermeldungen gibt. Die Hilfslinien helfen Ihnen dabei, die Ränder nicht versehentlich zu überschreiten.

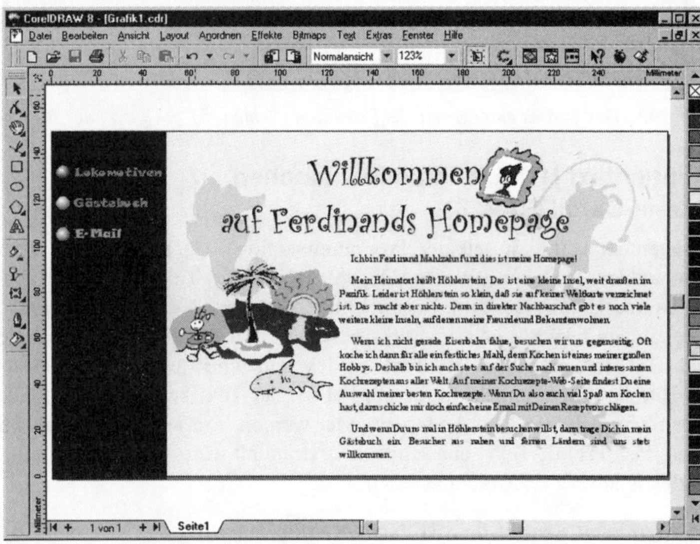

Abb. 253: Die Homepage - mit einigen Cliparts verziert

Grafiken auf Ferdinands Homepage			
Verzeichnispfad	Dateiname	Was es ist ...	Im Begleitbuch auf Seite
Clipart\People\Children	*Kkchld08*	Kind im Wasser	267
Clipart\Travel\Misc	*Nwage279*	Insel mit Palme	392
Clipart\Food\Fish	*Nwage332*	Fischgerippe	139
Clipart\Fish	*Nwage666*	Hai	114
Clipart\Borders\Frames	*Nwage839*	Portrait	37
Clipart\Travel\Landmark	*Nwagg243*	Sonnenuntergang	391

7.6 Die Datei speichern und im Internet publizieren

Jetzt folgt der letzte Abschnitt: das Publizieren im Internet! Zur Sicherheit sollten Sie die Dokumente zusätzlich als gewöhnliche CorelDRAW-Datei speichern. So können Sie später Änderungen vornehmen und brauchen die Datei nur neu zu publizieren.

Datei als CorelDRAW-Datei speichern

Die Sicherheitskopie wird im Dateiformat *CDR* gespeichert.

① Wählen Sie dann aus dem Menü *Datei* den Menüpunkt *Speichern* bzw. *Speichern unter*.

② Geben Sie im Dialogfenster *Speichern unter* einen Dateinamen ein und achten Sie darauf, daß im Listenfeld *Dateityp* der Dateiyp *CorelDRAW (CDR)* eingestellt ist.

③ Wählen Sie ein Verzeichnis, in das Sie die Sicherheitskopie speichern wollen, und klicken Sie mit der linken Maustaste auf die Schaltfläche *OK*.

Auf Internet publizieren

Durch die Funktion *Auf Internet publizieren* wird die CorelDRAW-Grafik analysiert und automatisch in Programmcode umgewandelt. Sie brauchen also keine einzige Zeile Programmcode selbst zu programmieren. Dies erledigt alles CorelDRAW für Sie. CorelDRAW unterstützt dabei drei verschiedene Programmiersprachen: HTML, JAVA und Corel-Barista (Corels eigenes JAVA). Zusätzlich können Sie von der gesamten Grafik auch einen "Schnappschuß" machen lassen und das Ganze als Bitmap (Einzelbild) weiter verwenden. Die einfachste und sicherste Methode ist HTML, die hier auch im Übungsbeispiel gewählt wird.

① Wählen Sie aus dem Menü *Datei* den Menüpunkt *Auf Internet publizieren.*
② Im Dialogfenster *Auf Internet publizieren* haben Sie jetzt die Wahl: In welchem Format soll die Web-Seite erstellt werden? In CorelDRAW 6 und 7 wählen Sie im Listenfeld *Dateityp* den Eintrag *Corel Imagemap (HTM)*. In CorelDRAW 8 aktivieren Sie die Option *HTML.*

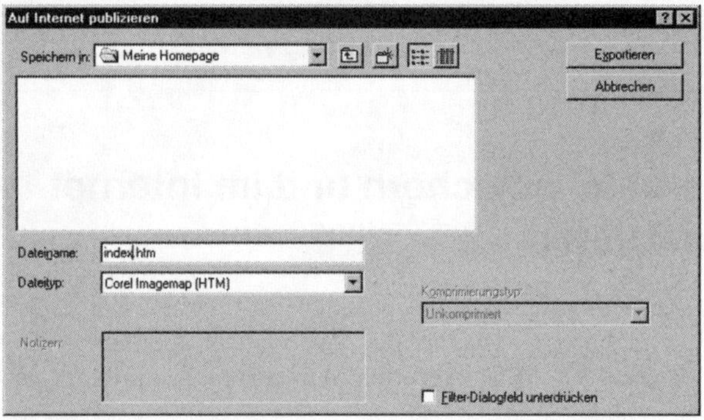

Abb. 254: Das Dialogfenster in CorelDRAW 6 und 7

③ Benennen Sie die Web-Seite in *index.htm*. Dies ist der Standarddateiname für Startseiten (Homepages).
④ In CorelDRAW 8 wird Ihnen neben dem eigentlichen Dateiordner auch noch ein Bildordner angezeigt. Dieser Ordner wird bei der Speicherung automatisch erstellt und ist immer ein Unterordner von dem Ordner, in dem Sie die HTML-Seite gespeichert haben. Dort werden die Bitmaps gespeichert.

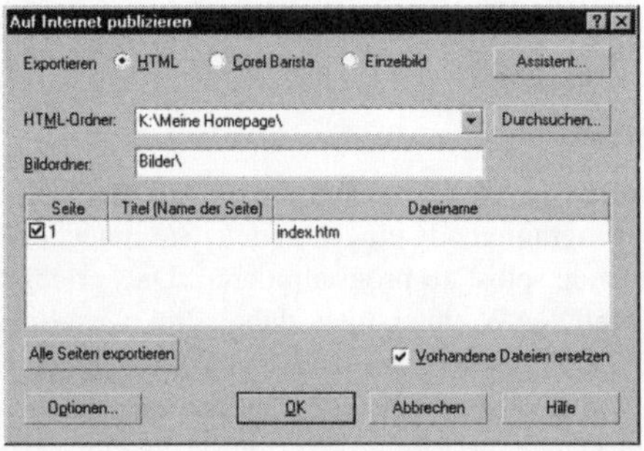

Abb. 255: In CorelDRAW 8 sind die Funktionen umfangreicher geworden

Bildformat auswählen

Grafiken und Grafiktext werden automatisch in Bitmaps umgewandelt. Der Internet-Standard gibt die zwei Bildformate *GIF* und *JPEG* vor. Das Bildformat *GIF* unterstützt maximal 256 Farben, eignet sich also nicht gerade für naturgetreue Wiedergabe von Fotos, ist dafür aber schnell in der Übertragung. Das Bildformat *JPEG* ermöglicht bis zu 16,7 Millionen Farben und ist damit für die Darstellung von Fotos und anspruchsvollen Web-Seiten geeignet. Die JPEG-Dateien brauchen dafür allerdings auch längere Übertragungszeiten. In diesem Übungsbeispiel entscheiden wir uns für das JPEG-Format, da eine gute Wiedergabe von Bildern und Farben wichtiger ist als schnelle Übertragungszeiten.

Corel 6 + Corel 7 Bildformat auswählen

① In CorelDRAW 6 und 7 gelangen Sie in das entsprechende Dialogfenster zur Auswahl des Bilddateiformats, sobald Sie im Dialogfenster *Auf Internet publizieren* auf die Schaltfläche *Exportieren* klicken.

② Im Dialogfenster *HTML-Bildkarten-Export*, das Ihnen direkt danach angezeigt wird, klicken Sie auf die Option *JPEG* und anschließend auf die Schaltfläche *OK*.

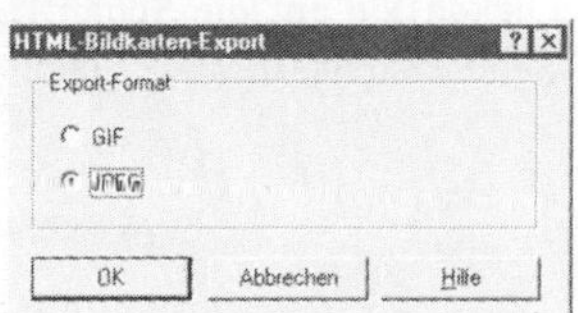

Abb. 256: Hier wählen Sie, in welchem Bilddateiformat die Bitmaps gespeichert werden sollen

③ Es öffnet sich das Dialogfenster *Bitmap-Export*. Hier haben Sie im Listenfeld *Farbe* die Möglichkeit, die Anzahl der Farben auszuwählen. Wählen Sie aus der Liste den Eintrag *16,7 Millionen Farben*. Alle anderen Einstellungen können Sie auf den voreingestellten Werten stehenlassen. Die Auflösung von 96 dpi entspricht der Standardgeräteauflösung von PC-Monitoren. Höhere Auflösungen bringen keinen Qualitätsgewinn. Klicken Sie auf die Schaltfläche *OK*.

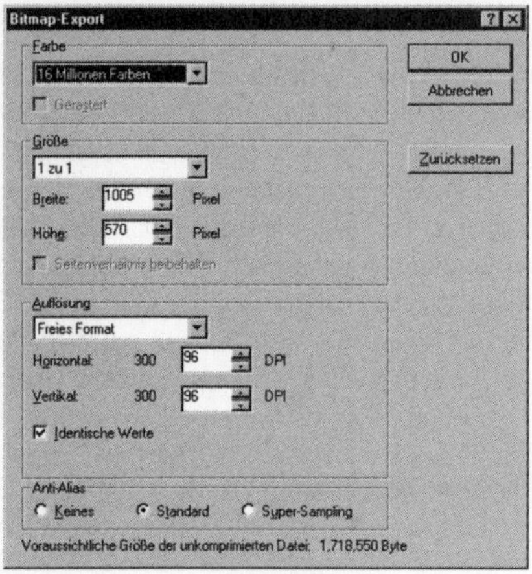

Abb. 257: Die Einstellmöglichkeiten im JPEG-Format sind wesentlich vielfältiger als beim GIF-Format

④ Im jetzt angezeigten Dialogfenster *JPEG-Exportieren* können Sie nochmals zwischen Speichergröße und Bildqualität wählen. Belassen Sie es auch hier bei den Voreinstellungen und klicken Sie auf die Schaltfläche *OK*. Damit haben Sie eine eigene Web-Seite erstellt, die Sie gleich im Browser anzeigen lassen können.

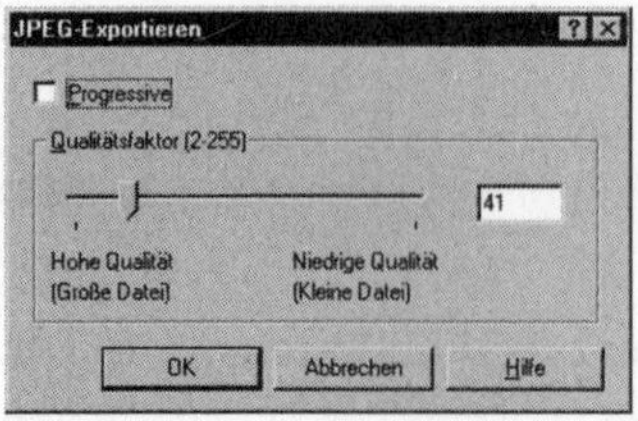

Abb. 258: Qual der Wahl: Bildqualität oder Übertragungsrate - was ist wichtiger?!

Corel 8 Bildformat auswählen

① Im Dialogfenster *Auf Internet publizieren* klicken Sie mit der linken Maustaste auf die Schaltfläche *Optionen*.

② Es öffnet sich das Dialogfenster *Optionen*, das Ihnen die Registerkarte *Auf Internet publizieren* anzeigt. Klicken Sie mit der linken Maustaste auf den Eintrag *Bild*, den Sie im linken Fensterbereich finden (ist dem Eintrag *Auf Internet publizieren* untergeordnet).

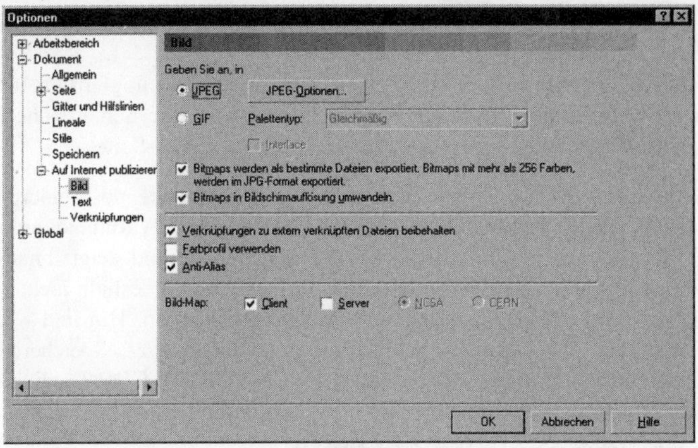

Abb. 259: In CorelDRAW 8 ermöglicht die Registerkarte Bild die Wahl zwischen den beiden Bitmap-Dateiformaten

③ Auf der Registerkarte *Bild* aktivieren Sie die Option *JPEG* und klicken zusätzlich auf die Schaltfläche *JPEG-Optionen*.

④ Im Dialogfenster *JPEG exportieren*, das sich daraufhin öffnet, können Sie über die Schieberegler *Komprimierung* und *Glättung* zwischen Dateispeichergröße und Darstellungsqualität wählen. Das Ergebnis Ihrer Einstellungen wird Ihnen direkt im Dialogfenster angezeigt. Sollten Sie nichts sehen, klicken Sie auf die Schaltfläche *Vorschau*. Um das Dialogfenster zu schließen, klicken Sie mit der linken Maustaste auf die Schaltfläche *OK*.

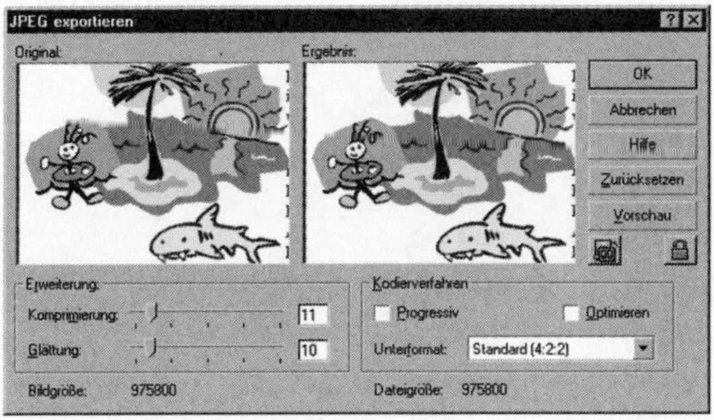

Abb. 260: Der erweiterte Funktionsumfang von CorelDRAW 8 ermöglicht eine Vorschau, wie sich die Einstellungen auf die Darstellungsqualität auswirken

⑤ Zurück im Dialogfenster *Optionen*, müssen Sie nochmals mit der linken Maustaste auf die Schaltfläche *OK* klicken.

⑥ Nun sind Sie wieder an Ihrem Ausgangspunkt, dem Dialogfenster *Auf Internet publizieren*, angelangt. Klicken Sie hier auf die Schaltfläche *OK*, beginnt CorelDRAW sofort mit der Erstellung der Web-Seite.

Hinweis: Haben Sie Objekte außerhalb der Zeichenseite positioniert, bekommen Sie beim Export der CorelDRAW-Datei eine Warnmeldung. Die HTML-Konfliktanalyse hilft Ihnen bei der Fehlersuche und zeigt Ihnen die Objekte an, die über die Zeichenseite hinweg reichen und deshalb nicht vollständig mit in die Web-Seite übernommen werden können. Hin und wieder verursacht die HTML-Konfliktanalyse einen Systemabsturz. Speichern Sie zur Sicherheit immer Ihre Grafik als normale CorelDRAW-CDR-Datei, bevor Sie eine Konvertierung mit der Web-Seite durchführen!

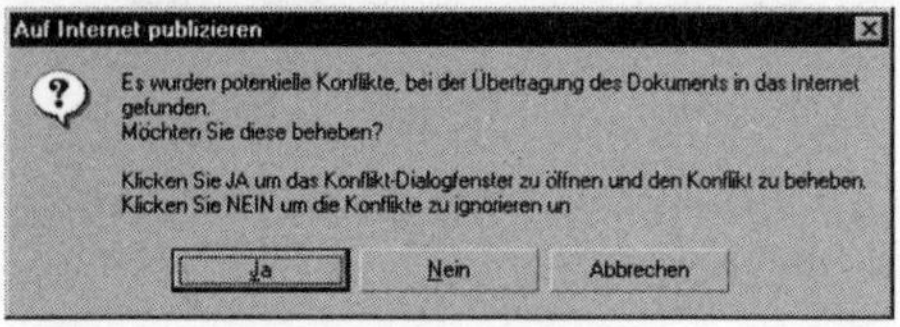

Abb. 261: Häufig harmloser, als es aussieht: Meistens liegen nur einige Grafiken außerhalb der Zeichenseitenbegrenzung!

Web-Seite im Browser anzeigen lassen

Voraussetzung für die Darstellung einer Web-Seite ist ein installierter Browser. Ist dies der Fall, starten Sie Ihren Browser und wählen im Menü *Datei* den Menüpunkt *Seite öffnen*. Jetzt brauchen Sie nur noch den Dateipfad einzugeben und die Web-Seite *index.html* zu öffnen. Voilà!

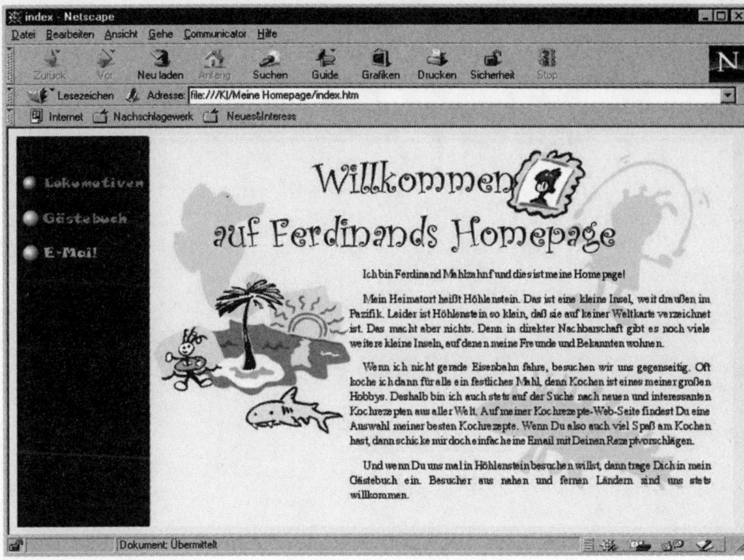

Abb. 262: Die fertige Homepage, dargestellt im Browser!

8. Special Effects: Komplettübersicht der CorelDRAW-Effekte

Was macht ein Grafikprogramm erst richtig interessant? Richtig, die Effektmöglichkeiten! Und davon hat CorelDRAW nicht zu knapp. Mit wenigen Mausklicks gelangen Sie schnell zu beeindruckenden Ergebnissen, vorausgesetzt, man weiß, wie es geht. Dafür ist dieses Kapitel da. Es soll Ihnen anhand von kleinen Praxisbeispielen die vielen und beeindruckenden Effektmöglichkeiten von CorelDRAW näherbringen. Leider ist es nicht möglich, alles anhand von Beispielen zu demonstrieren, dafür wäre ein eigenes Buch erforderlich. Die Übungsbeispiele stellen also eine Auswahl von Einsatzmöglichkeiten dar, was alles mit CorelDRAW-Effekten angestellt werden kann. Die Tabellen-Übersichten bieten Ihnen eine Komplettübersicht mit detaillierten Erklärungen zu den jeweiligen Funktionen, Schaltflächen und Optionen. Und natürlich finden Sie auch eine Menge Tips und Tricks, wie Sie Fehler vermeiden und schnell zu beeindruckenden Ergebnissen gelangen.

8.1 Wer kann was?!

Einige wichtige Informationen erhalten Sie hier schon vorab. Zum Beispiel eine Übersicht, auf welche Objektarten welcher Effekt angewendet werden kann. Da das Kopieren und Klonen von Effekten immer wieder vorkommt und vom Grundsatz her bei den verschiedenen Effekten gleich ist, finden Sie auch zu diesem Punkt im Vorfeld eine kleine Einführung.

Anwendungsmöglichkeiten der Effekte

In CorelDRAW gibt es unterschiedliche Objektarten, auf die nicht immer alle Effekte angewendet werden können. Die nachfolgende Tabelle bietet Ihnen einen Überblick über die verschiedenen Einsatzmöglichkeiten.

Anwendungsmöglichkeiten im Überblick				
	Perspektive	**Hülle**	**Überblendung**	**Extrudieren**
Freihandlinie	✓	✓	✓	✓
Bézierkurve	✓	✓	✓	✓
Natürlicher Stift	✓	✓	✓	✓
Rechteck/ Quadrat	✓	✓	✓	✓
Ellipse/Kreis	✓	✓	✓	✓
Polygone	✓	✓	✓	✓
Grafiktext	✓	✓	✓	✓
Mengentext	-	✓	-	-
Objektgruppen	✓	✓	-	-
Kombinationen	✓	✓	-	✓
Cliparts	✓	✓	-	-
Pixelgrafiken	-	-	-	-

Hinweis: Die Einsatzmöglichkeiten für den Linseneffekt, den *PowerClip* und die Farbanpassung finden Sie in den entsprechenden Abschnitten, da hier eine differenziertere Auflistung erforderlich ist.

Kopieren und Klonen

Mitunter sind die Wege zu einer effektvollen Gestaltung vielschichtig. Möchten Sie mehrere Objekte mit einer bestimmten Effekt-Einstellung gestalten, können Sie natürlich die Rollup-Einstellungen sofort mehrmals anwenden. Aber was ist, wenn Sie zwischendurch das Rollup geschlossen oder die Einstellungen im Rollup verändert haben? Sie haben in CorelDRAW die Möglichkeit, einen einem Objekt zugewiesenen Effekt auf ein anderes Objekt schnell und einfach zu übertragen. Sie sparen sich die ganze Feineinstellung in den Rollups und brauchen sich nicht zu merken, welchen Regler Sie wie eingestellt hatten. In CorelDRAW 8 haben Sie zwei Möglichkeiten, einen Effekt auf andere Objekte zu übertragen: Sie können den Effekt kopieren oder klonen.

Einen Effekt kopieren

Sie finden im Menü *Effekte* den Menüpunkt *Kopieren*, der wiederum ein Untermenü mit einer ganzen Palette an weiteren Menüpunkten beinhaltet. Nicht jeder Effekt ist in der Liste enthalten, manches läßt sich leider nicht übertragen bzw. kopieren. Ein Effekt-Menüpunkt ist nur dann anwählbar (nicht hellgrau), wenn es in Ihrer aktuellen Grafik mindestens ein Objekt gibt, auf das dieser Effekt angewendet worden ist. Außerdem brauchen Sie mindestens ein weiteres Objekt, auf das Sie den Effekt übertragen wollen. Hin und wieder ist der Weg, wie Sie einen Effekt kopieren, bei bestimmten Effekten etwas unterschiedlich. Eine Anleitung finden Sie in jedem Abschnitt.

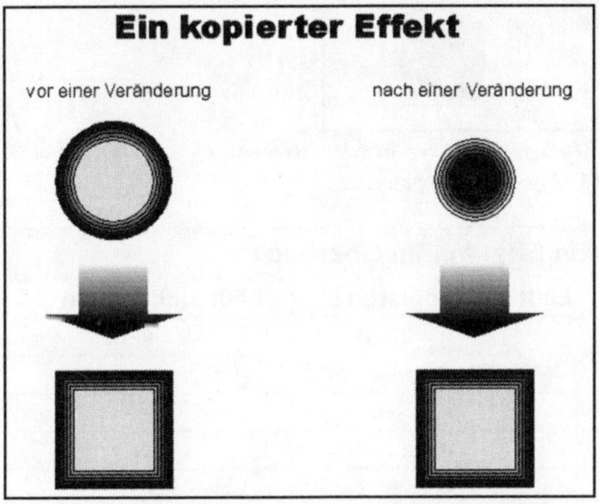

Abb. 263: Wird ein Effekt durch Kopieren übertragen, wirken sich Änderungen am Ausgangsobjekt nicht auf die Kopien aus

Einen Effekt klonen

Das Klonen ist eine spezielle Form des Kopierens. Aber worin besteht der Unterschied zwischen kopieren und klonen? Ganz einfach: Während durch das Kopieren der Effekt lediglich übertragen wird und die Objekte ganz gewöhnlich als vollkommen eigenständige Objekte weiterbearbeitet werden können, besteht beim Klonen eine Verbindung zwischen dem Objekt, dem Sie einen Effekt übertragen haben (wird als Klon bezeichnet), und dem Objekt, von dem Sie diesen Effekt geklont haben (wird als Steuerelement bezeichnet). Verändern Sie etwas an der Effekteinstellung des Steuerelements, übertragen sich die Änderungen automatisch auf den Klon. Sie können von einem Steuerelement beliebig viele Klons erstellen, die sich so durch Änderungen am Steuerelement schnell und leicht einheitlich gestalten lassen.

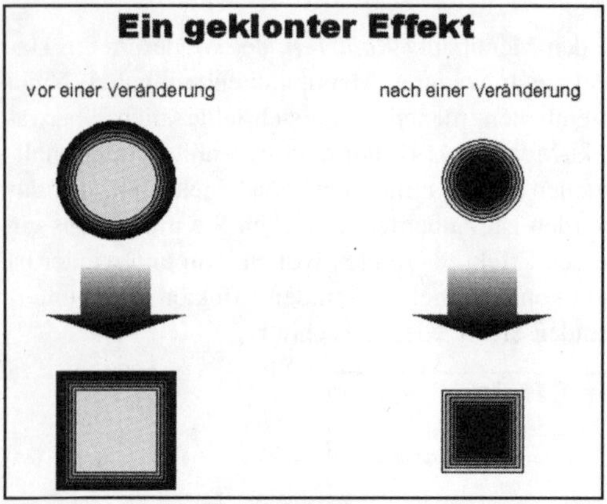

Abb. 264: Ist ein Effekt durch Klonen übertragen worden, wirken sich Änderungen am Steuerelement auf die Klon-Elemente aus

Kopieren und klonen von Effekten im Überblick		
	Läßt sich kopieren ...	**Läßt sich klonen ...**
Perspektive	✓	-
Hülle	✓	-
Überblendung	✓	✓
Extrusion	✓	✓
Kontur	✓	✓
Linse	✓	-
PowerClip	✓	-
Farbanpassung	-	-
Hinterlegter Schatten	✓	✓
Verzerrung	-	-

8.2 Interessante Perspektiven

Die Arbeit am Bildschirm ist eine zweidimensionale Angelegenheit. Es gibt nur zwei Dimensionen: die horizontale und die vertikale Raumachse. Damit läßt sich schon vieles darstellen. Aber unsere Welt ist nun einmal dreidimensional bzw. räumlich. Und so kommen Sie ständig in die Verlegenheit, auf einer zweidimensionalen Fläche dreidimensionale Objekte räumlich darstellen zu müssen. Um dieses Problem zu lösen, gibt es in CorelDRAW zwei interessante Effektfunktionen. Die eine ist der Effekt *Extrusion* (dazu später), die andere ist die Effektfunktion *Perspektive hinzufügen.* Durch diesen Effekt wird ein Objekt so verzerrt, daß für das menschliche „Wahrnehmungorgan" (Auge und Gehirn) der Eindruck einer im Raum liegenden Fläche entsteht.

Perspektive zuweisen

Die Zuweisung einer Perspektive ist eine unkomplizierte Sache. Im Grunde ist es die einfachste Effektfunktion, da es kein Dialogfenster mit Einstellmöglichkeiten gibt.

① Als Ausgangsobjekt erstellen Sie ein beliebiges Objekt oder importieren ein Clipart und markieren das Objekt (nur dann ist der Menüpunkt anwählbar).

② Den Effekt *Perspektive hinzufügen* finden Sie direkt an erster Stelle im Menü *Effekte*. Um den Effekt einem Objekt zuzuweisen, brauchen Sie nur mit der linken Maustaste auf den Menüpunkt zu klicken. Das markierte Objekt erhält einen rot gestrichelten Rand und einige Gitternetzlinien.

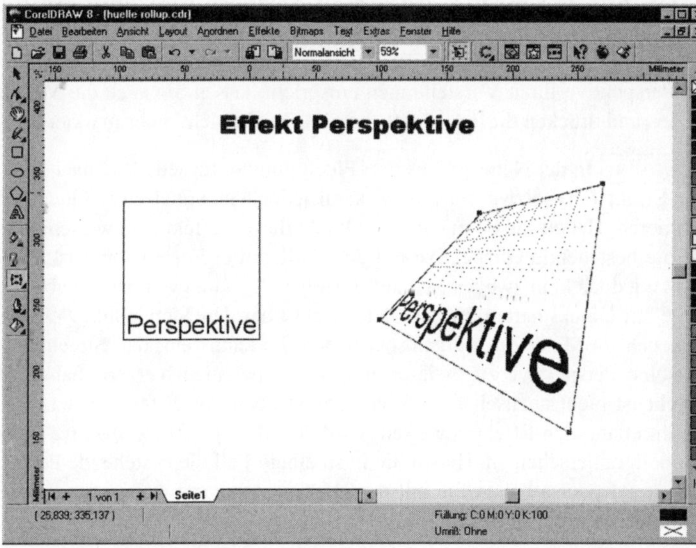

Abb. 265: Mit dem Effekt Perspektive lassen sich leicht interessante 3-D-Effekte erstellen

③ An den vier Eckpunkten dieser Umrandung sind kleine schwarze Kästchen zu sehen. Der perspektivische Effekt wird dadurch erzeugt, daß Sie die Kästchen verschieben. Durch die Verzerrung des Objekts erhält das Objekt seine Räumlichkeit. Klicken Sie also mit der linken Maustaste auf einen der vier Eckpunkte, halten die Maustaste gedrückt und ziehen Sie den Mauscursor ein Stückchen zur Seite. Lassen Sie die Maustaste aber noch nicht los!

④ Solange Sie die Maustaste gedrückt halten, können Sie den Eckpunkt frei verschieben. Drücken Sie jetzt zusätzlich noch die [Strg]-Taste. Bemerken Sie den Unterschied? Die [Strg]-Taste bewirkt eine Einschränkung der Bewegungsmöglichkeiten auf die horizontale und vertikale Achse. Dadurch entsteht ein einzelner Fluchtpunkt, dargestellt durch ein kleines Kreuzchen. Manchmal können Sie es allerdings nicht sehen, da das Fluchtpunkt-Kreuzchen seinem Namen alle Ehre macht: es befindet sich außerhalb des sichtbaren Bildschirmausschnitts (ist also praktisch von der Bildschirmfläche geflüchtet). Sie können auch noch die [Umschalt]-Taste hinzunehmen. Dadurch verschiebt sich gleichzeitig der gegenüberliegende Knoten in die entgegengesetzte Richtung.

⑤ Bevor Sie einen Krampf in den Fingern bekommen, lassen Sie die [Strg]-Taste (und [Umschalt]-Taste, falls gedrückt) los und verschieben den Knoten etwas nach rechts. Dadurch, daß Sie die [Strg]-Taste losgelassen haben, können Sie den Knoten wieder frei verschieben. Mit ein bißchen Glück bekommen Sie jetzt sogar den zweiten Fluchtpunkt zu sehen. Wenn die Perspektive Ihren Vorstellungen entspricht, lassen Sie auch die Maustaste los und drücken die [Esc]-Taste, bis das Objekt nicht mehr markiert ist.

Hinweis: In der Natur gibt es drei Fluchtpunkte, für jede Raumachse einen. Der Effekt *Perspektive hinzufügen* kann jedoch maximal zwei Fluchtpunkte definieren. Haben Sie einmal einem Objekt diesen Effekt zugewiesen, können Sie die bestehende Perspektive mit dem Hilfsmittel *Form* verändern. Der Effekt ist jedoch kein zweites Mal auf dasselbe Objekt anwendbar, bleibt also so lange am Objekt haften, bis Sie den Effekt über den Menüpunkt *Perspektive aufheben* im Menü *Effekte* gelöscht haben. Es kann sein, daß Sie einem Objekt eine Perspektive zugewiesen haben, es aber nicht verzerrt haben. Dem Objekt ist nicht anzusehen, daß das Objekt noch den Effekt besitzt. Wollen Sie ihm dann den Effekt zuweisen, wird der Menüpunkt *Perspektive hinzufügen* hellgrau erscheinen. Heben Sie in so einem Fall die bestehende Perspektive erst auf oder arbeiten Sie mit dem Hilfsmittel *Form* weiter, um die bestehende Perspektive zu bearbeiten.

Eine zugewiesene Perspektive bearbeiten

Sollte die zugewiesene Perspektive nicht Ihren Vorstellungen entsprechen, können Sie jederzeit Änderungen an ihr vornehmen.

① Wählen Sie das Hilfsmittel *Form* und klicken Sie mit der linken Maustaste auf das Objekt. Sofort werden das Gitternetz und der Fluchtpunkt bzw. die Fluchtpunkte sichtbar. Oder Sie klicken doppelt mit der linken Maustaste auf das Objekt.

② Sie haben nun die Wahl: Entweder Sie verschieben die Fluchtpunkte (die kleinen Kreuzchen), falls sie sichtbar sind und nicht außerhalb des Bildschirmausschnitts liegen, oder Sie verschieben die Knoten.

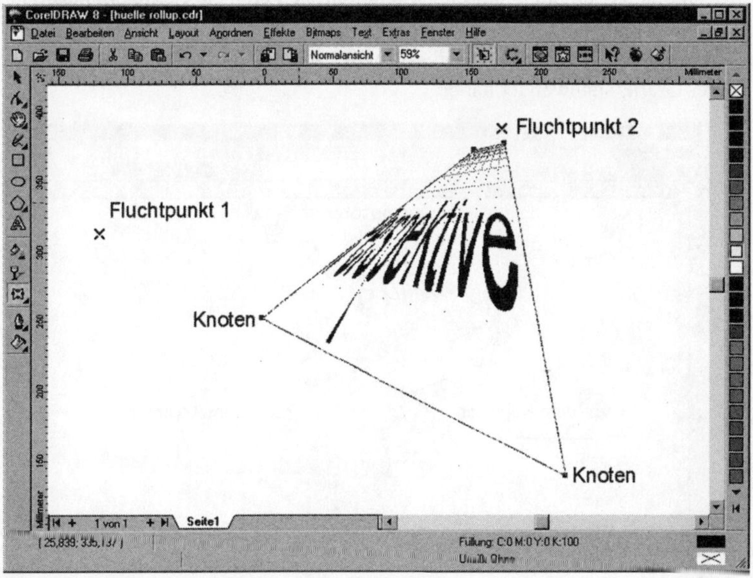

Abb. 266: Jederzeit läßt sich ein zugewiesener Perspektive-Effekt über die Knoten oder die Fluchtpunkte verändern

Hinweis: Auch hier können Sie wieder die Strg-Taste zu Hilfe nehmen. Die Möglichkeit, die Knoten bzw. die Fluchtpunkte zu verschieben, wird auf die horizontale und vertikale Achse eingeschränkt.

Die Perspektive kopieren

Vielleicht ist Ihnen eine besonders gute Einstellung gelungen, die Sie nun auch auf andere Objekte übertragen wollen. Mit CorelDRAW gar kein Problem.

① Erstellen Sie eine zweites Objekt. In unserem Übungsbeispiel ist es ein einfaches Rechteck. Achten Sie darauf, daß das gerade erstellte Objekt markiert ist, nur so klappt es mit dem Kopieren.

② Wählen Sie jetzt aus dem Menü *Effekte* den Menüpunkt *Kopieren*. Es öffnet sich ein Untermenü, das Ihnen den Menüpunkt *Perspektive aus* anbietet. Klicken Sie mit der linken Maustaste auf diesen Menüpunkt. Alle anderen Menüpunkte sind noch hellgrau. Die können Sie nicht anwählen, weil es bisher noch kein Objekt gibt, dem einer dieser Effekte zugewiesen worden ist. Sie können nur die Effekte kopieren, die Sie bisher auch in Ihrer Grafik angewendet haben.

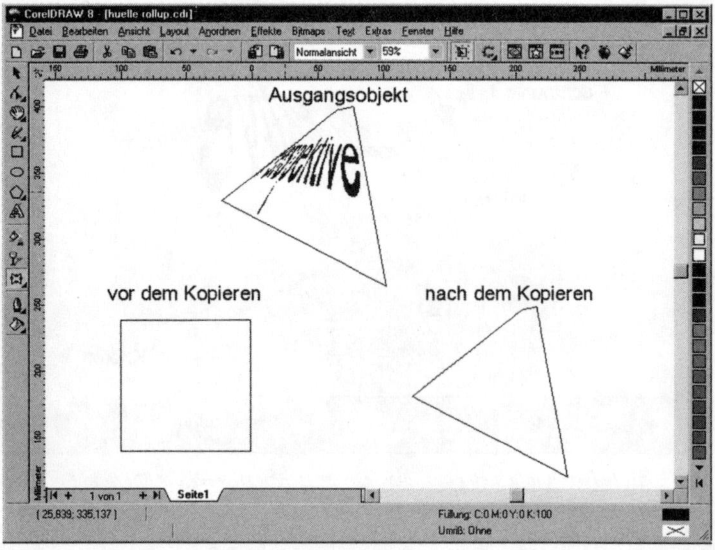

Abb. 267: Ein Effekt kann schnell und einfach per Mausklick auf andere Objekte übertragen (kopiert) werden

③ Der Mauscursor verwandelt sich daraufhin in einen dicken schwarzen Pfeil. CorelDRAW will jetzt wissen, von welchem Objekt der Effekt auf das markierte Objekt übertragen werden soll. Klicken Sie mit der linken

Maustaste auf das schon perspektivisch bearbeitete Objekt. Automatisch übernimmt das markierte Objekt dieselbe Perspektive.

Hinweis: Bedenken Sie, daß in der freien Natur alle Objekte immer dieselben Fluchtpunkte haben. Wenn Sie die Perspektive auf diese Weise übertragen bzw. kopieren, hat jedes Objekt seine eigenen Fluchtpunkte. Wollen Sie, daß mehrere Objekte dieselben Fluchtpunkte besitzen, müssen Sie die Objekte vorher gruppieren. Wenden Sie dann den Effekt *Perspektive hinzufügen* an. Danach können Sie die Gruppierung der Objekte wieder aufheben.

Die Perspektive entfernen

Es gibt Gelegenheiten, da möchten Sie den Perspektive-Effekt wieder entfernen. Das ist ganz einfach:

① Markieren Sie mit dem Hilfsmittel *Objektauswahl* das Objekt, dessen Perspektive Sie entfernen wollen.

② Wenn Sie das Menü *Effekt* wählen, finden Sie etwas weiter unten den Menüpunkt *Perspektive aufheben.* Klicken Sie den Menüpunkt mit der linken Maustaste an, und schon erhält das Objekt seine ursprüngliche Form zurück.

Hinweis: Sie können auch die Perspektive eines Objekts auf die Ausgangsstellung zurücksetzen, indem Sie mit dem Hilfsmittel Form einen der Knoten zum Mittelpunkt der Objektform ziehen. Ab einem gewissen Punkt springt die rot gestrichelte Umrißlinie zurück auf die Ursprungsform. Allerdings haben Sie damit nicht den Effekt aufgehoben, das ist nur über den Menüpunkt *Perpektive aufheben* mögich.

Effekt Perspektive im Überblick
Strg**-Taste:** Knoten lassen sich nur horizontal oder vertikal verschieben. Dadurch ist zwangsläufig nur ein Fluchtpunkt möglich (Einpunktperspektive).
Strg**-Taste und** Umschalt**-Taste gleichzeitig:** :Der gegenüberliegende Knoten wird um dieselbe Distanz in entgegengesetzter Richtung verschoben.
Ohne Tastaturkürzel: Knoten lassen sich in jede beliebige Richtung verschieben. Dadurch sind bis zu zwei Fluchtpunkte möglich (Zweipunktperspektive).

8.3 Auf die Hülle kommt es an

Zumindest gilt dies für alle Formen und Texte, die Sie mit CorelDRAW erstellen. Jedes Objekt (außer Linien) besteht aus einer Umrißlinie und einer Füllung. Diese beiden Bestandteile eines Objekts können Sie zum Beispiel unabhängig voneinander einfärben, wodurch dies besonders deutlich wird. Auch wenn Sie eine Umrißlinie „löschen", indem Sie mit der rechten Maustaste auf das *X* in der Farbpalette klicken. Sie ist dann zwar nicht mehr sichtbar. Rein „rechnerisch" aber, also für den Computer, ist die Umrißlinie nur ausgeblendet. Das können Sie merken, wenn Sie ein Objekt, dem keine sichtbare Umrißfarbe zugewiesen worden ist, mit dem Hilfsmittel *Form* bearbeiten. Automatisch sehen Sie die Knoten der Umrißlinie. Nun kommt ein weiterer Bestandteil hinzu. Dies ist die Hülle. Die Hülle ist praktisch so etwas wie die zweite Haut oder Ummantelung eines Objekts. Sie muß auch nicht immer genau dem Verlauf der Umrißlinie entsprechen. Durch die Formveränderung der Hülle ändert sich auch die Objektform. Mit Hilfe der Effektfunktion *Hülle* haben Sie in CorelDRAW vielfältige Möglichkeiten, die Hülle des Objekts unter Berücksichtigung gewisser Vorgaben mannigfaltig zu verändern.

Eine Hülle zuweisen

In CorelDRAW gibt es für die Zuweisung und Bearbeitung von Effekten meistens mehrere Wege. Sie können mit den interaktiven Hilfsmitteln arbeiten oder die entsprechenden Rollups einsetzen. Der Vorteil der interaktiven Hilfsmittel liegt in der schnellen Anwendung, dafür bieten die Rollups mehr Einstellmöglichkeiten.

Hinweis: Während Umrißlinien bei ihrer Bearbeitung mit dem Hilfsmittel *Form* immer als blau gestrichelte Linien angezeigt werden, erscheinen Hüllenlinien immer als rot gestrichelte Linien. Dieses Unterscheidungsmerkmal ist eine wichtige Hilfestellung bei der Bearbeitung von Objekten mit diesen Funktionen!

Hülle mit dem Hilfsmittel Interaktive Hülle zuweisen und bearbeiten

① Erstellen Sie als erstes ein neues Objekt.

② Wählen Sie aus der Hilfsmittelpalette das Hilfsmittel *Interaktive Hülle*. Sollte es die Hilfsmittelpalette gerade nicht anzeigen, klicken Sie mit der linken Maustaste für etwa zwei Sekunden auf das derzeit sichtbare interaktive Hilfsmittel. Aus dem Flyout-Menü können Sie dann das Hilfsmittel *Interaktive Hülle* wählen.

Abb. 268: Das Hilfsmittel Interaktive Hülle befindet sich im Flyout-Menü an dritter Stelle

③ Das Objekt erhält automatisch eine rot gestrichelte Linie. Dies ist die Hülle - nicht zu verwechseln mit der Umrißlinie, die immer blau gestrichelt angezeigt wird! An verschiedenen Punkten der Hüllenlinie sehen Sie kleine Kästchen, die ähnlich den Knoten einer Umrißlinie verschoben werden können. Führen Sie den Mauscursor auf den oberen linken Knoten, halten Sie die Maustaste gedrückt und ziehen Sie den Mauscursor etwas nach oben.

④ Wenn Ihnen das Objekt ausreichend genug deformiert zu sein scheint, lassen Sie die Maustaste los. Schon wird die Umrißlinie versuchen, sich möglichst exakt der Hüllenform anzugleichen. Oft führt dies zu merkwürdigen Auswüchsen (im wahrsten Sinne des Wortes).

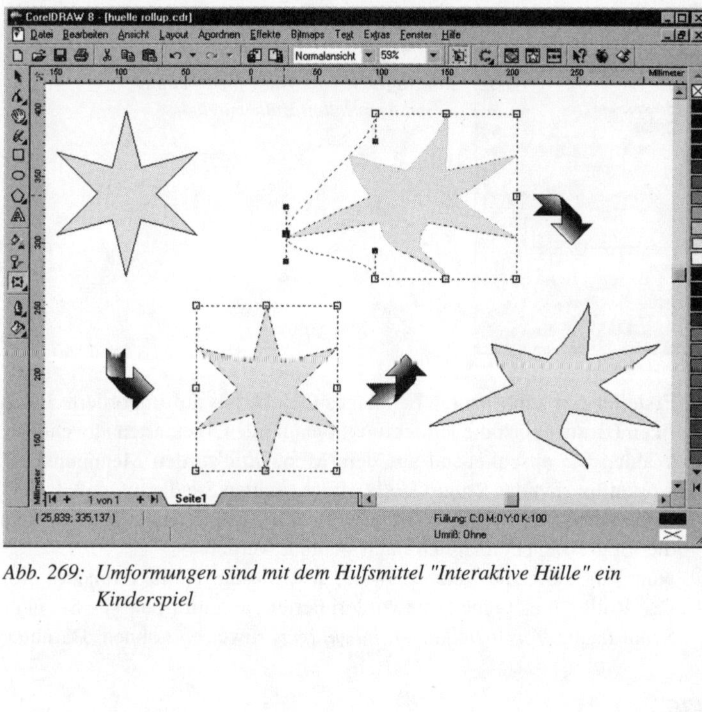

Abb. 269: Umformungen sind mit dem Hilfsmittel "Interaktive Hülle" ein Kinderspiel

⑤ Wählen Sie nun den unteren rechten Knoten mit dem Mauscursor an. Klicken Sie wieder mit der linken Maustaste und halten Sie diesmal die [Strg]-Taste gedrückt. Die gedrückte [Strg]-Taste bewirkt, daß sich der Knoten nur horizontal oder vertikal verschieben läßt. Ziehen Sie den Mauscursor etwas weiter nach rechts und lassen Sie erst die Maustaste los, dann die [Strg]-Taste. Diese Reihenfolge ist wichtig, damit die Ausrichtung erhalten bleibt. Damit haben Sie die Hülle verändert.

Hinweis: Sie können auch mehrere Knoten gleichzeitig verschieben. Halten Sie dazu die [Umschalt]-Taste gedrückt und klicken Sie mit der linken Maustaste auf die Knoten, die verschoben werden sollen. Die Hüllenknoten besitzen dieselben Eigenschaften wie gewöhnliche Umrißlinienknoten und lassen sich genauso bearbeiten.

Hülle mit dem Rollup Hülle zuweisen und bearbeiten

Das Rollup *Hülle* birgt wesentlich vielfältigere Möglichkeiten, die Hülle eines Objekts zu bearbeiten, als es das interaktive Hilfsmittel zu tun vermag. Die komplette Übersicht vermittelt Ihnen die Tabelle. Hier wird an einem Übungsbeispiel eine von vielen Variationen aufgezeigt.

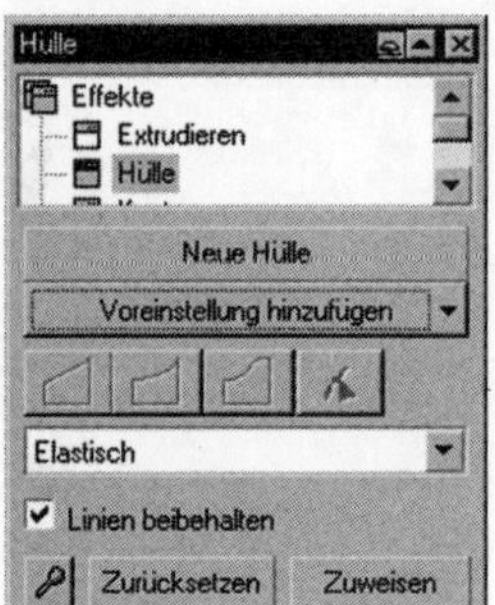

Abb. 270:
Eine differenzierte Hüllenbearbeitung ist mit dem Rollup Hülle möglich

① Erstellen Sie zunächst ein beliebiges Objekt. Bis auf importierte Pixelgrafiken (Bitmaps) ist die Hüllenfunktion auf alle Objektarten anwendbar.

② Wählen Sie anschließend aus dem Menü *Effekte* den Menüpunkt *Hülle*, woraufhin sich das Rollup *Hülle* öffnet. Achten Sie darauf, daß das Objekt noch markiert ist. Klicken Sie auf die Schaltfläche *Neue Hülle*, woraufhin die rot gestrichelten Hüllenlinien sichtbar werden.

③ Nun haben Sie die freie Auswahl, wie Sie die Hülle verändern wollen. Das Rollup bietet eine Liste vordefinierter Hüllenformen, die Sie über die Schaltfläche *Voreinstellungen hinzufügen* zuweisen können. Darunter befinden sich weitere Schaltflächen, die eine individuelle Bearbeitung der Hüllenfunktion ermöglichen. Gehen wir zunächst den einfacheren Weg: Klicken Sie auf die Schaltfläche *Voreinstellungen hinzufügen.*

④ Aus der Liste wählen Sie eine beliebige Form aus, die Ihren Wünschen entspricht.

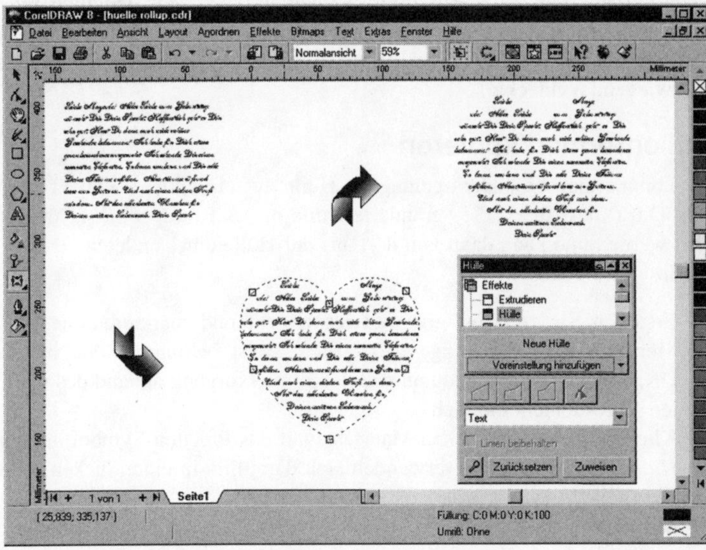

Abb. 271: Die gewählte Hüllenform zuweisen

⑤ Die gewählte Hüllenform wird auf dem Bildschirm schon in einer Voransicht angezeigt, ist aber noch nicht endgültig zugewiesen. Klicken Sie dazu auf die Schaltfläche *Zuweisen.* Erst jetzt folgt die Objektform der neuen Hüllenform. Abhängig von der ursprünglichen Objektform und der zugewiesenen Hüllenform vollzieht sich die Anpassung manchmal allerdings mehr schlecht als recht. Drücken Sie zum Abschluß die [Esc]-Taste, um die Bearbeitungsfunktion zu beenden.

Hinweis: Mit dieser Funktion können Sie Kontursatz erstellen. Dabei handelt es sich um Mengentext, der innerhalb einer bestimmten Form verläuft. Der Mengentextrahmen entspricht exakt der Konturführung der Hülle. Hat die Hülle die Form einer Kugel, hat auch der Mengentextrahmen eine kugelige Form, was zu interssanten Effekten führen kann. Kontursatz ist nicht zu verwechseln mit Formsatz. Bei Formsatz verläuft der Text lediglich um bestimmte Formen herum. Ein Beispiel für Formsatz wäre die räumliche Aussparung um ein eingezogenes Bild herum. Die Rahmenform bleibt dabei überwiegend rechteckig.

Hüllenformen kopieren

Sie können eine besonders gelungene Hülle auf ein anderes Objekt übertragen. Dazu muß zuerst die veränderte Hülle in das Rollup *Füllung* übernommen werden und kann dann von dort aus der Hülle eines anderen Objekts zugewiesen werden.

① Erstellen Sie zunächst ein weiteres Objekt und markieren Sie es. Die Markierung ist unbedingt erforderlich, sonst bekommen Sie in CorelDRAW eine Fehlermeldung, daß der Kopiervorgang anhand des markierten Objekts nicht möglich ist.

② Klicken Sie mit der linken Maustaste auf das Pipetten-Symbol im Rollup *Hülle*. Ihr Mauscursor verwandelt sich daraufhin in einen dicken schwarzen Pfeil.

③ Mit diesem schwarzen Pfeil-Mauscursor klicken Sie auf das Objekt, dessen Hüllenform Sie auf die Hülle des markierten Objekts übertragen wollen. Wenn Sie die Reihenfolge richtig eingehalten haben, sollten Sie jetzt um das neu erstellte Objekt herum die neue Hüllenform sehen.

④ Um die Umrißlinie dazu zu veranlassen, sich möglichst genau an die neue Hüllenform anzupassen, klicken Sie auf die Schaltfläche *Zuweisen*. Das Ergebnis kann je nach Hüllenform recht merkwürdig ausfallen. Da hat Meister Zufall seine Hand im Spiel.

Hinweis: Diese Prozedur ist auch über das Menü möglich. Markieren Sie dazu das bzw. die Objekte, deren Hülle Sie verändern wollen, und wählen Sie aus dem Menü *Effekte* den Menüpunkt *Kopieren*. Aus dem Untermenü wählen Sie den Menüpunkt *Hülle* aus und klicken anschließend auf das Objekt, dessen Hüllenform Sie übertragen bzw. kopieren wollen. Auf diese Weise können Sie auch mehreren Objekten gleichzeitig eine bestimmte Hüllenform zuweisen.

Bestehende Hülle bearbeiten

Eine bestehende Hülle können Sie jederzeit mit dem Hilfsmittel *Interaktive Hülle* verändern. Wählen Sie dazu einfach das Hilfsmittel *Interaktive Hülle* aus der Hilfsmittelpalette. Schon sehen Sie die rot gestrichelte Hülle mit den dazugehörigen Knoten, die Sie nun mit dem gewählten Hilfsmittel frei verschieben können. Eine andere Möglichkeit, eine bestehende Hülle weiterzubearbeiten, bietet das Rollup *Hülle*:

① Markieren Sie das Objekt, das Sie bearbeiten wollen, und klicken Sie im Rollup *Hülle* auf die Schaltfläche *Neue Hülle*.

② Durch den Klick auf die Schaltfläche *Neue Hülle* sehen Sie zunächst wieder die ursprüngliche Hüllenform, die das Objekt hatte, als Sie es erstellt haben. Um aber an der bereits bestehenden Hüllenform weiterarbeiten zu können, klicken Sie mit der linken Maustaste auf die Schaltfläche *Zurücksetzen*. Dadurch wird die zuletzt definierte Hüllenform angezeigt, die Sie nun weiterbearbeiten können.

③ Jetzt haben Sie die Qual der Wahl: Wie wollen Sie die Hülle verändern? Soll die Hüllenlinie während des Verschiebens der Knoten geradebleiben (erstes Symbol), oder sollen die Linien zu einfachen bzw. doppelten Kurvenformen umgewandelt werden (zweites und drittes Symbol)? Mit dem vierten Symbol können Sie die Knoten völlig frei verschieben. Zudem haben Sie die Möglichkeit, durch die Wahl eines Hüllenmodus (Elastisch, Horizontal, Original und Vertikal) die Bearbeitungsfunktion weiter zu beeinflussen. Detaillierte Erklärungen zu den einzelnen Punkten erhalten Sie in der Tabellenübersicht.

④ Führen Sie nun Ihren Mauscursor über einen beliebigen Knoten und verschieben Sie den Knoten.

⑤ Durch einen Doppelklick mit der linken Maustaste auf das Hilfsmittel *Form* öffnen Sie das Rollup *Knoten*, mit dem Sie weitere Hüllenknoten setzen und bestehende Knoten modifizieren können.

Hinweis: Es sei noch einmal darauf hingewiesen, daß die Bearbeitung einer Hülle der Bearbeitung einer Umrißlinie sehr gleicht. Auch eine Hülle besitzt Teilstrecken, die durch Knoten miteinander verbunden sind. Diese Knoten können Kontrollpunkte besitzen, je nachdem, welche Eigenschaft die Knoten haben. Das Hilfsmittel *Form* und das Rollup *Knoten* können Sie jederzeit zur Bearbeitung der Hüllenform einsetzen: Knoten hinzufügen, löschen, Eigenschaften ändern etc. Schauen Sie gegebenenfalls noch einmal nach, wie Sie mit Knoten arbeiten, und übertragen Sie die Vorgehensweise auch auf die Hüllenbearbeitung.

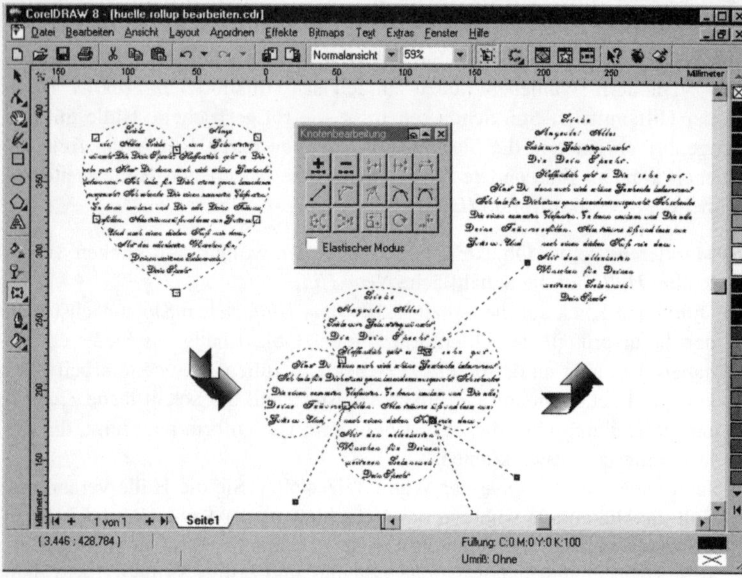

Abb. 272: Eine Hülle läßt sich in der gleichen Weise bearbeiten wie eine Linie bzw. Kurve

Eine Hülle entfernen

Mit Hilfe des Menüpunkts *Hülle entfernen* aus dem Menü *Effekte* können Sie die Hüllenumformungen schrittweise rückgängig machen. Schrittweise bedeutet, daß bei einer mehrfachen Veränderung der Hüllenform immer die jeweils zuvor definierte Hüllenform wiederhergestellt wird.

① Markieren Sie dazu ein Objekt, dem Sie eine andere Hüllenform zugewiesen haben, und wählen Sie aus dem Menü *Effekte* den Menüpunkt *Hülle entfernen*. Sofort nimmt die Hülle des markierten Objekts die Form an, die es vor der letzten Hüllenumformung hatte.

② Wählen Sie den Menüpunkt *Hülle entfernen* ein weiteres Mal an. Wieder geht es einen Schritt zurück in der Hüllenumformung. Sie können dies fortführen, bis das Objekt wieder seine ursprüngliche Hüllenform zurückerlangt hat.

Das Rollup Hülle im Überblick
Strg-Taste: Durch die gedrückte Strg-Taste lassen sich die Knoten nur horizontal oder vertikal verschieben.
Umschalt-Taste: Die gedrückte Umschalt-Taste ermöglicht eine Markierung mehrerer Hüllenknoten, die anschließend gemeinsam bzw. gleichzeitig bearbeitet werden können.
Gerade: Beim Verschieben der Hüllenknoten bleiben die Teilstrecken immer geradlinig.
Einfacher Bogen: Beim Verschieben der Hüllenknoten wird eine der Teilstrecken zu einer einfachen Kurve umgeformt.
Doppelbogen: Beim Verschieben der Hüllenknoten wird eine der Teilstrekken zu einer doppelten Kurve umgeformt.
Knoten bzw. Unbeschränkt: Die Hüllenknoten können vollkommen frei verschoben werden.
Das Listenfeld *Zuordnungsmodus* enthält vier Modi, die das Verhalten der Umrißlinie steuern bzw. beeinflussen, wenn sie die neue Hüllenform nachvollzieht. Die Umrißlinie versucht bei der Umformung der Hülle möglichst immer der neuen Hüllenform zu entsprechen. Maßgeblich sind dabei die Hüllenknoten. Sie sind die Orientierungspunkte, an denen die Umrißlinie ihren Linienverlauf ausrichtet. Je nachdem, welchen Modus Sie hier wählen, werden nur ganz bestimmte Hüllenknoten beachtet und andere bei der Formfindung des Linienverlaufs ignoriert. Zudem findet eine unterschiedliche Dehnung bzw. Stauchung des Objekts statt. Je nachdem, welchen Objekttyp Sie verändern (Grafiktext, Mengentext oder Form), werden die Effekte mehr oder weniger deutlich.
Elastisch (Standardeinstellung): Die Umrißlinie beachtet nur die Eckknoten der Hülle. Alle anderen Hüllenknoten werden nicht beachtet. Das Objekt wird relativ wenig verzerrt.
Horizontal und Vertikal: Das Objekt wird so verformt, daß die horizontale bzw. vertikale Dimension nicht verzerrt wird. Gut beobachten läßt sich der Effekt bei Grafiktext oder einem Gitterobjekt: Die entsprechenden Linien bleiben parallel zur Horizontalen (Modus *Horizontal*) bzw. Vertikalen (Modus *Vertikal*).
Original: Die Eckknoten der Hülle dienen als Vorgabe für die Position der Eckknoten des Objekts. Alle anderen Hüllenknoten werden auf den Markierungsrahmen (nicht auf die Umrißlinie des Objekts!) übertragen.
Text: Dieser Modus ist nur verfügbar, wenn Sie die Hülle von Mengentextrahmen verändern wollen. Der Mengentextrahmen entspricht exakt den Vorgaben der Hüllenform. Durch die Zuweisung vordefinierter Hüllenformen sind interessante Kontursatz-Formen möglich.

Kontrollkästchen Linien beibehalten: Diese Einstellung bezieht sich nur auf gerade Linien. Die geraden Linien bleiben bei aktiviertem Kontrollkästchen immer geradlinig und werden nicht zu kurvigen Linien verformt. Nur der Winkel der geraden Linien kann sich bei Umformungen ändern. Alle kurvigen Linienabschnitte des Objekts können beliebig verformt werden und andere Kurvenverläufe annehmen.

8.4 Überblendungen

Durch die Funktion *Überblendung* wird die Form eines Objekts in mehreren Schritten zu der Form eines anderen Objekts überführt. Als Ausgangsposition dienen immer zwei Objekte, ein Start- und ein Endobjekt, die sich möglichst in Form und/oder Füllung unterscheiden sollten. Die Funktion *Überblendung* kann nun in einer vorgegebenen Anzahl von Zwischenstufen weitere Objekte erstellen, deren Formen sich immer mehr dem Endobjekt anpassen. Die Möglichkeiten sind nahezu unüberschaubar. Sie können zum Beispiel eine Überblendung zwischen Grafiktext und einer Form (Rechteck, Ellipse oder Polygon) erzeugen. Oder Sie imitieren die Lichtreflektion einer glatten Oberfläche. Durch weitere Einstellmöglichkeiten sind ohne viel Aufwand beeindrukkende Effekte möglich.

Drei Arten von Überblendungen

In CorelDRAW gibt es drei Arten von Überblendungen: Direkte Überblendung, Überblendung entlang einer Strecke und die zusammengesetzte Überblendung.

Überblendungen im Überblick
Geradlinige Überblendung (Standardüberblendung): Ausgangs- und Endobjekt werden durch eine (gedachte) gerade Linie verbunden, an der sich die Überblendobjekte ausrichten.
Überblendung entlang einer Strecke: Voraussetzung dazu ist eine bestehende Überblendung und eine frei gezeichnete Linie. Die Überblendobjekte können Sie dann an der Strecke ausrichten.
Zusammengesetzte Überblendung: Sie können mehrere Überblendungen miteinander kombinieren. Von einem Ausgans- bzw. Endobjekt können mehrere weitere Überblendungen ausgehen. Das Resultat ist eine Verkettung dieser Überblendungen.

Eine direkte Überblendung erstellen

Für die Zuweisung einer Überblendung haben Sie wieder das *Interaktive Hilfsmittel* und das Rollup zur Verfügung.

Eine Überblendung mit dem Hilfsmittel Interaktive Überblendung erstellen

① Um eine Überblendung erstellen zu können, brauchen Sie zunächst ein Ausgangs- und ein Endobjekt. Nicht jeder Objekttyp kommt in Frage. Mengentextrahmen, Cliparts, Bitmaps, Objektgruppen bzw. Kombinationen können nicht überblendet werden.

② Wählen Sie aus der Hilfsmittelpalette das Hilfsmittel *Interaktive Überblendung*. Es befindet sich im Flyout-Menü der Spezialhilfsmittel, wo sich auch alle anderen interaktiven Hilfsmittel befinden.

Abb. 273: Im Flyout-Menü finden Sie das Hilfsmittel Interaktive Überblendung

③ Klicken Sie nun mit der linken Maustaste auf das Ausgangsobjekt und halten Sie die linke Maustaste gedrückt.

④ Wenn Sie Ihren Mauscursor jetzt Richtung Endobjekt bewegen, sehen Sie statt des üblichen Mauscursors ein weißes Kästchen. Führen Sie den Mauscursor über das Endobjekt, bis er sich direkt über dem Objekt befindet. Der Mauscursor wird vom Endobjekt magnetisch angezogen und rastet in dessen Mitte ein.

⑤ Lassen Sie nun die Maustaste los. Schon wird eine Überblendung erstellt, wie sie den Werten in der Eigenschaftssymbolleiste entspricht. Solange die Überblendung markiert ist, können Sie auch über die Eigenschaftssymbolleiste die Eigenschaften der Überblendung verändern.

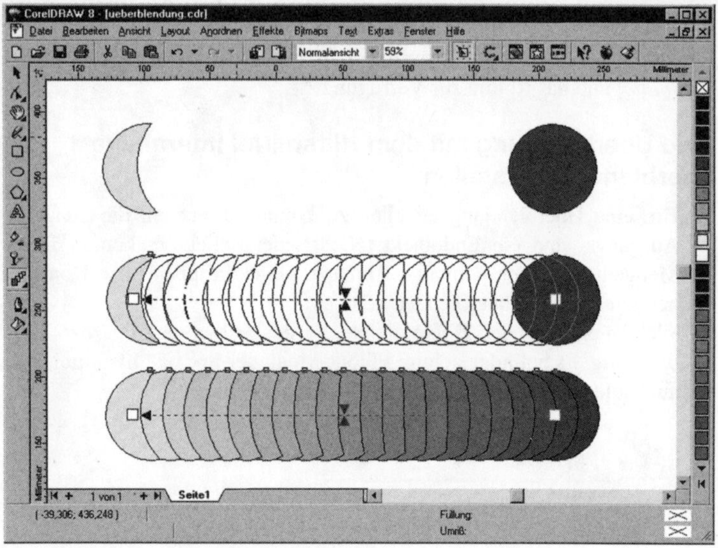

Abb. 274: Eine direkte Überblendung, erstellt mit dem Hilfsmittel Interaktive Überblendung

Eine Überblendung mit dem Rollup Überblendung erstellen

Wesentlich mehr Möglichkeiten als das Hilfsmittel *Interaktive Überblendung* bzw. die Eigenschaftsleiste bietet das Rollup *Überblendung*. Es besitzt vier Registerkarten mit den unterschiedlichsten Optionen. Eine detaillierte Beschreibung liefert Ihnen die Tabelle am Ende dieses Abschnitts.

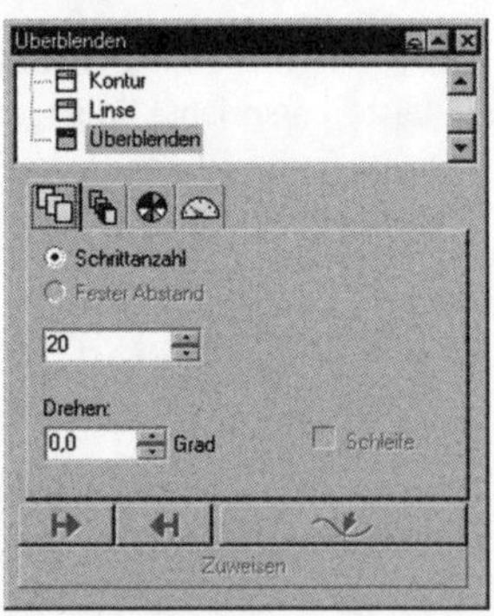

Abb. 275: Das Überblenden ermöglicht zahlreiche Einstellmöglichkeiten, mit denen die Überblendung gestaltet werden kann

① Erstellen Sie als Ausgangsobjekt einen Kreis und als Endobjekt ein Rechteck und färben Sie die Objekte in unterschiedlichen Farben ein.

② Markieren Sie mit dem Hilfsmittel *Objektauswahl* beide Objekte. Welches Objekt Sie dabei als erstes markieren, ist nicht von Bedeutung. Das Startobjekt ist immer das Objekt, das Sie als erstes erstellt haben.

③ Wählen Sie nun aus dem Menü *Effekte* den Menüpunkt *Überblenden.* Im Rollup *Überblenden*, das sich daraufhin öffnet, sehen Sie vier Registerkarten, die Sie über die Reiter anwählen können.

④ Klicken Sie mit der linken Maustaste auf die Schaltfläche *Zuweisen.* Da die Voreinstellung für die Schrittanzahl auf 20 stand, sind automatisch 20 neue Objekte hinzugekommen, die von der Ausgangsobjektform zur Form des Endobjekts überblenden.

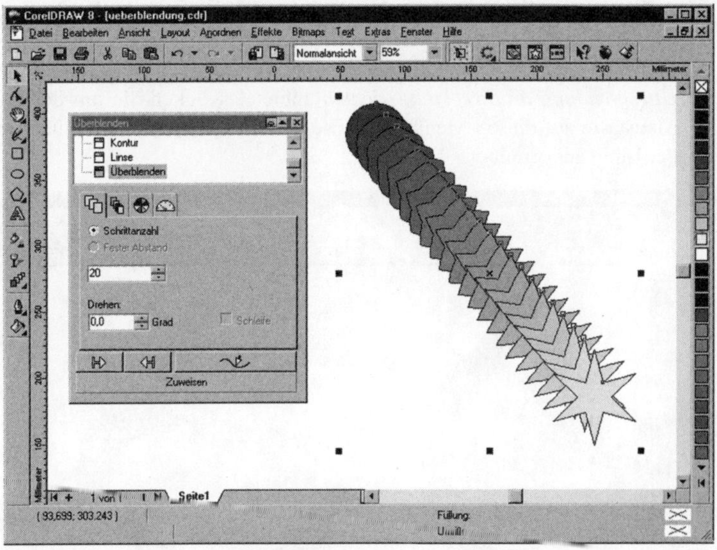

Abb. 276: Eine direkte Überblendung mit Hilfe des Überblenden-Rollups

Überblendung entlang einer Strecke erstellen

Standardmäßig folgen die Überblendobjekte immer einer (virtuellen) geraden Verbindungslinie zwischen Ausgangs- und Endobjekt. Eine bestehende Überblendung dieser Art können Sie nun entlang eines beliebigen Linienverlaufs ausrichten. Voraussetzung sind also eine bestehende Überblendung und eine Linie, an der Sie die bestehende Überblendung ausrichten. Dieser Linienverlauf kann eine wellenartige (offene) Linie sein oder auch eine geschlossene

Objektform, zum Beispiel ein Kreis. Im Fall einer geschlossenen Objektform richtet sich die Überblendung an der Umrißlinie des Objekts aus. Dadurch können Sie viele interessante neue Effekte erzeugen.

Mit dem Hilfsmittel Objektauswahl

① Erstellen Sie eine beliebige Linie. Dies kann ein offener Linienverlauf (gerade oder kurvig) oder auch eine geschlossene Form sein.

② Wählen Sie das Hilfsmittel *Objekauswahl* (mit dem Hilfsmittel *Interaktive Überblendung* funktioniert es nicht) und klicken Sie mit der rechten (!) Maustaste auf die Überblendung. Halten Sie die Maustaste gedrückt und ziehen Sie den Mauscursor auf die Linie (die zukünftige Strecke).

③ Wenn Sie mit dem Mauscursor genau über der Linie sind, verwandelt er sich in einen Kreis mit Fadenkreuz. Lassen Sie nun die rechte Maustaste wieder los.

④ Es öffnet sich ein Kontextmenü, das Ihnen unter anderem den Menüpunkt *Überblendung an Strecke ausrichten* anbietet. Klicken Sie mit der linken Maustaste auf diesen Menüpunkt. Die Überblendung wird automatisch an der Linie ausgerichtet.

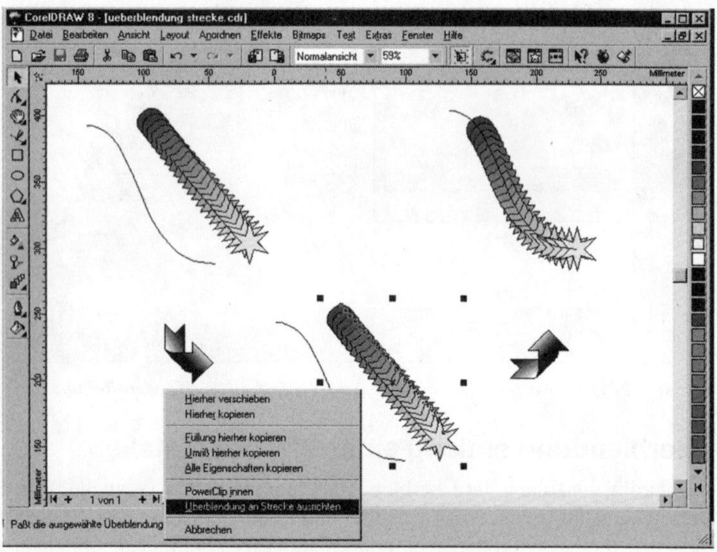

Abb. 277: Mit dem Hilfsmittel Objektauswahl und dem Kontextmenü, das Sie mit einem rechten Mausklick auf die Überblendung öffnen, können Sie eine neue Strecke wählen

⑤ Mit der Eigenschaftsleiste können Sie die Eigenschaften der Überblendung verändern. Sie brauchen dort nur die entsprechenden Eingaben zu machen, die dann sofort zugewiesen werden.

Mit dem Hilfsmittel Interaktive Überblendung eine freie Strecke erstellen

Das Hilfsmittel *Interaktive Überblendung* bietet eine sehr interessante Möglichkeit, eine Überblendung entlang einer Strecke zu erstellen. Das Besondere daran ist, daß Sie während der Erstellung eine beliebige Streckenführung wählen. Sie brauchen weder eine bestehende Überblendung noch eine Linie, an der Sie die Überblendung ausrichten.

① Erstellen Sie zwei neue Objekte mit unterschiedlichen Formen.
② Wählen Sie nun das Hilfsmittel *Interaktive Überblendung*. Bevor Sie aber auf das Ausgangsobjekt klicken, halten Sie die [Alt]-Taste gedrückt.
③ Klicken Sie jetzt auf das Ausgangsobjekt, halten Sie die Maustaste gedrückt und zeichnen Sie einen Linienverlauf nach Lust und Laune, den Sie im Endobjekt enden lassen.

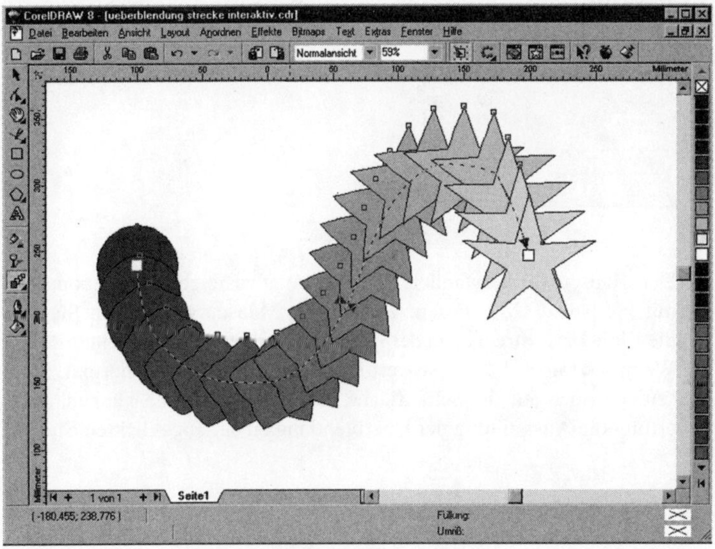

Abb. 278: Eine frei definierbare Strecke bereits bei der Erstellung ermöglicht das Hilfsmittel Interaktive Überblendung

④ Sobald Sie die Maustaste losgelassen haben, wird eine Überblendung erstellt. Sie können die Überblendung direkt weiterbearbeiten, indem Sie die weißen Kästchen (Endhaltepunkte) oder den Schieber (Beschleunigungsschieber) verschieben.

Mit dem Rollup Überblendung eine neue Strecke zuweisen

① Markieren Sie zuerst die Überblendung mit dem Hilfsmittel *Objektauswahl*.
② Klicken Sie anschließend mit der linken Maustaste auf die Schaltfläche *Neue Strecke*. Die Schaltfläche ist nicht beschriftet. Sie erkennen die Schaltfläche an dem kleinen Kurvensymbol mit Mauscursor.
③ Es öffnet sich ein Minimenü mit drei Menüpunkten, von denen der erste Menüpunkt *Neue Strecke* anwählbar ist. Klicken Sie mit der linken Maustaste auf diesen Menüpunkt.

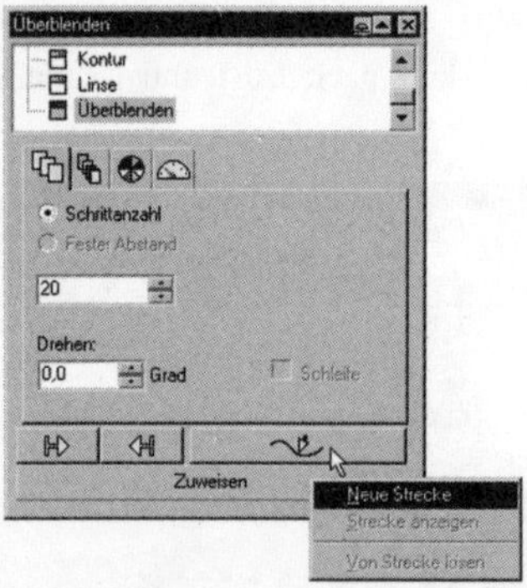

Abb. 279:
Im Kontextmenü befinden sich die Funktionen zur Definition einer neuen Strecke

④ Der Mauscursor verwandelt sich in eine etwas eigenartig gebogene Linie mit Pfeilspitze. Mit diesem veränderten Mauscursor klicken Sie nun auf die Linie bzw. Strecke, an der sich die Überblendung ausrichten soll.
⑤ Wenn jetzt noch nichts passiert ist, ist das vollkommen normal. Sie müssen erst noch auf die Schaltfläche *Zuweisen* im Rollup klicken. Jetzt erst erfolgt die Ausrichtung der Überblendung an der angeklickten Strecke.

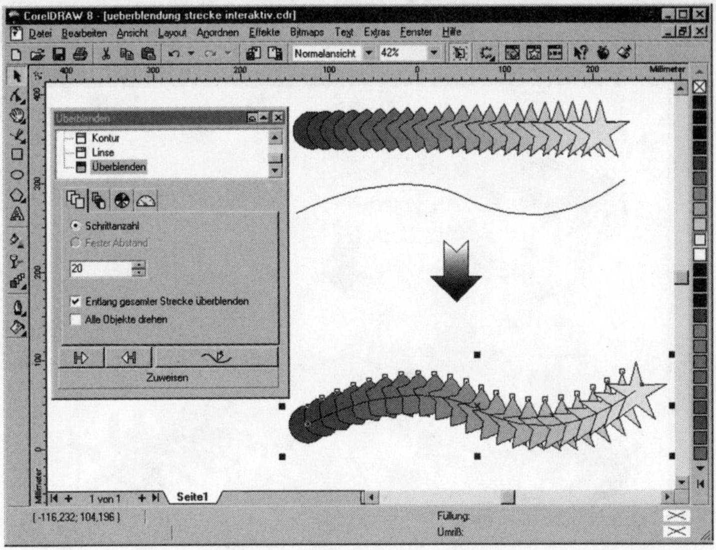

Abb. 280: Über den Menüpunkt Neue Strecke läßt sich über das Rollup einer Überblendung ein neuer Streckenverlauf zuweisen

Eine zusammengesetzte Überblendung erstellen

Diese Art der Überblendung wird erstellt, indem Sie einer bestehenden Überblendung ein weiteres Objekt durch Überblendung hinzufügen. Sie können diesen Arbeitsschritt allerdings nur ein einziges Mal auf eine Überblendung anwenden. Die Voraussetzung dazu sind eine bestehende Überblendung und ein weiteres Objekt.

Mit dem Hilfsmittel Interaktive Überblendung

Mit dem interaktiven Hilfsmittel haben Sie im Nu eine zusammgesetzte Überblendung erstellt.

① Wählen Sie das Hilfsmittel *Interaktive Überblendung*, klicken Sie mit der rechten Maustaste auf das Objekt, das der Überblendung hinzugefügt werden soll, und halten Sie die Maustaste gedrückt.

② Ziehen Sie nun den Mauscursor auf das Start- oder Endobjekt der (bestehenden) Überblendung. Er verwandelt sich in ein Fadenkreuz.

③ Sobald sich der Mauscursor über einem dieser beiden Objekte befindet, lassen Sie die Maustaste los - es entsteht sofort eine neue Überblendung.

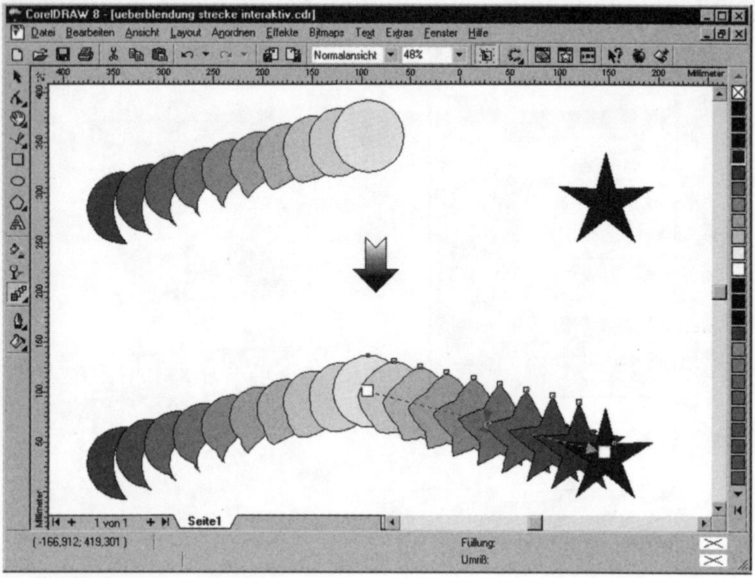

Abb. 281: Eine zusammengesetzte Überblendung kann mit dem Hilfsmittel Interaktive Überblendung erstellt werden

Eine Überblendung kopieren

Sie können eine Überblendung auf andere Objekte übertragen, die noch nicht überblendet sind. So sparen Sie sich viel Arbeit und brauchen nicht immer wieder von neuem die Überblendung zuzuweisen.

① Markieren Sie zwei (!) Objekte, die Sie überblenden wollen.

② Wählen Sie aus dem Menü *Effekte* den Menüpunkt *Kopieren*. Dadurch daß in Ihrer Grafik schon eine Überblendung existiert und zwei Objekte markiert sind, ist im Untermenü der Menüpunkt *Überblendung aus* anwählbar.

③ Klicken Sie auf den Menüpunkt *Überblendung aus*. Der Mauscursor verwandelt sich in einen dicken schwarzen Pfeil, mit dem Sie auf die Überblendung klicken, die Sie kopieren wollen.

④ Sofort werden die zwei vorher markierten Objekte in derselben Weise überblendet, wie es die angeklickte Überblendung vorgibt. Fülleinstellungen etc. bleiben jedoch unberücksichtigt.

Eine Überblendung klonen

① Markieren Sie wiederum zwei Objekte, auf die Sie einen Überblendungseffekt übertragen wollen.
② Wählen Sie aus dem Menü *Effekte* den Menüpunkt *Klonen*. Aus dem Untermenü wählen Sie den Menüpunkt *Überblendung aus*.
③ Ihr Mauscursor verwandelt sich in einen dicken schwarzen Pfeil. Mit diesem Pfeil klicken Sie nun auf die Überblendung, die Sie auf die zwei markierten Objekte übertragen möchten.
④ Die Überblendung wird sofort hergestellt. Wenn die neu erstellte Überblendung markiert ist, können Sie der Statusleiste entnehmen, daß es sich hierbei um einen Klon handelt. Die ursprüngliche Überblendung ist das Steuerelement. Änderungen an dem Steuerelement wirken sich direkt auf alle davon erstellten Klons aus.

Eine Überblendung bearbeiten

Sie können das Start- und Endobjekt einzeln markieren und bearbeiten, obwohl sie Teil der Überblendung sind. Weisen Sie diesen Objekten eine andere Farbe zu, ändert sich auch die Farbe der Überblendung.

Überblendobjekte herauslösen

Sie können die Überblendung auch aus der Gruppe herauslösen.

① Klicken Sie dazu auf die Überblendung (nicht aufs Start- oder Endobjekt!) und wählen Sie aus dem Menü *Anordnen* den Menüpunkt *Trennen*.
② Sobald Sie den Menüpunkt *Trennen* angeklickt haben, ist die Überblendgruppe vom Start- und Endobjekt gelöst.
③ Die Objekte der Überblendgruppe sind nochmals gruppiert. Über den Menüpunkt *Gruppierung aufheben* können Sie die Gruppierung lösen und die einzelnen Objekte bearbeiten.

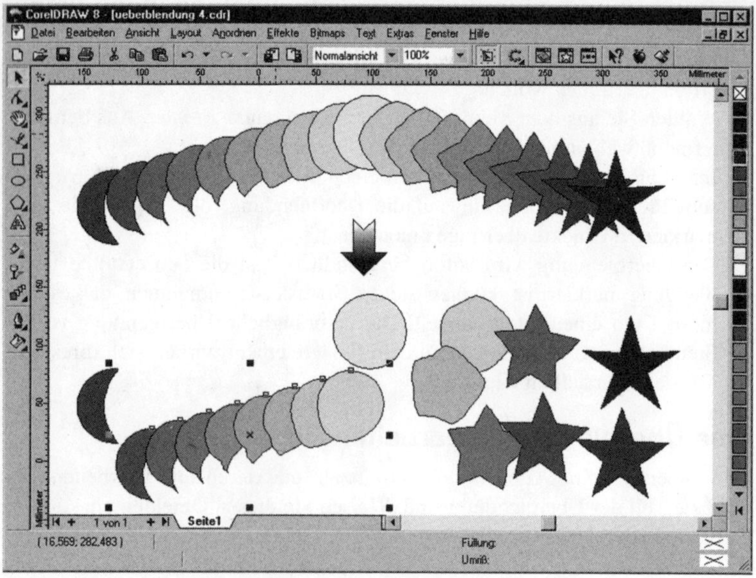

Abb. 282: Durch Trennung und Aufhebung der Gruppierung erhalten Sie eine Menge lustiger Formen, die Sie beliebig weiterverwenden können

Das Rollup Überblenden im Überblick

Registerkarte Schritte

Diese Registerkarte ermöglicht Ihnen die grundlegende Definition einer Überblendung, wie Anzahl der Überblendobjekte, Drehwinkel und den Abstand der Objekte zueinander.

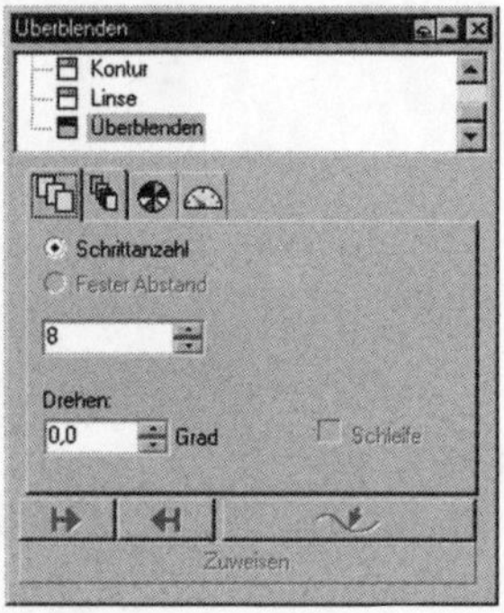

Abb. 283: Registerkarte Schritte

Registerkarte Schritte im Überblick
Option Schrittanzahl: Diese Option ermöglicht Ihnen, die Anzahl der zu erstellenden Überblendobjekte zu definieren. Die Anzahl der Objekte können Sie im unteren Eingabefeld bestimmen. Die Option *Schrittanzahl* ist immer dann nur als einzige anwählbar, wenn eine völlig neue Überblendung erstellt werden soll. Sie können einen Wert von 1 bis 999 Schritte eingeben.
Option Fester Abstand: Diese Option können Sie nur dann anwählen, wenn Sie bereits eine Überblendung erstellt haben und gerade dabei sind, diese an einer neuen Strecke auszurichten. Nachdem Sie die Überblendung an einer Strecke neu ausgerichtet haben, können Sie durch Anwahl der Option *Fester Abstand* im unteren Eingabefeld einen Abstand eingeben, den die Überblendobjekte auf der Linie einzuhalten haben. Je nachdem, was Sie für einen Wert eingeben, haben einige Objekte zum Beispiel keinen Platz mehr auf der neuen Strecke und werden gelöscht.
Eingabefeld Drehen: Durch Eingabe eines Drehwinkels werden die Objekte zusätzlich jeweils um die eigene Achse bzw. den Drehpunkt gedreht (gegen den Uhrzeigersinn). Die Eingabe eines negativen Werts läßt die Objekte andersherum drehen (im Uhrzeigersinn).
Kontrollkästchen Schleife: Wenn Sie die Überblendobjekte um ihre eigene Achse drehen lassen (durch Eingabe eines Werts im Eingabefeld *Drehen*), können Sie zusätzlich das Kontrollkästchen *Schleife* aktivieren. Dadurch werden die Objekte nicht nur um ihren eigenen Drehpunkt gedreht, sondern folgen auch einer Bogenlinie, die um so mehr zunimmt, je höher der Drehwert ist. Sie können auch negative Werte definieren, wodurch der Bogen genau gegenseitig verläuft.

Registerkarte Beschleunigung

Diese Registerkarte gibt es erst seit den CorelDRAW-Versionen 7 und 8. Bei einer normalen Überblendung werden die Überblendobjekte alle mit einem gleichmäßigen Abstand und gleichmäßigem Farbübergang erstellt. Durch die Definition von Beschleunigungswerten haben Sie jedoch die Möglichkeit, ungleichmäßige (logarithmische) Abstände und Farbüberblendungen zu erzeugen. Dadurch wird ein Eindruck von Bewegung und Geschwindigkeit vermittelt, ähnlich wie bei einer mehrfach belichteten Fotografie eines sich bewegenden Objekts (zum Beispiel eines abfahrenden bzw. anhaltenden Autos).

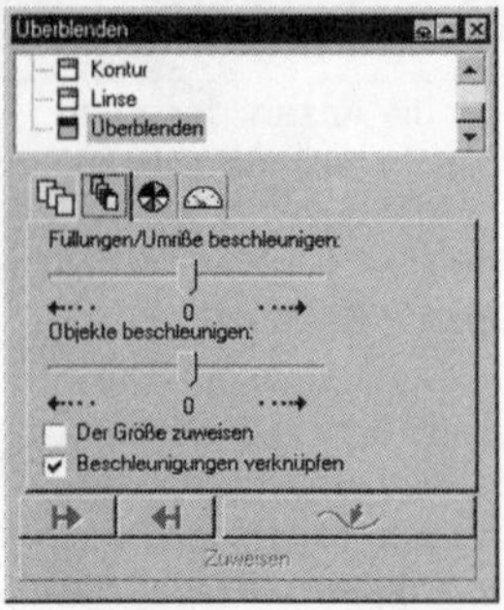

Abb. 284:
Registerkarte Beschleunigung

Registerkarte Beschleunigung im Überblick
Schieber Füllungen/Umrisse beschleunigen: Durch diesen Schieber haben Sie die Möglichkeit, die Füllung und die Umrißeigenschaften (Farbe, Stärke, Art etc.) zu verändern. Befindet sich der Schieber weiter links, sind die Objekteigenschaften (Füllung und Umriß) des Endobjekts dominierend. Die Überblendungsobjekte nehmen schneller dessen Aussehen an. Befindet sich der Schieber weiter rechts, dauert es länger, bis die Übergangsobjekte die Objekteigenschaften des Endobjekts annehmen.
Schieber Objekte beschleunigen: Dieser Schieber nimmt Einfluß auf den Abstand der Objekte. Normalerweise ist der Abstand der Objekte immer gleichmäßig. Befindet sich der Schieber weiter links, ist der Abstand der Überblendobjekte zunächst geringer und wird im Verlauf der Überblendung größer.
Kontrollkästchen Der Größe zuweisen: Wenn Sie dieses Kontrollkästchen aktivieren, werden durch das Verschieben des Schiebers *Objekte beschleunigen* die Übergangsobjekte progressiv verkleinert bzw. vergrößert. Sichtbar ist dieser Effekt nur, wenn Ausgangs- und Endobjekte deutlich unterschiedliche Größen haben.
Kontrollkästchen Beschleunigungen verknüpfen: Eine Aktivierung dieses Kontrollkästchens bewirkt, daß sich die beiden Schieber nur gleichzeitig verschieben lassen. Ist es ausgeschaltet, können Sie die Schieber unabhängig voneinander verschieben.

Registerkarte Farbkreis

Bei der Überblendung werden die Füllfarben des Ausgangs- und Endobjekts über bestimmte Zwischenschritte angenähert. Maßgeblich für die Farbbestimmung ist der Farbkreis. Auf dem Außenrand des Farbkreises sind die reinen Farbtöne angeordnet, deren Farbsättigung zum Farbkreismittelpunkt hin stetig abnimmt. Ganz im Mittelpunkt des Farbkreises liegt ein Grauton. Je nachdem, welche Farben Sie dem Ausgangs- und Endobjekt zugewiesen haben, erfolgt die Farbüberblendung auf dem Farbkreis geradlinig von einer Farbe zu anderen. Sie können aber auch eine kreisförmige Farbüberblendung im Farbkreis wählen. Dadurch erhalten Sie andere Zwischenstufen.

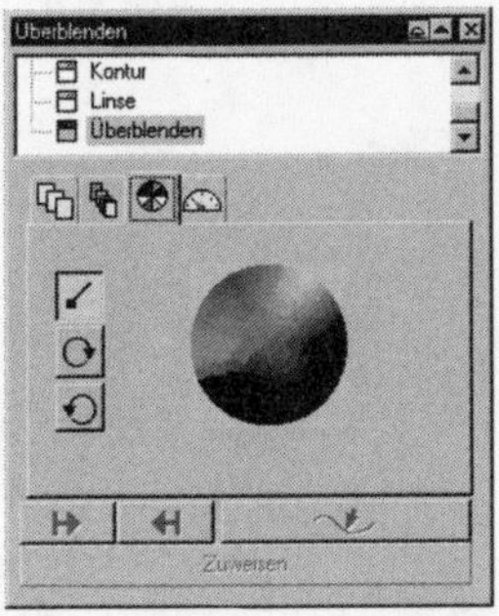

Abb. 285: Registerkarte Farbkreis

Registerkarte Farbkreis im Überblick
Schaltfläche Direkte Überblendung: Ausgangs- und Zielfarbe werden durch eine gerade Linie miteinander verbunden. Die Überblendobjekte erhalten die Farbfüllungen, die entlang dieser geraden Linie liegen.
Schaltfläche Rechtsläufige Drehung: Zwischen Ausgangs- und Zielfarbe wird ein rechtsläufiger Bogen geschlagen.
Schaltfläche Linksläufige Drehung: Zwischen Ausgangs- und Zielfarbe wird ein linksläufiger Bogen geschlagen.

Registerkarte Verschiedene Optionen

Jedes Objekt besitzt einen sogenannten Anfangskonten. Das ist der Knoten, den Sie durch den ersten Mausklick zum Beispiel mit dem Hilfsmittel *Bézier* erzeugen, wenn Sie eine Kurve zeichnen. Sie können weitere Knoten zeichnen, die durch Teilstrecken miteinander verbunden werden und schließlich den letzten mit dem ersten Knoten vereinigen. Dadurch erhalten Sie eine geschlossene Objektform, der Sie eine Füllung zuweisen können. Der erste Knoten bleibt aber immer der Anfangsknoten und dient bei der Erstellung einer Überblendung als Steuerknoten, an dem die Überblendstrecke anfängt bzw. endet. Der Anfangsknoten (Steuerknoten) des Ausgangsobjekts wird praktisch durch eine unsichtbare Linie mit dem Anfangsknoten (Steuerknoten) des Endobjekts verbunden. Diese Linie ist die Strecke, an der sich die Steuerknoten der Überblendobjekte ausrichten. Sie können nun durch erweiterte Funktionen andere Knoten als den Anfangsknoten als Steuerpunkt definieren, wodurch die Streckenführung einen anderen Verlauf nimmt und die Übergangsobjekte anders ausgerichtet werden.

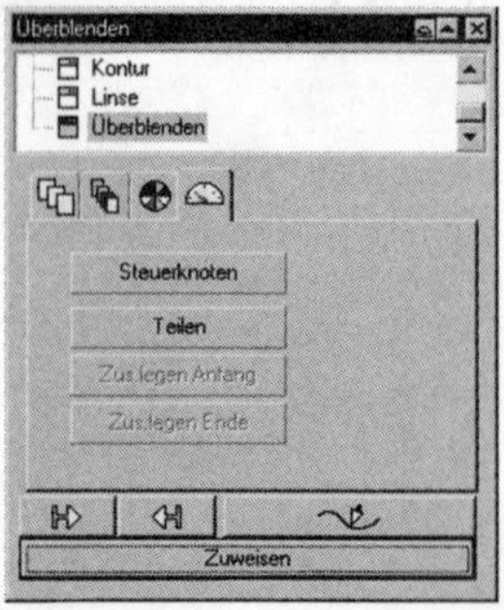

Abb. 286: Registerkarte Verschiedene Optionen

Registerkarte Verschiedene Optionen
Schaltfläche Steuerknoten: Die Überblendung muß markiert sein (nicht nur das Endobjekt!). Durch einen Klick auf diese Schaltfläche verwandelt sich der Mauscursor in eine gebogene Linie mit Pfeilspitzen. Gleichzeitig werden die Knoten des Endobjekts sichtbar. Sie können nun mit diesem veränderten Mauscursor einen neuen Steuerknoten wählen. Haben Sie einen neuen Steuerknoten gewählt, werden die Knoten des Anfangsobjekts sichtbar. Wählen Sie auch hier einen beliebigen Knoten, der dadurch zum neuen Steuerknoten dieses Objekts wird. Nun noch schnell auf die Schaltfläche *Zuweisen* geklickt, und die Strecke (incl. Überblendung) nimmt einen anderen Verlauf.
Schaltfläche Teilen: Eine Überblendung besteht immer aus einem Anfangsobjekt, einer angegebenen Anzahl von Überblendobjekten und dem Endobjekt. Sie können das Anfangsobjekt und das Endobjekt einzeln anklicken und verschieben. Mit der Funktion *Teilen* können Sie nun ein beliebiges Objekt aus der Gruppe der Überblendobjekte zu einem Anfangsobjekt verwandeln. Dadurch teilen Sie an dieser Stelle die Überblendung und erhalten zwei (verbundene) Überblendungen. Das neu definierte Objekt ist sowohl Endobjekt der einen Überblendung als auch Anfangsobjekt der zweiten Überblendung. Diese Funktion (Teilung) kann nur einmalig auf eine Überblendung angewendet werden. Achten Sie unbedingt darauf, daß die Überblendung markiert ist und nicht nur das Anfangs- bzw. Endobjekt. Wenn Sie nun auf die Schaltfläche *Teilen* klikken, verwandelt sich der Mauscursor wieder in eine gebogene Linie mit Pfeilspitzen. Mit der Pfeilspitze können Sie nun einen beliebigen (Steuer-) Knoten eines der Überblendobjekte anklicken. Dadurch verwandelt sich das angewählte Objekt wie oben beschrieben in ein Anfangs- bzw. Endobjekt.

Schaltflächen Zus.legen Anfang und Zus.legen Ende: Hinter der Abkürzung *Zus.legen* verbirgt sich der Begriff Zusammenlegen. Mit diesen beiden Funktionen können Sie eine geteilte Überblendung wieder zusammenlegen. Diese Funktion bewirkt also genau das Gegensätzliche der Funktion *Teilen* und ist auch nur auf eine bereits geteilte Überblendung anwendbar. Ansonsten bleiben die beiden Schaltflächen hellgrau und können nicht angeklickt werden.
Um die Schaltflächen *Zus.legen Anfang* und *Zus.legen Ende* zum Leben zu erwecken, müssen Sie, während Sie auf eine geteilte (!) Überblendung klikken, noch zusätzlich die Strg-Taste gedrückt halten. Klicken Sie unbedingt auf die Überblendung, nicht auf ein Anfangs- oder Endobjekt.

Die Schaltflächen im Rollup Überblendung

Die Schaltflächen im Rollup *Überblendung* werden immer angezeigt, unabhängig davon, welche Registerkarte Sie gerade gewählt haben. Sie dienen der Erstellung neuer Überblendungen.

Abb. 287: Diese Schaltflächen werden immer angezeigt

Die Funktionen im Überblick
Neuer Anfang/ Neues Ende: Sie können einer bestehenden Überblendung ein neues Anfangs- bzw. Endobjekt zuweisen. Dazu müssen Sie zunächst ein neues Objekt erstellen. Markieren Sie die bestehende Überblendung und klicken Sie auf die Schaltfläche *Neuer Anfang/Anfang zeigen* bzw. *Neues Ende/Ende zeigen.* Aus dem Menü wählen Sie den Menüpunkt *Neuer Anfang* bzw. *Neues Ende* und klicken auf das neu erstellte Objekt. Klicken Sie auf die Schaltfläche *Zuweisen.* Sofort übernimmt die Überblendung dieses neue Objekt als Anfangs- bzw. Endobjekt
Anfang zeigen/ Ende zeigen: Mitunter ist es schwierig herauszufinden, welches Objekt einer Überblendung das Anfangs- oder Endobjekt darstellt. Markieren Sie die Überblendung und wählen Sie diese Menüpunkte. Die entsprechenden Objekte werden durch einen Auswahlrahmen angezeigt.

Schaltfläche Strecke, Menüpunkt Neue Strecke: Wenn Sie eine Überblendung erstellen, wird sie zunächst entlang einer geraden Strecke erstellt. Sie können aber neue Objekte (Linien, flächige Objekte) erstellen und diese als neue Streckenführung zuweisen. Markieren Sie dazu die Überblendung, klikken Sie auf die Schaltfläche *Strecke* und wählen Sie aus dem Menü den Menüpunkt *Neue Strecke*. Der Mauscursor verwandelt sich daraufhin in eine gebogene Linie mit Pfeilspitze. Klicken Sie mit dem Mauscursor auf das neu erstellte Objekt und anschließend auf die Schaltfläche *Zuweisen*.
Schaltfläche Strecke, Menüpunkt Strecke anzeigen: Diese Funktion macht die Strecke sichtbar, an der sich eine Überblendung ausrichtet.
Schaltfläche Strecke, Menüpunkt Von Strecke lösen: Diese Funktion bewirkt praktisch das Gegenteil der Funktion *Neue Strecke*. Die Überblendung wird von einer Strecke gelöst und erhält ihre alte Form zurück.

8.5 Vorsicht Extrusion!

Der Begriff Extrusion bedeutet soviel wie Ausdehnung. In CorelDRAW können Sie mit dieser Effektfunktion Objekten eine räumliche Ausdehnung zuweisen, also eine dritte Dimension hinzufügen. Es gibt mehrere Möglichkeiten, Abbildungen von räumlichen Dingen auf einer Fläche wiederzugeben. CorelDRAW ermöglicht die Zuweisung von Fluchtpunkten (Zentralprojektion), die ein Objekt in der Tiefe verjüngen lassen und so dem Betrachter den Anschein von Räumlichkeit vermitteln. Geschickte Beleuchtungseffekte und farbliche Unterstützung in Form von speziellen Farbverläufen lassen die Objekte noch plastischer aussehen. Schließlich können Sie ein Objekt im virtuellen Raum drehen.

Hinweis: Um die Extrusion an Objekten besser sichtbar zu machen, sollten Sie immer eine einfache Füllung zuweisen. Führen Sie die Extrusion an einem Objekt ohne Füllung aus, an dem Sie lediglich die Umrißlinie sehen, kann das Ganze schnell verwirrend aussehen. Die beste Ausgangsposition sind eine helle Füllfarbe und schwarze Umrißlinien. So können Sie während der Erstellung alles gut sehen. Später können Sie immer noch Umrisse löschen und Farbverläufe zuweisen.

Ein Objekt extrudieren

Sie haben die Wahl zwischen dem Hilfsmittel *Interaktives Extrudieren* und dem Rollup *Extrudieren*. Wie bei vielen anderen Effekten auch, können Sie mit dem Hilfsmittel zwar etwas schneller gestalten, haben dafür im Rollup aber wesentlich mehr Einstellmöglichkeiten.

Mit dem Hilfsmittel Interaktives Extrudieren extrudieren

① Als erstes brauchen Sie ein Objekt, das sich zur Extrusion eignet. Sie können eigentlich jeden beliebigen Objekttyp extrudieren. Nur bei Mengentext klappt es nicht. Erstellen Sie also einen beliebigen Objekttyp.

② Wählen Sie aus der Hilfsmittelpalette das Hilfsmittel *Interaktives Extrudieren*. Es kann sein, daß es nicht direkt in der Hilfsmittelpalette angezeigt wird und sich im Flyout-Menü der Interaktiven Hilfsmittel versteckt. Wenn Sie für etwa zwei Sekunden auf das derzeit angezeigte Interaktive Hilfsmittel klicken, öffnet sich das Flyout-Menü und gibt Ihnen den Weg zum gewünschten Hilfsmittel frei.

Abb. 288: Das Hilfsmittel Interaktives Extrudieren aus dem Flyout-Menü

③ Sobald Sie das Hilfsmittel *Interaktives Extrudieren* gewählt haben, verändern sich die Markierungspunkte. Es sind nun nur noch die Knoten des Objekts sichtbar.

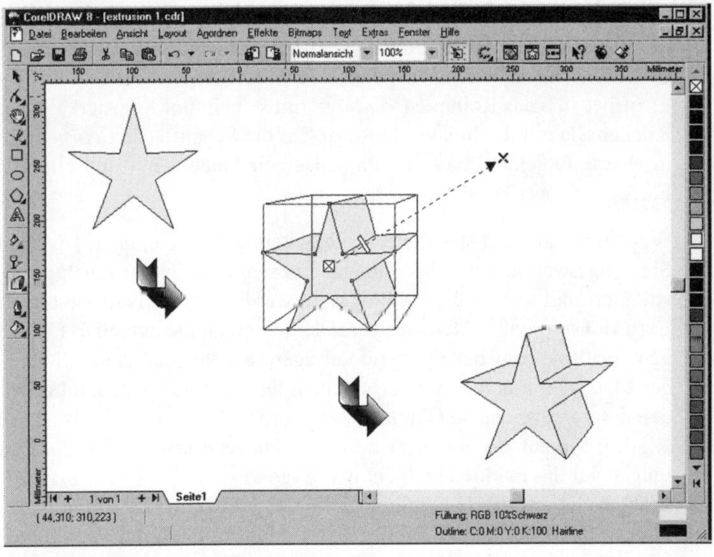

Abb. 289: Eine Extrusion mit dem Hilfsmittel Interaktive Extrusion ist schnell erstellt

④ Führen Sie den Mauscursor über einen dieser Knoten, halten Sie die Maustaste gedrückt und ziehen Sie den Knoten in eine beliebige Richtung.
⑤ Sie ziehen aus den Knoten ein kleines Kreuz heraus. Das ist der Fluchtpunkt, der maßgeblich für die perspektivische Darstellung des Objekts ist. Lassen Sie die Maustaste los, sobald Sie die dem Objekt die gewünschte Tiefe zugewiesen haben.
⑥ Der Fluchtpunkt bleibt immer noch erhalten. Sie könnten ihn nochmals neu positionieren bzw. die räumliche Tiefe bearbeiten, indem Sie auf den kleinen Schieber klicken und verschieben.
⑦ Wenn Sie alle Einstellungen vorgenommen haben, wählen Sie das Hilfsmittel *Objektauswahl*. Das Objekt wird gemäß der neuen Vorgaben neu gezeichnet und erhält zusätzliche Flächen, die es zu einem plastischen Objekt machen.

Hinweis: Sie sollten auf jeden Fall die Symbolleiste *Eigenschaften* hinzunehmen, wenn Sie mit dem Hilfsmittel *Interaktives Extrudieren* gestalten. Hier können Sie wesentliche Einstellungen vornehmen, die das Hilfsmittel allein nicht vorzunehmen vermag. Sie finden die Symbolleiste im Menü *Ansicht* Menüpunkt *Eigenschaftsleiste*.

Mit dem Rollup *Extrudieren* extrudieren

① Markieren Sie das Objekt, das Sie extrudieren wollen, und wählen Sie aus dem Menü *Effekte* den Menüpunkt *Extrudieren*.
② Es öffnet sich das Rollup *Extrudieren* mit seinen fünf Registerkarten.
③ Klicken Sie mit der linken Maustaste auf die Schaltfläche *Bearbeiten*. Das markierte Objekte erhält erst einmal einen Fluchtpunkt und einige neue Flächen, die es räumlich aussehen lassen.

④ Wählen Sie als nächstes die erste Registerkarte *Fluchtpunkt*. Hier können Sie einige wesentliche Einstellungen vornehmen, wie der Fluchtpunkt positioniert und wie groß die Objekttiefe werden soll. Sobald Sie hier einen Extrusionstyp und Tiefenwert verändern, werden die aktuellen Einstellungen "realtime" auf das Objekt übertragen. Sie können natürlich auch mit der Maus den Fluchtpunkt verschieben. Die blau gestrichelten Linien zeigen das vorgezeichnete Objekt an.
⑤ Klicken Sie auf die Schaltfläche *Zuweisen*. Jetzt erst werden die Einstellungen auf das markierte Objekt übertragen.
⑥ Wählen Sie aus der Hilfsmittelpalette das Hilfsmittel *Objektauswahl* und klicken Sie noch einmal mit der linken Maustaste auf das extrudierte Objekt. Dadurch werden die eigentlichen Umrißlinien wieder angezeigt, und

Sie können sich einen besseren Eindruck vom extrudierten Objekt machen.

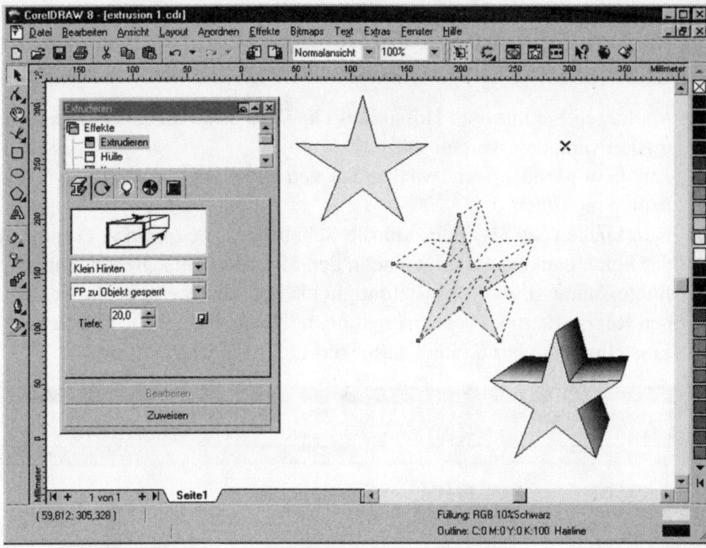

Abb. 290: Eine Extrusion, diesmal mit dem Rollup erstellt

Die Extrusion eines Objekts bearbeiten

Sie können eine bestehende Extrusion jederzeit bearbeiten. Sie haben dazu zwei Möglichkeiten: Entweder Sie benutzen das Hilfsmittel *Interaktives Extrudieren*, das eine schnelle aber begrenzte Bearbeitung ermöglicht. Oder Sie wählen das Rollup *Extrudieren*.

Mit dem Hilfsmittel Interaktives Extrudieren bearbeiten

Sie können eine Extrusion mit dem Hilfsmittel *Interaktives Extrudieren* bearbeiten.

① Dazu brauchen Sie nur das entsprechende Hilfsmittelsymbol anzuklicken und anschließend auf das Objekt zu klicken, dessen Extrusion Sie bearbeiten wollen.

② Sie sehen sofort den Fluchtpunkt und die Schieber, mit denen Sie die Objekttiefe beeinflussen können.

Mit dem Rollup Extrudieren bearbeiten

Die Möglichkeiten, eine Extrusion mit dem Rollup *Extrudieren* zu gestalten und umzuformen, sind ausgesprochen vielfältig für ein Vektorzeichenprogramm. Eine komplette Übersicht über die Bearbeitungs- bzw. Einstellmöglichkeiten bietet Ihnen die Komplettübersicht am Ende dieses Abschnitts.

① Markieren Sie mit dem Hilfsmittel *Objektauswahl* das Objekt, dessen Extrusion verändert werden soll.
② Aus dem Menü *Effekte* wählen Sie den Menüpunkt *Extrudieren*, um das Rollup zu öffnen.
③ Nun klicken Sie als erstes auf die Schaltfläche *Bearbeiten*. Dadurch wird der Fluchtpunkt sichtbar gemacht, den Sie sofort verschieben könnten.
④ Interessanter sind die Einstellmöglichkeiten, die Sie über die verschiedenen Registerkarten vornehmen können. Nehmen Sie hier die gewünschten Einstellungen vor und klicken Sie auf die Schaltfläche *Zuweisen*.

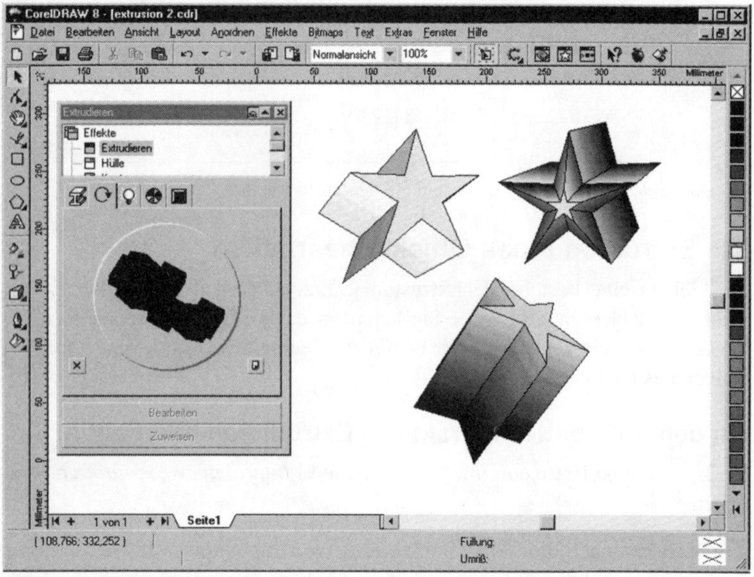

Abb. 291: Einige Beispiele, was Sie mit den Rollup-Funktionen alles anstellen können

Eine Extrusion kopieren

① Markieren Sie das Objekt, dem Sie eine neue Extrusion zuweisen wollen.

② Wählen Sie aus dem Menü den Menüpunkt *Kopieren* bzw. *Klonen*. Sofern es in Ihrer Grafik ein Objekt gibt, das Sie bereits extrudiert haben, ist auch der Menüpunkt *Extrusion aus* aktiv.

③ Klicken Sie auf den Menüpunkt *Extrusion aus*. Ihr Mauscursor verwandelt sich in einen schwarzen Pfeil.

④ Mit diesem schwarzen Pfeil klicken Sie auf das Objekt, dessen Extrusion Sie kopieren wollen. Sofort wird auch bei dem zuerst markierten Objekt dieselbe Extrusion hinzugefügt.

Eine Extrusion klonen

① Markieren Sie das Objekt, auf das Sie eine Extrusion übertragen wollen.

② Wählen Sie aus dem Menü *Effekte* den Menüpunkt *Klonen*. Aus dem Untermenü wählen Sie den Menüpunkt *Extrusion aus*.

③ Ihr Mauscursor verwandelt sich in einen dicken schwarzen Pfeil. Mit diesem Pfeil klicken Sie nun auf die Extrusion, die Sie auf das markierte Objekt übertragen möchten.

④ Die Extrusion wird sofort erstellt. Bei dieser Extrusion handelt es sich um einen Klon. Änderungen am Steuerelement wirken sich unmittelbar auf alle davon erstellten Klons aus.

Extrusion entfernen

Dieser Vorgang ist äußerst einfach:

① Markieren Sie das Objekt, das Sie in seinen ursprünglichen Zustand zurückversetzen wollen.

Hinweis: Zumindest in der Programmversion 8 sollten Sie unbedingt die hinzugefügte Extrusion anklicken und nicht die Fläche des Ursprungsobjekts. Nur so läßt sich die Extrusion entfernen.

② Wählen Sie aus dem Menü *Effekte* den Menüpunkt *Extrusion aufheben*. Dieser Menüpunkt ist nur aktiv, wenn es sich tatsächlich um ein Objekt mit einer Extrusion handelt.

Extrusion im Überblick

Wie immer: Hier ein Überblick über alle Funktionen des Rollup *Extrusion* mit ausführlichen Erläuterungen.

Registerkarte Fluchtpunkt

Auf der Registerkarte sind die Funktionen untergebracht, die die Zuweisung maximal eines Fluchtpunkts ermöglichen. Der Fluchtpunkt wird auch als

Projektionszentrum bezeichnet. Von ihm gehen die sogenannten Projektionsstrahlen aus, an denen sich die hinzugefügten Flächen orientieren und gegebenenfalls verjüngen. Dadurch entsteht ein perspektivischer bzw. räumlicher Eindruck auf der nur zweidimensionalen Fläche.

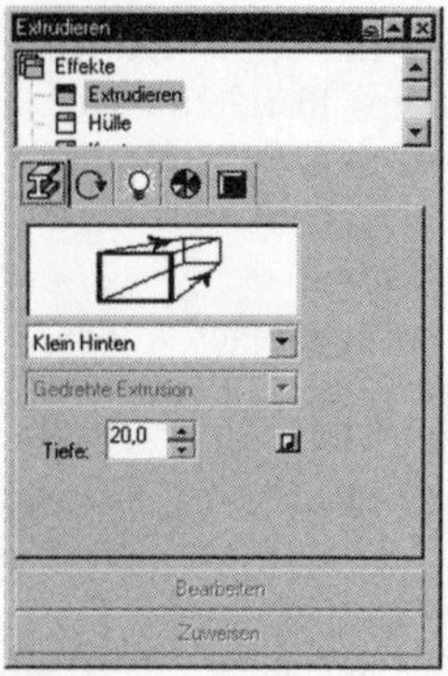

Abb. 292:
Registerkarte Fluchtpunkt

Hinweis: Wollen Sie mehrere Fluchtpunkte erzeugen, erstellen Sie zuerst eine Extrusion. Klicken Sie dann auf das Ausgangsobjekt (Steuerobjekt) und wählen Sie aus dem Menü *Anordnen* den Menüpunkt *Trennen*. Gruppieren Sie sofort wieder das Ausgangsobjekt (Steuerobjekt) mit den zuvor getrennten Extrusionsflächen. Wählen Sie anschließend aus dem Menü *Effekt* den Menüpunkt *Perspektive hinzufügen*. Nun können Sie durch Verschieben der Knoten zusätzliche Fluchtpunkte erstellen.

Registerkarte Fluchtpunkt im Überblick
Anwendbar auf alle Objektarten bis auf Mengentext.
Listenpunkt Klein hinten (Standardeinstellung): Die Extrusion wird von vorne nach hinten verkleinert. Das Ausgangsobjekt (Steuerobjekt) liegt im Vordergrund, und die hinzugefügten Extrusionflächen liegen hinter dem Ausgangsobjekt (Steuerobjekt). Der Fluchtpunkt liegt ebenfalls hinten. Die Projektionsstrahlen (und damit auch die Extrusionsflächen) verjüngen sich somit nach hinten. Dadurch wird das Objekt nach hinten kleiner. Dies entspricht der realen Perspektive.
Listenpunkt Klein vorn: Die Extrusion wird von hinten nach vorne vergrößert. Das Ausgangsobjekt (Steuerobjekt) liegt im Hintergrund, und die hinzugefügten Extrusionsflächen liegen vor dem Ausgangsobjekt (Steuerobjekt). Die Projektionsstrahlen strahlen vom vorne liegenden Projektionszentrum (Fluchtpunkt) aus nach hinten und vergrößern ihren Abstand zueinander, je weiter sie nach hinten strahlen. Dadurch ist das Objekt hinten groß und wird nach vorne kleiner. Dieser Effekt ist eine Umkehrung der realen Perspektive.

Listenpunkt Groß hinten: Die Extrusion wird von vorne nach hinten vergrößert. Das Ausgangsobjekt (Steuerobjekt) liegt im Vordergrund, und die hinzugefügten Extrusionsflächen liegen hinter dem Ausgangsobjekt (Steuerobjekt). Die Projektionsstrahlen strahlen vom vorne liegenden Projektionszentrum (Fluchtpunkt) aus nach hinten und vergrößern ihren Abstand, je weiter sie nach hinten strahlen. Dadurch wird das Objekt nach hinten größer. Das Ausgangsobjekt (Steuerobjekt) überdeckt die Extrusionsflächen.
Listenpunkt Hinten parallel: Die Extrusion wird von vorne nach hinten ohne Größenänderung (parallel) durchgeführt. Das Ausgangsobjekt (Steuerobjekt) liegt im Vordergund, und die hinzugefügten Extrusionsflächen verlaufen nach hinten. Es gibt zwar einen Fluchtpunkt im Hintergrund, die Projektionsstrahlen verlaufen dennoch parallel (Parallelprojektion).
Listenpunkt Vorne parallel: Das Ausgangsobjekt (Steuerobjekt) liegt im Hintergrund, und die hinzugefügten Extrusionsflächen verlaufen vom Ausgangsobjekt (Steuerobjekt) aus nach vorne. Auch hier gibt es zwar einen Fluchtpunkt, der diesmal aber im Vordergund liegt. Die Projektionsstrahlen verlaufen parallel.
Listenpunkt FP zu Objekt gesperrt: Wenn Sie ein extrudiertes Objekt verschieben, folgt der dazugehörige Fluchtpunkt immer gleichmäßig mit. Die relative Position des Fluchtpunkts zum Objekt bleibt immer genau gleich.
Listenpunkt FP zu Seite gesperrt: Wenn Sie ein extrudiertes Objekt verschieben, bleibt der dazugehörige Fluchtpunkt trotzdem immer an seinem angestammten Platz. Dadurch verändert sich die Extrusion.
Listenpunkt Fluchtpunkt kopieren: Haben Sie mehrere Objekte extrudiert, hat zunächst jeder Fluchtpunkt seine eigene Position auf der Zeichenseite. In der Realität aber orientieren sich alle Gegenstände an denselben Fluchtpunkten. Sie können die Position der einzelnen Fluchtpunkte aneinander ausrichten, indem Sie den Fluchtpunkt eines extrudierten Objekts kopieren. Markieren Sie dazu das extrudierte Objekt, dessen Fluchtpunktposition Sie ändern wollen. Wählen Sie dann im Listenfeld *Fluchtpunkt kopieren.* Der Mauscursor verwandelt sich in ein X mit Fragezeichen. Klicken Sie mit diesem Mauscursor auf das extrudierte Objekt, dessen Fluchtpunkt kopiert werden soll. Abschließend klicken Sie noch auf die Schaltfläche *Zuweisen.* Somit haben die Fluchtpunkte beider Objekte dieselbe Position, was dem Ganzen ein realistischeres Aussehen verleiht.
Listenpunkt Gemeinsamer Fluchtpunkt: Hier gilt das gleiche wie bei dem vorherigen Listenpunkt. Während die gemeinsame Fluchtpunktausrichtung mehrerer Objekte beim vorherigen Listenpunkt verlorengeht, bleibt sie hier immer erhalten. Der gemeinsame Fluchtpunkt wird automatisch auf die Seite gesperrt. Er bleibt immer gleich, wenn Sie die Objekte verschieben.

> Um einen gemeinsamen Fluchtpunkt zu definieren, markieren Sie zuerst das Objekt, dessen Fluchtpunkt Sie anpassen wollen. Wählen Sie dann den Befehl *Gemeinsamer Fluchtpunkt* und klicken Sie auf das Objekt, dessen Fluchtpunkt zukünftig maßgebend sein soll. Abschließend klicken Sie auf die Schaltfläche *Zuweisen.*

Registerkarte 3D-Drehung

Diese Funktion ermöglicht die Drehung eines Objekts im virtuellen Raum.

Abb. 293: Registerkarte 3D

Hinweis: Diese Funktion ist nicht auf Objekte anwendbar, deren Fluchtpunkt auf die Seite hin gesperrt ist.

Um ein Objekt zu drehen, markieren Sie zuerst das Objekt. Klicken Sie dann auf die Schaltfläche *3D-Drehung*, halten die Maustaste gedrückt und drehen das Corel-Logo. Um die Drehung endgültig zuzuweisen, klicken Sie auf die Schaltfläche *Zuweisen*.

Die Drehung können Sie durch einen Mausklick auf die kleine Schaltfläche links unten auf die Ausgangsposition zurücksetzen.

Ein Klick auf die kleine Schaltfläche rechts unten ermöglicht eine Drehung über die numerische Eingabe von Drehungswerten.

Registerkarte Beleuchtung

Mit dieser Funktion können Sie einem extrudierten Objekt Lichteffekte hinzufügen, die den Eindruck von Räumlichkeit verstärken. Es können bis zu drei Lichtquellen definiert werden, deren Strahlungsintensität über die Schieberegler eingestellt werden können.

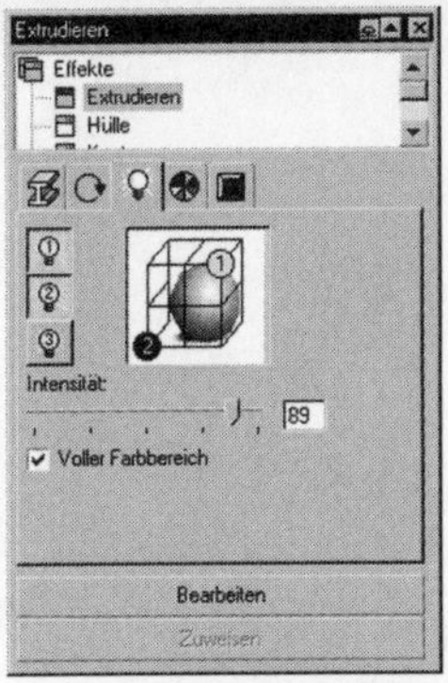

Abb. 294:
Registerkarte Beleuchtung

Registerkarte Beleuchtung im Überblick
Schaltflächen Lichter: Sie können bis zu drei Beleuchtungsquellen definieren. Klicken Sie auf eine der Schaltflächen, wird auf dem Modell die Lichtquelle angezeigt. Diese können Sie auf dem Gitter verschieben.
Schieber Intensität/ Eingabefeld Intensität: Die Leuchtkraft einer aktivierten Lichtquelle können Sie über den Schieber oder die Eingabe eines Werts bestimmen.
Kontrollkästchen Voller Farbbereich: Eine Aktivierung dieses Kontrollkästchens verbessert die Darstellung der Licht- und Schattenverhältnisse. Schattenbereiche werden aufwendiger berechnet und realistischer dargestellt.

Registerkarte Farbkreis

Die Registerkarte *Farbkreis* ermöglicht eine differenzierte Einfärbung eines extrudierten Objekts. Farbe ist ein sehr wichtiger Bestandteil, um Objekte auf einer zweidimensionalen Fläche (auf dem Bildschirm oder gedruckt) darzustellen.

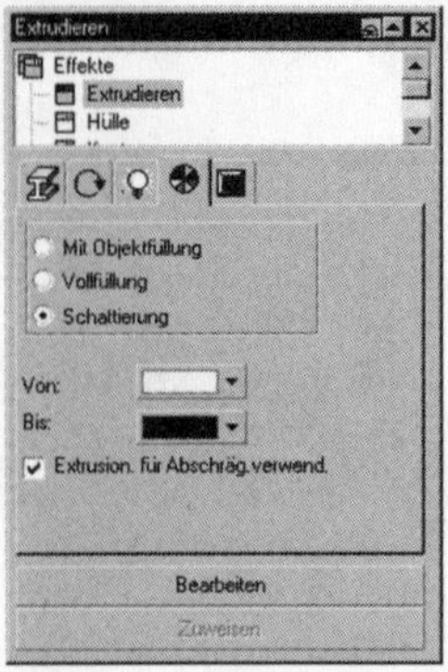

Abb. 295: Registerkarte Farbkreis

Registerkarte Farbkreis im Überblick
Option Mit Objektfüllung: Diese Option bewirkt, daß die aktuelle Füllung des Ausgangsobjekts (Steuerobjekt) auch den Extrusionsflächen (das sind die hinzugefügten Flächen) zugewiesen wird.
Kontrollkästchen Gewebefüllung: Sofern Sie die Option *Mit Objektfüllung* gewählt haben, erscheint auf der Registerkarte das Kontrollkästchen *Gewebefüllung*. Wenn es nicht aktiviert ist, wird die Füllung den Extrusionsflächen ohne Anpassung an die perspektivischen Gegebenheiten zugewiesen. Insbesondere bei Muster- und Bitmap-Füllungen führt dies zu weniger realistischen Ergebnissen. Eine Aktivivierung bewirkt, daß sich die Objektfüllung an die perspektivischen Verzerrungen der Extrusionsflächen anpaßt. So entstehen insbesondere bei Muster- und Bitmap-Füllungen realistischere Effekte.
Option Vollfüllung: Mit dieser Option können Sie den Extrusionsflächen unabhängig von der Füllung des Steuerobjekts eine beliebige Füllfarbe zuweisen. Sobald Sie diese Option gewählt haben, erscheint ein Farbfeld, über das Sie jede erdenkliche Farbe zuweisen können.
Option Schattierung: Während die Option *Vollfüllung* nur einfarbige Füllflächen erlaubt, können Sie mit der Option *Schattierung* den Extrusionsflächen Farbverläufe zuweisen. Sobald Sie diese Option gewählt haben, erscheinen die Farbfelder *Von* und *Bis*. Hier können Sie die zwei Farben des Farbverlaufs bestimmen. Auf diese Weise haben Sie zum Beispiel die Möglichkeit, die perspektivische Wirkung eines Objekts zu erhöhen. Wählen Sie im Farbfeld *Von* eine gesättigte Farbe und im Farbfeld *Bis* den gleichen Farbton, nur ungesättigter. Mit zunehmender Tiefe nimmt somit die Farbintensität einer Extrusionsfläche ab, was auch den realistischen Gegebenheiten in der freien Natur entspricht.

Kontrollkästchen Extrusion. für Abschräg. verwend. (Extrusionsflächen für Abschrägung verwenden) : Gleich welche Option Sie gewählt haben, erscheint in den meisten Fällen dieses Kontrollkästchen hellgrau bzw. nicht anwählbar.
Dieses Kontrollkästchen ist nur dann anwählbar, wenn Sie ein Objekt über die letzte Registerkarte *Abschrägung* mit sogenannten Abschrägungen versehen haben. Abschrägungen sind schräge Flächen, die anstatt der einfachen Kanten einem Objekt zugewiesen werden und einen zusätzlichen plastischen Effekt bewirken.
Ist das Kontrollkästchen aktiviert, wird für die Abschrägungen die gleiche Füllung wie bei den Extrusionsflächen verwendet. Dies bewirkt einen realistischeren Effekt.
Wenn Sie das Kontrollkästchen deaktiviert haben, erscheint ein zusätzliches Kontrollkästchen. Hier können Sie eine Farbe auswählen, in der die Abschrägungen eingefärbt werden sollen.

Registerkarte Abschrägung

Abb. 296:
Registerkarte Abschrägung

Mit dieser Registerkarte können Sie die Kanten eines Objekts abschrägen. Dieser Effekt wirkt ähnlich dem, wenn Sie mit einer Feile die Kanten eines Klotzes stark abschleifen (fachsprachlich "brechen"). Es entsteht ein zusätzlicher plastischer Effekt, den Sie einzeln oder zusammen mit der gewöhnlichen Extrusion zuweisen können.

Registerkarte Abschrägung im Überblick
Kontrollkästchen Abschrägung verwenden: Ist dieses Kontrollkästchen deaktiviert, werden einem Objekt nur die gewöhnlichen Extrusionsflächen zugewiesen, gemäß den Einstellungen, die Sie auf den anderen Registerkarten vorgenommen haben. Bei einer Aktivierung des Kontrollkästchens werden einem Objekt Kantenabschrägungen zugewiesen. Mit den Einstellmöglichkeiten, die durch die Aktivierung des Kontrollkästchens zum Leben erwachen, können Sie die Gestaltung der Abschrägung steuern. Nur wenn Sie einem Objekt auf diese Weise Abschrägungen zugewiesen haben, ist auf der Registerkarte *Farbkreis* das Kontrollkästchen *Extrusionsflächen für Abschrägungen verwenden* anwählbar.
Kontrollkästchen Nur Abschrägung zeigen: Sie können einem Objekt entweder nur Extrusionsflächen, Extrusionsflächen und Abschrägungen oder nur Abschrägungen zuweisen. Die Aktivierung des Konrollkästchens *Nur Abschrägungen zeigen* bewirkt letzteres: Das Objekt erhält nur abgeschrägte Kanten.
Interaktives Anzeigefeld: Der kleine Fensterbereich auf der Registerkarte *Abschrägung* ermöglicht Ihnen eine Gestaltung der Abschrägung per Mausklick. Klicken Sie dazu auf das kleine weiße Kästchen und halten Sie die Maustaste gedrückt. Mit der gedrückten Maustaste können Sie nun Abschrägungswinkel und -tiefe einstellen. Die Einstellung wird sofort in Form von gestrichelten Linien am Originalobjekt als Vorschau sichtbar.
Eingabefeld Abschrägungstiefe: In diesem Eingabefeld können Sie bestimmen, wie groß die Abschrägungsflächen werden sollen. Je höher der Wert, desto größer werden die Flächen. Haben Sie einen niedrigen Wert eingegeben, werden die Kanten des Objekts nur minimal "gebrochen", und es entstehen nur kleine Abschrägungsflächen. Achten Sie darauf, daß der Wert im unteren Eingabefeld *Abschrägungswinkel* nicht zu klein gewählt ist. Der Abschrägungswinkel sollte möglichst über 10 Grad sein, sonst können Sie die Kanten kaum sehen.
Eingabefeld Abschrägungswinkel: Hier können Sie bestimmen, in welchem Winkel die Abschrägungen geneigt sein sollen. Je höher der Wert, desto schräger verlaufen die Abschrägungen. Dadurch tritt der Kanteneffekt deutlicher hervor. Wie oben beschrieben, sollte dieser Wert möglichst über 10 Grad liegen, damit der Effekt abgeschrägter Kanten deutlich wird.

8.6 Nur Konturen

Wenn man es genau nimmt, ist die Bezeichnung dieser Effektfunktion nicht ganz korrekt. Mit der Effektfunktion *Kontur* können Sie in CorelDRAW Objekten zusätzliche Konturen hinzufügen. Soweit stimmt die Bezeichnung für diese Effektfunktion. Es werden aber nicht nur Konturen erstellt, sondern jede Kontur ist ein ganz neues Objekt. Die Objekte werden so angeordnet, daß für den Betrachter der Eindruck entsteht, das Ursprungsobjekt habe neue Konturen bekommen. Die richtige Anordnung macht es also! Und die übernimmt der Effekt *Konturen*.

Eine Kontur erstellen

Ausgangspunkt bildet immer ein markiertes Objekt, das durch neue Objekte ergänzt wird. Dieser Effekt ist nur auf Linien, flächige Objekte und Grafiktext anwendbar. Mengentext kann keine Konturen erhalten.

① Erstellen Sie eine einfache Objektform. Im Übungsbeispiel erstellen wir einen Grafiktext in einer Schriftgröße von 180 pt.

② Wählen Sie aus dem Menü *Effekte* den Menüpunkt *Kontur*. Das Rollup *Kontur* besitzt zwei Registerkarten mit einigen Einstellmöglichkeiten.

③ Auf der ersten Registerkarte wählen Sie die Option *Außen*. Dadurch werden die Konturlinien nach außen hin gezeichnet. Genauer gesagt, es werden Duplikate des Grafiktextes erstellt, die ein bißchen größer sind und unter dem Ursprungstext liegen. Erst dadurch entsteht der Eindruck einer Kontur.

④ Stellen Sie einen Abstand von 2 mm und 3 Schritte ein. Der Grafiktext wird gleich dreimal dupliziert, wobei die Duplikate stufenweise jeweils um 2 mm anwachsen bzw. größer werden.

⑤ Wählen Sie die zweite Registerkarte *Farbkreis*. Klicken Sie auf die Schaltfläche *Füllung* und wählen Sie eine beliebige Füllfarbe aus. Die hier gewählte Farbe wird dem Endobjekt - so könnte man das dritte Duplikat nennen - zugewiesen. Somit findet eine Farbüberblendung von der Füllfarbe des Ausgangsobjekts (der Text, den Sie eingegeben haben) zum Endobjekt statt.

⑥ Klicken Sie auf die Schaltfläche *Zuweisen*. Nach einem kurzen Augenblick erhält Ihr Grafiktext fünf Konturen bzw. werden fünf Duplikate erstellt.

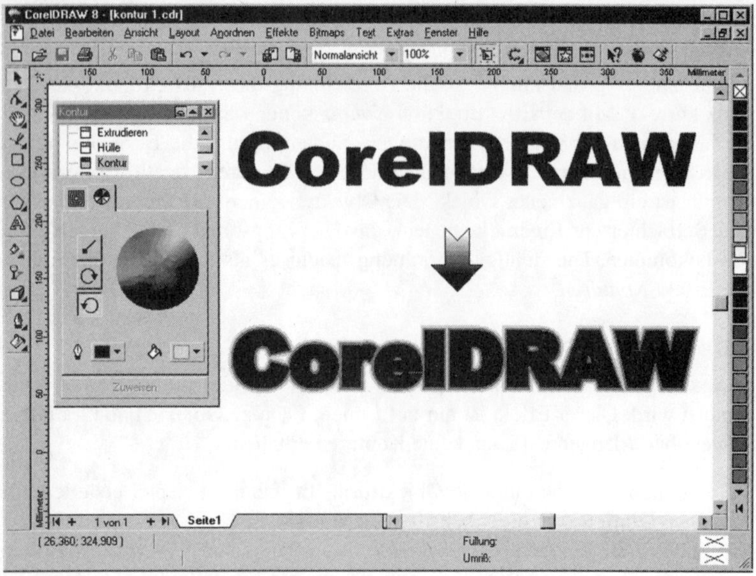

Abb. 297: Mit wenig Aufwand können über die Kontur-Funktion interessante Effekte erzielt werden

Eine Kontur kopieren

Sie können eine gut gelungene Kontur wie jeden anderen Effekt auf ein anderes Objekt übertragen.

① Markieren Sie das Objekt, auf das Sie den Kontureffekt übertragen wollen
② Wählen Sie aus dem Menü *Effekte* den Menüpunkt *Kopieren.*
③ Im Untermenü angelangt, klicken Sie auf den Menüpunkt *Kontur aus.*
④ Ihr Mauscursor verwandelt sich in einen dicken schwarzen Pfeil. Klicken Sie auf das Objekt, dessen Kontureigenschaften Sie übertragen wollen.

Eine Kontur klonen

① Markieren Sie das Objekt, auf das Sie eine Kontur übertragen wollen.
② Wählen Sie aus dem Menü *Effekte* den Menüpunkt *Klonen.* Aus dem Untermenü wählen Sie den Menüpunkt *Kontur aus.*
③ Ihr Mauscursor verwandelt sich in einen dicken schwarzen Pfeil. Mit diesem Pfeil klicken Sie nun auf das Objekt, das bereits eine Kontur besitzt, die Sie auf das markierte Objekt übertragen möchten.

④ Die Kontur wird sofort erstellt. Bei diesem Objekt handelt es sich um einen Klon. Änderungen am Steuerelement wirken sich unmittelbar auf alle davon erstellten Klone aus.

Ein Objekt von seiner Kontur trennen

Das Ausgangsobjekt ist immer automatisch mit den Konturen (Objekten) verbunden. Sie können diese Verbindung des Ausgangsobjekts mit den Konturen lösen, um zum Beispiel das Ausgangsobjekt weiterzuverwenden. Allerdings dürfen Sie diese Verbindung nicht mit einer Gruppierung oder Kombination verwechseln, weshalb Sie mit den Menüpunkten *Gruppierung aufheben* bzw. *Kombination aufheben* hier auch nicht weiterkommen.

① Markieren Sie mit dem Hilfsmittel *Objektauswahl* die Konturen (nicht das Ausgangsobjekt, das sich auch noch einzeln markieren läßt).
② Wählen Sie aus dem Menü *Anordnen* den Menüpunkt *Trennen*.
③ Drücken Sie die Esc-Taste, um die Markierung der Objekte aufzuheben. Nun können Sie das Ausgangsobjekt von den Konturen lösen.
④ Die Konturen sind noch einmal in sich gruppiert. Sie können die Gruppierung der Konturen aber leicht über den Menüpunkt *Gruppierung aufheben* aus dem Menü *Anordnen* lösen. Dadurch werden die Konturobjekte einzeln anwählbar und können weitergestaltet werden.

Das Rollup Konturen

Der folgende Abschnitt verschafft Ihnen einen Überblick über alle Funktionen des Rollups. Mit wenig Aufwand lassen sich so interessante Gestaltungseffekte erzielen.

Registerkarte Schritte im Überblick

Auf der ersten Registerkarte treffen Sie die wesentlichen Entscheidungen, wie Anzahl und Ausrichtung der Konturen.

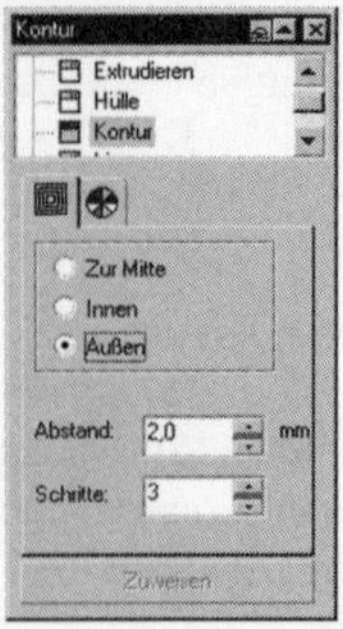

Abb. 298:
Registerkarte Schritte

Registerkarte Schritte im Überblick
Option Zur Mitte: Es werden so viele Konturen hinzugefügt, bis der Mittelpunkt des Objekts erreicht ist. Wie viele Konturlinien es werden, hängt von der Größe des Objekts und dem eingegebenen Abstand ab. Es wird nur die Anzahl Konturlinien erzeugt, die auch Platz haben. Das Eingabefeld *Schritte* bleibt grau (nicht anwählbar), CorelDRAW selbst entscheidet, wie viele Schritte erforderlich sind, bis der Mittelpunkt erreicht ist.
Option Innen: Im Ansatz ähnelt diese Option der vorherigen. Auch hier werden die Konturlinien nach innen hin erzeugt. Diesmal haben Sie jedoch die Möglichkeit, über das Eingabefeld *Schritte* die Anzahl der Konturen festzulegen.
Option Außen: Die Konturen werden nach außen hin erstellt. Schritte und Abstand können frei definiert werden.
Eingabefeld Abstand: Hier geben Sie den Wert ein, welchen Abstand die Konturlinien zueinander haben sollen.
Eingabefeld Schritte: Der Wert in diesem Eingabefeld definiert die Anzahl der zu erstellenden Konturen. Bedenken Sie, daß bei der Wahl der Option *Innen* die Anzahl der Schritte zwangsläufig durch die Größe des Objekts und den eingestellten Abstand zueinander begrenzt ist. Der Wert in diesem Eingabefeld wird gegebenenfalls an den möglichen Maximalwert angepaßt.

Registerkarte Farbkreis

Ist erst einmal eine Kontur erstellt, kann sie durch die Zuweisung von Farben gestalterisch aufbereitet werden. Umriß- und Füllfarbe können separat eingestellt werden.

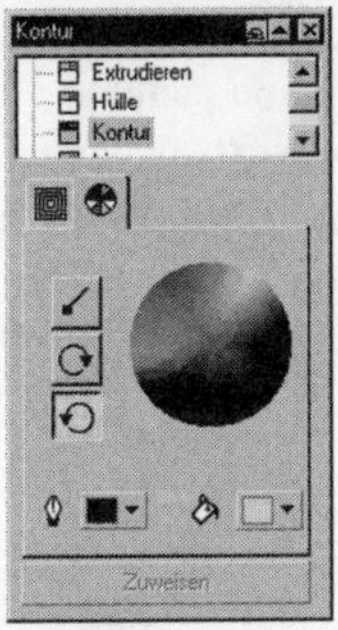

Abb. 299:
Registerkarte Farbkreis

Registerkarte Farbkreis im Überblick
Schaltfläche Direkte Überblendung: Ausgangs- und Zielfarbe werden durch eine gerade Linie miteinander verbunden. Die Konturobjekte erhalten die Farbfüllungen, die entlang dieser geraden Linie liegen.
Schaltfläche Rechtsläufige Drehung: Zwischen Ausgangs- und Zielfarbe wird ein rechtsläufiger Bogen geschlagen.
Schaltfläche Linksläufige Drehung: Zwischen Ausgangs- und Zielfarbe wird ein linksläufiger Bogen geschlagen.

8.7 Linsen- und andere Eintöpfe

Die Linsenfunktion ist eine sehr interessante Effektmöglichkeit. Mit ihr können Sie die verschiedenartigsten Spielereien anstellen: Objekte (teilweise oder ganzflächig) farblich invertieren, aufhellen, mit anderen Farben mischen, vergrößern usw. Die Anwendung dieser Effekte ist denkbar einfach. Sie weisen einem Objekt eine bestimmte Linseneigenschaft zu. Alle Objekte, die sich unter dem "Linsenobjekt" befinden, werden gemäß der zugewiesenen Linsenfunktion verfremdet. Sie sehen eigentlich nicht die Linse bzw. das Linsenobjekt selbst, sondern nur immer die Objekte, die durch sie verfremdet werden. Sie können das "Linsenobjekt" jederzeit verschieben oder löschen. Die gerade eben noch "belinsten" Objekte haben sofort ihre ursprüngliche Gestalt wieder. Einfacher geht es nicht.

Einen Linseneffekt zuweisen

Die einzige Voraussetzung für den Einsatz dieser Funktion ist das Vorhandensein eines Objekts. Alle Objekte außer Mengentext und Linien können zu Linsen verwandelt werden.

① Erstellen Sie eine einfache Objektform und färben Sie diese beliebig ein. Dieses Objekt erstellen Sie lediglich, um die Linsenfunktion sichtbar zu machen. Denn ohne ein Objekt, das durch ein Linsenobjekt nicht verfremdet werden kann, sehen Sie natürlich auch nichts.

② Erstellen Sie ein zweites Objekt, dem gleich ein Linseneffekt zugewiesen werden soll, und positionieren Sie es so, daß es das andere Objekt zumindest teilweise überschneidet.

③ Wählen Sie aus dem Menü *Effekte* den Menüpunkt *Linse*.

Abb. 300:
Das Linsen-Rollup:
wenig Aufwand - viel Effekt

④ Es öffnet sich das Rollup *Linse*, aus dem Sie einen beliebigen Linseneffekt auswählen. Jeder Linseneffekt erlaubt noch zusätzliche Einstellmöglichkeiten, die je nach gewähltem Effekt unterschiedlich ausfallen.

⑤ Markieren Sie das zuletzt erstellte Objekt und klicken Sie auf die Schaltfläche *Zuweisen*. Sofort wird der Effekt sichtbar. Bedenken Sie, daß das Linsenobjekt immer über den anderen (im Vordergrund) liegen muß, um seine Wirkung entfalten zu können.

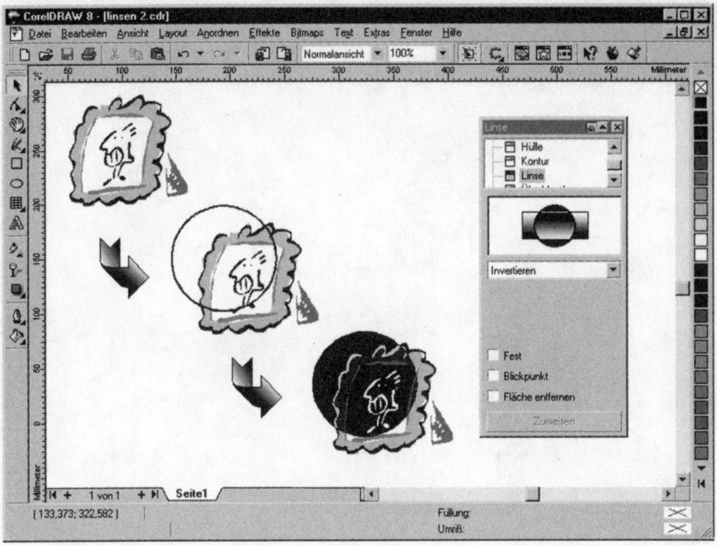

Abb. 301: Der Effekt Invertieren in seiner Anwendung: Mit wenigen Mausklicks bekommt alles einen neuen Anstrich

Einen Linseneffekt kopieren

① Um einen Linseneffekt von einem Objekt auf ein anderes zu übertragen, markieren Sie zuerst das Objekt, das noch keinen Effekt hat bzw. dem der Effekt übertragen werden soll.

② Wählen Sie dann aus dem Menü *Effekte* den Menüpunkt *Kopieren*.

③ Klicken Sie auf den Menüpunkt *Linse aus*. Ihr Mauscursor verwandelt sich in einen schwarzen Pfeil, mit dem Sie auf das Objekt klicken, dessen Linseneffekt Sie kopieren wollen.

Einen Linseneffekt entfernen

① Markieren Sie das Objekt, das Sie vom Linseneffekt befreien wollen, um es wieder in seinen Ursprungszustand zu versetzen.

② Wählen Sie im Rollup *Linse* über das Listenfeld *Kein Linseneffekt*. Dieser Listenpunkt befindet sich direkt an erster Stelle der Liste.

Linseneffekte im Überblick

Die Linsenfunktionen sind sehr vielfältig und doch recht einfach in ihrer Anwendung. Aus diesem Grund ist diesmal auf Abbildungen verzichtet worden.

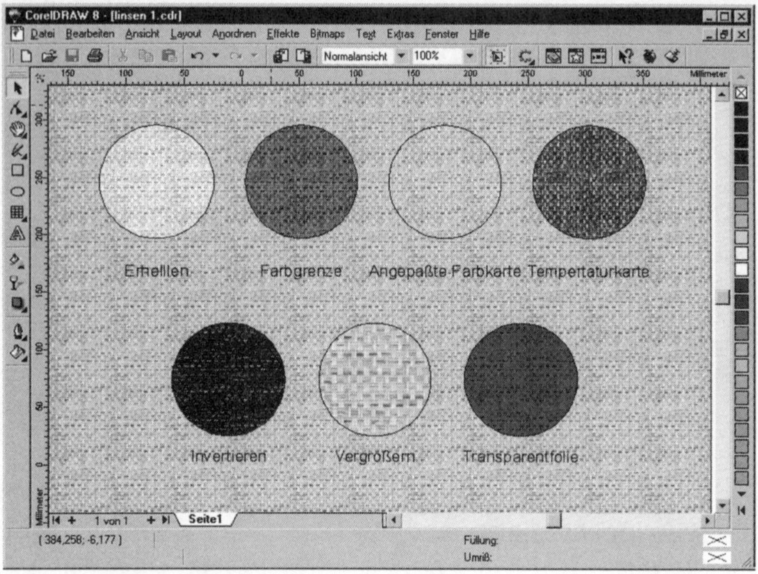

Abb. 302: Einige Beispiele für angewandte Linseneffekte

Linseneffekte im Überblick
Kein Linseneffekt: Hebt den aktuell zugewiesenen Linseneffekt eines markierten Objekts wieder auf.
Erhellen (Helligkeitslinse): Läßt die Farben bzw. Füllungen der unter dem Linsenobjekt befindlichen Objekte heller erscheinen. Je höher die Rate, desto heller werden die Objekte.
Farbe hinzufügen (Farbzusatzlinse): Dieser Linseneffekt basiert auf dem additiven Farbsystem (Lichtfarben). Die drei Grundfarben Rot, Grün und Blau (Primärfarben) entsprechen farbigem Licht. Die Mischungen dieser drei Farben ergeben andere Mischfarben (Sekundärfarben), als Sie es von dem subtraktiven Farbsystem (Körperfarben) kennen: Rot + Grün = Gelb, Grün + Blau = Cyan, Blau + Rot = Magenta, Rot + Grün + Blau = Weiß. Wenn Sie nun einem Objekt diesen Linseneffekt zuweisen, definieren Sie auch immer gleichzeitig einen Linsenfarbton. Diese Farbe wird zu den Farben der unter dem Linsenobjekte liegenden Objekt hinzuaddiert, und es entsteht ein neuer Farbton. Die Intensität der Linsenobjektfarbe hängt von der Rate ab: Ein niedriger Wert läßt die Farbe schwächer werden, ein hoher Wert erhöht die Farbsättigung.

Farbgrenze (Farbgrenzlinse): Der Effekt *Farbgrenze* ist vergleichbar mit einem Farbfilter, der nur bestimmte Farben passieren läßt und andere herausfiltert. Besitzt ein Objekt beispielsweise nur Farben, die vollkommen herausgefiltert werden, entsteht an dieser Stelle Schwarz (entspricht im Lichtfarbmodell keiner Farbe). Sie können diesen Effekt auch mit der Wirkung einer farbigen Glasscheibe vergleichen. Die farbige Glasscheibe läßt auch nur die Farben passieren, die im Farbbereich der Farbe dieser Scheibe liegen. Eine rot eingefärbte Glasscheibe läßt zum Beisiel kein Grün hindurch. Würde unter dieser Glasscheibe ein grünes Objekt liegen, wäre es für den Betrachter Schwarz, da die Farbe Grün nicht in der Farbe Rot enthalten ist (es sind Komplementärfarben, die einander ausschließen). Die Rate gibt an, wie stark die Farben gefiltert werden.

Angepaßte Farbkarte: Dieser Effekt rechnet die Farbhelligkeitswerte des darunterliegenden Objekts um und stellt sie mit den eigenen Farben dar. Die eigenen Farben sind ein Farbbereich, den Sie frei definieren können.

Fischauge (Fischaugenlinse): Mit der Fischaugenlinse werden die unter der Linse liegenden Objekte vergrößert und verzerrt. Der Wert, wie extrem dieser Effekt wirkt, kann mittels der Rate eingestellt werden. Der Wertebereich reicht von 0 bis 1000. Ein hoher Wert führt zu einem starken Effekt.

Temperaturkarte (Temperaturkartenlinse): Die Temperaturkarte entspricht einem Infrarotbild-Effekt. Der Effekt ordnet den Farben der darunterliegenden Objekte eine Wärme- bzw. Kältestufe zu und setzt sie in eigene Farbwerte um. Warme Farbtöne (vor allem rotanteilige Farben) werden in den Farben Rot und Orange umgesetzt. Kalte Farbtöne (überwiegend blauanteilige Farbtöne und Schwarz) werden in Blau umgesetzt. Dabei steht der Linse aber nur eine begrenzte Auswahl an Farben zur Verfügung. Mit dem Eingabefeld *Palettendrehung* können Sie bestimmen, welche Farben als kalt oder warm eingestuft werden sollen.

Invertieren (Invertierungslinse): Die Invertierungslinse ersetzt die Objektfarbe der darunterliegenden Objekte durch die Komplementärfarbe (auf dem Farbkreis die gegenüberliegende Farbe). Aus Cyan wird Rot, Magenta Grün, Yellow (Gelb) Blau und Schwarz Weiß. Mischfarben werden entsprechend umgerechnet.

Vergrößern (Vergrößerungslinse)
Der Effekt Vergrößerungslinse ist vergleichbar mit der Wirkung einer Lupe. Der Wert im Eingabefeld *Betrag* bestimmt den Vergrößerungsfaktor.

Getönte Graustufe (Graustufenlinse): Die Graustufenlinse rechnet alle bunten Farben entsprechend ihrer Helligkeitswerte in Graustufen um. Sie können statt der Graustufenpalette auch eine Farbe bestimmen. Die Helligkeitswerte werden dann durch die Helligkeitsabstufungen der gewählten Farben dargestellt.

Transparenz (Transparenzlinse): Dieser Effekt hat Ähnlichkeit mit dem Linseneffekt *Farbgrenze*: Auch hier können Sie sich das Objekt, dem Sie diesen Effekt zuweisen, wie eine eingefärbte Folie bzw. Glasscheibe vorstellen. Liegt diese Linse über anderen Objekten, wird die Linsenfarbe mit der Objektfarbe gemischt. Die Rate bestimmt den Transparenzwert. Je höher die Rate, desto durchsichtiger ist die Linse. Steht der Wert auf 0, besitzt das Linsenobjekt keine Transparenz und ist undurchsichtig.
Umriß (Umrißlinse): Bei diesem Effekt werden die unter dem Linsenobjekt liegenden Objekte nur noch mit ihrem Umriß angezeigt. Die Farbe des Umrisses können Sie über das Farbfeld *Umriß* bestimmen. Haben Sie zusätzlich das Kontrollkästchen *Füllung* aktiviert, werden den Objekten neue Füllfarben zugewiesen, die Sie über das Farbfeld *Füllung* bestimmen können.

Kontrollkästchen im Überblick
Kontrollkästchen Fest: Weisen Sie einem Objekt einen Linseneffekt zu, wird immer genau der Bereich verändert, der sich genau unter dem Linsenobjekt befindet. Ist das Kontrollkästchen *Fest* aber aktiviert und verschieben Sie nachträglich das Linsenobjekt, wird trotzdem weiterhin der Bereich im Linsenobjekt angezeigt, der sich zum Zeitpunkt der Zuweisung unter ihm befand.
Kontrollkästchen Blickpunkt: Die Aktivierung des Kontrollkästchens *Blickpunkt* ermöglicht Ihnen die Wahl eines beliebigen Bereichs, der in dem Linsenobjekt dargestellt werden soll. Durch die Aktivierung kommt die Schaltfläche *Bearbeiten* hinzu. Wenn Sie auf dieses Schaltfläche klicken, erscheint auf der Zeichenseite ein Kreuzchen, das Sie frei positionieren können und das den Bereich angibt, der in der Linse dargestellt werden soll. Klicken Sie anschließend auf die Schaltfläche *Ende* und auf die Schaltfläche *Zuweisen*. Somit haben Sie der Linse einen anderen Zeichenbereich zugewiesen.
Kontrollkästchen Fläche entfernen: Normalerweise verändert eine Linse immer den gesamten Bereich, den das Linsenobjekt abdeckt. Bei manchen Effekten ist das deutlicher (Transparenzfolie), bei anderen weniger (z. B. Erhellen). Durch die Aktivierung des Kontrollkästchens werden jedoch nur die Bereiche im Linsenobjekt verändert dargestellt, in denen sich auch Objekte befinden. Befindet sich an bestimmten Stellen kein Objekt unter dem Linsenobjekt, wird an dieser Stelle auch nichts verändert. So bleibt zum Beispiel der Seitenhintergrund unverändert.

Wer kann was?

Nicht jede Objektart kann eine Linse sein. Linseneffekte sind nur anwendbar auf geschlossene Objekte (Rechtecke, Ellipsen, Polygone) und Grafiktext. Im Gegenzug "belinst" werden kann jeder Objekttyp.

Linsen-Anwendung im Überblick		
	Kann ein Linsen-objekt sein	Kann „belinst„ werden
Linie	-	✓
Geschlossene Objektform	✓	✓
Grafiktext	✓	✓
Mengentext	-	✓
Bitmap	-	✓
Gruppierte und kombinierte Objekte	✓	✓

8.8 Kraft pur: Der PowerClip

Die Überschrift macht diesem Effekt alle Ehre. Mit dieser Effektfunktion können Sie Objekten einen besonderen Fülleffekt zuweisen. Sie können ein Objekt oder auch eine Objektgruppe als Füllung einem anderen Objekt oder einer Objektgruppe zuweisen. Das Ganze avanciert dann zu einem sogenannten PowerClip. Der PowerClip besteht somit immer aus einem Behälter und einem Inhalt. Der Behälter ist das Objekt (bzw. ist die Objektgruppe), die das andere Objekt in Form einer Füllung aufnimmt. Der Inhalt ist das Objekt (bzw. sind die Objekte), die in den Behälter hineingelegt werden. Die Objekte, die Sie als Inhalte einfügen, können größer als das Objekt sein, das Sie als Behälter verwenden. Die Inhalt-Objekte sind aber nur innerhalb der Objektform des Behälters sichtbar. Sie können Inhalt und Behälter nachträglich völlig frei weiterbearbeiten und dadurch äußerst interessante Effekte erzielen. Wenn Sie beispielsweise ein Rechteck gezeichnet haben, diesem Rechteck (Behälter) ein schönes Foto als Füllung zuweisen (Inhalt) und es nachträglich in mehrere Einzelteile zerschnibbeln, haben Sie ein Puzzle erstellt.

Einen PowerClip erstellen

Zwei Voraussetzungen müssen gegeben sein, um diese Effektfunktion anwenden zu können. Sie brauchen ein Objekt, das als Behälter fungiert, und ein weiteres, das Sie in diesen Behälter hineinlegen. Sie können übrigens einen PowerClip zum Inhalt eines weiteren Behälters machen, gewissermaßen eine Verschachtelung vornehmen. Bis zu fünfmal können Sie auf dieses Weise PowerClips ineinander verschachteln.

PowerClip mit Hilfe des Menüpunkts erstellen

① Erstellen Sie ein Objekt, das als Behälter dienen soll. Dabei kann es sich um eine geschlossene Objektform (Rechteck, Ellipse, Polygon) oder Grafiktext handeln. Mengentext und Linien sind nicht als Behälter einsetzbar. Sie können auch mehrere Objekte erstellen, diese gruppieren oder kombinieren (führt hier zum selben Ergebnis) und als Behälter verwenden.

② Erstellen oder importieren Sie ein weiteres Objekt bzw. eine Objektgruppe, die als Inhalt dienen soll. Hierbei sind alle Objektarten möglich: Linien, geschlossene Objektformen, Grafiktext, Mengentext und importierte Bitmaps.

③ Markieren Sie den Behälter (also das Objekt, das die Spezialfüllung bekommen soll) und wählen Sie aus dem Menü *Effekte* den Menüpunkt *PowerClip*.

④ Es öffnet sich ein kleines Flyout-Menü, aus dem Sie direkt den ersten Menüpunkt *In Behälter plazieren* anklicken.

⑤ Ihr Mauscursor verwandelt sich in einen dicken schwarzen Pfeil. Mit diesem dicken schwarzen Pfeil klicken Sie nun auf das Objekt, das als Inhalt dienen soll. In unserem Fall ist dies ein importiertes Bitmap. Sofort wird das Objekt in den Behälter verfrachtet.

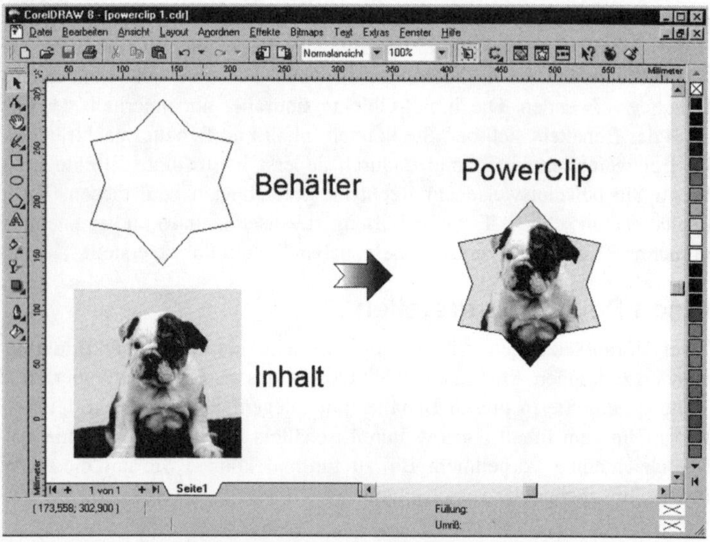

Abb. 303: So machen Sie Ihren Liebling zu einem PowerClip: Behälter markieren, Menüpunkt anwählen, Hündchen in den Behälter setzen, fertig ist der PowerClip

PowerClip mit der rechten Maustaste erstellen

Eine etwas schnellere Möglichkeit, einen PowerClip zu erstellen, bietet die rechte Maustaste.

① Als Ausgangsbasis brauchen Sie wieder einen Behälter und mindestens ein Objekt, das Sie in den Behälter hinein verfrachten wollen.
② Klicken Sie nun mit der rechten Maustaste auf das Objekt, das als zukünftiger Inhalt dienen soll, halten Sie die Maustaste gedrückt und ziehen Sie das Objekt mit der gedrückten rechten Maustaste in den Behälter.
③ Wenn Ihr Mauscursor die Form eines Fadenkreuzes annimmt, lassen Sie die Maustaste los, und es erscheint ein Kontextmenü.
④ Wählen Sie daraus den Menüpunkt *PowerClip innen*. Schon haben Sie einen PowerClip erstellt.

Den Inhalt des PowerClips bearbeiten

Sie können beide Elemente, Inhalt und Behälter, eines PowerClips jederzeit in jeglicher Hinsicht separat bearbeiten und modifizieren.

PowerClip-Inhalt mit Hilfe des Menüpunkts Inhalt bearbeiten

① Um den Inhalt eines PowerClips zu bearbeiten, markieren Sie den PowerClip und wählen anschließend aus dem Menü Effekte den Menüpunkt *PowerClip*.
② Aus dem Untermenü wählen Sie den Menüpunkt *Inhalt bearbeiten*. Die Darstellung des markierten PowerClips ändert sich. Die Anfasser (Markierungspunkte) verschwinden, und alle Objekte, die zuvor als Inhalt dienten, werden vollständig sichtbar.

③ Wählen Sie nun mit dem Hilfsmittel *Objektauswahl* das Objekt aus, das Sie bearbeiten wollen, und nehmen Sie die gewünschten Veränderungen vor. Es können alle Veränderungen vorgenommen werden, die auch bei einem normalen Objekt vorgenommen werden können. Sie können jedoch nur Objekte anklicken und bearbeiten, die Inhaltsobjekte sind. Den Behälter können Sie in diesem Augenblick nicht anwählen.
④ Haben Sie alle Änderungen vorgenommen, muß der Bearbeitungsmodus, in dem Sie sich gerade befinden, beendet werden. Solange Sie nämlich die Inhalte eines Behälters bearbeiten, ist nur eine Bearbeitung dieser und keiner Objekte möglich, die nichts mit diesem PowerClip zu tun haben. Wählen Sie dazu wieder aus dem Menü *Effekte* den Menüpunkt *PowerClip*.

Abb. 304: Die Bearbeitung des PowerClip-Inhalts ist jederzeit möglich

⑤ Aus dem Untermenü können Sie nun den Menüpunkt *Bearbeiten dieser Ebene beenden* anwählen, der sonst immer hellgrau erscheint. Dieser Menüpunkt ist nur dann anwählbar, wenn Sie sich gerade in diesem besonderen Bearbeitungsmodus befinden, den Sie zuvor mit dem Menüpunkt *Inhalt bearbeiten* eingeleitet haben.

⑥ Die Darstellung auf dem Bildschirm nimmt wieder ihre gewohnte Gestalt an, und Sie können ganz normal weiterarbeiten.

PowerClip-Inhalt mit der rechten Maustaste bearbeiten

① Klicken Sie mit der rechten Maustaste auf einen PowerClip.

② Aus dem Kontextmenü wählen Sie den Menüpunkt *Inhalt bearbeiten*. Sie können nun die Inhalt-Objekte anwählen und beliebig bearbeiten.

③ Um den Bearbeitungsmodus wieder zu verlassen, klicken Sie mit der rechten Maustaste auf eines der Inhalt-Objekte. Sie müssen unbedingt eines dieser Objekte anklicken. Klicken Sie mit der rechten Maustaste auf den Behälter oder ein unbeteiligtes anderes Objekt, erhalten Sie nicht das erforderliche Kontextmenü.

④ Wenn Sie nun eines der Inhalt-Objekte mit der rechten Maustaste angeklickt haben, erscheint wieder ein Kontextmenü. Aus diesem Kontextmenü wählen Sie den Menüpunkt *Bearbeiten dieser Ebene beenden.* Erst jetzt können Sie normal weiterarbeiten und -gestalten.

Den Behälter eines PowerClips bearbeiten

Dazu gibt es nicht viel zu sagen. Sie können den Behälter ohne Vorbedingungen sofort bearbeiten, wie jedes andere gewöhnliche Objekt auch. Eine interessante Möglichkeit ist, den Behälter in mehrere Einzelteile zu zerlegen, indem Sie den PowerClip zuschneiden oder mit dem Hilfsmittel *Form* entsprechend bearbeiten.

① Wählen Sie dazu beispielsweise das Hilfsmittel *Form* oder das Hilfsmittel *Messer* und trennen Sie an mindestens zwei Stellen die Knoten des Behälter-Objekts.

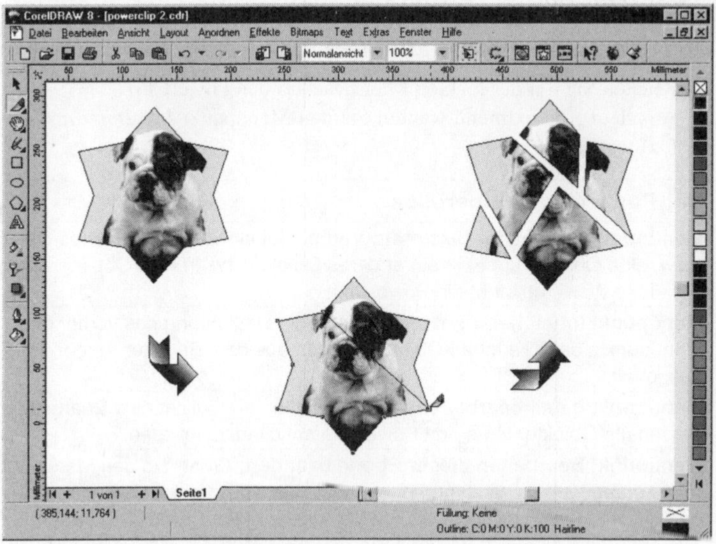

Abb. 305: Durch die Modifizierung des PowerClip-Behälters sind interessante Gestaltungseffekte möglich

② Falls Sie mit dem Hilfsmittel *Form* gearbeitet haben, heben Sie anschließend die Kombination der geteilten Objekte auf.

③ Sie können nun die Objekte wie einzelne Objekte vollkommen unabhängig voneinander bearbeiten.

Den Inhalt aus dem Behälter wieder herausnehmen

Alles, was man in den Behälter hineingetan hat, kann man auch wieder herausnehmen. Je nachdem, was Sie mit dem Behälter zwischendurch angestellt haben, sind die Inhalt-Objekte aber mehr oder weniger in Mitleidenschaft gezogen worden.

Mit Hilfe des Menüpunkts den Inhalt herausnehmen

① Markieren Sie den PowerClip und wählen Sie aus dem Menü *Effekte* den Menüpunkt *PowerClip*.

② Klicken Sie mit der linken Maustaste auf den Menüpunkt *Inhalt herausnehmen*. Dieser Menüpunkt ist nur aktiv, wenn Sie einen PowerClip markiert haben. Damit ist der Inhalt aus dem Behälter herausgenommen, und der Spuk hat ein Ende.

Mit Hilfe der rechten Maustaste den Inhalt herausnehmen

① Klicken Sie mit der rechten Maustaste auf den PowerClip.

② Aus dem Kontextmenü wählen Sie den Menüpunkt *Inhalt herausnehmen*. Das war schon alles.

Der PowerClip im Überblick
Menüpunkt In Behälter plazieren: Verfrachtet ein vorher markiertes Objekt (bzw. eine Objektgruppe) in ein anderes Objekt (bzw. in eine Objektgruppe). Auf diese Weise entsteht ein PowerClip.
Menüpunkt Inhalt herausnehmen: Stellt die Umkehrung des vorherigen Menüpunkts dar. Die Inhalt-Objekte werden aus dem Behälter wieder herausgeholt.
Menüpunkt Inhalt bearbeiten: Diese Funktion ermöglicht eine Bearbeitung der Inhalts-Objekte, ohne den PowerClip auflösen zu müssen.
Menüpunkt Bearbeiten dieser Ebene beenden: Wenn Sie den Menüpunkt *Inhalt bearbeiten* gewählt haben, befinden Sie sich in einem besonderen Arbeitsmodus. Sie können nur die Inhalt-Objekte eines PowerClips bearbeiten. Alle anderen Objekte (der Behälter oder unbeteiligte Objekte) sind nicht anwählbar bzw. bearbeitbar. Um diesen Arbeitsmodus zu beenden, müssen Sie den Menüpunkt *Bearbeiten dieser Ebene beenden* anwählen. Danach ist wieder alles ganz normal.

Menüpunkt Inhalt mit PowerClip sperren : Dieser Menüpunkt ist nur im Kontextmenü der rechten Maustaste enthalten, das Sie zu sehen bekommen, wenn Sie mit der rechten Maustaste auf einen PowerClip klicken.
Die Objekte, die als Inhalt einem Behälter zugewiesen worden sind, sind normalerweise fest mit dem Behälter verbunden. Verändern Sie den Behälter, verändern sich gleichermaßen auch die Inhalt-Objekte. In diesem Fall ist der Inhalt mit dem PowerClip gesperrt. Wenn Sie den Modus deaktivieren (es ist kein Häkchen vor dem Menüpunkt), können Sie jedoch den Behälter verändern, ohne daß sich die Inhalt-Objekte mit verändern. In diesem Fall ist die Sperrung aufgehoben.

Wer kann was?

Wie bei vielen anderen Effekten ist die PowerClip-Funktion nicht auf alle Objektarten anwendbar.

PowerClip-Anwendung im Überblick

	Kann ein Behälter sein	**Kann zum Inhalt werden**
Linie	-	✓
Geschlossene Objektform	✓	✓
Grafiktext	✓	✓
Mengentext	-	✓
Bitmap	-	✓
Gruppierte und kombinierte Objekte	✓	✓

8.9 Farbanpassung

Neben dem PowerClip gehört auch diese Funktion nicht zu den eigentlichen Effekten. Da die Funktion *Farbanpassung* in CorelDRAW dem Menü *Effekte* untergeordnet ist, wird auch sie in diesem Kapitel behandelt. Mit ihr lassen sich die Farben von Objekten einfach, aber äußerst wirkungsvoll verändern. Mit wenigen Mausklicks haben Sie einem Objekt ein vollkommen anderes Aussehen verpaßt. Auch wenn mal zum Beispiel ein importiertes Clipart oder Bitmap nicht so ganz in die Farbgebung einer bestehenden Grafik passen will. Mit Hilfe der Farbanpassung haben Sie dieses Problem sofort gelöst. Insgesamt gibt es sechs Untermenüs, mit denen Sie die unterschiedlichsten Farbveränderungen vornehmen können.

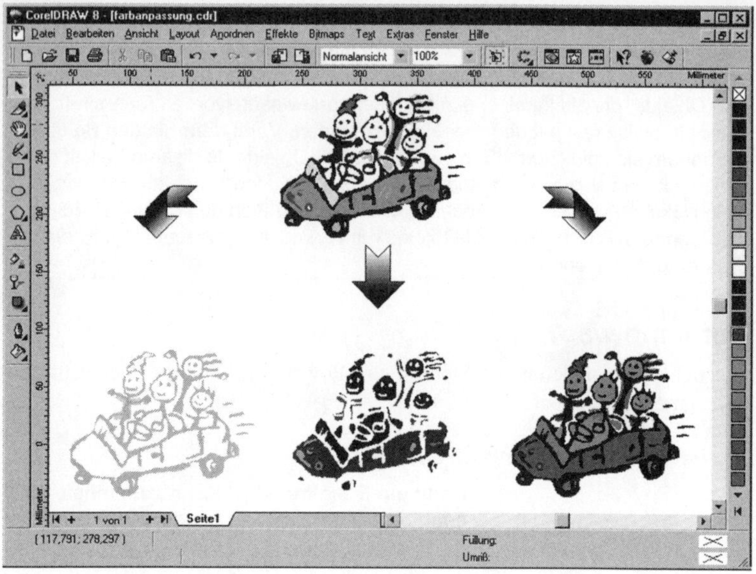

Abb. 306: Einige Beispiele: Durch Farbanpassungen lassen sich erstaunliche Effekte erzielen

Was ist mit Rückgängig machen und Kopieren?

Sie können eine einmal zugewiesene Farbanpassung nur unmittelbar nach der Veränderung über den Menüpunkt *Bearbeiten/Rückgängig* wieder rückgängig machen oder im noch geöffneten Dialogfenster auf die Schaltfläche *Zurücksetzen* und *Zuweisen* klicken.

Eine Farbanpassungseinstellung läßt sich nicht direkt kopieren und auf andere Objekte übertragen. Sie können eine Farbanpassung nur über den Umweg der Stil-Erstellung auf andere Objekte übertragen: Sie müssen von dem veränderten Objekt einen Stil erstellen, den Sie dann den anderen Objekten zuweisen können. Allerdings werden so auch alle anderen Füllattribute übertragen. Am besten ist es, wenn Sie alle Objekte markieren und gleichzeitig farblich anpassen oder sich die Werte notieren.

Bitmaps können mehr!

Im Dialogfenster der Farbanpassungen befindet sich die Schaltfläche *Effekte*. Im Untermenü, das sich dahinter verbirgt, finden Sie einige weitere interessante Effektfunktionen, wie beispielsweise 2-D- und 3-D-Effekte. Diese Effekte können jedoch nur auf Bitmaps (Pixelgrafiken) angewendet werden. Um diese Funktionen auf ein Objekt anwenden zu können, importieren Sie ein Bitmap oder wandeln eine Vektorgrafik über den Menüpunkt *In Bitmap konvertieren* aus dem Menü *Bitmap* in eine Pixelgrafik um. Genaueres hinsichtlich der Umwandlung von Vektorgrafiken in Pixelgrafiken erfahren Sie im Kapitel 9 *Bitmap entschlüsselt: Der Einsatz von Pixelgrafiken.*

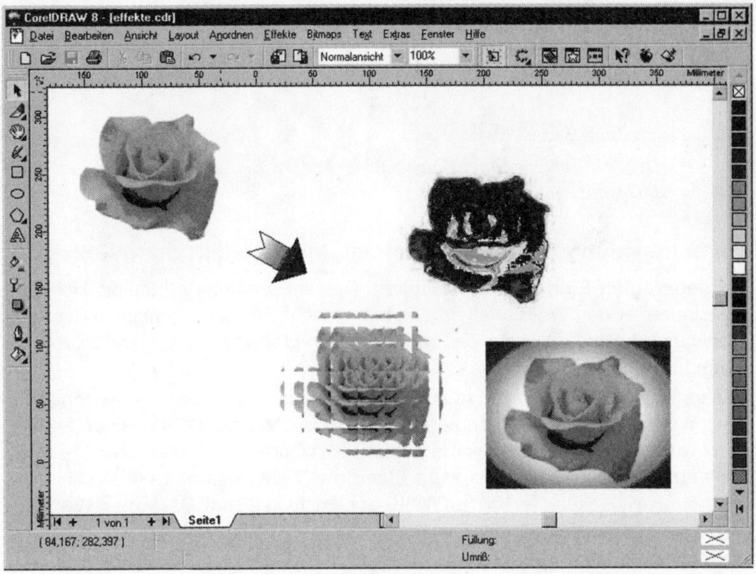

Abb. 307: Manche Effekte sind leider nur auf Bitmaps anwendbar, dafür sind sie aber um so eindrucksvoller

Hinweis: Leider scheint in manchen frühen Releases (Ausgaben) von CorelDRAW 8 die Farbanpassung nicht 100 % korrekt zu funktionieren. So können Sie eine Farbanpassung zwar an importierten Objekten (Cliparts, Bitmaps usw.) vornehmen. Objekte, die Sie mit den CorelDRAW-eigenen Hilfsmitteln erstellt haben (Rechtecke, Ellipsen, Polygone und Grafiktext) lassen sich aber nicht farblich anpassen, wenn sie eine einfache Farbfüllung besitzen. Erst wenn Sie diesen Objekten eine Spezialfüllung zuweisen (Farbverlauf, Muster- oder Bitmap-Füllungen) ist eine Farbanpassung möglich. Absicht oder Versehen? In den Versionen 6 und 7 jedenfalls ist eine Farbanpassung auch an Objekten möglich, die eine einfarbige Füllung besitzen.

Helligkeit, Kontrast und Intensität anpassen

Häufig passen importierte Objekte farblich nicht zum übrigen Teil einer Grafik. Entweder sind sie zu hell, zu dunkel oder der Farbkontrast ist zu schwach. Gerade bei Bitmaps können Sie mit den Parametern *Helligkeit*, *Kontrast* und *Intensität* eine schnelle und unkomplizierte Farbanpassung vornehmen.

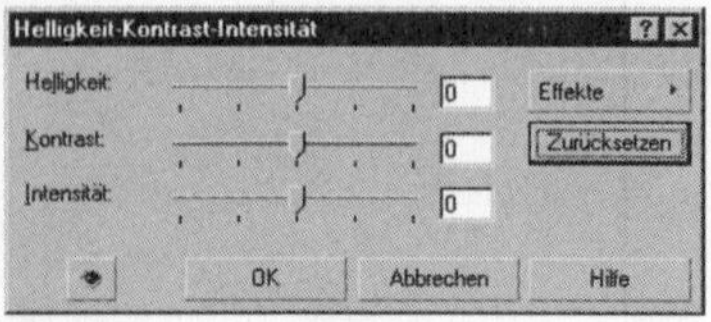

Abb. 308: Über die Schieber oder Eingabefelder können Helligkeit, Kontrast und Intensität eingestellt werden

Farbanpassung Helligkeit, Kontrast, Intensität im Überblick
Schieberegler/ Eingabefeld Helligkeit: Dieser Parameter erhöht die Helligkeit, indem er den Weißanteil erhöht, bzw. macht die Farbe dunkler, indem Schwarz hinzugefügt wird. Alle Farben werden gleichmäßig aufgehellt bzw. abgedunkelt. Während der Helligkeitswert normalerweise mit einer Prozentzahl zwischen 0 (Schwarz) und 100 (Weiß) angegeben wird, benutzt CorelDRAW einen anderen Wertebereich. 0 % (Schwarz) entspricht in CorelDRAW dem Wert -100, die normale Helligkeit 50 % entspricht in CorelDRAW dem Wert 0 und die höchste Helligkeitsstufe 100 % (Weiß) entspricht in CorelDRAW dem Wert +100.
Schieberegler/ Eingabefeld Kontrast: Durch diesen Parameter läßt sich der Farbunterschied der Farben deutlicher hervorheben bzw. vermindern. Der Abstand zwischen dunklen und hellen Farben wird vermindert bzw. vergrößert, indem die Farbwerte gleichzeitig verändert werden: Bei einer Erhöhung des Kontrastes werden die dunklen Bereiche dunkler und die hellen heller. Bei einer Verminderung des Kontrastes gleichen sich die Farben einander an, bis Sie schließlich alle grau erscheinen. Der Mittelwert ist 0. Vermindern Sie den Wert (0 bis -100), wird die Farbsättigung reduziert. Das heißt, die Farbe wird zunehmend blasser, bis sie schließlich nur noch grau erscheint (Wert -100). Dadurch, daß sich die Farben immer mehr dem Graubereich annähern, wird auch der Kontrast zwischen den Farben geringer. Erhöhen Sie den Wert (0 bis +100), wird die Leuchtkraft der Farbe verstärkt. Eine Erhöhung des Werts ist nur unter bestimmten Bedingungen sichtbar, wenn Sie zum Beispiel zuvor die Helligkeit oder die Intensität geändert haben. Besteht beispielsweise eine Grafik aus unterschiedlichen Farben und Sie haben die Intensität vermindert, können Sie durch eine Steigerung des Kontrastes die verlorengegangenen Farbunterschiede wieder verstärken.

Weiße und schwarze Füllungen können Sie nicht mit diesem Parameter verändern. Sie bleiben immer unverändert.

Schieberegler/ Eingabefeld Intensität: In der Theorie wird durch eine Erhöhung der Farbintensität die Helligkeit der hellen Farben erhöht. Dunkle Farbbereiche bleiben unverändert. In der Praxis eignet sich dieser Parameter hauptsächlich dazu, ungewollte Effekte bedingt durch eine Veränderung der beiden anderen Parameter auszugleichen. Haben Sie beispielsweise den Kontrast einer Farbe vermindert, können Sie durch die Erhöhung der Intensität die Farben wieder stärker hervortreten lassen, ohne die anderen Paramtereinstellungen zu stark zu beeinflussen. Sie sollten die Parameter *Kontrast* und *Intensität* möglichst immer gemeinsam einsetzen, um effektive Farbanpassungen vornehmen zu können.

Farbbalance

Kennen Sie den Effekt, wenn ein Foto längere Zeit im Schaufenster stand und dem Sonnenlicht ausgesetzt war? Meistens werden diese Bilder blaustichig. Das liegt daran, daß sich der Magenta-Farbstoff am stärksten durch die UV-Strahlung des Sonnenlichtes zersetzt und die Farbwirkung nachläßt. Dadurch treten die anderen Farben stärker hervor, besonders der Cyan-Anteil, und das Bild erscheint blaustichig.

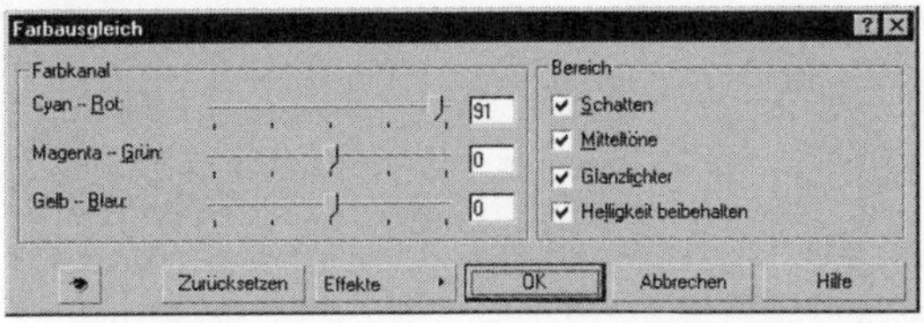

Abb. 309: Mit dem Farbausgleich können Sie Farbverschiebungen rasch ausbalancieren

Mit diesem Phänomen vergleichbar ist die Farbbalance. Hier können Sie bestimmte Farbbereiche intensivieren bzw. reduzieren. Ferner können Sie steuern, ob die hellen, mittleren oder dunkleren Farbbereiche von den Änderungen betroffen werden sollen.

Die Systematik der Farbbalance ist folgendermaßen: Stellen Sie sich eine Wippe vor. Wenn die eine Seite unten ist, muß die andere zwangsläufig oben sein. Es ist nicht möglich, daß beide Seiten den Boden berühren (es sei denn, die Wippe ist in der Mitte zerbrochen). Genauso verhält es sich mit den Parametern der Farbbalance. Wenn Sie sich den Farbkreis einmal zur Hand nehmen (gilt sowohl für den additiven als auch für den subtraktiven Farbkreis), liegen die gepaarten Farben immer genau gegenüber und schließen sich gegenseitig aus. Erhöhen Sie beispielsweise den Cyan-Anteil einer Farbe, dann nimmt der Rot-Anteil automatisch ab. Sie können niemals beide Anteile gleichzeitig erhöhen!

In CorelDRAW ist dies durch Schieber realisiert. Sie können beispielsweise den Cyan-Rot-Schieber nach links Richtung Cyan verschieben. Sie erhöhen dadurch den Cyan-Anteil, und der Rot-Anteil nimmt ab.

Farbsysteme und Farbmischungen im Überblick
RGB (Rot - Grün - Blau), additives Farbsystem (Lichtfarben): Die drei Grundfarben des additiven Farbsystems heißen Rot, Grün und Blau. Jede Farbbezeichnung steht für eine exakt definierte Farbe. Der Wertebereich kann zwischen 0 und 255 liegen. 0 bedeutet kein Farbanteil, 255 maximaler Farbanteil. Stehen die Werte aller Farben auf 0, entsteht Schwarz (keine Farbe bzw. kein Licht). Stehen die Werte hingegen alle auf 255, entsteht durch Mischung Weiß (denken Sie daran: es sind Lichtfarben, vergleichbar mit bunten Discostrahlern, die sich an einem Punkt auf einer Fläche treffen). Durch Mischung der drei Gundfarben können die Farben des CYMK-Farbsystems nachempfunden werden: Rot + Grün = Gelb Grün + Blau = Cyan Blau + Rot = Magenta Rot + Grün + Blau = Weiß
CMYK (Cyan - Magenta - Yellow - Black/Kontrast), subtraktives Farbsystem (Körperfarben): Die drei Grundfarben des subtraktiven Farbsystems heißen Cyan, Magenta und Yellow. Aus drucktechnischen Gründen wird noch Schwarz hinzugenommen. Hier kann der Wertebereich zwischen 0 und 100 liegen. 0 bedeutet keine Farbe, 100 bedeutet maximaler Farbanteil. Stehen die Werte aller Farben auf 0, entsteht Weiß. Stehen die Werte auf 100, werden alle Farben gemischt, und es entsteht Schwarz (wie die Farben aus Ihrem Tuschekasten; da die Farben einen "Körper" bzw. einen Farbstoff besitzen, heißen sie ja auch Körperfarben). Auch hier können durch Mischung die Farben des RGB-Systems nachempfunden werden: Cyan + Magenta = Blau Magenta + Yellow = Rot Yellow + Cyan = Grün Cyan + Magenta + Yellow = Schwarz

Sie können anhand der Farbmischungen erkennen, daß bestimmte Farben andere Farben ausschließen. Ein Beispiel: Cyan entsteht durch die Mischung von Grün und Blau. Dadurch ist es ausgeschlossen, daß Cyan Rot enthält (sonst wäre es kein reines Cyan mehr und dürfte auch nicht mehr so bezeichnet werden). Somit sind Cyan und Rot ein "komplementäres Farbenpärchen".

Farbanpassung Balance im Überblick
Kontrollkästchen Schatten, Mitteltöne und Lichterpartien: Durch Aktivierung bzw. Deaktivierung der einzelnen Kontrollkästchen können Sie bestimmen, auf welche Farbbereiche sich die Farbanpassung auswirken soll. Unter Schatten versteht man überwiegend dunkle Farbbereiche. Mitteltöne sind alle Farben, die einer Helligkeit ungefähr eines 50 % Grautons entsprechen würden. Die Lichtpartien (auch Lichter genannt) sind die hellsten Farbbereiche der Grafik bzw. des Bilds.
Kontrollkästchen Helligkeit beibehalten: Durch die Farbanpassungen können Farben dunkler oder heller werden. Wenn Sie dieses Kontrollkästchen aktivieren, versucht CorelDRAW, den aktuellen Helligkeitswert der Farben beizubehalten, während Sie die Farbanteile verändern.
Schieberegler/ Eingabefeld Cyan - Rot: Mit diesem Parameter definieren Sie den Cyan- oder Rot-Anteil einer Farbe. Ein negativer Wert entspricht mehr Cyan-Anteil. Dadurch nimmt der Rot-Anteil einer Farbe automatisch ab. Ein positiver Wert erhöht den Rot-Anteil, und der Cyan-Anteil wird geringer.
Schieberegler/ Eingabefeld Magenta - Grün: Mit diesem Parameter definieren Sie den Magenta- oder Grün-Anteil einer Farbe. Ein negativer Wert entspricht mehr Magenta-Anteil. Dadurch nimmt der Grün-Anteil einer Farbe automatisch ab. Ein positiver Wert erhöht den Grün-Anteil, und der Magenta-Anteil nimmt ab.
Schieberegler/ Eingabefeld Gelb - Blau: Dieser Parameter definiert den Yellow- (so heißt es eigentlich richtig!) und Blau-Anteil einer Farbe.
Geben Sie hier einen negativen Wert ein, erhöhen Sie den Yellow-Anteil, und der Blau-Anteil nimmt ab. Im Gegenzug bringt ein positiver Wert mehr Blau-Anteile ins Spiel, und der Yellow-Anteil nimmt ab.

Farbanpassung Gamma

Jede Grafik (Pixel- und Vektorgrafik) besitzt einen sogenannten Tonwertumfang. Dieser Tonwertumfang ist das Spektrum zwischen der dunkelsten (Tiefen) und der hellsten (Lichter) Farbe bzw. deren Grauwerten. Jede Farbe besitzt auch einen gewissen Grauwert, der die Position in bezug auf dieses Spektrum festlegt. Genau in der Mitte dieses Spektrums liegen die mittleren Grautöne, also die Farben, die weder Tiefen noch Lichter sind.

Der Gammawert bestimmt den Kontrast, der die mittleren Grautöne (Mitteltöne) eines Bilds beeinflußt. Durch eine Veränderung des Gammawerts werden nur dieses Mitteltöne (bzw. mittleren Grautöne) verändert, also entweder heller oder dunkler gemacht. Während bei einer Veränderung der Helligkeit alle Tonwerte (Tiefen, Mitteltöne und Lichter) verändert werden, können Sie mit Hilfe des Gammawerts gezielt diesen mittleren Bereich verändern, ohne daß die Tiefen oder Lichter zu sehr beeinflußt bzw. verändert werden.

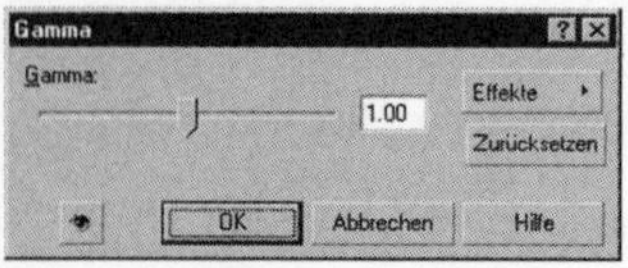

Abb. 310: Nicht nur für Marsianer: Die Gamma-Anpassung

Farbanpassung Farbton/Sättigung/Helligkeit

Sie kennen das HSB-Farbmodell noch? In machen Übungsbeispielen sind Sie schon auf dieses Farbmodell gestoßen. Es ermöglicht auf sehr nachvollziehbare Weise die Definition bzw. Änderung (Anpassung) von Farben. Genau dasselbe Prinzip verbirgt sich hinter diesem Farbanpassungsmodus.

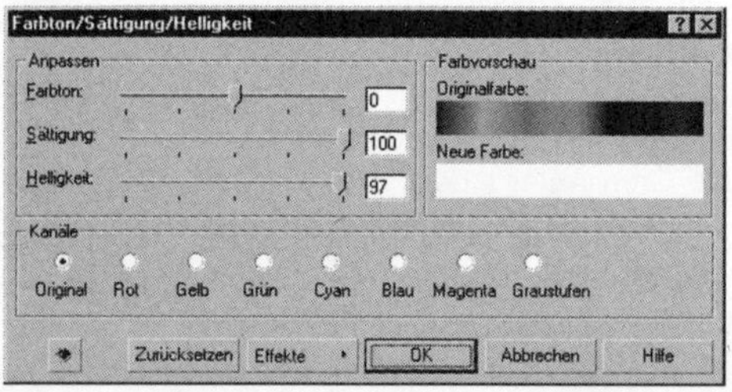

Abb. 311: Alte Bekannte: Die Einstellparameter Farbton, Sättigung und Helligkeit sind dem HSB-Farbsystem entlehnt

Farbanpassung Farbton/Sättigung/Helligkeit im Überblick							
Schieberegler/Eingabefeld Farbton: Über diesen Parameter definieren Sie die Farbe bzw. den Farbton. Der Wertebereich reicht von 0 bis 360. In der Tabelle finden Sie die wichtigsten Werte mit der jeweiligen Umrechnung.							
	R	G	B	C	M	Y	K
0 = Rot	255				100	100	
60 = Yelllow	255	255				100	
120 = Grün		255		100		100	
180 = Cyan		255	255	100			
240 = Blau			255	100	100		
300 = Magenta	255		255		100		

Sättigung: Mit diesem Parameter können Sie die Farbsättigung definieren. Je satter eine Farbe ist, desto reiner bzw. farbiger ist der Farbton. Der Maximalwert ist +100. Verringern Sie diesen Wert, nimmt die Farbigkeit ab und der Grauwert zu. Bei -100 ist aus dem Farbton ein farbloser Grauton geworden. Abhängig von der aktuellen Füllfarbe ist bei manchen Objekten eine Erhöhung der Sättigung nicht unbedingt sichtbar.
Helligkeit: Je heller ein Farbton ist, desto mehr Weiß-Anteile werden hinzugefügt. Ist der Maximalwert +100 erreicht, sehen Sie nur noch ein reines Weiß. Verringern Sie den Wert, nimmt der Schwarz-Anteil zu, bis der Wert -100 erreicht ist und aus der Farbe tiefstes Schwarz entstanden ist.

Farbanpassung durch Invertieren

Die Funktion *Invertieren* bewirkt nichts anderes als eine Umkehrung der aktuellen Farbe zu der im Farbkreis gegenüberliegenden Farbe. So wird zum Beispiel aus Cyan Rot, aus Magenta Grün und aus Yellow (Gelb) Blau.

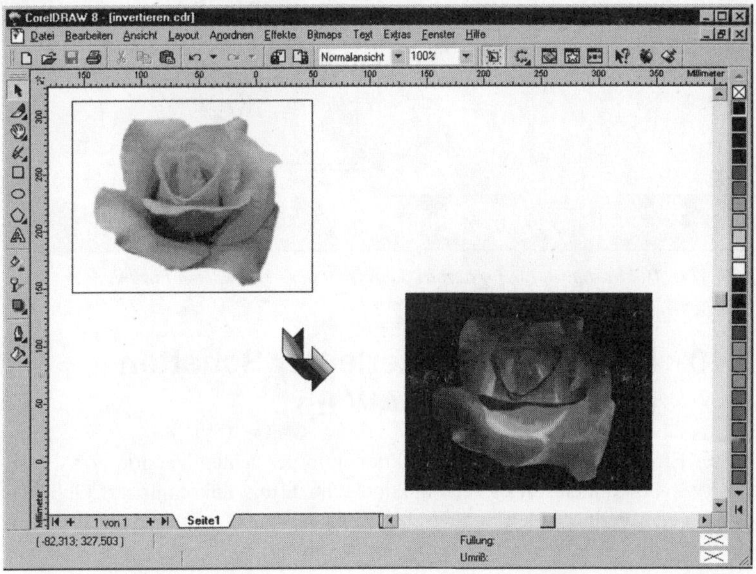

Abb. 312: Die Funktion Invertieren wird direkt umgesetzt, es gibt dazu keine weitere Einstellmöglichkeit über ein Dialogfenster

Farbanpassung Abstufung

Mit dieser Funktion können Sie die Anzahl der Farben in einer Grafik reduzieren. Ein niedriger Wert begrenzt die Anzahl der möglichen Farben, ein höherer Wert läßt mehrere Farben zu. Der Wertebereich reicht von 2 (zwei Farben) bis 32 (32 unterschiedliche Farben sind erlaubt).

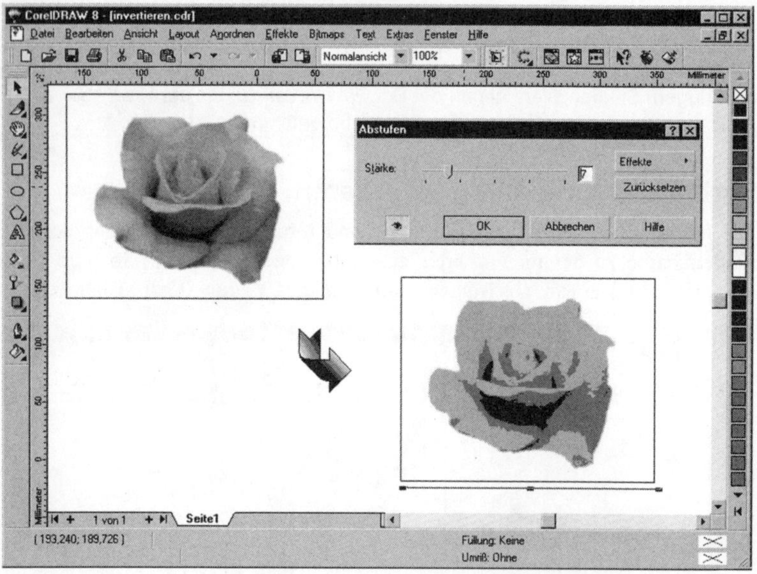

Abb. 313: Die Farbabstufung reduziert die Anzahl der verwendeten Farben

8.10 Interaktiver hinterlegter Schatten (nur in CorelDRAW 8)

Dieser Effekt ist eine der neuen Funktionen in der achten Version von CorelDRAW. Sie können mit dieser Funktion schnell und unkompliziert Objekten einen weich verlaufenden Schlagschatten zuweisen. Was früher nur über den Umweg eines Bildbearbeitungsprogramms ging, erfordert jetzt nur noch wenige Mausklicks. Der hinterlegte Schatten ist übrigens eine Pixelgrafik, die von CorelDRAW völlig selbständig erstellt wird. Und das Fantastische ist: Sie können diesen Effekt auf jeden Objekttyp anwenden. Selbst bei einer importierten Pixelgrafik (Bitmap) ist ein Schatteneffekt schnell hingezaubert.

Hinweis: Diese Effektfunktion bewirkt, daß von dem Ausgangsobjekt eine Kopie in Form eines Bitmaps erstellt wird. Dieses Bitmap ist ein großer Speicherfresser und äußerst "rechenintensiv". Unter gewissen Umständen kann die Berechnung einige Minuten dauern. Hin und wieder werden Schatten auch nicht richtig auf dem Bildschirm angezeigt. Spätestens dann wissen Sie, es ist mal wieder Zeit für einen neuen Computer (bzw. eine bessere Grafikkarte).

Abb. 314: Durch einen hinterlegten Schatten bekommt die Grafik einen räumlichen Effekt

Einen hinterlegten Schatten erstellen

① Erstellen oder importieren Sie ein beliebiges Objekt.

② Markieren Sie das Objekt mit dem Hilfsmittel *Objektauswahl* und wählen Sie anschließend das Hilfsmittel *Interaktiver hinterlegter Schatten*.

③ Sobald Sie das richtige Hilfsmittel gewählt haben, erhält Ihr Mauscursor Verstärkung: Ein kleines Rechteck ist zu dem gewohnten Pfeil hinzugekommen. Führen Sie nun Ihren Mauscursor auf das Objekt, dem Sie einen Schatten hinzufügen wollen.

Abb. 315: Mit dem Hilfsmittel Interaktiver Schatten lassen sich schnell und einfach schöne Schatten erstellen

④ Klicken Sie mit der linken Maustaste auf das Objekt, halten Sie die Maustaste gedrückt und ziehen Sie den Mauscursor ein bißchen zur Seite.

⑤ Ab einem gewissen Abstand vom Objekt wird ein blau gestrichelter Rahmen sichtbar. Dieser Rahmen entspricht der Größe des zukünftigen Schattens. Lassen Sie die Maustaste los, wenn die Größe des Schattens Ihren Vorstellungen entspricht.

⑥ CorelDRAW erstellt nun eine Kopie des Objekts, konvertiert das Duplikat zum Bitmap und legt das Bitmap hinter das Objekt. Dieser Vorgang kann je nach Komplexität des Objekts und Ausstattung Ihres Rechners einige Sekunden dauern. Verzagen Sie nicht! Das Ergebnis ist um so schöner.

Einen hinterlegten Schatten bearbeiten

Die Bearbeitung eines Schattens erfolgt am effektivsten über die Eigenschaftsleiste. Dort haben Sie vielfältige Einstellmöglichkeiten, mit denen Sie das Aussehen des Schattens verändern können.

① Um die Eigenschaftsleiste anzeigen zu lassen (falls sie nicht schon angezeigt wird), wählen Sie aus dem Menü *Ansicht* den Menüpunkt *Eigenschaftsleiste*. Die Eigenschaftsleiste ist normalerweise eine schmale horizontale Leiste, die immer genau die Einstellmöglichkeiten anzeigt, die auf ein markiertes Objekt anwendbar sind.

② Wählen Sie aus der Hilfsmittelpalette das *Hilfsmittel Interaktiver hinterlegter Schatten* und klicken Sie auf das Objekt, dessen Schatten Sie bearbeiten wollen.

Abb. 316: Eine differnziertere Weiterbearbeitung eines bestehenden Schattens ist über die Eigenschaftsleiste möglich

③ In der Eigenschaftsleiste sehen Sie nun eine bestimmte Auswahl an Eingabefeldern, Listenfeldern und Schaltflächen, mit denen Sie den hinterlegten Schatten in jeder Hinsicht bearbeiten können.

④ Geben Sie in den Eingabefeldern die gewünschten Werte ein und drücken Sie die [Enter]-Taste. Sofort macht sich CorelDRAW an die Arbeit und berechnet den Schatten aufs neue.

⑤ Am Objekt selbst sehen Sie ein weißes Kästchen (mit Kreuz). Dieses Kästchen hat weiter keine große Bedeutung. Interessanter ist das schwarz ausgefüllte Kästchen, das über dem Schatten endet. Dieses Kästchen können Sie anklicken und mit der gedrückten linken Maustaste verschieben. Dadurch können Sie den Schatten manuell neu positionieren (im Gegensatz zur numerischen Positionsbestimmung in der Eigenschaftsleiste).

⑥ Mit dem Schieber, der auf der gestrichelten Linie sitzt, können Sie die Stärke des Schattens bestimmen. Sie imitieren damit den Abstand, den das

Objekt zur Hintergrundfläche hat. Je weiter es vom Hintergrund weg ist, auf den es den Schatten wirft, desto schwächer wird der Schatten.

Einen Schatten entfernen

Ein schöner Schatten kann einmal nicht mehr erwünscht sein.

① Klicken Sie mit dem Hilfsmittel *Objektauswahl* auf den Schatten. Klicken Sie nicht auf das Objekt, dem der Schatten zugewiesen ist! Dieser Unterschied ist sehr wesentlich.

② Wenn Sie den Schatten mit dem Hilfsmittel *Objektauswahl* angeklickt haben, werden Schatten und Objekt markiert (im anderen Fall, wenn Sie das Objekt angeklickt haben, wird nur das Objekt markiert). Wählen Sie nun aus dem Menü *Effekte* den Menüpunkt *Hinterlegten Schatten entfernen.* Diesen Menüpunkt werden Sie nur dann dort finden, wenn Sie auf den Schatten eines hinterlegten Objekts geklickt haben.

Ein Objekt vom Schatten trennen

Wenn Sie einem Objekt einen hinterlegten Schatten verpaßt haben, sind es im Ganzen zwei Objekte: das eigentliche Objekt und der Schatten. Diese beiden Teile sind miteinander verbunden, so daß Sie normalerweise nur beide gleichzeitig verschieben können. Sie können diese Verbindung aber jederzeit lösen und die beiden in eigenständige Objekte verwandeln. Auf diese Weise können Sie interessante Effekte erzielen, indem Sie beispielsweise nur den Schatten weiterhin verwendet und als Hintergrundmuster einer Grafik einsetzen. Außerdem können Sie nach einer Trennung von Schatten und Objekt die Position des Schattens zum Objekt viel leichter einstellen, als es mit dem Hilfsmittel der Fall ist.

① Klicken Sie dazu mit dem Hilfsmittel *Objektauswahl* auf den Schatten. Wie beim Entfernen eines Schattens ist auch hier dieser Unterschied sehr wesentlich: Klicken Sie auf das Objekt, funktioniert es nicht!

② Wählen Sie aus dem Menü *Anordnen* den Menüpunkt *Trennen.* Damit haben Sie die Verbindung (es ist weder eine Gruppierung noch eine Kombination) zwischen den beiden gelöst.

③ Heben Sie die Markierung der beiden Objekte auf, indem Sie die [Esc]-Taste drücken. Jetzt können Sie die Objekte vollkommen eigenständig bearbeiten und zum Beispiel die Position des Schattens mit Hilfe der Pfeiltaste auf Ihrer Tastatur besser an das Objekt angleichen.

Abb. 317: Durch Trennung von Original und Schatten erhalten Sie zwei separate Objekte, die Sie beliebig weiterbearbeiten können

9. Bitmap entschlüsselt: Der Einsatz von Pixelgrafiken

Dieses Kapitel soll Ihnen einige Grundlagen aus dem Bereich Computergrafik vermitteln. Sie werden erfahren, was der Unterschied zwischen einer Vektor- und einer Pixelgrafik ist. Obwohl CorelDRAW ein Vektorzeichenprogramm ist, können Sie in CorelDRAW-Dateien auch Pixelgrafiken einsetzen. Wie Sie mit diesen Pixelgrafiken gestalten und welche Effekte Sie damit erzielen können, wird Ihnen hier gezeigt.

9.1 Was darf's sein: Vektor oder Pixel?

Computergrafik ist ein komplexer Bereich. Wenn Sie ein Kunstwerk am Computer schaffen, setzen Sie es zusammen aus importierten oder selbstgezeichneten Objekten. Dies können zum Beispiel Cliparts von einer CD, selbsteingescannte Fotos, Schriften oder selbst gestaltete Grafikelemente (Linien, Kurven, geometrische Formen etc.) sein. So verschiedenartig diese Objekte Ihnen auch erscheinen mögen, sie lassen sich alle in zwei Arten von Grafiktypen einteilen: Vektorgrafiken und Pixelgrafiken. Sie können sich diese beiden Arten wie zwei (grundsätzlich) unterschiedliche „Baustoffe" vorstellen, aus denen Sie am Ende eine Computergrafik zusammensetzen. Beide „Baustoffarten" (Pixel- und Vektorgrafik) haben Ihre spezifischen Eigenheiten und Eigenschaften. Erst durch die Kombination beider Grafikarten erhalten Sie eine vielfältige und komplexe Grafik. Ein Beispiel: Sagen wir einmal, Sie wären ein(e) Künstler(in) und würden ein Gemälde erschaffen. Die Materialien bzw. Hilfsmittel, die Sie dazu einsetzen, sind Pinsel (Aquarellfarbe) und Stift (Kohle). Mit der Aquarellfarbe schaffen Sie die harmonischen Farbverläufe, mit dem Kohlestift die dunklen Umrisse und Konturen. Beide Bestandteile ergänzen sich und wirken im Zusammenspiel als Einheit. Genauso verhält es sich auch in der Computergrafik. Eine kleine Erläuterung zu diesen beiden Grafikarten liefert Ihnen der folgende Abschnitt.

Vektorgrafiken

Vektorgrafiken bestehen aus mathematisch definierten Linien und Kurven, den Vektoren. Bei der Erstellung von Vektorgrafiken werden Punkte (Knoten) gezeichnet, die durch Linien verbunden werden. In den Punkten ist eine Aufbauvorschrift gespeichert, die den Verlauf der Linien definiert. Auf diese Weise können offene und geschlossene Linienverläufe (Rechtecke, Kreise etc.) gezeichnet werden. Geschlossene Linienverläufe wiederum können Füllungen, wie beispielsweise Farbverläufe, enthalten. Vektorgrafiken bestehen aus einfachen, geometrischen Grundformen, wie Linien - kurvig oder gerade - Rechtecken, Ellipsen und Polygonen, die zusammengesetzt einen recht imposanten Eindruck vermitteln können. Die einzelnen Grundformen bleiben jedoch immer eigenständige Elemente und werden als Objekte bezeichnet.

Pixelgrafiken

Pixelgrafiken, oft auch als Bitmaps bezeichnet, gleichen der fotografischen Darstellung eines Bilds. Die Grafik setzt sich aus einer fest definierten Anzahl von Bildpunkten, den sogenannten Pixeln, zusammen, die jeweils einen eigenen Farbwert und eine eigene Farbintensität besitzen können. Erst durch die hohe Anzahl der Bildpunkte und das relativ geringe Auflösungsvermögen des menschlichen Auges entsteht der Eindruck eines Bilds. Pixelgrafiken eignen sich sehr gut zur Darstellung von Halbtonbildern, bei denen unzählige Farbnuancen und Helligkeitswerte vorkommen, wie beispielsweise bei einem eingescannten Foto.

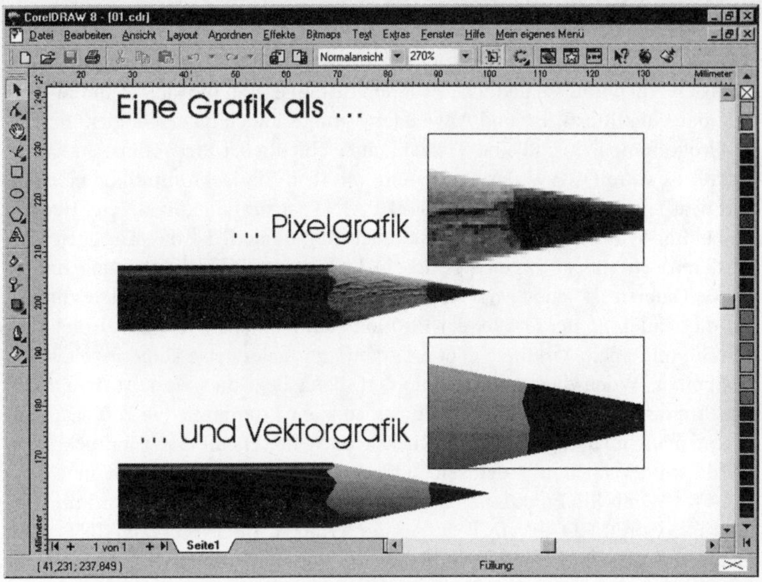

Abb. 318: Vektor- und Pixelgrafik im Vergleich: Deutlich sind die Pixel der Pixelgrafik zu erkennen. Vektorgrafiken können dafür nicht so viele Halbtöne darstellen. (Der Treppcheneffekt bei der Vektorgrafik ist technisch bedingt, da ein Monitor Grafiken immer in Form von Bildpunkten darstellt, auch wenn es sich um Vektorgrafiken handelt.)

Einen kleinen Überblick ...

... soll Ihnen die folgende Tabelle vermitteln. Damit Sie wissen, womit Sie es tun haben, sind hier die häufigsten Objektarten kategorisiert.

Pixel- und Vektorgrafiken	
Vektorgrafiken können sein:	**Pixelgrafiken können sein:**
Cliparts (z. B. WMF, CDR) TrueType-Schriften (TTF) PostScript-Schriften (PFB, AFM)	Fotos bzw. Bilder (z. B. BMP,TIF,JPG, CPT) Bitmap-Schriften (kommen eigentlich nicht mehr vor)
Vektorgrafiken werden erstellt und bearbeitet mit (Vektor-)Grafikprogrammen wie zum Beispiel CorelDRAW.	Pixelgrafiken werden erstellt und bearbeitet mit Bildbearbeitungsprogrammen wie zum Beispiel CorelPHOTO-PAINT.

Wer kocht welches Süppchen?

Für die Erstellung und Bearbeitung der beiden Grafikarten (Vektor und Pixelgrafik) werden unterschiedliche Programme eingesetzt, die sich in ihrem Aufbau, der Funktionsweise und Anwendung grundsätzlich unterscheiden. Im Corel-Programmpaket sind eine Vielzahl unterschiedlicher Programme enthalten. Davon ist CorelDRAW das Programm, mit dem Sie Vektorgrafiken erstellen und bearbeiten können. CorelPHOTO-PAINT ist für den „pixeligen" Bereich zuständig. Was relativ sicher und einfach funktioniert, ist das Einfügen (importieren) „fremder" Dateitypen in ein Dokument. Eine Bearbeitung importierter Dateien ist jedoch nur begrenzt möglich und beschränkt sich zumeist auf die Änderung der Größe, der Position oder ähnlichem. Zum Beispiel können Sie mit einem Vektorzeichenprogramm normalerweise keine Pixeldateien bearbeiten. Wenn dies doch funktioniert, dann liegt dies zumeist daran, daß ein Programm Funktionsroutinen eines anderen Programms aufruft. Da man davon manchmal kaum etwas bemerkt, entsteht schnell der Eindruck, man würde immer noch mit demselben Programm arbeiten. So auch in CorelDRAW! Wenn Sie Funktionen aus dem Menü *Bitmap* aufrufen, wird im Hintergrund CorelPHOT-PAINT aufgerufen. Haben Sie PHOTO-PAINT nicht installiert, können Sie in CorelDRAW die meisten Bitmap-Funktionen nicht ausführen.

Was heißt hier Bitmaps?

Die allgemein verwendete Bezeichnung für Pixelgrafiken ist Bitmap, obwohl Bitmap keine wirklich korrekte Benennung ist, da sie nur eine bestimmte Art von Pixelgrafiken bezeichnet (siehe Tabelle). Der Begriff Bitmap ist ein Wortspiel: Er leitet sich ab von den beiden Begriffen Bit und Map. Ein Bit ist seinerseits ein Kunstwort und setzt sich zusammen aus Binary und Digit. Dies ist die kleinste Speicherheit eines Computers. Der Wert eines Bits kann 0 (aus; keine Spannung) oder 1 (an; Spannung) sein. Map kommt aus dem Englischen und heißt soviel wie Plan oder Karte. Somit ist ein Bitmap die Bezeichnung für eine Matrix (rechteckiges Gitter) von Bits, ähnlich einem Blatt Papier, auf dem viele kleine Rechenkästchen aufgedruckt sind.

Eine „pixelige" Angelegenheit: Von Bildpunkten und Farbtiefe

Die Kästchen bzw. Bildpunkte eines Bitmaps werden als Pixel bezeichnet. Jedes Pixel kann eine von vielen Farben darstellen. Wie groß die Farbpalette ist, aus der dieses Pixel seine Wahl treffen kann, hängt vom Speicherplatz ab, der dem Pixel zur Verfügung steht. Ist es wirklich nur ein einziges Bit, gibt es nur die Wahl zwischen Weiß und Schwarz. In diesem Fall spricht man auch von einer Strichgrafik. Hat ein Pixel zum Beispiel 24 Bit zur Verfügung, umfaßt die Farbpalette schon 2^{24} Farben = rund 16,7 Millionen Farben. Dieser Wert wird auch als Farbtiefe bezeichnet, da er die Anzahl der möglichen Farben definiert. Wenn Grafikkarten diese Anzahl von Farben darstellen können, heißt dieser Darstellungsmodus übrigens TrueColor, weil mit 16,7 Millionen Farben schon täuschend echte Bilder auf dem Monitor dargestellt werden können. Die folgenden Tabelle liefert Ihnen einen Überblick über die wichtigen Bildarten.

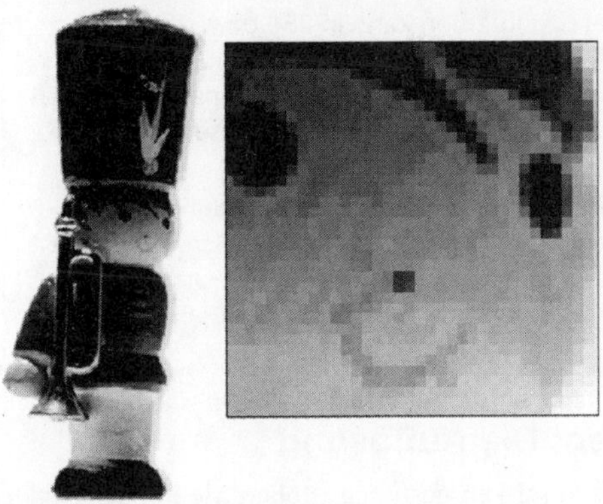

Abb. 319: Bei starker Vergrößerung sind die einzelnen Pixel einer Pixelgrafik (Bitmap) gut zu erkennen

Bildarten (Farbmodi) im Überblick
Bitmap (klassisches Bitmap; 1 Bit Farbe = Schwarz und Weiß; Strichgrafik): Bei einem Bitmap-Bild steht jedem Pixel nur ein Bit Speicherplatz zur Verfügung. Somit sind nur 2^1 = zwei Farben darstellbar, nämlich Schwarz und Weiß (eigentlich sind Schwarz und Weiß keine Farben im engeren Sinne, werden der Einfachheit halber hier aber als solche bezeichnet).
Graustufen (8 Bit = Weiß, Schwarz und 254 Graustufen bzw. 256 Stufen): Einem Graustufenbild stehen pro Pixel acht Bit Speicherplatz zur Verfügung. Daraus ergeben sich 2^8 Graustufen. Zählt man Weiß (0) und Schwarz (256) mit als Graustufe hinzu, ergeben sich 256 Graustufen.
16 Farben (4 Bit): Um eine Farbpalette mit 16 Farben erzeugen zu können, müssen einem Pixel vier Bit zur Verfügung stehen (2^4 = 16). Da ein Pixel nur aus dieser sehr eng begrenzten Farbpalette schöpfen kann, sehen Pixelgrafiken in diesem Farbmodus auch entsprechend einfach aus. Gleichmäßige Farbverläufe lassen sich damit nicht erstellen. „Zwischenfarbtöne“ müssen durch die darstellbaren Farben „gemischt“ werden, was zu unschönen Rasterungen führt. Diesen Farbmodus sollten Sie nur einsetzen, wenn die Pixel-

grafik möglichst wenig Speicherplatz verbrauchen soll und es auf Farben eigentlich nicht ankommt.

Indizierte Farben (8 Bit Farbe): Bei indizierten Farben handelt es sich um eine Farbpalette mit 256 vordefinierten Farben. Diese Farben können Sie frei definieren (auswählen). Um 256 Farben darstellen zu können, müssen einem Pixel wiederum acht Bit zur Verfügung stehen. Dieser Farbmodus ist dann besonders geeignet, wenn die Pixelgrafik ganz bestimmte Farben darstellen und gleichzeitig auch möglichst wenig Speicherplatz verbrauchen soll.

RGB-Farbe (24 Bit): Beim RGB-Modus gibt es die drei Grundfarben Rot, Grün und Blau. Jede dieser drei Grundfarben kann in 256 bzw. 2^8 Farbabstufungen dargestellt werden. Durch die Mischung der drei Grundfarben in ihren jeweiligen Abstufungen steht somit einem Pixel eine Farbpalette von 256 x 256 x 256 = 16,7 Millionen Farben zur Verfügung. Der dafür erforderliche Speicherplatz pro Pixel beläuft sich auf $2^8 \times 2^8 \times 2^8 = 2^{24}$ Bit.

CMYK-Farbe (32 Bit): Dieser Farbmodus benutzt zur Darstellung eines Farbwerts die vier Grundfarben Cyan, Magenta, Yellow und Schwarz. Jede der vier Grundfarben besitzt wiederum 256 Farbabstufungen. Die Anzahl der durch Mischung erzielbaren Farben ergibt somit 256 x 256 x 256 x 256 = 4,294 Milliarden Farben (2^{32})!

Der Weg alles Irdischen: Die Auflösung

Wenn Sie mit Bitmaps bzw. Pixelgrafiken gestalten, stoßen Sie immer wieder auf den Begriff Auflösung bzw. Bildauflösung. Damit ist die Anzahl der Pixel (Bildpunkte) in bezug auf eine bestimmte Strecke gemeint. Diese bestimmte Strecke ist das englische Zoll, das exakt 2,54 cm mißt. Besitzt ein Bild eine Auflösung von 96 dpi, bedeutet dies, daß auf einer Strecke von 2,54 cm 96 Pixel untergebracht sind. Die Maßeinheit dpi steht für **D**ots **p**er **I**nch, frei übersetzt: (Bild-) Punkte pro Zoll. Die Darstellungsqualität eines Bilds wird um so besser, je höher die Anzahl der Bildpunkte pro Zoll ist. Eine hohe dpi-Zahl bringt allerdings nicht nur schönere Bilder (weniger Treppcheneffekt), sondern führt auch schnell zu speicherfressenden Dateien.

Hinweis: Die Bildschirmauflösung (nicht zu verwechseln mit der Bildauflösung!) beträgt bei den meisten PC-Monitoren, zumindest den IBM-kompatiblen Geräten, 96 ppi (**P**oints **p**er **I**nch). Besitzt ein Bitmap eine Bildauflösung von 96 dpi, wird es auf dem PC-Monitor 1:1 angezeigt.

Wieviel Speicher braucht ein Bitmap?

Da eine Pixelgrafik immer flächig ist, potenziert sich die Anzahl der Bildpunkte. Die Dateigröße einer Pixelgrafik läßt sich einfach ausrechnen: Anzahl der Bildpunkte multipliziert mit dem Speicherplatz, der für jedes Pixel reserviert werden muß. Eine Pixelgrafik mit 800 x 600 = 480.000 Pixeln und einer Farbtiefe von 24 Bit (RGB-Farbe; 16,7 Millionen mögliche Farben) belegt schon 480.000 x 24 = 12.000.000 Bit! Acht Bit entsprechen einem Byte. Somit wären dies umgerechnet 1.500.000 Byte oder in Megabyte ausgedrückt 1,43 MByte. Diese Datei würde also gerade eben noch auf eine normale 3,5" Diskette passen. Je nach Dateiformat, in dem die Pixelgrafik gespeichert wird, kann der Speicherplatz durch spezielle Komprimierungsverfahren reduziert werden.

Hinweis: Wenn Sie die Bildgröße (in Pixeln) bestimmen, dann steht der erste Wert für die Breite (Anzahl der Pixel in horizontaler Ausdehnung) und der zweite Wert für die Höhe (Anzahl der Pixel in vertikaler Ausdehnung). Eine Pixelgrafik ist immer rechteckig. Mit speziellen Funktionen lassen sich Farb- bzw. Bildbereiche ausblenden. Es entsteht dann der Eindruck einer "nicht-rechteckigen" Pixelgrafik. Die Bereiche sind jedoch nur ausgeblendet und NICHT gelöscht. Die Pixelgrafik bleibt also auch weiterhin rechteckig. Warum eine Pixelgrafik immer rechteckig ist, hängt mit dem Aufbau der Punktematrix (Bitmap) zusammen.

Wichtige Dateiformate im Überblick
Windows-Bitmap - BMP: Das BMP-Dateiformat gehört zu den älteren seiner Art. Da es schon sehr lange besteht, ist es weit verbreitet und wird von vielen Programmen unterstützt. Dieses Bildformat unterstützt bis zu 24 Bit Farbtiefe (16,7 Millionen Farben).
Tagged Information File - TIFF bzw. TIF: Wenn es um höchste Bildqualität und den Austausch von Bilddaten zwischen unterschiedlichen Computertypen geht (Apple Macintosh und PCs), ist das TIFF-Format gefragt. Es unterstützt 24 Bit Bildtiefe. Auf Wunsch kann durch die integrierte LZW-Komprimierung die Dateigröße reduziert werden. Sie sollten auf das TIFF-Format immer dann zurückgreifen, wenn es Ihnen auf beste Bildqualität ankommt und die Dateigröße nicht von Bedeutung ist.
Joint Photographic Expert Group - JPEG bzw. JPG: Das JPEG-Format ist gut geeignet, wenn Pixelgrafiken mit vielen Farben (24 Bit) mit möglichst geringer Dateigröße gespeichert werden sollen. Beim Speichervorgang erfolgt eine Komprimierung. Bei der Komprimierung kann zwischen Bildqualität und (kleiner) Dateigröße gewählt werden. Datenkomprimierung bei Grafikdateien bringt immer Qualtiätsverluste mit sich. Da hier aber trotz extremer Datenreduktion eine ansehnliche Bildqualität erhalten bleibt, kann es in "speicherkritischen" Fällen guten Gewissens eingesetzt werden.
CompuServe Graphics Interchange Format - GIF: Gif-Bilder werden vor allem im Internet-Bereich eingesetzt, wo es auf kleine Dateigrößen und deren schnelle Übermittlung ankommt. Beim Speichervorgang einer Pixelgrafik im

GIF-Format können Sie zwischen 1 und 8 Bit pro Pixel wählen, wodurch die Anzahl der darstellbaren Farben auf 256 Farben begrenzt ist.
Encapsulated PostScript - EPS: Dieses Dateiformat kann sowohl für Pixel- als auch für Vektorgrafiken verwendet werden. Es findet vor allem beim Import in Layout-Programmen wie beispielsweise QuarkXPress oder PageMaker Anwendung. Beim Speichervorgang muß nochmals ein Dateityp ausgewäht werden, der in das EPS-Format gewissermaßen integriert wird. Das Besondere an diesem Dateiformat ist, daß es als einziges Dateiformat transparente weiße Flächen unterstützt. Auf diese Weise können freigestellte Pixelgrafiken erzeugt werden. Die PostScript-Dateiformate sind vor allem im professionellen Druckbereich von Bedeutung.

In Zentimeter und Zoll: Die Bildgröße

Aus dem Wert der Auflösung (wieviel Pixel pro Zoll) und der Anzahl der Bildpunkte errechnet sich die Bildgröße, gemessen zum Beispiel in Zoll oder Zentimeter. Da bei der Erstellung einer Pixelgrafik (z. B. beim Scannen) die Anzahl der Pixel bestimmt wird, können Sie folgende einfache Formel anwenden: Anzahl der Bildpunkte geteilt durch die Anzahl der Bildpunkte pro Inch (Auflösung). Ein Bild, das 800 x 600 Bildpunkte und eine Auflösung von 96 dpi besitzt, mißt demnach 800 : 96 = 8,3 Zoll bzw. 21,17 cm in der Breite und 600 : 96 = 6,25 Zoll bzw. 15,86 cm in der Höhe.

9.2 Bitmaps importieren

Wenn Sie in CorelDRAW Bitmaps einsetzen wollen, haben Sie zwei Möglichkeiten, dies zu tun: Entweder Sie importieren ein vorhandenes Bitmap, oder Sie konvertieren ein Bitmap (Umwandlung einer Vektorgrafik in ein Bitmap). In CorelDRAW haben Sie viele Möglichkeiten, ein Bitmap in eine Grafik zu importieren. Sie können dazu den Menübefehl *Importieren* benutzen, die Zwischenablage oder auch das Skizzenbuch einsetzen. Jede Methode hat ihre eigenen Vorzüge.

Eine Pixelgrafik mittels Skizzenbuch importieren

Das Skizzenbuch ist vergleichbar mit einem "visuellen Datei-Manger bzw. Explorer", der Dateien in Form von kleinen Vorschaubildchen darstellt. Man könnte das Skizzenbuch auch als Bilderalbum bezeichnen. Die angezeigten Fotos, Grafiken, Muster und andere Objektarten lassen sich per Drag & Drop einfach in die CorelDRAW-Grafik einfügen. Die Dateien, die das Skizzenbuch anzeigt, können beispielweise auf einer der CorelDRAW-CDs oder auf der Festplatte Ihres Rechners gespeichert sein. In den CorelDRAW-Versionen

6 und 7 ist das Skizzenbuch ein normales Rollup. In CorelDRAW 8 ist das Skizzenbuch als Andock-Fenster realisiert, das sich am Bildschirmrand "andocken" läßt. Für jede Objektart (Fotos, 3-D-Objekte, Muster etc.) gibt es jeweils ein eigenes Register, in dem nur jeweils eine Objektart angezeigt werden kann (z. B. nur Pixelgrafiken).

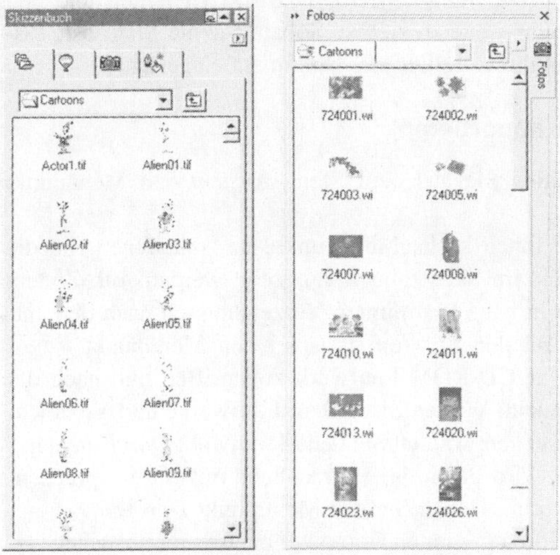

Abb. 320: Das Skizzenbuch in den CorelDRAW-Versionen 6,7 und 8

Corel 6 + Corel 7 Pixelgrafik importieren

① Klicken Sie auf das Menü *Extras*.

② Dort finden Sie die vier Menüpunkte *Durchsuchen*, *Cliparts*, *Fotos* und *Bevorzugte Umrisse und Füllungen*. Mit allen vier Menüpunkten öffnen Sie das Skizzenbuch mit einer eigenen Registerkarte, die nur den gewählten Objekttyp anzeigt. Um ein Bitmap zu importieren, wählen Sie den Menüpunkt *Fotos*.

③ Auf dem Bildschirm sollten Sie nun das Skizzenbuch mit der geöffneten Registerkarte *Fotos* sehen. Im Listenfeld *Durchsuchen* können Sie das Laufwerk und das Verzeichnis wählen, in dem sich die Dateien befinden, die im Skizzenbuch angezeigt werden sollen. Wollen Sie zum Beispiel Bilddateien von einer der CorelDRAW-CDs einfügen, legen Sie die entsprechende CD ein, wählen über das Listenfeld das CD-ROM-Symbol und klicken sich mit einem Doppelklick mit der linken Maustaste auf die

Verzeichnissymbole zu dem Verzeichnis durch, in dem sich die gewünschten Dateien befinden.

④ Am Ziel angelangt, werden die im Verzeichnis befindlichen Grafikdateien eingelesen und als Vorschaubildchen im Skizzenbuch angezeigt. Um ein Foto zu importieren, brauchen Sie das Vorschaubildchen nur mit der linken Maustaste anzuklicken, die Maustaste gedrückt zu halten und den Mauscursor auf die Zeichenseite zu ziehen. Sobald Sie die Maustaste loslassen, wird die Datei in das CorelDRAW-Dokument eingefügt.

Corel 8 **Pixelgrafik importieren**

① In CorelDRAW 8 wählen Sie aus dem Menü *Ansicht* den Menüpunkt *Skizzenbuch.*

② Das Untermenü bietet Ihnen sechs Menüpunkte an, mit denen Sie die Objektart vorwählen, die im Skizzenbuch angezeigt werden soll. Zudem sucht das Skizzenbuch in ganz bestimmten Verzeichnissen nach den entsprechenden Dateien. Wählen Sie zum Beispiel den Menüpunkt *Fotos*, wird automatisch auf Ihr CD-ROM-Laufwerk zugegriffen und nach der CorelDRAW 8-CD gesucht. Wollen Sie andere Laufwerke und Verzeichnisse nach Fotos durchsuchen, wählen Sie den Menüpunkt *Durchsuchen.*

③ Am rechten Bildschirm wird Ihnen das Skizzenbuch mit der entsprechenden Registerkarte angezeigt. Haben Sie den Menüpunkt *Durchsuchen* gewählt, können Sie nun Ihren gesamten Computer nach Fotos absuchen.

④ Sobald Sie das Verzeichnis gefunden haben, in dem sich die Fotos befinden, werden kleine Vorschaubildchen im Skizzenbuch angezeigt. Mit der gedrückten linken Maustaste können Sie die Dateien in Ihr CorelDRAW-Dokument per Drag & Drop einfügen.

Hinweis: Nicht alle Pixelgrafikformate können im Skizzenbuch angezeigt werden. In manchen Fällen sehen Sie statt eines Vorschaubildchens nur das CorelPHOTO-PAINT-Symbol und den Dateinamen. Alle gängigen Dateiformate wie beispielsweise BMP, TIF und JPG werden jedoch ohne Probleme unterstützt und angezeigt.

Eine Pixelgrafik über die Zwischenablage einfügen

Diese Methode setzt voraus, daß Sie das einzufügende Objekt zuvor in die Windows-Zwischenablage kopiert haben.

Menüpunkt Einfügen

Wählen Sie aus dem Menü *Bearbeiten* den Menüpunkt *Einfügen*, wird das in der Windows-Zwischenablage befindliche Foto sofort eingefügt.

Menüpunkt Inhalte einfügen

Mit dem Befehl *Inhalte einfügen* haben Sie die Möglichkeit, Objekte einzubetten und zu verknüpfen. Zudem können Sie das Dateiformat des eingefügten Fotos bestimmen. Damit Sie diesen Menüpunkt anwählen können, müssen Sie zuvor in einem anderen Programm (!) ein Objekt in die Zwischenablage kopiert haben.

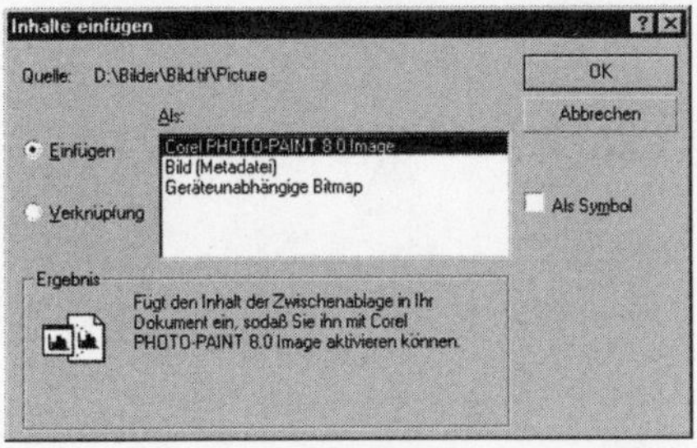

Abb. 321: Das Dialogfenster Inhalte einfügen ermöglicht eine Auswahl, in welcher Form das in der Zwischenablage befindliche Objekt eingefügt werden soll

① Kopieren Sie in einem anderen Programm (z. B. CorelPHOTO-PAINT) eine Datei oder einen Dokumentbereich in die Zwischenablage und wechseln Sie anschließend zu CorelDRAW.

② Wählen Sie aus dem Menü *Bearbeiten* den Menüpunkt *Inhalte einfügen*.

③ In dem Dialogfenster *Inhalte einfügen* haben Sie zunächst die Wahl: Möchten Sie das Foto nur einfügen (einbetten) oder verknüpfen? Beim Einbetten wird eine Kopie der sogenannten Quelldatei erstellt und in das Dokument eingefügt. Es besteht keine Verbindung zwischen Quelldatei und dem eingefügten Foto. Beim Verknüpfen wird ebenfalls eine Kopie von der Quelldatei erstellt. Diesmal aber besteht eine Verbindung zwischen der Quelldatei und dem eingefügten Foto. Änderungen an der Quelldatei wirken sich auch auf die eingefügte Datei aus (und umgekehrt).

④ Haben Sie sich für die Option *Verknüpfung* entschieden, steht Ihnen im Listenfeld *Als:* keine weitere Auswahlmöglichkeit zur Verfügung. Sie fügen eine Kopie der Datei unverändert in das CorelDRAW-Dokument ein.

⑤ Wenn Sie die Option *Einfügen* wählen, werden Ihnen je nach Objektart mehrere Auswahlmöglichkeiten angeboten. Durch Anwahl eines Eintrags im Listenfeld wird Ihnen im unteren Bereich des Dialogfensters eine kurze Beschreibung geliefert, was sich hinter dem gewählten Eintrag verbirgt. Wählen Sie beispielsweise das Originalformat der Quelldatei, können Sie das eingefügte Objekt durch einen Doppelklick auf das Programm, mit dem es erstellt worden ist, bearbeiten.

Der Import-Befehl

Durch den Import-Befehl können Sie bereits beim Einfügen bestimmte Eigenschaften bestimmen. Abhängig vom Dateiformat können Sie beispielsweise nur einen Teil der Pixelgrafik auswählen oder eine Verknüpfung erstellen.

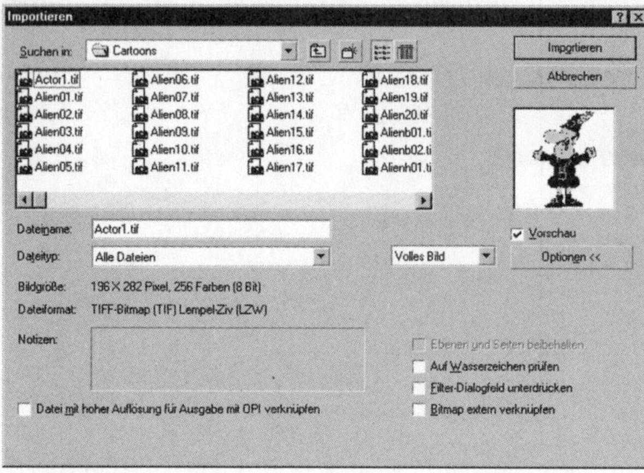

Abb. 322: Das Dialogfenster Importieren ermöglicht den Import diverser Objekttypen

① Wählen Sie aus dem Menü *Datei* den Menüpunkt *Importieren.*

② Im Listenfeld *Suchen in* wählen Sie das Verzeichnis, in dem sich die Pixelgrafik befindet. Achten Sie darauf, daß im Listenfeld *Dateityp* der Eintrag *Alle Dateien* steht. Ist dort ein bestimmter Dateityp ausgewählt, werden im Fensterbereich auch nur die Dateien angezeigt, die dem eingestellten Dateityp entsprechen.

③ Haben Sie die Datei gefunden, die Sie importieren möchten, klicken Sie einmal mit der linken Maustaste auf den Dateinamen (ein Doppelklick würde die Datei sofort importieren).

④ Klicken Sie nun mit der linken Maustaste auf die Schaltfläche *Optionen*, damit Sie weitere Informationen zur gewählten Datei erhalten. Sie können jetzt die Größe der Datei (in Pixel), die Anzahl der Farben und detaillierte Informationen zum Dateiformat entnehmen.

⑤ Das Listenfeld *Methode* (links neben der Schaltfläche *Optionen*) ermöglicht Ihnen je nach Dateityp eine Auswahl zwischen *Volles Bild*, *Beschneiden* und *Bitmap neu erstellen.*

Ein Bitmap beim Importieren beschneiden

Haben Sie sich entschieden, nicht die gesamte Datei in das CorelDRAW-Dokument einzufügen, können Sie beim Import einen bestimmten Bereich auswählen.

① Öffnen Sie dazu das Dialogfenster *Importieren* und wählen Sie die einzufügende Datei aus (aber noch nicht importieren).
② Im Dialogfenster *Importieren* wählen Sie im Listenfeld *Methode* den Eintrag *Beschneiden.*
③ Klicken Sie nun mit der linken Maustaste auf die Schaltfläche *Importieren.* Daraufhin erscheint das Dialogfenster *Bild beschneiden.*
④ Im oberen Bereich des Dialogfensters *Bild beschneiden* wird das gesamte Bitmap angezeigt. Zusätzlich sind acht schwarze Anfasser zu sehen, die Sie mit der gedrückten linken Maustaste verschieben können. Auf diese Weise können Sie einen Bereich innerhalb des Bilds auswählen.
⑤ Klicken Sie in den Auswahlbereich, verwandelt sich Ihr Mauscursor in eine Hand. So können Sie diesen Bereich als Ganzes verschieben.
⑥ Über die Eingabefelder *Oben*, *Links*, *Breite* und *Höhe* können Sie den zu importierenden Bildbereich auch numerisch definieren. Geben Sie einfach einen Wert in die Eingabefelder ein oder klicken Sie die kleinen Pfeile rechts neben dem jeweiligen Eingabefeld an.
⑦ Im Listenfeld *Einheiten* können Sie die Maßeinheit auswählen, mit der der Auswahlrahmen über die Eingabefelder bestimmt werden kann.
⑧ Die Schaltfläche *Alles auswählen* vergrößert den Auswahlrahmen wieder auf sein Maximum. Damit haben Sie wieder das gesamte Bitmap ausgewählt. Schließlich rechnet CorelDRAW Ihnen die Dateigröße (in Byte) aus, die der ausgewählte Bereich belegt, und zeigt Ihnen das Ergebnis im unteren Bereich an.
⑨ Sobald Sie auf die Schaltfläche *OK* klicken, wird von dem ausgewählten Bereich ein neues Bitmap erstellt und in Ihr CorelDRAW-Dokument eingefügt.

Ein Bitmap neu erstellen

Mit der Funktion *Bitmap neu erstellen* haben Sie die Möglichkeit, die Größe und die Auflösung des Bitmaps zu verändern.

① Öffnen Sie wieder das Dialogfenster *Importieren* und wählen Sie die einzufügende Datei aus.
② Im Dialogfenster *Importieren* wählen Sie im Listenfeld *Methode* den Eintrag *Bitmap neu erstellen.*

③ Klicken Sie nun mit der linken Maustaste auf die Schaltfläche *Importieren*. Daraufhin erscheint das Dialogfenster *Bild neu erstellen*.

④ Über die Eingabefelder *Breite* und *Höhe* können Sie die Größe des Bitmaps verändern. Die Maßeinheit wählen Sie im Listenfeld *Einheiten* aus.

⑤ Wenn das Kontrollkästchen *Seitenverhältnisse beibehalten* aktiviert ist, lassen sich die Werte in den Eingabefeldern *Höhe* und *Breite* nur gleichzeitig verändern. Ist das Kontrollkästchen deaktiviert, können Sie die Werte unabhängig voneinander einstellen.

⑥ Die Auflösung des Bilds läßt sich durch die Eingabefelder *Horizontal* und *Vertikal* im Bereich *Auflösung* einstellen. In der Regel lassen Sie das Kontollkästchen *Identische Werte* aktiviert, damit die Auflösung hinsichtlich der Breite und Höhe gleich bleibt.

⑦ Sobald Sie auf die Schaltfläche *OK* klicken, wird von der Quelldatei eine Kopie erzeugt und gemäß der neuen Einstellungen in das CorelDRAW-Dokument eingefügt.

9.3 Die unheimliche Verwandlung: In Bitmap konvertieren

Der Unterschied zwischen Vektor- und Pixelgrafik ist erheblich. Die unterschiedlichen Grafikarten werden nicht nur unterschiedlich bearbeitet, sondern haben auch ein anderes "Erscheinungsbild" und andere Darstellungs- bzw. Effektmöglichkeiten. Manchmal kann es erforderlich sein, eine Vektorgrafik in ein Bitmap zu konvertieren (umzuwandeln). Dieses Bitmap läßt sich nun mit allen Bitmap-Bearbeitungsfunktionen umgestalten. Darunter sind auch eine Menge eindrucksvoller Effekte, die nur auf Bitmaps anwendbar sind.

Abb. 323: Bei der Umwandlung einer Vektorgrafik mit Text in ein Bitmap werden Pixel erzeugt, die bei starker Vergrößerung erkennbar werden

Ein Objekt in ein Bitmap konvertieren

Sie können praktisch jedes mit CorelDRAW erstellte Objekt (Linien, Flächen, Grafiktext und Mengentext) in ein Bitmap konvertieren. Selbst ein Bitmap läßt sich nochmals neu konvertieren, wodurch Sie beispielsweise die Bildart (bzw. den Farbmodus) eines Bitmaps nachträglich ändern können.

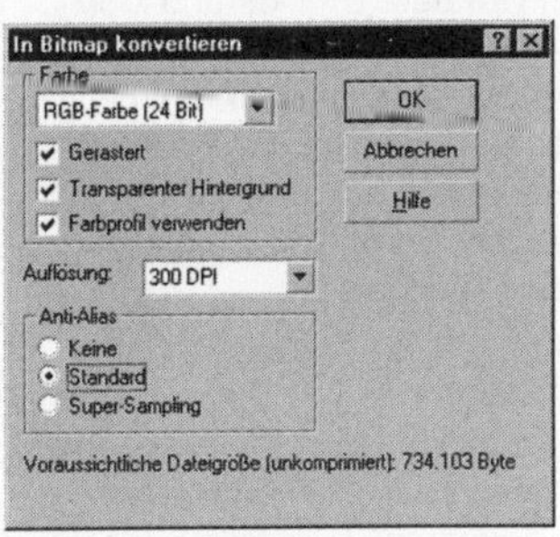

Abb. 324: Die Funktion In Bitmap konvertieren aus dem Menü Bitmaps ermöglicht die Umwandlung von Vektorobjekten ins Pixelformat

① Erstellen oder markieren Sie ein beliebiges Objekt.
② Wählen Sie aus dem Menü *Bitmaps* den Menüpunkt *In Bitmap konvertieren.*
③ Im Dialogfenster *In Bitmap konvertieren* finden Sie einige wichtige Einstellmöglichkeiten, wie die Umwandlung zum Bitmap stattfinden soll. Im Listenfeld *Farbe* wählen Sie die Farbtiefe bzw. das Farbformat aus.
④ Als nächstes können Sie die Kontrollkästchen *Gerastert*, *Transparenter Hintergund* und *Farbprofil* aktivieren. Die folgende Tabelle erläutert Ihnen die Funktionen der Kontrollkästchen.

Einstellmöglichkeiten im Überblick
Gerastert: Bei dieser Funktion werden die Farben von Farbverläufen nach dem Zufallsprinzip aus einer Farbpalette ähnlicher Farben umgesetzt. Dadurch entsteht eine diffuse Farbverteilung. Für das menschliche Auge erzielen Sie so gleichmäßiger anmutende Farbübergänge (geordnete Strukturen erkennt das Auge schneller).
Transparenter Hintergrund: Diese Funktion ist sehr zweckmäßig, wenn Sie sich von der rechteckigen Bitmap-Form lösen wollen. Normalerweise sind Bitmaps immer rechteckig. Positionieren Sie ein Bitmap über einer anderen Fläche, verdeckt die gesamte Rechteckform die darunterliegenden Elemente, selbst wenn Sie nur bestimmte Bereiche des Bitmaps darstellen wollen. Haben Sie das Kontrollkästchen *Transparenter Hintergrund* aktiviert, wird in dem Augenblick, in dem Sie ein Objekt in ein Bitmap umwandeln, die Hintergrundfarbe der Zeichenfläche auch im Bitmap zur Hintergrundfarbe. Da diese Farbe automatisch ausgeblendet wird, erscheinen nur bestimmte Farbbereiche des Bitmaps.
Farbprofil verwenden: Farbprofile dienen zur besseren bzw. korrekteren Wiedergabe von Farben auf dem Monitor und Drucker. Bei der Umwandlung von Vektorgrafiken in Pixelgrafiken (und umgekehrt) oder bei der Wiedergabe auf unterschiedlichen Geräten (Drucker und Monitor) werden unterschiedliche Farbmodelle zur Bestimmung von Farben eingesetzt. Dadurch erfahren Farben oftmals eine Farbtonveränderung. Um diese technisch bedingten Veränderungen zu minimieren, werden Farbprofile eingesetzt, die den Farbwert an die neuen Gegebenheiten anpassen. Aktivieren Sie dieses Kontrollkästchen, wenn es Ihnen auf eine korrektere Darstellung der Farbwerte ankommt. Erwarten Sie aber keine Wunder! In CorelDRAW 6 und 7 setzen Sie zur Bestimmung eines Farbprofils den Farben-Manager ein, den Sie im Menü *Extras* finden. In CorelDRAW 8 wählen Sie aus dem Menü *Extras* den Menüpunkt *Optionen.* Klicken Sie dann doppelt auf den Eintrag *Global* und anschließend direkt noch einmal doppelt auf den Eintrag *Farbe Management.* Nun sollten Sie den Unterpunkt *Profile* sehen, den Sie diesmal nur einmal anklicken. Im Dialogfenster *Optionen* erscheint rechts eine Auswahl der einstellbaren Farbprofile.

Ein Klick auf die Schaltfläche *Farbprofil-Assistent* führt Sie in einzelnen Schritten zur Auswahl und Erstellung eine Farbprofils.

⑤ Im nächsten Schritt können Sie die Auflösung des Bitmaps bestimmen. Im Listenfeld *Auflösung* werden Ihnen einige Werte vorgegeben. Der für den professionellen Druckbereich (zur späteren Belichtung) wichtige Wert ist 300 dpi. Wählen Sie diese Einstellung, wenn Sie die Grafik später an die Druckerei weitergeben wollen. Soll die Grafik nur auf dem Monitor angezeigt oder vielleicht auf Ihrem Desktop-Drucker ausgegeben werden, können Sie auch mit niedrigeren Auflösungen gut arbeiten (z. B. 100 oder 75 dpi). Die Bitmaps sind dann zwar nicht mehr so hoch aufgelöst und zeigen schon Anzeichen von Treppcheneffekten, sind dafür aber nicht so große Speicherfresser.

⑥ Durch *Anti-Alias* kann die Darstellung von Pixelgrafiken verbessert werden. Mit der Option *Standard* werden einzelne Bildpunkte (Pixel), die "aus der Reihe tanzen", farblich an die Farben der benachbarten Bildpunkte angeglichen. Durch diese Angleichung der Farbwerte von benachbarten Bildpunkten ergeben sich weichere Konturen und Farbübergänge. Allerdings geht dies auch zu Lasten der Detailschärfe. Das Ganze ähnelt ein bißchen einer Weichmacherlinse. Die Option *Standard* ist die moderate Methode. Mit der Option *Super-Sampling* wird durch eine aufwendigere Neuberechnung die Angleichung der Farbwerte gründlicher ausgeführt, was zu besseren Ergebnissen führen kann.

⑦ Durch einen Klick auf die Schaltfläche *OK* erfolgt die Konvertierung des markierten Objekts in ein Bitmap gemäß der vorgenommenen Einstellungen. Sie können Vektorgrafiken in Bitmaps umrechnen oder bereits existierende Bitmaps neu berechnen lassen.

9.4 Die Bitmap-Farbmaske

Die Bearbeitungsmöglichkeiten von Bitmaps sind mindestens ebenso vielfältig wie die von Vektorgrafiken. Die meisten im Menü *Bitmaps* befindlichen Funktionen gehören zu CorelPHOTO-PAINT. Mit dem Menüpunkt *Bitmap bearbeiten* starten Sie CorelPHOTO-PAINT und bedienen sich der Funktionen aus diesem Bildbearbeitungsprogramm. In diesem Abschnitt werden die CorelDRAW-spezifischen Funktionen erläutert, wozu auch die Bitmap-Farbmaske gehört.

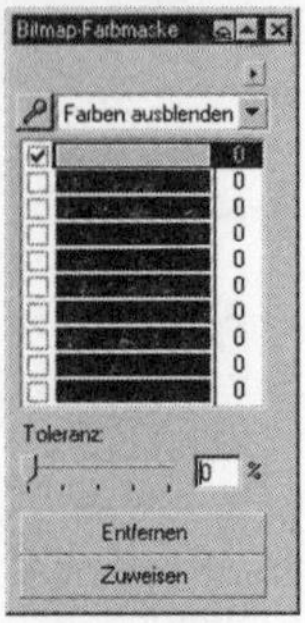

Abb. 325:
Mit der Bitmap-Farbmaske lassen sich unerwünschte Farbbereiche ausblenden

Wofür sie gut ist ...

Sie kennen das Problem? Sie haben in CorelDRAW einen schönen Hintergrund gestaltet und wollen darüber eine (Bitmap-) Blume plazieren. Nun ist ein Bitmap definitionsgemäß leider immer rechteckig. Somit erscheint in Ihrer Grafik nicht nur die schöne Blume, sondern auch ein ganz und gar nicht anmutiger eckiger Kasten. Mit der Bitmap-Farbmaske können Sie die Farbbereiche des unerwünschten Kastens auswählen und ausblenden.

Abb. 326: Ein importiertes Bitmap vor und nach der Behandlung mit der Bitmap-Farbmaske

Die Bitmap-Farbmaske einsetzen

Die Bitmap-Farbmaske ist nur auf Bitmaps anwendbar, nicht auf Vektorobjekte. Sie können entweder ein Bitmap importieren oder ein Vektorobjekt in ein Bitmap konvertieren. Welchen Weg Sie auch wählen, um die Bitmap-Farbmaske einsetzen zu können, Sie brauchen ein Bitmap.

Hinweis: In einigen Fällen muß ein frisch importiertes Bitmap erst über den Menübefehl *In Bitmap konvertieren* noch einmal umgewandelt werden, bevor Sie die Bitmap-Farbmaske einsetzen können. Wenn sich mit der Pipette keine Farben anwählen lassen, wählen Sie aus dem Menü *Bitmaps* den Menüpunkt *In Bitmap konvertieren.* Um bei der Konvertierung keine Qualitätsverluste zu erhalten, wählen Sie *RGB-Farbe* und eine beliebige Anti-Alias-Einstellung. Mit der Auflösung sollten Sie probieren, welcher Wert zu keiner Bildverschlechterung führt. Für Bitmaps, die ausschließlich auf dem Bildschirm und eventuell noch auf dem heimischen Desktop-Drucker ausgegeben werden, reichen 96 dpi aus. Bei Dateien, die Sie belichten bzw. drucken lassen wollen, sollten Sie 300 dpi einstellen.

① Markieren Sie mit dem Hilfsmittel *Objektauswahl* das zu bearbeitende Bitmap und wählen Sie anschließend aus dem Menü *Bitmaps* den Menüpunkt *Bitmap-Farbmaske.*

② Daraufhin sollte auf dem Bildschirm das Rollup *Bitmap-Farbmaske* erscheinen. Sie können es wie jedes Rollup auf dem Bildschirm frei verschieben, falls es das Bitmap verdeckt. Das Rollup zeigt zehn Farbfelder, die mittels Pipetten-Symbol frei definiert werden können, derzeit aber noch die Farbe Schwarz zeigen. Die hier eingestellten Farben können ein- oder ausgeblendet werden. Ob eine gewählte Farbe ein- oder ausgeblendet werden soll, wählen Sie im Listenfeld *Farbe.*

③ Um eine nicht erwünschte Farbe aus dem Bitmap auszublenden, wählen Sie aus dem Listenfeld *Farbe* den Eintrag *Farbe ausblenden.*

④ Aktivieren Sie nun durch einen Klick mit der linken Maustaste in das entsprechende Kontrollkästchen die erste Farbe.

⑤ Durch einen Klick mit der linken Maustaste auf die Schaltfläche *Pipette* verwandelt sich Ihr Mauscursor in eine Pipette. Sobald Sie den Mauscursor über das Bitmap führen, wird in dem aktivierten Farbfeld die Farbe angezeigt, über der sich die Pipette gerade befindet (die äußerste Spitze der Pipette ist maßgeblich für die Wahl der Farbe).

⑥ Sobald sich die Pipettenspitze über der Farbe befindet, die Sie ausblenden möchten, klicken Sie einmal mit der linken Maustaste. Der Mauscursor nimmt daraufhin wieder seine ursprüngliche Pfeilform an, und in dem aktivierten Farbfeld erscheint der angewählte Farbton. Sollten Sie versehentlich an der falschen Stelle geklickt haben, können Sie durch einen Mausklick auf die Schaltfläche *Pipette* dem aktivierten Farbfeld jederzeit eine neue Farbe zuweisen.

⑦ Über den Schieberegler *Toleranz* können Sie bestimmen, ob nur die gewählte Farbe (Toleranz 0) oder ein größerer Farbbereich ausgeblendet werden soll. Je höher die Toleranz, desto größer der ausgeblendete Farbbereich.

⑧ Sobald Sie auf die Schaltfläche *Zuweisen* klicken, wird der gewählte Farbton (je nach Toleranz auch ähnliche Farben) ausgeblendet. Durch einen Klick auf die Schaltfläche *Entfernen* wird die Farbmaske entfernt, und alle Farben werden wieder angezeigt.

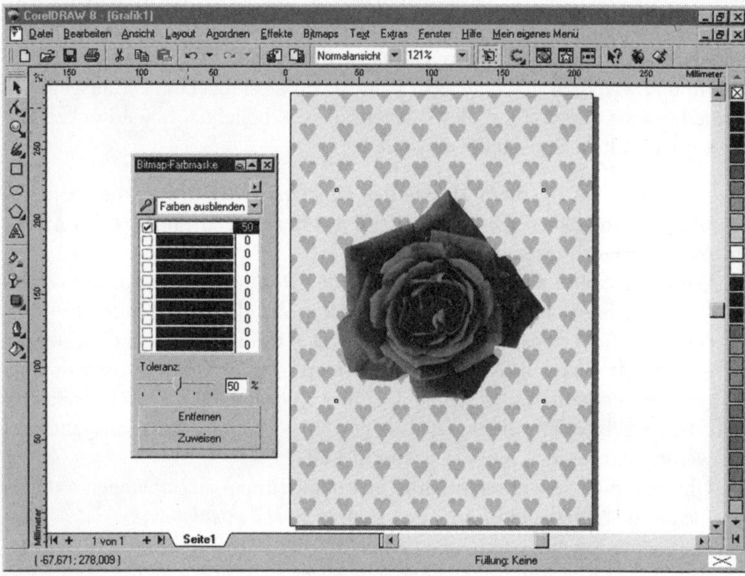

Abb. 327: Eine importierte Bitmap-Rose, nachdem der weiße Randbereich mit der Bitmap-Farbmaske ausgeblendet worden ist

Eine Farbe mittels Farbfeld definieren

Ein Bitmap besteht aus winzig kleinen Pixeln, die alle ihren eigenen Farbwert besitzen können. Selbst eine große Zoom-Einstellung hilft manchmal nicht weiter, ein bestimmtes Pixel so hervorzuheben, daß Sie dessen die Farbe anwählen können. Das Rollup bietet die Möglichkeit, mittels Farbfeld und numerischen Eingabefeldern den auszublendenden Farbton exakt zu bestimmen.

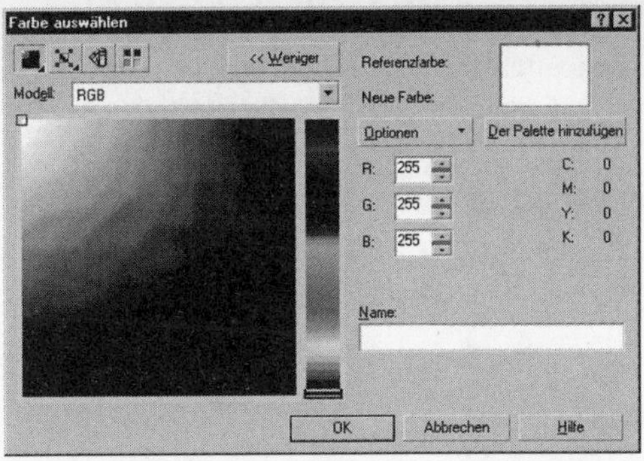

Abb. 328: Mit dem Dialogfenster Farbe auswählen lassen sich Farbtöne auch numerisch bestimmen

① Markieren Sie zuerst wieder das Bitmap, das Sie bearbeiten möchten.

② Durch einen Klick auf ein Farbfeld wird das Farbfeld zwar nicht aktiviert, aber dafür markiert. Sie können es an der zarten Umrandung des Farbfelds und der schwarzen Einfärbung des daneben stehenden Toleranzwerts erkennen. Farbfelder können jederzeit markiert werden, unabhängig davon, ob sie aktiviert sind oder nicht.

③ Haben Sie ein Farbfeld ausgewählt, klicken Sie mit der linken Maustaste auf den kleinen Pfeil im Rollup. Dadurch öffnet sich das Flyout-Menü des Rollups.

④ Wählen Sie hier den Menüpunkt *Farbe bearbeiten*. Es öffnet sich daraufhin das Dialogfenster *Farbe auswählen*, das Ihnen alle Möglichkeiten zur Bestimmung eines neuen Farbtons anbietet.

⑤ Klicken Sie im Dialogfenster *Farbe auswählen* auf die Schaltfläche *Mehr*. Das Dialogfenster vergrößert sich und zeigt Ihnen je nach gewähltem Farbmodell Eingabefelder zur numerischen Bestimmung einer Farbe.

⑥ Wenn Sie einen Farbton bestimmt haben, klicken Sie mit der linken Maustaste auf die Schaltfläche *OK*. Das Dialogfenster *Farbe auswählen* schließt sich, und die ausgewählte Farbe wird im markierten Farbfeld angezeigt.

⑦ Aktivieren Sie nun durch einen Klick mit der linken Maustaste das Kontrollkästchen neben dem Farbfeld und klicken Sie auf die Schaltfläche *Zuweisen*.

Eine Bitmap-Farbmaske speichern

Wenn Sie viel mit Farbmasken arbeiten, kann es schon recht viel Mühe bereiten, immer wieder die Definition von Farben aufs neue vorzunehmen, die dann ein- bzw. ausgeblendet werden sollen. Darum können Sie eine Farbmaske auch komplett speichern und zu einem späteren Zeitpunkt wieder öffnen und auf Bitmaps anwenden. Zur Farbmaske gehören alle Einstellungen, die Sie im Rollup vornehmen können.

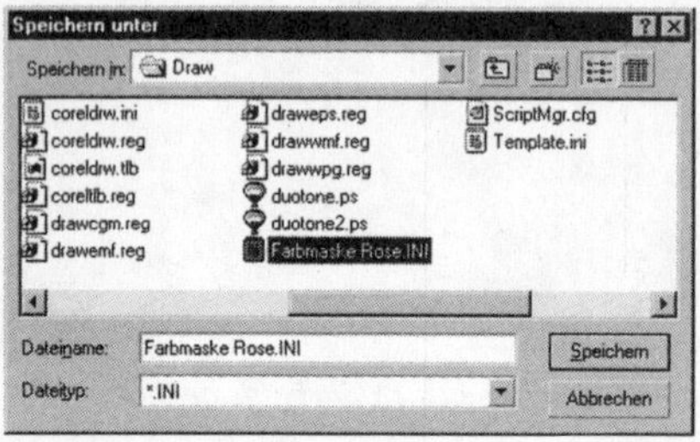

Abb. 329: Beliebig viele Farbmasken-Einstellungen können Sie als INI-Datei speichern und später erneut zuweisen

① Haben Sie Ihre Bitmap-Farbmaske eingestellt, klicken Sie auf den kleinen Pfeil im Rollup, um das Flyout-Menü zu öffnen.
② Aus dem Flyout-Menü wählen Sie den Menüpunkt *Farbmaske speichern*.
③ Im Dialogfenster *Speichern unter* geben Sie im Eingabefeld *Dateiname* einen aussagekräftigen Namen für Ihre Bitmap-Farbmaske ein. Die Dateierweiterung *ini* wird automatisch angefügt.
④ Klicken Sie mit der linken Maustaste auf die Schaltfläche *Speichern*. Alle Farbmasken-Einstellungen sind nun in der INI-Datei gespeichert und können jederzeit neu aufgerufen werden.

Eine Bitmap-Farbmaske öffnen

① Um eine zuvor gespeicherte Bitmap-Farbmaske auszuwählen, klicken Sie im Rollup auf den kleinen Pfeil.
② Im Flyout-Menü wählen Sie den Menüpunkt *Farbmaske öffnen*.
③ Im Dialogfenster *Öffnen* wählen Sie die Farbmasken-INI-Datei, die Sie öffnen wollen, und klicken anschließend auf die Schaltfläche *Öffnen*.
④ Sofort erscheinen im Rollup *Bitmap-Farbmaske* die Einstellungen der gewählten Bitmap-Farbmaske, die Sie durch einen Klick auf die Schaltfläche *Zuweisen* dem markierten Bitmap zuweisen können.

Eine Bitmap-Farbmaske bearbeiten

Nichts leichter als das! Sie brauchen nur in einer geöffneten Farbmaske die gewünschten Veränderungen vorzunehmen und die Farbmaske unter demselben oder anderem Namen abzuspeichern.

10. Nicht umsonst: Die Extras!

CorelDRAW ist ein mächtiges Zeichenprogramm. Eine nahezu unüberschaubare Vielfalt an verschiedenen Werkzeugen und Funktionen eröffnet ein großes Einsatzgebiet. Oft aber sind im Alltag spezielle Aufgabengebiete abzudecken - die aber dafür um so effektiver. Effektivität ist nicht nur eine Frage der Programmkenntnis. Auch die Konfiguration trägt maßgeblich zum effizienten Einsatz und zur bequemen Handhabung eines Programms bei. CorelDRAW läßt sich in vielerlei Hinsicht auf Ihre speziellen Bedürfnisse und Anwendungsgebiete trimmen.

10.1 Wichtige Grundeinstellungen im Überblick

Alle Grundeinstellungen hier auflisten zu wollen würde den Rahmen dieses Buchs sprengen. Aus diesem Grund folgt hier eine Auswahl der wichtigsten Einstellmöglichkeiten. Vieles, was Sie in den einzelnen Registerkarten des Dialogfensters *Optionen* finden, ist selbsterklärend und bedarf keiner detaillierten Erläuterungen. Andere sind derart fachspezifisch, daß Sie für die Mehrheit der CorelDRAW-Anwender kaum von Bedeutung sind. In diesem Kapitel werden die wichtigen Punkte aufgegriffen und ausführlich erläutert. Zusätzlich erhalten Sie hier viele Tips für die Praxis.

Die Steuerzentrale

Die Version 8 bringt einige Neuerungen hinsichtlich der Einstellmöglichkeiten der Grundeinstellungen mit sich.

Corel 6 + Corel 7

In den Versionen 6 und 7 sind die Grundeinstellungen in einem Dialogfenster mit Registerkarten untergebracht. Sie öffnen das Dialogfenster *Optionen*, indem Sie aus dem Menü *Extras* den Menüpunkt *Optionen* wählen.

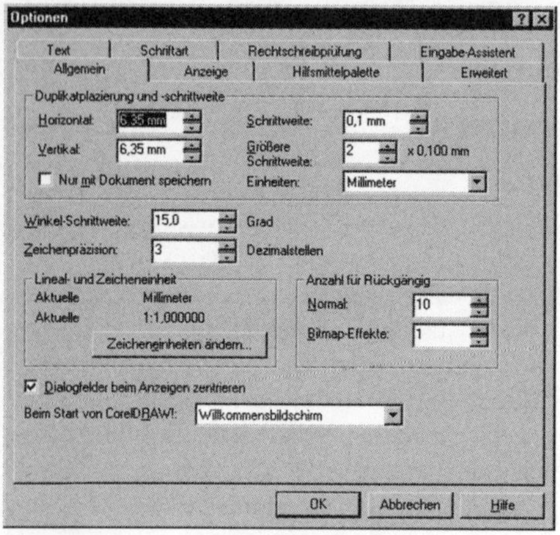

Abb. 330: Das Dialogfenster Grundeinstellung in CorelDRAW 6 und 7

Corel 8

In der Version 8 sind die beiden Dialogfenster *Grundeinstellung* und *Anpassen* zu einem einzigen Dialogfenster *Anpassen* verschmolzen. Hier wird das Dektop-Design von Windows 95 adaptiert. Die einzelnen Bereiche lassen sich zusätzlich zu den Registerkarten auch über eine "Verzeichnisbaum-ähnliche" Unterteilung anwählen, wie sie im Windows 95-Explorer zu finden ist. Damit werden nicht nur die Programme einem einheitlichen Standard angeglichen, was deren Handhabung vereinfacht, sondern wird auch die wachsende Anzahl an Einstellmöglichkeiten bewältigt, die längst nicht mehr in einem Dialogfenster mit Registerkarten unterzubringen wären. Die Bereiche sind logisch gegliedert und lassen sich schneller finden. Sie öffnen das Dialogfenster *Optionen*, indem Sie aus dem Menü *Extras* den Menüpunkt *Optionen* wählen.

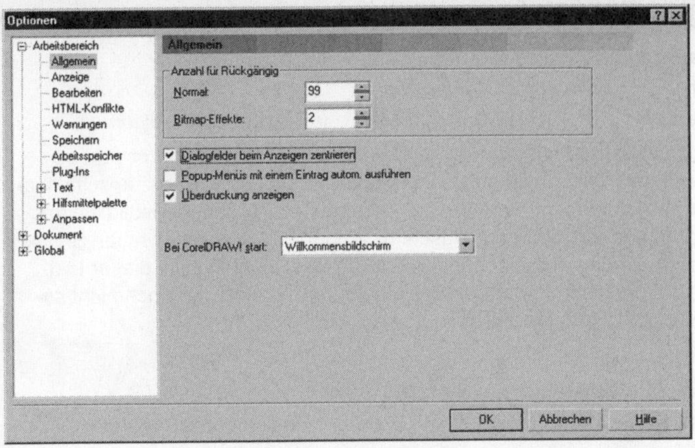

Abb. 331: Dialogfenster Anpassen in CorelDRAW 8

Wichtige Einstellungen im Überblick

Anzahl für Rückgängig

Eingabefeld *Normal* Wertebereich 1-99999

Eingabefeld *Bitmap-Effekte* Wertebereich 1-99999

Standard: *Normal* 2 und *Bitmap* 10

Zu finden in: CorelDRAW 6, 7 und 8 auf der Registerkarte *Allgemein*

In diesen Eingabefeldern geben Sie die Anzahl der Arbeitsschritte ein, die Sie rückgängig machen können. Was Sie in das Eingabefeld *Normal* eingeben, bezieht sich auf alle gewöhnlichen Gestaltungsvorgänge. Das Eingabefeld *Bitmap* bezieht sich nur auf Bearbeitungsschritte, die Sie an importierten Pixelgrafiken über die Funktionen im Menü *Bitmap* vornehmen.

Für jeden Arbeitsschritt, den Sie rückgängig machen wollen, muß der jeweilige Arbeitsstand zwischengespeichert werden. Dies erledigt CorelDRAW automatisch für Sie, so daß Sie sich darum nicht kümmern müßten. Der Nachteil ist, daß die Speicherung der Arbeitsstände wertvolle Rechnerressourcen verbraucht. Bei der Zwischenspeicherung vieler Arbeitsschritte kann sich dies, je nach Ausstattung Ihres PCs, nachteilig auf die Rechnerleistung auswirken. Ein brauchbarer Wert für das Eingabefeld *Normal* ist 5. Da die Zwischenspeicherung von Bitmap-Arbeitsständen besonders "belastend" ist, sollten hier nicht mehr als 2 Arbeitsschritte eingegeben werden. Ist eine Grafik mal derart vermurkst, daß Sie weitaus mehr Arbeitsschritte rückgängig machen müssen, ist es vielleicht einfacher, neu anzufangen bzw. eine Sicherheitskopie neu zu öffnen.

CorelDRAW-Start

Listenfeld *Beim Start von CorelDRAW* bzw. Bei *CorelDRAW!start*

Standard: *Willkommensbildschirm*

Zu finden in: CorelDRAW 6, 7 und 8 auf der Registerkarte *Allgemein*

Hier können Sie bestimmen, wie Sie CorelDRAW beim Programmstart begrüßen soll. Im Willkommensbildschirm befindet sich ein kleines, unscheinbares Kontrollkästchen, mit dem Sie die Anzeige des Willkommensbildschirms deaktivieren können. Um den Bildschirm wieder zu aktivieren, wählen Sie hier an dieser Stelle den entsprechenden Eintrag aus. Eigentlich ist dieser Bildschirm ganz praktisch, gerade für diejenigen unter Ihnen, die noch nicht solange mit CorelDRAW gestalten.

Kontrollkästchen *Neuaufbau unterbrechen*

Standard: aktiviert

Zu finden in: CorelDRAW 6, 7 und 8 auf der Registerkarte *Anzeige*

Wenn Sie etwas an Ihrer Grafik verändern, baut CorelDRAW die Grafik immer neu auf und aktualisiert auf diese Weise die Bildschirmdarstellung. Gerade bei komplexeren Grafiken und wenn Sie Pixelgrafiken eingefügt haben, kann der Bildschirmaufbau einige Zeit in Anspruch nehmen. Jede kleine Veränderung wird dann zum Geduldsspiel. Ist das Kontrollkästchen NICHT aktiviert, erscheint bei jedem Neuaufbau eine Sanduhr, und Sie können erst dann weiterarbeiten, wenn der Aufbau komplett ist. Haben Sie hingegen das Kontrollkästchen aktiviert, können Sie zu jedem beliebigen Zeitpunkt Objekte in Ihrer Grafik anklicken, markieren und bearbeiten. Der Aufbau wird für diesen Moment unterbrochen und erst zu Ende geführt, wenn Sie mal einige Sekunden nichts mehr machen und CorelDRAW für den Aufbau Zeit hat. Sie sollten das Kontrollkästchen für eine flüssigere Arbeitsweise immer aktiviert lassen.

Kontrollkästchen *Manuell aufbauen* bzw. *Manuell aktualisieren*

Standard: nicht aktiviert

Zu finden in: CorelDRAW 6,7 und 8 auf der Registerkarte *Anzeige*

Einen Schritt weiter als die vorherige Einstellmöglichkeit geht diese Funktion. Hier wird der Bildschirm nur dann aktualisiert, wenn Sie nach Veränderungen an Ihrer Grafik im Menü *Fenster* den Menüpunkt *Fenster aktualisieren* wählen oder den Tastaturbefehl [Strg]+[W] drücken. Aktivieren Sie dieses Kontrollkästchen nur dann, wenn Ihr Rechner bzw. die Grafikkarte mit dem Bildschirmaufbau überhaupt nicht klarkommt oder Sie eine monströse Grafik bearbeiten wollen.

Kontrollkästchen *Ausschnitt verschieben*

Standard: aktiviert

Zu finden in: CorelDRAW 6,7 und 8 auf der Registerkarte *Anzeige*

Ist dieses Kontrollkästchen aktiviert, verschiebt sich der Bildschirmausschnitt, sobald Sie die linke Maustaste gedrückt halten und aus dem sichtbaren

Desktop-Bereich herausziehen. Sie können auf diese Weise schnell mal einen anderen Bildschirmausschnitt auswählen, ohne die manchmal umständliche Bildlaufleiste oder das Hilfsmittel *Schwenken* benutzen zu müssen. Ob Sie dieses Kontrollkästchen aktivieren oder nicht, hängt davon ab, was Sie gerade bearbeiten und wie Ihre Vorlieben diesbezüglich sind. In manchen Fällen kann es störend wirken, wenn sich der Ausschnitt ständig verschiebt, wenn Sie mal unabsichtlich mit der gedrückten linken Maustaste über den Desktop hinausgehen. In anderen Fällen ist es eben ganz nützlich. Auf jeden Fall sollten Sie wissen, woran es liegt, wenn sich der Ausschnitt verschiebt und wo Sie dies einstellen können.

Eingabefeld *Farbverlaufsstreifen In Vorschau*

Standard: 256

Wertebereich: 2 (gröbste Darstellung) bis 256 (beste Darstellung)

Zu finden in: CorelDRAW 6,7 und 8 auf der Registerkarte *Anzeige*

Was Sie auf dem Bildschirm sehen, ist immer nur eine Vorschau dessen, wie es im Rechner gespeichert ist. Wie etwas auf dem Bildschirm dargestellt wird, hängt vor allem von Ihrer Grafikkarte und Ihrem Bildschirm und deren Einstellung ab. Rein "rechnerisch" gibt es manchmal einen großen Unterschied zwischen diesen beiden Welten. In bezug auf Farbverläufe kommt noch eine weitere Komponente dazu: Sie können in CorelDRAW einstellen, mit wieviel Farben ein Farbverlauf dargestellt werden soll. Je geringer der Wert hier eingestellt ist, desto weniger "Zwischenfarben" setzt CorelDRAW zur Darstellung eines Farbverlaufs ein. Der Farbverlauf weist sichtbare Farbabstufungen auf, wird dafür aber schneller aufgebaut. Ein hoher Wert sieht gleichmäßiger aus, kann dafür aber eine längere Zeit für den Bildschirmaufbau beanspruchen. In der Regel sollten Sie 256 Farbverlaufsstreifen einstellen bzw. eingestellt lassen (ist ja Standardeinstellung). Wenn Sie aber auf einem sehr langsamen Rechner arbeiten und viele Farbverläufe einsetzen oder die Ausgabe (Druck) auf einem Ausgabegerät simulieren wollen, das nur wenige Verlaufsstreifen erzeugen kann, sollten Sie diesen Wert nach unten hin anpassen.

Kontrollkästchen *Erweiterte Ansicht beim Bearbeiten aktivieren* bzw. *Erweiterte Ansicht beim Bearbeiten verwenden*

Standard: deaktiviert

Empfehlung: aktivieren

Zu finden in: NUR CorelDRAW 7 auf der Registerkarte *Anzeige*

Dieses Kontrollkästchen macht es Ihnen möglich, im Menü *Ansicht* den Menüpunkt *Erweitert* anzuwählen, der normalerweise nicht aktivierbar ist. Durch die anschließende Aktivierung des Menüpunkts *Erweitert* gibt sich CorelDRAW bei der Bildschirmdarstellung ein bißchen mehr Mühe, und alles gewinnt an Darstellungsqualität (z. B. Farbtreue). Für professionelle Anwender, die mit kalibrierten Systemen arbeiten, kann dieser Ansichtsmodus hilfreich bei der Einschätzung von Farben sein, da hier die Farbechtheit (richtige Darstellung der Farben auf dem Monitor) mehr gewährleistet ist. Allerdings nimmt dadurch der Bildschirmaufbau wesentlich mehr Zeit in Anspruch. Also nur bei Bedarf (zwischenzeitlich) einsetzen!

Kontrollkästchen *PostScript-Füllungen in erweiterter Ansicht anzeigen*
Standard: deaktiviert
Empfehlung: aktivieren
Zu finden in: CorelDRAW 6, 7 und 8 auf der Registerkarte *Anzeige*

PostScript-Füllungen sind eine spezielle Art von Füllmustern, die nach einer bestimmten Aufbauvorschrift erzeugt werden. Normalerweise werden diese Art Füllungen, wenn sie einem Objekt zugewiesen worden sind, auf dem Bildschirm nur mit den beiden Buchstaben PS angezeigt und erscheinen erst beim Ausdruck (auf einem PostScript-fähigen Drucker) in der richtigen Weise. Durch die Aktivierung des Kontrollkästchens *PostScript-Füllungen in erweiterter Ansicht anzeigen* ist es möglich, diese Füllungen auch auf dem Bildschirm anzeigen zu lassen. Wenn Sie mit dieser Art Füllung gestalten, sollten Sie zumindest zwischenzeitlich diesen Modus aktivieren, um sich ein genaueres Bild der Lage zu verschaffen. Erst wenn Sie im Menü *Ansicht* den Menüpunkt *Erweitert* wählen, kommt diese Einstellung zum Tragen. Insofern können Sie das Kontrollkästchen ruhig immer aktiviert lassen.

Hinweis: In CorelDRAW 7 ist zusätzlich vorher das Kontrollkästchen *Erweiterte Ansicht beim Bearbeiten aktivieren* zu aktivieren. Sonst klappt es nicht.

Bereich Schrittweise verschieben

Eingabefeld *Schrittweite*
Wertebereich: 0,001-15.240,0 mm
Standard: 2,54 mm
Empfehlung: 0,1 mm

Eingabefeld *Größere Schrittweite*
Wertebereich: 2-100
Standard: 2
Empfehlung: 10

Listenfeld *Einheiten*
Standard: mm
Empfehlung: beibehalten
Zu finden in: CorelDRAW 6 und 7 auf der Registerkarte *Allgemein*
CorelDRAW 8 auf der Registerkate *Bearbeiten*

Wenn Sie ein Objekt markiert haben und es mit Hilfe der Richtungstasten Ihrer Tastatur verschieben, gelten die im Eingabefeld eingegebenen Werte als Schrittweite. Halten Sie während des Verschiebens noch gleichzeitig die [Umschalt]-Taste gedrückt, wird der Wert, den Sie im Eingabefeld *Schrittweite* definiert haben, mit dem Faktor multipliziert, den Sie im Eingabefeld *Größere Schrittweite* definiert haben - es wird entsprechend mehr verschoben.

Bereich Autom. Sicherungskopie

Kontrollkästchen *Automatische Sicherung alle X Minuten*

Wertebereich: 1-120 Minuten

Standard: 10 Minuten

Empfehlung: beliebig

Zu finden in: CorelDRAW 6 und 7 auf der Registerkarte *Erweitert*
CorelDRAW 8 auf der Registerkarte *Speichern*

Das Gestalten am PC belastet Herz und Nieren Ihres Rechners und des Betriebssystems zuweilen sehr. Da kommt es nicht selten zu Systemabstürzen, und was nicht gespeichert ist, ist futsch! Aus diesem Grund ist eine automatische Sicherung sicherlich sinnvoll. Es gibt jedoch auch einen Haken an der ganzen Sache: Jedesmal, wenn die Datei gespeichert wird, können Sie für einen Augenblick nicht weiterarbeiten und Ihr Arbeitsfluß wird gestoppt. Das kann man verkraften, wenn es nur für einen Augenblick ist. Aber was ist, wenn Sie an einer größeren Grafik arbeiten und alle 10 Minuten müssen Sie für eine halbe Minute Zwangspause machen? Sie können natürlich das Intervall größer einstellen. Nur was nutzt es Ihnen, wenn nach einem besonders gelungenen Arbeitsschritt Ihr Rechner den Geist aufgibt und die Automatische Speicherung noch nicht stattgefunden hat? Auch nicht besser. In der täglichen Praxis hat es sich bewährt, auf die automatische Speicherung zu verzichten und manuell zu speichern ([Strg]+[S] oder Speicher-Symbol). So können Sie den Zeitpunkt der Speicherung selbst wählen, können sich sicher sein, daß wichtige Arbeitsschritte gespeichert sind, und werden nicht immer durch Zwangspausen gestört.

Hinweis: Da die Sicherung von Daten ein heikles Thema ist, sollten Sie genau prüfen, ob Sie mit der automatischen oder der manuellen Speicherung besser bedient sind. Eventuell ist auch eine automatische Speicherung für Sie geeigneter.

Kontrollkästchen *Sicherungskopie beim Speichern*

Standard: nicht aktiviert

Empfehlung: aktivieren

Zu finden in: CorelDRAW 6 und 7 auf der Registerkarte *Erweitert*
CorelDRAW 8 auf der Registerkarte *Speichern*

Bei aktiviertem Kontrollkästchen erzeugt CorelDRAW eine Kopie Ihrer Datei, wenn Sie über den Menüpunkt *Speichern*, das Speichern-Symbol oder mittels Tastaturbefehl [Strg]+[S] Ihre Datei speichern. Diese Datei wird unter dem Namen *Backup_of_Dateiname.cdr* abgespeichert. Die Datei wird in den Ordner gespeichert, der durch die Optionen *Sicherungskopie in den gleichen Ordner wie CDR-Datei speichern* oder *Standardordner für Sicherung* gewählt ist (diese Optionen können Sie auch unabhängig von der automatischen Speicherung anwählen). Obwohl es immer den doppelten Speicherplatz verbraucht, ist bei wichtigen Arbeiten eine Aktivierung dringend anzuraten. Es kommt leider schon mal vor, daß CorelDRAW unvermittelt abstürzt. Dabei kann es passieren, daß der komplette Inhalt Ihrer Datei gelöscht wird. Ihre Datei ist zwar noch vorhanden, aber nur noch 0 KByte groß. Von dieser "automatischen Löschaktion" ist jedoch nur die Originaldatei, aber nicht die Sicherungskopie betroffen. Auf diese Weise können Sie immer noch auf Ihre gesicherten Daten zurückgreifen.

Registerkarte *Arbeitsspeicher* (nur CorelDRAW 8)

Hier haben Sie die Möglichkeit, die Ressourcenverteilung Ihres Rechners einzustellen. Die Verfügbarkeit des Arbeitsspeichers (RAM) kann guten Gewissens auf 80 % gestellt werden, sofern Sie nicht mit vielen Programmen gleichzeitig arbeiten.

In der virtuellen Auslagerungsdatei sind die Daten gespeichert, die im Arbeitsspeicher keinen Platz mehr finden und deshalb auf die Festplatte ausgelagert werden müssen. Da die Zugriffsgeschwindigkeit von Festplatten erheblich unter denen des Arbeitsspeichers liegt, sind Zugriffe auf die Festplatte eine langwierige Angelegenheit. Sie können die Arbeitsweise von CorelDRAW steigern, wenn Sie statt des voreingestellten Laufwerks C: ein anderes Laufwerk, besser noch (falls vorhanden) eine andere Festplatte (bzw. ein Laufwerk darauf), im Listenfeld *Primärer Datenträger* einstellen.

Tip: Sie sollten zudem das Betriebssystem (Windows 95) so konfigurieren, daß es eine permanente Auslagerungsdatei auf einem anderen Laufwerk als C: erstellt. Dies können Sie über den Geräte-Manager in der Systemsteuerung einstellen. Dadurch wird die Arbeitsgeschwindigkeit Ihres Computers, sofern häufig Auslagerungen auf die Festplatte stattfinden, deutlich gesteigert.

10.2 Wir basteln uns eine eigene Symbolleiste

CorelDRAW bietet eine Reihe vordefinierter Symbolleisten an, die Sie über den Menüpunkt *Symbolleisten* im Menü *Ansicht* nach Belieben aufrufen und schließen können. Für viele Aufgabenbereiche sind diese Symbolleisten auch durchaus geeignet. Sobald Sie jedoch intensiver mit CorelDRAW arbeiten, sollten Sie die Erstellung einer eigenen Symbolleiste ins Auge fassen. Häufig gebrauchte Funktionen, die Sie sonst umständlich über die Menüs aufrufen müssen, können Sie als Symbol in die eigene Symbolleiste einfügen und viel schneller aufrufen. Auf der anderen Seite entledigen Sie sich einer Reihe von Symbolen, die Sie überhaupt nicht brauchen und die den Bildschirm überfrachten. Wie Sie neue Symbolleisten erstellen und bearbeiten, zeigt Ihnen dieser Abschnitt. Zudem erhalten Sie einige Tips, was Sie in Ihre eigene Symbolleiste einfügen sollten und was Sie auch weglassen können.

Die vordefinierten Symbolleisten

In CorelDRAW 6 und 7 gibt es sieben vordefinierte Symbolleisten. In der neuen Version 8 ist noch eine weitere hinzugekommen. Einen Überblick verschafft Ihnen die folgende Tabelle.

Alle Symbolleisten im Überblick
Eigenschaftsleiste: Die Eigenschaftsleiste ist das Chamäleon unter den Symbolleisten. Je nachdem, was Sie markiert haben, wandelt sie ihre Gestalt und zeigt eine „objektbezogene" Auswahl an spezifischen Funktionen an. Objektbezogen heißt in diesem Zusammenhang, daß nur die Funktionen angezeigt werden, die auf den markierten Objekttyp angewendet werden können. Haben Sie beispielsweise einen Grafiktext markiert, können Sie über die Eigenschaftsleiste die Texteigenschaften verändern.
Symbolleiste Standard: Die Symbolleiste *Standard* beherbergt grundlegende Dateifunktionen, wie Speichern, Neu, Öffnen usw. Viele Symbole werden Ihnen von anderen Programmen bekannt vorkommen.
Hilfsmittelpalette: Dies ist die wichtigste aller Symbolleisten. Sie befindet sich normalerweise am linken Bildschirmrand vertikal angeordnet und beherbergt Hilfsmittel und Rollups, mit denen Sie Objekte erstellen und bearbeiten können. Sie sollte auf jeden Fall immer eingeblendet sein.
Symbolleiste Text: Bis einschließlich der CorelDRAW-Version 5 gab es das Rollup *Text*. Dies ist in den Versionen 6, 7 und 8 durch die Symbolleiste *Text* abgelöst worden und stellt die grundlegendsten Funktionen zur Formatierung von Text bereit. Wenn Sie zwischenzeitlich viel mit Text arbeiten (vor allem Grafiktext), sollten Sie auf diese Symbolleiste zurückgreifen.
Symbolleiste Vergrößern: Wenn Sie am PC gestalten, müssen Sie sehr oft bestimmte Ausschnitte vergößern und für den besseren Überblick wieder alles verkleinern. Sie können über die Symbolleiste *Vergrößern* durch einen Mausklick wichtige Zoomeinstellungen schnell vornehmen. Wenn Ihnen der Weg über das Zoom-Listenfeld in der Symbolleiste *Standard* zu umständlich ist, verwenden Sie einfach die Symbolleiste *Vergrößern*.
Symbolleiste Rollups: Diese Symbolleiste ist nur was für geübte "Memory-Spieler": Hier finden Sie eine große Anzahl von Symbolen, über die Sie jedes erdenkliche Rollup per Mausklick öffnen können. Da viele Rollups äußerst spezielle Funktionen bereitstellen, die Sie aller Wahrscheinlichkeit nach nur selten einsetzen werden, könnten Sie eigentlich auf einen Großteil der hier eingefügten Symbole verzichten und die wichtigen Symbole in einer eigenen Symbolleiste zusammenfassen. Dadurch wird das Ganze übersichtlicher, und Sie finden schneller zu Ihrem Ziel.
Symbolleiste Arbeitsbereich: Mit dieser Symbolleiste können Sie Ihren Arbeitsbereich konfigurieren. Der Arbeitsbereich besteht aus Symbolleisten und Rollups, die Sie nach Belieben ein- und ausblenden. In der Regel haben Sie Ihren Arbeitsbereich schon entsprechend eingerichtet und rufen die benötig-

ten Funktionen über die entsprechenden Hilfsmittel und Menüpunkte auf, so daß Sie in aller Regel auf diese Symbolleiste auch verzichten können.
Symbolleiste Bibliothek: Diese Symbolleiste ermöglicht Ihnen einen Schnellzugriff auf das Rollup *Symbole* und das Skizzenbuch, mit denen Sie Grafiken und andere fertige Objekte in Ihre aktuelle Grafik importieren bzw. einfügen können. Wenn Sie viel mit Clipart-CDs oder ähnlichem arbeiten, kann Ihnen diese Symbolleiste sehr dienlich sein.
Symbolleiste Internet-Objekte: Diese sehr spezielle Symbolleiste brauchen Sie nur, wenn Sie Web-Seiten erstellen. Auf diesen Web-Seiten können Sie Objekten verschiedene Internet-Eigenschaften zuweisen.
Corel 8 **Symbolleiste Ändern:** Die Symbolleiste *Ändern* ist praktisch so etwas wie die kleine Schwester der Eigenschaftsleiste. Auch sie stellt eine objektspezifische Auswahl an Funktionen bereit, mit denen Sie ein markiertes Objekt bearbeiten können. Wenn Ihnen die Eigenschaftsleiste zu mächtig ist, können Sie als Alternative die Symbolleiste *Ändern* einsetzen.

Symbolleisten einblenden/ausblenden

In CorelDRAW gibt es zwei Möglichkeiten, eine Symbolleiste anzeigen zu lassen:

Über das Menü

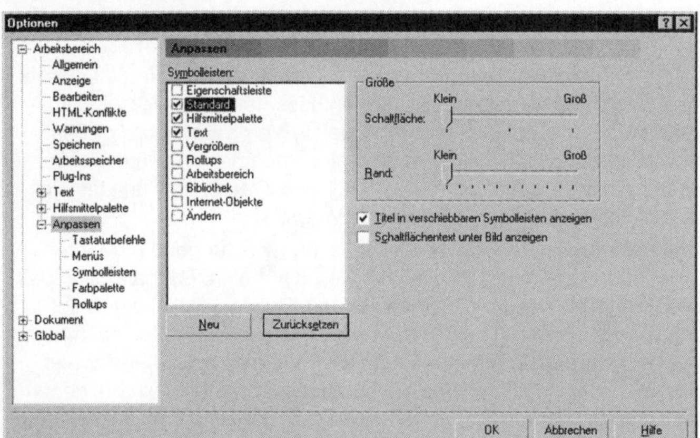

Abb. 332: Das Dialogfenster Anpassen in CorelDRAW 8

① Wählen sie dazu aus dem Menü *Ansicht* den Menüpunkt *Symbolleisten.*

② Die Eigenschaftsleiste können Sie direkt über den Menüpunkt *Eigenschaftsleiste* öffnen. An alle weiteren Symbolleisten gelangen Sie über den Menüpunkt *Symbolleisten.*
③ Es öffnet sich das Dialogfenster *Optionen* mit der Registerkarte *Anpassen.* Artig aufgelistet finden Sie hier alle Symbolleisten. Vor jeder Symbolleistenbezeichnung befindet sich ein kleines Kästchen. Bei allen angezeigten Symbolleisten ist in diesem Kästchen ein Kreuzchen enthalten.
④ Klicken Sie in ein Kästchen, wodurch Sie es aktivieren bzw. deaktivieren.
⑤ Durch einen Klick mit der linken Maustaste auf die Schaltfläche *OK* werden die Symbolleisten entsprechend ein- oder ausgeblendet.

Mit der rechten Maustaste

Schneller geht es mit der rechten Maustaste:

① Klicken Sie mit der rechten Maustaste auf eine beliebige Symbolleiste oder auf den Randbereich, in dem die Symbolleiste eingefügt ist.
② Es öffnet sich ein Kontextmenü, das Ihnen alle Symbolleisten auflistet. Die derzeit angezeigten Symbolleisten sind mit einem Häkchen versehen.
③ Klicken Sie mit der linken Maustaste auf einen beliebigen Eintrag, um ein Häkchen zu löschen bzw. zu setzen.
④ Das Kontextmenü schließt sich, und die Symbolleiste wird sofort angezeigt. Haben Sie ein Häkchen deaktiviert, verschwindet die Symbolleiste auf der Stelle.

Symbolleisten verschieben und einrasten lassen

Mit Symbolleisten können Sie eine ganze Menge anstellen. Sie können sie frei auf dem Bildschirm verschieben und an jeder anderen Stelle des Arbeitsbildschirms im Rahmen einfügen.

Eine Symbolleiste verschieben

① Es erfordert ein bißchen Zielgenauigkeit, wenn Sie eine Symbolleiste verschieben wollen, die sich derzeit eingerastet im Randbereich des Bildschirms befindet. Sie müssen dazu Ihren Mauscursor exakt auf den sehr schmalen Rand zwischen den Symbolen und der äußeren Begrenzung positionieren. Dieser Rand ist nur etwa zwei Millimeter breit, und es zählt nur die äußerste Spitze Ihres Mauscursors, der sich über diesem schmalen Rand befinden sollte.

Tip: Symbolleistenrand vergrößern

Der schmale Rand einer Symbolleiste läßt sich verbreitern. In CorelDRAW 6 und 7 öffnen Sie dazu das Dialogfenster *Symbolleisten* und klicken dort auf die Schaltfläche *Optionen*. In CorelDRAW 8 öffnen Sie einfach nur das Dialogfenster *Symbolleisten* (Menü *Ansicht*, Menüpunkt *Symbolleisten*). Sie finden zwei Schieber: einen für die Größe der Symbole, einen anderen für die Größeneinstellung des Randes. Wenn Sie den Symbolleistenrand vergrößern wollen, schieben Sie den Schieber nach rechts.

② Drücken Sie nun die linke Maustaste und halten Sie die Maustaste gedrückt. Mit der gedrückten Maustaste können Sie jetzt die Symbolleiste von ihrem angestammten Platz auf eine neue Position verschieben.

③ Sobald Sie die Maustaste loslassen, hat die Symbolleiste ihre neue Position gefunden. Sofern Sie die Symbolleiste mitten auf den Arbeitsbildschirm verschoben haben, wird sie nun mit einer eigenen Titelleiste angezeigt, die auch den Namen der Symbolleiste enthält. Wenn Sie nun auf die (zumeist bunte) Titelleiste der Symbolleiste mit der linken Maustaste klicken und die Maustaste gedrückt halten, können Sie die Symbolleiste auf dem Arbeitsbildschirm beliebig umbewegen.

Die Symbolleiste wieder einrasten

Meistens sind Symbolleisten im Randbereich des Arbeitsbildschirms fest integriert, also praktisch eingerastet. Sie können jederzeit eine Symbolleiste an einer beliebigen Stelle des Randbereichs einrasten lassen.

① Sofern die Titelleiste der Symbolleiste sichtbar ist, brauchen Sie nur doppelt mit der linken Maustaste auf die Titelleiste zu klicken. Die Symbolleiste sucht sich automatisch einen Platz am Bildschirmrand.

Oder:
Wenn Sie die neue Position lieber genau auswählen wollen (oben, unten oder an den Seiten), dann ziehen Sie die Symbolleiste einfach weit genug in den Randbereich. Ab einer gewissen Position wird Ihnen die zukünftige Position am Rand durch einen Umriß angezeigt. Lassen Sie nun die Maustaste los, und schon ist die Symbolleiste eingerastet.

Eine neue Symbolleiste erstellen

Das Spannendste ist wohl, eine Symbolleiste zu verändern (folgt im nächsten Abschnitt) oder besser noch: eine eigene Symbolleiste zu erstellen. Sie können sich aus einem nahezu unüberschaubaren Pool an Symbolen eine auf Ihre speziellen Bedürfnisse ausgerichtete Symbolleiste zusammenstellen. Die

Vorteile liegen auf der Hand: Überflüssige Symbole fallen weg, dadurch wird alles übersichtlicher, und Sie sparen wertvolle Bildschirmfläche. Der andere Vorteil ist, Sie haben einen "Schnellzugriff" auf häufig gebrauchte Funktionen und brauchen sich nicht mehr durch die Menüs zu hangeln.

① Wählen Sie aus dem Menü *Ansicht* den Menüpunkt *Symbolleisten*. Es öffnet sich das Dialogfenster *Optionen* mit der Registerkarte *Anpassen* (CorelDRAW 8) bzw. das Dialogfenster *Symbolleisten* (CorelDRAW 6 und 7). CorelDRAW 6 und 7-Anwender müssen zusätzlich auf die Schaltfläche *Anpassen* klicken.

② Im Fensterbereich sehen Sie alle existierenden Symbolleisten aufgelistet. Um nun eine neue Symbolleiste ins Leben zu rufen, klicken Sie auf die Schaltfläche *Neu*.

③ Sofort erscheint in der Liste der vorhandenen Symbolleisten ein neuer Eintrag *Symbolleiste 1*. Dies ist der von CorelDRAW automatisch vergebene Name. Da der Name markiert ist und eine blinkende Einfügemarke zu sehen ist, können Sie direkt einen aussagekräftigeren Namen vergeben, zum Beispiel "Meine eigene Symbolleiste". Ist die blinkende Einfügemarke nicht zu sehen, können Sie auch mit der rechten Maustaste auf den Eintrag klicken und aus dem Kontextmenü, das sich daraufhin öffnet, den Menüpunkt *Umbenennen* wählen.

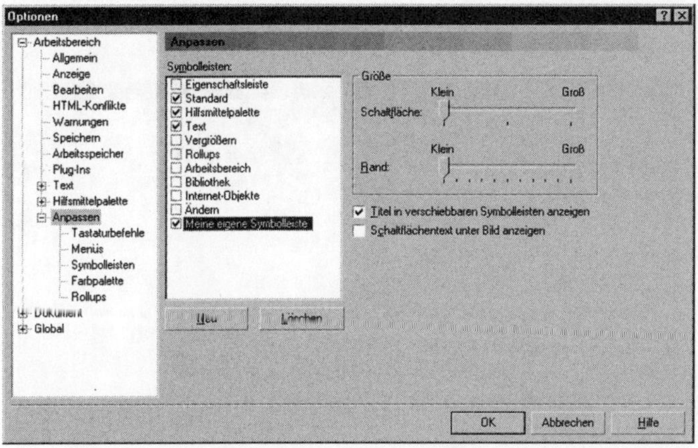

Abb. 333: Neue Symbolleisten werden im Dialogfenster Optionen/Anpassen (CorelDRAW 8) erstellt und benannt

④ Aber es ist nicht nur ein neuer Eintrag in der Liste dazugekommen. Auf dem Bildschirm ist auch eine "Mini-Symbolleiste" zu sehen. (Wenn nicht, dann ist sie wahrscheinlich vom Dialogfenster *Optionen* verdeckt. Schieben Sie in so einem Fall das Dialogfenster einfach ein bißchen zur Seite.)

⑤ Klicken Sie nun im linken Dialogfensterbereich auf den Eintrag *Anpassen/Symbolleisten.* Aus dem Untermenü, das sich daraufhin öffnet, wählen Sie durch einen Doppelklick mit der linken Maustaste den Eintrag *Symbolleisten.*

⑥ Im rechten Dialogfensterbereich sollten Sie jetzt eine Auflistung aller Menüs sehen. Durch einen Doppelklick auf einen Eintrag in der Liste öffnen Sie ein Menü, und es werden alle untergeordneten Menübefehle sichtbar. Die Menüs sind genauso strukturiert wie die "realen" Menüs. Hier finden Sie alle Befehle in Form von Symbolen.

⑦ Sobald Sie sich in einem der Untermenüs befinden, erscheinen rechts die zugeordneten Symbole. Es ist nicht immer ganz leicht, anhand der winzigen Darstellung auf den Symbolen zu erkennen, um welche Funktion es sich hier nun gerade handelt. Durch einen Mausklick auf eines dieser Symbole erhalten Sie jedoch einen kleinen Hinweistext im unteren Fensterbereich.

⑧ Um ein Symbol in Ihre eigene Symbolleiste einzufügen, klicken Sie mit der linken Maustaste auf ein Symbol, halten die Maustaste gedrückt und ziehen den Mauscursor auf die noch leere Symbolleiste.

⑨ Sobald Sie die Maustaste loslassen, wird das Symbol in die Symbolleiste aufgenommen. Auf diese Weise können Sie Ihrer Symbolleiste beliebig viele Symbole hinzufügen.

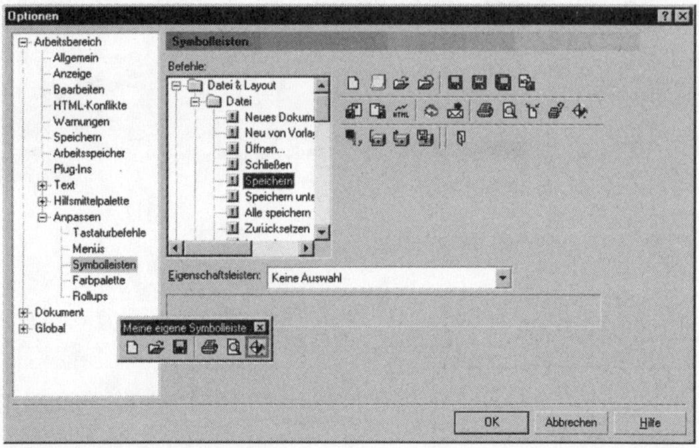

Abb. 334: Symbole einer neuen Symbolleiste hinzufügen

⑩ Enthält Ihre Symbolleiste alle gewünschten Symbole, klicken Sie auf die Schaltfläche *OK*. Wie Sie unerwünschte Symbole aus Ihrer Symbolleiste löschen bzw. neue hinzufügen, erfahren Sie im nächsten Abschnitt. Einen Vorschlag für eine sinnvolle Symbolauswahl bietet Ihnen die Tabellenübersicht.

Eine Symbolleiste verändern

Natürlich kommt es immer wieder vor, daß Symbolleisten an veränderte Aufgabenbereiche angepaßt werden müssen. Manche Symbole werden nicht gebraucht, andere dafür jedoch um so mehr. So verändern Sie eine Symbolleiste:

① Wählen Sie aus dem Menü *Ansicht* den Menüpunkt *Symbolleisten*. Es öffnet sich das Dialogfenster *Optionen*, das Sie bereits aus dem vorherigen Abschnitt kennen.

② Sie sollten die Symbolleiste, die Sie verändern wollen, auf dem Bildschirm sehen. Wird diese gerade nicht angezeigt, können Sie sie kurzerhand einblenden, indem Sie durch einen Mausklick das entsprechende Kontrollkästchen (vor der Symbolleistenbezeichnung) aktivieren. Die Symbolleiste wird sofort auf dem Bildschirm angezeigt.

③ Die Symbole in den Symbolleisten erscheinen aber noch abgeblendet. Damit Sie die Symbole löschen bzw. neue hinzufügen können, klicken Sie doppelt auf den Eintrag *Anpassen*. Anschließend wählen Sie den Eintrag *Symbolleisten*.

④ Erst durch die Anwahl des Eintrags *Symbolleisten* bekommen die Symbole in den Symbolleisten Farbe ins Gesicht. Nun kann die Anpassung erfolgen. Symbole, die Sie aus der Symbolleiste entfernen wollen, klicken Sie mit der linken Maustaste an, halten die Maustaste gedrückt und ziehen den Mauscursor aus der Symbolleiste heraus. Zum Mauscursor kommt ein dickes X hinzu.

⑤ Führen Sie den Mauscursor über eine freie Fläche Ihres Desktops und lassen Sie die Maustaste los. Das war es schon, Sie haben ein Symbol aus der Symbolleiste gelöscht.

⑥ Möchten Sie Ihrer Symbolleiste neue Symbole hinzufügen, wählen Sie die entsprechende Funktion aus und ziehen das Symbol aus dem Dialogfenster mit der gedrückten linken Maustaste in die Symbolleiste.

⑦ Die Symbole lassen sich durch vertikale Unterteilungslinien in Gruppen (optisch) zusammenfassen. Um solch eine Unterteilung einzufügen, klikken Sie auf ein Symbol, halten die Maustaste gedrückt und ziehen das Symbol ein kleines Stück nach rechts.

⑧ Die Reihenfolge der Symbole in der Symbolleiste können Sie auf die gleiche Weise leicht verändern: Klicken Sie auf ein Symbol in Ihrer Symbolleiste, halten Sie die Maustaste gedrückt und ziehen Sie es an die zukünftige Position, die durch einen vertikalen Balken angezeigt wird. Lassen Sie die Maustaste los, und fertig ist die neue Ordnung.

Hinweis: Manche Zeilen sind grau hinterlegt. Dabei handelt es sich um Funktionen, die auch sehr nützlich sind, aber leider keinen Platz mehr in der Symbolleiste finden, ohne daß die Symbolleiste über den Bildschirmrand hinausragt. Möchten Sie diese und weitere Funktionen in einer Symbolleiste unterbringen, erstellen Sie am besten eine ganz neue Symbolleiste und fügen dort die gewünschten Symbole ein. Wenn Sie dann die Symbolleisten am Bildschirmrand einrasten lassen, werden Ihnen auch alle Symbolleisten angezeigt und verschwinden nicht aus der Bildschirmfläche.

Eine Symbolleiste für (fast) alle Fälle

Datei & Layout
Datei → Neu:: Erstellt eine neue Datei auf Basis der Standardvorlage *Coreldrw.cdt*
Datei → Öffnen: Öffnet das Dialogfenster *Zeichnung öffnen*. Hier können Sie vorhandene Dateien auswählen und öffnen.
Datei → Speichern: Haben Sie eine Datei neu erstellt und speichern das erste Mal, wird das Dialogfenster *Speichern unter* geöffnet. Ansonsten werden nur die aktuellen Änderungen gespeichert.
Datei → Importieren: Öffnet das Dialogfenster *Importieren*, mit dem Sie Cliparts, Bitmaps oder andere CorelDRAW-Grafiken in die aktuelle Grafik einfügen können.
Datei → Drucken: Mit diesem Symbol öffnen Sie das Dialogfenster *Drucken*.
Gitter, Hilfslinien und Ausrichten → Hilfslinien einrichten: Hilfslinien gehören mit zu den wichtigsten Helfern, um Objekte exakt zueinander oder im Verhältnis zur Zeichenseite auszurichten. Sie können Hilfslinien zwar aus dem Lineal "zaubern" (herausziehen) und nach Augenmaß auf der Zeichenfläche plazieren. Eine exakte Positionierung ist jedoch nur über das Dialogfenster *Hilfslinien einrichten* möglich. Zwischendurch kommt es immer mal vor, daß neue Hilfslinien eingefügt oder bestehende verschoben werden müssen. Hier leistet das Symbol *Hilfslinien einrichten* gute Dienste.
Gitter, Hilfslinien und Ausrichten → An Hilfslinien ausrichten: Mit dieser Funktion können Sie den "Magneteffekt" von Hilfslinien aktivieren oder deaktivieren. Sofern Sie Hilfslinien eingerichtet haben, werden Objekte von den Hilfslinien automatisch angezogen und richten sich an ihnen aus. Manchmal ist der Magneteffekt allerdings auch hinderlich. Dann ist es praktisch, wenn per Mausklick dieser Effekt schnell (zwischenzeitlich) deaktiviert werden kann.

Stil-, Ebenen- & Objektverwaltung → Objekt-Manager: Die Ebenen in CorelDRAW sind äußerst wichtig. Damit Sie immer einen Überblick über die Ebenen haben, sollten Sie den Objekt- bzw. Ebenen-Manager stets im Schnellzugriff haben.
Stil-, Ebenen- & Objektverwaltung → Stile: Durch die Zuweisung von Stilen können Sie schnell und einfach Objekte (Linien, Flächen, Text usw.) formatieren.
Bearbeiten & ändern
Bearbeitungsbefehle → Wiederholen: Mit dieser Funktion können Sie die zuletzt angewendete Bearbeitungsfunktion auf ein weiteres Objekt anwenden, ohne sich durch Menüs und Dialogfenster hangeln zu müssen.
Bearbeitungsbefehle → Ausschneiden: Der Befehl *Ausschneiden* löscht ein markiertes Element und kopiert es in die Windows-Zwischenablage. Vor dort aus können Sie das Objekt in andere (geöffnete) Dateien desselben oder anderer Programme wieder einfügen.
Bearbeitungsbefehle → Kopieren: Auch mit dieser Funktion wird ein markiertes Objekt in die Windows-Zwischenablage kopiert, von wo aus es überall eingefügt werden kann. Während der Befehl *Ausschneiden* das markierte Objekt löscht, bleibt hier das markierte Objekt unverändert erhalten. Was Sie in die Zwischenablage kopieren, ersetzt automatisch den (eventuell) vorhandenen Zwischenablageinhalt.
Bearbeitungsbefehle → Einfügen: Was Sie mit den zwei vorherigen Befehlen in die Windows-Zwischenablage kopiert haben, müssen Sie auch irgendwie in (geöffnete) Dateien einfügen können. Dies erledigt der Befehl *Einfügen*. Sie können ein einmal in die Zwischenablage kopiertes Objekt (es können auch mehrere markierte Objekte gleichzeitig sein) beliebig oft überall einfügen.
Bearbeitungsbefehle → Duplizieren: Die Funktion *Duplizieren* erstellt eine Kopie (Duplikat) eines markierten Objekts. Das Duplikat wird entsprechend den Grundeinstellungen immer ein bißchen verschoben angeordnet. Über die Registerkarte *Bearbeiten* (CorelDRAW 8) bzw. Registerkarte *Allgemein* (CorelDRAW 6 und 7) können Sie den Abstand von Duplikaten zum "Ursprungsobjekt" definieren.
Bearbeitungsbefehle → Eigenschaften kopieren: Manchmal ist der Weg zu einem "schön" gestalteten Objekt vielfältig und kompliziert. Haben Sie nun im Laufe Ihrer Arbeit neue Objekte erstellt und wollen denen dieselben Eigenschaften (Umriß und Füllung) zuweisen, ist es vielleicht kaum noch nachvollziehbar, wie Sie zu dem ursprünglichen Ergebnis gelangt sind. In diesem Moment hilft Ihnen die Funktion *Eigenschaften kopieren*. Sie markieren einfach das neue, noch unformatierte Objekt, klicken auf das Symbol *Eigenschaften kopieren* und dann auf das Objekt, dessen Eigenschaften Sie übertragen wollen. Es erspart Ihnen den Weg über die Umriß- und Füllung-Rollups bzw. die Stil-Erstellung.

Ansicht & Anzeige
Zoom & schwenken → Schwenken oder Schwenken und zurück: Häufig kommt es vor, daß bestimmte Bereiche der Arbeitsfläche nicht angezeigt werden können, weil der Zoom-Modus zu groß eingestellt ist. Anstatt den Zoom zu verändern, ist es manchmal einfacher, nur den Bildschirmausschnitt zu verschieben. Sie können dies zwar auch über die Bildlaufleisten bewerkstelligen, das ist aber eine mühsame Angelegenheit. Mit der Funktion *Schwenken* können Sie den Ausschnitt bequemer verschieben. Während die Funktion *Schwenken* die Hilfsmittelfunktion beibehält, bis Sie wieder ein anderes Hilfsmittel anwählen, springt die Funktion *Schwenken und zurück* nach einmaligen Gebrauch des Mauscursors automatisch zur vorherigen Hilfsmittelfunktion zurück.
Zoom & schwenken → Vergrößern: Sie wissen ja: Um präzise gestalten zu können, sollten Sie immer bei möglichst starker Vergrößerung arbeiten (wie unter der Lupe). Mit der Funktion *Vergrößern* können Sie einen Bildschirmbereich durch Mausklick oder Auswahl eines bestimmten Bereichs (mit der gedrückten Maustaste) beliebig vergrößern (in CorelDRAW bis 310.095 %).
Zoom & schwenken → Verkleinern: Um wieder aus der Vergrößerung herauszukommen, setzen Sie die Funktion *Verkleinern* ein. Hier können Sie schrittweise die Darstellung wieder verkleinern.
Zoom & schwenken → Zoom auf Auswahl: Eine sehr praktische Zoom-Funktion ist *Zoom auf Auswahl.* Haben Sie zuvor ein Objekt oder mehrere Objekte markiert und wählen Sie dann diese Funktion an, wird die Bildschirmdarstellung so gewählt, daß die Auswahl (die markierten Objekte) so groß wie möglich auf dem Bildschirm dargestellt wird.
Zoom & schwenken → Zoom auf alle Objekte: Bei der praktischen Arbeit kommt es häufig vor, daß Sie (zur Zeit nicht gebrauchte) Objekte oder einzelne "Bauteile" außerhalb der Zeichenseite ablegen. Um einen Überblick über das Ganze zu erhalten, ist dieses Zoom-Funktion sehr nützlich. Die Bildschirmdarstellung wird so eingestellt, daß Sie alle Objekte auf dem Monitor sehen. Wenn Sie bestimmte Objekte suchen oder bei Fertigstellung einer Grafik alles Überflüssige löschen wollen, wenden Sie einfach diese Funktion an.
Zoom & schwenken → Auf Seite zoomen: Dieser Zoom zeigt Ihnen die aktuelle Zeichenseite in größtmöglicher Bildschirmdarstellung. Immer brauchbar, um einen Eindruck vom Gesamtwerk zu erhalten.
Arbeitsbereich → Hilfslinien anzeigen: Mit der Funktion *Hilfslinien anzeigen* können Sie diese wichtigen Helfer schnell ein- und ausblenden.
Rollups → Positon-Rollup, Drehen-Rollup, Skalieren-Rollup, Größe-Rollup: In dieser Zeile sind gleich vier Rollups aufgezählt, die Sie immer gut gebrauchen können. Durch ein Symbol in der Symbolleiste lassen sich die Rollups schnell ein- und wieder ausblenden.

Anordnen
Anordnung → Vor, Hinter: Mit diesen beiden Funktionen können Sie die räumliche Anordnung von Objekten verändern, also Objekte vor bzw. hinter andere Objekte verschieben. Während Sie über die Menüpunkte Objekte nur stufenweise oder ganz in den Vordergrund bzw. Hintergrund verschieben können, ermöglichen Ihnen die beiden Symbole *Vor* und *Hinter* eine exakte Auswahl, vor bzw. hinter welches Objekt ein anderes (das markierte) Objekt plaziert werden soll.
Text
Textformatierung → Text formatieren: Text kommt praktisch immer in Grafiken vor. Um diesen Text schnell formatieren zu können, sollte ein entsprechendes Symbol in der Symbolleiste nicht fehlen. Das Symbol *Text* öffnet das Dialogfenster *Text formatieren*, in dem Sie alle Einstellungen zur Textformatierung vornehmen können.
Hilfsmittel Text → Nicht druckbare Zeichen: Gerade bei der Formatierung von Mengentext sind die sogenannten "Nicht druckbaren Zeichen" von unschätzbarem Wert. Zu diesen speziellen Zeichen gehören Leerzeichen, Zeilenumbrüche, Absatzmarken und Tabulatoren. Nur wenn Sie diese Zeichen sehen, haben Sie eine Kontrolle über Ihren Mengentext und können Absätze von Zeilenumbrüchen unterscheiden, überzählige Leerzeichen erkennen und richtig mit Tabulatoren arbeiten. Mit dem Symbol *Nicht druckbare Zeichen* können Sie diese Zeichen schnell ein- und ausblenden.

10.3 "The Rollup-Organisation"

Rollups sind die kleinen Dialogfenster, die sich auf- und abrollen lassen. Sie sind eine sehr brauchbare Erfindung, da sie entgegen vieler "normaler" Dialogfenster-Funktionen die ganze Zeit über geöffnet bleiben können. Sie haben somit immer Zugriff auf wichtige Funktionen, die sofort auf Objekte anwendbar sind. Manche Rollups sind zu Gruppen zusammengefaßt, so daß bei deren Anwendung nur wenig von der wertvollen Zeichenfläche verdeckt wird. Sie haben die Möglichkeit, die bestehenden Rollup-Gruppen zu verändern und nach eigenen Bedürfnissen zu neuen Gruppen zusammenzufassen.

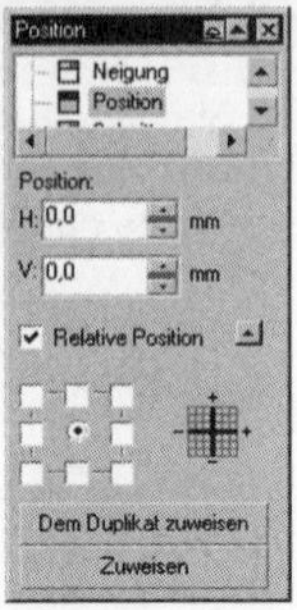

Abb. 335:
Als Beispiel: Das Position-Rollup im aufgeklappten Zustand

Eine kleine Bedienungsanleitung

Sie können mit Rollups viele häufig vorkommende Funktionen ausführen, manche Befehle sind sogar nur in Form von Rollups zugänglich (z. B. Knotenbearbeitung). Damit Sie effizient mit Rollups gestalten können, sollten Sie jedoch über die grundlegende Bedienung Bescheid wissen. Die folgende Tabelle informiert Sie über den Umgang mit Rollups.

Rollup-Bedienung im Überblick
Rollups öffnen: Sie haben mehrere Möglichkeiten, Rollups zu öffnen. Ein Weg führt über die Symbole in der Hilfsmittelpalette. Dort befinden sich beispielsweise das Stift- und das Füllung-Rollup. Das Knoten-Rollup läßt sich hingegen durch einen Doppelklick auf das Hilfsmittel *Form* öffnen. Viele weitere Rollups lassen sich über Menüpunkte öffnen, die in den verschiedenen Menüs verteilt sind. **Corel 6** + **Corel 7** In den CorelDRAW-Versionen 6 und 7 erhalten Sie einen relativ guten Überblick über alle Rollups, indem Sie aus dem Menü *Ansicht* den Menüpunkt *Symbolleisten* wählen. Im Dialogfenster *Symbolleisten* befindet sich eine Auflistung aller verfügbaren Symbolleisten. Darunter auch die Symbolleiste *Rollups*, die Sie durch eine Aktivierung des Kontrollkästchens öffnen können. Diese Symbolleiste ermöglicht Ihnen einen Zugriff auf alle Rollups. **Corel 8** In CorelDRAW 8 finden Sie im Menü *Ansicht* einen eigenen Menüpunkt *Rollups.* Dort sind die meisten Rollups untergebracht. Wie in den Versionen 6 und 7 gibt es auch hier die Symbolleiste *Rollups*, die alle Rollups enthält.
Rollups auf- und abrollen: Rollups würden nicht Rollups heißen, wenn sie sich nicht auf- und abrollen lassen würden, ähnlich wie Jalousien. Obwohl dazu in der Titelleiste eines Rollups extra ein kleines Pfeil-Symbol untergebracht ist, mittels dem Sie eben ein Rollup auf- und wieder abrollen können, ist es das einfachste, Sie klicken doppelt mit der linken Maustaste auf die Ti-

telleiste. Auch damit können Sie ein Rollup auf- und abrollen und müssen nicht genau die sehr kleine Schaltfläche treffen.
Rollup schließen: Um ein Rollup ganz vom Bildschirm verschwinden zu lassen, klicken Sie mit der linken Maustaste auf die Schaltfläche *Schließen* ganz rechts in der Titelleiste (die Schaltfläche mit dem kleinen Kreuzchen).
Alle geöffneten Rollups schließen: Haben sich im Laufe der Arbeit eine Vielzahl von Rollups angesammelt, deren Sie nun überdrüssig sind, können Sie mit wenigen Mausklicks alle verschwinden lassen. Klicken Sie dazu mit der rechten Maustaste auf die Titelleiste eines beliebigen Rollups und wählen Sie aus dem Kontextmenü den Menüpunkt *Alle schließen*.
Rollup verschieben: Klicken Sie mit der linken Maustaste in die Titelleiste des Rollups, halten Sie die Maustaste gedrückt und verschieben Sie das Rollup. Sobald Sie die Maustaste loslassen, hat das Rollup seine neue Position gefunden.
Rollups anordnen/Alle anordnen: Manchmal sind Rollups wie ein wild gewordener Haufen Flöhe. Um wieder Ordnung in die Rollups zu bekommen, klicken Sie mit der rechten Maustaste auf die Titelleiste eines beliebigen Rollups und wählen aus dem Kontextmenü den Menüpunkt *Anordnen*. Das gewählte Rollup (bzw. die Rollup-Gruppe) wird links oder rechts am Bildschirmrand angeordnet. Wollen Sie alle Rollups auf einmal anordnen, wählen Sie aus dem Kontextmenü den Menüpunkt *Alle anordnen*. Daraufhin ordnen sich alle Rollups – und nicht nur das gewählte – am linken und rechten Bildschirmrand an.

Eigene Rollup-Gruppen zusammenstellen

Viele Rollups sind schon in Gruppen zusammengefaßt. Sie können ganz leicht die bestehenden Gruppen verändern und eigene zusammenfassen.

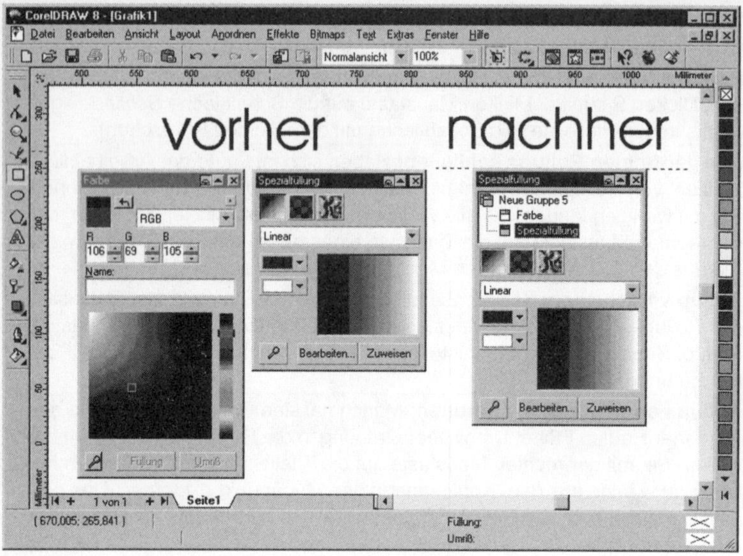

Abb. 336: Zwei Rollups vor und nach ihrer Verschmelzung

① Zunächst brauchen Sie zwei Rollups, die noch nicht zu einer Gruppe zusammengefaßt sind. Dies sind zum Beispiel die beiden Rollups *Farbe* und *Spezialfüllung*, die ganz gut zusammenpassen und eigentlich auch als Gruppe zusammengefaßt werden könnten.

② Um die Rollups zu öffnen, wählen Sie das Hilfsmittel *Füllung* und öffnen nacheinander die beiden Rollups (das sind die letzten beiden Symbole in dem Flyout-Menü).

③ Drücken Sie nun die [Alt]-Taste und halten Sie die Taste gedrückt.

④ Klicken Sie mit der linken Maustaste auf die Titelleiste eines der beiden Rollups (ist egal, welches Sie wählen), halten Sie die Maustaste gedrückt und ziehen Sie den Mauscursor über das andere Rollup.

⑤ Lassen Sie die Maustaste los, sobald sich der Mauscursor über dem Rollup befindet. Schon sind die beiden Rollups gruppiert und können über die neu hinzugekommene Bildlaufleiste und den kleinen Fensterbereich ausgewählt werden.

Auf diese Weise können Sie beliebig viele Rollups zusammenfassen, wodurch sich viel wertvolle Arbeitsfläche gewinnen läßt, da sie nicht durch die ganzen Rollups verdeckt wird. Die Auswahl der Rollups über den kleinen Fensterbereich ist zwar etwas mühselig, aber wenn Sie Ihrer Symbolleiste die entsprechenden Rollup-Symbole hinzufügen, über die Sie die Rollups öffnen können, haben Sie sowohl einen schnellen Zugriff auf die Rollups als auch eine Menge Bildschirmplatz gespart.

Rollupgruppen wieder trennen

Der umgekehrte Weg, also ein Rollup aus einer Gruppe herausholen, ist genauso einfach wie das Zusammenführen von Rollups.

① Drücken Sie wieder zuerst die [Alt]-Taste und halten Sie die Taste gedrückt.
② In dem schmalen Fensterbereich der Rollup-Gruppe sind die Bezeichnungen der Rollups sichtbar. Klicken Sie mit der linken Maustaste auf den Namen des Rollups, das Sie aus der Gruppe herausholen wollen, und halten Sie die Maustaste gedrückt.
③ Ziehen Sie den Mauscursor zur Seite, bis er sich über der freien Arbeitsfläche befindet.
④ Lassen Sie die Maustaste los, und das gewählte Rollup wird wieder in einem eigenen Rollup-Fenster angezeigt.

Rollups mit dem Dialogfenster *Optionen* organisieren

Alternativ zu den beiden zuvor vorgestellten Methoden können Sie zur Organisation von Rollups auch das Dialogfenster *Optionen* benutzen. Die zu Gruppen zusammengefaßten Rollups können bei der automatischen Anordnung auf der linken oder rechten Seite der Arbeitsfläche angeordnet werden.

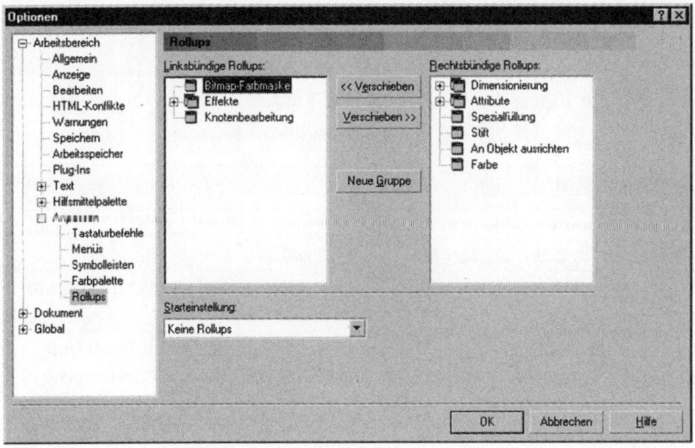

Abb. 337: Rollups mit dem Dialogfenster organisieren

Corel 6 + Corel 7 Rollups organisieren

① In den Versionen 6 und 7 gelangen Sie zum Dialogfenster *Anpassen*, indem Sie aus dem Menü *Extras* den Menüpunkt *Anpassen* wählen. Im Dialogfenster angelangt, wählen Sie die Registerkarte *Rollups*.

Corel 8 Rollups organisieren

① In der Version 8 wählen Sie aus dem Menü *Extras* den Menüpunkt *Optionen*. Klicken Sie doppelt (!) auf den Eintrag *Anpassen*, den Sie im linken Fensterbereich des Dialogfensters finden. Es öffnet sich ein Unterverzeichnis, aus dem Sie mit einem einfachen Mausklick den Eintrag *Rollups* wählen.

② Das Dialogfenster *Optionen/Rollups* zeigt Ihnen zwei große, getrennte Fensterbereiche. In dem linken Fensterbereich befinden sich die linksbündigen Rollups, in dem rechten Fensterbereich die rechtsbündigen. Diese Bezeichnung besagt, daß sich die Rollups bei einer automatischen Anordnung (siehe Tabelle *Rollups Anordnen/Alle Anordnen*) entsprechend am linken oder rechten Bildschirmrand ihren Platz suchen.

③ Rollup-Gruppen sind durch ein Plus-Symbol gekennzeichnet. Durch einen Doppelklick mit der linken Maustaste auf eine Rollup-Bezeichnung mit Plus-Symbol werden alle Rollups der Rollup-Gruppe angezeigt. Normale Rollups besitzen keine besondere Kennzeichnung.

④ Um ein Rollup einer Rollup-Gruppe zuzuweisen, markieren Sie den Rollup-Namen, wählen im gegenüberliegenden Fensterbereich die Rollup-Gruppe (oder ein einzelnes Rollup, wenn daraus eine Gruppe werden soll) und klicken auf die Schaltfläche *Verschieben*.

⑤ Im Listenfeld *Starteinstellung* haben Sie die Auswahl zwischen drei Konfigurationen, die Ihnen die kleine Tabelle kurz erläutert. Wählen Sie hier die Einstellung, mit der Sie am besten zurechtkommen.

Rollup-Starteinstellungen
Keine Rollups: Beim Programmstart werden keine Rollups angezeigt, gleich wie viele Rollups Sie beim letzten Mal geöffnet hatten.
Alle Rollups angeordnet: Alle Rollups werden beim Programmstart entsprechend ihrer Einstellung am Arbeitsbildschirm angeordnet.
Speichern beim Beenden: So wie Sie Ihren Arbeitsplatz beim letzten Mal verlassen haben, finden Sie ihn beim erneuten Programmstart auch wieder vor.

10.4 Menüs selbst konfigurieren

Die Möglichkeit, auch die Menüs von CorelDRAW auf die eigenen Ansprüche hin zu konfigurieren, soll nicht unerwähnt bleiben. Jeder Befehl, jede Funktion läßt sich in Form eines Menüpunkts in das bestehende Hauptmenü einfügen. Aber nicht nur das: Sie können auch alle Kontextmenüs verändern, die Ihnen immer angezeigt werden, wenn Sie mit der rechten Maustaste auf ein Objekt oder ein Bildschirmelement (z. B. Desktop, Zeichenseite ...) klikken. Die Vorgehensweise, wie Sie Hauptmenü und Kontextmenü verändern, ist identisch. Die folgenden Übungsbeispiele beziehen sich auf Änderungen des Hauptmenüs.

Neue Menübefehle hinzufügen

Corel 6 + Corel 7 Menübefehle hinzufügen

① In den Versionen 6 und 7 gelangen Sie zum Dialogfenster *Anpassen*, indem Sie aus dem Menü *Extras* den Menüpunkt *Anpassen* wählen. Im Dialogfenster angelangt, wählen Sie die Registerkarte *Menüs*.

Corel 8 Menübefehle hinzufügen

① In der Version 8 wählen Sie aus dem Menü *Extras* den Menüpunkt *Optionen*. Klicken Sie doppelt (!) auf den Eintrag *Anpassen*, den Sie im linken Fensterbereich des Dialogfensters finden. Es öffnet sich ein Unterverzeichnis, aus dem Sie mit einem einfachen Mausklick den Eintrag *Menü* wählen.

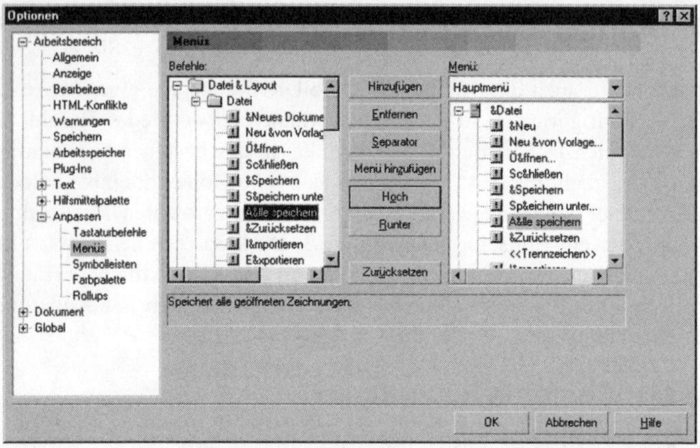

Abb. 338: Menüs selbst erstellen und konfigurieren im Dialogfenster Anpassen

② Das Dialogfenster *Optionen/Menüs* weist zwei Fensterbereiche auf. Auf der linken Seite sind alle in CorelDRAW verfügbaren Befehle ähnlich wie in einer Verzeichnisstruktur in Verzeichnissen und Unterverzeichnissen angeordnet. Im rechten Fensterbereich werden Ihnen die gegenwärtigen Menükonfigurationen angezeigt.

③ Auf der linken Seite wählen Sie den Befehl, den Sie einem Menü zuordnen wollen. Sie müssen sich mit Doppelklicks bis zu den eigentlichen Befehlen durchhangeln. Befehle werden durch ein graues Kästchen mit rotem Ausrufezeichen gekennzeichnet. Wählen Sie zum Beispiel den Befehl *Alle speichern*, den Sie dem Menüpunkt *Datei* hinzufügen können (ist dort noch nicht vorhanden). Der vollständige Verzeichnispfad, wo Sie diesen Befehl finden können, ist *Datei & Layout/Datei*. Sie brauchen den Befehl nur durch einen linken Mausklick zu markieren.

④ Wählen Sie nun auf der rechten Fensterhälfte über das Listenfeld *Menü* das Menü aus, das Sie verändern bzw. anpassen wollen. In unserem Übungsbeispiel ist dies das Hauptmenü.

⑤ Im unteren Fensterbereich werden Ihnen nun alle Menüs des Hauptmenüs angezeigt. Durch einen Doppelklick auf den Eintrag *Datei* werden Ihnen die untergeordneten Menübefehle des Dateimenüs angezeigt.

⑥ Da der neue Menüpunkt unter den Menüpunkt *Sp&eichern unter* eingefügt werden soll, markieren Sie durch den Menüpunkt *Sp&eichern unter*.

⑦ Klicken Sie nun mit der linken Maustaste auf die Schaltfläche *Hinzufügen*. Sofort erscheint der neue Menüpunkt *Alle speichern* unter dem Menüpunkt *Speichern unter*.

⑧ Durch einen Mausklick auf die Schaltfläche *OK* wird das Dialogfenster geschlossen und die Änderungen wirksam. Damit haben Sie dem Menü *Datei* einen Menüpunkt hinzugefügt.

Menübefehle verschieben

① Sollte Ihnen versehentlich ein Menübefehl an die falsche Stelle gerutscht sein, markieren Sie den Menübefehl, den Sie verschieben wollen.
② Durch einen Mausklick auf die Schaltflächen *Hoch* oder *Runter* verschieben Sie den Menüpunkt in die entsprechende Richtung.

Menübefehle und Trennlinien (Separatoren) löschen

① Sie werden im Dialogfenster *Optionen/Menüs* die Schaltfläche *Löschen* vermissen. Es gibt sie nicht! Trotzdem ist das Löschen von Menüpunkten sehr einfach. Klicken Sie mit der rechten Maustaste auf den Menüpunkt, den Sie löschen wollen.
② Aus dem Kontextmenü, das sich daraufhin öffnet, wählen Sie den Menüpunkt *Löschen*. Löschaktion beendet!

Trennzeichen einfügen

Zur besseren Gliederung werden Menüs durch horizontale Trennlinien unterteilt, die bestimmte Menüpunkte optisch in Gruppen zusammenfassen. Sie können diese Trennlinien an jeder beliebigen Stelle einfügen.

① Markieren Sie im rechten Fensterbereich den Menüpunkt, unter dem eine Trennlinie eingefügt werden soll.
② Klicken Sie auf die Schaltfläche *Trennzeichen* bzw. *Separator* (so heißt die Trennlinie in CorelDRAW 8). Schon haben Sie eine Trennlinie eingefügt.

Tastaturbefehle neu bestimmen

Vor manchen Buchstaben befindet sich ein &-Zeichen. Dieses Zeichen definiert den Buchstaben, den Sie zusammen mit der [Alt]-Taste drücken können, um ein Menü über die Tastatur zu öffnen. (Bei einigen Notebooks kann es leichter fallen, ein Menü über einen Tastaturbefehl zu öffnen, da keine richtige Maus vorhanden ist. Aber wer setzt schon CorelDRAW auf einem Notebook oder ähnlichem ohne Maus ein?!) Diese Tastaturbefehle können Sie beliebig definieren.

① Klicken Sie mit der rechten Maustaste auf den Menüpunkt, den Sie verändern wollen.

② Aus dem Kontextmenü, das sich daraufhin öffnet, wählen Sie den Menüpunkt *Umbenennen*.
③ Der Menüpunkt erscheint nun farbig hinterlegt, und eine kleine, unscheinbare Einfügemarke blinkt am Ende der Menübezeichnung. Mit den Richtungstasten (auf Ihrer Tastatur) können Sie die Einfügemarke vor das &-Zeichen positionieren.
④ Nun brauchen Sie nur noch die [Entf]-Taste zu drücken und das Zeichen wird gelöscht.
⑤ Wollen Sie direkt einen neuen Tastaturbefehl bestimmen, setzen Sie die Einfügemarke vor den Buchstaben, der als Kürzel zukünftig dienen soll.
⑥ Geben Sie über die Tastatur das "&"-Zeichen ein und klicken Sie mit der linken Maustaste auf die Schaltfläche *OK*. Das Dialogfenster schließt sich und Sie haben einen neuen Tastaturbefehl definiert. Durch gleichzeitiges Drücken der [Alt]-Taste und des unterstrichenen Buchstabens wird das entsprechende Menü geöffnet.

Ein neues Menü einfügen

Bisher haben Sie bestehenden Menüs neue Menübefehle hinzugefügt, diese verändert oder gelöscht. Sie können jedoch dem Hauptmenü (jedem anderen Menü natürlich auch) einen ganz neuen Menüeintrag hinzufügen, dem Sie dann bestimmte Menübefehle unterordnen, die Sie für ganz spezielle Aufgabenzwecke brauchen.

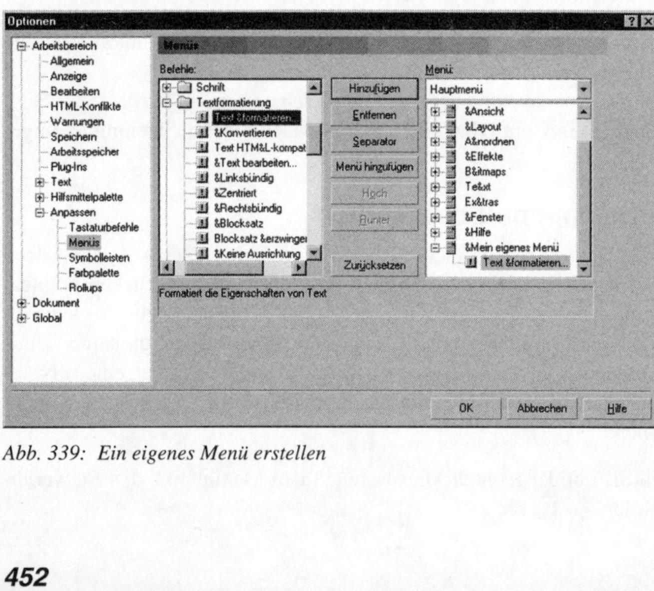

Abb. 339: Ein eigenes Menü erstellen

① Im rechten Fensterbereich werden Menüs zusätzlich durch kleine graue Rechtecke deutlich gemacht. Menübefehlen hingegen ist ein kleines graues Quadrat mit einem roten Ausrufezeichen vorangestellt. Um ein neues Menü einzufügen, sollten Sie eine Darstellung wählen, in der nur die Menüs angezeigt werden. Sie können die einem Menü untergeordneten Menübefehle verschwinden lassen, indem Sie doppelt auf einen Menüeintrag klicken.

② Wählen Sie nun die Stelle, an der ein neues Menü eingefügt werden soll. Dazu markieren Sie ein bestehendes Menü. Das neue Menü wird dann direkt unter dem so markierten Menü eingefügt. Später können Sie die Reihenfolge immer noch ganz einfach mit den Schaltflächen *Hoch* oder *Runter* ändern.

③ Klicken Sie auf die Schaltfläche *Menü hinzufügen*. Es erscheint unter dem zuvor markierten Menü ein neues Menü, das Sie auch sofort benennen können. Geben Sie hier zum Beispiel einen Namen ein, der Ihnen den Einsatzzweck der speziellen Funktionen anzeigt, die Sie dort unterordnen werden (... Internet, Scripts). Oder Sie genennen das Menü einfach "Mein eigenes Menü".

④ Damit sich Ihr eigenes Menü durch Tastaturbefehle öffnen läßt, fügen Sie vor einem der Buchstaben ein "&"-Zeichen ein. Allerdings darf der gewählte Buchstabe nicht schon durch eines der anderen Menüs verwendet werden. Im Beispiel *Mein eigenes Menü* können Sie zum Beispiel das *M* von *Mein* wählen. Das ganze sähe dann so aus: *&Mein eigenes Menü.*

Die Reihenfolge der Menüs ändern

Die Reihenfolge der Menüs läßt sich auf dieselbe Weise verändern, wie Sie auch die Reihenfolge der einzelnen Menübefehle ändern.

① Markieren Sie das Menü, das Sie verschieben wollen.

② Ein Klick auf die Schaltfläche *Hoch* verschiebt das markierte Menü um eine Stufe nach oben, ein Klick auf die Schaltfläche *Runter* um eine Stufe nach unten.

Ein Menü umbenennen

① Um ein Menü umzubenennen oder einen neuen Tastaturbefehl zu definieren, klicken Sie mit der rechten Maustaste auf den Menüeintrag, den Sie ändern wollen.

② Aus dem Kontextmenü wählen Sie den Menüpunkt *Umbenennen.*

③ Der angeklickte Menüeintrag wird farbig hinterlegt, und es erscheint eine blinkende Einfügemarke. Sie können wie bei einer ganz normalen Texteingabe den Text löschen oder abändern.

Menübefehle zuordnen

Die Vorgehensweise bei der Zusammenstellung von Menübefehlen ist die gleiche, wie bei der Konfiguration vorhandener Menüs.

① Wählen Sie auf der linken Fensterseite den Menübefehl, den Sie Ihrem Menü zuordnen wollen.
② Auf der rechten Fensterhälfte öffnen Sie durch einen Doppelklick das Menü.
③ Nun brauchen Sie nur noch auf die Schaltfläche *Hinzufügen* zu klicken.

10.5 Für schnelle Finger: Tastaturbefehle definieren

Tastaturbefehle (auch Tastaturkürzel oder Shortcuts genannt) sind eine praktische Erfindung, wenn Sie Funktionen nicht mittels Maus, Menü und Symbol aufrufen wollen. Ein Tastaturbefehl ist eine Tastenkombination, mit der Sie bestimmte Befehle durchführen (z. B. Strg+S speichert eine Datei) oder Dialogfenster und Rollups öffnen können (z. B. Strg+I öffnet das Dialogfenster *Importieren*). Sie können ganz leicht eigene Tastaturbefehle definieren, mit denen Sie häufig gebrauchte Befehle, Dialogfenster oder Rollups aufrufen können.

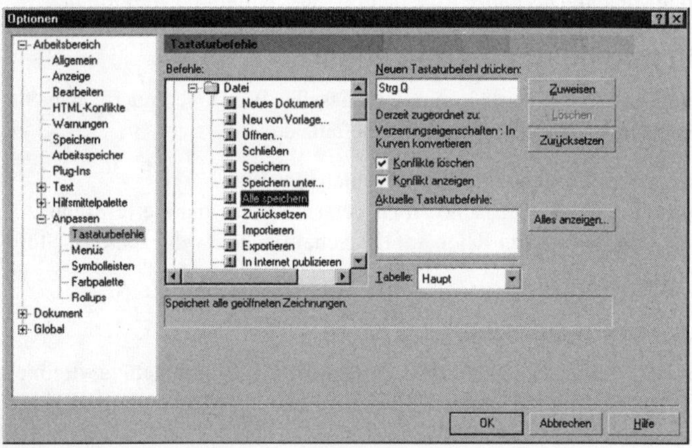

Abb. 340: Tastaturbefehle selbst definieren im Dialogfenster Optionen

Einen eigenen Tastaturbefehl definieren

Corel 6 + Corel 7

① In den Versionen 6 und 7 gelangen Sie zum Dialogfenster *Anpassen*, indem Sie aus dem Menü *Extras* den Menüpunkt *Anpassen* wählen. Im Dialogfenster angelangt, wählen Sie die Registerkarte *Tastatur* (wird Ihnen immer automatisch als erste angezeigt).

Corel 8

① In der Version 8 wählen Sie aus dem Menü *Extras* den Menüpunkt *Optionen*. Klicken Sie doppelt (!) auf den Eintrag *Anpassen*, den Sie im linken Fensterbereich des Dialogfensters finden. Es öffnet sich ein Unterverzeichnis, aus dem Sie mit einem einfachen linken Mausklick den Eintrag *Tastaturbefehle* wählen.

② Das Registerblatt *Tastatur* bzw. *Tastaturbefehle* zeigt Ihnen auf der linken Seite in einem Fensterbereich alle verfügbaren Befehle an. Durch einen Doppelklick mit der linken Maustaste auf ein Verzeichnis gelangen Sie zum Unterverzeichnis. In den Unterverzeichnissen befinden sich die jeweiligen Menübefehle, denen Sie Tastaturbefehle zuweisen können. Öffnen Sie zum Beispiel durch einen Doppelklick das Verzeichnis *Datei & Layout*.

③ Ein weiterer Doppelklick auf das Verzeichnis *Datei* zeigt Ihnen alle untergeordneten Befehle an.

④ Markieren Sie nun den Befehl, den Sie mit einem Tastaturbefehl versehen wollen. Wählen Sie hier zum Beispiel den Befehl *Schließen*, dem standardmäßig kein Tastaturbefehl zugewiesen ist. Sofern einem Befehl schon ein Tastaturbefehl zugewiesen ist, wird Ihnen der derzeit zugewiesene Tastaturbefehl im Fensterbereich *Aktueller Tastaturbefehl* angezeigt.

⑤ Haben Sie den Befehl markiert, klicken Sie in das Eingabefeld *Neuen Tastaturbefehl drücken*. Daraufhin erscheint eine blinkende Einfügemarke.

⑥ Drücken Sie nun die Tasten, durch die Sie den Befehl zukünftig aufrufen wollen. Drücken Sie zuerst die [Strg]-Taste, [Umschalt]-Tasteoder [Alt]-Taste, dann das nachfolgende Zeichen (Buchstabe, Zahl oder Sonderzeichen). Welche Variationen es gibt, zeigt Ihnen die kleine Tabellenübersicht direkt im Anschluß an diesen Abschnitt. In unserem Beispiel drücken Sie [Strg]+[Q].

⑦ Sofern Sie eine Tastenkombination gewählt haben, die noch keinem Befehl zugeordnet ist, brauchen Sie nur noch die Schaltfläche *OK* anzuklikken. Damit haben Sie einen neuen Tastaturbefehl definiert. Da diese Tastenkombination aber schon einem Befehl zugewiesen ist, müssen noch weitere Arbeitsschritte durchgeführt werden. Sie können eine Doppel- bzw. Mehrfachbelegung daran erkennen, daß direkt unter dem Eingabefeld der Hinweistext "Derzeit zugeordnet zu: ..." steht. (In CorelDRAW 8 können Sie zusätzlich das Kontrollkästchen *Konflikt anzeigen* aktivieren. Dadurch gehen Sie sicher, daß Ihnen eine Doppelbelegung auf jeden Fall angezeigt wird.)

⑧ **Corel 6** + **Corel 7** Um den Konflikt zu beheben, aktivieren Sie in den Versionen 6 und 7 das Kontrollkästchen *Gehe zu Zuordungskonflikt* und klicken anschließen auf die Schaltfläche *Zuweisen*. Der Tastaturbefehl wird zwar dem Befehl schon direkt zugewiesen, die Markierung springt aber direkt zu dem Befehl, dem der eingegebene Tastaturbefehl vorher zugewiesen war. Hier können Sie gegebenenfalls sofort einen neuen Tastaturbefehl definieren.

Corel 8 In der Version 8 brauchen Sie nur das Kontrollkästchen *Konflikt löschen* zu aktivieren. Dadurch wird der Tastaturbefehl dem gewählten Befehl neu zugewiesen und die Doppelbelegung gelöscht. Klicken Sie auf die Schaltfläche *Zuweisen*. Damit haben Sie einen neuen Tastaturbefehl zugewiesen.

Tip: Tastaturbefehle über Tabellen aufrufen

Es gibt sogenannte Tabellen, die Sie über das Listenfeld *Tabelle* auswählen können. Jede Tabelle enthält eine eigene Zusammenstellung von Tastaturbefehlen.

Einen Tastaturbefehl löschen

Um einen vorhandenen Tastaturbefehl zu löschen, wählen Sie im linken Fensterbereich den Befehl, dessen Tastaturbefehl Sie löschen wollen und drücken die [Rück]-Taste. Drücken Sie nicht auf die [Entf]-Taste, denn dadurch würden Sie nur ein neuen Tastaturbefehl definieren.

Auf den Ursprungszustand zurücksetzen

Wenn Sie mit Ihren vorgenommenen Zuweisungen nicht mehr zufrieden sind und den Ursprungszustand wiederherstellen wollen, klicken Sie auf die Schaltfläche *Zurücksetzen*. Alle selbstdefinierten Tastaturbefehl-Zuweisungen werden gelöscht, und alles ist wieder beim alten.

Alle Tastaturbefehle ausdrucken

Um einen Überblick über die vorhandenen Tastaturbefehle zu erlangen, können Sie die komplette Liste aller vordefinierten Tastaturbefehle ausdrucken lassen.

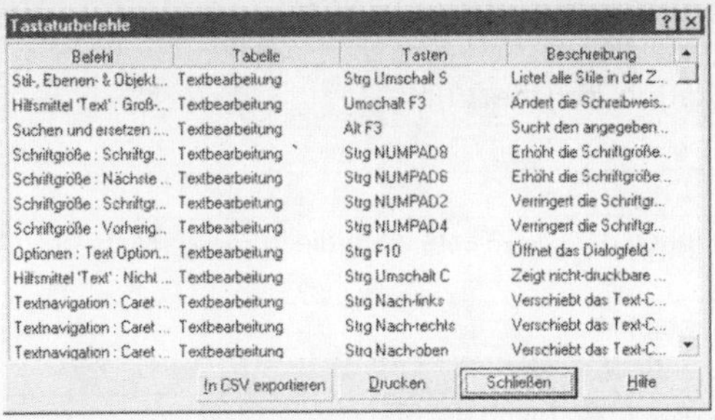

Tastaturbefehle

Befehl	Tabelle	Tasten	Beschreibung
Stil-, Ebenen- & Objekt...	Textbearbeitung	Strg Umschalt S	Listet alle Stile in der Z...
Hilfsmittel 'Text' : Groß-...	Textbearbeitung	Umschalt F3	Ändert die Schreibweis...
Suchen und ersetzen :...	Textbearbeitung	Alt F3	Sucht den angegeben...
Schriftgröße : Schriftgr...	Textbearbeitung	Strg NUMPAD8	Erhöht die Schriftgröße...
Schriftgröße : Nächste ...	Textbearbeitung	Strg NUMPAD6	Erhöht die Schriftgröße...
Schriftgröße : Schriftgr...	Textbearbeitung	Strg NUMPAD2	Verringert die Schriftgr...
Schriftgröße : Vorherig...	Textbearbeitung	Strg NUMPAD4	Verringert die Schriftgr...
Optionen : Text Option...	Textbearbeitung	Strg F10	Öffnet das Dialogfeld '...
Hilfsmittel 'Text' : Nicht ...	Textbearbeitung	Strg Umschalt C	Zeigt nicht-druckbare ...
Textnavigation : Caret ...	Textbearbeitung	Strg Nach-links	Verschiebt das Text-C...
Textnavigation : Caret ...	Textbearbeitung	Strg Nach-rechts	Verschiebt das Text-C...
Textnavigation : Caret ...	Textbearbeitung	Strg Nach-oben	Verschiebt das Text-C...

In CSV exportieren | Drucken | Schließen | Hilfe

Abb. 341: Alle definierten Tastaturbefehle im Überblick ... zum Ausdruck bereit!

Corel 6 + **Corel 7** **Tastaturbefehl ausdrucken**
Im Dialogfenster *Anpassen* auf der Registerkarte *Tastaturbefehle* befindet sich die Schaltfläche *Drucken*. Wenn Sie diese Schaltfläche anklicken, gelangen Sie zum Dialogfenster *Tastaturbefehle*. Klicken Sie hier auf die Schaltfläche *Drucken*.

Corel 8 **Tastaturbefehl ausdrucken**
Im Dialogfenster *Optionen* auf der Registerkarte *Tastaturbefehle* klicken Sie auf die Schaltfläche *Alles anzeigen*. Es öffnet sich das Dialogfenster *Tastaturbefehle*. Klicken Sie hier auf die Schaltfläche *Drucken*.

Welche Tasten können eingesetzt werden?

Die folgende Tabelle vermittelt Ihnen einen Überblick über alle Tasten, die Sie in verschiedenen Kombinationen einsetzen können.

Tasten im Überblick	
Taste	**Erscheint als ...**
Steuerungstaste	[Strg]+
Alternativtaste	[Alt]+
Umschalttaste	[Umschalt]+
Alle Zahlentasten	[1] bis [0]
Alle Zeichentasten	[A] bis [Z]
Alle Sonderzeichen	z. B. [+], [#]

Wer mit wem?

Kombinationsmöglichkeiten im Überblick
Strg-Taste+Zahlentasten
Strg-Taste+Zeichentasten
Strg-Taste+Sonderzeichen (nach der Strg-Taste noch die Umschalt-Taste gedrückt halten)
Strg-Taste+Alt-Taste+Zahlentasten
Strg-Taste+Alt-Taste+Zeichentasten
Strg-Taste+Alt-Taste+Sonderzeichen (nach der Strg-Taste noch die Umschalt-Taste gedrückt halten)
Alt-Taste+Zahlentasten
Alt-Taste+Zeichentasten
Alt-Taste+Sonderzeichen (nach der Strg-Taste noch die Umschalt-Taste gedrückt halten)
Umschalt-Taste+Zahlentasten
Umschalt-Taste+Zeichentasten
Umschalt-Taste+Sonderzeichen (nur die Sonderzeichen, die ohne Umschalt-Taste gewählt werden können.

11. Die besten CorelDRAW-Tips

Tip	Seite
Immer erst das richtige **Seitenlayout** einstellen	17
Schnellformatierung des **Seitenlayouts** durch Doppelklick	19
Arbeiten mit dem **Kontextmenü**	19
Element einer **Gruppe** markieren, ohne die Gruppierung aufzuheben	28
Farbpalette komplett anzeigen lassen	29
Fenster aktualisieren	32
Objekte der Auswahl hinzufügen	33
Einstellungen durch **Vorschau** überprüfen	42
Einen Bearbeitungsschritt **rückgängig** machen	43
Mit der **Bubblehelp** zum richtigen Hilfsmittel	48
Schnellformatierung mit der Eigenschaftsleiste	55
Schnellformatierung der Zeichenseite durch Doppelklick	78
Dateierweiterungen anzeigen lassen	84
Rollups per Doppelklick auf die Titelleiste auf- und abrollen	85
Bei der Bearbeitung von **Hilfslinien** auf den Mauscursor achten	91
Hilfslinien und **Gitter** nicht gleichzeitig einsetzen	92
Mehrere **Schriften** gleichzeitig installieren	104
Schrittweite für die **Richtungstasten** einstellen	108
Gleichmäßiger **Farbverlauf** über getrennte Objekte	111
Farben einer **Überblendung** ändern	122
Mit dem **Windows 95-Explorer** Dateien und Verzeichnisse finden	136
Interaktiven hinterlegten **Schatten** kopieren (nur CorelDRAW 8)	141
Seite einrichten per Doppelklick und Kontextmenü	148
Seitenrandanzeige aktivieren	150
Gitterursprung mit der Maus verändern	154
Hilfslinien verschieben und löschen	179
Scanner-Auflösung richtig einstellen	183
Texteingabe über die **Zwischenablage**	191
Textrahmen ein- und ausblenden	204
Ebenenreihenfolge in CorelDRAW 8 ändern	206
Hilfsmitteleinstellungen im Dialogfenster vornehmen	207
Modus **Ebenenübergreifend bearbeiten** immer deaktivieren	230
Fertige **Ebenen** sperren	231

Tip	Seite
Nur kleine Textmengen in **Kurven** umwandeln	244
Knoten markieren und Steuerpunkte bearbeiten	246
Symbolleistenrand vergrößern	436
Tastaturbefehle über Tabellen aufrufen	456

Anhang

CorelDRAW richtig installieren

Das Corel-Programmpaket enthält je nach Version eine Fülle unterschiedlicher Programme. Die beiden Hauptprogramme CorelDRAW (Vektorzeichenprogramm) und CorelPHOTO-PAINT (Bildbearbeitung) lassen sich zusammen mit den unterschiedlichen Zusatzprogrammen bequem mit dem Corel-Setupassistenten auf die Festplatte bannen.

Und so wird installiert

Normalerweise reicht es aus, wenn Sie die CD Nr.1, auf der sich die gesamten Programmdateien befinden, in das CD-ROM-Laufwerk einlegen. Die Datei *Autorun.inf* sorgt dafür, daß der Corel-Setupassistent automatisch gestartet wird. Sollte dies nicht der Fall sein, können Sie die Setup-Prozedur auch manuell starten, indem Sie mit dem Windows-Explorer auf Ihr CD-ROM wechseln und die Datei *Setup.exe* doppelt mit der linken Maustaste anklicken.

Der Corel-Setupassistent führt Sie über mehrere Dialogfenster zur fertigen Installation. Ihre Aufgabe besteht im wesentlichen nur darin, eine Auswahl der zu installierenden Programme zu treffen und das Zielverzeichnis zu wählen, in das die Dateien installiert werden sollen. Den Rest erledigt der Assistent für Sie.

Durch die Wahl der Einstellung *Benutzerdefiniert* bzw. *Angepaßte Installation* haben Sie die Möglichkeit, eine eigene Auswahl der zu installierenden Haupt- und Zusatzprogrammen zu treffen.

Sie können den Installationsassistenten auch später noch jederezeit starten, um einzelne Zusatzprogramme nachträglich zu den bereits installierten Programmen hinzuzufügen.

Tip: Ein eigenes Laufwerk für Programme und Dateien wählen

Wenn Sie über eine große Festplatte (oder sogar mehrere Festplatten verfügen) und die Möglichkeit haben, diese in mehrere Partitionen zu unterteilen, sollten Sie für die Installation von Programmen nicht das Laufwerk C: wählen, in dem sich standardmäßig die Windows-Systemdateien befinden. Weichen Sie hier lieber auf das Laufwerk D: aus, um die empfindliche Systempartion von häufigen Dateizugriffen zu verschonen. Dateien, die Sie mit Programmen erstellen, können Sie zustätzlich auf einer dritten Partition E: abspeichern. Auf diese Weise erhalten Sie überschaubare und leichter zu wartende Partitionen. Partionen, auf denen häufig Dateien gespeichert, verschoben und gelöscht werden, sollten regelmäßig defragmentiert werden.

Wenn es nicht mehr sein soll: Deinstallieren

Bei der Installation von Programmen werden eine Menge Daten auf die Festplatte kopiert. Zum Teil werden diese Daten auch in die Windows-Systemverzeichnisse kopiert, wo sie still und heimlich ihre Arbeit verrichten. Veränderungen in der sogenannten Registry (dient zur Inititialisierung von Windows 95) werden vollkommen selbständig von der Setuproutine durchgeführt. Alle diese Vorgänge sind automatisiert und lassen sich vom Anwender nicht manuell bei der Deinstallation wieder rückgängig machen. Aus diesem Grunde gibt es (zumindest bei gewissenhaften Herstellern) immer auch ein Programm, daß eigens zu diesem Zwecke mit installiert wird. Sie sollten eine Deinstallation niemals durch eigenständiges Löschen der jeweiligen Programmverzeichnisse vollziehen, sondern dazu immer die entsprechenden Uninstall-Programme benutzen.

Sie finden das erforderliche Deinstallationsprogramm (Corel 6 und 7) bzw. den Uninstaller (Corel 8) im Untervezeichnis *Setup und Hinweise* der jeweiligen Programmgruppe im *Start*-Menü.

DIN-Formate im Überblick

DIN	Format mm	DIN	Format mm	DIN	Format mm
A0	841 x 1189	B0	1000 x 1414	C0	917 x 1297
A1	594 x 841	B1	707 x 1000	C1	648 x 917
A2	420 x 594	B2	500 x 707	C2	458 x 648
A3	297 x 420	B3	353 x 500	C3	324 x 458
A4	210 x 297	B4	250 x 353	C4	229 x 324
A5	148 x 210	B5	176 x 250	C5	162 x 229
A6	105 x 148	B6	125 x 176	C6	114 x 162
A7	74 x 105	B7	88 x 125	C7	81 x 114
A8	52 x 74	B8	62 x 88	C8	57 x 81
A9	37 x 52	B9	44 x 62		
A10	26 x 37	B10	31 x 44		

HKS-Farbskala

Eine der wichtigsten Farbskalen ist die im deutschsprachigen Raum häufig verwendete HKS-Farbskala. Leider ist diese Farbpalette in CorelDRAW nicht verfügbar. Mit der nachfolgenden Tabelle haben Sie jedoch die Möglichkeit, sich die Farbtöne in CorelDRAW nachzumischen und als Farbpalette abzuspeichern. Die Umrechungstabelle zeigt Ihnen die prozentualen Farbanteile Cyan (C), Magenta (M), Yellow (Y) und Black (K).

HKS	C	M	Y	K	HKS	C	M	Y	K
1	0	10	70	0	13	0	100	100	0
2	5	0	100	0	14	10	100	90	0
3	0	10	100	0	15	10	100	80	0
4	0	25	100	0	16	40	100	90	0
5	0	30	100	0	17	30	100	70	0
6	0	45	100	0	18	60	100	60	0
7	0	65	100	0	21	0	60	20	0
8	0	75	100	0	22	0	85	70	0
10	0	85	100	0	23	0	100	60	0
11	0	50	50	0	24	15	100	40	0
12	0	80	100	0	25	0	100	40	0
26	15	100	10	0	58	90	55	90	0

HKS	C	M	Y	K	HKS	C	M	Y	K
27	5	100	0	0	59	100	20	45	0
28	30	100	60	0	60	90	0	100	0
29	50	100	10	0	61	100	70	90	0
31	20	100	0	0	62	0	100	70	55
32	10	100	20	0	63	0	100	80	40
33	45	100	0	0	64	90	0	100	0
34	80	100	10	0	65	70	0	100	0
35	80	100	10	0	66	60	0	100	0
36	80	90	0	0	67	50	0	90	0
37	90	100	0	0	68	20	0	90	25
38	100	80	30	0	69	15	0	100	0
39	100	60	0	0	71	0	10	90	40
40	100	20	10	0	72	15	50	90	0
41	100	80	40	0	73	30	50	90	0
42	100	75	0	0	74	45	60	90	0
43	100	60	0	0	75	60	60	90	0
44	100	50	0	0	76	75	80	90	0
45	90	75	0	0	77	70	85	90	0
46	90	35	20	0	78	60	90	100	0
47	100	10	0	0	81	20	80	100	0
48	100	0	15	0	82	40	85	100	0
49	100	30	10	0	83	70	90	100	0
50	60	0	0	0	84	70	100	90	0
51	90	10	45	0	88	0	0	40	100
52	100	10	55	0	91	40	20	30	0
53	85	0	55	0	92	65	45	45	0
54	100	0	75	0	93	85	70	55	0
55	100	30	75	0	95	40	30	40	0
56	100	50	75	0	96	60	40	40	0
57	100	10	90	0	97	40	0	0	100

Stichwortverzeichnis

A

B

C

D

E

F

G

R

S

T

U

V

W

Z